TopBook
饕书客

叶舒宪学术文集

诗经的文化阐释

SHIJING DE WENHUA CHANSHI

叶舒宪
著

陕西新华出版传媒集团
陕西人民出版社

图书在版编目（CIP）数据

诗经的文化阐释 / 叶舒宪著 .—西安：陕西人民出版社，2018

ISBN 978-7-224-12928-1

Ⅰ. ①诗… Ⅱ . ①叶… Ⅲ . ①《诗经》—诗歌研究 Ⅳ . ① I207.222

中国版本图书馆 CIP 数据核字（2018）第 225457 号

出 品 人 | 宋亚萍
出版统筹 | 关 宁 韩 琳
策划编辑 | 王 倩 张启阳
责任编辑 | 晏 藜 王 凌
整体设计 | 开朗文化

饕书客

微信扫一扫，关注饕书客

诗经的文化阐释

作　者 叶舒宪
出版发行 陕西新华出版传媒集团 陕西人民出版社
（西安北大街 147 号 邮编：710003）
印　刷 中煤地西安地图制印有限公司
开　本 787mm × 1092mm 1/16
印　张 40
字　数 510 千字
版　次 2020 年 9 月第 1 版
印　次 2020 年 9 月第 1 次印刷
书　号 ISBN 978-7-224-12928-1
定　价 158.00 元

如有印装质量问题，请与本社联系调换。电话：029-87205094

叶舒宪

北京人，文学博士。

现任上海交通大学资深教授。

曾任中国社会科学院比较文学中心主任、研究员。

兼任中国民间文艺家协会副主席、文学人类学研究会会长、中国比较文学学会副会长。

1999—2000 年美国耶鲁大学客座教授；

2001 年英国学术院、剑桥大学访问教授；

2003 年、2010 年荷兰皇家学院访问教授；

2009 年台湾中兴大学客座教授。

著作有《玉石神话信仰与华夏精神》《图说中华文明发生史》等 50 种，译著 7 种。

丛书总序 GENERAL PREFACE

1966年夏，我挥泪作别生活了12个年头的首都北京，独自登上绿皮火车，观望着“西去列车的窗口”，转学来到陕西西安。这便是个人命运中与陕西这个省份结缘的开端。当时根本无法预料的是，1971年从西安市第四十一中学毕业时，本应随应届毕业生去安康修三线铁路，但因为体重不足80斤，没有去成安康，阴差阳错地被分配到昆仑机械厂当工人。1977年侥幸通过十年空缺后刚恢复的高考，1978年春季步入大雁塔南侧高校；1982年毕业留校任教。直到1993年“自我流放”海南岛，我连续在陕西生活了27个年头，其间只有一年在北京师范大学学习，半年在北京语言大学修英语，还有半年在澳大利亚访学。

这里的个人学术文集，是我早年写的十部书汇总，其中多为学术著作，有六部在上世纪90年代出过第一版，2005年由陕西人民出版社再版，作为“新世纪学术文存”的个人著作选粹。当时再版的六部书是：

1.《英雄与太阳：中国上古史诗原型重构》，上海：上海社会科学院出版社，1991年。

2.《中国神话哲学》，北京：中国社会科学出版社，1992年。第二版，社会科学文库版，1997年。

3.《诗经的文化阐释——中国诗歌发生研究》，武汉：湖北人民出版社，1994年。

4.《高唐神女与维纳斯——中西文化中的爱与美主题》，北京：中国社会科学出版社，1997年。

5.《〈庄子〉的文化解析——前古典与后现代的视界融合》，武汉：湖北人民出版社，1997年。

6.《〈老子〉的文化解读》，与萧兵合著，武汉：湖北人民出版社，1994年。

以上六书，除了合著的《老子的文化解读》一书，将本人单独写的部分提取出来，改名《老子与神话》再版之外，其他五部书都是原样再版的。此次承蒙陕西人民出版社的厚意，再度给我的学术著作结集出版，并在以上六书之外，又增加了21世纪初出版的四部书：

7.《两种旅行的足迹》，上海：上海文艺出版社，2000年。

8.《耶鲁笔记》，厦门：鹭江出版社，2002年。

9.《千面女神——性别神话的象征史》，上海：上海社会科学院出版社，2004年。

10.《现代性危机与文化寻根》，济南：山东教育出版社，2008年。

其中两部是学术随笔：《两种旅行的足迹》是讲述20世纪90年代访学澳大利亚、加拿大和美国的见闻和札记。这次再版又补充了21世纪初年访学英伦的若干则笔记。《耶鲁笔记》是1999年笔者调入中国社会科学院后在美国耶鲁大学短期任教时的学术随笔集。另外两部则是学术专题著作：《千面女神——性别神话的象征史》，是笔者第一次尝试出版的图文并茂之书，根据在耶鲁大学期间收集到的资料，用数百幅彩图呈现世界各地女神的风采，并从学术上描述当代风起云涌的女神复兴运动。《现代性危机与文化寻根》则是我从海南大学调入中国社会科学院后，与文学研究所所长杨义先生共同主持的第一个院重大项目中，由本人撰写的当代文化理论专题著作。

这十部书，从1980年代最早写出的《英雄与太阳》和《中国神话哲学》，到2008年的《现代性危机与文化寻根》，前后历时约20年，总体上可以呈现出个人所经历的学术成长之路：从早年学习马克思主义原著（本人在1983年发表的学士学位论文是《马克思主义人学初探》），转向全面关注和译介当代西方文学理论，曾经特别关注的三大文学理论流派是神话—原型批评、结构主义、精神分析。本人早年的学术起步期，除了马克思、恩格斯的原著之外，也深受这三大理论流派的影响。如《英雄与太阳》和《中国神话哲学》两书，表现出神话—原型理论和结构主义理论相互融合的深刻印记；而《高唐神女与维纳斯》《〈诗经〉的文化阐释》等，则带有浓重的精神分析理论的色彩。直到同时期或稍后写的《太阳女神的沉浮——日本文学中的女性原型》《阉割与狂狷》，以及在海南大学时主编的《文学与治疗》《性别诗学》等，仍然透露出相当强烈的精神分析、女性主义或性别研究加文化分析的治学倾向。

正是由于常年沉浸在多种理论与方法思路的训练和运用实践中，因此个人在问学道路上能有某种博采众长的经验积累，给后来的文学人类学一派跨学科研究，并努力创建中国版的文化理论体系，带来某种必要的前提条件。如今回头看，要总结归纳出以上十部书的共同旨趣，那就是为2009年正式提出“神话中国”理论命题，做出的前期铺垫和理论准备。从新兴交叉学科的意义看，则是给具有中国本土特色的人文新学科——文学人类学——的问世，所做的问题探索和个案研究尝试。

2010年夏，笔者在上海交通大学创建文学人类学研究中心。2017年冬，在文学人类学研究中心基础上，又组建起神话学研究院。2019年4月，神话学研究院协同中国社会科学院比较文学研究中心主办的学术专刊《神话中国》在北京的三联书店问世。其宗旨是拓展并完善文学人类学派独家倡导的“神话中国”理论：神话并不是归属于文学的一个子类；神话是文史哲、宗教、政治、艺术等意识形态的共同源头。神话讲述活动大大早于文字的起源，它先是伴随着人类语言叙述能力的口传文化传统，在文字起源后衍生为书面记录的最早的重要内容。驱动神话发生发展的是初民的信仰观念和想象。

“神话中国”论旨在突显中国文化的上古时期并没有经历类似古希腊文明的哲学—科学突破为标志的“轴心时代”，中国文化的特征是自古及今都被神话思维、神话观念和神话信仰所笼罩，包括“中”的神话地理观和“国”的神话政治观。主体民族“汉”的命名则起源于“天汉”的神话天文观。如果说中国有哲学，那一定是某种大大有别于西方哲学形而上思维传统的“神话哲学”；中国的正史则是一部名副其实的不断延续的“神话历史”。“神话中国”的第一神山昆仑，充分体现着华夏文明独有的万年玉石神话信仰驱动的国家级的资源依赖现象，其原型是盛产全球最优质透闪石玉即和田玉的新疆南疆“于阗南山”。从于阗南山即昆仑地区向中原文明输送和田玉的历史，便成为一部“玉成华夏”的4000年国史，其运输路径则成为德国人命名的“丝路”之中国本土原型。

回到对“丝路”的学术认知方面，正是在30年前陕西西安举办的一次学术会议（1989年6月，陕西师范大学中外文化研究交流中心举办的“长安、东亚、环太平洋国际学术研讨会”）上，笔者提交的论文《文化研究中的模式构拟方法——以传统思维定向模式为例》，基于对传统思维“东向而望”的定向模式的反思与超越意识，倡导一种向中国西部开放的反潮流新理念，并正式提出“重开丝绸之路”的理论设想。就连精神分析学的顶级释梦专家也不会预料到，30年前一个西部书生的斗胆梦想，竟然变成如今举世瞩目的现实景观。

如果说“神话中国”论要开启对中国文化的深度认知新境界，那么这种深度认知的模型，一定是始于30多年译介神话—原型理论和结构主义方法时摸索出的“模式构拟”研究范式。所不同的是，如今的“模式构拟”已经完全依据本土文化传统的现实，升格为前文字时代“大传统”与文字书写时代“小传统”对接的文化理论体系。

以上对这十部书的来龙去脉的简要回顾，或已引出某种学术发展的前瞻意识。窃以为，在如今这个文化变迁速率大大超常的时代，治学者十分需要的就是这种基于学术史自觉的前瞻能力。

是为序。

作　者

2019 年 4 月 25 日于上海

自序 PREFACE

人类学"三重证据法"与考据学的更新

考据学是我国传统学术的根基，从汉代至清，已经延续了两千年，其基本方法大致未变。有清一代考据学（又称朴学）大盛。人才辈出，形成了几乎是空前绝后的乾嘉学派的伟大成就。说它空前，因为不论在方法的谨严、知识的博洽，还是在立论的精当、见解的深邃方面，这一派都显示出超越古人的明显优势；说它绝后，是因为该派学者的素养、功力和学风在中华学术史上有其难以企及性和不可重复性。这倒不是说后人智力上不如清人，而是社会条件的变更使那种三岁读经的教育方式一去不返，以小学为基础和核心的考据学在白话文的新时代必然面临前所未有的衰微大势，正所谓"青山遮不住，毕竟东流去"，这不是任何个人的意志所能转移的。

然而，国学传统还要更新和发展，面对现代人的知识结构，考据学究竟向何处去的问题始终萦绕在"五四"以来的几代学者心头。尽管从总体上看，乾嘉学者式的渊博和小学功力已经不可再得了，但是新时代的学人自有超越前贤的优越之处，那就是新材料、新视野和新方法。19世纪末在河南安阳发现的殷墟甲骨卜辞，可以说是新材料为考据学提示新方法的典型例证。王国维先生根据甲骨文字的释读成果，提出了古史研究的"二重证据法"，为"山重水复疑无路"的传统考据学辟出了"柳暗花明"的新境界。

1925年王国维在清华研究院讲《古史新证》时，于第一章《总论》中写道：

吾辈生于今日，幸于纸上材料之外更得地下之新材料。由此种材料，我辈固得据以补正纸上之材料，亦得证明古书之某部分全为实录，即百家不雅驯之言亦不无表示一面之事实。此二重证据法，惟在今日始得为之。虽古书之未得证明者，不能加以否定，而其已得证明者，不能不加以肯定可以断言也。[1]

这里所说的“二重证据法”分为“纸上材料”即六经、先秦诸子及《国语》《战国策》《竹书纪年》《史记》等，和“地下材料”即甲金文。王氏不仅强调了“地下材料”对于古文献训诂考释的单一方法的超越性，而且在该书中完全贯彻了这种以地下资料补充和匡正文献记载的方法论原则。当时以顾颉刚先生为首的疑古派曾对夏王朝始祖大禹的存在提出质疑，甚至有人考证出禹只不过一条“虫”。王氏则举出地下发掘的《秦公敦》和《齐侯镈钟》二器所记禹事为证，说明春秋时人已公认禹的存在，可见并非战国以后人所伪托。《古史新证》第三章论述殷商先公先王，也是取材于甲骨文方面以求补充《史记》记载的缺失，这一章的主要内容已在1917年著的《殷卜辞所见先公先王考》中公之于世，可见二重证据法的提出是在多年潜心研究的实践基础上完成的。这一方法经王氏首倡后，在古史界产生了巨大反响。郭沫若于1930年发表的《卜辞中之古代社会》、吴其昌于1933年推出的《卜辞所见殷先公先王三续考》，陈梦家在1937年完成的《商周之天神观念》等，均从不同角度显示了第二重证据为考据学方法带来的根本性变革。

二重证据法的广泛应用一方面为古史研究打开了新局面，另一方面也给

[1] 王国维：《古史新证》，北京来薰阁书店，1934年。

延续千年的考据方法带来新的生机，人们不再固守非六经正史不足征的自我封闭式治学思路，开始自觉地寻找文献之外的材料、视角和途径。[1] 除了直接来自地下的甲金文材料之外，还有没有足以使考据学刮目相看的材料和旁证途径呢？王国维以后的学者们带着这个问题在自觉或不自觉地摸索着、尝试着第三重证据的可行性，这种尝试实已预示着考据学方法和视界的又一次突破性变革。

关于这一次变革的情况，并没有像王国维这样的开时代风气的大学者从理论上加以总结，更没有人正面提出“三重”乃至“多重证据法”的方法原则，因此可以说至今还是一个有待于理论升华的问题。尽管如此，超越二重证据的研究实践在中华人民共和国成立以前的学术界已经积累了一大笔丰硕成果。假如把王氏的《观堂集林》同郭沫若的《甲骨文字研究》[2] 稍加对照，从“二重”到“三重”的演进轨迹也就一目了然了。在王氏书中所收各考证文章的最大特色在于利用地下材料补足匡正文献材料，而郭氏书中九篇考释甲骨文的专论则试图借助于世界眼光去透视第二重证据——甲骨文字本身[3]。郭书《序录》所列出的14种主要参考书中有两种便是王国维的著作，郭老明确地说：“余于处理殷周古文字之方法上，得之王氏者为最多。”[4] 不过，值得注意的是，郭沫若所赖14种参考书除前9种为甲金文专著外，后5种却都是域外著作，如恩格斯的《家庭、私有制和国家的起源》、叶列妙士的《古代东方精神文化纲要》、威德讷尔的《巴比伦天文学概览》第1卷等。这些外文文献说明郭沫若已在尝试某种跨文化的人类学研究思路，而他所倚重的恩格斯的著作本身就是人类学史的经典文献。可以说从“二重证

[1] 罗振玉：《静安先生遗书序》评价王氏学术贡献云：“具程君（瑶田）之学识，步吴君（大澂）之轨躅，又当古文字器物大出之世，故其规模大于程君，而精博过于吴君，海内新旧学者咸推重君书。”

[2] 郭沫若：《甲骨文字研究》，1931年上海版，1952年人民出版社修订版，1982年收入《郭沫若全集·考古编》第1卷，科学出版社。

[3] 本书初版时收论文17篇，1952年修订版去掉了9篇，补入1篇，共9篇。

[4]《郭沫若全集·考古编》，第1卷，科学出版社1982年版，第15、23页。

据”到“三重证据”的演进在某种程度上正是考据学、甲骨学同人类学相沟通、相结合的结果。

《甲骨文字研究》所收首篇论文《释祖妣》便充分显示了三重证据的特色。文中从人类婚姻进化的普遍规则的角度去考察古史传说和祖妣概念的发生和演变，明显受到恩格斯人类学思想的启发，在当时具有开创意义。如文中先叙述了自群婚至一夫一妻制的发展阶段，然后转向古史传说，进行演绎性的阐释：

此婚姻进化之大凡也。现存未开化民族犹多在演进之途中，而各文明民族之古代，大抵尤可考见其遗痕。其在中国亦不能独外。[1]

用外国的、世界的东西来论证中国的情况，这对于坚守“夷夏之防”、笃信“非我族类，其心必异”的国学传统而言，确实具有革命性的意义。如果说王国维的二重证据法尚可在自宋至清的金石学中溯其渊源的话，那么郭沫若借鉴“洋人”而推考华夏祖先崇拜实质的第三重证据则具开拓性意义，其影响之深也就可想而知了。闻一多先生便受此文启发而研究中国上古宗教文化的核心问题——社与高禖，写下了著名的《高唐神女传说之分析》，使考据学与人类学的结缘引起学界更为广泛的关注：考据的对象从六经和正史扩展到《楚辞》《诗经》等文学作品，乃至神话传说等为正统文人所不道的“怪力乱神”方面。唯其如此，作为人类学下属分支学科的民俗学和神话学在现代中国学坛上才格外引人注目。从神话学出发研究古史，有卫聚贤《古史研究》（1936）、李玄伯《中国古代社会新研》（1939）、徐旭生《中国古史的传说时代》（1943）等著作问世，从神话学出发研究文学则以闻一多的《神话

[1]《郭沫若全集·考古编》，第1卷，科学出版社1982年版，第15、23页。

与诗》和郑振铎的《汤祷篇》最为突出。所有这些尝试，就其方法论意义而言，就在于将民俗和神话材料提高到足以同经史文献和地下材料并重的高度，获得三重论证的考据学新格局。

在《风诗类钞·序例提纲》中，闻一多将历来研究《诗经》的方法归结为“三种旧的读法”——经学的、历史的、文学的。将他自己倡导的读法称为“社会学的”，并希望“用下列方法带读者到《诗经》的时代”：考古学、民俗学、语言学。[1] 从这三种学科及方法看，闻氏所尝试的“社会学”研究实际上也就是人类学研究。在 1937 年写的一篇跋文中，他再次提到自己的研究角度与方法上的考虑：

以神话治古史，以《楚辞》治先秦思想史，此吾年来之私愿。

夫今人所视为迷信者，即古人之科学，今人所视为神话者，即古人之历史，古代神话之存于今者，其神话色彩愈浓，其所含当时之真相愈多，此中无所谓荒诞不经，更无所谓作伪也。今所存古代之记载，诚亦有合于今人之历史意义者，然其价值，窃谓亦未必高于神话。盖历史为人类活动之记录，神话则其活动动机之口供，由历史可以知其“然”，由神话更可以知其“所以然”也。[2]

这段话不仅表明了以神话治古史的新研究角度，而且论述了神话特有的史料价值。这在疑古派历史学大肆揭发古史之假冒作伪的当时，无疑使历来被蔑视和忽略的神话跃居考据学视界之前台。这种对神话可以知“所以然”的崭新见解的获得，当是受人类学启发而建立的世界眼光的产物。人类学家

[1]《闻一多全集》，第 4 卷，三联书店 1982 年版，第 5、7 页。新版《闻一多全集》（全 12 卷），湖北人民出版社 1993 年版。

[2] 闻一多为陈梦家《高禖郊社祖庙通考》所写跋，《清华学报》第 12 卷第 3 期，第 465—467 页。

从史前文化中追溯文明构成“所以然”奥秘的特有思路，在中国的考据学变革中起到了振聋发聩般的作用。如闻一多1943年致臧克家的信中说：“经过十余年故纸堆中的生活，我有了把握，看清了我们这个民族，这文化的病症，我敢于开方了。”[1]闻氏这里所说“故纸堆中的生活”，指的是他对《楚辞》《诗经》及甲金文的训诂考据研究，但与传统考据方法相异的是人类学的新视野：

除了我们这个角落外还有整个世界。我的历史课题甚至伸到历史以前，我研究了神话，我的文化课题超出了文化圈外，所以我又在研究以原始社会为对象的文化人类学。[2]

这种借助于原始社会的情况来考察和说明上古问题的第三重论证思路在一批接受西方人类学思想熏陶的现代学者那里有不同程度的表现：或是以文史研究者的身份借鉴人类学的旁证材料或理论模式，或是以职业人类学家的身份重新研究个别的文学作品。前一方面的代表人物可以举出鲁迅、朱光潜和郑振铎等，后一方面则以凌纯声的成就最引人注目。

鲁迅先生1926年在中山大学讲中国文学史的讲义，一开篇就运用了关于原始社会方面的第三重证据去分析和解决古书上聚讼不清的难题——诗之起源：“在昔原始之民，其居群中，盖惟以姿态声音，自达其情意而已。声音繁变，浸成言辞，言辞谐美，乃兆歌咏。时属草昧，庶民朴淳，心志郁于内，则任情而歌呼，天地变于外，则祗畏以颂祝，踊跃吟叹，时越侪辈，为众所赏，默识不忘，口耳相传，或逮后世。复有巫觋，职在通神，盛为歌舞，以祈灵贶，而赞颂之在人群，其用乃愈益广大。试察今之蛮民，虽状极狉獉，未有衣服宫室文字，而颂神抒情之什，降灵召鬼之人，大抵有焉。吕不韦云，‘昔

[1]《闻一多全集》，第3卷，三联书店1982年版，第637页。
[2]《闻一多全集》，第3卷，三联书店1982年版，第639页。

葛天氏之乐，三人操牛尾，投足以歌八阕’（《吕氏春秋·仲夏纪·古乐》）。郑玄则谓‘诗之兴也，谅不于上皇之世’（《诗谱序》）。虽荒古无文，并难征信，而证以今日之野人，揆之人间之心理，固当以吕氏所言，为较近于事理者矣。”[1] 鲁迅的这一辨析虽嫌简略了一些，但他的论证方式却已超出了考据学的封闭视野，多少具有了人类学的性质，其意义和影响均不容低估。16年以后，朱光潜先生在更为广泛地借鉴了西学成果之后再度讨论诗歌起源问题时，已经把鲁迅的初步看法发展为一种融贯中西的诗歌发生论了。朱先生指出，限于考据学的单一视野，过去的学者总是从历史的追索入手，“他们以为在最古的书籍里寻出几首诗歌，就算寻出诗的起源了”[2]。在中国，此种“搜罗古佚”的风气尤为发达。郑玄《诗谱序》便据《虞书》“诗言志，歌永言”之说，把诗的起源确定在虞舜时代，孔颖达《毛诗正义》又上推到大庭氏时代。然而这种单向的思路本身却是错误的：荷马史诗是希腊最早记录下的诗，其原始程度却不如非洲土著的歌谣。“所以我们研究诗的起源，与其拿荷马史诗或《商颂》《周颂》做根据，倒不如拿现代未开化民族……的歌谣做根据”[3]。

曾在法国巴黎大学师事著名人类学家毛斯（Marcel Mauss）和汉学家葛兰言（M.Granet）的凌纯声先生，作为现代中国民族学的开创者，虽然主要研究方向是民族文化，但也著有两篇用人类学方法研究《楚辞》的论文：《铜鼓图文与楚辞九歌》[4] 和《国殇礼魂与馘首祭枭》[5]。在后一文的结语中，作者特别申述了他的方法论选择：

---

[1] 鲁迅：《汉文学史纲要》，人民文学出版社 1973 年版，第 1 页。
[2] 朱光潜：《诗论》，重庆国民图书出版社 1942 年初版，三联书店 1984 年新版，第 2、4 页。
[3] 朱光潜：《诗论》，重庆国民图书出版社 1942 年初版，三联书店 1984 年新版，第 2、4 页。
[4] 原载《“国立中央研究院”院刊》第 1 辑，台北，1954 年，第 403—417 页。
[5] 原载《民族学研究所集刊》第 9 期，台北，1960 年，第 411—461 页。

本文是用人类学的方法来解释《楚辞九歌》附录的《国殇》《礼魂》两篇，或为我国传统的注家所不能信服。然近代人类学和考古学日见发达，研究古代历史文化，应用人类学上的新材料，以今证古乃是时代使然的趋势。如Hawkes氏对于Waley氏所译注的《九歌——古代中国萨满教之研究》一书誉谓："是非常可贵的，使有关人类学的知识与之发生关系。在这方面，此书是一个标志，以后倘使对于《楚辞》诸篇的背景和功用，没有详细研究清楚之后，任何人想再做进一步的翻译《楚辞》已不可能。"[1]作者乃专业的人类学者，对于Hawkes氏之言尤具同感。故拟将《楚辞》中与宗教有关的《九歌》《天问》《大招》《招魂》诸篇用此同一方法，多做一番新的研究，将来陆续在本刊发表。[2]

凌氏在此一方面强调"用人类学新材料，以今证古"的现代国际学术趋势，另一方面又流露出深深的忧虑，怕这种第三重证据法"或为我国传统的注家所不能信服"。这就揭示出考据学与人类学相沟通过程中所遇到的最大阻力。造成这种阻力的原因既有历史的——两千年来中国学术传统的封闭性和极端的排外性使之仅能容忍出自吾国地下发掘的第二重证据，却难以接受异民族异文化尤其是在文明程度上低于吾族的原始文化方面的旁证材料，也有个人心理上的门户之偏见或师承"家法"的限制。这种情况至今仍然没有得到根本的改变，乃至但凡尝试用人类学方法研究文史的人都不免产生与凌纯声类似的"不被接受"之忧惧。当年郭沫若的《释祖妣》就曾招致道学家的不满和排斥，而闻一多的治学方式也颇遭非议，如朱自清先生说："正统的学者觉得这些（指闻一多的论文——引者注）不免'非常异义，可怪之论'，就戏称他和一两个跟他同调的人为'闻一多派'。这就正见出他是在开辟着

[1]Hawkes：*Ch'u Tz'u.The Songs of the South*，Oxford，1959，P.217.

[2]该文后收入凌著论文集《中国边疆民族与环太平洋文化》(上)，台北联经出版公司1979年版，第601—639页。

一条新的道路。”[1] 然而，这条新的道路在半世纪之后的学术界仍然没有得到公认。人们尊敬闻一多，主要因为他是诗人兼民主斗士，至于他多年从事的考据学革新的尝试及大量成果却一直受到相对的冷落。梁实秋便说过：“有人不满于他（指闻一多——引者注）的大量弗洛伊德的分析方法，以为他过于重视性的象征。”[2] 这种指责同对郭沫若的古文字研究的指责大致相似，或是由于人类学的视野势必把被传统国学完全回避了的性方面问题摆在研究者面前吧。像《诗经》中的性象征语汇的破译，闻一多可以说是前无古人的。尽管未必如郭沫若所预言的那样“后无来者”[3]，至少可以说是和者甚寡了。足以充当“闻一多派”的当代传人的香港大学中文系陈炳良教授在一篇讨论《诗经》的宗教仪式背景的文章开头写道：

自从法国学者葛兰言（即凌纯声的老师——引者注）和我国学者闻一多从仪式（ritual）和男女性爱观点来研究《诗经》以后，一般中、外学者似乎对他们的说法不大感兴趣。所以除了屈万里采录了闻氏一部分意见在他的《诗经释义》，和孙作云讨论一下修禊风俗之外，其他有关《诗经》的文章大多数还在旧的窠臼里兜圈子，使我们读起来，总有点“搔不着痒处”的感觉。[4]

日本学者白川静把这种迷信旧注、严守考据训诂之“家法”的情况称为“东方学不可救药的停滞”，并指出日本的汉学界也存在着同中国相似的状况：“对方法论性的东西的热情，至今仍被弃置不顾。”[5] 看来要使人类学的第三重论证方法真正为考据学传统所接纳吸收，确实还需要长期的努力。在这里，

[1] 朱自清：《闻一多全集序》，见《闻一多全集》第1卷，第16页。

[2] 梁实秋：《谈闻一多》，台北传记文学出版社1967年版，第86页。

[3] 郭沫若：《闻一多全集序》，见《闻一多全集》第1卷，第2页。

[4] 陈炳良：《说〈汝墳〉——兼论〈诗经〉中有关恋爱和婚姻的诗》，收入《神话·礼仪·文学》，台北联经出版公司1985年版，第71—72页。

[5] 白川静：《中国古代民俗》，何乃英译，陕西人民美术出版社1988年版，第42页。

由研究者的门户偏见和个人心理狭隘性所造成的阻力是非常强大的。即使在与人类学密切相关的民间文学领域，抵制方法变革的情绪也是相当普遍的。对此，钟敬文先生于1985年深有感触地说：

人类学、民族学等姊妹学科，它们所处理的文化对象，主要是人类集体所创造、享用和传承的。它与民间文艺学、民俗学所处理的对象大部分是共同的或密切相连的。因此，资料的收集、整理和理论的探索、阐发等方面，都有互相会通和互相借鉴、启发等作用的。

现在有些民间搞文艺理论的同志，反对在这种研究上利用人类学、民族学及民俗学的资料和方法的意义，以为这样做会取消民间文艺研究本身的性质。[1]

以上诸位著名学者之所以都流露出同样一种苦衷和忧虑，正因为国学传统的森严壁垒加上庸俗社会学的唯我独尊固疾已经威胁到学术生存和更新发展的进程，成为束缚思想、阻碍创造力的巨大惰性。有鉴于此，新一代学人除了要为包括人类学在内的多种西学理论和方法大声疾呼、鸣锣开道之外，更应该脚踏实地地总结晚清以来前辈学者更新传统考据学的得失经验，从更高的起点上去寻求熔铸古今、贯通中西的学术途径。

诚然，关键的问题在于如何去“熔铸”和“贯通”。从前辈们的经验和自己的体会出发，我以为近一个世纪以来关于西学与国学的优劣之争和体用之辩，关于要不要借鉴我们自己传统中阙如的世界性通观视野和人类学方法的争论，均可暂告休矣！“开放”和变革是国际性的文化大势，国学考据学的出路也必然在于开放和会通。摆在我们面前的课题不再是“要不要”，而

[1] 钟敬文：《给〈西方人类学史〉编著者的信》，《北京师范大学学报》1986年第3期。

是“怎样”。对此，学术史的回顾已经给我们暗示了一个方向：变单向的移植与嫁接为双向的会通与相互阐发。

每当封闭的文化传统和学术传统刚开始面对世界的时候，单向的引进移植乃至生搬硬套、生吞活剥都是不可避免的。尽管这类“生硬”的罪责总是归到急于变革而只顾引进的先驱者们头上，但实际上这个责任却应由长期的封闭状态及由此而积聚的惰性力去负。像胡适先生这样为打通中西壁垒、开创新文化局面而筚路蓝缕的先驱人物，自然难免被严守“家法”的小学家讥为“不温故而知新者”[1]。王国维虽因其“二重证据法”而享誉学坛、功垂史册，但他那本有“嫁接”叔本华与曹雪芹之嫌的《红楼梦评论》不也常有人为之遗憾么？下面的例子足以说明，初识“他山之石”者往往会产生一种类似于登泰山而小鲁的错觉，“第三重证据”在错觉中很容易升格或神化，变成“万能钥匙”。在20世纪30年代末认为胡适“不温故而知新”、黄侃（季刚）“温故而不知新”的现代小学大师杨遇夫先生，在50年代初接受“新学”洗礼时有如下一次开悟，记录在1951年6月6日的日记中：

阅《妇人与社会主义》[2]。谓神话反映历史，余因悟西王母盖代表女权时代之女王也。[3]

类似这种“温西而套中”的思维定式可以说在所有不愿甘当“温故而不知新者”的头脑中都不同程度地存在过或存在着。其结果不外乎两种，“套”得较为准确、高明的，经过小心求证而立新说，成为学术上的功臣；“套”得较为机械生硬的，则为人诟病，成为众矢之的，更被因循传统家法者用来

[1] 参看杨树达：《温故知新说》，1939年。

[2] 似当为倍倍尔著《妇女与社会主义》。

[3] 见《积微翁回忆录》，上海古籍出版社1986年版，第322页。

作为反击引进移植尝试的口实。好在杨先生关于“西王母为中国女权时代之王”的假说仅仅默存在自己的日记里，倘若发挥为专论大著，其学术命运何如就难预料了。至少有一点可以肯定，倍倍尔《妇女与社会主义》一书所依据的巴霍芬“母权论”学说已被现代人类学基本否定了：在更广阔的视野中所观察到的大量材料表明，并不存在一种由母权到父权的史前社会普遍模式。

同样道理，当年郑振铎先生套用古典人类学家弗雷泽的祭司王理论重新阐释古史传说的《汤祷篇》，曾被历史学家周予同先生誉为中国文史研究法上开宗立户之举，[1] 但在接受了当代人类学洗礼的新一辈学者眼中，郑氏的论点似乎还是一个有待深化的假说。[2] 这些事例都告诉人们，援西套中或借西释中式的研究（今有称之为“阐释学”者）是中西学术会通过程中的必经之路，尽管有歧路亡羊的可能，我们仍必须坚持走下去，因为并不存在绕道或捷径。我们所处的这个由封闭到开放的历史转型期决定了我们几代学人共同的探路者的命运。没有这一转变过渡的过程，侈谈中西结合贯通的美好佳境就失去了现实意义。因此，在这一意义上说，探路途中侥幸成功者和不幸迷途者乃至触雷阵亡者都同样值得敬佩和尊重。至少他们为后人标出了歧途和雷区的警戒线，减少了后继者可能遭遇的危险。更重要的是，他们为突破封闭与禁锢做出了实际的努力。

承认援西套中是人类学视野引进过程中的必然产物，并不意味着盲目鼓励生搬硬套的狂热做法。我们的出发点是国学的革故鼎新，这也就意味着我们的学术之根仍是中国的，不论是马克思、弗雷泽、弗洛伊德，还是索绪尔、

---

[1] 郑振铎《汤祷篇》及周予同序，原载《东方杂志》第 30 卷第 1 号，1933 年；后出单行本，古典文学出版社 1957 年再版。

[2] 陈炳良说：郑文“把汤祷桑林的故事和西方的金枝故事放在一起来比较。对一般读者来说，这是相当新颖的。但看深一层，我们会知道郑氏对《金枝》故事并不十分熟悉。因为这本书的主题是把西方那些由季节变迁而产生的种种神话加以研究；但在汤祷桑林故事里，我们找不到代表季节变迁的弑君仪式的痕迹，所以我们对郑氏的见解实在不能赞同。”见《中国古代神话新释两则》，《神话 · 礼仪 · 文学》，台北联经出版公司 1985 年版，第 1—2 页。

福柯、雅各布逊，都只有同中国学术之根有机汇合之后方显其“攻玉”之效。在这方面，钱锺书先生的尝试已经树立起一代典范。这位不空谈“引进”而引进得最多、不宣称“比较”而比较得最精的大师，正是立足于国学根脉又力求“贯通”世界，才取得超越前贤之成就的吧。“第三重证据”在他那里已不仅仅是单向度的援西释中，而变为一种双向选择的“沟通”和“互释”。即使不考虑他那文言笔记体的著作中大量援引的西方人类学、社会学、心理学、历史学和文艺学文献，那种双向“对接”“互阐”的境界本身便意味着人类学视界对有清一代臻于极盛的考据辩证类学术笔记著作模式的突破与刷新，意味着西学化入国学并使之更新的同时，国学也就超出了它所由产生的地理空间限制而化入了世界学术总体。

取法乎上，仅得其中。“钱学”只是学术转型期既得旧学之深厚功力、又兼西学之博见融通的个别特例，绝非众多学人所可企及。对于生不逢其时——上无自幼诵经之家教私传，下无留洋深造之机——的这“垮掉的一代”学人来说，哪怕是要取法半世纪前闻一多辈所达到的境界，又会有几人侥幸成功呢？我们所能做的唯一选择似乎就是仗着“天生我材必有用”的自信力去“知其不可为而为之”了吧。于是，笔者壮着胆子尝试用弗莱的原型论和列维－斯特劳斯的结构论去研究旧籍，重构太极两仪四象的神话宇宙模式[1]和象征太阳运行之“道”的英雄史诗构架[2]；又探“社稷”之源、高唐之秘，揭聊斋昼梦之由来，考狐鬼原型之变异。[3]本书将继续这种“三重证据法”的尝试，站在当今人类学跨文化视野重新审视《风》《雅》《颂》之由来；从双性同体神的信仰考察中外的净身祭司制度，探究“诗言志”背后的“诗言寺”本相，以及中人伦理观与儒的起源、温柔敦厚诗教之间的潜在联系；

[1] 参看叶舒宪：《中国神话哲学》，中国社会科学出版社 1992 年版。
[2] 参看叶舒宪：《英雄与太阳——中国上古史诗的原型重构》，上海社科院出版社 1991 年版。
[3] 叶舒宪：《高唐神女与维纳斯》，中国社会科学出版社 1997 年版。

比较中国和希腊的瞽盲传诗制，提出瞽盲声教对中国文学发生发展的特别作用；更取雅各布逊“语言的诗歌功能”说阐发汉语的诗歌功能如何催生出“重言”“双声叠韵”等语言现象，为古汉语的双音词化和中国诗的发生奠定双重前提。在这些试图会通考据学与文化人类学的论证过程之中，也开始适当注意“互相阐释”原则的应用，尤其注意在援用人类学普遍原则和模式解析中国文化问题时突出阐发本民族最富特色的一面。如同样的净身祭司制为什么在中国催生出蔚为大观的宦寺文化和中人伦理观；同样的人牲和祭头礼俗为什么未能在汉文化土壤中产生出悲剧，却演变为“美盛德之形容”的祭仪颂歌；同样的法术信仰和咒祝实践为什么在古诗创作中分化为“美刺”功能；同样的“风化”神话观怎样在中国诗史上留下“淫诗”与“风教”的永恒对立；等等。

我在本书中所提出并试图解答的这一类课题当然不能说都准确无误，但我确信把本国本民族的东西放置在人类文化的总格局中加以探讨，这将是顺应时代发展趋势的一种融通中西学术的有效途径。

知我罪我，俱待来者。恳切希望专家和读者们批评指正！

目录
CONTENTS

THE THIRD PART

第三章　诗言寺——尹寺文化与中国诗的起源

THE FOURTH PART

第四章　瞽诵诗——瞽矇文化与中国诗的发生

THE FIRST PART

第一章

导论：从法术到诗歌

——思维、宗教、艺术的发生学通观

本书的宗旨在于阐述中国诗歌的发生问题。这不只是一个实证研究的课题，而且也是一个理论上的课题。古代的学者一直期望能从实证角度解决这一问题，他们以为只要能够找出在时间上产生最早的诗歌作品，就可以为诗歌的起源找到一劳永逸的答案。这种简单化的想法已被现代学者们所不取。在古籍中收罗古逸歌谣的做法被理论方面的思考所取代，遂有劳动说、游戏说、宗教说等各派诗歌起源观。每一种说法都似乎言之有理，争论陷于僵局，难以进一步深入。不过学者们大都意识到，诗歌起源的问题与艺术和宗教的起源密切相关，而这些起源问题的最终解决离不开人类主体的文化建构过程。因此，本章拟从人类思维和符号功能的历史发生这一宏观背景的探讨入手，对思维、宗教、艺术、诗歌的起源做出系统的理论观照，以期为中国文学的发生研究提供一个较为严密而坚实的理论框架，并为从宏观上整体把握《诗经》的文化蕴含奠定基础。

一、思维的起源与宗教的起源

直到不久以前，思维起源的上限还停留在人类进化史的范围以内，人们固守着古希腊时代以来的习以为常的划分人兽之别的不二法则：人是唯一的理智动物，有没有思维活动是人类区别于动物的根本特征。

曾几何时，这类充斥在各类教科书中的传统信条终于发生了危机。现代科学发展的跨学科趋势打破了长期以来因眼界狭窄而人为划定的学科疆界。考古学、人类学、比较心理学和社会生物学等新兴综合科学为考察人、人的本质诸属性的生成提供了更为广阔的视野和新的实证材料。于是，“熟知”的背后显露了无可怀疑的事实：动物也有相当发达的思维活动。

在整个19世纪的心理学领域，思维仅仅被等同于人类所特有的按照逻辑程序而进行的认识活动，“只是在20世纪初，思维的具体研究才具有真正历史主义的特点”，“研究人类思维经过史——思维在动物界的发生根源的一些实验工作，形成第二个流派。”[1] 随着这一流派卓有成效的研究进展，思维起源的上限已延伸出了人类为自己设置的樊篱，从而在动态的、发生学的透视中对思维的本质和机制有了新的辩证理解。

当代日本著名心理学家仓石精一指出：

从广义说，思维是对“问题情境”做出解决办法所经历的过程的总称；从狭义说，是指运用语言来表达观念所形成新的构成的过程。……这种广义的思维，不仅存在于人类，而且也存在于高等动物。例如，动物寻找曲折的弯路，使用觅食工具的棍棒，制作类似工具的一种有意识的动作，等等，这些与人类的高等思维作用在本质上是非常相似的。这种有意识的动作对问题所做的解决，叫作动作思维，而不同于语言思维。[2]

基于这种新的认识，就人类而言，思维的起源问题实际上也就成了思维发生过程中的质变问题，即动物的动作思维如何发展为人的动作思维，进而达到语言思维的问题。理由是显而易见的。既然人与动物特别是高等灵长动物同源同祖，只是在进化途中才各自分道；既然人类本身是从动物进化而来的，人脑是从猿脑发展起来的，那么人的思维起源也只有在同动物思维的联系中才能得到合理的解释。

承认了人的思维同高等动物的思维之间的这种有机联系，就能有充分把握地断言，人类的早期思维活动也是一种动作思维。由考古学家和心理语言学家们提供的关于猿人发音器官复原模型的数据表明，人类能使用分节语言只是相当晚近的事情。距今10万年左右的尼安德特人虽然可能已经有了某种初级语言，

[1] 列昂节夫：《苏联哲学百科全书》，“思维”条，1964年。中译文见赵壁如主编《现代心理学发展中的几个基本理论问题》，中国社会科学出版社1982年版，第168—185页。

[2] 仓石精一：《世界大百科事典》，“思维”条，1974年。中译文见赵壁如主编《现代心理学发展中的几个基本理论问题》，中国社会科学出版社，第153—157页。

但其发音器官甚至无法发出现今世界上各种语言中普遍存在的三个差别最大的基本元音|a|、|i|、|u|。[1]从这一材料来看，在语言思维产生以前的人类进化史中，一定有一个极其漫长的非语言性的思维发展阶段。在那里，思维活动的表现形式是继承自高等动物的外部运动动作，或称之为行动思维、实践智能。

在宗教起源的探讨方面，所碰到的情况也大体类似。美国人类学家罗伯特·路威说："黑猩猩没有宗教，一切初民部族全有宗教。"[2]这也就是说，宗教起源的上限要比思维起源晚近得多，它是人类社会独有的精神产品，或者说是人类早期思维的副产品。不过，宗教起源上限的相对缩小并没有减少这一问题研究的困难。动物没有宗教，这就使对宗教源头的探索更陷入一团迷雾之中。人类学之父摩尔根曾悲观地指出：宗教观念发展的问题"可能永远得不到充分圆满的说明。宗教涉及想象和感情方面的东西太多，因此也就涉及相当多的不可确知的事物，使得一切原始宗教都显得很怪诞，并在某种程度上成为不可理解的问题"[3]。尽管如此，学者们还是就宗教的起源提出了各种假说：万物有灵论说（泰勒）、前万物有灵论说（马雷特）、法术说（弗雷泽）、拜物教说（孔德·勒勃克等）、图腾崇拜说（涂尔干）、自然崇拜说（马科斯·缪勒），等等。所有这些起源论的根据都主要是从古代文献和现存原始人中找到的宗教现象。由于这些宗教现象所存在的原始部落大都已有高度发达的分节语言，所以很难说它们是人类最早的即处在非语言性思维状态下的宗教活动。摆在我们面前的课题是：如何确定这样一种就其所达到的思维水准来说适合于动作思维阶段的宗教现象或准宗教现象。如果能确定这样一种宗教现象，那将不仅有利于说明宗教的起源和发展，还会反过来有助于了解人类思维的发生和发展。探讨这样的课题，有必要把心理学同人类

[1] 参看 E.H.Jlahob：《尼安德特人会说话吗？》，中译文见《国外语言学》1988 年第 1 期，第 50—57 页。

[2]Robert H.Lowie：*Are We Civilized：Human Culture In Perspective*，纽约，1929 年，中译本《文明与野蛮》，三联书店 1984 年版，第 215 页。

[3] 摩尔根：《古代社会》（中译本），商务印书馆 1977 年版，第 5 页。

学、宗教史研究相结合。

二、法术思维：人作为符号动物的起点

按照上述原则，重新考察各种宗教起源说，我们发现，除了法术之外，所有观察到的宗教现象都以某种崇拜观念为其特征，无论所崇拜的对象是灵魂、超自然力、图腾，还是自然对象。这种崇拜观念产生的心理前提是发展到一定程度的表象思维能力。只有法术的某些表现形式（如狩猎仪式和舞蹈等）体现着人类思维早期形态——动作思维的特征。

法术（magic）通常又译为“巫术”“魔法”等。在西文中，法术（sorcery）同巫术（witchcraft）是有语义上的区别的。当代人类学家们普遍认为：法术是指通过机械或模仿其他人（或事物）的行为方式来操纵外界力量；巫术（witchcraft）则指为了同一目的的一种天生的个人特质。Sorcery 这个词用来指旨在伤害他人的法术，即黑法术（black magic），用于有益目的的法术称为白法术（white magic）。[1] 还有的学者认为，法术是以无形的工具或超自然原因对外界所施加的影响。巫术（witchcraft）是为了恶的目的而进行的法术活动。[2]

然而，上述区别在中译文中一直被混同了。建国以前出版的一些人类学译著如介绍弗雷泽等人理论的《巫术与语言》、马林诺夫斯基的《巫术科学宗教与神话》《两性社会学》《文化论》等译“magic”为巫术，相沿日久，遂习以为常。直到 1979 年版新《辞海》仍用“法术”来解释“巫术”。[3] 只

---

[1]《新大英百科全书》第 11 卷，“法术”条，1973—1974 年，第 298 页。

[2] 克里木（Keith Crim）主编：《阿宾顿现代宗教词典》（*Abingdon Dictionary of Living Religions*），美国阿宾顿公司 1981 年版，第 444、805 页。

[3] 新《辞海》对“巫术”的释义：“利用虚构的‘超自然的力量’来实现某种愿望的法术。”对“法术”的释义则为“方术”。

有在1981年版的《宗教词典》中才明确划开了法术和巫术的分界[1]：

（法术）准宗教现象之一。起源于早期原始社会。幻想以特定动作来影响或控制客观对象。这类动作最多为模仿。……举行方式与原始的宗教仪式颇近似，但尚无依靠神力行事的观念。……

（巫术）准宗教现象之一。起源于早期原始社会，可能略迟于法术。幻想依靠"超自然力"对客体强加影响或控制，与法术之不同在于已具有模糊的"超自然力"观念；行巫术者被认为具备此力。……

这里揭示的区别虽然细微，但对宗教起源研究则至关重要。法术是以主体自身的动作来影响对象的意图，而巫术则意在借外力来影响对象。后者的产生晚于前者，不过恐怕不是"略迟"，而是以万年为计算单位的呢！

法术活动既是一种幻想的实践，又是实践中的幻觉，借用心理学中的专门术语，我们把法术的主体心理根源称为"法术思维"（magical thinking）："法术思维是确信想法能导致现实的改变，确信'思想使之然'的那种意图（tendency）"[2]。法术思维不仅是原始人类最早的思维方式，也是现代人类的儿童期以及丧失正常理性的精神病患者所共有的思维方式。法术思维在这三类人中有不同的表现，但其上述根本性质则是同一的。这样，从儿童心理发展和精神病患者方面所取得的直接观察及研究结果就可以大大弥补史前人类研究方面材料的匮乏，为我们在理论上重构法术思维的历史起源及发展过程提供极为重要的线索，从而使人类宗教、思维的发生发展规律性过程的探讨成为可能。

实际上，早期人类学家们所提出的各种宗教起源说，包括弗雷泽的法术

[1] 香港中文大学人类学系与社会研究中心编译：《中译人类学词汇》，1980年。以"巫术"译magic，以"巫技"译witchcraft，虽意在区别，但仍含混。

[2] 高登森（R.M.Goldenson）主编：《人类行为百科全书》（*The Encyclopedia of Human Behavior: Psychology, Psychiatry, and Mental Health*），纽约，1970年，第2卷，第715页。

说在内，大都属于一种共时性研究的范畴。他们从残存在世界各地的原始部落中和古代文献中搜集了有关各种宗教现象的大量材料，用以支持他们所提出的宗教源于某种单一现象的假说，反驳其他的起源假说。然而，如笔者在前文中所指出的，现存的任何原始部落在进化水平上都远远超越了刚刚脱离猿类的属人生物，更不用说古代文字文献方面的材料了。因此，要想尽可能科学地描述宗教现象在史前人类中的历史发生，就必须诉诸一种可以在时间上向纵深延展的历时性考察，而这种考察，对于 19 世纪和 20 世纪初的学者们来说，还不具备条件。笔者以为发生认识论的创始人皮亚杰在 20 世纪上半叶提出的主体符号功能发生的理论，可使这种历时性研究走上议事日程。[1]

根据发生学原理，宗教、思维、艺术、语言等任何一种意识活动的起源都是一种系统的发生过程，其最终的根源在于主体心理符号功能方面。因此，外在的宗教现象之起源应当由主体自身的心理发展水平来说明，而不是相反。从这种诉诸主体符号功能发生过程的历时性方法入手，我们将会看到，法术思维作为宗教现象最早的可能源头，它同其他原始宗教形式之间的关系并非是排斥和对立的，而恰恰相反，倒是有着发生学上的前后联系的。对这种联系的深入研究，可以预期，将能把多种各执一端的宗教起源说整合统一起来，形成旨在说明各种宗教现象系统发生过程及其规律性的宗教发生学理论。

如前所述，人有思维，动物亦有思维，这就使人是理性生物这一命题受到了挑战；况且从生物学和社会生物学、社会心理学方面对动物的社会性的新的研究发现也使“人是社会动物”这样古老的命题显得不无破绽了。如何从新的角度、新的层次上来重新把握人的本质规定性是近现代学者们普遍关注的课题。近年来，诸如“人是意指性生物”（列维 - 斯特劳斯）、“人是符号动物”（卡西尔）这样一些新命题分别从哲学、心理学和人类学等不同

[1] 关于符号及符号发生理论，参看俞建章、叶舒宪：《符号：语言与艺术》，第 1—2 章，上海人民出版社 1988 年版。

领域中出现，确实标志着人类对自身本质的认识的深化。卡西尔说："符号的原理，由于其普遍性、有效性和全面适用性，成了打开特殊的人类世界——人类文化世界大门的开门秘诀。"[1]这里所说的符号（symbol），又可译为"象征"，指的是唯独人类才具有的创造和使用符号（象征）的能力，亦即"意指性活动"的功能。正是这种符号功能使人的思维远远超越动物思维的形式和水平。

唯其如此，现代学者在界定人的思维时，有时干脆注明是"符号行为"[2]。在说明宗教的本质时，也势必从象征活动着眼：

近代人类学有一个很重要的发现就是知道人类象征能力的重要性。直至现在无人能确知人类以外的其他动物是否有宗教文化。其实就是因为只有人类有象征的智力。[3]

应该强调的是，人的象征能力或符号功能是一个相当长的发生过程的结果。就人类个体而言，符号功能的发生过程同思维、理性的形成和个体的社会化是一个统一的整体；就人类种族而言，符号功能的产生和发展只有同人的社会实践、同人类制造和使用工具的劳动活动结合起来，才能获得科学的理解。基于这一原则，下文将对人类最早的象征性行为——法术思维——做发生学的考察。

三、法术思维的发生：模仿、游戏与舞蹈

生物发生原理表明，人的胚胎发育过程以凝缩形式重复着低等生物向

[1] 卡西尔：《论人：人类文化哲学导论》，美国耶鲁大学出版社 1944 年版，第 35 页。
[2] 高登林：《人类行为百科全书》，第 1312 页。
[3] 卫惠林：《社会人类学》，台湾商务印书馆 1982 年版，第 231 页。

高等灵长动物进化的历程；发生认识论则揭示出：个体符号功能的发生过程亦是人类符号行为历史发生的一幅缩影。恰如人类思维导源于高等动物的行动思维，儿童的思维发展历程亦以行动为其最初的起点。正是这种发生学上异形同构原则的普遍性（黑格尔早就在逻辑和历史的统一中天才地预示了这一原则的辩证性质），使我们有了借以推测法术思维历史发生的理论基础和方法。

个体符号功能发生研究表明，儿童的思维和认识经历着一个由外到内的不断建构的过程，最早出现的符号行为是延迟模仿，依次发展到象征性游戏、描绘式表象和表象思维，最后进入语言思维。在延迟模仿和象征性游戏阶段，符号行为表现为主体自身的肉体动作，即以模仿和游戏的具体活动为符号媒介，对不在眼前的事物进行追忆性重现，或将主观情感愿望的内容投射到现实中去，创造出一种虚构性的时空情境。这两种符号行为虽然都还停留在初级的即表现为行动动作的思维阶段，但它们却都是唯有人类才可能做出的意指性活动，模仿或游戏的动作本身已形成与现实时空分化了的符号物。这种动作符号的进一步发展必然导致动作与符号的分化，产生出物化的客体符号形式——空间造型符号，表现为儿童的绘画，客体符号又反过来不断内化和抽象化为心理表象，从而为运用语言符号的高级思维形式的出现创造条件。

可以说，包括初级形语言思维在内的儿童符号功能发生的全过程都具有法术思维的性质——即思维的自我中心性质。儿童自信其思维，其符号行为能够影响或改造现实，甚至创造现实。“某些精神分析学家认为，婴儿从他成功地运动自己的手足而体验到的自足中产生出最早的或‘原始的’对其思维万能性的信念”[1]。皮亚杰指出，儿童早期活动的自我中心化倾向基本上是无意识的，它是主体与客体之间尚未分化的表现。[2] 思维、认识与符号行

[1] 高登森：《人类行为百科全书》第 2 卷，“法术思维”条，第 715 页。
[2] 皮亚杰：《发生认识论原理》（中译本），商务印书馆 1981 年版，第 23 页。

为的发展过程也就是不断解除自我中心化的过程。

为什么在个体思维发展的早期会出现自我中心倾向呢？笔者以为，最深刻的原因就在于人类思维的初发阶段曾经具有自我中心的性质。换言之，儿童期普遍发生的法术思维只不过是以简化的形式重演着早期人类的法术思维。遗憾的是，限于条件，我们倒只好反过来以儿童思维来推测远古人类的思维了。

法术思维作为史前人类符号行为的起点，是同模仿和游戏这两种主体符号功能的初级形式互为表里的。比较心理学的事实表明，同动作思维一样，模仿行为和游戏行为是人与动物所共有的现象。著名心理学家布鲁纳指出，模仿在使高等灵长动物提高使用工具的能力、增强普遍可塑性方面具有重要的进化意义。[1] 有趣的是："同成年的黑猩猩相比较，人类婴儿的模仿能力显然要低得多。"[2] 至于动物的游戏，家兽类之间的戏耍厮斗，猫玩弄老鼠等更是显而易见的事实。关于动物游戏的功能，已经提出了两种解释："（1）让幼年动物练习它在成年时将会用到的行为，和（2）它给动物提供有关环境和它自己的能力及其限度的信息。"[3] 显然，人类的模仿和游戏行为同他的动物祖先的同类行为之间不可能没有渊源关系。因此可以说，与模仿和游戏行为互为表里的法术思维，其深远的根源在于遗传自动物祖先的模仿本能和游戏本能。

然而，重要的倒不是法术思维的生物学根源，而是它作为人类符号行为发生的基础，与动物的模仿游戏之间的本质差异。从儿童心理发生方面来看，这种差异表现为单纯的即时模仿与延迟模仿，纯粹发自本能的游戏与渗透着

[1] 参看杨多（R.Yando）等编：《模仿》（*Imitation*），美国劳伦斯·艾尔包姆出版协会（Lawrence Erlbaum Associates，Inc）1978 年版，第 8、6 页。

[2] 参看杨多（R.Yando）等编：《模仿》（*Imitation*），美国劳伦斯·艾尔包姆出版协会（Lawrence Erlbaum Associates，Inc），1978 年版，第 8、6 页。

[3] 德斯伯里：《比较心理学》（中译本），科学出版社 1984 年版，第 127 页。

主体意志目的的象征性游戏之间的差异，也就是非意指性活动和意指性活动之间的差异。从史前人类方面来看，猿的非意指性模仿与游戏是怎样飞跃为人的意指性活动（即在人的意义上的行动思维）的呢？

探讨这个极为复杂的问题，必然要使我们从心理学领域转回到社会历史中去，具体考察使人成为人的劳动实践活动。

考古学和人类学的研究已充分表明，我们的远古祖先是一些猎人。[1]在史前进化的几十万、几百万年间，猿人是在同各种大大小小的动物进行弱肉强食的血的角逐中求得自身的生存和延续，开辟着生命的进取道路的。从四足动物到两足动物之间的生理飞跃，是以生活方式的根本性变化为基础的：以攀缘采集来维生的猿与以狩猎活动为主要谋生手段的猿人，其间的进化种差意义重大。自然客体中首次分化出了主体，以制造和使用工具的实践活动为其生命特征的猿人第一次揭开了人与自然的对立关系。消极适应自然赐予的采集性劳动开始向利用自然力（工具和火的使用）来征服自然的创造性、进取性、开放性劳动飞跃。伴随着这一伟大的飞跃，便是主体性自我意识在实践智能、在行动思维中的萌发，其表现形式还远远不是理性认识到了的与自然分化了的自我，而仅仅是在自身的外部活动的成功体验中不断滋生的一种以自我为中心的优越感，正像婴儿由于成功地运动自己的肢体而产生的自我中心幻觉一样。

这种自我中心的主体优越感同得自梦幻的超现实力量相融合，[2]经过不断的强化和内化，构成了法术思维和意指性活动的主体心理条件。然而，一种超越现实的主体意志和愿望，一种自我中心的优越感毕竟是同现实相矛盾的。换句话说，被自我中心幻觉所夸大的征服和强迫自然力、把现实同化于

[1]［美］S.L.Washburh：《工具与人类的进化》，中译文见《心理学参考资料》第13辑，第11—15页。又：［美］匹尔比姆：《人类的兴起》（中译本），第1章，科学出版社1983年版。

[2]国外不少学者确信，“梦是原始人类法术实践的最重要源泉之一”（高登森：《人类行为百科全书》，第715页“法术思维”条）。

自身的意图（主体需要）同人类实际拥有的控制和改造自然的能力（主体能力）之间发生了无法弥合的差距。不言而喻，这种意愿和能力之间的差距并不只是原始人面临的问题，在文明人类中，它也随时会以幻想与现实之间冲突的形式再现出来。对于具有逻辑理性的文明人来说，解决这一矛盾的唯一途径是以现实来否定或修正幻想，使主观服从于客观。但是，在以自我为中心为根本特征的史前人类的行动思维那里，解决冲突的方式恰恰相反，不是主观顺从地迁就客观，而是主观意愿强行投射于客观；不是让幻想屈服于现实，而是靠动作思维把幻想现实化。人类最早的符号行为便从这种主体意愿的外射，这种实践中的幻觉中逐渐发生了——其原始形态乃是在当今原始部落中仍可看到的法术性狩猎舞蹈。下面是个常为人们引用的例子：

北美洲的红种人跳自己的“野牛舞”，正是在好久捉不到野牛而他们有饿死的危险的时候。舞蹈一直要继续到野牛的出现，而印第安人认为野牛的出现是和舞蹈有因果联系的。

普列汉诺夫在引述了这一现象后评述道：

他们的头脑里怎样出现了这种联系的观念，这个问题在这里与我们无关，姑且丢开不谈；但是我们可以有把握地说，在这种情况下，不论是“野牛舞”或者是动物出现时开始的狩猎，都不能看作是娱乐。在这里舞蹈本身就是追求功利目的的活动，并且与红种人的主要生活活动密切联系着。[1]

普列汉诺夫用北美印第安人的狩猎舞蹈为例，旨在证明功利性活动先于娱乐活动（游戏）和审美活动。但他没有意识到，野牛舞是一种法术性的象征行为。为什么原始人相信他们的舞蹈会导致狩猎对象的出现，这样一个因

[1] 普列汉诺夫：《论艺术（没有地址的信）》（中译本），三联书店 1964 年版，第 80—81 页。

果观念的问题在他看来是无关紧要的。其实，理解狩猎舞蹈对于思维学和宗教史研究的重要价值，关键就在这种原始的因果观念上。现代心理学所提供的“法术思维”概念是探讨这种观念的一把钥匙。

原始人的舞蹈同野牛的出现，本来是风马牛不相及的，根本无因果关系可言。但是，作为法术思维的一种形式的狩猎舞蹈，其实质乃是自我中心的，其动机是主体操纵、控制自然客体的意愿（让野牛出现）。这种意愿借幻想的实践——即主体的象征性动作为符号中介，强行投射于现实之中，便有了普遍发生在狩猎部落生活中的意指性符号行为。

由于我们最早的人类祖先是以狩猎为生的，所以有理由认为狩猎舞蹈是人类最早的法术活动。有幸的是，进化的洪流并没有把这种法术活动从当今地球上完全消除，我们在滞留于石器时代的原始狩猎部落那里还可以窥见这种其来源几乎和人类本身一样久远的“艺术”实践的活遗迹。除了“野牛舞”之外，人类学家们还观察到了“熊舞”“鱼舞”“青蛙舞”“鸸鹋舞”“野犬舞”“袋鼠舞”“鸟舞”“鸵鸟舞”，等等。[1]

需要说明的是：狩猎舞蹈可以作为人类符号行为即法术思维的最初源头，但它并不是舞蹈本身的源头。舞蹈作为模仿和游戏的方式之一，其生物根源同样可以上溯到动物中去。“最早的舞蹈可能是愉悦的单纯表达或是与求偶有关的活动。下述事实说明了这种情形：鸟类、动物类甚至蜘蛛，都以舞蹈来吸引和打动其配偶。[2]就人类的舞蹈而言，在法术性狩猎舞之前，一定还存在非法术性的舞蹈，或者作为过剩精力的发泄，或者作为愉悦性的劳动模仿，总之，那是一种从动物祖先的撒欢戏跳发展而来的本能的节奏运动，既无功利目的，更无符号性。只有当自我中心幻觉产生之后，当强烈的主体意

[1] 参看香港中文大学《中译人类学词汇》第 20 页。格罗塞：《艺术的起源》（中译本），第 8 章，商务印书馆。普列汉诺夫：《论艺术（没有地址的信）》（中译本），第 90 页。

[2]《新大英百科全书》第 5 卷，“舞蹈艺术”条，第 451 页。

愿灌注到舞蹈活动中（更确切地说，是意愿借原有的舞蹈形式使自身现实化）时，舞蹈才第一次成为意指性活动，成为人类符号行为之始，也即成为人类意义上的思维之起源。

可以想见，从那时起，舞蹈，这种身体的节奏运动，便获得了前所未有的生存价值，它不仅在美学意义上为人类提供节奏感和韵律感，更重要的是成了原始人类重要的精神寄托和支柱，它以实践感觉的方式使处在风雨雷电、洪水猛兽包围中，处在一片混乱、无秩序的异己客体中的猎人祖先们体验到秩序和节奏，更体验到主体自身的存在、力量、意志和愿望，它按照法术思维的自我中心逻辑把主观幻想的因果关系强加于客观现实，从而克服主客冲突所造成的精神危机和恐慌，把自我信念和宇宙优越感反馈于自身，使焦虑得到宣泄，使心灵得到安慰。的确，能跳这种法术舞的人永远是胜利者，因为他们以不承认失败的主体意愿为强大后盾。有人说，法术思维是一种“意愿思维”（wishfulthinking），我倒觉得，它也未尝不是最早的精神胜利法，或前宗教的宗教体验。

把以法术舞蹈出现为标志的史前人类符号行为的发生同现代儿童的符号行为发生过程加以比较，是十分有趣且有意义的。“今天的儿童，即使在最发达的社会里，他们也会在知道怎样用语词来表达情感之前，愉悦地用舞姿来表达自己”[1]。同样可以肯定的是，舞蹈作为前语言符号的行动符号，在史前人类那里具有一定的交际作用。然而，这样的类比还只是现象方面的，更为深刻的是，法术舞蹈就其内部结构和性质而言，恰恰同儿童符号行为最初的两种功能表现具有惊人的雷同之处。还以前面提到的北美印第安人的野牛舞为例，我们看到：野牛舞的结构形式表明它是一种延迟模仿。野牛舞的动作姿势是模仿野牛的，但又不是非符号性的即时模仿，

[1]《新大英百科全书》第5卷，“舞蹈艺术”条，第451页。

而是当野牛很久不出现时，对它进行追忆性的模仿再现。这里已清楚地看到人类符号行为区别于动物信号交际的一个根本特征：移位性[1]。如果不只是从结构形式方面着眼，我们还会看到，野牛舞已经具有了象征性游戏的性质。因为它不仅是对客体对象的追忆性再现，同时也是主体情感意愿内容的外射，并借此种外射而创造出一种旨在把现实同化于自身的虚构情境。同儿童以佯装的方式做出的游戏行为（如过家家游戏，儿童自己佯装为大人，给洋娃娃穿衣吃饭等）一样，虚构的目的在于“补偿和改善现实世界”[2]，使自我得到代偿性满足。

由此可见，儿童符号功能表现的最初两种形式是怎样变相地重现着人类祖先符号行为的起源。从自发的舞蹈活动到旨在解决“问题情境”的有意识有目的的法术舞蹈，从婴儿本能的模仿到延迟模仿，从自发游戏到象征性游戏，二者的表现形态虽然不同（在史前人类那里的意识活动在儿童这里则变成了无意识活动），但是主体符号功能发生的建构过程却是一致的，它们共同反映了隐藏在生理动作形式中的心理飞跃，暗示出动物的行动思维向人类的行动思维发生质变的真实轨迹。

四、法术思维的发展与人类文化

（一）意识的发生：对笛卡儿命题的改换

笛卡儿曾经提出过一个在哲学史上著名的命题：我思故我在。这个命题尽管有很大片面性，但仍不失其在思想史上的意义。在西方，对“我”（人）和对“思”的科学研究正是以笛卡儿为新的起点的。到了德国古典哲学的最后一位代表人物费尔巴哈那里，终于对自笛卡儿以来关于“思”与人的本质

[1] 参看 C.F.Hockett：《言语的起源》（中译本），见《心理学参考资料》第 13 辑，第 60—69 页。

[2] 参看皮亚杰：《儿童的心理发展》（中译本），山东教育出版社，第 43 页。

问题的探讨做了如下总结：

动物只有一种单纯的生活，人则有一种双重的生活：在动物，内在生活和外在生活合而为一，人则有一种内在生活和外在生活。人的内在生活是与他的类、他的本质相联系的生活。人思想，也就是说，他在同自己交谈，说话。[1]

马克思主义创始人在着手制定新的世界观之际也正是以对上述论题的继承为出发点的。在1844年手稿中马克思写道：

动物和它的生命活动是直接同一的。动物不把自己同自己的生命活动区别开来。它就是这种生命活动。人则使自己的生命活动本身变成自己的意志和意识的对象。……有意识的生命活动把人同动物的生命活动直接区别开来。[2]

不久，马克思便把对人的本质的探讨引向对人类社会的本质及发展规律的探讨，提出了社会存在决定社会意识，物质生活的生产方式决定精神生活过程的唯物主义历史观。随后，马克思把毕生的主要精力投入到关于物质生活生产的经济学研究方面。恩格斯晚年结合19世纪后半期的科学进展，特别是人类学成果对唯物史观做了进一步的说明和补充。马克思主义创始人没有来得及（在当时似也没有可能）研究这样的问题：存在和意识，物质生活和精神生活在史前人类中是怎样开始分化和形成的？也就是说，动物的单纯生活是怎样过渡到人类的双重生活的？更简明地说，人类意识是如何发生的？“我思”是怎样开始的？

一个世纪以后的今天，结合新的科学成果，研究和解答上述问题，丰富和发展马克思主义的历史观和认识论，应成为当代人文科学家的重

[1]《十八世纪末十九世纪初德国哲学》，商务印书馆1975年版，第544页。
[2]《马克思恩格斯全集》，第42卷。

要议题。

在前面的考察中我们试图说明，“思”是从行动开始的。现在我们将进一步说明，把人和动物直接区别开来的不是广义的“思”，而是能够把“自己的生命活动本身变成自己的意志和意识的对象”的符号功能和符号行为。符号行为的出现首次带来了一种对象化世界，使人能把外在自然和自身的自然变成对象化的存在。符号给“思”带来了质变，本来和肉体存在交织在一起的行动思维由于有了符号为中介，才开始孕育出脱离肉体动作而独立出来的可能性，这种可能性随着符号功能的不断发展，则必然变成现实。

具体来说，正是在作为符号行为之始的法术舞蹈中，人类才成了人类，才产生出了意识，孕育出了使包括劳动经验在内的文化信息得以传递和交流、得以世代延续的载体。从表面上看，法术舞蹈是身体的规则动作，这同动物的求偶舞蹈简直无甚差别。但从实质上看，动物舞蹈出自动物的生理本能，它就是动物单一的生命活动；法术舞蹈是由主体意愿内容驱动的，它表现为外在生活的形式，实际上已成为内在生活、精神生活的萌芽。主体通过有目的有意识的动作而意识到自己的对象存在，舞蹈动作本身成为人与自然之间的交际过程，同时又是舞蹈者之间的交际，还是舞蹈者同自己的无声交谈！关于前一种交际的意义已略见上文，而后两种交际的意义亦不可忽视。因为它们是符号功能和符号行为进一步发展的内部动力。正如延迟模仿和象征性游戏推动着儿童符号功能向心理表象和语言方向发展，法术舞蹈不断地把符号行为本身作为对象反馈于自身，内化为新的符号功能，为更高级的符号行为的产生创造主体条件。从这一意义上看，法术舞蹈实为后代一切宗教仪式、宗教观念的直接源头。一位早期的人类学家说得好：

野蛮人的宗教与其说是想出来的，不如说是跳出来的。[1]

以符号发生理论的透视力来重新考察宗教和思维的起源，我们甚至发现，存在主义者对笛卡儿命题的改换倒是不自觉地包含了富有启示意义的发生学内涵，曰："我舞故我在。"

（二）法术思维的发展：阶段划分及外部动力

法术思维不是孤立和静止的现象，而是随着符号功能的进展而不断建构的过程，这个过程可以大致划分为三个阶段。法术性舞蹈是法术思维的低级阶段。在这一阶段，动物的行动思维转变为成人的行动思维，问题情境的解决方式是主体意愿以幻想实践（表现为狩猎舞蹈）的形式实现对自然客体的控制。之所以如此，最终应归因于最早的人类祖先相对低下的实际生产力（控制自然的能力）和当时唯一主要的物质生活方式（狩猎）。

狩猎生活贯穿着整个旧石器时代。由于石器工具的不断改进和多样化，原始猎人的生产力水平才逐渐提高。在这一上百万年的漫长进程中，人类符号功能的发展同人类生产能力的发展是互为因果，同步前进的。"据报道，黑猩猩是唯一有改变天然物能力的动物，如去掉树的枝杈，来猎取白蚁，近似于工具的制造。但黑猩猩只是在眼前能获得结果的场合下，才会这样做。由于智力的限制，它很少知道过去或未来。"[2] 这一事实十分耐人寻味。如果说劳动创造了人本身，那么为什么黑猩猩的劳动（而且还是使用工具的劳动）不能使它们进化为人呢？

笔者以为，答案就在于有没有能促使劳动飞跃发展的主体符号功能，而不单单是智力水平的问题。黑猩猩的智力程度在整个灵长类中出类拔萃，

[1]R·马雷特：《前万物有灵宗教》，转引自C·A·托卡列夫《外国民族学史》（中译本），中国社会科学出版社1984年版，第132页。

[2] 吴汝康：《人类的起源和发展》，科学出版社1980年版，第119页。

但是黑猩猩没有符号功能，它尽管已使用了20多个表示不同语义的叫声信号，但这些信号的使用只是即时即地的条件反射，不能进行移位性的交际活动。从这一方面来理解，我们似可看出，为什么黑猩猩只能生长在自然必然性所限定的时空中，“很少知道过去或未来”。这样，黑猩猩使用工具的劳动经验和技能虽已接近了“准文化信息”的边缘，却由于没有符号载体来传递、交流和累积而仍然局限在遗传信息范畴以内。相比之下，人类却得天独厚，除了劳动而外，还获得了符号功能，正是符号功能使人类得以超越时空的必然限制而得到相对的自由。即以最低等的符号行为——法术舞蹈而言，它事实上已把过去的事物同未来的内容以现在的动作活动连接起来，完成了一次史无前例的抽象。就舞蹈动作的外在形式来看，是对过去的经验情境的延迟模仿，就舞蹈的目的来看，又是对尚未出现的事物的一种主观召唤。在舞蹈中，对过去的追忆同对未来的期望实已真正融为一体了。久之，舞蹈实践势必内化为心理机制，使人类得享借思维超越时空的特权。有了过去经验的积累，有了对未来的预见，或者说有了对明天的忧虑，工具的制造和使用才远远超出“在眼前能获得结果的场合”之外，从而获得“超生物”的飞跃。

如前所述，符号功能与生产能力之间是互为因果的。符号行为和劳动活动作为人类实践的两大领域，也是息息相关、同步发展的。除了符号行为促使劳动飞跃的一面以外，还存在着发展中的劳动活动促进符号不断向高级形式演进的一面。如果从这两种基本实践活动[1]相互作用的角度重新理解（阐发？）恩格斯关于手和脑在人类进化中辩证关系的观点，我们将看到，手和脑的进化关系不只是一对一的相互作用；如图：

[1] 最近，一位苏联学者提出了一种不无启示性的假说，认为人类活动的结构由四个基本部分组成：劳动、认识、交际、价值活动。见M·B·杰明：《劳动——人类的一种活动》，载［苏］《哲学科学》1984年，No1，中文摘要见《国外社会科学快报》1984年第14期第5页。笔者以为，从符号学观点看，劳动以外三种活动似都可归为符号活动。

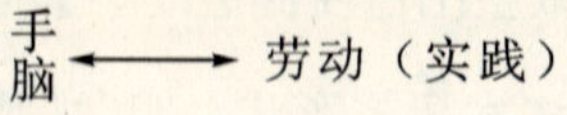

而是一种多层次的交叉作用，如图：

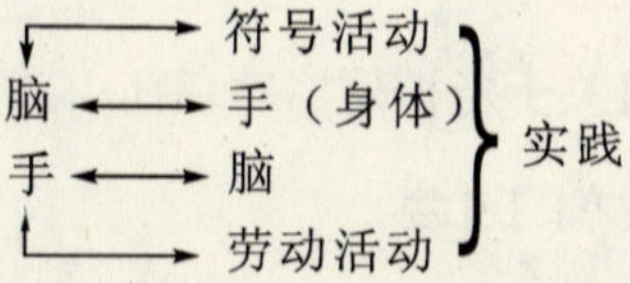

马克思主义创始人所面临的历史任务侧重于从物质生产、从经济学方面揭示人类社会的底蕴，这样他们着重从劳动这个层次上阐发人的本质和人的实践，就是理所当然的了。然而，诚如一些当代马克思主义者所强调指出的，劳动只是“人类活动的一种形式”[1]。仅从这一种形式入手，尚不足以穷尽人的本质的丰富性和人的实践的多层次性。如何从新的层次入手，在现有基础上进一步开掘“人学”的奥秘，似应成为当代马克思主义者努力的一个方向。笔者以为，从符号活动和劳动这两大基本层次上来考察人的实践，对于深入理解意识的发生及分化过程（即分化为宗教、艺术、科学等不同的意识形式），理解物质生活的生产同精神生活的生产之间的辩证关系乃至社会意识和社会存在之间的交互作用，都有一定的现实意义。

在以符号功能的发展为内在动力，以劳动能力的发展为外部动力的双重实践作用之下，法术思维必然要以新的建构改变原有的初级形式。根据考古学、人类学所提供的实物材料以及宗教学方面的现象描述，我们似可拟定法术思维发展的中级阶段。

（三）法术思维的中级阶段

在法术思维中级阶段的前期，首先是法术舞蹈本身的多样化（从旨在强

[1] 参看［苏］M·B·杰明：《劳动——人类的一种活动》，中文摘要见《国外社会科学快报》1984 年第 14 期，第 5 页。

迫狩猎对象出现的狩猎舞派生出旨在促进动物繁殖的交感舞蹈，进而又衍化出不限于模仿动物的其他法术舞蹈形式，如食物舞（bread dance）、性征舞（phallic dance）、战争舞（war dance）、丧舞（death dance）等，接着就是法术舞蹈向仪式、哑剧等动作性减少而象征性增强的符号行为的进化。与这一过程相伴随的乃是关于各种超自然存在（如精灵、灵魂等）的原始观念的萌生，以及法术向巫术的过渡。

法术思维中级阶段的前期大约相当于旧石器时代的中期（30万年前到5万年前）。我国的马坝人、长阳人、丁村人和欧洲的尼安德特人（简称"尼人"），在进化的程度上与这一时期大致相符。尼安德特人洞穴遗址中人头骨和熊头骨的立体排列向人们无声地暗示着，原始宗教仪式已采取了较发达的形式。

然而，无论是马坝人、长阳人、尼安德特人，还是迄今发现的与他们同时或更早的人类遗迹中，都还没有一件哪怕是最粗糙的物化的符号形式——雕塑或绘画。这一事实意味着在法术思维中级阶段的前期，人类符号行为尚未从根本上脱离自身身体的动作；或者说，以身体动作为媒介的外在的符号活动尚未内化成足够强大的形象化表象能力，从而使这种心理表象的外化形式无从发生。

到了法术思维发展的中级阶段后期，我们看到，符号活动终于完成了这一场伟大的载体革命，在法术舞蹈、仪式、哑剧等表演性行为之外，产生了不以主体动作为局限的新的物化的空间造型符号形式，那便是遍布于世界各地（主要集中在欧洲）的属于旧石器时代后期的洞窟壁画、偶像化石和各种刻画符痕。

从动作符号到空间造型的物化符号，载体革命的意义是极为深远的。首先，从思维发展过程上看，这是继以符号的发生为标志的行动思维的质的飞跃之后，又一次巨大的飞跃，其直接结果便是使行动思维终于摆脱了千百万年来的"行动"羁绊，把思维的物质外壳从身体动作转向心理表象，从而完成了前语言阶段思维发展的第二次抽象化过程，为更为抽象化的语言思维的发生奠定了根本性的主体心理基础。从思维的内容来看，行动思维只能以主观情感意愿的投射来解决问题情境，而情感意愿毕竟还是最接近动物的心理层次内容；心理表象的发生使思维运演活动得以脱离受时空局限的身体动作而获得自由，这就使大脑处理信息的能量和效率得到迅速提高，使观念和思想这些较高级的心理层次参与问题情境的解决。

符号载体革命的意义并不限于思维发展方面，思维发展本身也当从进化和文化的意义上来理解。心理表象外化为物化符号，一方面意味着文化信息传递的永久性物质载体的出现；另一方面也意味着造型艺术和偶像崇拜（神灵观念的先导形式）的起源。永久性文化信息载体的出现使文化的积累发生革命性变化，必将促成生产力的迅猛提高，带来延续了300万年的旧石器时代的终结。造型艺术和偶像崇拜的普遍发展反过来强化了心理表象能力，使不受时空限制的想象力和抽象力同时增长，为日后人类意识的分化埋下潜在的种子。

符号载体和思维形式的第二次飞跃并未从根本上改变法术思维的性质。尽管除了法术活动之外，巫术、图腾、万物有灵观（精灵信仰）等其他原始宗教形式也随着心理表象能力的发生而发生，并外化为辅助仪式、舞蹈、哑剧表演的道具（如假面、偶像、图腾柱或图腾标记以及文身和其他法术装饰）。但法术思维的本质特征——自我中心倾向仍然贯穿在整个人类意识活动中。即以欧洲一些著名的旧石器时代晚期的洞穴壁画为例，其法术性质是显而易见的。在这里，两三万年以前的猎人们解决问题情境的方式已同他们的远古祖先有所不同，召唤和确信狩猎对象出现、预祝狩猎成功的主体意愿对象化为空间造型性的动物图像、狩猎图景。和法术舞蹈的区别是，意指性活动从暂时性的动作表演变化为永续性艺术作品的创造活动。原始艺术家们对自己的观察、模仿和创造能力具有神秘的自信，他们坚信自己的精神生产同狩猎活动——物质生产之间有必然的因果联系。因此，他们以细节的真实来再现狩猎对象被矛或箭所击中的情景，精心地绘制出巨大而强壮的动物受伤死去的逼真画面。除此以外，思维的自我中心倾向还表现在原始艺术家们无视客观物象之间的空间关系。如在拉斯科洞穴中，不同时期的动物图像是重叠在一起的。史前画家们主观认定洞壁的某一部位最富有法术意义，因而不顾原有的图形的存在，把自己的作品强行叠加上去。当代心理学家们发现，史前艺术的这一特征在智力水准倒退的精神病患者们的绘画中也惊人相似地表现出来。

（四）法术思维的高级阶段

法术思维发展的高级阶段大约开始于新旧石器时代交替之际，以人类符号功能的又一次巨变——心理表象向语言思维的过渡为主体心理基础。语言起源是一个十分复杂的课题，需要专门研究。这里所要说明的是，从动物的呼叫系统到人类的分节语言，其间的递变过程的确和人类本身同样古老。不过，以概念语词系统为符号媒介所进行的抽象思维运演活动的发生却不会很早。也就是说，规则的分节语言取代心理表象而成为思维的物质外壳，这种符号功能的又一次载体革命是相当晚近的事。在这场变革完成以前，一定有一个语言本身不断发展完善，不断与心理表象交会结合，最后又取代心理表象的过程。从行动思维到表象思维，是人类符号功能的一大抽象化过程；[1]从表象思维到语言思维，则完成了一次更大的抽象化。在进化意义上，它表明人类大脑左半球优势（猿类大脑无左右半球之分）的形成；在文化意义上，它同生产工具的历史性变革（指新石器取代旧石器）交互作用，使人类文化进程获得了空前的加速度。这种加速度可由下述事实表明：旧石器时代延续了几百万年，而新石器时代以来迄今的历史只有1万多年。后者同前者相比

[1] 现代心理学认为表象是物体在人类心理中的抽象的类似物的再现，而不是对物体的完整再现或刻板摹写。参看《现代认识心理学关于表象的研究》，载《心理学动态》1984年第1期，第22页。

短暂得不可同日而语，但文化的发展却超过前者不知多少倍。

在法术思维的高级阶段，法术活动同语言相结合，产生了新的形式——咒语。过去是主体以自身的动作或物化的造型符号对客体施加影响，现在则又产生了主体以其语词来实现情感意愿内容、操纵和控制自然的法术手段。这种法术手段不论是在前文字的原始社会中还是在文明社会中都可以看到。[1]在这里，行动思维的万能性信念衍生为语言万能的信仰。根据这种信仰，语词所代表的东西与所要达到的目的"都相信与语言本身是一件东西，或与语言保有交感作用。一些表示欲望的词句，一经说出，便算达到目的。"[2]法术师和巫师的话成为"金口玉言"，呼风则风至，唤雨则雨来，都相信咒语一出，结果便如影随形般地达到。[3]弗雷泽认为，最早的统治者就是从这种拥有"金口玉言"的特殊权力与超自然力保持着神秘交往关系的法术师们演变而来的。[4]中国商代的甲骨卜辞，从其形式和功效来看，也具有法术思维的性质：

戊辰卜，及今夕雨？弗及今夕雨？

癸卯卜，今日雨。其自西来雨？其自东来雨？其自北来雨？其自南来雨？

——（见郭沫若《卜辞通纂》）

这时的问话可以视为古人求雨法术心理的现实记录。正如法术思维在儿童初期语言行为中表现出的自我中心倾向一样，"有一种请求不知不觉会变成命令；有一些问题又包含有一种内在的请求"[5]。在儿童那里，这一类自

[1] 马林诺夫斯基曾认定任何形式的法术（巫术）都由三要素组成，即咒语、仪式与巫师（《巫术科学宗教与神话》中译本第 176 页）。其实，他所说明的现象只适用于法术思维发展的高级阶段。

[2] 李安宅编译：《巫术与语言》，商务印书馆 1936 年版，第 13 页。

[3]《巫术与语言》，第 14 页，参看［法］列维 - 布留尔：《原理思维》（中译本），商务印书馆 1981 年版，第 224—225 页。

[4] 参看弗雷泽：《金枝》插图缩写本，第 1 章《法术和王者的进化》，第 44—46 页。

[5] 皮亚杰：《儿童的语言与思维》（中译本），文化教育出版社 1980 年版，第 44 页。

我中心的语言形式尚未成为逻辑运演的符号媒介，也不是用来进行理智交流的，而是主要用来辅助行动的。基于同样的道理，像“其自东来雨”这样的语言句式也不应看成是古人理智的发问，它的确在问题中含有一种内在的请求，是主体对客体施加影响的一种辅助形式。只是由于时代的前进，理性之光使自然因果关系越来越清晰起来，自我中心的信念已从根本上发生了动摇。原有的主观意愿已经不能再像“土返其宅，昆虫毋作”之类的咒语那样以充分的自信强加给自然客体了。因此，就不得不采取了谦和得多的请求方式，以疑问的口气同客体相商了。

自我中心倾向的衰退表明人类对自然必然性的认识有了巨大的进步。幻想受到经验事实的校正，主观意愿开始顺应客观现实条件。人类对自身的力量有了较清醒的意识，不再幻想借自身的行为或借超自然的力量来控制影响自然进程了。到了这时，法术思维就开始退出历史的前台，而让位于作为哲学、科学、宗教（指原始宗教以后的）和艺术等各种独立的意识形态前身的神话思维了。

弗雷泽指出，正是由于原始人逐渐看到法术思维并不能偿其所愿带来客体的变化，于是才有所戒惧或希望，有所祈祷或反抗，乞灵于较高的能力，乞灵于魔鬼、祖灵或神祇。[1] 也就是说，对自身力量的信仰的丧失导致了对神的信仰；法术的解体，带来了新的宗教。或者不如说，“法术便是以人为中心的宗教，宗教便是以神为中心的法术”[2]。科学则既不以人为自我中心，亦不以神为中心，而是以客观必然性、以自然的因果关系为中心。法术基于人的自信，要求人直接与自然发生关系，在这一点上倒与科学相近（所不同的是法术的自信是一种自欺欺人的自大，而科学的自信在于认识了必然）；宗教则以人的无能为力为其存在的前提，人与自然的关系必须通过神的作用。

[1] 马林诺夫斯基：《巫术宗教科学和神话》（中译本），商务印书馆 1936 年版，第 3—4 页。
[2]《新大英百科全书》第 1 卷，“万物有灵论”条，第 922—924 页。

在神话思维发生以后，法术思维虽退离了前台，但并非从历史舞台上绝迹。恰恰相反，这种由来已久的传统思维方式仍然以残余形式和变相形式广布在原始社会和文明社会中。据马林诺夫斯基报告，在神话思维已相当发达的美拉尼西亚的原始部落中，“凡是有偶然性的地方，凡是希望与恐惧之间的情感作用范围很广的地方，就见得到巫术。凡是事业一定、可靠，且为理智的方法与技术过程所支配的地方，我们就见不到巫术。更可以说，危险性大的地方就有巫术，绝对安全、没有任何征兆余地的就没有巫术”[1]。由于疾病对人类威胁极大，且不可能为理智和技术所完全控制，故在原始社会乃至文明社会中普遍存在着巫医信仰，这一事实足以表明法术思维生命力之顽强。除了独立于后代宗教以外的法术、巫术形式外，法术思维的某些特征还被人为宗教同化于自身，以变相形式遗留下来。最常见的一些宗教仪式、祈祷活动等，无不透露出法术活动的古老面影。此外，法术还为神话、民间故事等后世文学提供着无数的神秘母题和原型，甚至以“愿望思维”（wishful thinking）的形式成为创作的一个内在动力因素。

五、几点启示

从法术思维的发展同人类文化之间关系的粗线条勾勒中，我们似可得出如下诸方面的启示：

第一，作为人类思维之始的法术思维，它的发展也就是一部思维发生史，这种发展呈现为开放性结构：低级阶段不断向高级阶段演进，新的法术思维形式不断从旧有的形式中生成。从狩猎舞蹈到象征性仪式，再到心理表象，最后同语言形式相融合。

[1] 马林诺夫斯基：《巫术科学宗教与神话》，李安宅中译本，第175页。

按照事物辩证发展的普遍规律，高级运动形式自低级运动形式发展而来，又自身包含着低级运动形式。法术思维的发展也是这样，在其高级阶段，咒语这一新形式本身便是最早的身体动作和心理表象的不断抽象化之结果，同时这一新的法术手段同旧有的手段如仪式和舞蹈同时并存。

从思维生成史的角度来看这种开放性结构，我们可以看到，思维生成的历程与人类文化发展密不可分。思维发生的每一次飞跃（以符号革命为其标志），同时也是新的文化形态诞生的契机。从动物思维到人的思维，带来了文化得以存在的非遗传性信息载体。从行动思维到表象思维，带来了精神生活同物质生活的分化，意识和存在的分化。从表象思维到语言思维，又势必带来意识本身的分化（从浑然一体的法术世界观到各种意识形式的独立出现）。伴随着这一伟大的开放性结构的不断展开，人类也就从只会打猎和跳舞的灵长动物进化为拥有丰富多样的文化财富的宇宙主宰。

第二，法术思维的发展史能给我们提供一个虽然粗略但毕竟是宏大而深远的视野，使我们对诸如宗教、艺术、语言、诗歌等不同门类的起源问题有新的理解和认识。从开放性结构总体来看，所有的这些文化的不同层面、不同形态都是同源同根的。它们都只不过是主体符号功能发生过程的必然分化物。严格意义上的宗教、艺术、语言等都是后来才出现的。它们早先是浑然一体，不可分割的，狩猎舞蹈既是功利性的物质生产活动，又是人类最早的精神形式；既是一种宗教活动，也是一种艺术创造，同时还是舞蹈者与舞蹈者之间，舞蹈者和自己之间的动作语言交谈。前语言思维阶段的各种符号活动及其产品（仪式表演及法术性绘画）都可以作如是观。

从这样一种宏观的符号发生过程来看，格罗塞、普列汉诺夫等前辈学者所热衷于探讨的诸如游戏先于艺术还是后于艺术，宗教起源于艺术还是艺术起源于宗教之类的问题，以及目前仍有相当多赞同者的艺术起源于巫术说或劳动说等，都显然有些经院哲学的色彩了。如前所述，宗教和艺术在未分化为独立的意识以前都只不过是法术思维的不同表现，舞蹈作为“艺术”显然早于一切宗教，而造型艺术的发生又以特定的宗教活动为前提。所以，“孰先”之类的问题就失去了意义。新的问题在于：如何尽可能科学地描述一切意识形式的主体发生根源，即符号功能的历史展开过程及其与劳动、文化间的关系。

第三，法术思维向神话思维的过渡在哲学认识论方面具有重要意义。由于语言符号不仅是最方便的交际工具，而且是一套分类编码系统。所以，神话思维从法术思维中脱胎而出的过程也就是人类开始借助于语言符号对自然现象和社会现象进行分类整理和解释的过程。皮亚杰在研究儿童思维时曾发现，掌握语言后的儿童有一种普遍的“解释癖”，即对一切事物都要追问“为什么”，寻找某种终极原因。[1]笔者以为，儿童的这种解释癖同自我中心倾向一样，也是人类祖先思维发展到某一阶段的特征之重演。在神话思维中，我们正可以看到这种解释癖的原始形态。“神话的首要功能就是解释的功能。这一点使任何一种文化传统的局外观察者都感到惊异”[2]。卡西尔曾将这一特征概括为过分发达的“因果本能”[3]。原始人不承认偶然的存在，自然的灾变或人的伤、病、死，都要归结为某种必然的原因，归结到法术或巫术的神秘作用。神话思维的这种“因果本能”将一切现象归结到终极的超自然原因，这就为神灵信仰的发达开辟了道路。神话思维的符号媒介——语言，本是人类符号发生过程中的伟大创造，在神话中却被投射到神灵口中。《圣经·创世记》中那高叫一声“要有光”，便从虚无中创造了世界的上帝，正是人类对自己的语言能力加以神话化的产物。《老子》所说的“有名万物之母”，则是神话进一步哲学化的结果。从这一意

[1] 皮亚杰：《儿童的语言和思维》（中译本），第 5 章，文化教育出版社 1980 年版。
[2]《新大英百科全书》，第 12 卷，“神话与神话学”条，第 795 页。
[3] 卡西尔：《象征形式哲学》（英译本），第 2 卷，耶鲁大学出版社 1958 年版，第 48 页。

义上说，研究法术思维向神话思维发展的轨迹，是重新估价人类认识史和文化史的一条有益途径。

第四，从法术思维的发生发展和演变过程着眼，可以对诗歌起源的古老课题做出新的理解。诗歌作为一种文学形式，它的产生和成熟与史前时代以音乐舞蹈为主的仪式活动密不可分，同时又与人类发音器官的成熟和语言的起源息息相关。假如我们把现存最古的中国诗歌总集《诗经》放在上述发生学大背景中来考察，那就至少可以分解出两个相区别的课题：诗歌所由产生的信仰和观念基础问题；诗歌所由产生的主体言语能力问题。前一课题又可再度分解为“圣”与“俗”两个方面，将从下节开始展开讨论；后一课题将留在第五章做专门探讨。笔者期望能从“思维 / 符号 / 文化”这一切入角度对作为一种文化事项的《诗经》做出某些新的开掘和阐发。

六、圣与俗：诗歌的二重起源

诗歌起源的探讨同艺术起源问题一样，曾困扰着一代又一代的学者。时至今日，用思维与文化的眼光重新考虑这一课题，似可区分出诗歌的二重起源——圣诗与俗诗，分别加以探讨，从而避免许多纠缠不清的死结，使问题逐步明朗化。

简单地讲，圣诗即指服务于宗教信仰和礼仪活动的诗歌唱词，如祭祀歌词、咒词、祝祷之词、招魂曲词，等等。圣诗起源之早，当与人类法术思维的成熟和语言的发生同步。各大文明初始时期被各种宗教奉为“经”的诗歌作品，如古印度的《吠陀》和《薄伽梵歌》、古伊朗的《阿维斯塔》、希伯来《旧约》中的《诗篇》、古埃及的《亡灵书》中的诗作、苏美尔和巴比伦文明中的颂神诗与创世史诗《艾努玛·艾利什》、古希腊文明中大部分失传了的诗体启示录[1]，等等，便都是因及时见诸文字记载而保存至今的圣诗。俗诗与圣诗相对而言，泛指一切与宗教信仰并无直接关联的民间歌谣、韵语唱词等。俗诗的起源从理论上讲，当与圣诗不相上下，同样以人类语言能力的发生为前提。但由于二者在初民意识形态中的重要性及地位大不相同，所以早期的俗诗大都因为无法及时记录为文字而湮没无闻了。《诗经》中的“颂”与“风”，大致上相当于这里所说的“圣诗”与“俗诗”，而“雅”则介乎二者之间。

圣诗与俗诗虽同样古老，但其内容和形式都各具特色，相互之间既有影响作用，又明显地属于不同的思维和文化产物。[2] 圣诗的溯源研究实际上必然属于宗教文化的范围。俗诗的根源则在于世俗文化，尤其是民间的性文化方面。随着从原始到文明的演进过程，许多本来作为宗教信仰对象的圣诗逐渐向世俗化方向转变，也就是从固定于仪式场合演唱的歌诗向非信仰的、文学性的说唱诗转变。我国境内许多少数民族现存的具有史诗性质的作品——以创世神话和祖先事迹为主题的长叙事诗，似可看作是由仪式性的圣诗脱胎而来的产物，它们同世俗的抒情歌诗并不同源。安德鲁·兰的看法是，应区分民歌与史诗的不同来源，他说：

民歌有长时期和普遍的流传是可以证明的；这些歌的起源，从民众嘴里和心里出来的，同那些艺术诗的起源，由于贵族为得要求一种只有他们能有的那种史诗而生的，可以说是正相反。[3]

[1] 据吉尔伯特·默雷（G.Murray）《古希腊文学史》：“这种启示录最初出于俄耳浦斯、缪赛乌斯和巴喀第斯之口。这最末一类久已失传，只留下很少的遗迹，而荷马和赫西俄德的诗，则构成我们最初的文学的纪念碑。”

[2]《诗经》中的《周颂》31 篇皆由一章组成，而《国风》和《大小雅》则为多章叠咏体，仅此一种区别，即可看出二者本不同源，似应区别对待。参看青木正儿：《中国文学概说》（中译本），重庆出版社 1982 年版，第 61—62 页。

[3] 安德鲁·兰（Andrew Lang）：《民歌》（*Ballad*），家斌译，北京大学歌谣研究会编，《歌谣》周刊第 18 期，1931 年 5 月。

按照这种看法，民歌出自民间，反映的是民众的世俗心声；史诗出自贵族，是个人性诗作的滥觞。如果参考当代人类学和民俗学的研究成果，我们可以进一步确认，安德鲁·兰所区分的诗歌的两类源头实际上正是“圣”与“俗”的区别。

就希腊和印度的大史诗传统而言，《伊利亚特》和《摩诃婆罗多》虽已脱离了宗教信仰的束缚而得到长足的发展，但多少仍具有圣诗的色彩。

与史诗传统相对的民歌或歌谣之所以具有充分的世俗特性，因为它出自与宗教圣事远离的民间下层阶级。所谓“饥者歌其食，劳者歌其事”，说的正是下层民歌创作的情况，与“美盛德”的贵族宗教诗和史诗显然大异其趣。尽管远古时的情形因无文字记载已无法详考，但是从现代的民谣民谚的产生的分析中多少可以获得一些启示吧。傅振伦先生1925年作《歌谚的起源》一文在这方面先行了一步。文中把歌谚的创作者划分为六类：

（1）小学生。如“赵钱孙李，师父捻米；周吴郑王，师父溺床”之类。

（2）儿童。如“父十三，母十四，哥哥十五，我十六”之类。

（3）乞丐。傅氏举出的例子是：“老太太，真有福，抱着孩子他不哭。”

（4）说书人。过去把说书人所作谣谚通称为“小段”，如《高高山上一老僧》等。

（5）杂耍卖艺者。这些民间卖艺人在演出时口中常有韵语同观众交流。如乡间玩帆船（扮角游戏之一种）的人唱词：“人老了，人老了！吃不动了的多，吃动的少。人老了，人老了！白头发多，黑头发少。”

（6）妇女。这一类在数量上颇为可观，例子遍布各种民俗歌谣书刊之中。[1]

傅氏这种歌谚起源分类法虽在逻辑上欠严谨，毕竟还是显示了诗歌产生的世俗文化背景的主要情况，对于从“俗”的一面了解诗之构成不无帮助。

[1] 傅振伦：《歌谚的起源》，北京大学歌谣研究会编，《歌谣》周刊第87号，1925年。

如他所举出的第六类妇女，作为民间歌谚的一个重要来源，可以说自古而然。圣诗《颂》的部分中绝无女子创作殆无疑问，然《风》诗中出自女性的作品确实相当可观，从道学立场出发指责“淫风”的朱熹就已意识到这一点，他说“郑风淫”的主要依据便是郑风中多有“女惑男之语”[1]。时至今日，讨论妇女与歌谣之关系的学者已经断言，从歌谣的内容方面判断，几乎半数以上是有关妇女问题的；从歌谣的作者方面判断，也有一半出自妇女。刘经庵先生解释说：

歌谣为什么一半是妇女们造成的？天所赋予妇女们的文学天才，并不亚于男子，不过她们久为男子所征服，没有机会去发展罢了。但是她们的文学天才，未曾湮没，遇有所感，可随时而发……更有些妇女们受公婆的虐待，妯娌和姑嫂间的诽谤，以及婚姻的不满意，她们满腹的冤屈，向谁去诉？她们既不会作什么离骚的词，断肠的诗，所以就“不平则鸣”，把自己的痛苦信口胡柴的歌唱出来了。[2]

刘氏还自述他采歌的情况说，他所采辑的《河北歌谣第一集》有300余首，短者两三句，长者千余言，多半是妇女所说的。这种情形似乎验证了孔子“诗可以怨”的古老诗歌理论。正因为下层人民苦难深重，怨情最多，所以民歌谣谚等世俗之诗多出自他们之口。又由于妇女除了受各种社会压迫之外还要受到男性的压迫，所以怨情较一般男性更重，形诸歌咏者自然占有很大的比例。这种从民俗学考察出发所得出的推论对于我们区分诗歌的二重起源提供了切实的依据，并且对于理解圣诗与俗诗两类不同作者群的性别构成比例，亦具有重要借鉴价值。

[1] 朱熹：《诗集传》卷四，郑风总评。
[2] 刘经庵：《歌谣与妇女》，见《歌谣》第30号，1923年。

中国古代的诗论家们在描述上古诗歌史的时候，也有人已注意到最古的诗集《诗经》中实际包含着两类有明显区别特征的不同作品。如明代胡应麟《诗薮》便指出：

《国风》《雅》《颂》，并列圣经。第风人所赋，多本室家、行旅、悲欢、聚散、感叹、忆赠之词，故其遗响，后世独传。楚一变而为骚，汉再变而为选，唐三变而为律，体格日卑，其用于室家、行旅、悲欢、聚散、感叹、忆赠，则一也。《雅》《颂》宏奥淳深，庄严典则，施诸明堂清庙，用既不伦，作自圣佐贤臣，体又迥别。三代而下，寥寥寡和，宜矣。[1]

胡氏的这种对中国诗歌源流的宏观把握虽未必完全准确（如认为《雅》诗在后代没有反响等），但他毕竟敏锐地抓住了由《诗经》所奠定的两类题材、主题、风格都迥然相异的诗作线索，并特别强调了俗诗——即《国风》——对于后代诗歌发展的主导和基础作用。近代以来的《诗经》研究可以说大致上都依照着同样一种侧重倾向而展开，即重视《国风》而相对忽略《颂》的部分。从崔东壁的《读风偶识》到闻一多的《风诗类钞》，可以大体上看出研究者们关注对象上的这种偏倾。新中国成立以来又受苏联式庸俗社会学的局限，"人民性"突出的风诗被套说成中国现实主义文学的最初典范，而《雅》诗，特别是《颂》诗，却成了几乎无人问津的"剥削阶级"糟粕。这可真是"圣"变为"俗"，"俗"变为"圣"的历史大喜剧。

当我们把作为文化事项的《诗经》放在人类学的跨文化背景中加以理性透视的时候，不难发现长期被人忽略的《颂》和《雅》竟成了探求"圣诗"发生真相的唯一可靠素材。因此，本书虽也涉及俗诗的发生背景问题，特别

[1] 胡应麟：《诗薮》内编卷一，上海古籍出版社 1979 年版，第 3 页。

是原始性文化与《风》诗的渊源关系问题，但更多的篇幅却用来挖掘与“圣诗”有直接关系的远古宗教文化方面的问题，如中国汉语“诗”概念的宗教学意蕴、诗与寺人制度的深厚姻缘、《诗经》与儒家思想的渊源关系、温柔敦厚诗教与中庸伦理观的共同根基——远古阉割文化、盲诗人诵诗制与周代瞽矇文化的昌盛及其对中国文学的重要影响，等等。这些问题由于过去没有得到重视和研究，笔者的尝试就不乏一定的冒险性和不成熟性。但愿这种斗胆尝试能给沉闷千载的《诗经》研究多少带来一点新的视野和新的思路，有助于对这笔丰厚的文化遗产做进一步的认识。

THE SECOND PART

第二章

诗言祝

——咒祝、祈祷与诗的发生

侯作侯祝，靡届靡究。

——《大雅·荡》

愿你口说的话，变为你眼见的现实。

——巴比伦史诗《吉尔伽美什》

一、祝与咒

无论是“祝”还是“咒”，都是法术思维盛行时期的最流行的语言形式，起初时也许二者并无严格区别，这一点甚至还可从汉字字形构成上看出大概。

祝从示从兄；咒从口从兄，故又写作呪。白川静先生对这两个字的分析是：

> “巫”是以鬼神为对象的古代咒术，而“祝”是以什么为对象的呢？祝乃是以灵魂为对象。“祝”之形，《说文》作“示”（神）、“人”、“口”的会意字，谓于神前祈祷。段玉裁注云：“以人口交神也。”然而，此字系合“示”与“兄”的会意字。兄，后来用于兄弟之“兄”，但古代规定以兄为祭主而祭家庙。……兄，非“人”与“口”的会意字。上部为𠙵，祝词也，是表示向祖灵奏祝词之意。巫是以歌舞事鬼神，而兄则是司掌祈祝者，祝告的对象本是于祀家庙的诸祖灵，因此，祝的本义是祭祀祈告祖灵。
>
> 又二“𠙵”并列则成为“咒”，是表示激烈的祈祷之语，后转为咒诅之意。[1]

图 1　秦瓦当祝词：维天陵灵延元万年天下康宁

这里的字源分析可谓慧眼独具，不过关于祖灵与神的区分未免过于机械了些，因为早自殷商卜辞起，中国人对祖灵和神就一直是混同为一体、不做严格区别的。巫与祝的差别既然不在于人所交通祈告的对象上，祝与咒二者

[1] 白川静：《中国古代文化》，加地伸行、范月娇译，台湾文津出版社 1983 年版，第 139 页。

之间也是可以相互通用的。只是到了法术与巫术有了黑白之别以后，祝和咒才在功能和目的上有了逐渐明确的区分。一般说来，祝用于表达积极的、肯定的意愿，而咒用来表达消极的、否定的意愿。祝的应用属于“白巫术”（white magic），意在祈福求祐；而咒的应用属于“黑巫术”（black magic 或 sorcery）。[1]

由于祝咒同出一源，二者之间的划分并不十分严格，所以在《诗经》时代仍有通用之例。如《大雅·荡》中有云：

文王曰咨，咨女殷商！而秉义类，彊御多懟，流言以对，寇攘式内。侯作侯祝，靡届靡究。

毛传：“作祝，诅也。”这便将祝同咒诅等同了。郑笺：“王与群臣乖争而相疑，曰祝诅求其凶咎无极已。”陆德明《经典释文》释“侯作”曰：“祝诅也，注同本或作诅。”又释“侯祝”曰：“注同本或作咒非。”[2] 这些古注皆把祝、作、诅、咒视为同义。唯孔疏认为尚有区别：“作，即古诅字。诅与祝别，故各言侯。”对此，王先谦批评说，诅、祝本无别，“作”之即“诅”，于古无征。毛以《诗》言“侯作侯祝”尚系统辞，故以“诅也”释“作祝”耳。[3] 祝与咒（诅）的混同还表现在二字连言上。或称“诅祝”，如《周礼·春官·诅祝》；或称“祝诅”，如《汉书·武五子传》“使下神祝诅”。王力先生也主张祝与呪同源，他说：

“祝、呪”本同一词。祝愿和诅咒是一件事的两面。《释名·释言语》：

[1] 参看阿梅德（R.Ahmed）：《黑巫术》（*The Black Art*），伦敦，1971 年。
[2] 陆德明：《经典释文》卷七，黄焯断句本，中华书局 1983 年版。
[3] 王先谦：《诗三家义集疏》，中华书局 1987 年版，第 924 页。

"祝，属也，以善恶之词相属著也。"善恶之词即兼祝愿和诅咒两面。

《战国策·齐策》二："为仪千秋之祝。"注："祝，祈也。"《吕氏春秋·乐成》："王为群臣祝。"注："祝，愿也。"《淮南子·说山》："尸祝斋戒。"注："祝，祈福祥之辞。"字亦作"呪"。《礼记·郊特牲》："诏祝于室。"疏："祝，呪也。"《后汉书·谅辅传》："时夏大旱……辅乃自暴庭中，慷慨呪曰。"《书·无逸》："否则厥口诅。"疏："以言告神谓之祝。"《释文》："祝，之右反。"《后汉书·贾逵传》："乡人有所计争，辄令祝少宾。"注："祝，诅也。"这个意义后来写作"呪"，读去声。《广韵》："呪，呪诅，职求切。"[1]

从上引材料看，祝与呪在上古相当长一个时期都是互换互训的，只是在后世才按照善恶之词的不同性质分开了祝愿和诅咒这两层意义。这样，考索诗歌起源于祝词或咒词的线索也就同样重要了。陈子展先生便曾指出，《诗经》中的颂部分乃是"史巫尸祝之词"[2]，这就完全点明了《诗经》中产生年代最早的这一类作品与祝祷咒词之间的一而二、二而一的交叉融合之关系。

在中国诗歌的早期发展进程中，虽然早出的颂诗在礼崩乐坏的东周以降日益被风诗、雅诗所代替，但是那种表达祝咒功能的诗作方式并未随之消失，而是依然流行于民间宗教礼仪之中。试看下面一个例子。《史记·滑稽列传》："见道旁有禳田者，操一豚蹄、酒一盂而祝曰：'瓯窭满篝，污邪满车，五谷蕃熟，穰穰满家。'"这里的四字句祝词从形式上看同《诗经》祝祷丰收的诸诗句没有什么大的差异。大概所有的种植农作物的社会中都会自发地产生此类祝诗吧。美国语言学家富兰克林·福尔索姆提供的一则材料可以为证：

[1] 王力：《同源字典》，商务印书馆 1987 年版，第 309 页。
[2] 陈子展：《诗经直解》，复旦大学出版社 1983 年版，第 1065 页。

几乎所有美国人都熟悉一首民歌前面的几个词——“快成熟，大麦燕麦、大豆豌豆……”这些歌词起源于古代的宗教仪式——当时认为，这样念就会带来丰收。[1]

从这种祝歌的仪式背景出发去考察《周颂》中的作品，不难看出这些仪式歌辞与当时社会生产的主要方式——农耕之间的密切关系。对于这种农耕礼仪诗的专门探讨，拟留待本书后面章节，这里仅集中讨论与法术相关的祝咒问题。

从宗教学立场上看，咒语是法术现象的一种表现；从文学立场上看，咒语也可划入语言艺术的范围之中，这种情形正反映了早期文学与宗教密切相关、尚未获得独立发展时的口头流传和应用上的特点。苏联学者开也夫便在专论民间口头文学的著作中为咒语开辟了章节，他写道：

咒语——这是一种被认为具有魔法作用力的民间口头文学。念咒语的人确信：他的话一定能在人的生活和自然现象里唤起所希望的结果。

在某些形象的、富有传情力的民间成语里，可以看到古代相信语言力量的痕迹。如《说起来，他就起》《牝鸡司晨，惟家之索》《说狼狼就来》，等等。有时在故事、勇士歌和其他体裁的人民创作里也有咒语或它的因素。[2]

诗的语言形式，如果撇开它与音乐的联系而单独来看，在相当程度上同咒语、祷词之类的有韵的言语形式有关。特别是在考察原始社会的时候，这类具有宗教性用途的韵语形式更普遍地显示了同诗歌起源的密切关联。比如

[1] [美] 富兰克林·福尔索姆（Franklin Folsom）：《语言的故事》（*The Language Book*），中译本，山东大学出版社 1985 年版，第 27 页。

[2] 开也夫（A.A.Kaиeb）：《俄罗斯人民口头创作》，连树声译，中国民间文艺研究会研究部，1964 年，第 95—96 页。

在南美土著雅玛那人（Yamana）中，成熟的诗歌尚不存在，但他们已经拥有一系列程式化的祷词，应用在各种需要的场合。当天气变坏时，他们会说：

天父垂怜，以佑我船。

当一个婴儿从昏迷中醒来，母亲会说：

我已遂愿，老者——我父。

当灾害降临，人也会向神发问，为什么要降灾下来：

我父在上，何以罚我？

埃杜里·匹格米人（Ituri Pygmies）也拥有一系列程式化的祷词，同雅玛那人的那种简单形式十分相近。当一位未生育的妇女去打水时，她会对森林之灵祷告：

赐我以孕，噢，巴里！
赐我以孕，我能生子。

当男人们去寻找作为食物的白蚁时，他们祈祷说：

噢，我祖，让我所有变得丰富。

当一个男人出外打猎时，他会做如下祷告：

巴里，请告我父，让他赐我更多猎物。[1]

这一类简朴的祷词乍看起来并没有经过艺术匠心的加工，但其中所蕴含的某些语言技巧却与歌谣创作别无二致。如用极少的词语表达所要表达的愿望，使之集中于即时的需要。这些祷词不仅有自身的结构和语音上的协调，而且还常运用反复，后者正是一切原始歌谣的基础。鲍勒认为这些祷词虽是口说的，而非歌唱的，但其自足的语音效果已够得上是诗了。

二、《诗经》中的祝祷对象

《诗经》中的这类祝祷之词极为常见，可以说是俯拾即是。其中直接使用了祈祷祝愿之类词汇的例句有：

以祈甘雨（《小雅·甫田》）
兴雨祈祈（《小雅·大田》）
以祈尔爵（《小雅·宾之初筵》）
以祈黄耇（《大雅·行苇》）
祈年孔夙（《大雅·云汉》）
受天之祜（《小雅·信南山》）
受天之祜（《小雅·桑扈》《大雅·下武》）
思皇多祜（《周颂·载见》）
自求伊祜（《鲁颂·泮水》）

[1] 鲍勒（C.M.Bowra）：《原始歌谣》（*Primitive Song*），威登菲尔德与尼柯尔森出版公司，伦敦，1962年，第30—31页。

有秩斯祜（《商颂·烈祖》）

既伯既祷（《小雅·吉日》）

祝祭于祊（《小雅·楚茨》）

侯作侯祝（《大雅·荡》）

《诗经》语汇中出现的这许多“祈”“祜”“祷”“祝”等从“神”（示）旁的字，就其本义而言都是典型的宗教性术语，同远古初民生活中最具有社会性，也是最神圣的宗教礼仪活动有关。这些字汇在诗句中的反复出现无异于为我们从宗教性的祈祝礼仪出发考察诗的起源提供了有说服力的“内证”。以下分别解析几个相关术语的含义，从中推测祝祷行为同诗歌构成的内在联系。

祈，《说文》训“求福也，从示斤声”。许慎的这个解释同近两千年后的现代理解没有多大差别。《辞海》释“祈”为“向神求祷”，只不过更加明确了“祈”的原始对象不是人，而是超自然的神灵。《礼记·郊特牲》云：“祭有祈焉，有报焉。”这就明确告诉人们“祈”是祭祀礼仪之一种。郑玄注：“祈犹求也，谓祈福祥，求永贞也。”[1]祈福祥又可简称祈祥或祈羊，此类礼仪的设立在先秦文献中亦有证可稽。《管子·国准》云：“立祈祥以固山泽。”《形势》亦云：“山高而不崩，则祈羊至矣。”汉以后这种祈祭之礼的本义失传，人们对“祈羊”一词便加以望文生义的解释。伊知章《管子》注说：“烹羊以祭，故曰祈羊。”实不知羊字古时与祥字通用，金文中“大吉祥”之类的祈福之语往往省作“大吉羊”。祈祭作为一种向神灵祈求福祥的礼仪行为，它的基本特征是怎样的呢？训诂学方面为此提供了宝贵的参考材料。《尔雅·释言》：

祈，叫也。

[1] 阮元：《十三经注疏》，中华书局 1980 年版，第 1457 页。

这一古训恰恰点明了祈祭的特征是一种以言语为手段的活动。郭注："祈祭者叫呼而请事。"郝懿行疏进一步列举了与"叫"相通的其他术语：

叫者，《说文》：呼也。《诗·北山》：叫，呼。号，召也。[1] 叫与训通，又与䚯通。《说文》䚯训并云"大呼也"。祈者，《释诂》云："告也。"又训叫者，叫告义同，故《一切经音义》九引孙炎曰："祈，为民求福叫告之辞也。"（《周礼》）《大祝》注："祈，嘄也。"嘄即叫。[2]

上引诸说表明，祈祭是一种用大声呼告的方式向神明请求福祐的礼仪，所谓"叫""呼""告"等都可特指祈祭的语言特征。祈训求，因其双声通转，而叫、号、告、呼等也都有声转关系，是一组同义词。

从语音学方面转向字形本身，我们看到这个在宗教式微的现代很少用的"祈"字在上古却十分常见。容庚《金文编》卷一所收祈字竟有 48 个，其中不同的写法也有近 10 种之多。最为常见的写法是"旂"或"旛"。罗振玉解释此字为战时在军旗之下祷告，仍符合"祈"的本义。由于祈祷是语言行为，所以旂字又作"旝"，如《大师虘豆》"用旝多福"；《伯公父匠》用旝眉寿多福无疆"；《王子午鼎》"用旝眉寿"等。[3] 这些铭刻在铜器上的祷词句式自然使我们想到《诗经》中的类似措辞——

为此春酒，以介眉寿（《豳风·七月》）。

绥我眉寿，黄耇无疆（《商颂·烈祖》）。

---

[1] 郝氏引作"叫号，呼召也"。今据毛传改。参看王先谦：《诗三家义集疏》卷十八，中华书局 1987 年版。

[2] 郝懿行：《尔雅义疏》上二，上海古籍出版社 1989 年版，第 123 页。括弧内语引者所加。

[3] 均见《金文编》，中华书局 1985 年版，第 16 页。

绥我眉寿，介以繁祉（《周颂·邕佳》）。

以介眉寿，永言保之（《周颂·载见》）。

万有千岁，眉寿无有害（《鲁颂·闷宫》）。

受福无疆，四方之纲（《大雅·假乐》）。

惠我无疆，子孙保之（《周颂·烈文》）。

申锡无疆，及尔斯所（《商颂·烈祖》）。

来假来享，降福无疆（《商颂·烈祖》）。

君曰卜尔，万寿无疆（《小雅·天保》）。

乐只君子，万寿无疆（《小雅·南山有台》）。

孝孙有庆，报以介福，万寿无疆（《小雅·楚茨》）。

先祖是皇，报以介福，万寿无疆（《小雅·信南山》）。

报以介福，万寿无疆（《小雅·甫田》）。

思无疆，思马斯斯藏（《鲁颂·駉》）。

与金文祷词相对照，所有这些诗句的祈祷性质也就不言自明了，尽管这里并未直接使用“祈”字。值得注意的还有，这些具有祷词性质的诗歌绝大部分均出自《雅》《颂》，在《国风》中似不多见。此种分布特征暗示出这样一个规则：《诗经》中产生年代较早的作品《雅》和《颂》同较晚出的十五国风有着不同的创作背景和来源。《雅》诗中的一部分（特别是《大雅》）和《颂》诗的绝大部分都直接来自宗教性的礼仪活动，这一点从其诗中的祷词常用句式便可得到充分的证明。《诗经》中最早产生的一批作品——也是中国诗歌史上现存的最早作品——多少显示出清晰可辨的祈祷特征，这对于我们从思维 / 符号的发生学角度去考察中国诗文化的初始构成及特色，无疑是一种有益的启示。参照人类学家关于原始社会中的祈祷由言词向歌唱衍化的考察报告，我们可以确信，《诗经》中的《雅》《颂》可以帮助我们部分地解决诗歌起源的问题。

祈祷（prayer）又称“祷告”，是各种宗教所共有的礼仪形式。西方宗教学家把祷告看成是宗教生活中最关键的表达方式。新教神学家内尔斯·费里（Nels Ferre）在《怎样使宗教为真》一书中写道：

> 祈祷是使宗教变成实实在在之物的重要途径。我们除了在祈祷中与神交流之外，没有别的方式，因为祈祷本身就是同神交际。如果我们不主动地与神交际，神对我们来说就永远无法成为真实的存在。[1]

对祈祷的这种支撑整个对神的信仰的作用，似可借用孔子所说的“祭如在”一句话来加以概括，或者换一种说法，叫“祈祷如在”。这也就是说，信仰者们正是通过祷词来确证神灵的存在、强化对神的信仰。如此看来，作为祷词的诗同作为韵文的祷词，从宗教功能上看并没有什么两样。“多福”“眉寿”之类祈神之词，无论是铭刻在青铜彝器上，还是书写在庙堂诗歌中，其借助于语言文字的力量达到宗教目的的信念是毫无二致的。

徐中舒先生在考察金文中的祷词模式时发现，福与寿这两种人生目标是祈神者最喜欢要求的。他指出：“盖古人以天与祖先，皆具有意志，能赏罚人，言祈匄者，即制器者对于天或其祖先有所祈匄之辞，其辞即对其自身及其子孙有所福也。福为一切幸福之总名，《礼记·祭统》云：‘福者备也，备者百顺之名也，无所不顺者之谓备。’《洪范》分一切幸福为五类，曰富、寿、康宁、攸好德、考终命，而总名之曰福。故祝嘏之辞，称福必置于并列诸仂语之首或末，以示总挈总束之意。如……‘用匄多福，眉寿无疆，永屯霝冬’——《不其簋》；‘虔敬朕祀，以受多福’——《秦公钟簋》；‘用

[1] 引自施特伦（F.J.Streng）：《理解宗教生活》（*Understanding Religious Life*），沃兹沃思出版公司 1985 年版，第 36 页。

祀用享，多福滂滂’——《召仲考父壶》；‘用旂眉寿，永命多福’——《姬窦母豆》；‘用匄万年眉寿，永命多福’——《𦣞壶》；‘用邵乃穆不显龙光，乃用旂匄多福’——《迟父钟》；‘其眉寿多福’——《邾太宰钟》。福为幸福之总名，故上举诸嘏辞，均以多赅之。其在《诗·天保》云‘诒尔多福’、《文王》云‘自求多福’、《大明》云‘聿怀多福’、《载见》云‘绥以多福’、《閟宫》云‘降福既多’，皆是。多之至无逾于百，故又曰百福。其在《诗·楚茨》云‘卜尔百福’、《假乐》云‘干禄百福’、《閟宫》云‘降之百福’，皆是。（金文无言百福者）百犹未足，盈其数则为万，故又曰万福。如：‘不显皇祖，其作福元孙，其万福屯鲁’——《齐夷镈》；‘它它沲沲，万福无期’——《曩公壶》。其在《诗·蓼萧》《采菽》云‘万福攸同’、《桑扈》云‘万福来求’，皆是。曰多，曰百，曰万，皆有数可稽，至于有言大福无疆福者‘用受大福无疆’——《曾伯陭壶》；‘以降大福……’——《宗妇簋盘匜》；‘弭仲受无疆福’——《弭仲簠》。言大福则非寻常之福，言无疆福则多至不可计矣。其在《诗》言无疆者，《假乐》云‘受福无疆’、《烈祖》云‘降福无疆’（无言大福者），皆是。其言永福者：‘用享于文考庚仲，用匄永福’——《周㝬卣》；‘用桒寿，匄永福’——《卫鼎》；‘用匄永福’——《伯𨻰鼎》；‘永祜福’——《曾子𡲬簠》。永，长也。长与大同义。其在《诗》则曰景福。”[1]按照上述祷词语境分析，可知“福”在西周时期并不像后人所用的那样通俗和随便，它原本是祈神专用的宗教语汇，具有与“世俗”相对的“神圣”蕴含。按宗教史学家艾利亚德的划分，圣（sacred）与俗（profane）之间本有不可逾越的严格界限，这种界限在史前社会中是构成世界观和意识形态的基础条件。[2]今考《诗经》中的“福”字，总计使用了53处，其中像徐中舒所说的

[1] 徐中舒：《金文嘏词释例》，《历史语言研究所集刊》第六本一分，1936年3月，第28页。

[2] 参看艾利亚德（M.Eliade）：《圣与俗》（*The Sacred and the Profane*），特拉斯克（W.R.Trask）英译本，纽约，1959年。

金文用例——即用于句首句末者有40处，可知大体上严格依照着当时祈祭祷词的惯用模式。

从分布情况上看，"福"字在160首风诗中仅仅出现于《周南·樛木》一首，共使用了三次：

南有樛木，
葛藟累之；
乐只君子，
福履绥之。
南有樛木，
葛藟荒之；
乐只君子，
福履将之。
南有樛木，
葛藟萦之；
乐只君子，
福履成之。

这首诗《小序》谓"后妃逮下"，《大序》则发展出"无嫉妒之心"说，《诗集传》以为众妾美后妃而作，皆为无根据的臆说。崔述认为此诗"或为群臣颂祷其君"[1]，颇有见地。从诗中"福履"一语观之，显系前代颂祷专用词语之变体。《集传》训履为禄，以为是假借。《尔雅·释诂》训履为福，《释言》又训为禄。可知皆为祈福之词。意味深长的是，这个具有神圣意义

[1] 崔述：《读风偶识》卷一，《崔东壁遗书》，顾颉刚编订，上海古籍出版社1983年版，第534页。

的“福”字在国风其他篇章中从未出现，另一个与“福”字意义兼通的“富”字[1]也只是在《雅》诗和《颂》诗中才可见到。如《大雅·瞻卬》：“何神不富？”传：“富，福也。”《释名·释言语》和《礼记·郊特牲》也都福富互训。可说明此类祈祷之词在国风产生的时代尚不十分通用。《鲁颂·閟宫》五章云“俾尔寿而富”，正是寿福并祝的说法，仍出于保持着神圣性质的庙堂祭歌。正像青铜礼器及铭文远非俗民可以奢望的那样，《雅》《颂》之中的神圣祷词也只是当时神职人员及上层贵族们所特有的专利。

除了《樛木》一诗中三见的“福”之外，《诗经》中另外50次用“福”字的情况是：《颂》诗中共9首凡13见；《大雅》中共6首凡14见；《小雅》中共12首凡23见。从组词规则上看，金文中已有的“降福”之说在《颂》诗中最多见，13个福字中有7个用作“降福”（其中一例为“降之百福”），而在《雅》诗中这样的措辞仅一见（《大雅·旱鹿》“福禄攸降”）。这种统计数字表明，同类的祷词在使用中也会随着时代的发展而有所变化。一个突出的较新的合成词用法是“福禄”并列。《颂》诗中仅有《周颂·执竞》中一见：“既醉既饱，福禄来反。”这里的“禄”字在金文中也仅一见[2]，可知在铭文祷语中远不如“福”（金文中42见）字流行，是个较后起的概念。《说文》《尔雅》《广韵》等均训禄为福。郝懿行云：“福禄二字，若散文则禄即是福。故《诗》‘天被尔禄’，传：福也。若对文则福禄义别。故《诗》‘福禄如茨’，笺：爵命为福，赏赐为禄。福禄声近，其字亦通，故《少牢·馈食礼》云：

图2 汉瓦当上的祝祷之词：大富

[1] 王力先生说：“富、福都是古入声字。福属长入，后来变为去声。古人以富为福，故富、福同源。”见《同源字典》，商务印书馆1982年版，第265页。

[2] 据容庚：《金文编》，中华书局1985年版，第8页。

使女受禄于天。郑注：古文禄为福也。”[1]禄的本义与福相同，禄的最初来源也当然只能是天神或祖灵所在的超自然世界。从“天被尔禄”的宗教观念中引申出较为世俗化的观念，那便是帝王赏赐为禄这一说法的由来，所谓俸禄、干禄、禄位等等，皆为后起的世俗之词。考《诗经》中所用之“禄”字，凡27见，全部出自《雅》《颂》，《风诗》中竟无一例。这种规则性的分布再一次证明：《雅》《颂》与《风》之区别本来具有“圣”“俗”之别的性质。

“禄”作为后起的祈祭用词，在《诗经》中常与较古老的“福”连言，组成新的祷词。除了上引《周颂·执竞》中的一例外，在《雅》诗共有13例：

福禄如茨（《小雅·瞻彼洛矣》）。

福禄既同（同上）。

福禄宜之（《小雅·鸳鸯》）。

福禄艾之（同上）。

福禄绥之（同上）。

福禄申之（《小雅·采菽》）。

福禄膍之（同上）。

福禄攸降（《大雅·旱鹿》）。

福禄攸降（《大雅·凫鹥》）。

福禄来成（同上）。

福禄来为（同上）。

福禄来下（同上）。

福禄来崇（同上）。

[1] 郝懿行：《尔雅义疏》上一，上海古籍出版社1989年版，第44页。

参照金文中的祈祷词例，可以确定西周早期宗教中的祈祭内容主要集中在福寿二者；自西周晚期至春秋时期，则在原有两项内容之上又增加了“禄”。[1]自此，祈祭的基本内容相对稳定，成为后世民间所向往的“福禄寿”三位一体的人生理想之原型。这也是导源于原始宗教的祈祭之礼仪逐渐衰微以后的一种由“圣”到“俗”的转化结果。

由文字结构本身提供的信息告诉我们，在福与寿这两个早出的祈祭目标之中，寿也许是更为原始的一种。祷字，《说文》释为“告事求福也”。杨树达先生认为：“祷从示寿声，盖谓求延年之福于神，许君泛训为告事求福，殆非始义也。《书·洪范篇》列举五福，首即曰寿。《诗》三百篇屡有万寿眉寿寿考之文，殷周鼎彝殆无一器不言万寿眉寿者，人类重视久寿，古今固

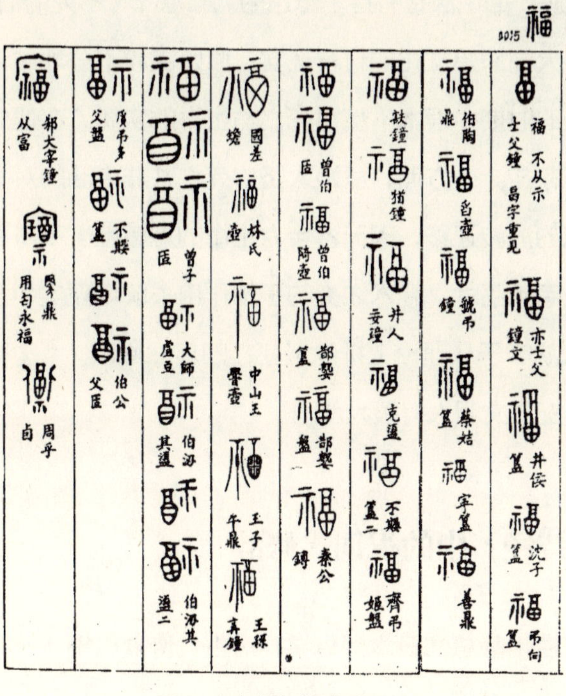

图3 金文中的“福”字

[1] 徐中舒说，金文中无福禄并称之例，但有“通录”“屯录”“百录”“利录”，此录字经典通作禄，本义当为俸禄。《金文嘏辞释例》，《历史语言研究所集刊》第六本一分，1936 年，第 32 页。

无异致矣。且《书·金縢篇》记武王有疾，周公告于太王王季文王，欲以身代武王，此周公为武王求延年之事也。《论语·述而篇》载孔子疾病，子路请祷，诔曰：祷尔于上下神祇。此子路为孔子求延年之事也。《韩非子·外储说右下篇》曰：‘秦昭王有病，百姓里买牛而家为王祷。’又曰：‘秦襄王病，百姓为主祷。病愈，杀牛塞祷。’此战国时秦民为其王求延年之事也。盖人疾病而后祈祷，非求寿而何也？”[1] 至于求寿何以祷神，杨先生做了宗教学的解释：“人类年寿之修短，本为神秘不可知之事，意若别有真宰主持于其间，可以自为予夺，古人之信念，以此证之而有余，宜其有祷神求寿之事矣。”[2]

从更加宏观的视野上看，祈求长寿并不是人类从来就有的思想行为，那种“古今无异质”的说法是有待于修正的。弗雷泽《不死的信仰和死者崇拜》一书用来自五大洲原始文化的材料证实：原始民族不分地域和人种，都曾在一个极其漫长的时期中根本不懂得死亡与生命的实质。在他们意识中，死亡的必然性并不存在。一方面，原始人坚信死亡并非生活的对立面，坚信死后的生活和灵魂的流转迁移，因而不会为生命的短暂性、不可重复性而忧虑；另一方面，又用黑巫术、咒术之类的干预作用去解释现实中发生的灾害、疾病和死亡，这就等于从理论上排除了死亡的自然原因。[3] 这种观念上的特性使原始人的祷祝与文明人有很大差别。

三、《诗经》中的祝词式修辞

日本学者白川静总结日本民俗学界对古代诗歌总集《万叶集》的研究成

[1] 杨树达：《释祷》，《积微居小学金石论丛》增订本，中华书局 1983 年版，第 16—17 页。
[2] 杨树达：《释祷》，《积微居小学金石论丛》增订本，中华书局 1983 年版，第 16—17 页。
[3] 弗雷泽（J.G.Frazer）：《不死的信仰和死者崇拜》（*Belief in Immortality and the Worship of the Dead*）第 1 卷，伦敦，麦克米兰公司 1913 年版，第 34—37 页。

果，为诗歌起源于咒语的命题提供了日本文献方面的旁证。他分析日语中“歌”的概念与祝告神灵的活动之关系说：

《国语》的“歌”也与《雄略记》的“大王射猎，野猪、病野猪宇多歧（一指吼叫）令人恐怖……”或《播磨风土记》托贺郡、阿多加野名字起源传说的品太天皇狩猎时中箭野猪“阿太歧”（亦指吼叫）中的“宇多歧”“阿太歧”有关系。这是尽力想要打动神灵时所发出的特殊声音，是为了接近神圣者的特殊声音。这种时候的抑扬和节律是提高语言奇异机能的手段，其最高产物则是“歌”。吉本隆明氏的《初期歌谣论》所作关于歌之起源的韵语检索，在这个意义上是正确的方法。[1]

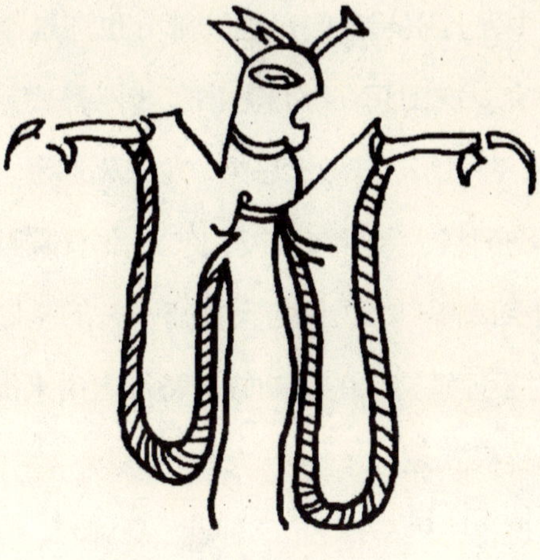

图4　诗起源于祝号?
（河南信阳楚墓出土锦瑟上一位正在作法呼号的女巫）

白氏在此提出的诗歌源自咒祝性吼叫的观点至少在日本上代文学史中可以得到广泛验证。研究日本文学的人都会看到，在其他民族、国家中与文学

[1] 白川静：《中国古代民俗》，何乃英译，陕西人民美术出版社 1988 年版，第 37 页。

相区别的祝咒之词，在日本上古文学中却是一种主要的文学体裁。任何一部多少具有权威性的日本文学史都不得不为祝词留下专门的章节和位置。像传世典籍中的《古事记》《日本书纪》《出云风土记》《延喜式》等都保存着祝祷礼仪上专用的歌词，成为日本文学发生期的活标本。著名文学史家西乡信纲从远古言灵信仰出发解说祝词特别发达的现象，把日本国家神道祭式的形式追溯到这种以祈愿和赞美为主要内容的咒祝传统。[1] 另一位专攻祝词文学的研究者次田润把这种脱胎于史前宗教的特殊文体放在日本语言文化发展史的大视野上加以观照，著有篇幅巨大的《祝词新讲》一书。上田万年在为该书写的序中说，祝词始自《记》《纪》歌谣和《万叶集》，直到平安朝以前的日本文学中屡见不鲜，其中蕴藏着古代民族的思想遗影，可以借此窥测上古文学的遗光和有关上古语言的大量素材，是日本国语发达史上不可多得的珍贵资料。[2] 该书中尤其引起我们兴趣的部分也许是作者对祝词语言表现形式的分析和归纳研究。次田润在综合考察了《延喜式》中保存的各种祝祷仪式歌词——祈年祭、春日祭、广濑大忌祭、龙田风神祭、平野祭、久度古开、六月月次、大殿祭、御门祭、六月晦大祓、东文忌寸部献横刀时咒、镇火祭、道飨祭、大尝祭、镇御魂斋户祭、伊势大神宫——的基础上，归纳出祝词常用的修辞模式，[3] 它对于理解诗歌的早期修辞特征之由来提供了有益的启示。作者所列出的三种修辞模式是：

1. 列举法。如在祝祷中列举神名："神魂、高御魂、生魂、足魂、玉留魂、大宫乃卖、大御膳都神、辞代主等御名"（《祈年祭》）。又如列举神宝或作为神物的币帛之例："贡献神宝：御镜、御横刀、御弓、御桙、御马皆备焉"（《春日祭》）。"女神之御服、金麻笥、金椯、金抃、明妙、照妙、

[1] 西乡信冈：《日本古代文学史》改稿版，第1章第4节《日本纪、祝词、风土记》，岩波全书149，岩波书店，1978年。

[2] 上田万年：《祝词新讲·序》，日本明治书院，昭和五年，第1页。

[3] 次田润：《祝词新讲》第5章《祝词的内容与形式》，明治书院，昭和五年，第31—38页。

和妙、荒妙、五色物、御马御鞍及杂用币帛皆备焉”（《龙田风神祭》）。此外还有列举御膳或祭品，列举动作、地名、空间方位等的例子。作者特别指出，列举法用于各种场所名称时，能够激发出一种宏大无边的快感感受。[1]这种情形自然使我们联想到中国文学中自殷墟卜辞中“其自东来雨？其自南来雨？其自西来雨？其自北来雨”的奇特问句式，直到《诗经》中的依次列举法和《楚辞》的全方位求索列举法，乃至汉代张衡《四愁诗》、曹子建《杂诗》、阮籍《咏怀》和李太白的《古有所思》和《蜀道难》等，进而为作为中国诗法大端的“赋”法找到一个可能的源头。

2. 反复法。指祝祷中反复运用同一语词表达同一意义，或用不同语词表达同一意义的修辞法。前者如“神问呀赐问呀”“神扫呀赐扫呀”；后者如“平兮安兮”“祓呀给呀清呀给呀”。祝词中的这种语言运用模式直接铸塑出早期诗歌的句式和章法。以《诗经》为例，反复法可以说是运用得最多最普遍的修辞法之一，其间又可区分出语句反复法和篇章反复法两个类型。台湾学者黄振民对此做了详尽的分类与说明，兹摘要引述如下[2]，以见《诗经》反复法修辞之复杂多变。

（1）语句之反复。又可分为相连语句反复和隔离语句反复两种。

a. 相连语句反复，依照所处位置，又可分为以下三种。第一种为二字句反复用于章首者。如“式微！式微！胡不归？”（《式微》）“其雨！其雨！杲杲日出”（《伯兮》）。“黄鸟！黄鸟！无集于谷，无啄我粟”（《黄鸟》）。这类诗句其实亦可视为祝咒之词或其变体。第二种为用于章中者，计有二字句、三字句、四字句和五字句。如“羔羊之革，素丝五緎。委蛇，委蛇，自公得食”（《羔羊》）。“江有汜，之子归。不我以，不我以，其后也悔”（《江有汜》）。“相鼠有皮，人而无仪！人而无仪，不死何为！”（《相鼠》）

[1] 次田润：《祝词新讲》第5章《祝词的内容与形式》，明治书院，昭和五年，第35页。
[2] 以下分类依据黄振民：《诗经研究》，台湾正中书局1982年版，第458—465页。

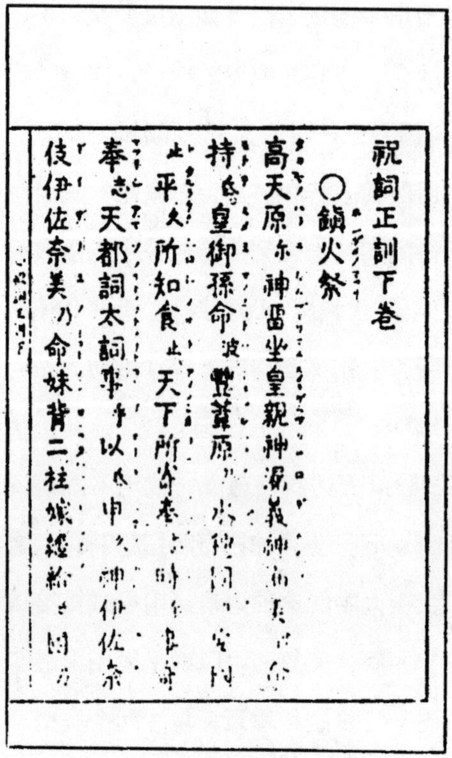

訓正词祝

图5 日本古籍《祝词正训》

第三种为用于章末者，仅有二字句。如“殷其雷，在南山之阳。何斯违斯，莫敢或遑。振振君子，归哉！归哉！”（《殷其雷》）

b.隔离语句之反复。依其位置又可分五种。第一种为四句一章中一、三两句相叠者。如“采采芣苢，薄言采之。采采芣苢，薄言有之”（《芣苢》）。第二种为四句一章中二、四两句相叠者。如“胡为乎株林，从夏南。匪适株林，从夏南”（《株林》）。第三种为六句一章中三、五两句相叠者。如“南山有台，北山有莱。乐只君子，邦家之基。乐只君子，万寿无期”（《南山有台》）。第四种为八句一章中五、七两句相叠者。如“赤芾在股，邪福在下。彼交匪纾，天子所予。乐只君子，天子命之。乐只君子，福禄申之”（《采菽》）。从末句祈愿内容看，这首诗当为祷祝之词无疑。第五种为十一句一章中九、十一两句相叠者，如《采薇》一首。

《诗经》中还有一章之内叠用两组反复句的例子。如《采苓》：“采苓，采苓，首阳之颠。人为之言，苟亦无信。舍旃，舍旃，苟亦无然。人之为言胡得焉！”这一章中先后用“采苓”与“舍旃”两组不同语句相叠。《采薇》更用三组不同语句相叠，成为反复法运用得最突出的例子：“采薇，采薇，薇亦作止。曰归，曰归，岁亦莫止。靡室靡家，猃狁之故。不遑启居，猃狁之故。”

以上诸类例，皆与祝词中用同一语词表达同一意义的反复法相对应，至于祝词中用不同语词表达同一意义的反复法，在《诗经》中亦不乏其例。如“将翱将翔，弋凫与雁”（《女曰鸡鸣》）。“挑兮达兮，在城阙兮”（《子矜》）。“东方未明，颠倒衣裳。颠之，倒之，自公召之”（《东方未明》）。“言旋，言归，复我邦族”（《小雅·黄鸟》）。“习习谷风，维风及雨。将恐，将惧，维予与女。将安，将乐，女转弃予”（《小雅·谷风》）。后一例中的“恐”与“惧”、“安”与“乐”两组同义异词之语，与次田润所举祝词中“平”与“安”对照之语，简直如出一辙了。这似可进一步确认诗歌语言脱胎于法术咒祝之词的细枝末节之处。

（2）篇章之反复。《诗经》的基本章法可以说即建立在重章叠唱的基础上，其变化之繁多复杂，在此难以涉及。[1] 值得一提的倒是语句重复与篇章重叠的发生学根源。遗憾的是，无论是祝词的研究者还是《诗经》的研究者都未能正面解答这一问题，而只是把反复法作为一种修辞术来描述而已。

朱光潜先生早年所著《诗论》一书试图从诗、乐、舞同源的角度说明诗歌形式上“重叠”的起因，他说：

> 诗歌虽已独立，在形式方面，仍保存若干与音乐、舞蹈未分家时的痕迹。最明显的是“重叠”，重叠有限于句的…… 有应用到全章的…… 这种重叠在西方歌谣中也常见。它的起因不一致，有时是应和乐、舞的回旋往复的音节，有时是在互相唱和时，每人各歌一章。[2]

鲍勒在考察原始诗歌时也发现，有些最质稚的诗歌几乎没有确切的语义，只是由一些反复重叠的音节所构成。[3] 这些看法似乎都支持反复法的音乐起

[1] 参看黄振民：《诗经研究》第8章；冼焜虹：《诗经述论》第5章第3节，山西人民出版社1986年版。
[2] 朱光潜：《诗论》，三联书店1984年版，第11页。
[3] 参看鲍勒：《原始歌谣》，伦敦，1962年，第57—58页。

源说，并不约而同地强化了仅从修辞学去考察反复法的观念。美国新批评派的学者布拉克墨尔在其《语言即姿势》一书中说得好：重唱并不是纯形式的问题，诗歌由于使用了重唱句，诗人的洞察力变成不断深化的姿势。[1] 他还认为：

但重唱只是组织诗篇的工具和帮助，要是它不从语言本身的日常源泉中经常取得新生命，它就会像重负似的把诗篇压扁成平淡无味了。[2]

假若把布氏所说的“语言本身的源泉”再追溯到“宗教信仰的源泉”，重唱或反复法的神圣根源似可昭然若揭。神话世界观总是把语言视为神明的赐予，法术思维更将每一人工发出的声音视为魔法力量的负载者。如卡西尔所言，“人类的心智不得不经过漫长的衍化过程，才能从原来那种信仰蕴含在语词（逻各斯）中的物理—魔法力量的处境达于认识其精神力量的境界”[3]。“语词首先必须以神话的方式被设想为一种实体性的存在和力量，而后才能被理解为一种理想的工具，一种心智的求知原则，一种精神实在的建构与发展中的基本功能”[4]。立足于这种神话和信仰的立场，我们或可部分地接受佩特罗·普西的如下见解，为反复法找到精神力量之源头：

缪斯（Muses）的话语——诗歌和音乐——就其本质而言便是一种“反复的话语”……反复乃是真理显现及其隐藏的不可或缺之条件。[5]

---

[1] 布拉克墨尔（R.P.Blackmur）：《语言即姿势》（*Language as Gesture*），袁可嘉节译，见《现代英美资产阶级文艺理论文选》（上），人民文学出版社 1966 年版，第 209 页。

[2] 布拉克墨尔（R.P.Blackmur）：《语言即姿势》（*Language as Gesture*），袁可嘉节译，见《现代英美资产阶级文艺理论文选》（上），人民文学出版社 1966 年版，第 209 页。

[3] 卡西尔（E.Cassirer）：《语言与神话》，于晓等译，三联书店 1988 年版，第 82、83 页。

[4] 卡西尔（E.Cassirer）：《语言与神话》，于晓等译，三联书店 1988 年版，第 82、83 页。

[5] 普西（Pietro Pucci）：《缪斯的语方》（*The Language of The Muses*），见《20 世纪思想与文学中的古典神话》，得克萨斯技术大学出版社 1980 年版，第 163 页。

作为补充，或许还应说，反复是强化法术力量或获致神力的一种条件吧。

3. 对句法。指祝词中语词与语词对置、句子与句子对置、篇章与篇章对置。如“恶的风”与“荒的水”对置（《龙田风神祭》）。“下盘根上宫柱太知”与“高天原上千木高知”对置（《龙田风神祭》）。此外还有所谓半对句法，即对句法与反复法并用的情形。如“天社、国社”；“千颖、八百颖”；“朝开御门，夕闭御门”。还有三对句、四对句之例。如“白马、白猪、白鸡”“明妙、照妙、和妙、荒妙”，等等。[1]研究《诗经》修辞术的学者称“对句法”为“对偶法”。

凡当行文时，为加强语意，引起读者注意计，而将字数相等，句法相似之句作对排列之修辞法，曰对偶法。[2]

《诗三百》中对句极多，有单对，如“山有榛，隰有苓”（《简兮》）。“夏之日，冬之夜”（《葛生》）。“南山烈烈，飘风发发”（《蓼莪》）。有复对，如“昔我往矣，杨柳依依。今我来思，雨雪霏霏”（《采薇》）。“维南有箕，不可以簸扬。维北有斗，不可以挹酒浆”（《大东》）。有正对，如“鹑之奔奔，鹊之彊彊”（《鹑之奔奔》）。“无草不死，无木不萎”（《小雅·谷风》）。有反对，如“哲夫成城，哲妇倾城”（《瞻卬》）。“女曰鸡鸣，士曰昧旦”（《女曰鸡鸣》）。有连珠对，如“春日迟迟，卉木萋萋”（《出车》）。还有连绵对、数字对、当句对，等等。如果说诗歌中的对偶法直接承袭祝词的对句法发展而来，也许能为这种作为诗歌语言根本特征的“对仗”模式找到最初的根基。日本学者折口信夫指出，在日本最早记载的

[1] 次田润：《祝词新讲》，明治书院，昭和五年，第37—38页。
[2] 黄振民：《诗经研究》，台湾正中书局1982年版，第429—430页。

诗歌——《记》《纪》歌谣之中，对偶法表现为“反歌”，正相当于中国辞赋之反辞或乱辞，这都是在唱和形式中孕育出的律文学的基因。[1] 对折口信夫的民俗学方法心领神会的白川静将日本诗歌的起源直接落实到了咒语和镇魂祝歌。他写道：

短歌的形成可以说是神圣咒语采取文学形式加以表现的最初成果。因而，初期短歌的本质便是咒歌。挽歌与其说本来是悲伤的歌，不如说是镇魂的歌。柿本人麻吕写有许多哀悼死于旅途者的歌，也是作为镇抚其怨魂的游部（随从丧葬的奴隶）所作的歌。[2]

在他看来，挽歌无非是镇魂的实际演习，“用今天的话来说，这种咒语诵咏应当作为具有民俗心理学领域问题的东西来理解”[3]。另一位研究者小金丸研一则进一步从镇魂的咒术仪式中发掘出日本诗歌另外两种主要形式——长歌·叙事歌和片歌·旋头歌的祖型。[4] 这样一来，日本诗歌的发生就完全归结到咒祝活动之中了。

本节大量引证日本文化方面的材料以及日本学者的研究成果，实际是想从旁说明中国《诗经》文学与咒祝传统间的有机联系。只因在古汉语文献中未能完整、系统地保留下远古祝词文学的作品，所以求助于保存这方面材料较丰富完整的邻邦，也是情理之中的。人类学的演绎原则使我们既可“礼失求诸野”，又可“此失求诸彼”，只要“彼”与“此”在文化进化和文学生成方面确实存在完全相通的因素。白川静先生坚信，用民俗学的探源察流方

[1] 折口信夫：《日本文学的发生序说·律文学的根柢》，《折口信夫全集》第7卷，中央公论社，昭和四十一年，第211—214页。

[2] 白川静：《中国古代民俗》，何乃英译，陕西人民美术出版社1988年版，第37—38、41页。

[3] 白川静：《中国古代民俗》，何乃英译，陕西人民美术出版社1988年版，第37—38、41页。

[4] 参看小金丸研一：《古代文学的发生序说》，东京樱枫社，昭和五十四年，第230—237页。

法研究《万叶集》所获结论亦可推广用于《诗经》："作为古代歌谣，二者之间恐怕具有许多共同之处。我认为，《万叶集》与民俗学的关系问题有的照样可以适用于《诗经》。"[1]这一见解对于严守夷夏之防的传统国学思路，想必会有巨大的冲击作用。

四、狩猎咒与《驺虞》

与原始人类200多万年的狩猎生活方式相应，最早的咒歌无疑是直接用于辅助狩猎活动的法术性吟唱。《原始歌谣》一书的作者鲍勒收集到的西伯利亚渔猎民族爱斯基摩人的狩猎歌谣提供了生动的实例。从中可以看出原始性的祝祷并不向超自然力乞求什么福寿之类的抽象内容，而是专注于每一次具体的狩猎活动的被猎对象。如爱斯基摩人在狩猎中呼唤猎狗追捕北极熊的咒歌：

小小家伙像个吐奈克，
小狗儿，小狗儿，
看透它的心，
尝尝那美味的大家伙，
真的尝尝那美味的大家伙，
你的兄弟，扑向它；
你的兄弟，咬死它。

猎人们相信通过吟唱这种咒歌就能让神灵进入到猎狗身上，从而促使它

[1] 白川静：《中国古代民俗》，何乃英译，陕西人民美术出版社1988年版，第41页。

勇猛地投入同大野兽的战斗。[1]在这里，祷祝的全部目的都在于狩猎对象本身。

我们在我国云南省的傈僳族原始《猎歌》中，也可以看到与爱斯基摩人相类似的咒术的运用。如《猎神调》中写道：

让猎狗一进山林，
就闻着野兽的气息，
让猎犬一进山谷，
就看见动物的足迹。

这一段诗句所表达的是狩猎开始之前的愿望，接下来一段则试图预祝整个捕杀过程的圆满完成：

图6　内蒙古阴山岩画中的狩猎图

把最大的公鹿追出来，
把最肥的公獐撵出来，
追到我的弓弩前面，
撵到我的毒箭前面；
让我射中公鹿的心窝，
让我射中公獐的肋下。[2]

从这类具有狩猎法术性质的祝歌转向《诗经》，我们可以举出《召南·驺虞》一首作为同类歌辞的遗留形态。全诗共二章六行：

[1] 鲍勒：《原始歌谣》，威登菲尔德与尼柯尔森出版公司，1962 年版，第 118 页。
[2]《猎歌》，见《山茶》（云南），1982 年第 2 期。

彼茁者葭，

壹发五豝。

于嗟乎驺虞！

彼茁者蓬，

壹发五豵。

于嗟乎驺虞！

这是一首有关田猎仪式的诗。诗中所歌咏的狩猎活动虽然已不同于原始狩猎民族作为主要生产方式的狩猎，但其借助于祝词的法力去强化狩猎效果的动机和形式依然保持未变。毛序谓《驺虞》为《鹊巢》续篇："《鹊巢》之化行，人伦既正，天下纯被文王之化。则庶类蕃殖，蒐田以时。仁如驺虞，则王道成也。"毛传又云："驺虞，义兽也。白虎黑文，不食生物，有至信之德则应之。"这纯粹是一种道德与政治性的引申曲解，把仁义之兽同仁义之君周文王相比附，其失误之处早有人点明。如方玉润便认为，"毛传以驺虞为义兽，皆有心附会文王化行之故。……以兽比君，伦乎不伦，固不待辩而自明也。……"丰道生引《郊特牲》'迎虎谓其食田豕也'，以豝、豵为田家害稼之兽，似矣。然既曰害稼，则杀之正宜其多，何五豝而仅一发乎？

图7　西周甲骨卜田猎残片

若一发而中五豝，仁心又安在乎？”[1]其实诗中所言“壹发五豝”和“壹发五豵”都是法术咒辞的惯用夸张表达法，不能用常理去权衡之。驺虞取象于上古神话中的西方瑞兽白虎，见《说文》释“虞”字条下，但驺虞本身却是人不是兽，[2]用为古猎官名。贾谊《礼篇》云：“驺者，天子之囿也，虞者，囿之司兽者也。”又《尚书·舜典》：“帝曰：‘畴若予上下草木鸟兽？’佥曰：‘益哉！’帝曰：‘俞！咨！益！汝作朕虞！”可知虞为天子典兽之职，演为后之猎官，专管田猎之事，与史前狩猎活动一脉相承。后人不能从狩猎咒辞传统表现法去理解《驺虞》诗的本义，遂枝生出种种附会曲说，围绕着驺虞之兽的有无问题聚讼了两千年。清儒俞正燮作《诗驺虞义》，旁征博引，出入众说，但仍不能解说为何一箭射五豵的问题。[3]今以原始狩猎咒诗为参照，始知是自我中心性的法术愿望的典型表现。类似的法术性歌词还可从狩猎活动转而用于其他方面，如战斗、采集等。

用于战斗的咒歌除了也有“一击多中”的咒法之外，还有一种咒法是针对被攻击对象的不同身体部位，用依次列举的修辞法以求达到“多击多中”、使之体无完肤的最佳攻击效果。如澳洲丛林土著的一首战斗咒歌唱道：

戳他的额，
刺他的胸膛，
戳他的肝，
刺他的心脏，
戳他的腰，
刺他的肩膀，

[1] 方玉润：《诗经原始》卷二，中华书局1986年版，第117页。
[2] 参看许瀚：《攀古小庐全集·车驱而驺》（上册），袁行云编校，齐鲁书社1985年版，第32页。
[3] 参看俞正燮：《癸巳类稿》卷二，商务印书馆1957年版，第36页。

戳他的腹，

刺他的肋膀。[1]

土著就这样不厌其烦地一直咒下去，直到对手全身上下全都被噩运击中为止。这样一种咒法虽未直接再现于《诗三百》之中，却在少数民族现存狩猎歌谣中留下了不可磨灭的印痕。

图8 法国史前岩画：咒术性地表现武器击中猎物

《秦风·驷驖》是赞美秦襄公打猎的作品。诗中所述襄公前呼后拥率大队车马前往射猎的场面十分可观：

驷驖孔阜，

六辔在手。

公之媚子，

从公于狩。

奉时辰牡，

辰牡孔硕。

公曰左之，

[1] 格罗塞：《艺术的起源》，蔡慕晖译，商务印书馆1984年版，第179页。

舍拔则获。

游于北园，

四马既闲。

輶车鸾镳，

载猃歇骄。

如此的狩猎早已脱离了原始状态，成为王公们游乐的一种方式，咒术意义也自然随之淡化了。

五、爱情咒与“采摘”母题
——《关雎》《卷耳》《芣苢》通观

像藤萝环抱大树，
把大树抱得紧紧；
要你照样紧抱我，
要你爱我，永不离分。

像老鹰向天上飞起，
两翅膀对大地扑腾；
我照样扑住你的心，
要你爱我，永不离分。

像太阳环着天和地，
迅速绕着走不停；
我也环绕你的心，

要你爱我，永不离分。[1]

表达两性之间相亲相爱可以有多种形式，咒术诗歌当是最为原始的形式之一。上面这首诗题为《相思咒》，是《阿达婆吠陀》中众多爱情咒歌中的一首，它鲜明地体现了以咒为诗的特点。抒情主人公在三章之中连用三种惊人的比喻，尽情地表达了自己一定要抓住情人之心，使之永不分离的强烈意志。读之足以使寡情者胆战，使变心的情人不寒而栗。这动人心魄的力量自然不是来源于诗，而是来源于咒。

对于文明人来说，原始的部落社会中似乎并不存在爱情这类较高级、复杂的情感。当早期的探险家和人类学家在一些与世隔绝的岛民部落中发现爱情巫术及其咒诗时，着实曾大吃一惊。马林诺夫斯基面对南太平洋中的特罗布里恩德岛民社会，发出了如下论断："在一个尚未与科学结缘的原始社区，巫术是无数信仰和活动的根基。……在所有与爱情有关的事物中，它是至关重要的。巫术可以赋予魅力、触发爱情；巫术可以使伉俪情侣感情疏远；巫术可以产生和增加个人美。"[2]如果把这些原始民族的爱情咒法同上引古印度《相思咒》加以对比，很明显地可以看出一种更为直接的、非诗意的爱情咒，其功利性目的非常明确，就是有助于自己征服所爱的异性。

咒词在爱情巫术中是追求异性最有力的方式。一般爱情咒常从增加和强化自己的性吸引力开始。通常的做法是采集某些植物的叶子对身体各部位进行巫术性的洗濯。一首名叫《凯卡卡雅》（KayKaKaya）的符咒便专用于此种采叶洗濯礼仪，其咒词如下：

污秽的树叶和洗濯的树叶，

[1] 金克木译：《印度古诗选》，湖南人民出版社 1984 年版，第 45 页。
[2] 马林诺夫斯基：《野蛮人的性生活》，刘文远等译，团结出版社 1989 年版，第 246 页。

污秽的树叶和洗濯的树叶，
光滑像 reyava 树皮。
我的脸上焕发着美丽的光彩；
我用树叶来洗它；
我的脸，我用树叶来洗它，
我的眉毛，我用树叶来洗它们。

这种依次列举的咒语要从头部往下数，经过鼻、脸、颚、喉头、肩、胸、肋、腋窝到达腰、臀，再经过大腿、膝盖、小腿直到脚跟。咒语形容洗濯后的效果也略用些比喻和排比，使之多少趋近于诗句：

我的脸将保持美，
我的脸将保持容光，
我的脸将保持开朗！
这不再是我的脸，
我的脸像满月，
不再是我的脸，
我的脸像圆月。
我穿透，
就像槟榔叶的嫩芽，
我出来，
就像洁白的百合花蓓蕾。[1]

[1] 转引自马林诺夫斯基：《野蛮人的性生活》（中译本），第 261—262 页。

念诵了这些咒语之后，施洗者相信《凯卡卡雅》魔力的梦幻之咒已前去有效地作用于意中人的眼睛和内心。假如对方轻易屈服，就可能再吟诵一段套语，以便扩大效果，更牢固地控制对方的爱情。但假如洗礼咒术未能如愿，那么，就要通过一种叫作“卡西那”（Kasina）的更强有力的符咒，对意中人发起第二轮巫术攻势。这一次伴随咒术而行的是一件小礼物：一块食物或槟榔子被施以魔力后送给对方。《卡西那》咒词云：

我闪光的装饰品，我的白皮肤！
我将拿来我的同伴和对手的脸，
我将让它们被抛弃。
我将拿来我的脸，我的脸，
我将为它弄一条荣誉带，
为我那漂亮的、满月般的脸。[1]

第二轮咒术借助礼物的作用使对方动情的可能已很大，但仍可补充第三轮威力更大的咒术，这是围绕着一种叫作“科雅瓦加”（Kwoyawaga）的香草举行的仪式。把香草放入一个带椰子油的容器中，念动符咒：

展开，卷起，
展开，卷起，
我割掉，我割，我割。
为鸟儿准备的诱饵，为小鹨准备。
Uve，uvegu-guyo，O！

[1] 马林诺夫斯基：《野蛮人的性生活》（中译本），第263页。

我的“凯洛伊瓦”爱之魔力仍在，
我的“凯洛伊瓦”爱之魔力哭泣，
我的“凯洛伊瓦”爱之魔力拉拽，
我的“凯洛伊瓦”爱之魔力溢出。
压下来，压在您的床铺上；
抚摩，抚摩你的枕垫；
进我的房子，踏我的地板。

这一咒词的后一句“进我的房子，踏我的地板”让人立即想到《齐风·东方之日》完全相同的表达句式：

东方之日兮，
彼姝者子，
在我室兮！
在我室兮，
履我即兮。

东方之月兮，
彼姝者子，
在我闼兮。
在我闼兮，
履我发兮。

毛传说此诗主旨是“刺衰”，说什么“君臣失道，男女淫奔，不能以礼化也”。完全是后代道学家的口吻。若不是从后人道德而是从远古巫术实践出发来看这首诗，其爱情咒的效用是很明显的，所谓“在我室”“履我即”云云，与特罗布里安德岛民的第三轮爱情咒语如出一辙。朱熹释此句为“即，就也，言此女蹑我之迹而相就也”[1]。这正是发咒者的意志和欲望的自我中心性投射，而不是对已然事实的描述。至于用日和月来形容意中人之类，也是原始岛民爱情巫术中最常用的美巫术比喻。

从爱情咒的远古风俗出发重新审视《国风》中的一大批被后人讥为“淫奔之诗”的情歌，还可以发现与太平洋岛民的巫术礼仪活动非常接近的特征。其中最突出的相关性便是采摘植物的母题。

初读《诗经》的人对于各国风诗中不厌其烦地讲述采摘植物这一现象都会感到困惑难解：明明是表达男女间相追逐爱悦主题的诗歌，为什么要一开始就转移到“采”的劳作上去呢？传统诗学对此虽然做了“比兴”手法这样的修辞学解释，却总还是觉得不甚明了，有如五里雾中。《诗经》首篇《关雎》便出现了采摘母题，首章道出君子求淑女的意向之后，接下来二章均以采摘荇菜开始：

参差荇菜，
左右流之。
窈窕淑女，
寤寐求之。
求之不得，
寤寐思服。
优哉游哉，
辗转反侧。

[1] 朱熹：《诗集传》卷五，上海古籍出版社1980年版，第59页。

参差荇菜，

左右采之。

窈窕淑女，

琴瑟友之。

参差荇菜，

左右芼之。

窈窕淑女，

钟鼓乐之。

在这短短的两章诗中，采荇菜的母题先后三次出现，作为修辞起兴似乎有些过分了。或许从原始民族采摘植物叶子进行巫术性洗濯的现象中可以找到这一母题的必要性和反复性的解释。特罗布里安德人在追求异性之前都要经过这种象征性的准备工作，使自己获得充分的吸引力和自信力。《关雎》的作者也是在三次采荇菜的强化作用下才逐渐建立起“求淑女”的自信心的。所谓“寤寐求之”和“寤寐思服”，不正如马林诺夫斯基在岛民的第一轮爱情巫术中发现的情形吗：求偶者施行了叶子洗礼后口诵套语 Kirisama 和少女的名字，“它表示由巫术引起的梦幻施加于情感所在——腹部之上的影响。这个词可以解释为：‘引起梦幻的巫术活动的符咒或影响’”[1]。《关雎》作者已表明是在“求之不得”的情况下才借助于梦幻的，这第一轮攻势未能完全奏效，所以又有第三章中的“琴瑟友之”和“钟鼓乐之”，实为更具威力的咒术进攻。这类乐器本来便是咒术礼仪上的专用道具，《阿达婆吠陀》中便有专咏鼓之咒力的诗篇。[2] 看来只有借助于这些乐器的攻心力量，“君子”

[1] 马林诺夫斯基：《野蛮人的性生活》（中译本），第 262—263 页。

[2]《阿达婆吠陀》V·21，参看季羡林主编：《印度古代文学史》，北京大学出版社 1991 年版，第 30—31 页。

才有望最终完成俘虏“淑女”的全套咒术活动。

荇菜，按照现代植物学分类，属于龙胆科多年生草本植物，又称莕菜（《唐本草》）或莕（《尔雅》）、屏风（《楚辞》）、金莲子（《本草纲目》），河北人俗称黄花儿菜，是池塘、溪流中习见的水生植物。自古以来除供食用外，又作药用，其药效为消渴、利小便[1]。这种水生植物一方面符合植物性叶子洗濯的巫术需要，另一方面又因其“解渴”功用而与爱情咒术中常用的“疗肌”母题暗中对应。

《诗经》第二首《葛覃》和第三首《卷耳》均以植物开篇，后者更以采摘与怀人主题对应，其爱情咒的意义亦较显然。《卷耳》四章词云：

采采卷耳，
不盈顷筐。
嗟我怀人，
寘彼周行。

陟彼崔嵬，
我马虺隤。
我姑酌彼金罍，
维以不永怀！

陟彼高岗，
我马玄黄。
我姑酌彼兕觥，

[1] 陆文郁：《诗草木今释》，天津人民出版社 1957 年版，第 1—2 页。

维以不永伤！

陟彼砠矣，
我马瘏矣，
我仆痡矣，
云何吁矣！

此诗古、今文二家说不同，一说后妃辅君进贤作，一说文王思古官人作。朱熹又认为是太姒怀文王之诗。近人多倾向于女子念征夫这样一种思妇诗的解说，但都没有坚实的证据，难于定论。从诗中所言可知，主人公有仆有马，言必称金罍、兕觥，这些都是礼仪重器，[1]怎么会为一个服役征夫的妻子所有呢？况且，采卷耳如果是征人之妻用以维生的手段，那又怎会奢侈到用大杯饮酒的地步呢？可见，采摘卷耳的母题同采蘋、采蘩、采荇菜等一样，绝非穷人挖野菜用以维生糊口，而是与情爱、相思密切相关的爱情咒术用品。

爱情咒术往往要借助于梦幻的力量把主体意愿投射为现实，如《关雎》中的“寤寐求之”。《卷耳》中虽未明言“寤寐”或梦幻，但自二章以下所写均非纪实，而在造幻。也就是借助采摘具有巫术洗礼作用的卷耳而展开咒术幻相。刘大白先生虽坚持思妇念征夫的解释，但他已悟出此诗的幻觉作用，他的见解有助于理解爱情咒的功用：

诗中第一章“嗟我”的我，第二、第三两章两个“我姑”的我，是单数的我；其余“我马”“我仆”等四个我字，都是兼指丈夫而言，是复数的我，等于现在北京话中的“咱们”。这位女诗人……竟因为想念而发生幻觉了。下面

[1] 许慎《五经异义六》引《韩诗》说：“金罍，大器也。天子以玉，诸侯大夫皆以金，士以梓。”此处所说“金”即使指青铜器，亦非民间俗众所有。

三章，都从这想念的幻觉中开出，就是从一个怀字开出。她从想念的幻觉中，似乎看见她的丈夫驾着马车，爬山过岭地赶来了。[1]

《关雎》中的男主人公借助于荇菜而致幻，他对咒术的效应深信不疑，因而充满自信地陶醉在得到淑女的欢乐幻相中。《卷耳》的女主人公借助于卷耳而致幻，希望意中人来团聚，但其自信力却显得不足，于是幻相中前来的爱人屡遭险阻，出现了“仆痡”“马瘏”的情形。这其实反映着咒术信仰衰微以后行咒者恐其失灵的真实心态。

巫术性的采摘植物既然是爱情咒的先决条件，正像在太平洋岛民那里一样，有些咒词便直接围绕着采摘行为本身，做反复性的诵念或咏唱。《周南·芣苢》一首，旧说以为表现“后妃之美”；近人多以为鲁、韩遗说更加可取，即蔡人之妻伤夫有癞疾（今谓麻风病），发愤采草药以疗救之。毛奇龄《国风省篇》谓芣苢又名蝦蟆衣，可愈癞疾。今重读全诗，除了采这一母题的反复咏唱以外，实在看不出有什么“后妃”和“愈癞”的迹象：

采采芣苢，
薄言采之。
采采芣苢，
薄言有之。

采采芣苢，
薄言掇之。
采采芣苢，

[1] 刘大白：《白屋说诗》，开明书店 1935 年版，第 19—20 页。

薄言捋之。

采采芣苢，

薄言袺之。

采采芣苢，

薄言襭之。

全诗三章共12句，除了“采芣苢”之外，并没有其他意思。除了反复运用、不厌其烦的衬字，只有与“采”相应的几个动词略有变化而已，作为文学作品，似难以体现诗意所在。但作为咒语来看却无可挑剔。不过其所咒祝的愿望，不是相思相恋，而是怀孕生子，就像《阿达婆吠陀》中有《保胎咒》一样，不足为奇。芣苢为车前科多年生草本植物，产地遍及全国，随处自生。古人以其嫩叶为食，种子则可药用，“称车前子，治难产”[1]。这一功能已为本诗的咒术内容提供了解释的线索。闻一多先生抓住这一线索发挥说：《说文系传》曰“服之令人有子”。《释文》陆机疏曰：“其子治妇人生难”，《正义》引作“难产”，此盖误解宜有子为宜生子。不知芣胚并“不”之孳乳字，苡（即苢——引者注）胎并“以”字孳乳字，[2]“芣苡”之音近“胚胎”，故古人根据类似律（声音类近）之魔术观念，以为食芣苡即能受胎而生子。[3]闻氏所说“类似律”当为弗雷泽巫术理论中的基本法则，我曾译作“相似律”：

交感巫术有两种基本形式，即模仿巫术和染触巫术。前者以“同类相生”（like produces like）的信念即“相似律”（law of similarity）为基础，后者以

[1] 陆文郁：《诗草木今释》，第5页。

[2] 杨树达：《积微翁回忆录》，1934年5月16日记：“阅闻一多《论诗经芣苢》，与黄季刚说芣苢为胚胎者暗合。”上海古籍出版社1986年版，第82页。

[3] 闻一多：《诗经通义·芣苡》，《闻一多全集》第2卷，三联书店1982年版，第121页。

染触律（law of contact）为基础。[1]

初民以采摘芣苡作为咒术行为，旨在通过语音上的类似达到怀孕产子的目的，就好比今日民间习俗中仍倒贴“福”字以喻“福倒（到）了”，贴“年年有鱼”之祝词以喻“年年有余”一样，同为法术思维的类比联想产物。由是观之，《芣苢》一诗之所以反复念诵“采采芣苢”一句而不嫌啰唆，正是适应咒词的需要。[2]

推而广之，像《召南·采蘩》《采蘋》《草虫》中的“采蕨”与“采薇”，《邶风·谷风》中的“采葑采菲”，《鄘风·桑中》中的“采唐”和“采葑”，《王风·采葛》中的“采葛”“采萧”“采艾”，《唐风·采苓》中的“采苓”“采苦”“采葑”，《小雅·采芑》中的“采芑”和“采芭”，《小雅·采菽》中的“采菽”和“采芹”，等等，都可以视为此种巫术性采摘活动的直接或间接反映。即使有些诗中的采的母题已脱离了巫术信仰的背景而成宗教仪式活动的组成部分，如《采蘩》《采薇》用于宗庙所示，但是这一母题本身显然是因循着古老的巫术、咒术性采摘活动而来的。传统以为这一类采的母题都属于“劳者歌其事”的范畴。[3] 显然是难以自圆其说的。[4]

除了采的母题以外，《诗经》情恋歌词中另一个常见母题——“投赠”，如投我以桃、投我以木瓜、木李之类，若从爱情咒的角度去看，也不应理解为一般的赠品或定情信物，似可同马林诺夫斯基所述咒术攻心战的第二轮攻势相提并论：

[1] 叶舒宪：《探索非理性的世界》，四川人民出版社 1988 年版，第 24 页。

[2] 参看李安宅编译：《巫术与语言》，第 2 章，商务印书馆 1936 年版。

[3] 如郑樵评《芣苢》说：“如后人之采菱则为《采菱》之诗，采藕则为《采藕》之诗，何它义哉？”

[4] 王靖献从西方文论中“套语模式”去解说《诗经》中“言采其 + 植物名”的句式分布，可备一说。参看他的《钟与鼓：〈诗经〉作为一种口述传统的套语诗》（*The Bell and the Drum: Shih Ching as Formulaic Poetry in an Oral Tradition*），加州大学出版社 1974 年版，第 18—19 页。

一块食物或槟榔子被施以巫术，送给那位女郎。洗礼巫术已经使她对追求者更感兴趣，而且，她虽然还不准备马上顺从，她将可能要求给她一些这样的小礼物。无论如何，她不会拒绝这样的礼物，虽然她怀疑这礼物后面隐藏着一种动机。[1]

如果不只拘泥于食物的话，巫术性的投赠对象还可能包括其他小礼品，如彤管之类。

与爱情咒术的第三轮攻势——香草咒相关的中国文学母题，也许莫过于《楚辞》中最常见的“美人香草”了，由于这一问题已超出本书题旨，笔者拟另文探讨。在这里只需点明其中的一个关键处：希腊的美神阿弗洛狄忒（Aphrodite）之名出自一种叫“曼陀罗林”（mandragora）的草叶，原为女巫为增加魅力而用，亦可致幻。[2] 中国的准美神高唐神女又称瑶姬，相传为瑶草所化；瑶草同曼陀罗林一样，也有“服之媚于人”的巫术特点，陈梦家先生干脆说它是“野合时媚人之草”[3]。由此观之，中西之美神爱神的发生皆与原始的以香草为咒具的美巫术与爱巫术密切相关，盖无可怀疑。中国文学中的美人香草母题也只有在此种咒术礼俗的宏观背景中方可得到透辟的理解吧。

六、从情咒到情誓
——《柏舟》《大车》《葛生》《素冠》

《国风》情诗中与巫术性洗礼和爱情咒语相关的两个因素，一是春季水

[1] 马林诺夫斯基：《野蛮人的性生活》（中译本），第263页。

[2] 参看魏格尔（M.Weigle）：《蜘蛛与织女：女性与神话》，美国新墨西哥大学出版社1982年版，第83页。

[3] 陈梦家：《高禖郊社祖庙通考》，《清华学报》第12卷第3期，1936年，第446页。

边洗礼祓禊习俗与爱情诗的关系，对此前贤已有专论[1]；二是由爱情咒、相思咒脱胎而来的誓辞句式。这一类作品对后世文学有深远影响，故在此略加申说。爱情咒除了应用于追逐意中人外，还用于巩固情恋，使之持久不变。像吠陀《相思咒》所表达的“永不分离”之咒意，《诗经》中亦不乏其例。如《卫风·木瓜》接连三次用“永以为好也”作结；《郑风·女曰鸡鸣》中说的“与子偕老”；《野有蔓草》写男主人公与“有美一人”邂逅相逢而如愿，最后祝曰“与子偕臧”；凡此种种，均可从咒术意义上去理解。如人类学家所说，咒术即使不能达到预期效果，至少对于发咒人和被咒人来说具有相当的心理效应。

在因现实障碍无法克服而不能实现爱情的情况下，咒术语言常常采用超现实的极端形式。《王风·大车》和《鄘风·柏舟》便有这样的例子。《柏舟》词云：

泛彼柏舟，
在彼中河。
髧彼两髦，
实为我仪。
之死矢靡它。
母也天只，
不谅人只！

泛彼柏舟，
在彼河侧。

[1] 参看［法］格拉耐（MGranet）：《中国古代的祭礼与歌谣》，张铭远译，上海文艺出版社1989年版；孙作云：《诗经恋歌发微》及附录《关于上巳节二三事》，见《诗经与周代社会研究》，中华书局1979年版，第295—331页。

髧彼两髦，

实维我特。

之死矢靡慝。

母也天只，

不谅人只！

这位抒情主人公一心相中了一位头发向两边分开的意中郎，却预感到此种无媒无礼之爱必然受到阻挠，于是以咒誓语言表达宁死不嫁他人的意志。其呼母叫天的强烈情感，完全符合咒术传统，却与“温柔敦厚”诗教相距甚远。与其称之为情诗，不如视为超现实的爱情咒。可惜这首诗自毛传以降，总被落实为卫世子共伯遗孀共姜守贞不再嫁的誓词，甚至牵合上宋儒有关“饿死事小，失节事大”的节烈信条，就连疑古精神极其显著的崔东壁也依然维护毛说：“《柏舟》以为共姜自誓之诗，今玩其‘我仪’‘我特’之称，‘之死靡他’之语，其为妇人守贞不贰之作无疑；而‘髧彼两髦’，属之于世子，语亦符合。此必有所传而云然，非揣度而为之说也。”[1]就这样，本为“诗言祝（咒）”之标本的《柏舟》在几千年中一直被当成寡妇贞节的“诗言誓”了。随着贞节道德在现代以来的贬值，今人多以新的眼光看待此诗，它一下子又被抬高为“反抗礼教压迫”乃至“反抗奴隶制社会不合理制度”之诗，这未免从一个极端走向了另一个极端，又把爱之咒词抬举为“诗言革命”了。

《大车》一首亦具有爱情咒的性质，同样被曲解已久。其词云：

大车槛槛，

毳衣如菼。

[1] 崔述：《读风偶识》卷二，《崔东壁遗书》，顾颉刚编订，上海古籍出版社 1983 年版，第 547 页。

岂不尔思，
畏子不敢。

大车哼哼，
毳衣如璊。
岂不尔思，
畏子不奔。

穀则异室，
死则同穴。
谓予不信，
有如皦日。

从内容上看，这也是以死为誓的强咒，发誓愿者显然也是因为碰到难以超越的现实障碍而不得遂其情恋之心，所以才凭赫赫在天的白日为誓，口出愤激之词的。清儒姚际恒评末两句为“誓辞之始”[1]，若不算上古另一指日发誓的强咒——“时日曷丧，吾与汝皆亡”的话，这种评语还是颇具文学史眼光的。不过在解说诗意方面，姚氏却未能脱出前儒旧套。毛序谓：“《大车》，刺周大夫也。礼义陵迟，男女淫奔。故陈古以刺今，大夫不能听男女之讼焉。”究竟怎样“陈古以刺今”，并未详说。倒是鲁诗说和刘向《列女传·贞顺篇》把此诗落实到一位古代烈女身上，正如前一篇爱情咒被落实到一位有名有姓的节妇身上一样：

[1] 姚际恒：《诗经通论》卷五，顾颉刚标点本，中华书局 1958 年版，第 98 页。

夫人者，息君之夫人也。楚伐息，破之，虏其君，使守门，将妻其夫人而纳之于宫。楚王出游，夫人遂出见息君，谓之曰："人生要一死而已，何至自苦？妾无须臾而忘君也，终不以身更贰醮，生离于地上，何如死归于地下乎？"乃作诗曰："穀则异室，死则同穴。谓予不信，有如皦日。"息君止之，夫人不听，遂自杀。息君亦自杀，同日俱死……[1]

这一段汉代编造出的故事有声有色地突出了好女不事二夫的节烈主题，但验之于史书《左传》，却抵牾不合。《左传·庄公十四年》讲到楚灭息一事，息夫人（名妫）非但没有自杀，反而嫁于楚，为楚文王生下两个儿子。不过她被迫再嫁并非出于本心，所以史书说她反抗的方式便是不与楚说话而已。后儒为了宣扬妇道伦理，就牵合古史与古诗为一事，把微弱的反抗说成是舍生取"烈"、双双情死的壮举，苟且偷生的息夫人也就成了首创"誓辞"的烈女榜样了。后儒为了弥合史实的漏洞，又有人辩解说息妫并非息夫人，前者归楚，后者自杀。[2] 唯宋儒朱熹能别具慧眼，从道德说教的迷雾中窥见一些真相。他对"畏子不奔"句中的"奔"字，不是做"逃亡"解，而是做"私奔""情奔"解，使诗意豁然畅通："民之欲相奔者，畏其大夫，自以终身不得如其志也。故曰，生不得相奔以同室，庶几死得合葬以同穴而已。谓予不信，有如皦日，约誓之词也。"[3] 这样理解之后，诗中男女主人公的关系便不再是准备情死的夫妇了（其实若真是夫妇的话，又怎么会"异室"而处呢？[4]），而是不媒不聘的一对情侣。其实，这种用"生不相守，死后相合"的超现实咒法表达情爱之深之专的誓愿之词，在古今中外的爱情文学中十分

---

[1] 王先谦：《诗三家义集疏》卷四引，中华书局 1987 年版，第 329 页。

[2] 参看陈子展：《诗经直解》卷六引陶方琦《汉孳室文钞·息夫人非息妫说》。

[3] 朱熹：《诗集传》卷四，上海古籍出版社 1980 年版，第 47 页。

[4] 姚际恒便指出这一疑点，谓"夫妇有别，岂'异室'之谓乎？古大夫何为使夫妇异室也？"不过他也不同意朱熹的"私奔"说，而"以为周人从军，讯其室家之诗"。见《诗经通论》卷五。

常见，几乎形成固定的套式。《唐风·葛生》写丧偶的少妇发出的追念亡夫的相思咒，不是也用了“百岁之后，归于其居”和“百岁之后，归于其室”的超现实幻想吗？这类诗句虽被解为誓辞，其主观意愿的自我中心投射方式还是与咒术措辞一脉相承的。后代民间情歌中依然套用这一模式。

明天妹妹要走了，
阿哥啊，请你莫伤心。
我们的爱情留在纺线场，
当月亮升起来的时候，
妹妹的灵魂会来和哥哥相会。
当哥哥伤心的时候，
请去到妹妹纺线的地方。
让竹琴替我俩叙诉悲伤，
让月光和星星来为我俩流泪。

要是阿哥听到妹妹离开人间的那天，
请替妹妹送去一团糯米饭。
要是阿哥听到孤独的斑鸠声声哀叫，
那是妹妹的忠魂在呼唤着你。
亲爱的小哥啊！
今世我们不能成双，
来世让我俩在森林里成双配对！[1]

[1]《妹的眼泪》，录自岩温扁、岩林译：《傣族古歌谣》，中国民间文艺出版社（云南）1981年版，第85—86页。

这是世代流传在我国云南省的傣族人民中的一首古歌，其“生不相偶死成对”的誓法同《诗经》时代没有什么两样。至于南北朝时的《孔雀东南飞》乃至后来的《梁山伯与祝英台》等作品，则把这种咒誓表达推向更加富有诗情画意的境界，让主体自我中心的投射进一步幻化和美化，出现了诸如“在天比翼鸟”“在地连理枝”和“化蝶”“成仙”之类的原型置换形态。尽管在风格上已经完全艺术化了，但所表达的“志”和“情”依然没有超出“诗言咒”时代的规范，因而统统可归结为《桧风・素冠》用质朴无华的咒语所表达的主旨——“聊与子同归兮”“聊与子如一兮”。由于封建社会对于自由爱情的一贯压制，此种生死如一的超现实情誓也就在中国文学史上蔚为大观了。

七、治病咒与“鸟兽草木之名”

在西周金文中，“歌舞”和“歌钟”写作“诃舞”和“诃钟”。《说文解字》释“诃”字为“大言而怒也”，看来与咒的意义相仿佛。白川静从语源上推考中国歌谣的起源，认为“歌”的本义为“可”，古体即书作“诃”。“可”从ᗅ，即祝告之器。可者，呵责也，用大声呵叱督责，其声谓之“呵”。咒诵时加韵律于其声即是“诃”，亦即“歌”。“歌，本来是在于咒诅的目的而歌诵，谓之咒歌，因此《诗经》作歌时，多赞颂其咒能”[1]。对于“谣”这一概念的由来，白川静也做了类似的解释：

“歌谣”连用之“谣”系歌曲，此原来亦具咒能。《说文》（三上）以“谣”作徒歌，即不用乐器而唱者。但“谣”字其右旁部分本是“肉”与“言”

[1] 白川静：《中国古代文化》，加地伸行、范月娇译，台湾文津出版社 1983 年版，第 152 页。

相叠之字，是具有供肉而念祈语之意的字形。大概其祈语也是加上节奏的歌谣形式，那是含有咒能的。因此，《国语·晋语》有“辨天祥于谣”之语，有用于像日本的“言卜”。[1]

从屈原《离骚》中“众女嫉余之蛾眉兮，谣诼谓余以善淫”之句，可知“谣”确如咒一样有伤人功能。李陈玉云：“谗人害人，必先进飞语中之，谣歌亦其一也。《方言》楚南谓愬为诼，诼如木椓之椓，钉入人罪，牢不可拔。”[2]看来“谣”的这种恶咒之义后来成了“谣言”和“造谣中伤”的本源，并非偶然。

不过，最初的歌与谣作为咒术之词，亦可用于积极的意义。医疾治病，便离不开此种歌谣。魏建功先生《医事用的歌谣》一文较早涉及这一方面。文中说，医用之歌谣很像是左道邪术的咒语一般，然而其作用却是很明显见效的。我们的慈母以及年长的人都是能施这种无师之传的神秘医术的人。若我们在幼时夜间有梦魇的惊啼症状，父母便在通衢要道贴上一个纸条：

天皇皇，地皇皇，
我家有个夜啼郎。
走路君子念一遍，
一觉睡到大天亮。

感冒伤风是常见病症，有时也咳嗽得难以忍受。这种患者往往不请医生诊治，自己用歌谣贴在路边：

上洋新到重伤风，

[1] 白川静：《中国古代文化》，加地伸行、范月娇译，台湾文津出版社1983年版，第152页。
[2] 游国恩主编：《离骚纂义》，中华书局1982年版，第142页。

一看就成功！[1]

魏氏这篇短文在当时很有些反响，董作宾、何植三、刘策奇、杨德瑞等人先后撰文或商讨或补充，又发掘出许多此类作品。[2] 大致看来，医用的歌谣大都具有咒语的性质，其基本形式在于用咒术将病症、梦魇、寄生虫等侵害人之身心的东西驱逐出去。从宗教学和人类学立场看，此类咒歌起源甚古，是法术思维时代的特产，其遗留形式遍布各地的巫教与萨满教。

哈萨克族的萨满为人“治小病”，有时也用咒语。下面是治虫牙的一段咒语：

细小、细小、细小的虫，
落在芨芨草上的小小的虫，
像乌鸦一样的黑小虫，
落在皇帝头上的小小虫。
你的草原被人占了，
你的冬窝子着了火。
黑头小虫出来吧，
快快出来吧！[3]

如果把这种表达一厢情愿的自我中心意志的咒语看作“诗歌”，倒是完全吻合“诗言志”这一传统诗学的金科玉律。可见在“诗言志”与“诗言咒”之间确实可以找到发生学上的联系。

---

[1] 魏建功：《医事用的歌谣》，《歌谣》周刊第 65 号，1924 年 10 月。

[2] 参看董作宾读魏建功文后语；何植三：《读〈医事用的歌谣〉》；刘策奇：《迷信的术语》；杨德瑞：《读〈医事用的歌谣〉的杂感》；分别见《歌谣》周刊，第 80 号，第 74 号。

[3] 转引自秋浦主编：《萨满教研究》，上海人民出版社 1981 年版，第 72 页。

古印度咒诗集《阿达婆吠陀》第6卷第105首是《治咳嗽》，其词云：

像心中的愿望，
迅速飞向远方，
咳嗽啊！远远飞去吧，
随着心愿的飞翔。
像磨尖了的箭，
迅速飞向远方，
咳嗽啊！远远飞去吧，
在这广阔的地面上。
像太阳的光芒，
迅速飞向远方，
咳嗽啊！远远飞去吧，
跟着大海的波浪。[1]

虽为极原始的法术观的产物，却又诗意盎然，作为艺术品来看亦颇具特色。诗人坚信随着他的歌唱，咳嗽就会真的“远远飞去”。这种神秘的治疗效用，对于理性思维来说永远是一种无形的挑战。何植三先生写道：

（一）医事用的歌谣为什么能治病？因铿锵的歌韵，可使孩子生极大的信仰心而把病忘记。

（二）为什么韵能使孩子生极大的信仰心？因孩子正和野蛮人一样，对韵往往是无理由的神秘的信仰。大概一个人身上有病，可以影响到心理。然

[1] 金克木译：《印度古诗选》，湖南人民出版社1984年版，第43页。

心理健旺也能减却生理上的疾病。[1]

何氏举出的两点理由把“韵”作为具有治疗功效的核心因素似乎根据不很充分，但他能从心理作用方面着眼看待咒术治病的现象，这就预示了一个正确的方向。结构人类学的代表人物列维－斯特劳斯正是由此入手解答巫医之谜的。他在《巫医和他的法术》（*The Sorcerer and His Magic*）这篇经典性论文中写道：巫医治病的诀窍在很大程度上依赖心理作用。巫医治疗能够见效或不能见效，其关键在于巫医与病人和社会之间相互作用的心理暗示（suggestion）力量。巫医本人对自己法术力量的绝对自信和病人及其家属急于求治的焦虑分别从两方面确保着暗示力的作用发挥。一个部落中的萨满能够靠纯粹的精神手段治愈本部落成员的病，却不能为其他文化中的异族人治病，原因就在于此。对于一个视“言灵信仰”为迷信的现代科学家来说，巫医所发出的咒语也许丝毫不起作用，但同样的咒语对于坚信咒语法力的信仰者来说，确乎具有神秘功效。[2] 此种“信则灵”的治疗现象对于现代心理医学具有很大的启示，人们从迷信背后看到的心理潜能的强大力量正伴随着医学从单纯的病理治疗法向心理—病理治疗法的重大转折而发挥应有的作用。如一位日本神话学家所言，史前的巫医传统并不认识生物学的生理现象，主要靠象征的社会、文化作用来治病，文明时代的医学反其道而发展，几乎成了“器官的医学”，“心”的问题被排斥在外。未来的医学发展将对这两种传统进行新的整合。“精神医学”这个概念将不再局限于“精神病”的治疗，咒术与冥想致幻术也将再度发挥其应有的治疗作用。[3]

---

[1] 何植三：《读〈医事用的歌谣〉》，《歌谣周刊》第 80 号，1925 年 3 月。

[2] 列维－斯特劳斯：《巫医和他的法术》，《结构人类学》（*Structural Anthropology*），克莱尔·雅各布逊（Claire Jacobson）等英译本，基本丛书公司，1963 年，第 167—185 页。

[3] 参看汤浅泰雄：《历史与神话的心理学》第 3 章第 2 节《现代精神医学新的咒术观》，东京，思索社，昭和五十九年，第 129—138 页。

咒术治疗另一个重要方面是动物、植物的药用效果。在这方面，任何一个文明社会中的草药学与原始民族的草药知识相比都显得是退化的或萎缩的。人类学家们看到，治病咒语除了单独使用以外，还常常附加在某种作为药用的动、植物之上。原始人对于他们周围的所有鸟兽草木都给予极大的关注。福克思写道：

几乎所有尼格利托人都可以不费力地列举出至少四百五十种植物，七十五种鸟类，大多数蛇、鱼、昆虫和兽类，以及甚至二十种蚁类的种名或摹状名。马纳纳姆巴尔，即巫医和巫医婆，在治病行医时经常使用各种植物，他们的植物学知识确实令人惊奇。[1]

与此相似，合皮印第安人知道 350 种植物，那伐鹤人知道 500 多种植物，南菲律宾群岛的萨巴农人的植物名词超过 1000 个，哈努诺人的植物名词将近 2000 个。当一位白人调查者深入到非洲土著部落中并试图掌握当地语言时，草木名称之多竟成了主要的障碍：

我平生头一次发觉自己生活在这样一个社会中，这里的十岁幼童在数学上并不比我高明。我也发觉在我住的这个地方，每一种野生的或培植的植物都有自己的名称和用途，而且在这里每个男人、女人和儿童都毫不含糊地认识数百种植物。他们简直不能相信，即使我愿意的话，我也不能像他们一样识别这些植物。[2]

[1] 福克思（R.B.Fox）：《太平洋地区的大门》，伦敦，1924 年，第 187—188 页；转引自列维 - 斯特劳斯：《野性的思维》，李幼蒸译，商务印书馆 1987 年版，第 8 页。

[2] 史密斯 · 宝温（Smith Bowen）：《重聆笑声》，巴黎，1957 年，第 22 页；转引自《野性的思维》，第 9—10 页。

这些报告很容易使中国人想到孔子概括诗教功用时的一句名言："多识于鸟兽草木之名。"《论语·阳货》篇记述孔子号召"小子"们学习《诗经》。在著名的"兴、观、群、怨"四大功效之后，孔子最后提出这种"多识"的要求，的确显得有些神秘。儒家圣人为什么要文明人去多识鸟兽草木的名称呢？这一疑问给后人留下了多种多样的猜测和推想。刘宝楠《论语正义》综合前人见解做出如下阐释："鸟兽草木，所以贵多识者，人饮食之宜，医药之备，必当识别，匪可妄施。故知其名，然后能知其形，知其性。《尔雅》于鸟兽草木，皆专篇释之。而《神农本草》，亦详言其性之所宜用。可知博物之学，儒者所甚重矣。"[1]《诗经》虽不是原始时代的产物，但它去古未远，在相当程度上保持着文明时代以前对自然万物的细微区别和具体知识，尤其是具有咒术意义和药用价值的各种动植物名称，这些对于孔子时代的文明人来说已经显得有些陌生了，所以孔子希望借助于学习《诗经》，能使人们恢复当初那种人与自然息息相关相通的亲缘关系，保持对一草一木的细微认识和敏锐体察。这种期望中所蕴含的人类生态意义绝非记忆名称所能包容。据统计，《诗经》中的习见植物名有132种[2]之多，这个数字虽然较之印第安人的四五百种植物名称要少得多，但比后代之人还是相当可观的。刘宝楠在解释"多识鸟兽草木之名"的意义时特别注意到药用方面，并引《尔雅》与《神农本草》作为旁证，这就暗示了《诗经》在博物学和药物学方面的认识价值，特别是它在由原始到文明的过渡和转换中保留先代经验遗产的中介作用。如人类学家休斯指出的那样，近代医药学中有关草药的知识绝大部分传自史前时代。例如，我们今天的麻醉药知识就主要来自原始人的实际经验：鸦片、印度大麻、大麻、可卡因、金鸡纳、有加利树（eucalyptus）、萨尔沙（sarsparilla）、刺槐（acacia）、苦锁（kousso）、古巴香（copaiba）、

[1] 刘宝楠：《论证正义》卷二十，《诸子集成》本。
[2] 陆文郁编著：《诗草木今释》，序言，天津人民出版社1957年版。

零陵香（guaiac）、墨西哥块根牵牛（jalap）、足叶草脂，以及其他许多用于精神治疗和研究的镇静药和兴奋药，其治疗作用或致幻作用都是原始人早已发现的。[1] 列维－斯特劳斯也曾举出一大堆类似的情形：西伯利亚各族人对各种医用的天然产物都有精确的定义，并规定它们的特殊用途。如伊捷尔缅人和雅库特人用吞食蜘蛛和白虫来治疗不育；奥塞梯人用黑甲虫治恐水症；雅库特人用红虫来治疗风湿病；布利亚特人用狗鱼胆治眼病；卫拉特人用鹧鸪血、马汗来治疗疝气和瘊子；西伯利亚的俄罗斯人用吞食活泥鳅和小龙虾来治疗癫痫及其他百病……“人们可以从世界各个地区收集到这类例子，而且不难从中得出这样的结论：动植物不是由于有用才被认识的，它们之所以被看作是有用或有益的，正是因为它们首先已经被认识了。”[2] 按照咒术世界观，认识到某一动植物的名称，就等于掌握了它的用途。所以“多识鸟兽草木之名”的奥妙亦应结合着咒术背景去理解。巫医们的疗效总是借助于咒术力量，因而药物发挥的作用也总是半心理半生理的。

诗歌的发生既然部分地牵涉到法术咒辞，那么人们对诗歌作用的认识多多少少会考虑到治病疗疾的一面，也就成为理所当然的了。《诗·关雎》序孔颖达《正义》云：“《尚书》之‘三风十愆’，疾病也；诗人之四始六义，救药也。”这也许是最早地申明诗歌的医药作用的正面主张吧。更早的说法是把“六义”中的“风”看成一种疾病。《韩诗外传》卷三：“人主之疾，十有二发，非有贤医，不能治也：痿、蹶、逆、胀、满、支、隔、盲、烦、喘、痺、风。……无使百姓歌吟诽谤，则风不作。”钱锺书先生以为这一说法可与《汉书·五行志》中“君炕阳而暴虐，臣畏刑而柑口，则怨谤之气发于歌谣，故有诗妖”的说法相发明。他指出：“《韩诗外传》之‘风’，即‘怨谤之

[1] 休斯（C.C.Hughes）：《医疗：人种学药学观》（*Medical Care: Ethnomedicine*），见《法术，巫医与宗教》，曼菲尔德出版公司 1985 年版，第 243 页。

[2] 列维－斯特劳斯：《野性的思维》，李幼蒸译，商务印书馆 1987 年版，第 12—13 页。

气’，言‘疾病’。《外传》之‘歌吟诽谤’，即‘发于歌谣’之‘四始六义’，言‘救药’。‘风’字可双关风谣与风教两义，《正义》所谓病与药，盖背出分训之同时合训也。”[1]

值得注意的是，美国学者周策纵已经关注到远古巫医传统与《诗经》产生之间的联系，他在《古巫医与六诗考——中国浪漫文学探源》一书中对这些联系做了独到的考证和阐释，如从巫医闭户治疗术出发说明《鲁颂·閟宫》一诗所反映的神医制度；从希腊巫医的熏烟沐浴术出发解释《生民》中姜嫄“克禋克祀”的举措。[2] 又如从巫药用途去看《诗经》中的植物名。《王风·采葛》中提到的葛、萧、艾三种均为巫医必用之药。葛有繁衍生殖的象征意义，可用于求子祭礼如高禖；艾如《孟子》说的“七年之病求三年之艾”，用于针灸；萧在《说文》中训“艾蒿”，《礼记·郊特牲》云“焫萧合羶薌”，焫即烧灼，焫萧与灸艾相类，同为巫医治疗之术，葛也可能有此用途。周先生还举出亲身见闻中的民俗旁证来说明巫医工作，认为火和药酒是其发挥咒力的主要凭借：

我在小时候就常见湖南乡下觋公（男巫）治病，有时即手持有长柄的大油锅，燃着烈火在病人床下床前一再薰爇，口中念着咒语，煞可惊人，并时时喷酒使火炽烈，说是驱邪驱鬼。关于“得酒而使”，若说是指病人喝了药酒而兴奋生效，固然可通。若说兼指巫医也喝酒喷酒，乘醉时迷狂而舞弄，似乎也有可能。也就略如上引《楚茨》诗中说的“神具醉止，皇尸载起”之意。“使”字在这里可能是古代医药用语，《素问·汤液醪醴论》篇说：“（黄）帝曰：何谓神不使？岐伯曰：针石，道也。精神不进，志意不治，故病不可

[1] 钱锺书：《管锥编》第1册，中华书局1979年版，第58页。

[2]周策纵（Chow Tes-tsung）：《古巫医与六诗考》（*Ancient Chinese Wu Shamanistic Medicine and Poetry*），台北，联经出版公司1986年版，第102—103页。

愈。”这儿所谓“神不使”就是“精神不进”，也就是鼓舞不起精神之意。“得酒而使”也许即指得酒而令神使，就是酒可提神的意思，提起了精神，则“志意”可“治”，这其实也牵涉到精神治疗法。至于巫医自己可能用酒，这可与希腊古代的巫师和女祭司对比，他们也常喝了药物饮料，在半癫狂状态下，认为已被神灵所依附，代替神说话。[1]

这一论述已经深入到巫医治疗的心理作用与药理作用相统一的层面，对于重新认识《诗经》中潜存的咒术医学因素有重要的启发作用。如果结合原始宗教观与中医学史、中草药学的多方知识优势，对《诗经》这一方面的再发掘一定会有新的收获。这一任务显然不是单一学科专业的研究者所能承担的，企盼今后能够通过跨学科的多兵种作战在现有认识基础上有更大的突破。

八、反咒与反谗
——从《阿达婆吠陀》看《巧言》《何人斯》与《巷伯》

语言的法术运用对于初民来说有如一种万能的口头武器，它不仅能够用于主动的攻击行为，而且也能用于防御和自卫。后一种情形中的咒词是一种反咒，即通过以咒还咒、以诅对诅的语言形式去实现防卫自身、反击敌手的愿望。初民们坚信，反咒的有效运用足以缓解乃至消除敌手所发出的咒词之法力，就好比当今新式武器库中的反弹道导弹一样，能够在很大程度上保护自己免遭伤害。

在原始部落社会中，受法术思维的支配，各种咒词和反咒几乎涉及生活的各个领域，其普遍的程度超出文明人的想象之外，其影响力却一直渗入到

[1] 周策纵（Chow Tes-tsung）：《古巫医与六诗考》（*Ancient Chinese Wu Shamanistic Medicine and Poetry*），台北，联经出版公司 1986 年版，第 108—109 页。

文明社会之中，甚至有幸得到记录，一直流传到今日。现在可以看到的具有反咒性质的诗歌作品首推印度咒诗集《阿达婆吠陀》第6卷第37首：

有一千只眼的诅咒，
驾起了车子向这儿出发。
找那咒我的人去吧，
像狼找牧羊人的家。

诅咒啊！绕一个弯过去吧，
像大火绕过湖；
找那咒我的人去吧，
像雷电打倒树。

我们没咒他，他倒来咒我；
我们咒了他，他又来咒我；
我把他投向死亡，
像把骨头投向狗窝。[1]

这首被叫作《反诅咒》的古诗非常生动地表明了咒与反咒之间的对立统一关系。从攻击与反击的意义上说，二者是截然对立、不共戴天的；但从信仰基础上看，不论咒还是反咒都无疑建立在法术语言观（或称“言灵信仰”）之上，因而也是统一在法术思维之中的。凡是存在法术信仰的地方，咒和反咒都会被认为是具有实际效力的。印度大史诗《罗摩衍那》中讲到主人公罗

[1]《印度古诗选》，金克木选译，湖南人民出版社1984年版，第44页。

摩获得神赐的咒语，因而同时拥有了智慧和防止伤害的自卫能力。代表大梵天神传咒语给罗摩的众友仙人这样唱道：

孩子呀！捧一捧水！
不要让时间空过；
要学习这两个咒语：
婆罗和阿底婆罗。

你将不会疲劳，不发烧，
你的形貌也不会衰败，
不管你是睡着还是喝醉，
恶魔们不会把你伤害。

在这个世界上，讲到英勇，
没有任何人媲美你的双臂。
在三个世界中，罗摩呀！
也没有任何人赶得上你。

讲到幸福，讲到和气，
讲到认识，讲到智机，
讲到回答问题，纯洁者！
你在世上，没人能比。

得到了这两个咒语，
能跟你比的不会有人。

婆罗和阿底婆罗，
是一切智慧的母亲。

人中英豪！你永不会有，
罗摩呀！饥饿与干渴；
罗怙子孙！谁要是在路上，
默诵婆罗和阿底婆罗；
谁把这两个咒语来念，
谁在世上将把令誉得。

这两个咒语来自梵天，
它们俩具有大威力。
罗摩呀！那完全应该，
虔诚者呀！把它俩给你。[1]

罗摩闻说后当即沐浴河中，接受了这两个咒语，欢欣鼓舞之余，变得“光彩焕发，精力充沛”，大有天下唯我独雄、刀枪不入之感。剥去诗意中的神幻色彩，我们看到的是语言崇拜的原始信仰在文明社会中如何集中保留在咒语上。有咒语不仅可以用来攻击，而且更可以用来防卫护身。即使不幸被敌方咒语所击中，还可以施以反咒，从而消灾解害，化险为夷。由此不难推知，远古人类的战争形式实为两种，一种是真刀真枪的血肉拼搏，另一种则是唇枪舌剑的咒术之战。二者相辅相成，缺一不可。原始部落在大规模的狩猎活动和战斗行动开始之前都要举行法术仪式，那正是为咒术语言大战所开辟的

[1] 蚁垤：《罗摩衍那》之《童年篇》，季羡林译，人民文学出版社 1980 年版，第 131—132 页。

战场，中国成语“先声夺人”盖源于此。

如果从较为宽泛的发展形态上看，咒术之战的武器便不仅限于咒词，还包括与咒词有渊源关系的歌、诗、曲等其他形式。古代芬兰民族史诗《卡勒瓦拉》第三曲便生动地记述了两位游唱诗人之间以诗歌为咒术武器的一场口舌大战。据该诗所传，维亚摩能是神最先生出的人类始祖，又是最早歌唱的诗人，直到年老，他仍然用歌曲向人们传播智慧：

他不知疲倦日日歌唱，
他无休无止夜夜谭讲。[1]

维亚摩能的名声传到南国的拉伯兰，一个瘦弱的少年歌手茹卡海能闻知后妒忌万分，决意同他较量一下诗艺。父母百般劝阻他不要去冒险，并告知对方的歌曲将会带来伤害。茹卡海能不听劝阻，一心要发动这场歌咒之战：

我要挺身和他对抗，
激发他跟我较量；
我要对他唱出我的歌曲，
我要亲口念着我的迷魂咒，
直念得最优秀的游唱诗人，
变成最拙劣的歌手。[2]

他驾车飞驰了三天之后来到卡勒瓦拉旷野，撞坏了维亚摩能的马车，并百般寻衅，要同对方比赛智慧和法力。老歌手忍无可忍，唱出他的法术咒歌，

[1]《卡勒瓦拉》，侍桁译，上海译文出版社 1985 年版，第 33 页。
[2]《卡勒瓦拉》（中译本），第 35 页。

只见：

大地震动，湖水汹涌，
如铜的山岳摇摆不定，
巨大的山岩声如雷鸣。
连绵的山脉四分五裂，
岸上的石块全在战栗。
茹卡海能被歌声制服，
他的滑板变成了苗木，
马的扣环变成了杨柳，
缰绳变成了红杨木；
镶金的雪车被歌声慑服，
陷进湖里，被芦苇缠住；
……
茹卡海能随歌声下沉，
双腿在泥里愈陷愈深，
腰部陷进了卑湿的沼地，
一片流沙在他的腋下浮起。[1]

在生命濒危之际，茹卡海能认输讨饶，把老歌手称为“最圣明者”和“最古老的魔法师”，许诺下种种报偿，要求他解除法术咒语。最后直到他以自己的妹妹相许，老歌手才收回法术，让这个失魂落魄的挑战者死里逃生。

以上古印度咒诗、反咒诗和芬兰歌咒之战等材料为我们了解和体会古人

[1]《卡勒瓦拉》（中译本），第 43—45 页。

信念中语言的攻击和防御作用提供了直观生动的写照。以此为背景去重新品味《诗经》中的“反谗诗”，自然会产生新的感受。

《小雅·小旻之什》中将三首具有反谗言性质的诗作并列在一起，它们是《巧言》《何人斯》和《巷伯》。这三首诗中所涉及的具体作诗背景和对象虽有不同，但其中所反映出的语言观和诗歌的反谗功用则是一致的。据毛传：

《巧言》，刺幽王也。大夫伤于谗，故作是诗也。

《何人斯》，苏公刺暴公也。暴公为卿士，而谗苏公焉，故苏公作是诗以绝之。

《巷伯》，刺幽王也。寺人伤于谗，故作是诗也。

可见三诗的写作动机都在于反谗，也就是用诗歌的形式反击敌方发出的谗言，以减少其伤害力。从实质上看，这同反咒在基本原理上是一脉相承的。尽管我们不必相信毛传所说的“刺幽王”和“刺暴公”便是事实，但从诗的内容本身看可断定为受谗后的反击之辞无疑。《巧言》以呼天抢地式的激愤之言开篇，力辩自己的无辜受谗，强调君子信谗所带来的可怕祸乱。第四章形容谗者说：

蛇蛇硕言，
出自口矣。
巧言如簧，
颜之厚矣。

短短16个字，已经把人类语言运用中的一种丑恶的害人现象揭露无遗。

出自谗人之口的这些“硕言”虽非巫师咒语，但其攻击力仍是不可低估的，否则作诗者便不会如此耿耿于怀了。第六章在结束全诗之前进一步反击谗者，使这场不见刀枪的口舌之战达到高潮：

彼何人斯？
居河之湄。
无拳无勇，
职为乱阶。
既微且尰，
尔勇伊何？
为犹将多，
尔居徒几何？

姚际恒说，本章旨意在于“识其所居之处，既无勇力，又有微、尰之疾，复言有几何之勇，乃谗谋将日益多，所与居之徒众能有几何？我将杀之而甘心焉矣”[1]。陈子展说：“言彼何人斯，斥谗人也。而不指名，盖贱之之词。写其形象，显露特征。此中有人，呼之欲出。”说得更通俗些，本诗似可看作一种骂术的诗歌化，像“颜之厚矣”“尔勇伊何”之类措辞，分明都在斥骂对方，有如说“你这厚脸皮的”“你这没种的家伙”。骂虽无法术之力，却直接发源于咒，所以反谗诗也多少具有反咒的性质吧。

《何人斯》一首起句与《巧言》末章首句完全相同，似乎前后有所呼应。[2]这类反问式的语气并不要求回答，而是表达斥骂之意的：

[1] 姚际恒：《诗经通论》卷十一，顾颉刚标点本，中华书局 1958 年版，第 218 页。徐仁甫说“尔居徒几何”言“尔生乃几何”，其说可参见《古诗别解》卷一。

[2] 朱熹《诗集传》卷十二云：“此诗与上篇文意相似，疑出一手。但上篇先刺听者，此篇专责谗人耳。”

他是什么人儿！（彼何人斯）

他的用心太坏了！（其心孔艰）

以下第三、四章仍用此语式，可谓一篇之中三致骂也。第六章谈到了音乐和咒语之间的对攻战：

伯氏吹壎，

仲氏吹篪。

及尔如贯，

谅不我知？

出此三物，

以诅尔斯！

此后两句总算“图穷匕首见”，干脆不顾什么温柔敦厚的诗人之旨，呼出猪、犬、鸡三种牲物，当着神灵的面诅咒你这该死的谗人！如此以咒敌谗、以骂解冤的诗在《三百篇》中不在少数，如钱锺书先生引曾异《纺授堂集》卷一《徐叔亨山居次韵诗序》所云，《诗经》中的骂五花八门，有骂人、骂夫、骂父、骂国、骂皇后、骂天、朋友相骂、兄弟九族相骂，等等。[1] 这种情形自然使人想到印度史诗《罗摩衍那》中罗什曼那与维毗沙那的那场相骂之战，[2] 进而领会早期诗歌与咒术相关而特有的咒力现象，实不同于后世所谓粗俗的骂街，必须从言灵信仰的观念背景上去加以把握。《何人斯》末章末句其实已经明确透露了作歌者要以诗歌形式充当反咒工具，反击那颠倒黑白的谗人的创作目的：

[1] 参看钱锺书：《管锥编》第 1 册，中华书局 1979 年版，第 148 页。

[2] 参看蚁垤：《罗摩衍那》六《战斗篇》，人民文学出版社 1984 年版，第 657 页。

作此好歌，

以极反侧！

旧说皆以为此诗为苏公刺暴公之作。朱子集传以为未必如此：“旧说于诗无明文可考，未敢信其必然耳。”诗中“伊谁云从，维暴之云”或可以解为名暴之人，但名苏之人却无从考见。不如权且当作一首一般的反谗之歌，与排列在一起的《巧言》《巷伯》同类。《巷伯》也未必是刺幽王之作，不过毛传说“寺人伤于谗”而作此诗还是与诗意符合的：

萋兮斐兮，

成是贝锦。

彼谮人者，

亦已大甚。

哆兮侈兮，

成是南箕。

彼谮人者，

谁适与谋？

缉缉翩翩，

谋欲谮人。

慎尔言也，

谓尔不信。

捷捷幡幡，
谋欲谮言。
岂不尔受？
既其女迁。

骄人好好，
劳人草草。
苍天苍天！
视彼骄人，
矜此劳人。

彼谮人者，
谁适与谋？
取彼谮人，
投畀豺虎！
豺虎不食，
投畀有北！
有北不受，
投畀有昊！

杨园之道，
猗于亩丘。
寺人孟子，
作为此诗。
凡百君子，

敬而听之！

旧说寺人孟子因避男女之嫌不审，被帷薄之谤而遭宫刑，作此诗以自明其被谗之祸。郑笺则说因寺人近嫌而成言其罪。俞正燮谓正义依笺解传，而不知笺意非传意。“寺人孟子”句毛传云：“罪已定矣，而将践刑，故作此诗。”笺云：“自伤将去此官。”是毛言此孟子以男女之嫌谮人，诬致其罪，枉得宫刑，定为寺人。郑言此寺人被谮在宫中不谨，或逐或重得罪，去此寺人之官也。传笺截然不同，正义误解传意，混为一谈。[1] 如果撇开作者被谗受刑和被谗失官的争论，专注于诗的反谗主题本身，那就不难看出它是情绪最激烈、咒得最凶、骂得最狠的一首诗。如姚际恒说，“刺谗诸诗无如此之快利，畅所欲言”[2]。诗中先用“罗织贝锦”喻谗人罗织罪名，又用天口星南箕类比谗人的血口之大。方玉润说，凡谗人者，不外文致、簸扬两端。首二章已将小人伎俩从喻意一面写足。以下便不费手。第六章是咒力最强处，先说把谗人扔给豺虎去吃。豺虎若不吃，再扔给“有北”。毛传解“北”为“北方寒凉不毛之地”，我以为按神话宇宙观，北方与地下阴间世界即“幽都”相认同，[3] 所以“投畀以北”当解为扔进地狱，相当于西文中常用的“go to hell”，是最厉害的咒法。如果地狱也不收的话，那就只有交给老天爷去治罪了。孔疏云：“豺虎之食人，寒乡之冻物，非有所择，言不食不受者，恶之甚也。故《礼记·缁衣》曰：‘恶恶如巷伯言，欲其死亡之甚。’”这话可谓知音之论。寺人孟子的本意不在说豺虎挑食、地狱拒客，而是借豺虎不吃、地狱不收的极端说法反衬谗人之可恶已达到何种地步。其实质还是表达“欲其死亡之甚的”反谗动机。尤可注意者，寺人孟子在此所用的反咒法同《阿达婆吠陀·反诅咒》

[1] 俞正燮：《癸巳类稿》卷二，商务印书馆 1957 年版，第 43 页。
[2] 姚际恒：《诗经通论》卷十一，中华书局，第 220 页。
[3] 参看叶舒宪：《中国神话哲学》第 4 章第 4 节，中国社会科学出版社 1992 年版。

中的“我把他投向死亡，像把骨头投向狗窝”一说竟彼此暗合对应，如出一辙。可见作为反谗的中国古诗同吠陀宗教的反咒诗具有精神实质上的相似之处。

《旧约·诗篇》第120首亦可视为反谗诗，作者表达的对恶口谗舌的痛恨之情，与《诗经》中的反谗诗正可对观：

我在急难中求告耶和华，
他就应允我。
耶和华呵，
求你救我脱离说谎的嘴唇，
和诡诈的舌头。
诡诈的舌头呵，
要给你什么呢?
要拿什么加给你呢?
就是勇士的利箭，
和罗腾木的炭火。
我寄居在米设，
住在基达帐篷之中，
有祸了。
我与那恨恶和睦的人，
许久同住。
我愿和睦，
但我发言，
他们就要争战。[1]

[1]《旧约·诗篇》第120首，《新旧约全书》，中国基督教协会，南京，1982年，第713页。

对付此类“说谎的嘴唇”“诡诈的舌头”，要用诅咒之词，看来中外皆然。有时面对不公的命运或意想不到的打击，咒骂的对象甚至会移向上天、上帝或生身父母。《旧约·约伯记》中便有这类极端的例子。钱锺书先生在《诗经》中也找出相应的作品：

（《正月》）：“父母生我，胡俾我愈？不自我先，不自我后。”按《小弁》：“天之生我，我辰安在？”《桑柔》：“我生不辰，逢天癉怒！”胥遭逢丧乱而自恨有生不如无生也。……《四月》云：“先祖匪人，胡宁忍予？”《笺》：“我先祖匪人乎？人则当知患难，何为曾使我当此乱世乎？”《正义》：“人困则反本，穷则告亲，故言‘我先祖匪人’，出悖慢之言，明怨恨之甚。”则由怨言进而为怒骂，诅及己之祖宗，恨毒更过于《正月》《小弁》，大类《旧约全书》中先知咒骂己之诞生、母之孕育等。[1]

这种情形中的咒骂，大概本义不在攻击，而在于宣泄吧。

九、咒祝与祈祷之间的发生学联系

中国远古时期的咒诗由于未能得到及时记载而绝大部分散佚无闻了。《诗经》产生的时代距离原始咒诗繁荣期已经相当遥远了，因为这个时期保留下来的作品都已经历了由咒向祝祷的转化或由咒到“骂”的变化，已经不再是纯粹意义上的法术思维符号了。尽管如此，这些变了形的咒诗毕竟多少保存了诗源于咒词或诗言咒的痕迹和功用，使我们可以参照域外的情形做出合理推测。

[1] 钱锺书：《管锥编》第1册，中华书局1979年版，第146—148页。

世界各古文明中保留咒诗最丰富、完整的印度文明为考察诗源于咒的问题提供了充分的材料。若仅从编定年代上看，《阿达婆吠陀》这部以咒诗为主的诗集在四部《吠陀》中编定得最晚，因为在它问世之前已流行“三重吠陀”（the threefold Veda）或“三重知识”（the threefold Knowledge）之说，[1]《阿达婆吠陀》是在后来（具体时间不详）才被编入圣典之中，成为第四吠陀的。不过，研究者们已经发现，第四吠陀虽然编入经典的时代最晚，但是其中的诗歌作品却绝不是晚出的，它们甚至比四吠陀中编定年代最早的《梨俱吠陀》中的颂神祷诗还要更早问世，因而反映着某些前吠陀宗教乃至前雅利安文化的内容。拉格真先生指出，《阿达婆吠陀》中的咒语（incantations）、符咒（spells）和驱邪词（exorcisms）是最早的诗歌。大自然中的每一种邪恶事物，从旱灾到发烧，以及人心中的恶德劣质，都被人格化并且成为咒术之对象。在这里，崇拜所采用的形式是行咒（conjuring）而不是祷告（prayer），因而主持者是巫师（sorcerer）而不是祭司（priest）。这些作品表现的是前雅利安宗教的内容，那是属于当地土著人的宗教，后被征服者雅利安人所吸收。这就可以解释如下悖论现象：为什么《阿达婆吠陀》最晚成为经典而其内容却又最为古老。[2]

人类学家的其他观察也证明了祷词源自咒词的发生学关系。利普斯写道：“祈祷，特别是固定的公式化的祈祷，和古代巫术咒语的关系是显而易见。在西藏喇嘛教中，相信巫术性反复背诵的效果，由此引导出使用经常的祈祷磨，它为了虔诚教徒的利益而转动着‘唵嘛呢叭咪哄’的神圣咒语。这种祈祷咒语有趣之处在于这样的事实，即所用的言词和祈祷者个人心愿已没有直接的联系。祈祷者分明相信，咒语引起一度招来的神祇的注意，神就会自动

[1] 拉格真（Zénnaide A.Ragozin）：《吠陀印度》（*Vedic India*），伦敦费舍·安文出版公司 1895 年版，第 117 页。

[2] 拉格真：《吠陀印度》，第 118—119 页。

地关心他的信徒的需要。所谓西藏的祈祷磨就是内有一片纸，上写神圣的言辞，借助附加上去的曲柄转动，就能当成祈祷者不停地‘念经’，能毫不费力地重复千次以上。这种装置和原始人舞蹈中所用的拨浪棒停留在同样的水平，它们都是和古老的‘巫术歌唱’相结合。这种祈祷磨有的是庞然大物，在日本它是由一群‘祈祷者’才能转动的，有些大的祈祷磨竟由水力或风力来驶转。”[1]这种巫术歌唱性的咒词与颂神祷词两相结合的混杂形式在古希伯来人列入《旧约》圣典的《诗篇》中可以找到更多的实例。如《诗篇》第129首：

……

耶和华是公义的，

他砍断了恶人的绳索。

愿恨恶锡安的，

都蒙羞退后。

愿他们像房顶上的草，

未长成而枯干。

收割的不彀一把，

捆禾的也不满怀，

过路的也不说。

愿耶和华所赐的福，

归与你们。

我们奉耶和华的名，

给你们祝福。[2]

[1] 利普斯：《事物的起源》，汪宁生译，四川民族出版社 1982 年版，第 349—350 页。

[2]《旧约・诗篇》第 129 首，《新旧约全书》，中国基督教协会，南京，1982 年，第 715 页。

这首诗中前两个“愿”表达的是咒术思想，而后一个“愿”则在于祝福了，可谓咒与祝同在之诗。更为突出地表现了由法术到一神教信仰的演变的一首诗是《诗篇》第83首，相传为亚萨所作，主旨是祷告耶和华，因敌对民族要绝灭犹太人，求上帝施法使之灭亡。这首诗的开篇是典型的祈祷词：

上帝阿，
求你不要静默！
上帝阿，
求你不要闭口，
也不要不作声。
因为你的仇敌喧嚷，
恨你的抬起头来。
他们同谋奸诈，
要害你的百姓。

在历数了仇敌的罪恶用心之后，诗人又列举了这些敌人的名称：

就是住帐篷的以东人，
和以实马利人，
摩押和夏甲人，
迦巴勒、亚扪、和亚玛力、非利士，
并推罗的居民。
亚述也与他们联合，
他们做罗得子孙的帮手。

列举之后便是类似施咒之词了，诗人呼告上帝说：

求你待他们如待米甸，
如在基顺河待西西拉和耶宾一样。
他们在隐多珥灭亡，
成了地上的粪土。
求你叫他们的首领，
像俄立和西伊伯，
叫他们的王子，
都像西巴和撒慕拿。
……
我的上帝阿，
求你叫他们像旋风的尘土，
像风前的碎秸。
火怎样焚烧树林，
火焰怎样烧着山岭，
求你也照样用狂风追赶他们，
用暴雨恐吓他们。
愿你使他们满面羞耻，
好叫他们寻求你耶和华的名。
愿他们永远羞愧惊慌，
愿他们惭愧灭亡。[1]

[1]《旧约·诗篇》第 83 首，《新旧约全书》，南京，1982 年，第 687 页。

把本诗的咒法同《阿达婆吠陀》中的正宗咒诗相比，我们看到的是以一神教信仰形式加以表现的咒术：对敌人的攻击不是直接来自诗人的法术语言运用，而是通过耶和华神的中介。这种变更的原因，如弗雷泽等人所揭示，法术所信赖的是主体自身的力量投射，而宗教则把一切希望转托给了神灵。只有在法术信念衰微的情形下，超自然的神力才会取而代之。这时，直接的咒语也就向祈祷方向转化了。借用《巷伯》诗中的说法，只有当诉诸豺虎和有北的咒力不再灵验的时候，人们才会转而诉诸天神（有昊）之力，这实际上已经不再是法术思维的自我中心性投射了，主体的愿望必须假借神的意志才能兑现。如上引诗所表现的，欲使敌人灭亡，不是用"胡不遄死"的咒语发挥作用，而是用借刀杀人法去祈求上帝、激怒上帝。从"恨你的抬起头来"这样的说法中，似乎可体味出在神与敌手之间挑拨离间的意思。与纯粹自信的咒语相比，毕竟成了狐假虎威一类的东西。

在印度的《吠陀》和中国的《诗经》中倒是保留着一些不假借神威、不祷告上苍的较原始的咒歌，其功用不在于攻击敌人，而在保全自己，尤其是本氏族或家族的生息繁衍。如《阿达婆吠陀》第6卷第17首，这是一种保胎咒，表达顺产的意愿：

像大地孕育一切萌芽，
愿你的胎儿保住，
妊娠期满后生下！

像大地维持森林树木，
愿你的胎儿保住，
妊娠期满后生下！

像大地维持崇山峻岭，
愿你的胎儿保住，
妊娠期满后生下！

像大地维持万物众生，
愿你的胎儿保住，
妊娠期满后生下！[1]

这首诗的咒力来自一个永恒的比喻：大地与母亲。这个与地母观念相通的比喻不仅给咒词赋予了充分的诗意，而且通过类比推理使孕妇获致地母般坚忍不拔的负载承受神力，从而达到保胎顺产的祝愿初衷。

《诗经》中虽无类似的保胎咒，却有祝愿多子多孙的咒歌——《周南·螽斯》：

螽斯羽，
诜诜兮。
宜尔子孙，
振振兮。

螽斯羽，
薨薨兮。
宜尔子孙，

[1] 用黄宝生译文，见季羡林主编《印度古代文学史》，北京大学出版社 1991 年版，第 29 页。

绳绳兮。

螽斯羽，
揖揖兮。
宜尔子孙，
蛰蛰兮。

毛传：“后妃子孙众多也。言若螽斯，不妒忌，则子孙众多也。”朱子《辨说》云：“螽斯聚处和一，而卵育蕃多，故以为不妒忌则子孙众多之比。”其实，这首咒歌同印度人的保胎咒运用的是同一种比喻修辞法，以“聚处和一、卵育蕃多”即生殖力极强的虫类做比，祝愿家族人丁兴旺。并不存在什么妒忌不妒忌的道德寓意。由于印度咒歌用了“像”这一比喻词，使诗旨显豁，而《螽斯》则全用隐喻法，遂为后人的道德化曲解留下了余地。这两首咒歌充分体现了前宗教阶段的法术思维特征，用类比联想催生咒力，而不用祈告神灵之助或上天保佑。《螽斯》在语言形式上也相当古拙，其三言句式显然比《诗经》惯用的四言句式更为古老，成为认识“诗言咒”这一新命题的活标本之一。

把《螽斯》这样的咒词同《雅》《颂》中大量的祈寿求福于神明的诗句放在一起，其间的差异和界限便不言而自明了。用人类学家的理论来验证这种差别，可以引用恩伯教授的如下一段话：“与超自然相互作用的方式可以根据各种不同的方法来分类。一个社会到底在多大程度上依靠乞求、请求和说服超自然物（或力量）代表其利益而行动，或者与此相反，这个社会是否相信可以通过采取某种行动来强迫超自然为他们效劳，便是进行分类的一种量度标准。比如说，祈祷就是请求，而施展巫术就很可能是强迫。当人们认为其行为能够强迫超自然以某种特定的而且是预期的方式行动时，人类学家通常就把这种信念及其相关的行为称为巫术。”[1]如本书导论中所述，任何一种巫术都源自史前人类的法术思维，从巫咒行为到祈祷行为的转化是法术思维自我中心性解体的结果。

十、咒、祝分途与“美刺”说由来
——《民劳》《葛屦》《墓门》所表达的诗歌观

在言灵信仰盛行的时代，由于人们普遍相信语言的法术应用具有攻击和反击的战斗力量，所以咒词、谣谚和歌诗等较早的言语形式都可以被直接类比为法术性的武器，现代语汇中诸如“唇枪舌剑”“口诛笔伐”“讽刺”“舌战”一类的词便都是这种原始类比的遗留物。索马里的土著民族中有四处行吟的职业歌手，他们用下列的隐喻来夸耀自己的战斗力：

你若是胡椒，
我便是芥末。
你若是一根针，
我便是一把刀。[2]

从原始进入文明，许多隐喻类比随着神话思维的衰微而变成具有艺术修辞意义的明喻。如格鲁吉亚著名诗人卢斯达维里在夸耀其诗的战斗力时所说：

我的歌儿如宝刀的利刃，征服着人心。[3]

[1] [美] C·恩伯、M·恩伯：《文化的变异》，杜杉杉译，辽宁人民出版社 1988 年版，第 495—496 页。
[2] 罗伯特·路威（R.H.Lowie）：《文明与野蛮》，吕叔湘译，三联书店 1984 年版，第 205 页。
[3] 卢斯达维里：《虎皮武士》，汤毓强译，外国文学出版社 1984 年版，第 2 页。

拙劣的诗人缺乏战斗力，那是他们的武艺和“武器”不行：

> 渺小的诗人写出来的是渺小的诗篇，
> 没有分量的语言拨动不了人的心弦。
> 它不过是年轻猎人手中无力的弓箭，
> 它害怕巨兽而乱伤小虫，令人可怜。[1]

诗歌这种语言的特殊形式正因为从起源上与咒祝活动相关，所以才有幸成为人类的一种口头武器，其战斗功能在中国诗学理论中被直接概括为一种十分具体而生动的表象——刺。在几千年封建社会文学史上流行不衰的“美刺”说，或许在发生学的观照之中才能更好地理解。

大致说来，诗歌的“美”和“刺”这两种彼此对立的功用均来自“诗言咒”的远古现实。当法术活动逐渐解体并向神灵信仰过渡之际，“咒”与“祝”的分化也就开始了。如前所论，从“咒”中分化出来的“祝”逐渐失去其攻击性武器的性质，变成“祝颂”赞美神恩的言辞，实际上趋近于“祷”了。而攻击性的“咒”则不得不弱化其野蛮的攻击性，以“刺”和“谏”“讯”之类较文明的新形式而出现。尽管一般都将“美刺”说的提出归之于《毛诗序》，但我们从《诗经》本身已可看出这一诗歌功能观的滥觞了。

《大雅·民劳》末章云：

> 民亦劳止，
> 汔可小安。

[1] 卢斯达维里：《虎皮武士》，汤毓强译，外国文学出版社 1984 年版，第 4 页。

惠此中国，

国无有残。

无从诡随，

以谨缱绻。

式遏寇虐，

无俾正反。

王欲玉女，

是用大谏。

诗尾“是用大谏”四字是作诗者明确表达的实用性目的。毛传谓此诗“召穆公刺厉王也”，不论确否，总是把“谏”与“刺”看成同一种功用了。郑笺的看法也是如此：“厉王，成王七世之孙也，时赋敛重数，徭役繁多。人民劳苦，轻为奸宄。强陵弱，众暴寡，作寇害。故穆公以刺之。”《大雅》中的另一首诗《板》再度出现了“是用大谏”的创作表白，也同样被毛郑们解释为“刺”。其实这种比喻性的措辞“刺”早在《诗经》中就开始如此应用了。《魏风·葛屦》也是用曲终奏雅的方式点明作歌目的：

好人提提，

宛然左辟，

佩其象揥。

维是褊心，

是以为刺！

我们在这里看到了“诗言咒”时代传下来的诗歌武器观。正如鲍勒所说，原始猎人若不向他们的矛和箭反复唱诵咒语的话，他们确信这些尖锐利器并没有“刺”的功能。[1]

换句话说，咒词才是“刺”的魔法力量之源，实际的武器只不过是这种魔法之力的凭附载体。方玉润在《葛屦》二章眉评中写道，“明点作意，又是一法”[2]。陈子展则译“是以为刺”句为“所以作为诗歌来诅咒”，可谓深得“刺”字的咒力本义。

除了“谏”“刺”之外，《陈风·墓门》还用了另外一个动词“讯”来表示诗的实际功用：

墓门有梅，
有鸮萃止。
夫也不良，
歌以讯之，
讯予不顾，
颠倒思予。

此处的“讯”有质问、讯责意，是“刺”的略委婉的表达。《韩诗》：“讯，谏也。”《经典释文》谓“讯本又作谇”[3]。“谇”有问意，又训“骂”（《玉篇》），《广雅·释诂》则训“谏”。《离骚》“朝谇而夕替”句王逸注：“谇，谏也。”《汉书·贾谊传》：“立而谇语。”注：“服虔曰：谇犹骂。张晏曰：谇，责让也。”毛序谓《墓门》“刺陈陀也”，陀为恒公庶子，以行为不良而著称于时。据三家遗说，[4]本诗作者似为一采桑女子，因受到路过陈国的晋国大夫解居甫调戏，而作此歌以斥骂之。“有鸮”指猫头鹰，古时亦用于骂人语。不论是“刺陈陀”

[1] 鲍勒：《原始歌谣》，伦敦，1962年，第118—119页。
[2] 方玉润：《诗经原始》卷六，中华书局1987年版，第242页。
[3] 陆德明：《经典释文》卷六，黄焯断句本，中华书局1983年版，第71页。
[4] 参看王先谦：《诗三家义集疏》卷十，吴格点校本，中华书局1987年版，第470页。

说还是“斥解居甫”说，都可说明同样的以“刺”为用的诗歌观，因而又可同《民劳》《板》的“大谏”之说、《葛屦》的类似观点相互参证和补充。这样，我们已经从“诗言咒”的蜕变与分化中看到了“美刺”诗论的真正本源，了解到《毛诗序》只不过是将《诗经》中一部分作品所表现的诗歌功能观加以绝对化和扩大化，反过来硬套在全部《三百篇》上。据统计，毛序在 82 篇《风》诗和 49 篇《雅》诗上冠以“刺”之称，这几乎占到《诗经》作品总数的一半了。《诗大序》在解说风、雅、颂的分类时亦套用美刺说。其中写道：

上以风化下，下以风刺上；主文而谲谏，言之者无罪，闻之者足以戒，故曰“风”。

“雅”者，正也，言王政之所由废兴也。

“颂”者，美盛德之形容，以其成功告于神明者也。

按照这种划分，“美刺”二功能中的“美”主要专属于《颂》诗，“刺”则为《风》和《雅》的专利了。验之于作品，《颂》诗中确实都是些祷祝颂德之作，几乎看不出“刺”的成分，但是《风》《雅》中却并不全是刺诗，其中也有少数模仿《颂》的体式风格而作的赞美之诗。《大雅》中歌颂先祖圣王功德业绩的诗约占三分之一，再细加辨析，不难看出这类诗从祭礼歌脱胎而来的痕迹。

研究古希腊早期宗教的学者们发现，在当时的宗教活动中，没有仪式不用祈祷的，没有祈祷则不成仪式。[1] 对照上古中国礼制，我们看到的是同样的情形。《礼记·礼运》中说：

[1] 伯克特（Walter Burkert）：《希腊宗教：远古和古典时期》（*Greek Religion: Archaic and Classical*），英译本，巴塞尔·布拉克威尔出版公司 1985 年版，第 73 页。

夫礼之初，始诸饮食。……陈其牺牲，备其鼎俎，列其琴瑟，管磬钟鼓，修其祝嘏，以降上神及其先祖。以正君臣，以笃父子，以睦兄弟，以齐上下，夫妇有所，是谓承天之祜。

作其祝号，玄酒以祭，荐其血毛，腥其俎，熟其淆，与其越席，疏布以幂……祝以孝告，嘏以慈告，是谓大祥。此礼大成也。

简约地说，礼仪活动不外两大基本构成要素——祷祝与牺牲。这里所言“祝嘏”与“祝号”都已不是“祝咒”意义上之“祝”了，而是转化为沟通人神之手段的“祝”了。伴随着由咒到祝祷的这一根本性变迁，“美”的功能方从“刺”的咒能之中孳乳生成。既然“礼”始诸饮食，颂美之诗也就同祭祀性的宴饮活动结下了不解之缘。从这一意义上看，《诗经》中那些以宴饮为主题的作品的宗教意义也就昭然若揭了。为了说明宴饮活动交通人神的作用，让我们先看一下人类学总结出的12种世界性宗教活动，祈祷位列第一位，宴会排在牺牲之前位列第八：

8. 宴会。很多宗教中都有吃圣餐的习俗，比如说模拟最后的晚餐的圣餐礼。澳大利亚土著禁止食用其图腾动物，但每年都举行一次吃图腾动物的图腾宴，这很可能是吃人习俗的象征性再现。宴会不仅是给神供奉点食物，向其施行小恩小惠的好办法，而且也是婚丧礼仪不可少的一部分。[1]

理解了宴饮的非世俗性质，不仅有助于说明为什么上古礼器多为食具或酒具，还可从旁揭示诗歌的“美”功能如何由仪式性的祝告活动中勃然兴起。下面这首出自《诗经·大雅》的作品《凫鹥》是一首典型的宴乐之诗，它恰

[1]C·恩伯、M·恩伯：《文化的变异》（中译本），辽宁人民出版社1988年版，第493—494页。

切地表明了宴饮与祝祷的二重主题如何交相为用、浑融一体的。

凫鹥在泾，
公尸来宴来宁。
尔酒既清，
尔殽既馨。
公尸燕饮，
福禄来成！

凫鹥在沙，
公尸来燕来宜。
尔酒既多，
尔殽既嘉。
公尸燕饮，
福禄来为！

凫鹥在渚，
公尸来燕来处。
尔酒既湑，
尔殽伊脯。
公尸燕饮，
福禄来下！

凫鹥在潀，
公尸来燕来宗。

既燕于宗，
福禄攸降。
公尸燕饮，
福禄来崇！

凫鹥在亹，
公尸来止熏熏。
旨酒欣欣，
燔炙芬芬。
公尸燕饮，
无有后艰！

按郑笺之说，《凫鹥》的五章分别记述着宗庙公尸、四方百物之尸、天地之尸、社稷山川之尸、七祀之尸的宴礼活动，而毛传则以为五章均为宗庙尸祭之词。诗中的“公尸”指宴礼上装扮为神（祖）享受祭品者。《尔雅·释诂》释“公”为君。“公尸”似为天子祭礼上所用之“尸”。其实“风雅颂”的“颂”字，其造字的会意基础为“公頁（头）”，也是以天子级的顒头祭仪为原型表象的（详后专章）。“颂”被注家解为“美盛德之形容”，更直接表明了诗歌的“美”功能出自王家宗教典礼。把《凫鹥》和在它之前的《既醉》联系起来看，可以确信宴饮活动本身就是一种仪式，或者说是祝祷活动的有机组成部分。吕祖谦《吕氏家塾读诗记》曰：“周之追王止于太王，则宗庙之祭尸之尊者乃公尸也。自‘既醉以酒’至‘高朗令终’皆祭毕而燕颂祷之辞也。自‘令终有俶’至于卒章，皆追道祭之受福，以明颂祷之实也。”[1]

[1] 转引自严虞惇：《读诗质疑》卷二十五上，见《四库全书》经部八一。

另一位宋儒范处义《诗补传》亦云："《既醉》《凫鹥》皆祭毕燕饮之诗，故皆言公尸。然《既醉》乃诗人托公尸告嘏以祷颂，《凫鹥》则诗人专美公尸之燕饮。"以上所言均表明，祝祷源于祝咒而超越祝咒，乃是早期诗歌发展史上一大变迁之契机。由咒到祷的转变直接催发了由"诗言咒"到"诗言祝"或"诗言颂"的转变，咒诗原有的"刺"之功用也因此而部分地改换为"美"之功用，另一部分则衍化为"谏""讽"等略为委婉的形式。汉儒"美刺"说可视为诗歌史上这场历史性大变革之后的一次理论总结。

《毛诗序》以"美刺"为尺度解说了"风雅颂"的划分，郑玄注《周礼》时则试图把这一尺度推广到"六诗"的划分：

风，言圣贤治道之遗化也。赋之言铺，直铺陈今之政教善恶。比，见今之失，不敢斥言，取比类以言之。兴，见今之美，嫌于媚谀，取善事以喻劝之。雅，正也，言今之正者，以为后世法。颂之言诵也，容也，诵今之德，广以美之。[1]

这样解说之后，比和兴的区别也成了刺与美的区别。美刺终于成为无所不包、无所不在的诗论原则。郑玄在《诗谱序》中又从劝善惩恶的政治和道德需要入手说明"美刺"的意义："论功颂德，所以将顺其美；刺过讥失，所以匡救其恶。各于其党，则为法者彰显，为戒者著明。"这样一种经世致用的实用诗学观至此便完全告成了，它对中国后代诗歌创作和诗学理论的影响何其深远，已非本章论旨。宋代郑樵、朱熹试图拨开"美刺"说之迷雾去探明《诗》之本相，初衷不错，不过正像孙悟空跳不出如来佛掌心，难免又不自知地陷入新的"美刺"怪圈。这也可反证"美刺"说的顽强吧。

[1] 引自孙诒让：《周礼正义》卷四十五，王文锦、陈玉霞点校本，中华书局1987年版，第1842—1843页。

THE THIRD PART

第三章

诗言寺

——尹寺文化与中国诗的起源

寺人孟子，作为此诗。

凡百君子，敬而听之。

——《小雅 · 巷伯》

肯定是农业巨大革新之一的、把牛阉割成阉公牛这一做法，只能理解为牛在拟人化神的命运方面所起作用的副产品。阉牛的驯顺性和它的肉组织的改良，都不是能够预见的，所以阉割的结果，不能说是人们要进行阉割的原因。

——E · 伊萨克《驯化地理学》

一、“诗”的破解：从形声到会意
——兼及“诗言志”说的误导

中国人关于“诗”的概念是在相对较晚的时候产生的，华夏文明最初的文字符号即甲骨文和金文迄今已译读者有数千字，但其中尚未发现有“诗”字存在。

这一事实也许会使许多坚信诗歌起源甚早的人感到失望。不过可以告慰我们的一种推测是：尽管“诗”这个汉字直到西周中期以后方才出现，[1]但这个字所代表的概念一定产生在前。换言之，在周人采用“诗”这个新造的字来表达它所指代的概念以前，在口头语言中就早已存在代表同一概念的词了。这样，假如我们能够追索出在诗字产生以前表达诗概念的词，对于理解中国的“诗”的发生真相也许不无帮助吧。然而这一任务绝非三言两语所能解决，我拟留待后文中从训诂学入手做一尝试。在此之前先引述前贤诸家对“诗”一词的训释阐发，作为研讨这一问题的承前启后之基础。

古文字学家杨树达先生1935年写有《释诗》一篇短文，常为后人说“诗”字时称引。文中集中探讨了古代训诂学中“诗即志”的通训，高度赞许许慎兼顾形义的解说之功：

《说文三篇上言部》云：“诗，志也，志发于言。（《韵会》引《说文》有此四字，是也，今本脱。）从言，寺声。”古文作訨，从言，㞢声。按志字从心㞢声，寺字亦从㞢声，㞢志寺古音无二。古文从言㞢，言㞢即言志也。篆文从言寺，言寺亦言志也。《书·舜典》曰：“诗言志。”《礼记·乐记》

[1] 在西周早期产生的《颂》诗中尚未出现“诗”字，直到效法《颂》而产生的《大雅》中才出现了“诗”字，见《卷阿》《崧高》及《小雅·巷伯》。

曰："诗言其志也。"……盖《诗》以言志为古人通义，故造文者之制字也，即以言志为文。其以㞢为志，或以寺为志，音同假借耳。[1]

杨先生的这一训释可以归结为以下几个要点。其一，"诗"字由"言"与"寺"两部分构成。其二，"寺"与"志""㞢"古音相同，这三个字可以相互替换、假借为用。其三，"诗"字有两种古写法，古文作"訨"，篆文作"诗"。前者意为"诗言㞢"，后者意为"诗言寺"。其四，"诗言㞢"或"诗言寺"皆为"言志"之假借。"

诗"字的造字本义正反映了后人"诗言志"的观点。按照上述解说，《说文》把"诗"字看成形声字（寺声）就值得商榷了，造字者分明利用了"言"与"寺"（志）这两独立部分原有的意义，把它们并列组合为一新字，表达"诗言志"的概念。

杨树达先生在文字训诂学方面被推为现代第一大师[2]。他在《释诗》一文问世的前一年发表了一篇重要的文章，题为《形声字声中有义略证》，对清代小学家王怀祖、郝兰皋等人提出，又经近代学者黄承吉、刘师培等人发挥的"形声字义实寓于声"之说，再做全面的事实论证。他揭示了许慎《说文解字》泛说形声，未能从声旁中探其造字根源的弊端："许书说解中虽亦时可窥见语言之根柢，然往往泛为训释，令人不知形声字声类意义之所存。"[3]作者在多年的训诂研究中发现了汉字"以声联义之例证数百事"，因而撰文倡导用会意的眼光去看形声字，[4]从语源学（Etymology）上去探求古人造字规律。后写的《释诗》一文便完全实践了这训诂学原则。值得商榷的是，杨

[1] 杨树达：《释诗》，《积微居小学金石论丛》（增订本），中华书局 1983 年版，第 25—26 页。

[2] 参看《积微翁回忆录》中所记陈寅恪、吴检斋等学人对杨氏学术造诣的评价。

[3] 杨树达：《形声字声中有义略证》，《积微居小学金石论丛》（增订本），中华书局 1983 年版，第 38—39 页。

[4] 在杨氏以前已有不少学者明乎此道，参看殷孟伦：《说文解字形声条例述补》，《子云乡人类稿》，齐鲁书社 1985 年版，第 153 页以下。

先生根据后出典籍中的“诗言志”之说，反推古文从“㞢”之诗字和篆文从“寺”之诗字皆为从“志”之假借，倒不如把“诗言志”之说看成从㞢或从寺之诗字的衍生物。换句话说，“志”当是“㞢”与“寺”之同音假借，“㞢”和“寺”才是构成“诗”概念的核心和主体。或者说“寺”是“诗”概念形成之前最接近它的概念。

把“诗”字视为会意字而不是形声字，明代的何楷和宋代的王安石都做过尝试，但前者未能超越言志说的老套，后者的见解几乎湮没无闻。日本学者青木正儿曾评介何氏的观点说：

关于“诗”字的语源，汉许慎《说文解字》说，是由“言”和“寺”合成的象声字。“寺”单表此语发音，可看作无意义的符号。古体字的“寺”以“㞢”代替，那是简写的字。然而，明朝何楷的《诗经世本古义》认为“诗”字的古体：“言”旁加“㞢”是正确的，“㞢”是“之”，心的所之（行），形而为“言”。他是把诗字理解为会意文字了。此说可能较为稳妥。若找出相似的例子，“志”字是“之”“心”合成的，即“心”之所“之”，人而有“志”，志之于“言”，则为“诗”。[1]

现在看来，何氏视“诗”为会意字完全是可取的。但限于时代（尚未见甲骨文）和成见（言志说），他对“㞢”的解释又入了老套。相对而言，倒是王安石《字说》提出了石破天惊的大胆看法：

诗为寺人之言。

[1] 青木正儿：《中国文学思想史》，孟庆文译，春风文艺出版社 1988 年版，第 22—23 页。参看青木正儿：《中国文学概说》第 3 章《诗学》，隋树森译，重庆出版社 1982 年版，第 51 页。

王氏《字说》全用会意法释汉字，自不免有附会之说，如“波者，水之皮”“以竹鞭马为笃”，等等，后人多有指摘。[1]因而“诗为寺人之言”的合理推测也历来遭到冷落或讥讽，[2]始终未能登上正统诗学的大雅之堂。这不能不说是一大憾事。王氏当年用来支撑他的空前假说的证据唯有《诗经》中的“寺人孟子”一例，这也难怪历来强调“孤证不立”的传统小学不能接受此种胆壮有余而求证不足的“异端邪说”。就这样，两三千年的说诗者在“言志”说上雷同一响，“诗”与“志”也就如影随形，永不分离了。

“寺”之所以假借为“志”，不仅因为二者古音相同，而且也由于二字字形相近，其上半部分皆为“㞢”。这种形与音的双重关联自然使此二字字义亦相通。“诗”之训志，盖亦由此而起。《广雅·释诂》云：

诗，意志也。

王念孙《疏证》：“各本皆作：诗，志意也。案：诗志声相近，故诸书皆训诗为志，无训为意者。《诗序》云：诗者，志之所之也。在心为志，发言为诗。贾子《道德说篇》云：诗者，此之志者也。《诗谱正义》引《春秋说题辞》云：在事为诗，未发为谋，恬淡为心，思虑为志。诗之为言志也。《书大传》注云：“诗，言之志也。””[3]这些众口一词的说法虽流行极广，但并不能从根本上解释“诗”的本来意义，只不过表明了“诗”与“志”作为一对意义相关的词常常可以相互换用的现象。

从“诗”“志”通用的观点出发，先秦古书惯用的“引诗”现象也可得到合理的说明。古人在论说事理时常要援引古昔的具有权威性的话，而引用

[1] 参看胡奇光：《中国小学史》，上海人民出版社 1987 年版，第 212 页。
[2] 参看钱锺书：《谈艺录》（修订本），中华书局 1984 年版，第 37 页。
[3] 王念孙：《广雅疏证》卷五上，上海古籍出版社 1989 年版，第 477 页。

时又往往称之为“诗”，但从所引文辞的形式上看，有时很难说是真正的诗。如《墨子·兼爱下》：“周诗曰：‘王道荡荡，不偏不党；王道平平，不党不偏。其直若矢，其易若底。君子之所履，小人之所视。’”《墨子·非攻中》：“诗曰：‘鱼水不务，陆将何及乎？’”《墨子·非命中》：“在于商夏之诗书曰：‘命者，暴王作之。’”《战国策·秦策四·顷襄王二十年》：“诗云：‘大武远宅不涉。’”《战国策·秦策五·谓秦王》：“诗云：‘行百里者半于九十。’”这些典籍中所引之“诗”，有的像成语，有的像谣谚。其中“王道荡荡”四句出自《尚书·洪范》；“大武远宅不涉”句出自《逸周书·大武》。孙诒让据此断言“古《诗》《书》亦多互称”[1]。上引诸“诗”，除第一例有韵外，其他均为散文，显然不是诗。牛鸿恩先生据章太炎《文始》“识亦作志，又孳乳为诗，志也”等见解，认为《战国策》和《墨子》的作者均把“诗”作“志”字来使用。又旁证以《左传》《国语》常常出现“志曰”的情况，可知“志”就是记事记言的古书之泛称。[2]根据前文中已申说的“志”为“寺”之同音假借的现象，可知“志曰”其实就是“寺曰”，“寺曰”的内容即寺之言，这不正是所谓“诗”的造字本义吗？

什么是“寺”呢？“寺之言”为什么惯称“王道”，而且具有相当高的权威性，成为后人最常援引的“最高指示”一类的东西呢？“寺之言”又为什么首倡“君子”与“小人”之别，这些在《诗》《书》中被当作人格和道德典范的“君子”与“寺”有什么关系？“诗”即为“寺之言”，孟子为何会说出“王者之迹熄而诗亡”这样令后人莫名其妙的话呢？与“王道”或“王者之迹”密切相关的“寺之言”（诗）为什么会受到儒家（特别是孔子）的特殊关注和极度推崇，却在道家先哲们那里受到相对冷落呢？

以上这一系列的相关问题都是本章中所要探讨的对象，解决问题的关键

[1] 孙诒让：《墨子闲诂》卷四，见《诸子集成》。
[2] 牛鸿恩：《〈战国策〉等书“诗云”臆测》，《北京师范大学学报》1986 年第 1 期。

就是“诗”概念的破解。为此，首先必须抛开的一个成见就是在中国文化中流行了数千载而不衰的“诗言志”之陈词，它以“熟知非真知”（黑格尔语）的形式遮蔽了我们求解“诗”概念本相的眼界，从《尚书·尧典》直到朱自清先生的《诗言志辨》，乃至今日的种种诗学理论，形成了一个跳不出去的怪圈，吸引着一代又一代的学人为之耗费心思和笔墨，却总也难以挣脱陈陈相因的“言志”说的枷锁束缚。现在，我们既已认定“言志”为“言寺”的假借，那么剩下的一切疑问都将归结到“寺”字的破译，或者说取决于我们对汉语中“寺”概念的透彻理解了。

二、“寺”的语源破解：祭礼主持

寺字不见于甲骨文，金文中始可看到，但使用频次不很高。金文中的寺字不是从士从寸，而是从之（㞢）从手（ヨ），写作：

（《沃伯寺簋》）

（《寰厌簋》）

（《吴王光鉴》）

（《邾公牼钟》）

（《厵羌钟》）

古文字学家们大都认为，寺字是最早的持字。如方濬益说：寺为古持字。石鼓文“弓兹以寺”“秀弓寺射”，皆以寺为持。《国语·越语》“有持盈”注：持，守也。《吕览·慎大篇》注并同。[1] 林义光说：

---

[1] 方濬益：《缀遗斋彝器款识考释》卷二，第22页；转引自周法高主编：《金文诂林》卷三下，香港中文大学，1974年，第1855页。

《说文》云："寺，廷也，有法度者也，从寸。"按从寸无法度意。古作𡭴，作𡭴。从又从之，本义为持。ヨ象手形，手之所之为持也，之亦声。《邾公牼钟》："分器是持。"石鼓："秀弓持射。"持皆作寺。[1]

林氏认为《说文》释寺为"有法度者"是按照寺字后起之形所做的解说，较古的寺字不从寸。即使如此，"有法度"的看法仍不失为正确看法。因为寺字本义指"持"，这是从祭祀仪式的主持人这一具体表象中抽象出来的意义。为什么说寺之本义为祭祀主持人呢？这还需从寺字的会意表象说起。寺字古写法上半为㞢（之），下半为手（ヨ），用手之把握来表示持的意思，十分明显。难懂的是㞢（之）字。《说文》训之为草木生出地面之义，未得其解。甲骨文学者们认为卜辞中的㞢字当解为"又"[2]，或"是"[3]，或"往"[4]，各有所据，莫衷一是，至今似仍为疑案。故李学勤先生说：

卜辞中常见的"㞢"字，或写作"[I]"，旧释为"之"，于上下文义不合。后来发现它的用法和"又"相同，然而"㞢"何以读为"又"？"有祐"可以写成"㞢又"，也可以写成"又又"，为什么不能写作"㞢㞢"？却没有令人满意的说明。由此看来，卜辞很多字我们是不认识的，很多辞我们不能通解，应该作更深入的研究。[5]

现在，为了搞清汉字"诗""寺"等重要概念的发生本源，我们不得不

[1] 林义光：《文源》，转引自《金文诂林》卷三下，第1855页。
[2] 杨树达：《卜辞求义》咍部第十四，上海古籍出版社1986年版，第56页。
[3] 唐兰：《天壤阁甲骨文存考释》第55页以下；参见李孝定：《甲骨文字集释》第6卷。
[4] 罗振玉：《增订殷虚书契考释》卷中第63页以下；参见李孝定：《甲骨文字集释》第6卷。
[5] 李学勤：《建国以来甲骨文研究·序》，中国社会科学出版社1981年版，第7页。

追根问底，对“㞢”字的原义有所了解。

首先，“㞢”字用法在卜辞中与“又”字同，而“又”字常用为祭名，可知“㞢”字亦与宗教祭仪活动相关。王国维释卜辞“王受又”云：“又读为祐，王受又犹言王受福矣。”又释“又土”云：“又之言侑，《诗·楚茨》，‘以妥以侑’，犹言祭也。”[1]“又”字既然可用于“祭”义，那么与又通用的“㞢”是否也如此呢？稍加考察便可知，“之”（㞢）在甲骨卜辞中作为祭名而出现的情况不在少数。如：

贞㞢于王亥卅牛，辛亥用（《前》4.8.3）

甲寅卜㞢于唐一牛……（《前》1.47.1）

㞢于南庚叀小宰（《前》1.14.1）

辛巳卜大贞㞢自上甲元示三牛，二示二牛，十三月（《前》3.22.6）

陈梦家说，卜辞中㞢除作祭名外，还假作“又”，亦为祭名。[2]又如祭东母西母称㞢者：

于东母㞢匚　（《林》1.22.2）

㞢于东母　（《前》7.11.1）

㞢于东母、西母，若　（《上》28.5）

再如祭祀先公先王而称㞢者，多不胜举。计所祭之祖名有：季、恒、賁、娥、亥、夭、河、兕等十多位。陈梦家先生认为㞢祭是与尞（燎）祭相区别的祭法：后者用焚烧牺牲的方式以祭天神；前者似为享祭人鬼（先祖）的祭法，有时

[1] 王国维：《戬寿堂所藏甲骨文字考释》卷三下，卷一，1917年。

[2] 陈梦家：《古文字中之商周祭祀》，《燕京学报》1936年第19期，第112页。

亦配以尞的用牲之法。[1] 验证于卜辞中㞢祭的普遍适用性，这种区分也许并不很严格，前举㞢祭东母西母和求雨等例便是明证。不过有一点可以确信：㞢（之）作为祭祀之名，有其悠久的史前宗教背景。

在甲骨文造字时代稍后，人们用㞢与手会意造出寺字，用来表达祭仪主持者。教主们在祭政合一的时候当然也是公众所遵从和效法的对象，从中引出“有法度者”之义，当不为错。再参证于若干以“寺”为偏旁（既是声旁，又是会意之基础）的后起字，可知“有法度”之义竟得以引申推广开来，成为一批重要概念的造字结构素。

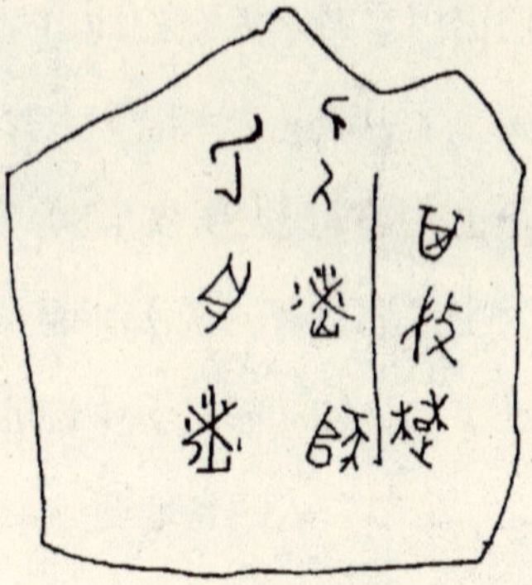
图9 西周甲骨卜祭辞例

如“時”的概念，字从日从寺，取“太阳运行之法度”的意思，合成一个形声兼会意字。“時”古文又作“旹”，从㞢从日，这同“诗”又作“[illegible]”相仿佛。“㞢”作为造字结构素，正指代“有法度”“神圣”之义吧。人类从太阳神的运行规则中认识到“时”的流逝及其周期单位，[2] 这个单位或为四季即四时，如《荀子·天论》便将此一“时”的法度意义溯因于太阳月亮：

日月递照，四时代御。

“时”字还通“司”，如“时夜”即“司夜”，这同“寺”字训司或嗣显然有关系。《释名·释宫室》云：“寺，嗣也。治事者相嗣续于其内也。”王先谦补疏：《后汉书·和帝纪》注引《风俗通》云：“寺者，嗣也，理事之吏嗣续于其中也。”此义所本。又《光武纪》注引《风俗通》云：“寺者，

[1] 陈梦家：《殷虚卜辞综述》，科学出版社 1956 年版，第 352 页。
[2] 参看叶舒宪《中国神话哲学》，中国社会科学出版社 1992 年版，第 19 页。

司也，诸官府所止皆曰寺。”别一义。[1]从“寺者嗣也”和“寺者司也”的训释中亦可看出“主持”即“治事”之原义，神之则为“祠”也，法度之义盖出于其本来的神圣性。

再如“畤”的概念，更突出地显示着宗教的神圣性，保留着“法度”所由出的信息。《说文》十三下田部：“畤，天地五帝所基止祭地也，从田寺声。右扶风有五畤、好畤、鄜畤，皆黄帝时祭。或曰秦文公立也。”许慎在此不但指出了畤字为祭祀地点之本义，而且引出实地证据和传说，追溯了畤的起源。《史记·秦本纪》中有“祠上帝西畤”之说，司马贞《索引》云：“畤，止也，言神灵之所依止也。”从“畤”为祭神处所这一事实中似亦可反推“寺”为主“祠”者的说法不诬。凌纯声先生指出，先秦时期各地方都有自己的圣地专称，如《墨子》中说的燕之“祖”，齐之“社稷”，宋之“桑林”，楚之“云梦”。四者地理分布皆在关东，自东北而西南。而在关中秦、雍之地，祭祀神祇之圣地，则又多别称为“畤”。[2]造字者取“寺”为旁造出形声兼会意的“畤”，显然是考虑到“寺”与已有的“祖”“社稷”等概念共有的神圣和法度之义吧。

参照“时”和“畤”的会意原则，原初之“诗”也当是“有法度”的“神圣的”言辞，它自然原出自寺人即主祭者之圣口。一位日本的汉学家高田忠周在《古籀篇》中对“寺”字的解说颇有见地，他已把握住“寺人”与“法度”间的潜在关系：

按㞢是最古持字。凡手部字，古文多从又，又手同意也。持字已从又，又从手，为复矣。又寺声字，古文从㞢。时作旹，诗作訨，持元作㞢，可知而已。持下曰：握也，从手寺声。《荀子正名》：“犹引绳墨以持曲直。”注：

[1] 王先谦：《释名疏证补》卷五，上海古籍出版社 1989 年版，第 1068 页。

[2] 凌纯声：《秦汉时代之畤》，《中国边疆民族与环太平洋文化》，台湾联经出版公司 1964 年版，第 1461—1490 页。

“制也。”《汉书·刘向传》：“及丞相御史所持。”注：“谓扶持佐助也。”夫审固也，制也，佐助也，固当有法度也。其得行之者，即寺人也。握、持、廷、寺，实一义之转耳。后人谓寺人义主于法度，故改又为寸，作寺。寸、又通用，犹叔字或从寸，作尌也。寺字专行而㞢字废，由亦作持字以当㞢字本义。[1]

在这段精细入微的论述中，寺字的本义及引申义的发生线索大致被描绘清楚了，它使我们更加确信：寺人最初是崇高的主祭者，其在社会中的地位大约相当于专掌《吠陀》圣诗的婆罗门，[2]或彝族的“毕摩”、藏族的“喇嘛”。

三、“寺”的文化破解：净身祭司

我们确认了“寺”的本义指主持㞢祭之人，也就相当于宗教学上所说的巫师长、萨满师或大祭司。然而古汉语中的“寺人”一词却又是阉宦之人的通称，这究竟是为什么呢？解答这一疑问势必从语源学的小圈子中跳将出来，求助于人类学对阉寺文化的宏观把握。

“寺”的本义指主持祭仪的祭司或巫师，而早期文明中的神职人员常由阉人来充当，这正可以解释“寺”字为什么又成了宦者的名称。埃里奇·伊萨克写道：“在青铜时代的叙利亚和阿纳托利亚，及某些时期的美索不达米亚本境以内的祭礼中，阉人充当首要的角色。在卡帕多西亚（Cappadocia），公元前 19 世纪亚述文书板上用‘孔朗’（Kumrum）（阉人）这个名称作为僧侣的惯常头衔。”[3]在著名的巴比伦神话《易士塔下冥府》中，讲到

[1] 高田忠周：《古籀篇》五十七，第 2 页，见《金文诂林》卷三下，第 1855—1856 页。

[2] 参看拉格真（Z.A.Ragozin）《吠陀印度》一书第 4 章对《吠陀诗》与婆罗门关系的论述，伦敦，1895 年，第 103—130 页。

[3] 伊萨克（Erich Isaac）：《驯化地理学》（*Geography of Domestication*），普伦蒂斯—豪尔出版公司 1970 年版，第 109 页。

智慧神为拯救被冥府扣留的易士塔女神而造出一位阉人，名叫阿苏舍那莫（Asushunamir），让他下冥府去说服冥后，为易士塔尸身洒上生命之水。阉人不辱使命，救活生殖女神并使她重返阳界。[1] 这个神话突出表现了阉人作为神灵使者的特殊身份，他不仅由神的意志直接造成，而且他的行动也说明他是神在天界以外的代理人。神话的这种表现背后实际上潜藏着有关宗教性阉人的原始观念。在政教统一为一体的初民部落社会，阉人祭司的地位远在常人之上，有宗教领袖的性质。作为神意的人间代理人，主持祭祀礼仪活动，是公共生活的主宰人和监护者。到了文明国家之中，政治生活与宗教生活有了分离，神权被王权所利用，阉人祭司失去了往昔的至高地位，只是在形式上承袭着宗教与政治的监护者身份，沦为帝王宫室中的近侍之官，这大概就是“寺人”的来龙去脉吧。从《大雅・瞻卬》中“妇寺”并称，而且被视为祸乱根源的观念里，似乎不难看出“寺”本指人[2]，这些昔日的宗教领袖现在在王宫中早已失去了神灵代理者或双性同体神的人间化身的意义和尊荣，被看成与长舌妇一样可卑可恶的、靠着近侍身份之便利而干预朝政的阴险小人。这同后世那些名声很不好的宦寺倒是相去不远了。

寺即奄人，则《诗经》中凡两见的作诗者“寺人”，亦当属奄人之类无疑。《小雅・巷伯》：“寺人孟子，作为此诗。”《秦风・车邻》：“未见君子，寺人之令。”毛传：“寺人，内小臣也。”陈启源《毛诗稽古编》云：“阍寺守门，古制也。欲见国君者俾之传告，不过使令贱役耳。”这类身份低下的宫人寺人被征召去参战，大概也不是不可能的。荷兰汉学家高罗佩在论及东周时期的宦官来源时写道：“诸侯的后宫是仿天子之制而组成，

[1] 胡克（S.H.Hooke）：《中东神话学》（*Middle Eastern Mythology*），企鹅丛书，1963页，第40页。

[2] 于鬯评“匪教匪诲，时维妇寺”句云：“此两匪字当训彼。……匪之训彼，详王引之《释词》。彼教彼诲，时维妇寺者，若曰唯妇寺之言是听耳。唯妇寺之言是听，则谓之教诲，不亦宜乎。此诗人妙语也。郑笺谓非有人教王为乱，语王为恶，殊失之矣。又此妇寺必谓妇与寺。朱传训寺为奄人，实较毛郑训近之义为确。”《香草校书》卷十七，中华书局1984年版，第358—359页。

并受到女傅（duennas）和宦者（eunuchs）的监护。宦者是如何毁伤了身体而入宫的，这一点尚不清楚。阉割是用刑法的一种。《左传》中曾讲到一个犯了政治罪的人受此刑罚后当了宦官，他同国君谈话时自称为‘刑臣’（the castrated servant）。[1]似乎还有些穷人或求仕者为了在宫中得到位置而自愿接受阉割手术。后代的宦者常常来源于这种途径。”[2]另一位日本学者三田村泰助则在《中国宦官：一种近侍政治的结构》一书中，根据甲骨文中表示阉割的字，认为这种制度起源于殷商武丁时期。[3]参照在古代世界的巴比伦、希腊、罗马等地盛行的仪式性阉割行为，以及史前社会中流行的宗教性阉人制度，或许还可以把中国宦寺制的起源上限再向前延伸。[4]从比较文化的相似上着眼，也许尤其值得注意的是早期宦者的宗教身份。

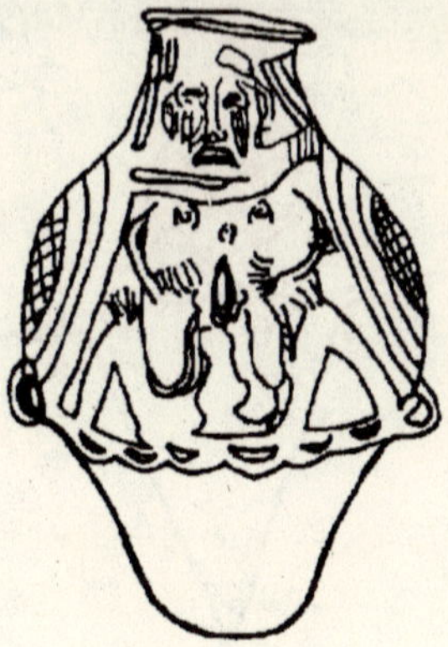

图 10　青海乐都柳湾出土两性人陶壶

宗教史方面的国际权威艾利亚德等人已经指出，宗教神话中最古老的崇拜对象往往是一种双性同体的（androgynous）神。献身于宗教事业的神职人员用阉割的方式象征自己超脱于男女性别对立之上，达到双性合一的神圣境界。艾利亚德在《比较宗教学模式》中论述“神圣的双性同体的神话”（The Myth of Divine Androgyny）一节中写道：“由于在神性之中同时存在着所有的禀赋，所以完全必要的是从神性中或明或隐地看到两种性别的合并

[1] 见《左传·僖公二十四年》寺人披对晋文公语。

[2] 高罗佩（R.H.Van Gulik）：《中国古代房内考》（*Sexual Life in Ancient China*），荷兰莱顿布里尔出版公司 1974 年版，第 29—30 页。

[3] 三田村泰助（Taisuke Mitamura）：《中国宦官》（*Chines Eunuchs: the Structure of Intimate Politics*）第 1 章，东京，1970 年。

[4] 关于古代世界的仪式性阉割，参看弗雷泽：《金枝》（*The Golden Bough*）1 卷本，第 34 章；汉斯·利希特（Hans Licht）：《古希腊的性生活》（*Sexual Life in Ancient Greece*）；弗里斯（J.H.Freese）英译本，美洲虎丛书，1969 年，第 180、448—449 页；艾伦·爱德华兹（Allen Edwardes）：《莲花中的宝石：东方性文化历史概观》（*The Jewel in the Lotus*）第 6 章《宦寺制》，伦敦，1965 年。

表现。神圣的双性同体只不过是表达神的二位一体的一种原始公式；早在形而上的术语或神学的术语表达这种二合一神性之前，神话和宗教思维就已首先借用生物学的双性这一术语表达了它。我们已经注意到许多这样的情况：远古的本体论用生物学的语汇表现出来。……我们在许许多多的神话和信仰中看到的神圣双性同体都有其自身的神学和哲学的蕴含。这个公式的本义在于用生物性别的语汇表达在神性核心中同时并存的两种对立的宇宙论原则（阳与阴）。”[1] 艾利亚德还进一步指出了双性同体公式与神话信仰中的生殖力观念之间的内在关联：“我们必须看到，代表宇宙生殖力之神在大多数场合或者是阴阳合体的，或者是一年男性一年女性的（例如爱沙尼亚人的“森林之神”）。大多数的植物神（如阿提斯、阿都尼斯、狄俄尼索斯）是双性化的，大母神也是如此（例如库柏勒）。从原始神话像澳洲土著神话到最高级的宗教如印度教，原初之神都是双性同体的。在印度神谱之中最为重要的对偶神湿婆—迦梨有时也表现为单一的生命（ardhanarisvara）。再有，印度所有的性神秘主义也都是按照双性同体方式加以表达的。”[2]

图 11　新疆呼图壁生殖崇拜岩画中的双头同体人

与崇拜对象的这种双性同体特征相应，阉割的宗教起源便成为一种跨文化的普遍现象。爱德华兹指出：“阉割的产生应在远古的双性同体崇拜中得到解释。在古埃及，男性性器因其显而易察的生殖力而被看作是人体中最神圣的部位，因

[1] 艾利亚德：《比较宗教学模式》，希德（R.Sheed）英译本，希德与沃德出版公司，伦敦与纽约，1958 年，第 420—421 页。

[2] 艾利亚德：《比较宗教学模式》，希德（R.Sheed）英译本，希德与沃德出版公司，伦敦与纽约，1958 年，第 420—421 页。

此也值得奉献给神明。在埃及神庙的祭坛之下供置着一大堆新割下的生殖器，同时有数以百计强壮的男青年每天由被阉过的圣僧主持启蒙仪式，加入到男性圣妓之中。”[1] 这种出于宗教信仰动机而产生的男性阉割使我们对《诗经》中说到的“寺人”的来源有了新的认识，乃至对汉语中“寺”字的发生背景也产生了新的兴趣。由于古史中缺少这方面的直接记述，还是让我们先看一下域外的同类宗教习俗和制度。

四、阉寺制的跨文化通观

上文中提到的植物神阿提斯崇拜伴随着典型的阉人祭司制度。按照神话的说法，阿提斯的双性同体性质是他自己阉割后的结果。精神分析派的神话学家把阿提斯的自我去势解释为用防止性冲突的办法解除对女性的恐惧，就好比向自己的脚射击以便脱离战斗的战士。[2] 人类学家则认为男神去势的神话是为现实中的男性去势仪式提供理由和典范而编造出来的。换句话说，是为阉人祭司制度的合理性提供神圣证明。与寺人作诗极为相似的是，古罗马时期的净身祭司伽里（Galli）也是音乐和诗歌的直接演出者。在祭神仪式上：

> 这些去势的人们，穿着他们东方的服装，……列队穿过罗马，随着铙钹和手鼓、笛子和号角的音乐，唱着赞美歌。他们的奇装异服引人注目，人们被他们粗野的歌曲所打动，慷慨施舍……[3]

弗雷泽指出，阿提斯神的这种崇拜是同大女神的崇拜相联系的，正像植

[1] 爱德华兹：《莲花中的宝石：东方性文化历史概观》，伦敦，1965 年，第 148 页。

[2] 罗伯特·艾斯纳（Robert Eisner）：《通向多利斯之路：精神分析、心理学与古典神话》（*The Road to Daulis: Psychoanalysis, Psychology and Classical Mythology*），塞拉库斯大学出版社 1987 年版，第 178—180 页。

[3] 弗雷泽：《金枝》，徐育新等译，中国民间文艺出版社 1987 年版，第 507 页。

物神阿都尼斯与女爱神互为配偶一样。阳具作为祭品是促进女神繁殖力的道具。“这样的揣测如果有一点道理的话，我们也就可以理解为什么其他亚洲生殖女神也都由阉人来侍奉了。这些女神需要从代表她们神夫的男性祭司那里获得履行繁殖职能的手段：她们本身需要受精，以得到赋予生命的能力，然后才能将这种能力传输给世上万物。女神们从自阉的祭司们那里得到这样的供役或帮助……这些祭司献身于宗教职司的方式也是相似的。希拉波利斯每年这一盛大节日恰好是新春的开始，人群从叙利亚以及叙利亚邻近地区涌来女神圣所。在笛声高奏，鼓乐喧嚣之中，祭司们自己拔出刀来进行阉割。这种宗教激情像浪潮一样在观众中扩散着，很多人忘了自己是欢度节日前来看热闹的观众，竟情不自禁地效法起来。男人们的脉搏随着音乐跳动，他们的目光被喷出鲜血的景象所眩惑，一个接一个地扔下身上的衣服，大叫着跳向前去，抄起场上事先预备好的利刃，就地割下自己的阳物，血淋淋地拿在手中，跑遍全城，最后随意扔进路过的任何人家屋里。于是这户人家受此尊荣，就得向他提供妇女服饰，他便穿戴这些服饰过此一生。激情过去，冷静下来，对于这样无法挽回的献祭，此人将终身为之痛悔长恨。卡图鲁斯在他的一首著名的诗篇里，对蒙昧的人类情绪在迷信的宗教狂热中引起的剧烈反应，曾经作了有力的描述。”[1]以上埃及、西亚和希腊罗马的阉人祭司制同样可以在印度文明中找到。美国比较神话学家奥弗莱瑞在所著《双性同体之比较》（*The Comparison of Androgynes*）一文中提出，印度神话和造型艺术中双性同体形象之普遍是世上罕见的。《梨俱吠陀》中便把因陀罗神（Indra）身兼两性的特征追溯于被阉割的事件。印度人视之为阉者（eunuch），这个词在当地意指“无阳物者”[2]。奥弗莱瑞的这一见解无异于揭示出阉割制

[1] 弗雷泽：《金枝》，第 509 页。

[2] 奥弗莱瑞（W.D.O’ Flaherty）：《女性，双性同体和其他神话动物》（*Women，Androgynes，and Other Mythical Beasts*），芝加哥大学出版社 1980 年版，第 310 页。

的信仰根源。

在古代阿拉伯，王宫中养有大批宦者的现象曾使西方人感到惊讶和好奇。这一点只要读一下孟德斯鸠的《波斯人信札》就会有生动的印象。研究东方性文化的学者倾向于把阿拉伯的宦者制度溯源于远古的埃及阉割习俗和阉奴贸易。爱德华兹指出："阉割与奴隶从埃及传入'圣土'（即犹太教所称的福地巴勒斯坦），摩西便曾诅咒和禁绝宦者之俗。不过，阉割作为一种生意（khesseh）很快在阿拉伯发展开来，成了国际性的合作贸易，其范围西起北非，东至马来亚。宦者被分别称为'师'（agha）、'侍'（khadim）和'主'（khwaudjah），一般视为三种不同等级。"[1]这种等级的划分也许恰恰反映了宦寺在历史发展中的不同身份和地位。它可以有助于说明中国上古寺人的复杂性。被称为"主"的宦者与最原始的寺人相对应，他们是神的化身，祭祀与政治的主持者。这也说明了为什么寺的本义为持。被称为"师"的宦人与失去主持者身份的寺人相对应，他们在沦为宫中的下人和侍者之前，尚有一个相对高贵和受人尊敬的时期，作为王政的监护人，朝廷的官方代表，国家教育的导师。这一身份也同样保存在寺字的另一种古训之中。《广雅·释宫》：

州郡、县府、廷寺、学校、痒序、辟雍、頖宫、瞽宗、东胶，官也。

这里的"廷寺"一词与学校、痒序、瞽宗等官方教育机构并列，表达的是同类意思。《说文》："廷，朝中也。"《后汉书·郭太传》注引《风俗通义》云："廷，正也，县廷、郡廷、朝廷，皆取平均正直也。"廷训正与寺训有法度者几乎意义相等，所以《说文》又说："寺，廷也。"只有这

[1] 爱德华兹：《莲花中的宝石：东方性文化历史概观》，伦敦，1965 年，第 148 页。

种具有“正”和“法度”性质的人才可以为人师表，所以廷寺一词同学校、瞽宗等一起，成为官方教育的象征，也就不足为奇了。由此可推知，初期的寺人曾兼为师者，正同瞽宗一样。《周礼·大司乐》说只有有道有德者才被奉为音乐教育之师祖——瞽宗。而寺人同瞽矇即盲乐师正是对诗的创作和传授起作用最大的两类人物。阿拉伯宦者的第二等级称“侍”，这种沦为侍者的寺人反映着后代宦者的普遍身份。汉语中的‘寺’字也同样可训侍，但较为晚出。早在周金文中寺已假借为持而使用了，如《邾公牼钟》“分器是寺（持）”；但还没有借为“侍”之例。[1]《左传·襄公二十六年》说到寺人惠墙伊戾为太子内师，可知第二等级的宦者亦出现较早，唯作为内侍的宦者未见于明确记载。不过《穀梁传·襄公二十九年》用“门者”和“寺人”来解“阍”，与《左传》《公羊传》稍异，[2]透露了第三等级宦者的消息，为汉儒注经时以“内小臣”（《秦风·车邻》毛传）释寺人开了先河。《周礼·天官·序官》“寺人”注云：“寺之言侍也。”《说文通训定声》：“寺，假借为侍。”以上材料说明，寺人的身份经历了由盛而衰、由尊到卑的变迁。从寺概念的本义及诸引申义中，似可窥见其变迁过程，恰与阿拉伯宦者的三重身份分别对应，如下图示：

阿拉伯宦者三等级：主（lord）→师（master）→侍（servant）汉语“寺”概念三义：持也→廷、正、官也→侍也

这一粗线条的对比或许能反映宦者在历史上的不同形象及衍化规律。在阿拉伯的宦人中，除了大量用为宫中侍者外，也不乏身居要职者，类似于古

[1]《金文诂林》卷三下，第1854页。

[2]《公羊传·襄公二十九年》云：“阍者何？门人也，刑人也，刑人则曷为谓之阍？刑人非其人也，君子不近刑人。”可见作为刑人的阍同可为太子师的寺人之间有相当大的距离。

希腊罗马那些具有宗教背景的所谓净身祭司。爱德华兹与马斯特斯写道："阿拉伯是最大的阉人出产地。这些阉人中最荣耀的恐怕要算那些著名的'宗师'（Aghawat）们或黑人宦官，他们监守着麦加和麦地那禁城中的豪华寺庙，或出入于后宫。"[1]这里所说的皇家寺庙与王宫实为一个建筑群，同处在凡人莫入的禁城内，这使我们想到汉语中的"寺"为什么起初同朝廷和官府相联系，后来才滋生出佛教寺庙的意思。

《广韵》："寺者，司也，官之所止。"《释名·释宫室》："寺，嗣也。治事者相嗣续于其内也。"《汉书·元帝纪》"城郭官寺"句颜师古注："凡府廷所在，皆谓之寺。"《汉书·何並传》"令骑奴还至寺门"句颜注："诸官曹之所，通呼为寺。"释玄应《一切经音义》卷十四："寺，治也，官舍也。"古书中所有这些释寺为治、为官、为司、为嗣的说法，看起来好像没有什么宗教意义，其实正反映了远古祭政合一、官庙同制的历史真相。[2]虽然后代的官府与宗庙有所分离，但往昔以祀、祠为政的圣所之名号"寺"依然沿用为官府朝廷之称。一旦外来的宗教为中国官方所接纳，为浮屠圣所命名时的首选词汇又是这个"寺"。

清初学者张自烈、廖文英著《正字通》记佛寺起源云："汉明帝时，摄摩腾自西域，白马驮经，来初止鸿胪寺，为创立白马寺，后遂名浮屠居曰寺。"这就是说，佛家庙宇称寺始于白马寺（在今河南洛阳）。但白马寺为何称寺，却未说明。另一位清代学者翟灏《通俗编·居处·寺》引《罗璧志余》对此有所解答：

汉设鸿胪寺，待四方宾客。永平中，佛法入中国，馆摩腾法兰于鸿胪寺，

[1] 爱德华兹（Allen Edwardes）、马斯特斯（R.E.L.Masters）：《性文学的摇篮》（*The Cradle of Erotica*），伦敦奥德塞出版社 1970 年版，第 80 页。

[2] 参看王国维：《明堂庙寝通考》，《观堂集林》卷三，中华书局 1959 年版。

次年敕洛阳城西雍门外立白马寺，以鸿胪非久居之馆，故别建处之，其仍以寺为名者，以僧为西方之客，若待以宾礼也。此中国有僧寺之始。[1]

从原始的㞢祭之地到黄帝所立的圣地“畤”，再到汉代为外来宗教所设立的寺庙，“寺”这个概念的语义变迁似乎经历了由圣而俗、又由俗而圣的循环。若仅从这个循环的后来结果即佛教寺庙之“寺”着眼，我们简直想不到它与“诗”的发生有什么关联。只有查流探源地追索出这个词的语义循环之根，问题才会变得明朗。

五、寺人之衰：“王者熄”与“诗亡”的中介——兼及颂、雅、风的展开

“寺”的破解告诉我们，“诗”原本是具有祭政合一性质的礼仪圣辞，这样看来，《诗经》中“寺人作诗”之说与汉语中“诗”概念的发生，似乎可以互相发明，为考察中国诗歌起源过程中由圣变俗的蛛丝马迹提供双重线索。简言之，汉语中“诗”概念与“谣”“歌”等有不同来源。它最初并非泛指有韵之文体，而是专指祭政合一时代主祭者所歌所诵之“言”，即用于礼仪的颂祷之词也！虽然《诗经》中的风、雅、颂已均被视为诗，但就其发生学意义而言，只有颂才最切近“诗”概念的本义。[2] 雅有“正”义，亦可勉强称“诗”；而风则源于民间歌谣，本与“诗”无关。只是到了“诗”从寺人祭司们的专利推广为世人的普遍精神财富之际，也就是谣、歌等民俗性的韵文概念与官方正宗性的诗概念之间的原始界限（即圣与俗的界限）被打破和贯通以后，“风”才得与“颂”“雅”并列，共同称之为“诗”。而这

[1] 翟灏：《通俗编》，见《丛书集成初编》。
[2] 钟嵘《诗品》说：“古曰诗颂，皆被之金竹。”盖存古义焉。

时的“诗”——礼崩乐坏之后的“诗”，已经不是昔日作为圣王专利的圣诗了，诗概念从其宗教政治的官方背景中获得独立和解放的这种历史进程，在怀念圣王传统的后世儒者心目中，自然是“诗”的堕落和灭亡，故孟子深有感触地发出了如下浩叹：

王者之迹熄而诗亡，诗亡然后《春秋》作。[1]

对于孟子这句语重心长的话，如果从人类学的立场上去理解，同孔子说的“礼失而求诸野”倒是遥相呼应的。诗和礼一样，原本是王者统治权即神权的确证，王者的衰败自然使诗和礼由官方向民间转移，这也是由神圣向世俗的转移。而沦为世俗以后的“诗”在孟子看来已非正统的“诗”，所以要说“诗亡”的话。在此值得深究的还有，正统的“诗”与王者之间有着不可分割的联系，而我们所讨论的寺人正是此种联系的中介者。

尽管现存305篇中，明言由“寺人”所作的诗只有一首，但可以推知《诗经》中雅、颂部分的众多作品均可能出自寺人之手。他们原来是宗教典礼的主持者，王政的神圣监护者。他们在正规场合赋诗献诗，本有代神传言的性质。只因王道衰微之后，寺人的监督作用表现为歌谏诗谏，这也许就是雅诗中大量抨击王政的政治诗的发生背景吧。

众所周知，《诗经》中颂部分产生最早，为西周初年至中期的作品，雅诗次之，为西周末至东周时的作品，风诗又次之，多为东周时期的作品。身处战国时期的孟子认为东周时期（即产生《春秋》古史的时期）诗已经亡了，显然他心目中的正宗之“诗”是不包括十五国风的。寺人在《大雅·瞻卬》中的反面角色表明，至少在当时，这些阉人已被男性中心文化视为与妇人同

[1] 赵岐注云：“王者，谓圣王也。太平道衰，王迹止熄，颂声不作，故诗亡。”

列的异己者了，[1]他们的诗作当然也不可能再像过去那样成为公众心目中的“有法度者”。由此可知，寺人地位的跌落是随着西周王权与神权的衰微而发生的，圣诗传统也由此而濒于灭亡。我们可以补充孟子的话说：王者之迹熄而寺人衰，寺人衰而诗亡。

明代学者焦竑认为，孟子所说的“诗亡”与天子巡狩观诗制度的终结有关，他说：

窃意《王制》有曰：“天子五年一巡狩，命太师陈诗以观民风。”自昭王胶楚泽之舟，穆王迴徐方之驭，而巡狩绝迹，诸侯岂复有陈诗之事哉？民风之善恶既不得知，其见于《三百篇》者，又多东迁以后之诗，无乃得于乐工之所传诵而已。至夫子时，传诵者又不可得，益不足以尽著诸国之民风之善恶，然后因鲁史以备载诸国之行事，不待褒贬而善恶自明，故《诗》与《春秋》，体异而用则同。[2]

这是完全从王政的实用性着眼去看《诗》所得出的观点。其实颂诗之亡还在天子巡狩制结束之前。清初顾炎武撰《日知录》时亦认为，在春秋至战国的历史转变过程中，发生了史无前例的世风变化，影响所及，当与诗之亡不无关系。他说：

春秋时，犹尊礼重信，而七国则绝不言礼与信矣。春秋时犹宗周王，而七国则绝不言王矣。春秋时犹严祭祀，重聘享，而七国则无其事矣。春秋时犹论宗姓氏族，而七国则无一言及之矣。春秋时犹宴会赋诗，而七国则不闻矣…… 此皆变于一百三十三年之间，史之阙文，而后人可以意推者也。不待

[1]《后汉书·五行志》引儒说：“奄官无阳施，犹妇人也。”是后代亦将奄寺之人等同于妇人之例。
[2] 焦竑：《焦氏笔乘》卷四，“诗亡辩”条，上海古籍出版社 1986 年版，第 145 页。

始皇之并天下，而文武之道尽矣。[1]

上述这些分析对于理解孟子的“诗亡”说都不无帮助，但似乎都未能把握住“圣王”与“诗”之间的依存中介——寺人。从年代方面推考，作诗的寺人阶层先经历了身份、地位的大沦落，其时约在先周和周初时期，然后才有自颂诗向雅诗的历史过渡期，最后又有了所谓“变雅”“变风”等标志“诗亡”的新作出现。寺人由圣而俗的沦落过程在现存史籍中并无明确记述，不过从若干先秦古书中的零散材料尚可窥见东周前后已经今非昔比的寺人情形。

除了金文以外，寺字在战国以前的古书中间亦可见到。《尚书》中没有出现寺字；《诗经》中凡三见，皆用于寺人之义；《周易·说卦传》中一见，用于阍寺之义；《国语》中一见，指寺人。寺字出现频率最高的先秦典籍是《左传》，凡13见，皆与“人”字合用为“寺人”；而《公羊传》中不见寺字，《穀梁传》中仅一见，亦用于寺人。以上分布情况使我们自然把考察的主要材料确定为《左传》中的寺人。

《左传》中13次提到寺人，共有七人，除一位没有名姓外，另外的六人分别条陈如下：

（1）寺人惠墙伊戾。事见《襄公二十六年》。为宋平公太子痤内师，但不得宠。痤有一次在野外宴请楚客，惠墙伊戾也要求同往。平公说：“夫（痤）不恶女（汝）乎？”对曰：“小人之事君子也，恶之不敢远，好之不敢近。敬以待命。敢有贰心乎？纵有共其外，莫共其内。臣请往也。”这位寺人就这样以巧妙的言辞获取了平公信任，被派随太子往。结果他回来报告说太子有二心，与楚客私下订了盟约。平公调查后似果有此事，便把太子痤囚禁起来，后者因绝望而自缢。后来平公觉悟过来，以为上了寺人的当，便又烹了惠墙

[1] 顾炎武：《日知录》卷十三，“周末风俗”条，《国学基本丛书》，商务印务馆。

伊戾。在这段史事中的寺人已经同后世以阴险狡诈著称的宦竖们十分接近了。孔疏云："内师者，身为寺人之官，公使之监知太子内事，为在内人之长也。"

（2）寺人罗。见《哀公十五年》，为卫太子御，无详细事迹。

（3）寺人孟张。见《成公十七年》："（晋）厉公田，与妇人先杀而饮酒。后使大夫杀，郤至奉豕，寺人孟张夺之，郤至射而杀之。"注云："寺人，奄士。"

（4）寺人貂。事见《僖公二年、十七年》。"齐寺人貂始漏师于多鱼。"这是说寺人貂在一个名叫多鱼的地方泄漏了国家军事机密，为齐国之乱埋下了隐患。后世所常说的竖貂或竖刁即这里的寺人。正义引郑玄云："竖，未冠者之音名。然则此人名貂，幼童为内竖之官，以为齐侯所宠爱，虽年长，遂呼为竖貂焉。此时为寺人之官，故称寺人貂也。言漏师者，漏泄师之密谋也。漏师已是大罪，此云始者，言其终又甚焉。故言始以为齐乱张本。"以上是《僖公二年》之事，至《十七年》果然又有了照应前文伏笔的叙述："齐侯好内，多内宠……雍巫有宠于卫共姬，因寺人貂以荐羞于公。亦有宠。公许之，立武孟。管仲卒，五公子皆求立。冬，十月，乙亥，齐桓公卒。易牙人，与寺人貂因内宠以杀群吏，而立公子无亏。"这位寺人貂不仅因受宠于公而推荐了易牙，而且在桓公死后能左右废立之大事，其能量已远非"内小人"所及。注云："内宠，内官之有权宠者。"这已揭开了历史上宦官专权的序幕。

（5）寺人勃鞮，又叫寺人披。事见《僖公五年、二十四年、二十五》。这也是上古最著名的寺人之一，曾受命于晋献公率兵讨伐住在蒲地的公子重耳，重耳跳墙逃走，寺人披挥刀斩断其衣袂。19年之后，重耳当了晋文公，惠公旧臣吕甥郤芮害怕文公加害于己，谋划用放火烧宫的办法除掉文公。这时寺人披求见晋文公，文公不忘当年断袂之仇，辞而不见，于是有下面一段精彩对话：

公使让之，且辞焉，曰："蒲城之役，君命一宿，女即至。其后，余从狄君以田渭滨，女为惠公来求杀余。命女三宿，女中宿至。虽有君命，何其速也。夫袪犹在，女其行乎？”对曰：“臣谓君之入也，其知之矣。若犹未也，又将及难。君命无二，古之制也。除君之恶，唯力是视。蒲人狄人，余何有焉？今君即位，其无蒲狄乎？齐桓公置射钩而使管仲相，君若易之，何辱命焉？行者甚众，岂唯刑臣。”公见之，以难告。

文公听了寺人披的话，逃到秦国，结果吕、郤二人只烧了宫室，未能弑文公。文公后借助秦穆公之力平息内乱，发愤图强，使晋国成为春秋五霸之一。左丘明在这段记述中刻画出一位忠心耿耿且智勇双全的寺人形象。他在关键时刻能冒杀身的危险去见昔日仇人晋文公，并以引譬连类的推理方式，援用古制和齐桓公的例子说服文公，取得信任。这充分表明作为“刑臣”的寺人绝不都是服侍于内宫的小臣，在他身上似可看到远古寺人政治作用的影子，而他所擅长的类比说理方式也使我们想起尼日利亚阿朗人中引谚语为自己开脱罪名的那位被告，[1]进而推想这位寺人或许最接近原始意义上的“诗人”吧。难怪惯于引诗的重耳一下子就被他说服了。

（6）寺人柳。事见《昭公六年、十年》，为宋国宦官，其恃宠而诬陷太子佐的行为与寺人伊戾竟如出一辙，但他没有遭到下开水锅的厄运。宋平公时，太子佐恨之入骨，想杀他。到宋平公死、太子佐即位为元公后，反倒又宠幸这位阉人了。

以上据《左传》所载六位有名姓的寺人行迹，至少可清楚地看到已失去昔日威仪权势的寺人，如何凭借着他们的特殊身份和才智继续活跃在“王者之迹熄”之后的诸侯宫廷和政治舞台上。尽管他们的形象已发生了巨大的变化，从模拟双性同体神的净身圣者衰变为自称“刑臣”的受害受辱之人，但

[1] 参看本书第六章第三节。

是正如寺人披所表现的那样，一种世袭性的监政干政意识依然存在，这其实已从根源上预示了后代宦官制度的某种精神。

六、寺人与伶人
——《车邻》“寺人之令”与《驷驖》“媚子”

《秦风·车邻》是《诗》三百篇中另一首直接提到寺人的作品。值得注意的是，《车邻》一诗的作者不同于《巷伯》作者的身份，他自己并非宫中的“内小臣”，但他以旁观者的口吻说到秦宫中内小臣的某种作用，为我们探考中国戏剧艺术中“旦角”的远古渊源提供了一点借鉴的线索。这首诗全文是：

有车邻邻，
有马白颠。
未见君子，
寺人之令。

阪有漆，
隰有栗。
既见君子，
并坐鼓瑟。
今者不乐，
逝者其耋。

阪有桑，
隰有杨。

既见君子，

并坐鼓簧。

今者不乐，

逝者其亡。

关乎本诗的背景，毛传以为是赞美秦仲而作。“秦仲始大，有车马礼乐侍御之好焉。”清陈奂为补充毛传所未详，特意勾勒出秦仲兴秦的历史业绩，并引用《国语》中史伯之语：“秦仲，嬴之隽也。且大，其将兴乎？”用来证明秦仲巩固秦国为嬴姓打天下的英雄霸业。不过，从诗中内容看，似乎没有直接佐证说明此诗与秦仲有关。所以朱熹提出质疑：此诗未必为秦仲而作。他还认为，此诗背景为秦国国君始设寺人之官，因此诗的主题不在于赞美国君之德，而在于赞美这一官职的功能和意义：开辟了君与臣民相交通的渠道。[1]朱熹解“寺人之令”为“寺人之使”，全诗的重心也因此有所转移，突出了寺人的特有职能。后代学者也有关注此诗中寺人者，但意见却与朱说相反。孙钅广说：

陡出寺人字，绝有隋致，隐然微讽意。可见秦寺人重。后来赵高之祸，已兆于此。[2]

严虞惇也说：

秦始立国而寺人首见于风诗，秦之用寺人旧矣。其后遂以寺人亡天下。[3]

[1] 朱熹《诗集传》卷六释《车邻》首章云：“君子，指秦君。寺人，内小臣也。令，使也。是时秦君始有车马及此寺人之官，将见者必先使寺人通之。故国人创见而夸美之也。”

[2] 孙钅广：《孙月峰评经》，《四库全书》经部五经总义类。

[3] 严虞惇：《读诗质疑》卷十一，《四库全书》经部八一。

这两位说诗者都透过朱子的“夸美”说而看到了“讽”意，并用后来的宦寺之祸来照应本诗的先验之见，未免有以今释古的先入之见了。严氏还注意到《车邻》篇在《秦风》十篇中居首的位置，似乎悟出编排者要以此诗暗示秦国“以寺人亡天下”的历史教训，这真是从《诗》中读“出”了《春秋》笔法，与从《红楼梦》中读出阶级斗争一样，都可做接受美学和读者反应批评的好材料。大概在经历了历史上一代又一代的宦竖之乱以后，人们心目中的“寺人”已经是声名狼藉的可怕字眼了。殊不知在《诗经》时代，寺人虽然已失去往古时的神圣身份，但依然是王室中最受信任的正人君子。寺字本身也上承远古的净身祭司传统，完全是个堂而皇之的褒义美词，尚未染上轻蔑的贬义色彩。《周易·说卦传》曾以阍寺为象：

> 艮为山，为径路，为小石，为门阙，为果蓏，为阍寺……

这里的阍，本义为宫门，引申为守宫门的人。《周礼·天官》曰：“阍人掌守王宫之中门之禁。”又曰：“寺人掌王之内人及女宫之戒令。”《周易集解》引宋衷曰：“阍人主门，寺人主巷。”分工虽有别，但为阉人则相同。艮为止，阍与寺的职司皆与禁止有关，所以被用于此。《周易尚氏学》认为“门阙、阍寺皆象形”，便是这个道理。《周礼》为战国末至西汉时期的作品，其中的寺人之职已相当卑微。至于秦国国君所设寺人的职司，除《车邻》一诗外别无可考，好在诗义之中略有暗示。

《车邻》首章末句“寺人之令”，据陆德明《经典释文》引《韩诗》：“令作伶，云使伶。”这就为追索寺人原有的职司又提供了一条有益线索。清人王先谦循此线索旁征博引，证明当时寺人为王室近侍重臣，兼为乐官，与后世阍寺把关人大不相同。王氏写道：

寺、侍古字通。《释文》:“寺，本亦作侍。”《序》云侍御之臣，《左·襄公二十九年传》服虔注:“秦仲始有侍御之臣。”是寺人即侍臣，盖近侍之通称，不必泥历代寺人为说。……考案经典，凡命令、教令、号令、法令等用“令”字者，皆尊重之词。至使令，亦间用之，盖出自假借，当以“伶”为正，故韩以“伶”易“令”也。《说文》“使”下云:“伶也。从人，吏声。”“伶”下云:“弄也，从人，令声。”此其本义可以推见。《汉书·金日磾传》:“其子为武帝弄儿。”《司马迁传》:“固主上所戏弄，倡优畜之。”言其给事主上左右，卑贱不足道之人也。《广雅·释言》:“令，伶也。”《玉篇》:“令，使也。”与《说文》训解其源皆自《韩诗》发之。古乐官称伶，乐人称优，不称伶，唐后遂为乐人专称，“使伶”之义，无有能言之者矣。[1]

王先谦从“寺人使伶”的训读中发前人所未发，确认出寺人兼为乐官的历史迹象，这就不仅为《车邻》以下两章内容提供了重新解说的可能，而且也使寺人与诗歌乐舞的关系更加进了一层：作为伶即乐官的寺人本来就是宗教礼仪性诗歌音乐的创作者、制定者和监理者，这种职能正是原始的寺人——祭礼主持人的原有权能的后代遗留吧。

恢复了寺人作为乐官的身份，《车邻》一诗的首章同二、三章的内在联系也就自然显露出来了。从“未见君子”时的“寺人之令”，到“既见君子”后的“并坐鼓瑟”和“并坐鼓簧”，我们所看到的乃是伶（乐官）与优（乐人）的作用。他们在王宫中的安排就好比“阪有桑，隰有杨”一样各得其所，人尽其才。而秦君与优伶之“并坐”，也显示了他的平易近人。方玉润便以为此诗主旨在于“美秦君简易易事也”。他还琢磨三章诗义说：“秦君富贵而

[1] 王先谦：《诗三家义集疏》卷九，中华书局 1987 年版，第 436 页。

尊严岂胜述哉？车则邻邻，马则白颠，日处深宫，非传宣不能入。可谓盛矣！及其觌面乃又不然。君臣相与，欢若平生。鼓瑟者可以并坐而调音，鼓簧者亦可相依而度曲。不宁唯是，君劝臣曰：失今不乐，逝者将耋，而耋者将亡，如此岁月何哉？则是其心之推诚相与，毫无箝制也可知。”[1]方氏这段话把“未见”与“既见”之间的感觉变化揭示得十分显豁，对于从整体上把握全篇确有所启示。

寺人与伶官之间的部分重合关系的再发现对于《车邻》诗外的一个问题也有所提示。这就是中国优伶的起源问题。潘光旦《中国伶人血缘研究》一书曾对此有所探考。他依据正史中所提供的材料，把优伶的出现确定在司马迁《史记》中的《滑稽列传》，认为该传中所述三个人物中有两个是“优”——楚国的优孟和秦代的优旃：

这种“优”和今日的伶人是否完全一致，我们未便决定，但就记载而论，可知他们和现在的丑角是很近的。[2]

《滑稽列传》中将优孟称作“楚之乐人”，其职责与伶官相似，也是为君主奏乐取乐。不过这些相当于后世“丑角”的伶人们“往往是一个畸形变态的人”，如秦代的优旃和春秋时曾舞于鲁君幕下的优施都是发育不全的侏儒。[3]这一事实从旁证明了阉寺之人充任优伶的可能性。如果说由侏儒们充当的优伶对应于后世艺人中的丑角，那么由寺人们充当的优伶则显然正是后世“旦角”的前身了。他们之所以能够取悦于君王，这里边也还有类似“同性恋”的原因。就这一意义而言，寺人伶人都可成为主上的“嬖臣”或“媚子”。

[1] 方玉润：《诗经原始》卷七，中华书局1986年版，第267页。
[2] 潘光旦：《中国伶人血缘研究》，商务印书馆1941年版，第15、16页。
[3] 潘光旦：《中国伶人血缘研究》，商务印书馆1941年版，第15、16页。

据日本学者小明雄的研究结果，自春秋至两汉，中国帝王君主们之间一直流行畜养同性恋对象的做法，像关于齐景公的“羽人抱背”传说，卫灵公与弥子瑕的“分桃之爱”，龙阳君与魏王、楚共王与安陵君、宋恒公与向魋、楚襄城君与庄辛等相关传闻均有同性恋之嫌疑。[1] 荷兰汉学家高罗佩也持有类似的看法，不过他对“嬖臣”的解说还是较为谨慎的。

一切荒淫的国君还畜养娈童，或与成年男子搞同性恋。汉代和汉以后的史料证明，有些所谓嬖臣即与国君有同性恋关系。不过“嬖”这个词的一般含义是指靠阿谀奉承、助纣为虐而邀宠的男女。当嬖臣为男性时，是否为同性恋关系是很难断定的。古书简略，给各种不同的解释留下了余地。[2]

说到汉代以后的情况，较为确凿的史料已使问题明朗化。高罗佩叙述汉初的风气时写道：“汉初的三个皇帝，汉朝的开国皇帝高祖刘邦，惠帝和文帝，据传都是双性恋者（bi-sexual），他们除了通常与后宫中无数宫女做爱之外，都同青年男子有性的关系。惠帝在位期间，这些男童装扮得如同官员，冠鵕鸃，佩贝带，傅粉修面，常住在皇上的寝宫之中。”[3] 尤其值得注意的是汉武帝宠幸的李延年。据《汉书·佞幸列传》记载，李延年是受腐刑被阉后，生理条件发生改变，嗓音变得具有中性之美，因而获得武帝宠幸的。[4] 这个变性者的存在本身就足以说明寺人、伶人、娈童的三位一体性质。可知由阉寺之人到优伶之人再到后世王公贵族们宠爱的“旦角”之间，确实潜存着一脉相承的联系，而构成这种联系的主因之一便是男性的同性恋倾向或无意识

[1] 小明雄（Samshasha）：《中国同性爱史录》，香港粉红三角出版社 1984 年版，第 11—39 页。

[2] 高罗佩（R.H.Van Gulik）：《中国古代房内考》（*Sexual Life in Ancient China*），莱顿布里尔出版公司 1974 年版，第 28、62 页。

[3] 高罗佩（R.H.Van Gulik）：《中国古代房内考》（*Sexual Life in Ancient China*），莱顿布里尔出版公司 1974 年版，第 28、62 页。

[4] 班固：《汉书·佞幸列传》。

心理。虽然花旦演戏只是用化妆和服装使自己女性化，但这种人为的变性活动同阉寺以人为手术改变生理构造从而达到女性化的做法，其实还是同一种变态心理的不同表现。

清代学者们已注意到上古娈童与寺人之间的微妙关系。于鬯在校注《诗经》时针对“时维妇寺”一句发挥说：

朱传训寺为奄人，实较毛郑训近之义为确。盖幽王不特嬖女，而亦嬖男。有可援证者。《国语·郑语》云：“今王恶角犀丰盈而近顽童穷固。”所谓“顽童”岂非嬖男之说与？故又云：“弃聘后而立内女。”好穷固也，是嬖女也。又云“侏儒戚施，实御在侧”。近顽童也，是嬖男也。则此言妇兼及寺，乃当时之实事。顽童为侏儒戚施，然则并不必定是奄人，而亦不定非奄人也。[1]

这一推测既肯定了顽童、侏儒、优伶兼为奄人的可能性，又相对避免了绝对化，不把所有的娈童优伶即同性恋对象都说成是奄寺。

潘光旦先生遍检史籍追索伶人起源，但于先秦时只提到优孟、优施、优旃三人，接下来便跳到《新五代史》的《伶官传》去了。显然他仅着眼于“优”字去考察这一问题，未注意优与寺人的同源关系。前引王先谦和于鬯对于《诗经》的看法完全可以补足潘书在这方面的缺失。除此以外，钱锺书先生对《诗经》中“媚子”的辨析也许更值得注意。

《秦风·驷驖》是紧接在《车邻》诗后的一首诗，它虽以秦公狩猎为主题，却也透露了秦君好男色宠顽童的消息。首章末两句为：

公之媚子，

[1] 于鬯：《香草校书》卷十七，中华书局1984年版，第359页。

从公于狩。

毛传解“媚子”为“能以道媚于上下者”。清人钱大昕《潜研堂答问》卷三力辨“媚”为美词，媚子不指便嬖之人。钱锺书先生反驳说：

“媚”是“美词”；然孟子斥乡原曰：“阉然媚于世也者”，岂非恶词乎？……《国策·楚策》一记楚王射兕云梦，安陵君缠泣数行而进曰：“臣入则侍席，出则陪乘”；是田猎而以便嬖扈从，时习之常，诗人亦据实赋咏而已。……《书·伊训》所谓“远耆德，比顽童”，即《汲冢周书·武称解》之“美男破老”，《国策·秦策》一记荀息尝援引以说晋献公者。乱于其政，相率成风，经、史、诸子，丁宁儆戒，必非无故。[1]

钱先生举出的例证不仅说明了“阉”与“媚”之间的因果关联，而且还暗示着顽童与孺子、儒者与士宦间的某种联系线索。如《国策·赵策》客见赵王曰：“所谓柔痈者，便嬖左右之近者，及夫人优爱孺子也。”此“柔”与中人伦理“温柔”相应，“痈”则与“庸”即儒者中庸之道相合，“孺”与“儒”的对应亦不言自明（详后）。这些都隐约透露着发源于中国阉割文化的寺宦制度与儒家思想之间的某种鲜为人知的关联，以及与之相关的帝王同性恋心态所催生出的畜优美嬖之俗。《墨子·尚贤》反复论说王公大人们对于面目姣好之男童“爱其色而使之”之弊；《韩非子·八奸》篇说得更明畅：“一曰在同床：贵夫人、爱孺子；便僻好色，此人主之所惑也。”《史记》首创《佞幸列传》，开篇就说“非独女以色媚，而士宦亦有之”。这些都暗示出，只有联系寺人传统和统治者的同性恋风尚，中国伶人起源的问题才能获致透

[1] 钱锺书：《管锥编》第1册，中华书局1979年版，第121—122页。

彻的理解。在此还值得一提的是，《诗经》中一再出现的“狂童”“狡童”，过去都被看成女性所爱慕、追求的对象。在我看来，其中有些倒不妨看成与“顽童”“优伶”类似的男性同性爱之对象。

七、寺与尹：作诗作册者为知识分子原型

考索上古净身祭司制度的文化遗迹，除了“寺”字所透露的信息，还可以求助于与“寺”意义相关的“尹”字。

韩昌黎《祭马仆射文》中有句云：“斥由尹寺，适彼瓯闽。”这里的尹寺连言，绝非偶然。《中文大辞典》释“尹寺”说：

> 宫中之小臣，犹阉官也，寺人。[1]

阉官、寺人为什么又称“尹寺”？“尹”本来就是宫中小臣吗？原来“尹”同“寺”一样，也是祭政合一、僧官不分的原始时期所传下来的主祭司政者的职称。它所指代的很可能也是具有“主”和“师”的高级身份的早期净身祭司。《诗·小雅·节南山》提供了这方面的宝贵线索，全诗如下：

节彼南山，
维石岩岩，
赫赫师尹，
民具尔瞻。
忧心如惔，

[1] 中文大辞典编纂委员会编：《中文大辞典》第10册，台湾中国文化学院出版部1968年版，第335页。

不敢戏谈。
国既卒斩，
何用不监？

节彼南山，
有实其猗。
赫赫师尹，
不平谓何？
天方荐瘥，
丧乱弘多。
民言无嘉，
憯莫惩嗟。

尹氏大师，
维周之氐，
秉国之钧，
四方是维，
天子是毗，
俾民不迷。
不吊昊天，
不宜空我师。

弗躬弗亲，
庶民弗信。
弗问弗仕，

勿罔君子。
式夷式已，
无小人殆。
琐琐姻亚，
则无膴仕。

昊天不傭，
降此鞫讻。
昊天不惠，
降此大戾。
君子如届，
俾民心阕。
君子如夷，
恶怒是违。

不吊昊天，
乱靡有定。
式月斯生，
俾民不宁。
忧心如酲，
谁秉国成？
不自为政，
卒劳百姓。

驾彼四牡，

四牡项领。
我瞻四方，
蹙蹙靡所骋。
方茂尔恶，
相尔矛矣。
既夷既怿，
如相醻矣。

昊天不平，
我王不宁。
不惩其心，
覆怨其正。

家父作诵，
以究王讻。
式讹尔心，
以畜万邦。

《毛序》谓此诗“家父刺幽王也”。郑笺解家父为周大夫之字。[1]这也是《诗经》中仅有的几首标明作者名姓的诗之一。家父，三家诗均作嘉父。《汉书·古今人名表》，嘉父与谭大夫、寺人孟子并列中上。蔡邕《朱公叔谥议》：“周有仲山甫、伯阳父、嘉父，优老之称也。”可知家（嘉）父并非指父亲，而是男性长辈的美称。他作此诗的目的在于批评周幽王时把持朝政的尹氏不恤

[1] 朱熹以为此作诗之家父不属于周幽王时代，而是桓王之世（桓公十五年）来鲁求车之家父，事见《春秋》。后之注诗者多不取朱子说。

国事，用“危言耸听”的呼告劝谏他回心转意，以畜养万邦为重。诗中末章虽言“以究王讻”，但实际上主要是通过控告尹氏来刺幽王的。如姚际恒说：“通篇唯末二章及王，余俱指尹氏。观此，则家父之爱王切矣，其责恨尹氏深矣。”[1] 从诗中内容看，尹氏被称为“赫赫师尹”和“尹氏大师”，[2] 又被比喻为高峻的南山和周王朝的柱石，可知其在朝中的地位正所谓“一人之下，万人之上”。对此尹氏，尚没有确凿的证据可以说明他是阉官，诗中质问他“何用不监”，似可表明此时的“尹”虽位极人臣，但已失去了宗教祭司的原始身份，成为祭政分家以后王政的代理人了。阮元说：“师尹，太师伊氏也，吉甫之族。幽王时不用皇父，任尹氏为太师：尸位不亲民，故诗人刺之。”[3] 王应麟《困学纪闻》考尹氏云：

尹氏不平，此幽王所以亡。《春秋》于平王之末，书尹氏卒，见权臣之继世也。于景王之后，书尹氏立王子朝，见权臣之危国也。《诗》之所刺，《春秋》之所讥。

尹氏作为周王室中掌握实权的重臣，同后代沦为尹寺的宫中小臣实有天壤之差。在《左传》中，尹氏又作君氏。据此可推测，尹与一般人的区别也就相当于《诗经》中常见的君子与小人之别。《春秋·隐公三年》：“夏，四月，辛卯，尹氏卒。”《公羊传》：“尹氏者何？天子之大夫也。其称尹氏何？贬。曷为贬？讥世卿。世卿非礼也。”《穀梁传》略同。唯《左传》有另外的说法：

夏，君氏卒。声子也。不赴于诸侯，不反哭于寝，不祔子姑，故不曰薨。

[1] 姚际恒：《诗经通论》卷十，顾颉刚标点本，中华书局 1958 年版，第 205 页。

[2] 王国维认为师与尹是两执政者，非谓一人而师其官尹其氏也。说见《释史》，《观堂集林》卷六，中华书局 1959 年版，第 273 页。

[3] 阮元：《揅经室集》卷三，《毛诗补笺》。

不称夫人，故不言葬，不书姓。为公，故曰君氏。

君氏或尹氏与凡人的区别由来久远，源自圣与俗的原始分野。于省吾《诗义解结》：“尹谓尹氏，即金文中的作册尹或内史尹。系史官之长，犹近世所称的秘书长。”上古巫史不分，史官之长亦即巫师长或祭司长，与原始寺人身份正同。

寺训司、治；尹亦训治。《说文》：“尹，治也。从又丿，握事者也。”段注：“又为握，丿为事。”这种字形分析自然会使人联想到寺字古写法亦从又而不从寸。寺训持，表示主持祭祀者。尹亦有主持之义。《尚书·立政》“尹伯”传曰：“尹伯，长官大夫。”《尚书·顾命》：“百尹御事。”传：“百尹，百官之长。”《汉书·叙传下》：“芮尹江湖。”注：“张晏曰：尹，主也。”正因为尹与寺古谊相近，后人才合二字称尹寺。《文选》载班固《西都赋》中有“阉尹阍寺”四字并称之例，李善注：“铣曰：阉寺，皆刑余人。”可知尹在汉代仍可与阉、寺、阍并列指称被阉之人。又《汉书·叙传下》“阉尹之呰”，注：“师古曰：言其精气奄闭不泄也。”《集韵》：“阉，通作奄。”精气奄闭也就是阉割的另一种委婉说法。《后汉书·杨赐传》：“阉尹之徒，共专国朝，欺罔日月。”这时的尹已非周幽王时的太师尹可比了。考尹之地位衰落，似略同寺人，不过西周和春秋之际的尹要比寺人显赫得多，战国之后二者渐无实质差别。《吕氏春秋·仲冬纪》：“命阉尹申宫令。”毕沅校注：“蔡邕《月令问答》：阉尹者，内官也，主宫室出入宫门。”再往上溯，尹的地位显然要高许多，甚至可以泛指官职。《左传·宣公十二年》：“沈尹将中军。”疏：“楚官多名为尹。”《春秋繁露》也认为“名相官曰尹”。历仕夏商二朝的名相伊尹，正反映着与原始之尹地位近似的身份。尤可注意的是，有较可信的迹象表明贤相伊尹乃是介于两性之间的阴阳人，这对于确认原始之尹的净身祭司性质十分重要。《荀子·非相篇》云：

伊尹之状，面无须麋。

王先谦集解曰：“麋与眉同。”[1]这位脸上不长胡须和眉毛的伊尹，正符合被阉之人男性激素不发达的相貌特征。他取名为尹也与此相应。伊尹可以说是古史中最早记载的尹人，其年代远比最早记载的寺人为早。

甲骨文中已有尹字，据此可使尹的原始身份昭示于天下。尹字在甲文中写法与《说文》所引古文大不相同，其形如下：

（《藏》二、四二、四）

（《拾》三、七）

（《前》一、十一、五）

（《前》七、三三、一）

（《后》上、二二、一）

（《甲编》七五二）

（《甲编》一二〇二》

王筠《说文释例》释尹字说：“尹下云从又丿，握事者也。握以说又，事以说丿。然十二篇丿乁二字皆无事义，恐丿非字，只是以手有所料理之状，要亦依文训义则然耳。”孔广居《说文疑疑》云：“尹当作，从又从丨。又，手治之也。丨，上下通也。治当通乎上下也。丨亦声。”对照甲骨文，孔氏之说可谓有先见之明。当代甲骨学家李孝定说：

[1] 王先谦：《荀子集解》卷三，《诸子集成》。

孔氏并改篆文作，尤冥与古合。唯谓所从之丨为许训上下通之丨，则初民之制字恐尚不知隐含此深奥之政治哲理。窃疑尹之初谊当为官尹，字殆象以手执笔之形。盖官尹治事，必秉簿书，故引申得训治也。[1]

看来人们对尹训治并无多大争议，唯对尹所从之丨有不同解释。与金文寺字（）相仿佛，尹字的会意基础仍为把握、主持之表象。后世所称之官尹，远古时必为祭司长，集神权与政权于一身。白川静说："尹者，尹正之意。即《左传·定四年》'周公相王室，以尹天下矣'之尹。在金文中，则多用为官之正、长之义。"[2] 在另一部文字学著作中，他又分析说：

《说文》训为握事者也之尹字，余意乃握持神之所凭之木杖之意。与巫字如左右字所示持工𠙵、父字持斧、叟字持神火等相同，持有神圣之物之意也。[3]

神权与政权相分离的过程，使巫尹在国家政治生活中的地位不断下跌，在商周之际又被称作"小臣"。起初，小臣为王之亲近。伊尹即出身于小臣，故《齐侯钟》称之为"伊小臣"。可见当时小臣尚能晋升为王之辅弼。春秋之际的小臣则已无此荣幸，实王公贵族之仆侍，童书业先生以为"盖阉寺之类，奴隶之属也"[4]。这乃是净身祭司在后世跌落为阉奴宦竖的轨迹。与寺训官相比较，尹从起源上似已较寺之地位更高。难怪周代的师尹仍然行使着王之辅弼的显赫权力。陈世辉认为："尹作动词用，是君临的意思。"[5] 卢连成、罗英杰则综合金文中的实例推断说：

[1] 李孝定：《甲骨文字集释》第3卷，"中央研究院"历史语言研究所专刊五十，台湾，1970年再版，第908页。
[2] 白川静：《金文通释》卷六，《令彝》。
[3] 白川静：《说文新义》卷二上，林洁明译文，见《金文诂林补》卷二，"中央研究院"历史语言研究所专刊之七十七，第411页。
[4] 童书业：《春秋左传研究》，上海人民出版社1980年版，第375页。
[5] 陈世辉：《负墙盘铭文解说》，《考古》1980年第5期。

内史尹氏或作册尹。尹氏，西周中晚期器铭屡见。如：《永盂》《颂鼎》《走毁》《免毁》《休盘》《兴毁》……是也。诸器中多言作册尹，或作册尹氏，唯陕西蓝田出土《师𩞄毁》言内史尹。金文中有乍册内史连称，《师㝨毁》《免盘》证之，应都是史官一类。《周礼·春官》："内史掌王之八枋之灋，以诏王治。"王国维《观堂集林·释史》："秩以内史为尊，内史之官虽在卿下，然其职之机要，除冢宰外，实为他卿所不及……盖枢要之任也。"《释史》又云："作册，尹氏，皆《周礼》内史之职，而尹氏为其长，其职在书王命与制禄命。"郭（沫若）《金文丛考·周官质疑》："内史之长曰内史尹，或曰作册尹。"以上诸说义同，可取。内史尹氏即内史之长。金文中所见内史尹氏、作册尹恐非专指一人。[1]

按以上材料表明，尹作为王官之长，起源甚早，其原始身份盖为祭司长。在政教分途以后，作为祭司长的尹自然衍化为官方行政长官，又从中逐步分化出"内史尹""作册尹"等不同名目，实为记载祭仪程式之祭官所衍化出的后世史官。王国维已指出，"古之官名，多由史出。殷周间王室执政之官，经传作卿士，而《毛公鼎》《小子师敦》《番生敦》作卿事，殷墟卜辞作卿史。是卿士本名史也。又天子诸侯之执政，通称御事，而殷墟卜辞则称御史。是御事亦名史也。又古之六卿，《书·甘誓》谓之六事。司徒、司马、司空，《诗·小雅》谓之三事，又谓之三有事。《春秋左氏传》谓之三吏。此皆大官之称事若吏即称史者也"[2]。可知由尹到史，由史到卿士、御事，再到三公六卿，正是华夏文明中官方职司发生演变的大致线索。其基本规则便是由圣向俗、由神职向官职的蜕变。

[1] 卢连成、罗英杰：《陕西武功县出土楚毁诸器》，《考古》1981年第2期。
[2] 王国维：《释史》，《观堂集林》卷六，中华书局1959年版，第270页。

上古巫尹史不分，还可从下述事实中获得旁证。春秋时楚有名叫尹巫的人，曾为楚庄王师。庄王欲以为令尹，辞不受。事见《吕氏春秋·尊师》《赞能》等篇。原始的祭司长在政教分离以后总是以王者师的身份遗留在宫廷之中。除了这位充当楚庄王师的尹巫外，相传尧舜之师叫尹寿，周穆王曾求师于尹轨，周成王也有师名叫尹佚。《淮南子·道应训》："成王问政于尹佚曰：吾何德之行，而民亲其上？对曰：使之时而敬顺之。王曰：其度安在？曰：如临深渊，如履薄冰。"[1]高诱注云："尹佚，史佚也。"此又尹史不分之例。

最初的尹作为巫师、祭司长，很可能同寺人一样是为宗教目的而行净身礼者。后来的尹则未必都按照原始信仰的要求施行阉割，史乘所载唯伊尹显然具有阉者的相貌特点。这是尹寺虽同出一源，却在后世分化中稍有不同之处。不过尹阉一声之转，而且语言中始终保留着阉尹、尹寺连言的合成词，这都说明尹字古义中蕴含着净身祭司的信息。及至《诗经》时代，尹与寺虽都经历着由盛而衰的历史演变，在地位上却明显地出现了两极分化发展的倾向：寺人保持着净身阉割的原始生理条件，沦为宫中的侍人宦者；而尹人则不必谨守净身之古规，在新兴的文明国家中照例维持着上层统治者和导师的地位。这种情形，恰如古希伯来族中专掌宗教礼仪事宜的世袭贵族集团——利未人，古印度种姓社会中处于上层的婆罗门人，以及甲骨文中所反映的殷商贞人集团。《尚书·酒诰》："惟助成王德显，越尹人祇辟。"《蔡传》引吕氏曰："尹人者，百官诸侯之长也。"郑樵《通志·氏族略·以邑为氏》云：

尹氏，少昊氏之子，封于尹城，因以为氏。子孙世为周卿士，食采于尹。

按照此说，尹氏一族得名于地名尹城。然据古史通例，贞人、婆罗门人

[1] 成王问政于尹佚事，《说苑·政理》所述略同，唯尹佚作尹逸。

等僧侣集团均得名于其特殊的职业身份。就上古中国的情形而言，亦如吕思勉先生说：“古官因事而名，司其事者即可称之，不关体制也。”[1]尹氏一族的由来必与其宗教职业及在王室中的官职世袭制有关。后人传说尹人出自少昊氏，似乎只能理解为一种稽古式的上推。尹氏一族的宗教背景可由“尹祭”一词略窥一斑。《中文大辞典》“尹祭”条云：

谓脯也。尹祭为祭祀用甫之专称。《礼记·曲礼》：“脯曰尹专。”疏：“尹，正也，裁截正方而用之祭。”[2]

按此疏言不确。脯作为祭用礼品本由尹人专司，正如《旧约·利未记》中各种繁琐的祭品规定均由利未人专掌一样。教权衰微而王权兴盛的历史变迁，使主持祭礼的尹人一方面蜕变为王者之师或王朝卿士，另一方面也有人沦落为民间知识分子，或因与统治者不合而被诛，如被商汤所诛之尹谐[3]；或在地方上为统治者效力，如《国语·晋语》所述为赵简子治晋阳的尹铎；更多的尹人后裔以著书立说的方式发扬其先世的知识特权传统，仅先秦传世子学中就有尹喜所著《关尹子》和尹文所著《尹文子》两种出自尹氏之族者[4]。

按李孝定先生之说，尹字本义为秉笔者，而金文中屡见“作册尹”“内史尹”，足证尹人集团直承史前祭司王传统，为社会中占有知识和权力的特殊阶层，[5]他们的存在与诗的发生发展自然有着千丝万缕的联系。同寺人一样，

---

[1] 吕思勉：《中国制度史》，上海教育出版社1985年版，第655页。

[2] 中文大辞典编纂委员会：《中文大辞典》，第10册，第336页。

[3] 事见《荀子·宥坐》。

[4] 关尹子事见《史记·老子韩非列传》，《汉书·艺文志》有《关尹子》九篇，今传本乃后人伪托。“尹文子者，盖出于周之尹氏。齐宣王时居稷下，与宋钘、彭蒙、田骈，同学于公孙龙”。见仲长氏《尹文子序》。

[5] 德国人类学家利普斯写道：“书写的知识和把语言永久记录下来的能力，就意味着权力。”“书写知识仅为祭司、政府及其仆从们所掌握”。《事物的起源》，汪宁生译，四川民族出版社1982年版，第238页。

尹人也是《颂》和《雅》诗的最合乎情理的作者群。尽管在《节南山》一诗中，身居高位的师尹因不自为政而受到了尖锐的责难，但在另外的篇章中，尹氏之族却都受到赞美和维护。这些诗均出自《雅》，计有《小雅·都人士》《小雅·六月》《大雅·常武》《大雅·崧高》和《大雅·烝民》五首。其中《六月》《崧高》《烝民》三首均与尹吉甫有关，这里先看《都人士》和《常武》两首。

《常武》为周宣王亲征淮夷、徐方后的凯旋之歌。小序谓“召穆公美宣王也。有常德以立武事，因以为戒然。”其首两章诗云：

赫赫明明，
王命卿士。
南仲大祖，
大师皇父。
整我六师，
以修我戎。
既敬既戒，
惠此南国。

王谓尹氏，
命程伯休父：
左右陈行，
戒我师旅。
率彼淮浦，
省此徐土。
不留不处，

三事就绪。

二章毛传："尹氏，掌命卿士。程伯休父，始命为大司马。浦，涯也。诛其君，吊其民，为之立三有事之臣。"郑笺："尹氏，天子世大夫也。率，循也。王使大夫尹氏策命程伯休父于军将行治兵之时，使其士众左右陈列而敕戒之，使循彼淮浦之旁，省视徐国之土地叛逆者。"在这里的尹氏是替王发布政令之人，其作用相当于君王与臣民之间的中介人。孔颖达指出此处的"尹氏"当是尹吉甫，但未有实据。他还说："下至春秋之世，天子大夫每有尹氏见于经传。"这倒道出了上古历史上尹氏确曾显赫一时的真情。马瑞辰认为："据《竹书纪年》，幽王元年，王锡大师尹氏皇父命。则皇父实为尹氏，即二章所云'王谓尹氏'也。"[1]陈奂的看法与此不同，他说："尹氏为掌命卿士之官，犹师氏、保氏、旅贲氏、虎贲氏，官皆称氏。《书·大诰》：'肆予告我友邦君，越尹氏，庶士，御事。义尔邦君，越尔多士，尹氏御事。'孔疏云：'尹氏'即官也。《逸周书·和寤》《武寤》篇'尹氏八士'，即《周礼》序官大史、小史、中士八人也。《左传》尹氏以官为族，而与尹氏为大史者不同，解之者概以尹氏为周族大夫，失之。"[2]陈氏此种辨析较为细致，对于区分史书经传中不同的尹氏颇有帮助。唯尹氏的宗教职业背景却一直被人们所忽略。

唐兰先生结合西周铜器铭文对当时王室礼仪活动的考索亦涉及《诗经》部分作品。他指出：金文中有关宫庙的记载不外乎三大类：一是举行祭礼；二是作祭器；三是王在某宫、某庙、某大室等。以第三类最为多见。王来宫庙的目的是对臣下进行册命或赏赐。《诗经·常武》所述的"王命卿士"和"王谓尹氏"都和金文中常见的册命典礼相符合。《大雅》中还有《崧高》

[1] 马瑞辰：《毛诗传笺通释》卷十，见《四部备要》。
[2] 陈奂：《诗毛氏传疏》。

《烝民》《韩奕》《江汉》等也都有类似性质。[1] 据此可以推断《常武》等诗都有仪式歌辞的性质，而主持仪式者正是介于王与臣下之间的尹氏。尹氏也是这类仪式歌的初始作者，殆无可怀疑。因为《崧高》与《烝民》二诗中都明确出现了“吉甫作诵”的字样，吉甫全名为尹吉甫，属尹氏一族中的知名者，也是《诗》三百篇中可确认作诗最多（虽仅有两首标明了吉甫之名）的唯一作者。不难推测，《雅》诗部分的作者群主要为更多的不知名的尹氏。[2] 他们的宗教血统和他们在王朝政治机构中的职司决定了他们既是令之所由出者，也是仪式诗的始作者。

八、巫、尹、史的分化与王官、贵族的由来

书缺有间，关于尹氏作诗的史实已没有留下完整而系统记载，我们只能从《诗经》本身所提供的内证线索，结合其他旁证材料对此做出推论。前文中提到的尹佚即史佚（又称尹逸、史逸）便是推考尹氏职司的一个佳例。

《尚书·洛诰》中两次述及这位王朝史官：

王命作册逸祝册，唯告周公其后。

王命周公后，作册逸诰。

周秉钧《尚书易解》引王国维语云：“谓告天下。成王既命周公，因命史逸书王与周公问答之语，并命周公时之典礼，以告天下，故此篇名《洛诰》。《尚书》记作书人名者，惟此一篇。”[3]《尚书》中记作者之名的唯一一篇

[1] 唐兰：《西周铜器断代中的康宫问题》，《考古学报》总第 29 期。

[2] 从语义上看，雅训正，尹亦训正（见《尔雅·释言》《广韵》《左传·定四年》注等），可作为这两个概念相关性的直接佐证。

[3] 周秉钧：《尚书易解》卷四，岳麓书社 1984 年版，第 222 页。

便出自尹氏，而《诗经》中记作者之名的仅有的四篇，竟有两篇亦出自尹氏，另一篇出自寺人。由此可见，尹寺之人作为为王秉笔作册的“秘书长”，乃是西周官方文献与雅诗颂诗的最为可信的创作者和记录者。

王国维《书作册诗尹氏说》[1] 肯定了孙诒让有关尹逸为内史、内史异名为作册的见解，又举出一系列铜器铭文中的例证说明尹氏职责：

王姜命作册睘安（《睘卣》）。

宰朏右作册吴入门（《夷伯吴尊盖》）。

王呼作册内史册命师艅（《师艅敦》）。

王在周命作册内史锡宂卤百嗄（《宂盉》）。

王呼作命内史册命剌（《剌鼎》）。

王呼内史驹册命师奎父（《师奎父鼎》）。

王呼内史史失册命扬（《扬敦》）。

王呼内史尹册命师兑（《师兑敦》）。

王受作册尹者（书）俾册命宂（《宂敦》）。

尹氏受王命书（《颂鼎》）。

王呼尹氏册命克（《克鼎》）。

王呼命尹玳册命伊（《伊敦》）。

王氏总结说：“尹氏之职，掌书王命及制禄命官，与太师同秉国政。”尹氏在侯国盖指正卿之职。孙作云《再论天亡毁二三事——说天亡即史佚》集中考论传世所见西周最早的铜器——武王时代的《天亡毁》（旧称《大丰毁》）铭文，认为其文辞韵散交作，声调铿锵，气象万千，非大手笔不能为，与《周颂》

[1] 见《观堂集林》附录《观堂别集》卷一，中华书局 1959 年版，第 1122—1124 页。

之诗有共通之处。铭文中记载天亡随武王祭祀，参加的是有关国家兴亡的大祭，并且在仪式中充任主要的襄赞人。孙作云以为“古代的史官与巫祝同流，也管理祭祀、祷告之事；天亡所司者正与之相合，可见天王必是武王的史官”。又说：“古书中多记武王的太史叫史迭（一作史逸、尹逸），因此，我认为天亡就是史佚。”[1]史佚在周初为太史，一直活到成康时代。除了《洛诰》之外，《尚书》《周书》中一定有一大部分文字出于他手。“《周颂》是祭祀歌，主要的是武王、成王时代的作品；作此歌者也应该是太史大祝，说不定也有一部分是史佚的作品”。[2]在此可以补充说，《大雅》诗歌的主要作者群很可能出自尹氏一族。

在“王者之迹熄而诗亡”之后的《春秋》时代，在贵族知识分子中追念先代诗人之志的现象十分常见。仅《左传》中人物就先后六次引用史佚之言。[3]参照前述史佚对成王时用诗“如临深渊，如履薄冰”，句出《小雅·小旻》六章，不难想见尹氏一族作为诗歌贵族是如何同西周王政息息相关的。他们的职业身份决定了他们所作之诗必为宗教礼仪和国家政治服务，这也就预先注定了《雅》《颂》与《国风》迥然不同的创作倾向和题材内容。

《公羊传·隐公三年》谓“尹氏”之称出于史官讥“世卿”的非礼行为。唐徐彦《公羊传疏》云：“世卿者，父死子继也。贬去名者氏者，起其世也。若曰世世尹氏也。”[4]孙诒让《周礼注疏》“内史”疏亦云：“尹逸盖即为内史……其后世为此官，故又称尹氏。”[5]尹氏一族既源于官职的世袭制，这与婆罗门族、利未族的形成及其在社会中的特殊地位大致相类。《小雅·都人士》充分反映了尹氏一族在周代社会中令人羡慕的情形。全诗五章如下：

[1] 孙作云：《再论天亡𣪘二三事——说天亡即史佚》，《诗经与周代社会研究》，中华书局1966年版，第68页。
[2] 孙作云：《再论天亡𣪘二三事——说天亡即史佚》，《诗经与周代社会研究》第70页。
[3] 分别见于僖公十五年、文公十五年、襄公十四年、昭公元年、宣公十二年、成公四年。又见《国语·周语》下。
[4] 阮元：《十三经注疏》，中华书局，第2204页。
[5] 孙诒让：《周礼注疏》卷五十二，中华书局1987年版，第2130—2131页。

彼都人士，
狐裘黄黄。
其容不改，
出言有章。
行归于周，
万民所望。

彼都人士，
台笠缁撮。
彼君子女，
绸直如发。
我不见兮，
我心不说。

彼都人士，
充耳琇实。
彼君子女，
谓之尹吉。
我不见兮，
我心苑结。

彼都人士，
垂带而厉。
彼君子女，

卷发如虿。
我不见兮，
言从之迈。

匪伊垂之，
带则有余。
匪伊卷之，
发则有旟。
我不见兮，
云何盱矣。

这首诗的题旨毛传以为“周人刺衣服无常也”；朱熹以为：“乱离之后，人不复见昔日都邑之盛，人物仪容之美，而作此诗以叹惜之。”[1]这就是说，在平王东迁以后，周人追想当年都城镐京士女之盛美而创作此诗。朱传此说似较毛传为胜，与诗中所咏亦相吻合。陈子展先生指出：《都人士》首章单举男性人物，而叹彼都之今不可归。二、三两章特以彼时彼地具有典型性之男女人物之形象并提，而叹其人之今皆不可得见。四、五两章亦男女人物并说，而重叹其带与发之美，今皆不可见。盖此二物最为当日彼都贵族男女形象之特征。诗人以此唤起读者之回忆与想象，便使之同有不胜今昔盛衰之感。这是本诗艺术上成功之处。[2]在诗人一唱三叹地追想京都士女容貌的过程之中，特别提到了“彼君子女，谓之尹吉”一事，以吸引人们的注意。毛传：“尹，正也。”于“吉”则无注。郑笺：“吉读为姞。尹氏、姞氏，周室昏姻之旧姓也。人见都人之家女，咸谓之尹氏、姞氏之女，言有礼

[1] 朱熹：《诗集传》卷十五。
[2] 陈子展：《诗经直解》卷 二十二，复旦大学出版社 1983 年版，第 822—825 页。

法。”这一“有礼法”之说似乎暗中呼应着毛传训“尹”为“正”的寓意。孔疏则进而将此点揭明：“彼都人有君子之德，其家之女，谓之正直而嘉善矣。”又发挥郑笺云：“尹既是姓，则吉亦姓也，故读为姞。美其人而谓之尹、姞者，以尹氏、姞氏，周室昏姻之旧姓也。”看来诗人标举的贵族女子之所以要“谓之尹吉”，是因为这两个姓氏本身就蕴含着吉祥美好的褒义。马其昶《毛诗学》对此有所深究：“尹者，正也。姞者，吉也。此两旧姓其字义近，故《左传》云：‘姞，吉人也。’《传》以经文姞作吉，其义已著，故不释，而独释尹为正，以见称其族氏谓之尹吉，即可以表德，亦犹上章以发之绸直象其行之密直也。”[1]李樗、黄櫄《毛诗集解》亦云：“《左传》曰：‘姬姞耦，其子孙必蕃。’周之所谓尹、吉，如晋之所谓王、谢。皆是当时有礼法之家，故‘彼君子女，谓之尹吉之女也。”[2]周室婚姻之旧姓便是“有礼法之家”，这种推论的逻辑，真有点像“尹吉之门，仁义存焉”了。与寺人披谦卑地自称“刑臣”一事相较，可见同源于史前净身祭司的尹与寺在春秋之际已完全趋于两极分化的发展倾向。这种尹荣寺衰的现象表明，随着双性同体之神的信仰在文明国度中的衰微，社会舆论对于介乎男女两性之间的“中人”的态度也发生了根本的转变。父权制的男性中心文化将阉人与妇人、小人并列，斥之为“妇寺”，而不再依照古制行阉割之术的尹反倒秉承了净身祭司原有的地位与声望，又借助于官职世袭之便，在有周一朝成为势倾朝野的名门望族。

同寺人领兵作战的情形十分相似，尹氏虽源出于巫史之文官，在周代也不乏率军征伐之武事。周宣王时的尹吉甫便是这样一位能文能武的重臣。《小雅·六月》记周宣王北伐玁狁事，出任北伐大将军的尹吉甫受到如下赞誉：

---

[1] 转引自黄焯：《诗疏平议》卷十，上海古籍出版社 1985 年版，第 422 页。
[2] 转引自黄焯：《诗疏平议》卷十，上海古籍出版社 1985 年版，第 422 页。

戎车孔安，
如轾如轩。
四牡既佶，
既佶且闲。
薄伐猃狁，
至于太原。
文武吉甫，
万邦为宪。

根据毛传郑笺，这位吉甫便是尹吉甫，当时为大将。关于他的文才武略，王先谦以《诗》中内证做了简略说明："案，《崧高》'作诵'，是其文也。'薄伐猃狁'，是其武也。《汉书·人表》尹吉甫列上下第三等，次周宣王世。"[1]王国维又据铜器铭文推测此尹吉甫又名兮甲。其《兮甲盘跋》云：

……甲者月之始，故其字曰伯吉父。吉有始义，古人名月朔为吉月，以月之首八日为初吉，是其证也。甲字吉父，上云兮甲从王，下云兮伯吉父作盘。前对王言，故称名，后纪自己作器，故称字也。此兮伯吉父，疑即《小雅·六月》之吉甫……盖尹其官，兮其氏也。今本《竹书纪年》系六月尹吉甫伐猃狁，事于宣王五年，不知何据。此盘所纪，亦宣王五年三月事。而云王初各伐，盖用兵之始，未能得志……[2]

综合观之，宣王时受北方少数民族猃狁威胁，屡用兵讨伐之，唯尹吉甫挂帅这次大获全胜，以致获得了"万邦为宪"的高度评价。下章诗接着又说

[1] 王先谦：《诗三家义集疏》卷十五，中华书局，第612页。
[2] 王国维：《兮甲盘跋》，《观堂别集》卷二，见《观堂集林》附，中华书局1959年版，第1208页。

道“吉甫燕喜，既多受祉”，显然是殊荣超众，封赏冠群了。这种待遇对于尹氏之先辈们——那些以秉笔作册为职的文官来说，自然是非分之想了。

尹吉甫的将才如何，如今仅有《六月》诗所载伐猃狁一事可明，至于他的本职才干——诵诗作文，《诗经》则提供了更多的佐证。按照毛传，《大雅》中至少有四首诗出自尹吉甫之手，它们是《崧高》《烝民》《韩奕》《江汉》。由于前两首诗中均有“吉甫作诵”的明文记载，所以可确信是尹氏诗才的现存标本。《崧高》诗的写作背景，据朱传云：宣王之舅申伯出封于谢，而尹吉甫作诗以送之。”从全诗八章的内容看，诗人对申伯和宣王都大加溢美，如首章述申伯之出身，竟用了神话般的夸张写法：

崧高维岳，
骏极于天。
维岳降神，
生甫及申。

这和上古帝王或圣贤的神秘诞生传说没有什么差别。至于一般性的赞誉之词，如“维申及甫，维周之翰”“王之元舅，文武是宪”，等等，似乎也只是当时流行的颂词套语，见不出多少独创性。诗的结尾是诗人对自己所作之诗的夸耀：

吉甫作诵，
其诗孔硕。
其风肆好，
以赠申伯。

这真有点王婆卖瓜的味道了，或可视为最古老的自我广告吧。再看《烝民》末尾也有类似的广告性语言：

吉甫作诵，
穆如清风。
仲山甫永怀，
以慰其心。

毛传：“清风，清微之风，化养万物者也。”郑笺：“吉甫作此工歌之诵，其调和人之性情，如清风长养万物。原以仲山甫述职多所思而劳，故述其美以慰安其心。”这样看来，诗人还多少懂得些心理学，他用作诗夸赞之法去解除仲山甫的心理障碍，“以慰其心”之说可视为公元前 9 世纪中国的文艺心理学观点，其明确表白的诗歌功能观较之西哲亚里士多德的宣泄说足足早了约 500 年。比孔子的“兴观群怨”说也早出四个世纪之多。我们说尹寺之人不仅对中国诗歌的发生做出过直接贡献，就是对中国诗学的理论建构而言也是最早的奠基人，这评价也许并不过分。

与《崧高》对比之下，《烝民》一诗似显示了更高的诗艺技巧。诗的主旨是为受宣王之命将赴齐地筑城的仲山甫送行。一章从人性本善角度叙说天意看好周王朝，为之降生出仲山甫这样有德性的大臣：

天生烝民，
有物有则。
民之秉彝，
好是懿德。
天监有周，

昭假于下。

保兹天子，

生仲山甫。

二至四章言仲山甫德高望重，受天子重用。五、六章再言仲山甫的美德和贤能足以补王者之缺失，使赞美的程度达到无以复加的地步。

人亦有言：

德輶如毛，

民鲜克举之。

我仪图之，

维仲山甫举之。

爱莫助之。

衮职有缺，

维仲山甫补之。

尹寺之人究竟有何种“德”，能够受到如此推崇呢？也许在下面两节中可以找到答案。

九、中人伦理观（上）
——“温温恭人”与《诗》的驯化作用

在尹氏为政的西周时期，一种对后来的中国文化影响深远的伦理思想直接由当时主管意识形态的尹寺之人炮制出来，那就是“柔”的思想。

在确确实实出自尹氏之手的上述两首诗中，诗人在分别美化两位主人公时却标举出同一种作为道德榜样的优秀品质——柔。

《崧高》云“申伯之德，柔惠且直。揉此万邦，闻于四国”。郑笺：“揉，顺也。”《经典释文》：“揉，本亦作柔。”孔疏：“申伯以柔直之德揉服万邦不顺之国，使之皆顺，其声誉闻达于四方，是申伯之德实美大矣。”

《烝民》云“仲山甫之德，柔嘉为则。令仪令色，小心翼翼，古训是式，威仪是力，天子是若，明命使赋。”郑笺：“嘉，美。令，善也。善威仪，善颜色，容貌翼翼然恭敬。‘故训’，先王之遗典也。式，法也。力，犹勤也。勤威仪者，恪居官次，不解于位也。是顺从行其所为也，显明王之政教，使群臣施布之。”

从以上注疏中可知，柔的道德主要指一种恭敬顺从的品格，一种女性化的人为性格。一位男子不可能天生就有这种柔顺的特质，必须由一种倡导女性化或中性化的文化氛围使之人为地弱化其男性阳刚气质，才有可能向这方向发展人品道德。对男性要求“柔”，可说是文化对自然的改造，其理论基础便是人类有关阉割效用的经验和认识。尹寺之人作为阉割祭司集团的嫡传继承者，倡导这种非男性化的伦理标准，似乎不是偶然的巧合。

对动物进行阉割，可驯化其野性和攻击力，使雄性失却暴戾刚劲之气，变得温和顺从。对人的阉割，大体上也有类似的效果。帝王天子作为臣民的“牧者”，似乎自古以来就懂得这种出自驯养经验的浅显道理，希望子民们都从生理根源上弱化其攻击欲，减少犯上作乱的可能性[1]。“柔惠”“柔嘉”之类以顺从恭敬为实质的伦理要求就在政教分离的文明时代适应统治者的政治需要而产生了。后世儒家的基本精神曰“仁”，曰“中庸”，显然都同此种中性化的“中人”伦理不谋而合。而儒家学者们从《诗》三百中概括而出的诗教原理以“温柔敦厚”为本，无疑是对尹寺集团标榜“柔”的倾向的自

[1] 中国伦理学的另一个核心范畴“孝”，也具有长辈驯化子辈，使之减弱个性和攻击欲的作用。参看叶舒宪：《高唐神女与维纳斯——中西文化中的爱与美主题》第 11 章《孝与鞋》，中国社会科学出版社 1997 年版。

觉继承和发扬。

今考验于《诗》三百篇，“柔”字凡17见，《风》诗中仅两见，皆用于本义，与伦理观念无关:《硕人》曰“手如柔荑，肤如凝脂”，《七月》曰“女执懿筐，遵彼微行，爰求柔桑”。可注意者，这两例中的“柔荑”“柔桑”皆与女性之美或女性活动为比，显得自然天成。[1]把“柔”作为伦理品格的用法唯见于《雅》和《颂》，这种人为的价值引申大约同尹寺作者群的中性化倾向不无关系。鉴于温柔之伦理人格经儒家发扬光大后成为中国文化中的基本精神和中国知识分子的基本价值取向，在这里有必要对尹寺集团与“儒”的内在联系做一溯源性的探考，从中揭示温柔之教化的由来之谜。

温柔这个词在现代汉语中特指女性品质，但它在上古汉语中却完全是针对男性阳刚之气所提出的一种中性化的理想人格要求。这种针对性可以从古汉语中“柔”与“刚”的反义对立中见出端倪。《小雅·采薇》二章与三章的起句分别是:

采薇采薇，
薇亦柔止。

采薇采薇，
薇亦刚止。

薇是一种食用野菜。陆文郁《诗草木今释》认为即是生于山野中的野豌豆、大巢菜（《本草纲目》），或叫垂水（《尔雅》），属豆科植物，学名为Vicia angustifolia L，用途：嫩茎叶可为蔬，或入羹。种子可炒食。救荒

[1]在以《周易》为代表的上古二元对立编码体系中，刚与柔分别被看作是乾与坤的不同特性，因而柔与阴性、雌性、女性为同类事物。

植物，又为牧草。[1] 薇之柔与刚的变化，对于采食者来说是值得注目的。毛传："柔，始生也。"郑笺："柔，谓脆脕之时。""刚，谓少坚忍时"。至少，柔时易采而刚时不易，这一差别是显而易见的。将草木的柔与刚之性引申到道德层次上来，其原有的对立性依然如故。《烝民》五章云：

人亦有言：
柔则茹之，
刚则吐之。
维仲山甫，
柔亦不茹，
刚亦不吐。
不侮矜寡，
不畏强御。

作为道德品格的柔与刚本来都具褒义，并无高下优劣之分。但是儒道两家都赋予柔以更高的价宜，遂使一种女性化、中性化的人格理想在传统文化中树立起来。除了尹吉甫所推崇备至的"柔惠"与"柔嘉"外，《诗经》的雅颂部分还有不少类似的例子，足以显示温柔之教的渊源。

《小雅·桑扈》四章："兕觥其觩，旨酒思柔。彼交匪敖，万福来求。"郑笺："兕觥，罚爵也。古之王者与群臣燕饮，上下无失礼者，其罚爵徒觩然陈设而已。其饮美酒，思得柔顺中和与共其乐，言不幠敖自淫恣也。"又云："彼，彼贤者也。贤者居处恭，执事敬，与人交必以礼，则万福之禄就而求之。"经文中一个"柔"字引出后儒这许多"柔顺""中和""恭"与"敬"的道理。

[1] 陆文郁：《诗草木今释》，天津人民出版社 1957 年版，第 8—9 页。

要言之，“中和”者乃抹杀了两性差异后所得之结果。“柔顺”针对男性而言，不啻为一种阉人标准，“中”之理想（包括后之“中庸”）实出自中人即阉人。而“恭”与“宫”同音假借，“恭敬”“谦恭”等后起伦理义或源自宫人性格，殆无可怀疑。自虞舜时代以来的1000多年宫刑（皋陶称为“恭刑”[1]）实践已足以使人悟出被施恭刑者变得性格恭顺的道理。据此可推测，对男性倡导柔和温，实际上就是以阉人人格为范例的伦理要求。

《大雅·抑》一篇或许最能代表此种尹寺伦理观，其中“柔”“温”与“恭”等多种阉人人格概念一齐派上了用场，可谓开启儒家伦理之先河。这篇长达12章的巨构以道德要求为其主旨，据信是卫武公自儆之诗，亦含谲谏厉王之意。[2]其首章云：

抑抑威仪，
维德之隅。
人亦有言：
靡哲不愚。
庶人之愚，
亦职维疾。
哲人之愚，
亦维斯戾。

这里所提出的“哲人之愚”颇耐人寻味，验证下文方知其底蕴为典型的中人伦理。五章始点明“柔嘉”之理想，用语竟与尹氏所作《烝民》不谋而合：

[1] 参看宁汉林：《中国刑法通史》第2分册，第6章第6节，辽宁大学出版社1986年版。
[2] 姚际恒认为这是无名氏所作刺厉王之诗，卫武公自儆说不可信，可参看其《诗经通论》卷十五。

质尔人民，
谨尔侯度，
用戒不虞。
慎尔出话，
敬尔威仪，
无不柔嘉。
白圭之玷，
尚可磨也。
斯言之玷，
不可为也。

原来所谓“哲人之愚”还包括教人以“柔”为本，出言发话尽去棱角，做出一副毕恭毕敬、小心翼翼的样子，这同《烝民》所说“柔嘉维则：令仪令色，小心翼翼，古训是式”的人伦准则完全相应，而哲人之愚的效应也可由尹吉甫之诗句作为脚注：“既明且哲，以保其身。夙夜匪解（懈），以事一人！”

六章继续申说祸从口出，谨慎言语之意，七章再度正面提出“柔”的要求：“视尔友君子，辑柔尔颜，不遐有愆。”毛传：“辑，和也。”郑笺：“柔，安。今视女之诸侯及卿大夫皆胁肩谄笑，以和安女颜色。”黄焯先生指出：“视、示古通用，视宜读为示。‘辑柔尔颜’与五章‘敬尔威仪，无不柔嘉’意同。此为警之之词，非斥之之语，《笺》说似非《经》意。”[1]八章仍以谨慎和去棱角自儆，末两句用了“彼童而角，实虹小子”为喻。毛传：“童，羊之无角者也。而角，自用也。虹，溃也。”意思是说，童羊无角却刚愎自用，以为有角，结果只能是自溃自败。《易林·巽之节》云：“婴儿孩子，未有

[1] 黄焯：《毛诗郑笺评议》卷九，上海古籍出版社1985年版，第348—349页。

知识。彼童而角，乱我政事。”其戒棱角之意盖本于《抑》及郑笺。九章又以柔木起兴，引出所咏之恭人品格：

荏染柔木，
言缗之丝。
温温恭人，[1]
维德之基。

这四句诗算是把儒家道德的根源和盘托出了。柔韧之木据毛传说有“椅桐梓漆”四种，验之《鄘风》“椅桐梓漆，爰伐琴瑟”，可知“言缗之丝”谓被之琴弦于柔木上，使之成器。柔木天生适合做琴瑟，而恭人天性温和柔顺，不正是伦理道德的基础和源头吗？可惜的是，“温温恭人”的阉人本相却两千多年未能揭破，遂使儒家伦理的原型遮蔽在历史的尘雾之中。且看历来注家的见解。

毛传：“温温，宽柔也。”郑笺：“柔忍之木荏染然，人则被之弦以为弓。宽柔之人温温然，则能为德之基止。言内有其性，乃可以有为德也。”二人对“恭人”均无注。朱传亦仅及柔木而不注恭人。推考恭字在《诗》中凡7见，全在《雅》《颂》部分，《风》诗中绝无踪影，可知此概念同作为伦理观念的柔、温一样，是尹寺作诗命册的习用术语。

维桑与梓，
必恭敬止。[2]

[1] 古汉语中的非象声类重言往是单字意义的叠加重复，故“温温”与“温”义同。参看钱大昕《十驾斋养新录》卷一，“以重言释一言”条。

[2]《小雅·小弁》

宾之初筵，
温温其恭，[1]
密人不恭，
敢距大邦。[2]

敬恭明神，
宜无悔怒。[3]

温恭朝夕，
执事有恪。[4]

温温恭人，
如集于木。
惴惴小心，
如临于谷。
战战兢兢，
如履薄冰。[5]

以上六例中，恭与温连言者有三例，而后一例中的“小心”“战战兢兢”则对恭人性格特征做了具体的描绘。回顾前文中所提及的尹佚曾赋“如履薄

[1]《小雅・宾之初筵》
[2]《大雅・皇矣》
[3]《大雅・云汉》
[4]《商颂・那》
[5]《小雅・小宛》

冰”之句一事，对照《小宛》上文中言“哀我填寡”[1]，可推知此诗亦为阉者自道，而“温温恭人”即被改变了生理心理特征的阉者性格的写照，参看《尚书·舜典》所言“文明温恭”和《无逸》所言“徽柔懿恭”，可确知恭的品性本与温柔互为表里，是男性失却性特征以后的畸变结果。这些变性之人一方面自叹命运不公，不断发出“哀我填寡”“倬彼昊天，宁不我矜”[2]“昊天孔昭，我生靡乐”[3]之类的感叹；另一方面又适应统治者的需要，从自身的性格特征中推演出温柔为恭的伦理价值，试图以此号召天下人克己禁欲，向“温温”和“柔嘉”的变态方面自我修炼，这正是儒家人格理想的一个潜在渊源。且看儒者对“恭”的一贯强调：

《礼记·曲礼》：“君子恭敬撙节，退让以明礼。”《礼记·乐记》：“恭俭而好礼。”疏：“恭谓以礼自持。”《孝经》：“若夫慈爱贡敬。”《论语·学而》：“恭近于礼。”皇疏：“恭是逊从。”《论语·季氏》：“貌思恭。”皇疏：“谦接谓之恭。”《国语·鲁语》下：“陷而入于恭。”注：“谦为恭。”《国语·周语》中：“夙夜恭也。”注：“夙夜敬事曰恭。”《荀子·解蔽》：“仁者之思也，恭。”注：“恭，谓乾乾夕惕也。”《新书·道术》：“接遇慎容，谓之恭。”《史记·仲尼弟子传》：“恭正以静。”《大戴礼·武王践阼》：“带之铭曰：火灭修容，慎戒心恭，恭则寿。”《论语·学而》：“夫子温良恭俭让以得之。”《孟子·滕文公上》：“贤君必恭俭礼下。”上述材料，表明了“恭”在儒家思想中的重要性及其同“礼”“仁”等范畴的联系。

再看儒家文献中对“温”和“柔”的一贯推崇之例：《诗经·燕燕》：“终温且惠，淑慎其身。”《小戎》：“言念君子，温其如玉。”“言念君子，温其在邑。”《小宛》：“人之齐圣，饮酒温克。”《尚书·舜典》：“帝曰：

[1] 毛传：“填，尽也。”《韩诗》填作瘆，《说文》训瘆为病。

[2]《大雅·桑柔》

[3]《大雅·抑》

夔，命汝典乐，教胄子，直而温。”《皋陶谟》：“柔而立，愿而恭，乱而敬，扰而毅，直而温……”《论语·述而》：“子温而厉。”皇疏：“温，和润也。”《季氏》：“孔子曰：君子有九思。视思明，听思聪，色思温，貌思恭，言思忠，事思敬，疑思问，忿思难，见得思义。”《子张》：“子夏曰：君子有三变。望之俨然，即之也温，听其言也厉。”《荀子》一书引《诗》颇多，仅引用“温温恭人”“温恭朝文”和“温其如玉”等诗句就有《大略》《法行》《不苟》《非十二子》《君道》等五篇。其《法行》篇还提出衡量君子的标准：“夫玉者君子比德焉，温润而泽，仁也。”《修身》篇亦云：“人无法则伥伥然；有法而无志其义则渠渠然；依乎法而又深其类，然后温温然。”《尔雅·释训》：“晏晏、温温，柔也。”郝疏：“柔者，《释诂》云安也，柔与刚反，则柔顺柔和皆安静之义，故《诗·烝民》笺：柔，濡毳也。……按温润濡柔并声相转，其义皆相近。”《广雅·释诂一》：“温，善也。”疏证：“《儒行》云：温良者，仁之本也。”《广韵》：“温，良也。”《礼记·文王世子》：“恭敬而温文。”疏：“恭敬而温文者，谓内外有礼，貌恭心敬，而温润文章，故曰恭敬而温文也。”《礼记·内则》：“必求其宽裕慈惠，温良恭敬，慎而寡言者使为子师。”《论语·学而》“温良恭俭让”句疏：“敦柔润泽谓之温，行不犯物谓之良。”《韩诗外传》卷四：“苟有温良在中，则眉睫与之矣。”《史记·儒林传》：“宽为人温良。”《孔子家语·辨乐解》：“君子之音，温和居中。”《白虎通·礼乐》：“温润而宽和。”

上述文献中种种有关温、润、濡、柔的话语表明，尹寺伦理观在先秦至汉代的社会意识形态中已经逐渐扩散开来，近乎成为一种全民性的价值标准了。在儒家思想范围以内，除少数像孟子这样多少保留着一些男性阳刚之气的人以外，恭人的温温人格已被大多数思想家接受为一种值得效法和培养的理想人格。唯在《孟子》一书中体现出男性气质对中人倾向的强烈抵制。书中找不到“温”和“柔”的概念，即使对先儒们奉为圭臬的“恭”的概念，孟子也赋予了新的解释，使之具有了“尊严”的意蕴，而不单纯是一种驯顺服从、小心翼翼的奴性品质。针对先儒关于“貌曰恭”（《洪范》）和“貌思恭”（《论语》）的说法，孟子提出“恭俭岂可以声音笑貌为哉”[1]的质疑。针对先儒们讨好统治者的恭敬顺从之论，孟子则大胆地要求统治者自己做到“恭俭”[2]，就臣下而言，孟子提出了“责难于君谓之恭，陈善闭邪谓之敬”[3]的全新见解，充分表示出一种威武不能屈的大丈夫气概，在众儒一片中性化的时代潮流中显得卓尔不群，为中国思想文化保留下一线反阉割、反温柔的阳性因素。

就此一贡献而言，孟子虽被后人推为儒家的“亚圣”，然而实质上他显然与“儒”截然不同。这种差别经过对“儒”这个概念的语源学追索，也许会看得更为分明。在做这种追索之前，让我们先看一下儒家“温柔敦厚”诗教纲领得以成立的背景。

十、中人伦理观（下）
——“温柔敦厚”诗教的儒家话语背景

通过对上述儒家话语的考察，我们已经看到尹寺阉人集团及其价值标准对于儒家思想的深刻影响，这也就无异于为儒家诗教的发生提供了思想渊源上的宏观视点。不过，在上引诸文献中，作为儒家诗教核心观念的“温柔敦厚”一语尚未出现。甚至“温”与“柔”的概念也还处在各自独立使用的状态，尚未合成为一个新词。作于西周时期的《抑》一诗中，“温”与“柔”两个概念同时并存，作为对恭人人格的界定词与赞誉词，对应于《尚书·皋

[1]《孟子·离娄上》，见《诸子集成》。
[2]《孟子·离娄上》，见《诸子集成》。
[3]《孟子·滕文公上》，见《诸子集成》。

陶谟》作为九德之二的“柔而立”和之六的“直而温”，可以看到这两个词的近似价值取向已经为它们的进一步合成奠定了语用基础。从诗人用以取兴的“柔木”“桑柔”等自然物象，到诗人所标榜的恭人品格“温温”，这种隐喻本身也在“温”与“柔”二字之间架构起了类比认同的逻辑联系和语义联系。及至《论语》问世，书中记述了孔门弟子先后三次用“温”的概念称颂孔子，而孔子本人也标举出“色思温，貌思恭”等“九思”的人品和“中庸为德[1]的价值观。于是，在编纂年代稍迟于《论语》且可信程度亦低于《论语》的儒家经典《礼记》中，记述了孔子提出的温柔敦厚说。《礼记·经解》篇云：

孔子曰：“入其国，其教可知也。其为人也，温柔敦厚，《诗》教也。疏通知达，《书》教也。广博易良，《乐》教也。洁静精微，《易》教也。恭俭庄敬，《礼》教也。属辞比事，《春秋》教也。故《诗》之失愚，《书》之失诬，《乐》之失奢，《易》之失贼，《礼》之失烦，《春秋》之失乱。其为人也，温柔敦厚而不愚，则深于《诗》者也。疏通知达而不诬，则深于《书》者也。广博易良而不奢，则深于《乐》者也。洁静精微而不贼，则深于《易》者也。恭俭庄敬而不烦，则深于《礼》者也。属辞比事而不乱，则深于《春秋》者也。”

《经解》以《六经》的教育教化作用为主题，全篇托之于孔子之言，很可能是孔门后学所作。[2] 其中所述《诗》《书》《乐》《易》《礼》《春秋》

[1]《论语·雍也》：“子曰：中庸之为德也，其至矣乎？民鲜久矣。”

[2] 任铭善先生说：“孔子之时实不能有六者之教。孔子教人学文，学文之事，曰读《书》，诵《诗》，学《礼》。故曰：‘子所雅言，《诗》《书》执《礼》。’又曰：‘兴于《诗》，立于《礼》，成于《乐》。’而弟子之问，若子张于《书》，子夏、子贡于《诗》，宰我于《礼》，亦未出于数者之外也。至《周易》《春秋》，孔子不以为教。虽《左氏春秋》言韩宣子观鲁《春秋》，《晋语》云羊舌肸习《春秋》，《楚语》云庄公王教太子以《春秋》……不过谓春秋史籍，未尝为国人之教。故此篇所云六艺之政教，非孔子之言，而后人托之者也。”见《礼记目录后案·经解第二十六》，齐鲁书社 1982 年版，第 60—61 页。

的教化功效，而《诗》冠其首，这对于汉代以后的中国文学理论思想的发展起到了奠定基调的作用。孔颖达《礼记正义》对“温柔敦厚”的解释是：“温谓颜色温润，柔谓性情和柔。《诗》依违讽谏，不指切事情，故曰温柔敦厚是《诗》教也。”[1]用现代心理学的眼光看，温柔敦厚的诗教目的在于培养一种理想人格，其特征同先秦尹寺文献中所推崇的“温温其恭”的恭人性格一脉相承。或许孔子正是看中了出自尹寺之手的《雅》《颂》之诗所树立的那种以“柔嘉”为榜样的君子型人格理想，因此而极度推崇《诗》对于培养人格性情的这种驯化作用吧。

从语用记录方面考察，尹寺话语早已将“温”与“柔”这两个同义词作为人格理想的概念而使用了，但却没有用过“敦”与“厚”来表达同一意思。清末小学家于鬯指出，《经解》篇所言《六经》之教化功用的六组词中，除了指《春秋》教化功用的“属辞比事”是“各连二字为义”外，其余五组词皆是“四字平列”，如温与柔，敦与厚，疏与通，广与博，易与良，洁与静，精与微，恭与俭，庄与敬，都是同义词并列为义。[2]托名孔子的作者除了将“温”与“柔”两字并为词，还挪用了已有的成词“敦厚”与“温柔”连言为义。仅从这种用语习惯上看，也不会早于战国时代。因为现存先秦文献中尚无“温柔”连言之例，厚与敦连言最早见于战国时的《荀子》一书。

《诗经》中已常见“敦”字。《说文》训敦为怒，似乎成了温柔的对立面。《说文通训定声》谓“敦假借为惇”，这就揭明了敦何以又训厚。《邶风·北门》三章“王事敦我”毛传：“敦，厚也。”《周易·艮卦》：“上九敦艮、吉。敦艮之吉，以厚后也。”疏：“敦，厚也。上九居艮之极，极，止者也。在上能用敦厚以自止，不陷非妄，宜其吉也。”《左传·成公十六年》：“民生敦厖，和同以听。”注：“敦，厚也。”《礼记·曲礼上》：“敦善行而

[1] 孔颖达：《礼记正义》卷五十，阮元《十三经注疏》，中华书局1980年版，第1609页。
[2] 于鬯：《香草校书》卷三十二，中华书局1984年版，第649页。

不怠。”注：“敦，厚也。”可见敦与厚连言，犹温柔连言，是同义词的组合。《荀子·非十二子》：“古之所谓士仕者，厚敦者也。”[1]敦厚这个合成词首次出现，便是用来指称某种人格特征的。其源盖出于《老子》第十五章所标示的人格理想：“古之善为士者……敦兮其若朴。”荀子把《老子》较为含混的“敦兮若朴”改换为互文见义的“厚敦”，使之明确化。战国末期的《韩非子·难言篇》沿用了这一说法，但颠倒了二字顺序：

臣非非难言也。所以难言者，言顺比滑泽，洋洋纚纚然，则见以为华而不实。敦厚恭祗，鲠固慎完，则见以为拙而不伦。

王先慎《韩非子集解》于“敦厚恭祗”句下曰：“乾道本作‘敦祗恭厚’，《意林》引作‘敦厚恭祗’，是也，今据改。”[2]不论王氏这一改动正确与否，至少在西汉以来，荀子的“厚敦”已被更为流行的“敦厚”一词所取代。司马迁《史记·公孙弘传》：“其行敦厚，辩论有余。”《礼记·中庸》：“敦厚以崇礼。”《汉书·平帝纪》：“举敦厚能直者各一人。”《后汉书·章帝八王传》：“章帝长者从敦厚。”《后汉书·马援传》：“龙伯高，敦厚周慎。”皆是其例。

值得注意的是与“温柔敦厚”说的出现关联最紧密的《淮南子·泰族训》中的“温惠柔良”说：

……六艺异科而同道。温惠柔良者，《诗》之风也；淳庞敦厚者，《书》之教也；清明条达者，《易》之义也；恭俭遵[3]让者，《礼》之为也；宽裕

[1] 王念孙《读书杂志》卷十谓“士仕当为仕士”。

[2] 王先慎：《韩非子集解》卷一，见《诸子集成》。

[3] 杨树达谓尊当读为譐，譐训减。类书引作撙，盖不知尊为假字。见《淮南子证闻》卷七，《杨树达文集》之十一，上海古籍出版社1985年版，第196页。

简易者，《乐》之化也；刺几辩义者，《春秋》之靡也。故《易》之失鬼，《乐》之失淫，《诗》之失愚，《书》之失拘，《礼》之失忮[1]，《春秋》之失訾[2]。

且不论这里的“温惠柔良”说与《礼记》中的“温柔敦厚”说在措辞上的微妙差异，也不去追究这两处大致相同的六艺施教纲领究竟孰先孰后、到底是谁抄袭了谁的问题。两家说法在基本精神上是一致的，特别是在强调每一种经典可能导致的不良教学效果方面，可谓面面俱到。尤值得关注的一个细节是：《淮南子》与《礼记》在概括《诗》以外的其他五经的可能弊端时，分别用了五种不同的语词：鬼、淫、拘、忮、訾和贼、奢、诬、烦、乱；唯独在《诗》的教学弊端上用了同一个词“愚”，可谓英雄所见略同了。日本学者铃木虎雄解释说：“诗教是以诗教人，教的结果要使人温柔敦厚，而弊害则在愚，所以温柔敦厚而不愚那才是真正深通于诗的。”[3] 这一解说似只停留在字面，未能触及所以然的问题。

诗既然是“多识”的博物标本，又是启人灵感、教人言语应对能力的好教材，为什么古人却要担心它有使人“愚”的副作用呢？看来这并不是单纯的教材利弊选择的问题，在它背后还潜存着深刻的心理学方面的原因，关键在于对《礼记·经解》所说的“其为人也，温柔敦厚而不愚，则深于《诗》者也”一句的透彻理解。说穿了的话，道理并不深奥：要教会一个人养成温恭柔顺、敦厚笃实的性情，同时又不扼杀他的个性、才气和创造力，使其变得既无棱无角，又才华横溢，既老实厚道，又机敏过人，这怎么可能呢？倡导诗教的儒者们似乎多少意识到了他们人格教化理想的副作用。换句话说，

[1] 忮，《太平御览》引作“乱”。
[2] 刘安：《淮南子》卷二十，见《诸子集成》。
[3] 铃木虎雄：《中国诗论史》，洪顺隆译，台湾商务印书馆 1979 年版，第 14 页。

他们发现了“温柔敦厚”与“愚”之间的同步关系或因果关系：用人为教化的方式让一个男人变得温柔敦厚，这自然难免使他智力受损，同时变得愚顽呆笨。作为道德培养之工具的《诗经》原来也是软化人的性格，愚化人的灵气的“鸦片”。于是乎，为了让人们在接受《诗》的道德熏陶的同时避免普遍发生的弱智低能的连带效应，儒生们终于假托孔圣之口宣布了他们的可怕发现，不过是用正面预防的语气来宣布的——“温柔敦厚而不愚”，试图尽量淡化诗教后果的可怕性。这可真是“既要马儿跑，又要马儿不吃草”的一厢情愿之苦心，然而事实上又怎能兑现呢？

如前所说，男性的温恭化本是得之于阉割实践的一种教化经验。生理上的去阳手术所带来的驯化效果启发了后代设教者从心理上阉割阳刚气质的尝试。温柔敦厚说的实质就在于此。什么“兴观群怨”也好，什么“多识鸟兽草木之名”也好，说来说去，实质仍在于“事父事君”。要做事父事君的忠臣孝子，首先要从心理上彻底打消来自生物本能的犯上冲动，使儿子们和臣民们能像温婉顺从的羔羊那样俯首听命。这便是温柔诗教与统治术之间相互呼应的妙处。而敦厚与忠孝当然也是互为表里的，儒生们尚且担心敦会导致愚，可统治者在潜意识中巴不得万民皆能愚忠愚孝，以便江山社稷永保平安。适应此种政治上的需要，温柔敦厚说在后来又蜕变为忠厚说，其心理阉割之初衷，也伴随着语词上的这种简化而由隐变显了。

日本学者青木正儿说：“论诗者动辄说‘诗人忠厚之旨’，‘忠厚’是温柔敦厚的约言，‘诗人’是指《诗经》之作者；这是儒家教给后世诗人最尊贵的赐物吧。而体会其旨的最杰出的作家，是唐之杜甫。杜甫就是儒家思想产出的第一诗人，与道家思想产出的李白，是极好的一个对照。”[1]或许还可以补充说，李白继承了道家的自由放达一面，却没有被老子关于柔弱胜

[1] 青木正儿：《中国文学概说》，隋树森译，重庆出版社 1982 年版，第 40 页。

刚强的哲理所濡染，他的诗风中透露着一种反阉割的雄健之气；而老杜作为儒家诗教的楷模，在杜诗的“忠厚”格调之中最典型地体现着温柔敦厚与愚的共在关联。即使在杜诗因含有“人民性”被奉为圭臬的日子里，人们对老杜的“愚忠”不是也曾深表惋惜，进而“哀其不幸，怒其不争”吗？

十一、“儒，柔也”
——从中人人格看儒的起源

虽然“温柔敦厚”诗教理论未必就是孔子所创，但从儒家的话语背景中看，它毕竟与孔子所代表的儒家政治伦理观相吻合，或许可以说是《诗经》的尹寺人格理想与孔子诗学思想融合以后的必然产物。接下来要解决的一个疑问是，为什么以“柔嘉”“温温”为号召的恭人人格能够为早期的儒者所津津乐道，在后世儒家思想中发展出蔚为大观的诗教理论呢？解答这一问题有必要对儒的起源略做探讨。

作为思想流派的儒家的形成同孔子的作用密不可分，这是众所公认的事实。但是孔子毕竟远远不是最早的儒者，在他以前很久就有了以儒为名或为职业的人。这些先于孔子而存在的儒们才是真正为儒家思想的发生提供历史土壤的人。那么，这些顶着“儒”之名号的最早的人究竟是些什么人呢？

令人困惑的是，在确信属于西周的现存文献中，如《诗》《书》的早期作品和《周易》，都根本找不到“儒”这个字。甲骨文、金文中也没有“儒”字。就此可以断定，“儒”是个相对晚出的词，它的出现不会早于西周末年，很可能只是在春秋时期才流行起来。在先秦文书中较早使用“儒”这个词的是《论语》和《墨子》二书。相比之下，“儒”在《论语》中只有一处两见，而在《墨子》中却出现了19次之多。这是个很值得注意的现象。《论语·雍也》篇记述了孔子唯一一次说到“儒”的情形：

子谓子夏曰："女为君子儒，无为小人儒。"

刘宝楠《正义》引《周礼》中的条文规定把儒释为"教民者之称"："子夏于时设教，有门人，故夫子告以为儒之道。君子儒，能职大而可大受；小人儒，则但务卑近而已。君子小人，以广狭异，不以邪正分。"[1]照此种理解，为儒之道即为师之道。孔子告诫子夏要当一个有君子风度的老师，不要当小人式的老师。至于何谓君子风度，我们在《诗经》所称颂的"温恭朝夕，执事有恪"，"言念君子，温其如玉"，"终温且惠，淑慎其身"，"柔惠且直"，"柔嘉为则"等一系列形象中已有所领悟了。简言之，君子儒的标准是从尹寺伦理观中的"恭人"人格那里继承而来的，那就是温柔敦厚的标准。所谓"小人儒"，指的就是不够这一标准的不称其职的为师者吧。

其实，儒与尹寺的同源关系不用远求，就埋藏在"儒"字的古训中。《说文》：

儒，柔也，术士之称。从人需声。《礼记·儒行》疏引《郑目录》：儒之言优也，柔也，能安人，能服人。又儒者濡也，以先王之道能濡其身。

《韩诗外传》：

儒者，濡也。

按以上"儒"之三义：柔、优、濡，其实都指一义。郝懿行氏关于温、柔、

[1] 刘宝楠：《论语正义》卷七，见《诸子集成》。

濡三者声转义通的论证已如前论，现在只需再考察一下“优”字。其实优与柔本是同义词，《大戴记·子张问入官》：“慈爱以优柔之。”现代汉语中尚有优柔寡断一语，显然是沿用优柔一词的古义。由此看来，所谓“能安人”的柔者，“能濡其身”的传道者，指的都是以温柔为本的为师者，这同前面所说的温温恭人不是同出一源吗？一般而论，男子的性格特征是刚强，而女子才是温柔。要使从事某种职业的男子都达到“温柔”的标准，除了从生理上对其男性特征加以人为的改变，大概不会有更见效的办法了。阉割无疑是使男性“濡其身”而柔其性的一种世界通用的办法。自古为师的儒者若不是从净身祭司的宗教传统中脱胎而来，又怎能从一开始就以温恭优柔为特征呢。

现代学者中间用心探讨儒之起源的人当推胡适。他在1934年所作《说儒》一文便已注意到从人格特征入手考察儒的产生，大胆提出儒是殷民族的教士之说，认为“这些人都靠他们的礼教知识为衣食之端，他们都是殷民族祖先教的教士，行的是殷礼，穿的是殷衣冠”。至于儒为何训柔，胡适的看法是：“儒是柔懦之人，不但指那蓬衣博带的文绉绉的样子，还指亡国遗民忍辱负重的柔道人生观。”[1]胡适把儒的原型追溯于殷商时的宗教教师，可谓别具慧眼地揭示了儒起源的神职背景。但他的“柔道人生观”一说却不无破绽：似乎殷商时作为宗教导师的儒并无温柔的人格特征，只是周灭商以后“忍辱负重”的商遗民之儒才以“柔道”著称。这样一来，柔不是儒的本来特点，倒成了后起的特点，这同儒字古训显然不能吻合。某些晚近学者似乎意识到胡适说的不足，又提出一种“身体柔弱”说作为胡说的修正：

儒字本包含柔、软之意。汉人许慎《说文》：“儒，柔也，术士之称。”术士，亦即古代宗教之教士，相当于后世之和尚、道士、神甫一类的人物，

[1] 胡适：《说儒》，《历史语言研究所集刊》第4卷第3期，1934年。

其职业专门为贵族祭祖、事神、办理丧事、担当司仪等。唯其如此，他们便四体不勤，五谷不分，身体柔弱，但是，由于他们掌握礼乐文化知识，而显得文气十足，文质彬彬。[1]

这种说法看似新颖，实为郭沫若针对胡适观点所作《驳〈说儒〉》一文观点的引申。郭沫若认为“儒应当本来是‘邹鲁之士缙绅先生’们的专号”，是春秋时代的历史的产物。“古之人称儒，大约犹今之人称文绉绉，酸溜溜，起初当是俗语而兼有轻蔑意的称呼。”[2]这种用“文绉绉”或“文质彬彬”“身体柔弱”来解释儒的原始特征的看法，只看到了外在的东西而忽略了儒的内在的人格方面，因此并不能从根本上解决儒训柔这一千古难题。至于说儒限于职业习惯而“四体不勤，五谷不分”，更纯属想当然之辞。郭沫若说儒这一称呼最初有轻蔑意，似乎也不尽符合实际。在《论语》中所言“君子儒”和《荀子》《孟子》等书中言及的儒并非如此。倒是在作为儒家学派对立面的《墨子》中，可以看到对“儒”的贬义解释，这也是迄今可见到的最古的关于儒的定义：

晏子曰：“……夫儒，浩居而自顺者也。”[3]

在《晏子春秋》和《史记》中都有类似的话，“浩居而自顺”写作“浩裾而自顺”和“倨傲自顺”。孙诒让引经据典地疏解说：“《王制》云：‘丧祭用不足曰暴，有余曰浩。’郑注云：‘浩犹饶也。’居、裾并倨之假字。《家语·三恕篇》云：‘浩裾者则不亲。’王肃注云：‘浩裾，简略

[1] 集体编写组：《中国儒学史》，中州古籍出版社，1991 年，第 34—35 页。
[2] 郭沫若：《驳〈说儒〉》，收入《青铜时代》，《郭沫若全集·历史编》第 1 卷，人民出版社 1982 年版，第 434—462 页。
[3]《墨子·非儒下》第三十九。

不恭之貌。’《大戴礼记·文王官人篇》云：‘自顺而不让。’又云：‘有道而自顺。’孔广森云：‘自顺谓顺非也。’”[1]看来墨家把儒说成是不恭不亲、不分是非的人，这完全是出于门户偏见的有意诋毁，不足为训。至若《广雅·释诂》释儒为愚，《中文大辞典》亦据此列出儒字的第九义项“愚也”，也许正反映着较后起的嘲讽蔑视之意。

由于迄今为止的儒起源研究一直未能合理地解释儒字本义，所以有人试图绕开这个障碍，干脆否认《说文》释儒的权威性，认为许慎训儒为柔“并非本义而是由别处窜入的”。其理由是：

因为在汉字中，恰有一字之形义与“儒”极为相近，此字即“偄”（今通写作“软”）。《说文·人部》：“偄，弱也。从人从㓆。”“偄”字只有一义，即柔弱。而其篆形与“儒”极其相似。这就不能不使人怀疑，所谓“儒”的义训“柔弱”，是否由于古人将“儒”与“偄”形近致混、并且互相讹用的结果呢？这个假设在古典文献中确能得到证实。例如在汉代的《鲁峻碑》中，“学为儒宗”四字中的儒字，正书作“偄”，这是古代此二字相混的例证。[2]

这种看法似乎不无道理，但仔细推敲，也有难以服人之处。其一是，儒本训柔，说者略改动后说训“柔弱”，以便同训弱的偄字相牵合，这未免有先入为主之嫌。因为柔与弱虽有义相近的一面，却也有义相异的一面，似不能完全混为一谈。其二是，所举儒偄二字相混之例只有汉碑一处，由此反推《说文解字》这样以推求语源为特长的字典也犯有张冠李戴的讹误，未免太小看了许慎先生。况且儒之训柔，绝非《说文》一家偶然讹误，除前引汉代宿儒

[1] 孙诒让：《墨子闲诂》卷九，见《诸子集成》。
[2] 何新：《“儒”的由来与演变》，《诸神的起源》附录，三联书店1986年版，第294页。

郑玄《礼记目录》（简称《郑目录》）外，《广雅·释诂四》《广韵》等其他字书均有此说，看来若没有确凿不移的反证，这一古训是很难轻易推翻的。只因儒与尹寺同出一源的历史真相湮没在时间的尘埃之下，所以后人对“儒者柔也”的说法总觉得难以理解，这毕竟是情有可原的。

新近发表在《孔子研究》上的一篇论文在儒的本义解说方面打破了僵局，充分认识到儒与柔之间的关系既不是语词讹误的结果，也不是外在的偶然联系，而是一种思想实质上的统一关系。两位作者写道：

《说文·百部》：“脜，面和也。从百从肉，读若柔。”此字经传皆以柔为之……《尔雅·释训》：“戚施面柔也”释文引李曰：“和颜悦色以诱人，是谓面柔也。”凡此皆以柔为脜而训面和者也。“柔（脜）”本面和，引申之，则泛谓和矣。……“儒”源出于“柔（脜）”，“柔”为“和柔”。而“和柔”正是儒家思想的本质特征。……故名其学派为儒，此与法家以法名家、道家以道名家相同，皆以其思想特征而名家也。[1]

这一看法把握住了儒训柔的内在必然性，但不足处是仅仅停留在语义研究上，未能进一步从宗教职业背景上去说明所以然的问题。

从职业背景方面推考儒的由来，可以说早自汉代就已开始了。班固《汉书·艺文志》说“儒家者流，盖出于司徒之官”。刘向《七略》亦云儒家出于司徒之官；而司马谈《论六家要旨》则说到儒者“序君臣之礼，列夫妇长幼之别”的功绩，从旁证明了儒与礼的职业联系。王国维已论定，古官名多由史出，包括司徒在内的六卿均出自史官。而上古巫、尹、史三者混而不分，已如前论，可知儒与巫与尹与史皆一源而分流者也。

[1] 杨宝忠、任文京：《“儒”源索隐》，《孔子研究》1989年第1期。

十二、由圣到俗：师、儒、尹、寺与诗的同步沦落

远古的宗教首领如祭司长之类都具有“师”的身份，而汉语中“教师”之“教”与“宗教”之“教”同字，是师源于宗教领袖之明证。尹与师，在古代可以同训，[1]故《尚书·洪范》合二字为“师尹”，《诗·节南山》则既云师尹，又云大师，已如前论。《周礼·地官·大司徒》则有“师儒”连言之称，郑注：“师儒，乡里教以道艺者。”孙诒让正义以为此言师儒即同书《天官·大宰》中对言之师与儒，[2]正像师与尹亦可各自独立为名。《周礼·天官》叙大宰之职云：

> 以九两[3]系邦国之民：一曰牧，以地得民；二曰长，以贵得民；三曰师，以贤得民；四曰儒，以道得民……

郑注：“师，诸侯师氏，有德行以教民者。儒，诸侯保氏，有六艺以教民者。”刘台拱云：“师即《礼经》所谓先生，郑注云‘古者年七十而致仕，老于乡里，大夫名曰父师，士名少师，而教学焉’是也。儒即《礼经》所谓君子，郑注云‘有大德行不仕者’是也。”俞樾说：“师者，其人有贤德者也。儒者，其人有伎术者也。《说文·人部》：‘儒，柔也，术士之称。’是古谓术士为儒。凡有一术可称，皆名之曰儒，故有君子儒，小人儒之别。此经所谓儒者，止是术士耳。以道得民者，道亦术也。《国语》曰：‘过五日，道将不行。’韦注曰：‘道，术也。’儒以道得民，谓以道术得

[1]《广雅·释诂》：“师、尹、工，官也。
[2] 孙诒让：《周礼正义》卷十九，中华书局 1987 年版，第 750 页。
[3] 郑注：“两犹耦也，所以协耦万民。”

民也。”古之道术出自巫术，故巫亦可称巫师。刘台拱说儒即君子，而君子之“君”从尹从口，这又为尹儒向源提供了一条线索（详见后节）。孙诒让在疏解师与儒的交叉兼容关系时就已将巫医农工等方面的术艺传授包括在内了。他说：“师则泛指四民之有德行材艺，足以教人者而言。上者国学，乡遂州党诸小学，以逮里巷家塾之师，固为师而兼儒；下者如嫔妇有女师，巫医农工亦皆有师。盖齐民曲艺，咸有传授，则亦各有师弟之分…… 儒则泛指诵说《诗》《书》，通该术艺者而言。若《荀子·儒效》所称俗儒、雅儒、大儒，道有大小，而皆足以得民，亦不必皆有圣贤之道也。”[1]

古之巫尹作为部落社会中唯一的知识阶层，必然兼通天地鬼神，能记诵神话圣典与本族古史传说。他们同文明社会中传授《诗》《书》《礼》《乐》，教民道艺的师与儒自然具有渊源关系。即使在现有的关于儒者形象的片段记述中亦可找到这种关系的蛛丝马迹。章太炎《原儒》对此言之甚详。他先从逻辑上把儒的概念分为三种，并指出三种概念之间有一个历史的变化：从广义的泛指一切方术之士的儒，后来缩小到专指宗教孔门学说的儒。关于广义之儒，章氏写道：

达名为儒，儒者术士也（《说文》）。《太史公·儒林列传》：“秦之季世坑术士”，而世谓之坑儒。司马相如言：“列仙之儒居山泽间，形容甚臞。”……王充《儒增》《道虚》《谈天》《说日》《是应》，举儒书所称者，有鲁班刻鸢，由基中杨……黄帝骑龙，淮南王犬吠，天上鸡鸣云中，日中有三足乌，月中有兔蟾蜍。是诸名籍道、墨、刑法、阴阳、神仙之伦，旁有杂家所记，列传所录，一谓之儒，明其皆公族。儒之名盖出于“需”，需者，云上于天，而儒亦知天文，识旱潦。何以明之？鸟知天将雨者曰鹬（《说

[1] 孙诒让：《周礼正义》卷三，中华书局 1987 年版，第 112 页。

文》），舞旱暵者以为衣冠。鹬冠者亦曰术氏冠，又曰圜冠。庄周言儒者冠圜冠者知天时，履句屦者知地形，缓佩玦者事至而断。明灵星舞子，吁嗟以求雨者谓之儒。……古之儒知天文占候，谓其多技，故号遍施于九能诸有术者悉晐之矣。[1]

在章太炎之后，胡适对于作为术士的儒的宗教职业性质做了进一步说明。他认定殷商宗教礼仪的职业主持者是最早的儒，掌管丧礼、占卜、巫祝和祈祷等方面的事宜，是一批经过特别训练的人。这批人在殷亡后靠专门知识技能维生，几百年间形成了一个特殊阶级。“他们不是那新朝的‘士’，‘士’是一种能执干戈以卫社稷的武士；至于这批知识分子，只是‘儒’”[2]。胡适的这种看法虽然推测的成分居多，在国际汉学界却被广泛接受。英国著名汉学家李约瑟《中国科学技术史》第二卷有关儒家的一章便采用了胡适的观点。[3] 美国普林斯顿大学汉学家莫特所著《中国知识分子之根》一书则从更广阔的视野上透析儒之起源，认为儒是比殷商时代更早的原始萨满教巫师传统的产物。莫特指出，萨满是一些通神的圣职男女，他们是神灵世界与国王或酋长相交往的中介者，他们能够以神圣的名义监督和劝导国王的言行。在中国文明发生之前，中亚地区已有一些显示出鲜明萨满教特点的文化群落，在后来的长江流域的楚文化中亦得到很大程度的延续。萨满教的遗迹在中国某些区域性的亚文化中甚至一直保留至今，如果把儒看成是这一中央文化的伟大传统中经过改装的和理性化的萨满巫师，似乎是顺理成章的。不过对此一简单的结论仍有待论证。[4]

---

[1] 章太炎：《原儒》，《章氏丛书·国故论衡》下卷。

[2] 胡适：《说儒》，《历史语言研究所集刊》第 4 卷第 3 期。

[3] 参看李约瑟：《中国科学技术史》第 2 卷《科学思想史》，科学出版社、上海古籍出版社 1990 年版，第 3 页。

[4] 弗雷德里克·莫特（Frederick W.Mote）：《中国知识分子之根》（Intellectual Foundations of China），纽约，阿尔弗雷德出版公司 1971 年版，第 30、34 页。

莫特还考察了商周社会繁复的礼仪活动，为他的以上假说提供证明。他认为中国上古礼仪之发达就算在世界范围内看也是卓尔不群的。以恢复先王之礼为号召的后起儒家思想不可能与前代祭礼阶层没有关联。不过从殷商时起，礼仪活动的动机已经是半宗教的（semi-religious）。神灵界与人类之间的和谐开始具有了伦理的意义，礼仪行为的权威从非理性层面转向了纯理性层面。圣王取代神灵成为统治术和社会知识的本源。仪式活动被哲理化地理解为某种有助于宇宙和谐的必要手段。儒由于独具阅读和书写的能力，成为辅助圣王从事仪式活动和占卜活动的准宗教祭司。“周朝的权力是完全礼仪化的——权力的神秘性反过来加强了实际的权力。儒的传统对此做出了极大贡献”[1]。而礼仪活动的进一步伦理化和世俗化则直接催生出作为思想学派的儒家。

通过莫特的上述分析，我们看到的是伴随着由原始到文明的宗教衰微过程，儒者由圣到俗的演变轨迹。这同我们在前节中描述的尹寺的历史变迁过程恰恰可以互相参证和发明，使尹寺与儒的探源研究在更广阔的文化背景中得到沟通。

如果说西方汉学家在考察儒的起源方面是以角度的独特和视野的开阔而著称的话，那么其弱点则在于微观实证上的不足，这就难免有些架空立论之嫌。好在两位中国和日本的古文字学家的研究足以弥补这方面的缺陷。前举章太炎已提出儒名出于需的见解，甲骨学者徐中舒于1975年发表《甲骨文中所见的儒》一文大大发展了章氏的这一观点：

儒在殷商时代就已经存在了，甲骨文中作需字，即原始的儒字：（《京津》2069），（《续存》1859）。从大从，大象人形，象水形，整个

[1] 弗雷德里克·莫特（Frederick W.Mote）：《中国知识分子之根》（Intellectual Foundations of China），纽约，阿尔弗雷德出版公司1971年版，第30、34页。

字象以水冲洗沐浴濡身之形。古人还不能制造大盆洗澡，只能用水罐顶冲洗，如今日之淋浴。正象人在淋浴时水自头顶上冲洗而下之形。[1]

淋浴濡身与儒有怎样的意义联系呢？徐氏从宗教斋戒需要方面提出一种解释：古代之儒在主持礼仪前都必须先浴身斋戒。《礼记·儒行》中便有“儒有澡身而浴德”的说法。《孟子·离娄》也说到斋戒沐浴的宗教净化功用：“虽有恶人，斋戒沐浴则可以事上帝。”可见，甲骨文中的儒像沐俗濡身之形，原来是突出其神职特征。徐中舒的这一结论把自章太炎、胡适以来近半世纪无大进展的儒之探源研究向前推进了一步，为儒源自殷商教士的论点提供了古文字学的说明。但是徐说所举出的证明毕竟还是一种或然性的假说，以下几个难点仍有待于进一步求证：第一，沐浴濡身之儒与“柔”的古训之间有怎样的关系？第二，既然需为原始儒字，为什么在西周的青铜礼器和传世的西周文献中几乎看不到需字的这种假借用法呢？[2]第三，甲骨文从人从水的字究竟是不是需字，也还值得思考。因为需字的古今训义中与沐浴没有直接的关联。[3]且除了读音相俞切的需字，还有读汝朱切的需字，与儒字音同义近，指柔弱。如《战国策·齐策》：“其需弱者来使，则王必听之。”《集韵》：“鞕，柔也，亦作需。”可见需与儒的相通之处仍在柔之古训，这又该作何解释？

另一位日本的以研究中国古文字见长的学者白川静，也对儒起源巫的问题做了独特的论证。白川静在20世纪70年代先后发表了《儒的源流》[4]和《中国古代文化》等系列论著，全面论述了中国文明与巫祝文化传统的渊源关系问题，认为孔墨老庄的诸子之学皆出于祭司阶级。关于儒的宗教背景，他以

[1] 徐中舒：《甲骨文中所见的儒》，《四川大学学报》，1975年第4期。

[2] 金文中“需”字仅两见，且无儒或浴身之义。参看容庚：《金文编》，第753页。

[3]《说文》：“需，䇓也，遇雨不进止䇓也。从雨而声。”《周易·杂卦》：“需，不进也。”《广雅·释言》：“需，颓也。”《韵会》：“需，索也。”

[4] 白川静：《儒的源流》，《历史与人物》（日文版），1972年第1期，第32—59页。

为出自用巫祝为牺牲而求雨的活动：[1]

> 牺牲系用巫祝，被当作断发而请雨的牺牲者，需也。需，系含有为需求降雨而断发髡形之巫的意思。如此的巫祝，乃儒之源流也。此牺牲者——巫，又有时会被焚杀，关于汤之神话亦有采其形式者。《文选·思玄赋》李善注引《淮南子》文，谓汤时大旱七年，卜用人祀天，但其时汤自当之，其文云……恐怕焚巫之俗是反映了古代圣王的故事吧！

儒既出自行法术之巫祝，儒家学派盖亦可溯源于此一阶级。白川静在同书中还说："儒家最早出自巫祝之学，以周之礼乐为主要教授科目，以其礼教文化的创始者周公为理想；周公，为周初在所谓'明保'圣职地位之人。"[2]这样，自商汤至周公再至孔子，由巫到儒的演进过程大致有了清晰的线索。若再加上我们考察尹寺时所提到的伊尹、师尹、尹吉甫、尹儒等，不难看出与神权衰落相同步的学术下移的渐进过程。从圣王和祭司长垄断神权知识占有权到作册尹、史尹们秉笔作册，再到儒与师们执掌礼乐文化的传授，都可看作是"学在官府"的发展时期。而这时的官府即廷寺同时也是官学学校，所以给语言中留下了寺训官、尹训正、师训帅、儒为术士等一系列让后人难以理解的现象。周室衰微，官失其守，礼崩乐坏，学术下移，儒从官方祭司和巫师沦落为民间教师、江湖术士，这就从师资来源上保证了自"学在官府"向"学在民间"的转换。及至孔子创办私学，提出"有教无类"的主张，这标志着知识学术由官方垄断的局面首次被打破，紧接着这一变革而来的便是战国时期思想的大活跃和学术的大繁荣。与知识分子从尹寺贵族向平民儒师的这一发展历程相应，尹寺监政的阉人祭司传统也发生了分化解体，先后出

[1] 白川静：《中国古代文化》，加地伸行、范月娇合译，台湾文津出版社 1983 年版，第 121 页。
[2] 白川静：《中国古代文化》，第 245 页。

现了“师箴瞍赋矇诵百工谏”和“庶人议政”的新局面，于是有了《颂》诗模式的突破和议政讽谏的《雅》诗之繁荣。我们便在《小雅·节南山》篇末看到“家父作诵，以究王讻”；在《小雅·巷伯》的结尾看到寺人孟子教训君子的不逊之词：“凡百君子，敬而听之。”可见中国知识分子由圣到俗、由巫到儒的转变历程正是中国诗歌由圣到俗，由祭仪祝词向风雅讽谏方向发展衍化的深层基础。

十三、从尹寺到“君子”
——《诗经》及先秦典籍中的“君子”

呦呦鹿鸣，
食野之蒿。
我有嘉宾，
德音孔昭。
视民不恌，
君子是则是效。
我有旨酒，
嘉宾式燕以敖。

这是《小雅·鹿鸣》二章，全诗乃王者宴群臣嘉宾之词，后世传为“燕飨通用之乐歌”，不仅在乡饮酒、燕礼上要用，而且还用于入学、投壶，乃至科考后之“鹿鸣宴”。诗中说到要效法君子之德的问题，乃是宴饮诗的主旨。再看《小雅·南山有台》一首：

南山有台，

北山有莱。
乐只君子，
邦家之基。
乐只君子，
万寿无期。

南山有桑，
北山有杨。
乐只君子，
邦家之光。
乐只君子，
万寿无疆。

南山有杞，
北山有李。
乐只君子，
民之父母。
乐只君子，
德音不已。

南山有栲，
北山有杻。
乐只君子，
遐不眉寿，
乐只君子，

德音是茂。

南山有枸，
北山有楰。
乐只君子，
遐不黄耇。
乐只君子，
保艾尔后。

这首五章的诗也是用于燕飨的乐歌，全诗反复歌咏的是对君子的祝颂。祝颂的内容不外德、寿、子孙三项，而以德为主。全诗中“乐只君子”一句共用了10次，这里的君子究竟指什么人，尚有争议。《小序》谓《南山有台》诗旨为“乐得贤也”，即等于释君子为贤人。姚际恒反驳此说，以为“此臣工颂天子之诗”[1]。依此，则君子为帝王，与《大雅·假乐》中“受禄于天”的君子、《小雅·瞻彼洛矣》中统领“六师”的君子和《卫风·淇奥》中的君子同类。不过，是否只有帝王才配得上“万寿无疆”一类的颂词呢？这就关系到诗中“君子”的身份问题。刘瑾《诗传通释》辨正说：

或疑宾客不足以当万寿之语。愚谓此诗上下通用之乐，当时宾客容有爵齿俱尊足当之者。盖古人简质，如《士冠礼·祝辞》亦云眉寿万年。又况古器物铭所谓用蕲万年、用蕲眉寿、万年无疆之类，皆为自祝之词，则此诗以万寿祝宾，庸何伤乎？[2]

[1] 姚际恒：《诗经通论》卷九，顾颉刚点校本，中华书局1958年版，第185页。
[2] 刘瑾：《诗传通释》卷十八，《四库全书》经部七〇。

这里提出的证据似可说明“君子”未必指王，而是泛指贤德嘉宾。当代学者针对《诗经》不同篇章中的“君子”，划分出了多种不同的意指对象：

（1）古代统治者（天子、诸侯、卿大夫）和一般贵族男子的通称。

（2）有高尚道德的人。

（3）妻称丈夫。《郑风·风雨》：“既见君子，云胡不夷。”《集传》：“君子，指所期之男子也。”

（4）诗人自称。《小雅·四月》：“君子作歌，维以告哀。”《正义》：“作者自言君子，以非君子不能作诗故也。”[1]

这里“非君子不能作诗”的说法若仅限于雅颂的话还是相当中肯的，唯不适用于风诗。这自然使人联想到雅颂之诗的主要作者群——尹寺。在“君子作歌”和寺人作诗的两种说法之间有怎样的联系呢？这将是本节所要讨论的问题之一。此外，以上所列《诗经》中四种含义的“君子”一词，是否可以推考出发生学的顺序过程呢？这也是下文要着重分析的问题。笔者拟从《诗经》中“君子”的分布统计入手，旁及其他先秦经籍和诸子中的分布统计，按照“单元思想史”（unit of idea）的研究思路，排比出“君子”概念的起源及演变，说明这一概念的儒家化和伦理化过程，以及《诗经》在这一过程中的重要作用。

如果同前文的内容相联系起来看，《诗经》中的“君子”正是与尹寺作者群的恭人伦理观密切相关的一个重要概念。《诗经》现存305首诗中使用了“君子”一词的有61首，总频次为183次。其中雅诗共使用了129次，风与颂使用了54次。在61首提到“君子”的诗中，颂诗仅有1首，约占1.5%；雅诗有40首，约占66%；风诗有20首，约占32.5%。从这个简略的统计中已可看出，君子的概念同尹、寺的概念和柔的人格理想一样，主要分布在

[1] 向熹编：《诗经词典》，四川人民出版社1986年版，第241页。

以政治讽谏主题为主的大小雅之中，也可以说这些概念都是由尹寺作者们提出和反复强调的，风诗中虽未出现恭人和柔的思想，却继承了当时已普遍流行的“君子”概念。风诗20首使用“君子”一词的诗中，至少有以下诸例皆沿用或效法大小雅中的用法：

《周南·樛木》中的“乐只君子，福履绥之”“乐只君子，福履将之”“乐只君子，福履成之”三句，出自《小雅·采菽》中的“乐只君子，福禄申之”。《周南·汝坟》和《秦风·车邻》中的“未见君子……既见君子”句式，出自《小雅·頍弁》和《小雅·出车》。《召南·草虫》《秦风·晨风》中单言“未见君子”句亦如之。《郑风·风雨》中的“既见君子，云何不夷”，《唐风·扬之水》中的“既见君子，云何不乐”，出自《小雅·隰桑》中的“既见君子，云何不乐”。《邶风·雄雉》中的“展矣君子”出自《小雅·车攻》中的“允矣君子，展也大成”。《雄雉》中还有“百尔君子”，出自《小雅·巷伯》和《雨无正》中的“凡百君子”。《鄘风·载驰》中的“大夫君子”出自《大雅·云汉》。《秦风·终南》中的“君子至止”出自《小雅·庭燎》和《瞻彼洛矣》。《曹风·鸤鸠》中的“淑人君子，其仪不忒”，出自《小雅·鼓钟》中的“淑人君子，其德不回”。

以上材料表明，风诗中所言君子大多因袭或化用雅诗中的成词。为了较为宏观地把握这个词的本来意义和引申义，让我们先对先秦主要文献典籍中出现的君子概念做一大致的统计分析。

成书年代可与《诗经》中雅颂部分相提并论的《尚书》中，“君子”凡8见[1]，已有同“小人”对言之先例，其义指上层统治者，尚无明显的道德意味。《周易》中“君子”凡120见[2]，与“大人”义相近，指居尊位者和有道德

[1] 据顾颉刚主编：《尚书通检》，书目文献出版社1982年版，第98—99页。
[2] 据洪业、聂崇岐等编：《周易引得》，上海古籍出版社1988年版，第125—126页。

者[1]。在“谦谦君子”“君子夬夬”“君子以赦过宥罪”“君子以非礼弗履”“君子以虚受人”“君子以行过乎恭”等说法中，似可看出君子的道德意味同尹寺伦理中的恭人标准的暗合之处。《左传》一书中“君子”凡139见[2]，其意义大致有两类：“贤者，有识者：（如）君子曰。在高位者：（如）君子屡盟。”[3]《国语》中“君子”凡30见，意义与《左传》略同。《论语》作为儒家中人伦理观的奠基之作，大量出现“君子”一词，共有109次[4]，其含义有二：其一指有道德的人；其二指在高位的人[5]。可见后起的意义已经超过了本义。而从“温良恭俭让”等具体内容上看，《论语》中的君子道德亦与中人伦理观吻合。与《论语》同时代的《墨子》一书中，亦有75次出现“君子”[6]，但其所指却与儒家的“君子矜而不争”（《论语·卫灵公》）、“君子博学于文”（《论语·雍也》）等价值取向明显不同。《墨子·修身篇》中首次言及君子便提出了“战勇”的标准：“君子战虽有陈，而勇为本焉。”似乎在儒者所称道的文君子之外另立出武君子的风范。考其原因，乃与儒墨两家的不同渊源和不同旨趣有关。吕思勉先生写道[7]：

案儒之为言柔也。汉人多以儒墨并称，亦以儒侠对举。窃意封建之坏，其上流社会，自分为二，性宽柔若世为文吏者则为儒，性强毅若世为战士者则为侠，孔因儒以设教，墨藉侠以行道。

---

[1] 参看黄寿祺、张善文：《周易译注》，上海古籍出版社1989年版，第3页。

[2] 据洪业、聂崇岐等编：《春秋经传引得》，上海古籍出版社1983年版。

[3] 杨伯峻、徐提编：《春秋左传词典》，中华书局1985年版，第295页。

[4] 杨伯峻《论语词典》计为107次；今从洪业、聂崇岐等编《论语引得》，上海古籍出版社1986年版，第142—143页。

[5] 参看杨伯峻：《论语译注》后附《论语词典》，中华书局1980年版，第247页。

[6] 这里的“君子”二字俞樾的《诸子平议》卷九以为是衍文；孙诒让则据《说苑·建本篇》和《家语·六本篇》证明非衍文。见《墨子闲诂》卷一。

[7] 吕思勉：《先秦学术概述》，中国大百科全书出版社1985年版，第52页。又：关于春秋时及以前，贵族官职文武不分，战国以后文武分职始萌芽，见童书业《春秋左传研究》，第369页。

这一分析还是很中肯的，可从旁说明墨者虽言君子，但实与儒者以柔为本的君子理想相去甚远。

孔墨以降，诸子之学中言及君子者甚众，但更明显地以儒者一派在数量上占绝对优势。如《孟子》书中“君子”凡82见；《荀子》中凡273见；《礼记》中更创下新纪录，“君子”一词凡319见。与此相对，非儒家的著述中虽亦使用“君子”之称，但数量却要少得多，《庄子》中仅38见，《吕氏春秋》中则有32见[1]。而且道家著述中所用“君子”一词，时常专门同儒家唱反调。如《庄子·骈拇》中说：

伯夷死名于首阳之下，盗跖死利于东陵之上。二人者所死不同，其于残生伤性均也。奚必伯夷之是，而盗跖之非乎？天下尽殉也。彼其所殉仁义也，则俗谓之君子；其所殉货财也，则俗谓之小人。其殉一也，则有君焉，有小人焉。若其残生损性，则盗跖亦伯夷已，又恶取君子小人于其间哉！

这显然是要从根本上抹杀儒家划分君子小人的标准了。据此可知庄子并没有无条件地接受“君子”这一概念。针对孔子所说的“君子和而不同，小人同而不和”（《论语·子路》），庄子则继老子之后公开向往“同”的境界，他在《马蹄》篇中说：“夫至德之世，同与禽兽居，族与万物并，恶乎知君子小人哉！同乎无知，其德不离。同乎无欲，是谓素朴。素朴而民性得矣。”[2]庄子在此又一次用“至德之世”的玄同境界来解构君子与小人间的差别，显示了儒道两家对君子概念的不同态度。

综上所论，在《诗》《书》《礼》《春秋左传》《易》《论语》《孟子》《荀子》共八部儒家经典或儒学著述中，君子一词共出现了1050次，平均每书131次。

[1] 据中法汉学研究所编：《吕氏春秋通检》，上海古籍出版社1986年版，第55页。
[2] 郭庆藩：《庄子集释》卷四中，见《新编诸子集成》，中华书局1961年版。

而在《老子》《庄子》《墨子》《吕氏春秋》《国语》共五种非儒家著作中，君子一词共出现178次，平均每书仅有35次，其频率约为儒家著作的四分之一强。这是一个很能说明问题的统计数字。即使不考虑非儒家著述中专为反驳儒者而使用的君子一词占有相当比例的事实，我们也可清楚地看到，君子这一美称的流行和传播实在同儒家思想的发生发展密不可分。这既是儒家学说和观念战胜其他学派而成为文化思想主流的例子，又是源自尹寺的恭人伦理以儒者为中介而逐渐社会化的明证。姜昆吾先生说："余读《论语》有'女为君子儒，无为小人儒，之言，因悟此一成词，当为儒家专用之术语。试观以上所引资料，皆不出儒家六经之外，已可得其明示。'及读《庄子·天下篇》'以仁为恩，以义为理，以礼为行，以乐为和，薰然慈仁，谓之君子'，其所形颂之德、仁、义、礼、乐，皆儒家之教也，益坚信无可疑。又读《左传》往往以'君子曰'为断之词，细绎大义，皆以儒家道德哲学为衡量标准，此即所谓丘明嗜好，与孔子同，亦与庄生之言相合。"[1]还有的学者提出"君子"是履行周礼之典范。《小雅·大东》中明确地说："周道如砥，其直如矢。君子所履，小人所视。"高亨先生《诗经今注》释周行、周道为周朝制度礼义之比喻。可见君子坚守周礼，而小人则唯君子是从。《墨子·兼爱》引《周诗》曰："王道荡荡，不偏不党。王道平平，不党不偏。其直若矢，其易若底。君子所履，小人所视。"此诗不见今本《诗经》，是所谓逸诗。《尚书·洪范》中有类似此诗的前四句，这大约是周代一种流行的说法[2]。

十四、"圣人""尹""君"同源于祭司王的世俗化

君子一词在周代意识形态中占有重要地位，而《老子》却不大喜欢使用

[1] 姜昆武：《诗书成词考释》，齐鲁书社1989年版，第307—308页。
[2] 袁宝泉、陈智贤：《诗经探微》，花城出版社1991年版，第255页。

这个与儒家道德理想有密切关联的流行字眼。老子用他自己所向往的“圣人”境界取代君子理想。所以《老子》一书中屡言圣人而罕言君子，且君子地位远在圣人、善人之下。现存本《道德经》有三次出现“君子”字样，其中的两次或为衍文，或为讹写，只有一处较为可靠。第二十六章云：“重为轻根，静为躁君。是以君子终日行不离辎重。”这里的君子在河上公本和王弼注本中均作“圣人”。与老子对圣人品性的一贯描述相对照，作圣人是较可信的。第三十一章是说到君子的另一处：“君子居则贵左，用兵贵右。兵者不祥之器，非君子之器，不得已而用之。”王道、纪昀、刘师培等学者都认为“兵者不祥之器”以下的话是古代注文混入了正文。

马叙伦也赞许这种看法，他举出《文子·上仁篇》引曰“兵者不祥之器，不得已而用之”，释慧皎《高僧传》八《义解论》曰：“兵者不祥之器，不获已而用之”，由此推测《老子》本文应为：“夫唯兵者，不祥之器，不得已而用之。”这样，“非君子之器”一语，便成了后人对“不祥之器”的注解，而非老子原话。[1]与老子一而再再而三地称颂圣人相比，君子在此显然并不占显要地位。

似乎是专门针对老子的这种重圣人、善人而轻君子的做法，孔子在《论语·述而》中故意反其道而行之，让现实可感的君子取代了虚无缥缈的圣人和善人：

子曰：圣人，吾不得见之矣。得见君子者，斯可矣。子曰：善人，吾不得见之矣，得见有恒者，斯可矣。

圣人与君子之间的差异为何？刘宝楠正义引《大戴礼·五义篇》云：“所

[1] 参看朱谦之：《老子校释》，见《新编诸子集成》，中华书局1984年版，第125—126页。

谓圣人者，知通乎大道，应变而不穷，能测万物之情性者也。”是言圣人无所不通，能成己成物也。《礼记·哀公问》篇子曰：“君子者，人之成名也。”《韩诗外传》：“言行多当，未安愉也；知虑多当，来周密也，是笃厚君子，未及圣人也。[1]”笃厚与敦厚同义，可知君子亦温柔敦厚者矣。难怪《诗经》及《论语》中言及君子最多。若从人类学的立场上判断，所谓“无所不通”的圣人，当为文明时代对原始萨满巫师形象的一种神化的记忆。“通乎大道”说的是巫师与超自然界相交往的异能，“应变不穷”说的是巫师特有的法术功效。到了政治统治取代宗教统治的有周一代，具有神职身份的“圣人”们自然退居次要地位，而由执掌政治权力的阶层即君子们取而代之，占据意识形态的前台。《小雅·雨无正》“凡百君子”句郑笺：“凡百君子，谓众在位者。”《礼记·礼器》注：“君子，谓大夫以上。”《丧服传》“君子子者”句注谓大夫及公子。《月令》孔疏引蔡邕《月令章句》云：“君子谓人君以下至位士也。”《左传·襄公十三年》：“君子称其功以加小人。”注云：“君子，在位者。”《荀子·大略》：“君子听律习容，而后士。”注：“君子，在位者之通辞。”可见君子泛指一切占统治地位的人。上至国君，下至士大夫，皆可称君子。这种用法同“尹寺”亦有相关性。君和尹作为动词皆可训治。《孟子·滕文公上》：“无君子，莫治野人。”而且君与尹还有字形结构上的内在联系。《说文》二上口部：“君，尊也，从尹发号，故从口。”段注：“尹，治也，尹亦声。”《说文通训定声》：“君，按：君出令治民者也，故从尹从口会意。”可见作为“君”字造字会意基础的正是尹。而君的本义大概就是指能够发号施令的上层统治者，其在政教合一时代便是祭司长、祭司王或尹寺一类握神权者，在政教分离时代便是国君、君王。由此引申扩大，泛指统治阶级的官员。卜辞中即有官名叫“多君”，李孝定以为“与称多尹、

---

[1] 刘宝楠：《论语正义》卷五，见《诸子集成》。

多臣、多公同”，又认为：“君之称不限于帝王。《谥法》：‘从之成群曰君’，则小部落之酋长亦可称君也。”[1]

君与尹在最初是音义兼通的两个字，古文献中亦有不少互相换用的例子。这正好为我们追溯祭司王的远古传统提供了语源方面的一个线索。在卜辞中，君或尹作为神职官员，掌管的是帝王的宗教礼仪。如：

其命多尹作王寝（《续》六·一七·一）。

命尹作大田（《乙》一一五一·二〇四四）。

叀多尹飨（《甲》七五二）。

丁酉卜疑，贞，多君曰：来叔氏驭。

王曰：余其□（《后》下，十三·二）。

辛未王卜□曰：余告多君曰般有祟（《后》二七·十三）。

到了周代，君与尹同帝王间的这种特殊关系似仍然存在。如白川静所说：“周初指导王朝之创建者为二位任圣职之人。一为明保之家之创立者之周公，被称为明公尹。一为称为皇天尹大保之召公奭。即所谓周召二公也。其家族至周之灭亡仍作为王之卿士而有特别之地位。明、保皆为圣职之意。二公之职又称为尹者，乃意指其为圣职者之长也。……故皇天尹大保召公奭在《书·君奭·顾命》中又称为保奭、君奭。君者，奉仕神，祝祷册告，承受神旨者也。ㅂ，不必说乃示载书祝册。用为君臣之义者，乃后起之义也。”[2]

最初的“君”与“尹”既是部落酋长，又是祭司长，这正符合人类学上所说的祭司王（the priest king）的双重条件。再细究之，“君”的本义不

[1] 李孝定：《甲骨文字集释》卷三，“中央研究院”历史语言研究所专刊五十，第 353 页。

[2] 白川静：《说文新义》卷二上，林洁明译文，见《金文诂林补》卷二，“中央研究院”历史语言研究所专刊之七十七。

指君主，而是圣职和神权的标记。因为祭司王首先必须是神权的把持者，祭祀礼仪乃部落社会的头等大事。[1] 白川静以金文为例分析说：在古代，君长大抵是氏族之圣职之长，故称族长为君。《小盂鼎》为记讨伐鬼方的克捷之礼，上刻有现存周初时期最长的铭文。其记仪式之开始云：

隹八月既望，辰在甲申，昧喪（爽），三左三右，多君入服酉，王格周庙。

这是族长入场而典礼开始的例子。《史颂段》中的“里君”也是族长制之遗迹。氏族发展为政治统一体后，掌权的统治者称王公，君之名称，成为用事于神庙之夫人而称君氏。《尹姞鼎》有休天君之名，休为休王，后称康王。其夫人冠以休王之名而称休天君。金文中尚有“君氏”“先姑君”等语，《左传》中谓夫人为君氏。君王如古代夏后之称作后，或许暗示着女性神巫任氏族的圣职之事者。《左传·襄公十四年》有“夫君，神之主也”的话，这才揭明了“君”的古意。[2] 与胡适等人关于“儒”源自殷商时期之教士的观点相对照，“君”与“尹”的神职渊源似乎显得更为确凿一些。至此，我们可以说，尹、寺、君、巫、史、儒等均源于祭政未分之时的神权政治，而随着祭政分途而分别衍化出不同的语义蕴含，此乃人类学所说的同源异流现象，在自原始向文明过渡的各个文化中都有类似的情形。

君子概念产生于“君”的世俗化之后，“子”为男性美称，“君”与“子”合成新词，本指脱胎于祭司王传统的上层统治者，主要应用于原始儒家的著述中，其后又经历了一个道德化的过程（雅诗中有明显的例子）和宽泛化的过程（风诗借用雅诗中的“君子”指丈夫或意中人，即是其例）。

[1] 参看弗雷泽：《金枝》第 6 章，徐育新等译，中国民间文艺出版社 1987 年版。又：胡克（S.H.Hooke）编：《神话、仪式和王权》（*Myth，Ritual and Kingship*），牛津大学出版社 1958 年版。

[2] 白川静：《说文新义》卷二上，林洁明译文，见《金文诂林补》卷二。

汉学家李约瑟先生指出，对于西方人来说，汉语中的“君子”一词是最难翻译的概念之一。其原意指诸侯或统治者，而理雅各（James Legge）等人却极不精确地误译为“上等人”（superiorman），韦利（Arthur Waley）则套用英文中的“绅士”（gentleman）一词对译“君子”，亦不能令人满意。在中国历史上，“君子”指的是有恻隐之心，学识渊博，道德高尚的人。他们可以是名门之后、学者、官吏、战士或烈士（尽管这些特性并非原意所限定）。李约瑟还举出欧洲著名学者兼思想家托马斯·莫尔（Thomas More）爵士，以为他最能代表中国人的“君子”概念。[1]李氏的这种解说对于西方读者也许很有帮助，但从语义发生演变史上看，却又未免略嫌笼统。另一位美国汉学家莫特曾以中国知识阶层的起源研究为专题，指出了孔子在“君子”概念道德化过程中的决定性作用。

十五、化解阳刚：君子理想的文化价值

莫特指出，孔子强调只有那些优越于常人的人，即表明自己在道德和教养方面获得一种优越性的人，才配被称为“君子”，这就使“君子”这个词获得了新的标准：不是看地位的高下，而是看教化程度。原为统治阶层所专有的美名，现在实已向每个人开放了。孔子的这一举动无异于对君子概念的革命性再定义。[2]到了汉代的《白虎通义·号篇》，君子的新定义以更为明确而严密的形式出现：

或称君子者何？道德之称也。君之为言群也。子者，丈夫之通称也。何以知其通称也？以天子至于民。

[1] 李约瑟：《中国科学技术史》第2卷，何兆武等译，科学出版社、上海古籍出版社1990年版，第6页。
[2] 莫特（Frederik W.Mote）：《中国知识分子之根》，纽约，1971年，第39—40页

这就是说，上自天子，下至万民，只要有道德修养，均可做君子。此种民主化的君子概念终于在历史上取代了原先作为等级标志的君子概念，一直沿用到现代汉语之中，如“君子风度”“君子一言”等即是其例。不过，随着君子理想的普及，一种源于“柔”的价值观的恭人基因也在不知不觉中内化到了中国男士的性格之中。林语堂先生曾把中国人的民族性格概括为“老成温厚”，这也许正可作为“君子”风范的一个注脚。“中国人似乎对性格过于关注，以至于认识不到在自己的整个哲学中还有任何别的东西。这种陶铸性格的理想模式，即对世俗欲望不存在任何非分的妄想，不卷入任何宗教侈谈的理想模式，通过文学、戏剧、谚语，一直渗透到最下层的农民之中，给他们提供生存下去的理论根据。英文中‘性格’一词，意谓力量、勇气、‘有种’。而汉语中的‘性格’一词则使我们联想到一个老成温厚的中国人，在任何情况下都安之若素，不仅完全知己，而且完全知彼”。[1]

中庸与温厚作为中人或恭人性格的世俗化大普及和大扩展，为铸塑非阳刚的民族文化性格产生了重要作用。《诗经》首先树立起来的那些以“柔”为德、以温为性，甚至连烈性酒都在禁忌之例[2]的君子形象，经过孔子及其后学们的大力倡导，在中人性格的民族化方面具有奠基作用。以跨文化的眼光看，无论是中国的君子风范还是西方的绅士风度，都是高度发达的文明和教养的产物。中性化虽然使阳刚之气未能自然而然地发展壮大，多少有消磨人的个性和竞争、创造能力之嫌，但对社会整体来说，毕竟是减少攻击和纷争、避免冲突和暴力事件的有效途径。从文化互补和人类未来发展的高度说，“温柔敦厚”正是西方以阳刚为主的文化性格亟待汲取的宝贵基因。如美国科学

[1] 林语堂：《中国人》（*My Country and My People*），郝志东、沈益洪译，浙江人民出版社 1988 年版，第 27 页。

[2]《小雅·桑扈》说到君子们“旨酒思柔”，又见《周颂·丝衣》。

家惠勒（W.M.Wheeler）和伯格曼（E.Bergmann）所主张：

清算男性的进取性乃是促使合作集体主义社会成功的最重要因素之一，而随着最高社会组织的范围和潜力的继续增长，这种社会乃是人类不可避免的方向。[1]

西方学人在20世纪才正面提出的中人人格理想，早在纪元前就在成熟的儒家诗教中已经付诸实践了。这不能不说是尹寺作者群对中国文化乃至世界文化所做出的一大贡献吧！

当古希腊最早的诗人尚在颂扬蛮勇和战争，歌唱“阿喀琉斯的愤怒”（荷马史诗《伊利亚特》的开篇之词）时，华夏民族的教士诗人们却已将温文尔雅的君子风貌垂范于后世了。

[1] 转引自李约瑟：《中国科学技术史》第2卷，何兆武等译，科学出版社、上海古籍出版社1990年版，第67页。

THE FOURTH PART

第四章

瞽诵诗

——瞽矇文化与中国诗的发生

有瞽有瞽，

在周之庭。

——《周颂 · 有瞽》

只要盲童能够学会利用其他知觉方式，他就会获得应付他所生活的世界的能力。

——R · D · 沃尔克等《知觉与经验》

一、瞽矇文化：从《有瞽》到《周礼》

本章大胆提出“瞽矇文化”的概念，期望对此一文化现象的探讨有助于中国诗的发生研究。让我们先从《诗经·周颂》中一首具体作品谈起。

有瞽有瞽，
在周之庭。
设业设虡，
崇牙树羽。
应田悬鼓，
鞉磬柷圉。
既备乃奏，
箫管备举。
喤喤厥声，
肃雍和鸣，
先祖是听。
我客戾止，
永观厥成。

上面这首《周颂·有瞽》可以视为考察周代礼乐制度，特别是乐师工作程序的一个活标本。诗的前两句开宗明义地道出了全诗所颂扬的对象，那既不是王侯将相，也不是祖考神灵，而是在西周庙廷中工作的盲乐师们。接下来说到盲乐师的演奏过程，先竖起悬挂钟鼓等乐器的座架，然后按顺序安设打击乐器。计有应鼓、田鼓、悬鼓、摇鼓、磬、柷篇共六种。待乐队一一安置停当，奏乐便开始了，排箫和笛子等管乐器发出喤喤的锐声，其他乐器合拍共奏，乐声肃穆典雅，先祖的灵都降临庙中，倾听着瞽盲们向他们发出的虔敬乐音。末两句中的“我客”何指，历来有不同看法。郑笺云：“我客，二王之后也。长多其成功，谓深感于和乐，遂人善道，终无愆过。”[1]由此看，“我客”与先祖之灵共聚观乐，还是一种寓教于乐的严肃礼仪活动，与后人欣赏音乐会完全不同。陈子展先生据此发挥说：“可见当时合乐，请客观礼，以示自此国基永固，礼乐长存，客人当无复辟异志，实含有威赫与教戒之深意也，而《笺》已触及之矣。至《孔疏》、陈氏《传疏》皆以为此诗作在周公摄政六年制礼作乐之时（公元前1110年），亦似言之有据也。”[2]此处所说“言之有据”恐怕只是一种合理推测，因为诗中没有任何实指年代的证据，只知其时为西周，如此而已。周颂多作于西周初年，此诗即使与周公制礼作乐之传说无直接关联，大概也不会相距太远。

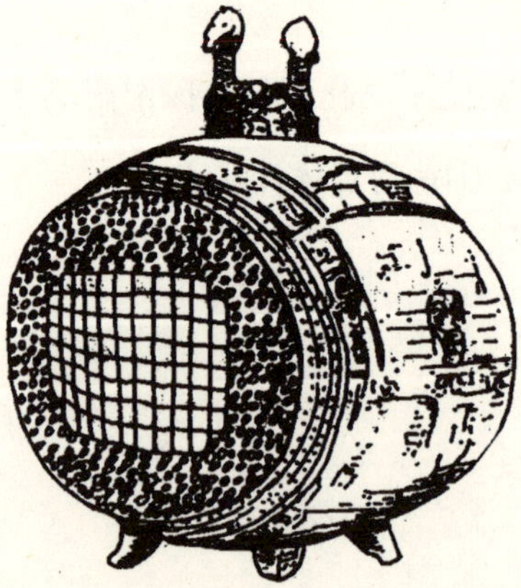

图12 商青铜鼍皮纹鼓

关于《有瞽》中所述周王室宗庙音乐活动的性质，毛传首倡“始作乐而合乎祖”之说。郑笺因之云：“王者治定制礼，功成作乐，合者，大合诸乐而奏之。”正义则云：“大合诸乐而奏之，谓合诸乐器一时奏之，即经所云鞉磬柷圉箫管之属是也。知不合诸异代乐者，以序者序经之所陈，止说周之乐器，言既备乃奏，是诸器备集，然后奏之，无他代之乐，故知非合诸异代乐也。”这里出现了“大合乐”与“合周代乐器”的分歧。李黼平《毛诗紬

[1] 孔疏：“助祭之人多矣，以二王之后尊，故特言之。”严虞惇《读诗质疑》卷二十八引刘氏曰：“《虞书》曰虞宾在位，《商颂》曰我有嘉客，《有瞽》曰我客戾止，盖皆以此为盛也。”

[2] 陈子展：《诗经直解》卷二十七，复旦大学出版社1983年版，第1101页。

义》辨析说："凡乐有器，一器不备不可成乐，器不待合，而自无不合者也。柷圉鞉磬见《虞书》《商颂》，夏箾虡殷崇牙见《明堂位》，亦不可谓无他代乐器也。"黄焯对此表示赞同，又引用蔡氏《独断》相印证而进一步解释郑笺合乐说："《独断》于《周颂》三十一篇皆云某事所歌，可见自《清庙》以下皆周初所作乐章，合乐者即合此诸乐也。"[1]所有这些说明已不是对诗本身的注解，而是由毛传语焉未详的"合乎祖"之说所引发的争议。除了郑玄的"合乐"说外，还有另外一种对"合乎祖"的解释，其首倡者为诗经学史上有名的"猖狂者"何玄子（楷）。他在以"喜新好异"而著称的《诗经世本古义》中认为，《有瞽》的礼乐背景在于周成王祭先祖文王，祭礼的名称为"大祫"，祫与合同义。"《序》意谓成王至是始行合祖之礼，大奏诸乐云耳，非谓以新乐始成之故合乎祖也。"[2]狂夫之言，圣人择焉。何氏此说后为姚际恒《诗经通论》、方玉润《诗经原始》等著名解诗专著所采纳，遂成一家之言。方氏在《有瞽》篇名下干脆加上了"成王始行祫祭也"的副题，并且于诗后按语中说："诸家多以乐初成而荐之祖考为言，乐初成而荐之祖考，何劳'我客戾止'？今'先祖是听，我客亦止，则必举行祫祭大典可知。故何说较诸家为尤精耳。'我客'而与'先祖'并题，亦犹舜之虞宾在位，其所以尊之者为何如哉！谢氏枋得曰：'舜作乐而曰，虞宾在位，祖考来格；成王合乐而曰，先祖是听，我客戾止。以先代之后与先祖并言，尊之至也。《书》曰崇德家贤，统承先王修其礼物，非尊其后，尊圣帝明王也。'"[3]。

所谓祫祭大典让盲乐师们唱主角，这究竟是怎样一种典礼呢？《春秋·文公二年》："八月丁卯，大事于大庙，跻僖公。"《公羊传》："大事者何？大祫也。大祫者何？合祭也。其合祭奈何？毁庙之主陈于大祖，未毁庙之主

[1] 黄焯：《诗疏平议》，上海古籍出版社 1985 年版，第 608 页。
[2] 参见姚际恒：《诗经通论》卷十七，顾颉刚标点本，中华书局 1958 年版，第 339 页。
[3] 方玉润：《诗经原始》卷十七，中华书局 1986 年版，第 605 页。

皆升合食于大祖。五年而再殷祭。”何休注：“殷，盛也。三年祫，五年禘。”可见祫祭就是集合远祖近宗的神主于太祖庙进行合祭，难怪其用乐之隆重，竟催生出一首颂诗。祫与禘并为当时国家大事，在诸多礼仪活动中亦尤显得重要。[1]周颂中另外一首《雝》，毛序以为“禘大祖也”，郑笺：“禘，大祭也。大于四时而小于祫。”由此又知祫祭比禘祭更“大”，实为以祖先崇拜为主要宗教特征的周王朝第一重礼。《有瞽》一诗所描绘的则是一些先天具有视觉缺陷的“瞽”者在此重礼中所扮演的角色，它极为突出地表明了以听觉为接收器官的音乐信息如何构成祭祖大礼的基础，成为沟通神人的主要传播手段。

今天的读者或许会困惑：瞎子奏乐这样的平常小事何以成了国家级颂诗的中心主题？解答这一疑问的有效途径是从根源上理解盲人乐师制度的宗教特性以及作为一种文化现象的瞽矇教育体系。这其实也是中国汉民族诗歌发生史上一个极为重要的、却又被冷落已久的课题。

让我们还是从“瞽”的本义着手，旁及与之相关联的其他语词，对盲官制度的由来做一探讨。《有瞽》毛传：“瞽，乐官也。”郑笺：“瞽，矇也，以为乐官者，目无所见，于音声审也。” 郑玄不仅点出了为毛传所忽略的瞽人生理残疾，而且做了所以然的说明：以盲人为乐官是因为他们双目失明而听觉超群的缘故。这似乎是一个经验现象，自古及今都是这样。《楚辞·九章·怀沙》：“玄文处幽兮，矇瞍谓之不章。离娄微睇兮，瞽以为无明。”王逸注：“矇，盲者也。《诗》曰：‘矇瞍奏公。’”“瞽，盲者也。《诗》云：‘有瞽有瞽’”。屈原将矇瞍与瞽对言，意在以盲者比喻不辨明暗、不分黑白的行为。王注两引《诗经》为的是表明屈原用词的原始出处。其中“矇瞍奏公”一句出自《大雅·灵台》，讲的也是西周王室乐官的礼仪性演出。瞍字又作

[1] 关于祫禘之义，汉儒以来众说纷纭，清儒始疏理出眉目，可参看毛奇龄《郊社祫禘问》、胡培翚《禘祫答问》、孙诒让《周礼正义·春官·大宗伯》等。

瞍。为什么同为盲人乐师，却有这些不同的名称呢？原来古人在尚未有抽象的“盲”概念之前，有各种指称盲的具体词汇，其间的差别在于盲的不同方式和程度。《周礼·春官·叙官》郑玄注引郑司农云：

无目眹谓之瞽，有目眹而无见谓之矇，有目无眸子谓之瞍。

贾公彦疏云：“案《诗》有矇瞍，《尚书》有瞽瞍，于此文有瞽矇，据此三文，司农参取而解之。无目眹，谓无眹脉。”以上辨析似可用下面的白话来解说：瞽指的是没有长眼睛，矇指的是虽有眼睛却看不见，瞍则指“有眼无珠”。这三个词的意思在当代汉语中都像是骂人话，其所蕴含的贬义十分明显。在古汉语中，这三个同义词分言时意思差不多一样，对言时则有上述区别。唯许慎《说文解字》对“瞽”字的解释别出心裁，谓“目但有眹也”，这就同“有目眹而无见”的“矇”混淆不清了。《玉篇》也附合说：“有瞳无眀曰瞽。”倒是另一部古字书刘熙《释名》较准确地区分这组同义词。《释名·释疾病》云：

瞽，鼓也，瞑瞑然目平合如鼓皮也。矇，有眸子而失明，蒙蒙无所别也。瞍，缩坏也。[1]

刘氏训瞽为鼓，兼顾音义。还解释了造字的比喻基础：眼睛没有张开，如鼓皮之蒙鼓状。据此一说明，再参照《一切经音义》引《三苍》语、《国语·周语》韦注和《尚书·尧典》伪孔传等众口一词的说法：“无目谓之瞽”，可以确信《说文》释瞽之误，并明确瞽是一种先天性的眼疾，其症状为双眼眼皮天生闭合，

[1] 王先谦《释名疏证补》卷八：“案：缩与瞍一声之转，故得为训。……眸子缩坏也。”

故给人以“无目”或“无目眹”的错觉。[1]孙诒让推测说：“先郑（指郑司农）云无目眹者，盖谓目缝粘合，绝无形兆，即刘氏所云‘平合如鼓皮’是也。”[2]至于矇与瞍的致盲原因，则既可以是先天性的，也可以是后天的“失明”。不过从外观上看，这两类盲者并不像瞽者那样根本没有眼缝，而是眼球本身出了问题。其中矇者似症状稍轻，眼睛看上去类似常人，但没有视觉功能；而瞍者则眼球损坏，或患白内障之类的致盲眼疾。

弄清了上古关于盲人的分类概念，再去看古书中相对而使用的这些概念，就不至于感到含混不清了。例如《国语·周语》中那一段常为说诗者所引用的话，其中便同时并列出现了上述三种盲人概念：

> 故天子听政，使公卿至于列士献诗，瞽献曲，史献书，师箴，瞍赋，矇诵，百工谏，庶人传语，近臣尽规，亲戚补察，瞽史教诲，耆艾修之，而后王斟酌焉，是以事行而不悖。

这里说的是天子听政的多种多样渠道，作者为了面面俱到，故意角尽罗列、敷陈之能事，甚至不避重复：瞽献曲史献书与瞽史教诲，便是一职而二用。总之在所罗列的十二种信息咨询渠道之中，由盲官主持的就多达五种：瞽献曲、师箴（师亦为盲官，详后）、瞍赋、矇诵和瞽史教诲。面对这么多的盲人职务，后人难免会发问，难道周朝就没有更多的健全人来服务吗？为什么堂堂国君的周围竟好像开了盲人院呢？

在《周礼》一书中可以找到初步的答案。《周礼》传本虽已经汉人修订增删，但其中所记政治制度和设官分职多以周制为本，在理想化的夸大和美化的背后，多少可以窥测到先秦古制的几分真相。同另外两部传世礼经

[1]眹，《说文》训目精，《广韵》训童（瞳）子，《集韵》训目兆。
[2]孙诒让：《周礼正义》卷三十二，王文锦、陈玉霞点校本，中华书局1987年版，第1271页。

《仪礼》和《礼记》相比，瞽盲之人在《周礼》中占有更显赫的地位。《周礼·春官·叙官》云：

大师，下大夫二人；小师，上士四人；瞽矇，上瞽四十人，中瞽百人，下瞽百有六十人；眡瞭三百人。

郑注："凡乐之歌，必使瞽矇为焉。命其贤知者以为大师、小师。"这里所说的自大师至下瞽皆为王朝乐官，规定人数共达 306 人，另外有 300 人之众的眡瞭，也就是专为辅助盲乐师们而设的视力正常的助手。合起来总共 606 人。这样一个庞大的乐队，如放在现代的话肯定会进入吉尼斯世界纪录了。[1] 周王朝设置这样一个以盲人为主的音乐机构，究竟做什么用呢？除了在《有瞽》一诗中已表现的宗庙礼仪上的演出活动外，瞽矇们平时的主要职司是音乐与诗歌的整理及其教育。关于宗教礼仪方面的较重要的活动，由盲乐官的首长"大师"率领而进行，据《春官》所述，有如下几个类型：

大师，掌六律六同以合阴阳之声。……皆文之以五声：宫、商、角、徵、羽。皆播之以八音：金、石、土、革、丝、木、匏、竹。教六诗：曰风、曰赋、曰比、曰兴、曰雅、曰颂。以六德为之本。以六律为之音。大祭祀，帅瞽登歌，令奏击拊。下管播乐器，令奏鼓朄。大飨，亦如之。大射，帅瞽而歌射节。大师执同律以听军声而诏吉凶。大丧，帅瞽而廞作柩谥。凡国之瞽矇正焉。

接下来叙述了位于大师之下的小师协助主管奏乐歌唱的职责。根据前引《春官·叙官》郑注"凡乐之歌，必使瞽矇为焉。命其贤知者以为大师、小师"

[1]1992 年 7 月在西班牙巴塞罗那举行了全世界有史以来最大规模的奥林匹克运动会，在开幕式上演出的音乐工作者总数为 316 人。与中国古代瞽矇乐队相比，不过是小巫见大巫。

的说法，这些被称师的长官原来也是从众瞽矇之中选拔出来的，因而也是盲人。可见周王朝的礼乐活动完全是盲人主宰的天下。他们对中国音乐史和诗歌史的贡献之大，也就可想而知了。《春官》在大、小师之下，又专讲到一般盲乐人的职责：

瞽矇，掌播鼗、柷、敔、埙、箫、管、弦、歌，讽诵诗，世奠系，鼓琴瑟。掌九德六诗之歌，以役大师。

在这些琐碎的措辞背后，可以窥探出盲乐人的三方面工作：乐器演奏、唱歌、诵诗。这三者既有联系又有区别。诗可以合乐而唱，这时三者是结合为一体的；也可以脱离音乐而朗诵，这时的诗又是相对独立于奏乐与歌唱之外的。盲人们不歌而诵的诗有哪些用场呢？一是讽谏劝上，为统治者下察民情风俗和政教得失提供咨询依据，这就是《国语·周语》中说的“师箴、瞍赋、 矇诵、百工谏”。二是记诵国史世表或祖宗谱系，充当神话历史的活的存储记忆库和传声筒，也就是“讽诵诗世奠系”一句所概括的。对此，我将在下一节中做较为详尽的讨论。

二、诗、史同源与盲官记诵制

荷马之后的古希腊诗人品达（Pindar）确认诗歌的功能在于记述英雄们的故事，有时也可附上诗人的一孔之见。他的这一观点是针对荷马而说的。[1]400 年后的古罗马雄辩家西塞罗（Cicero）把品达的见解发展为标准的诗歌定义之一：

[1] 参见阿尔伯特·库克（Albert Kook）：《神话与语言》（*Myth and Language*），美国印第安纳大学出版社 1980 年版，第 9 页。

诗歌是对有用的和值得记忆的事物的记载（Poetry is a record of useful and memorable things）。[1]

这种“诗言记忆”的诗歌观同亚里士多德的“诗言可能发生之事”[2]的观点针锋相对地并存下来，现代派诗人庞德对史诗的定义便是西塞罗诗歌观的现代翻版。庞德在解释他历时 40 余年才完成的反映人类文化史成就的长诗《诗章》（Cantos）时说：“一部史诗就是包含历史的诗。”[3]这话足以说明诗与史的相互认同关系在西方思想史上是源远流长而不绝如缕的。

在中国也可看到相似的情形。《尚书·尧典》首倡“诗言志”之说，《左传》中也有“诗以言志”的话。《庄子·天下篇》则曰：“《诗》以道志，《书》以道事……”司马迁《史记·太史公自序》说：“《书》，记先王之事，故长于政；《诗》，记山川溪谷禽兽草木牝牡雌雄，故长于风。”[4]《诗》《书》所记内容各有侧重，但二者都行使“记”之功用则是相同的。到了隋朝大儒王通著《文中子》，干脆把《诗》《书》和《春秋》同归于“史”了。他说：

昔圣人述史三焉。其述《书》也，帝王之制备矣，故索焉而皆获。其述《诗》也，兴衰之由显，故究焉而皆得。其述《春秋》也，邪正之迹明，故考焉而皆当。此三者同出于史而不可杂也，故圣人分焉。[5]

---

[1] 西塞罗：《Pro Archia》10，转引自乔瓦尼尼（G.Giovannini）：《史与诗》，《普林斯顿诗与诗学百科全书》，普林斯顿大学出版社 1974 年版，第 349 页。

[2] 参看亚里士多德：《诗学》第 9 章，罗念生译，人民文学出版社 1962 年版。

[3] 庞德（Ezra Pound）：《文学论文》，T·S·艾略特编，第 86 页，转引自乔瓦尼尼：《史与诗》，《普林斯顿诗与诗学百科全书》，第 349 页。

[4] 泷川资言：《史记会注考证》卷一百三十，上海古籍出版社 1986 年版，第 2067 页。

[5] 王通：《文中子》卷一《王道篇》，《二十二子》，上海古籍出版社 1986 年版，第 1310 页。

这种以《诗》为史的观点直到清儒章学诚《文史通义·易教上》所言"六经皆史"论，始终试图以史概诗，而不是像庞德那样以诗包（including）史。这或许是中西"诗言回忆"说的细微差异吧。现代学者更有借助于甲骨金文新材料，疏证六书，穿穴六籍，写出以《诗之本质》为题的专论，断言"古无所谓诗，诗即记事之史"[1]。这无疑是以史概诗的传统观点在现代的新发展。钱锺书先生对此质疑说："若此士文所云，古本无诗，所谓诗者，即是史记。则必有诗，方可究诗之本质；诗且未有，性德无丽，何来本质？"[2]钱先生以为古人有诗心而缺史德，史盖由诗出，而非诗由史出。所以与其说"古诗即史"，莫如说"古史即诗"。他分析说："诗者，文之一体，而其用则不胜数。先民草昧，词章未有专门。于是声歌雅颂，施之于祭祀、军旅、昏媾、宴会，以收兴观群怨之效。记事传人，特其一端，且成文每在抒情言志之后。赋事之诗，与记事之史，每混而难分。此士古诗即史之说，若有符验。然诗体而具纪事作用，谓古史即诗，史之本质即是诗，亦何不可。论之两可者，其一必不全是矣。况物而曰合，必有可分者在。谓史诗兼诗与史，融而未划可也。谓诗以史为本质，不可也。"[3]既然史本由诗衍化而出，那么古人为何不说诗言史，而要说诗言志呢？闻一多先生在考察流行的"诗言志"说时发现，古人所谓"在心为志"的说法，最初指的就是藏于心中，也就是记忆的意思，所以志又训记。《礼记·哀公问》"子志之心也"，犹言记在心头。《国语·楚语上》"闻一二之言，必诵志而纳之，以训导我"，谓背诵之记忆之以纳于我。此处"诵志"二字连言可旁证"诗言志"最初指记诵而言。闻先生据此推论说："诗之产生本在有文字之前，当时专凭记忆以口耳相传。诗之有韵及整齐的句法，不都是为着便于记诵吗？所以诗有时又称诵。这样说

[1] 转引自钱锺书：《谈艺录》（补订本），中华书局1984年版，第36、37、38页。
[2] 转引自钱锺书：《谈艺录》（补订本），中华书局1984年版，第36、37、38页。
[3] 转引自钱锺书：《谈艺录》（补订本），中华书局1984年版，第36、37、38页。

来，最古的诗实相当于后世的歌诀，如《百家姓》《四言杂字》之类。就《三百篇》论，《七月》（一篇韵语的《夏小正》或《月令》）大致还可以代表这阶段，虽则它的产生决不能早到一个太辽远的时期。”[1] 这种诗言记忆说在跨文化的视野之下可以得到较为广泛的证明。许多民族最初的历史都是可诵可唱的诗歌体，如我国苗族的《枫木歌》，彝族的《查姆》《阿细的先基》《梅葛》，瑶族的《密洛陀》，拉祜族的《牡帕密帕》，水族的《诘歌》，阿昌族的《遮帕麻和遮米麻》，等等。古希伯来民族最早的一些古书，如《旧约·约书亚记》第 10 章第 13 节提到的《雅煞珥书》（*The Book of Yashar*），《民数记》第 21 章第 14 节引用的《耶和华战记》（*Book of the Wars of Yahweh*）等，都是纯粹的诗体。“《圣经》本身——不是一部书而是近千年的文学汇编——在形式上亦以诗为主体。就内容说它是一个古代民族的三部分历史：《摩西五经》是该族的创业史诗，早期先知书是政治劫难后的最初体验的记录，晚期先知书是内外斗争白热化的戏剧性表现，预言书是抒情诗和哲理箴言，它们在某种程度上续说着巴比伦之囚时期以外的民族史事。甚至连《摩西五经》《约书亚记》《士师记》《撒母耳记》《列王记》《历代志》中的散文体历史，以及《以斯拉书》和《尼希米记》中的故事，都有一种诗的韵律。作为现代小说之前身的《以斯帖记》和《路得记》，在其抑扬顿挫的句式上也近似于诗歌。”[2] 以西方的《圣经》为参照，反观中国最早之经书，属于西周时期的唯有《诗经》《周易》和《尚书》中的某些部分，而这些最早传世的文献亦都有诗的性质，只是程度不同而已。阮元《文言说》便指出，三代之前的作品皆为有韵之文，便于传诵之故也。刘师培亦曾以中国印度相对比，认为印度佛书有三类：一曰经，二曰论，三曰律。“而中国古代书籍，亦大

[1] 闻一多：《歌与诗》，《闻一多全集》第 1 卷，三联书店 1982 年版，第 185 页。

[2]［美］西尔伯萨格（Eisig Silberschlag）：《希伯来诗歌》（*Hebrew Poetry*），普雷明格编《普林斯顿诗与诗学百科全书》，普林斯顿大学出版社 1974 年版，第 337 页。

抵分此三类：一曰文言，藻绘成文，复杂以骈语韵文，以便记诵，如《易经》六十四卦及《书》《诗》两经是也；是即佛书之经类。……后世以降，排偶之文，皆经类也”。[1] 从最早的“经”皆易于记诵之韵语的事实，到瞽矇诵诗传经的传统制度，这其间的潜在关联想必是意义重大和意味深长的吧。它似乎为我们暗示出一个被文明人遗忘已久的、源远流长的瞽矇文化的存在。由此着眼，不仅有助于解答周王朝盲官之盛的现象，而且能更好地把握华夏诗歌早期形态的某些特殊方面。

闻一多说：“一切记载既皆谓之志，而韵文产生又必早于散文，那么最初的志（记载）就没有不是诗（韵语）的了。”[2]“诗即史，当然史官也就是‘诗人’”[3]。这些见解对于重构远古瞽矇文化可谓至关重要。前章中探讨尹寺之源时已经揭明，史官本出于尹，故史官即诗人的命题与尹寺即诗人的命题是两相贯通的。当然，这两个命题都只有限定在诗歌的宗教发生学背景中才不至于趋向极端。如单从或韵或散的形式去看问题，似不能完全说明其真相。简言之，由盲官们所诵的作为史的诗，原本具有神圣性质，在某些情况下甚至是秘而不宣的，与后世歌诀《百家姓》之类不可同日而语。后世典籍中将“瞽史”并称也不是偶然的连言，而因为二者同出一源，其职司乃从神巫祭司那里分化而来。

人类学家们发现，在原始社会中有这样一种奇特的与语词的神秘性质相关的风俗，“这就是在巫术的甚至宗教的仪式中使用的为听众所不懂得、有时连念诵的人也不懂得的歌曲和经咒。为了使这些歌曲和经咒能被认为是有效的，只要它们是按照传统用祭神时的语言口传下来就够了。例如，斯宾塞和纪林指出，在澳大利亚中部各部族那里，‘在祭神仪式的场合中，土人们

[1] 刘师培：《论文杂记》一，《中国中古文学史·论文杂记》，人民文学出版社 1959 年版，第 109 页。
[2] 闻一多：《歌与诗》，《闻一多全集》第 1 卷，第 186、188 页。
[3] 闻一多：《歌与诗》，《闻一多全集》第 1 卷，第 186、188 页。

通常都不知道词的意义，这些词是以不变的形式从阿尔捷林加时代的祖先那里传下来的’”[1]。同样的，在菲吉群岛，在班克斯群岛，在塔讷岛，在新几内亚，祭神仪式上唱的歌也是唱的人所不理解的。这类事实在整个北美都可以见到。如在克拉马特族印第安人那里，巫师所歌咏的是以非常古老的形式和古语所表达的歌曲，常人自然不解其意，巫师们自己即使懂得它们的意义，也往往不愿给予解释。[2]

这些事例表明，源于宗教活动的诗歌原本也是一种特权和专利，这类具有神圣的或神秘性质的诗歌同村夫野老们信口吟唱而出的世俗歌谣本不是一回事。正是在这种特殊意义上才会产生《有瞽》一诗中所反应的，并在《周礼》中得到印证的现象：凡乐与歌，必使瞽矇为焉。

三、记诵、史诗、诗世
——中国“史诗”的特殊性问题

《礼记·礼运》中的一段话便将瞽与宗祝巫史卜筮并列，作为君王的神职辅弼：

故先王秉蓍龟，列祭祀，瘗缯，宣祝嘏辞说，设制度，故国有礼，官有御，事有职，礼有序。……故宗祝在庙，三公在朝，三老在学。王前巫而后史，卜筮瞽侑，皆在左右。

孔疏：“宗，宗伯也；祝，大祝也；……卜筮瞽侑皆在左右者，卜筮主决疑；瞽是乐人，主和也；侑是四辅典于规谏者也。示不自专，故并置

[1] 列维·布留尔：《原始思维》，丁由译，商务印书馆 1981 年版，第 173、174 页。
[2] 列维·布留尔：《原始思维》，丁由译，商务印书馆 1981 年版，第 173、174 页。

左右也。[1]

《礼记·玉藻》中还有“御瞽”之职：“天子……日视朝……动则左史书之，言则右史书之。御瞽几声之上下。”孔疏：“御者，侍也，以瞽人侍侧，故曰御瞽几声之上下。几，察也。瞽人审音查乐声上下哀乐。若政和，则乐声乐；政酷则乐声哀。察其哀乐，防君之失。”照此看来，后人心目中的盲人乐师同左史右史一样，在君主政治体系中早已失去了昔日的神圣性，完全蜕变成为帝王服务的下级仆从了，其由圣而俗的演变轨迹同寺人尹人又何其相似。

尽管如此，史前巫瞽的神秘诵诗行为还是借古老传统的巨大惯性作用一直延续到文明社会的历史深处，甚至体现在正史之中。《后汉书·马廖传》记马廖上疏长乐宫以劝成德政云：“愿置章坐侧，以当瞽人夜诵之音。”注：“瞽人，无目者也。古者瞽师教国子诵六诗。”前书《礼乐志》云：“乃采诗夜诵。夜诵者，其辞或秘不可宣露，故于夜中歌诵也。”[2]

瞽与史同源于巫，他们最初所记诵的诗歌除了与法术思维相应的咒祝祷词一类外，还有神话历史或圣王世系，这一类具有历时性展开的叙事纪年之诗往往发展为两种形态：一是具有神话故事色彩的长叙事诗——相当于西方文论中所说的“史诗”（epic）；二是纯粹编年系谱性的韵文，相当于《周礼·春官》中所说的“讽诵诗，世奠系”。作为正规史书问世以前的“诗史”，这二者具有一个共同的特点，就是宗教性的稽古溯源，从英雄祖先的伟大时代和光荣业绩中汲取力量，寻找典范，获得某种现存秩序的神圣证明。尽管最原始的诗歌并没有明确的抒情或叙事之分别，但是在部落社会中确实可以看到凭借口耳相传的记诵而流传下来的“诗史”之雏形：

澳洲人很崇拜九个属于久远的过去时代的著名诗人的名字。可见诗的重

[1] 阮元：《十三经注疏》，中华书局 1980 年版，第 1426 页。
[2] 王先谦：《后汉书集解》卷二十四，中华书局 1984 年版，第 311 页。

要性，在狩猎民族的意识里早已存在了。这种意义在他们的生活上，诚然没有像在文明民族生活上那么占势力，但是也够强的了。在横的方面，原始的诗虽则缺乏团结同时代的人们的手段，但在纵的方面，仍能联结后代的人，由第一代传给第二代的诗歌和故事中，子孙可以认识他们祖宗的声音；当他们听到他们祖宗的忧患分享他们的感情时，他们就感觉到他们自己是给予他们的个人生活以维护和意义的那个集团中的分子。所以诗歌在这里也尽着他处在人和人之间媒介者的职务。[1]

或许可以说，这种在情感上纵向传播和沟通现存人与祖先之间关系的原始诗歌，在尚没有历史可言的部落社会中正充当着“史”的角色。《有瞽》所反映的以乐和诗歌为主要沟通手段的合祭先祖大典，无疑在功能和形式上都继承着部落社会“诗史”的传统。这种具有追忆先代性质的礼仪活动朝向语言叙述方面的发展，自然会使祭祖颂歌向史诗的方向衍化。我们在《大雅》中看到的《生民》《公刘》《绵》《皇矣》《文王》《大明》六首诗，从相对的意义上说，都是发育不全的史诗性质的作品。某些较《周颂》晚出的颂诗，如《商颂》中的《玄鸟》和《长发》，《鲁颂》中的《閟宫》，[2] 与言简辞质、篇幅短小的《周颂》相比，分明体现出由祭祖歌向先代史事追忆方面的发展演变轨迹。《玄鸟》从玄鸟生商的神话开始，跳跃性地讲述了玄王创业、武王成汤征服四方、武丁进而振兴国家并使四海来朝的史事。郑玄解此诗为祫祭殷王武丁之作，盖与反映周王祫祭典礼的《有瞽》一诗具有同样的仪式背景。《长发》据毛传说为“大禘”用诗，郑笺解释道：“大禘，郊祭天也。《礼记》曰王者禘其祖之所自出，以其祖配之。是谓也。”禘祭所追祭的既然包括了“祖

[1] [德] 格罗塞：《艺术的起源》，蔡慕晖译，商务印书馆 1984 年版，第 210 页。

[2] 毛传以为《商颂》为商代遗诗，三家诗则以为宋襄公时正考父所作。王国维《说商颂》根据新发现的商代甲骨文材料进行对比后发现，卜辞所纪礼俗制度文物于《商颂》中无一可寻，故考定为宋诗，作于《鲁颂》后。见《观堂集林》卷二艺林二。

之所自出”，这就同瞽矇们合乐讽诵的“诗世奠（帝）系”（详后）在历史取向上相一致了。《公羊传·文公二年》云：“禘所以异于祫者，功臣皆祭也。”这就可以说明为什么以禘祭成汤为主旨的《长发》在篇末又附带赞颂了为殷王辅佐的中性人伊尹：“昔在中业，有震且业。允也天子，降予卿士。实维阿衡，实左右商王。”与用于祫祭的《玄鸟》相比，《长发》的“历史”意味似乎更浓，它把稽古考源的触角伸向了商以前的传说时代，从夏王大禹治水定乾坤开始叙述，强调了天帝对殷商诸王的特别照顾，如何使之征服四夷、国祚兴盛。其中按时间顺序述及有娀氏女简狄、玄王契、相土、成汤等几代史事。

《商颂》虽未必为商代的作品，但其中所反映的禘祫类祭祖仪式却无疑由来久远，作为帝王世系与史诗这两类文字作品的温床，禘祫类礼仪活动终于在有周一代滋生出更加趋向于成熟的史诗类作品。《大雅·生民》讲述了类似于玄鸟生商的周族始祖传说，不过姜嫄履迹生后稷的故事相对减弱了神话色彩，更加突出农耕文化对其所赖以生存的谷物种植的崇拜：

诞降嘉种，
维秬维秠，
维穈维芑。
恒之秬秠。
是获是亩。
恒之穈芑，
是任是负，
以归肇祀。

《生民》以始祖诞生传说开始，以农耕生活及农耕礼仪的写实性描述终篇，可以读作一部压缩了篇幅的周族文明前史。接下来的《公刘》一诗以六章的篇幅讲述周族历史上第二位英雄祖先如何在不断探索、反复迁徙之中巩固和发展农耕文化的业绩。《绵》是继《公刘》之后续写第三位英雄祖先古公亶父率领周族摆脱穴居状态而定居周原并创建都邑的事迹。《皇矣》则从太王（即古公亶父）受天命写起，历述太伯、王季之德业和周文王征伐密国与崇国的功业。《文王》与《大明》两诗在时间上与前四首相衔接，分别记述周文王受天命代殷商而王天下和周武王兴师伐殷纣的历史事件。把《大雅》中的这六首诗联系起来看，自后稷诞生至武王伐纣这样一部周族古史的基本轮廓和更替线索还是大致清晰可见的。晚近学者中有一种看法，把上述作品说成是汉民族的上古英雄史诗。[1] 按照西方人的标准定义，“史诗（epic）指在大范围内描述武士和英雄们的功绩的长篇叙事诗，是多方面加以表现的英雄故事，包括神话、传说、民间故事与历史”[2]。《玄鸟》《生民》《公刘》等作品仅就内容上判断与此定义并无太大出入，但从形式和风格方面着眼，似还够不上“大范围”“多方面”和“长篇叙事诗”的标准。因此，较为谨慎的做法是把它们仅仅视为类似于史诗雏形或框架之类的东西，进而探讨史诗发生的一般规律和中国汉族史诗未能成熟的特殊原因。

以上粗略分析已表明了史诗发生与祭祖仪式之间的关系，这种关联使我们自然想到西方人类学派的仪式理论：英国学者拉格莱（Lord Raglan）曾归纳出世界各地的英雄传说共有的22个母题，并将此种类同母题溯源于宗教仪式。[3] 法国的埃米尔·米罗（Emile Mireaux）认为荷马史诗的题材源于春祭仪式，美国的卡彭特（Rhys Carpenter）则多方论证《奥德修纪》出自熊图腾祭仪。英国女学者菲尔波茨（Berta Phillpotts）讨论了北欧《埃达》

[1] 周满江：《诗经》，上海古籍出版社1980年版，第41页；陈铁镔：《诗经解说》，书目文献出版社1985年版，第29—56页；邓乔彬：《从荷马史诗与西周史诗谈中西文学》，《华东师大学报》1986年第6期。

[2] 卡顿（J.A.Cuddon）：《文学术语词典》“史诗”条，伦敦，1979年修订本，第225页。

[3] 参看叶舒宪：《结构主义神话学》，陕西师范大学出版社1988年版，第179—180页。

史诗脱胎于宗教仪式剧的迹象；英国历史学家列维（G.R. Levy）从死而复生神的祭仪出发解释了巴比伦、印度和希腊史诗的原型。英国的另一位文学批评家杰西·韦斯顿（Jessie L. Weston）在著名的《从仪式到传奇》[1] 一书中借助于人类学的视野和材料，详细探究了复活之神祭仪如何催生出叙事文学作品：从中世纪圣杯传说、英雄史诗直到渔王故事和现代派诗作《荒原》。这些着眼于宗教仪式的文学溯源研究虽未必都精当无误，但其视角和立论确实可供我们参考，以便从对照之中理出《诗经》祭祖仪式歌词向史诗演进的线索。

郭绍虞先生是较早用西方的史诗概念反观《诗经》作品的学者。他在1925年的一篇专论中曾做过一种有趣的类比，把风、雅、颂分别视为抒情诗、史诗和剧诗。他这样写道：

自风谣以进于诗，于是自此三种混合的质素趋于分别的发展：由语言的质素以演成史诗（即叙事诗），由音乐的质素以演成乐诗（或抒情诗），更由动作的质素以演成舞诗（或剧诗）。旧时把《诗经》分成风、雅、颂三类，我们若从大体上观察，则雅似近于史诗，风可以当抒情诗，而颂字训容，又相当于剧诗。[2]

就与歌谣一类“俗诗”相区别的“圣诗”的起源来看，脱胎于仪式表演的颂诗明显具有发生学上的优先性，因为如导言中所论，动作符号是其他一切符号活动的基础和源头。《诗经》中的颂诗虽为周初的产物，但祫禘等类礼仪活动却可上溯于殷商乃至更早的史前宗教。雅诗产生于颂诗之后，从

[1] 韦斯顿：《从仪式到传奇》（*From Ritual to Romance*），纽约，佩特·史密斯出版公司 1941 年版（初版于 1920 年）。

[2] 郭绍虞：《中国文学演化概述》，《文艺》第 1 卷第 2 期，河南开封中州大学，1925 年，收入《照隅室语言文字论集》，上海古籍出版社 1985 年版，第 15 页。

篇幅和叙事成分的增加上都可看出表演性的剧诗唱词如何借语言叙述功能的展开而向史诗的方向演进。不过，这种演进由于未能脱离仪式而受到限制，所以不可能驰骋自由想象，发展出成熟的大史诗。孙作云先生曾对《大雅》中的10篇作品——《生民》《公刘》《绵》《文王》《皇矣》《灵台》《思齐》《大明》《下武》《文王有声》——做逐一考察，论证这些诗全是追祀先公、先王、先妣的祭祖歌，歌词本身常言及祭祀礼仪，如《生民》有一大段描述“诞我祀如何”的场景；《文王》开篇讲“文王陟降，在帝左右”，已显示了祭祀的性质；《思齐》中的“肃肃在庙”，《灵台》中的灵台、辟雍，都是祭仪所举行的场所。《灵台》谈到“矇瞍”奏乐，与《周颂·有瞽》十分相似，是祭仪的前奏曲。除了这10首之外，《大雅》中的《行苇》《既醉》《凫鹥》《假乐》《棫朴》《旱麓》《泂酌》共7首也都是祭祀歌。[1]这种论证为我们探讨上古诗歌的仪式发生问题开辟了道路，对于雅诗为何“只是具有史诗苗头或趋势”[2]的现象也可提供较为间接的说明。

从剧诗（颂）舞诗过渡到叙事性的史诗（雅），这一过程不仅在理论上符合发生学原理，而且也同原始诗歌的发展实际相吻合。《原始歌谣》的作者鲍勒指出：原始人尚没有朝着全然的叙事诗体发展，不过要追寻散文体故事的根源的话，还是可以追溯到那些讲述精灵或祖神的插话的歌，虽然这些插话还不足以形成完整的叙述故事。完全的叙事诗体出现于保存下来的最早的文献中，它们的产生或许是这样的：原来在仪式歌（ritual songs）中戏剧性地演示的故事现在用韵文来表达并且得到客观记录，而用韵语讲述本来就是讲故事的古老传统中的一个组成部分。[3]

---

[1] 孙作云：《论二雅》，《诗经与周代社会研究》，中华书局 1979 年版，第 343—402 页。

[2] 张松如：《中国诗歌史论》，吉林大学出版社 1985 年版，第 13 页。参看公木（张松如）：《中国古代没有民族史诗吗》，《文史知识》1985 年第 4 期。

[3] 鲍勒（C.M.Bowra）：《原始歌谣》（*Primitive Song*），伦敦，威登菲尔德与尼柯尔森出版公司 1962 年版，第 56 页。

值得注意的一个问题是，《诗经》中所保存下来的中国上古仅有的类似于“史诗”的作品与主管礼乐和诵诗的瞽矇们之间的特殊关系。在西方，盲诗人荷马所传下来的两大史诗不仅家喻户晓，而且成为文明、思想、教育的宝藏和源头。荷马的名字也由此而成为百代景仰的偶像。而在中国，盲乐师传诗的远古传统同样存在而且延续到文明史中更深更久，但却未能产生在叙述规模上足以和《伊利亚特》《奥德修纪》相提并论的宏大史诗。王国维以来的中国学人大都对此深以为憾，西方汉学家在这一点上也颇感惊异。詹姆士·罗伯特·海托华说：“在中国文学中可以看到欧洲文学中所有重要的体裁，惟有史诗例外。”[1]

对此，我曾在另外的著述[2]中给予了反驳，并尝试重构出与华夏农耕社会的文化范式相应的已失传的史诗之构架。在这里，仅就盲乐师制与“史诗”的关系再略加申说。瞽矇既然是国家各种重大礼仪活动中奏乐歌诗的主体，那么他们在祭祖歌向“史诗”的转化过程中当然也会起到举足轻重的作用。换句话说，《大雅》中记叙周族祖先开国创业历程的六首诗想必是盲乐人们在重要场合集体唱诵的作品。这些诗之所以未能完全发育成熟，达到严格意义上的史诗的程度和境界，同传唱者们的身份与职责是有密切相关的。同为记忆力超群的盲者，荷马是民间的流浪艺人，或者说是无数云游四方的盲乐师所汇成的史诗演唱传统中的佼佼者，他们个人性的传唱过程本身也是对原作进行再加工再创造的机会。经过一代代的流传和不断增饰改造，他们口中的作品远在文字记录之前便已像滚雪球一样膨胀起来，使语言的叙述功能的新发展同神话时代的想象力相得益彰。而周代的盲人乐师们却身为脱离了民间艺人传统的王室御用者，他们的职责规定了他们只能服务于国家礼仪活动

[1] 海托华（James Robert Hightower）：《世界文学背景中的中国文学》（*Chinese Literature in the Context of World Literature*），《比较文学》第2卷，俄勒冈，1953年，第120页。

[2] 参看叶舒宪：《英雄与太阳——中国上古史诗原型重构》，上海社会科学院出版社1991年版。

或官方教育。而仪式上的合乐演唱与无乐朗诵都严格按照程式规定的要求，这就根本限制了个人想象力和创造力的发挥余地，使作品始终保持在完整而封闭的整齐划一状态，不会由枝蔓的叙述和粘连的插话（这些特征在印度两大史诗和我国少数民族史诗中表现得十分明显）而扩展开来。况且，按照《周礼》的说法，瞽盲乐师们的活动完全是大规模集体行动，上有大小师的督导监控，下有眡瞭的协助配合，他们的演奏和歌诵只能是机械性的复制，绝不会如荷马那样随兴发挥。简言之，中西盲诗人之间的差别似乎是匠人和艺术家、团体与个体之间的差别，无怪乎瞽矇乐人在古书中又被称为“工”或“乐工”，这可以说是官方御用体制对原始瞽矇文化传统的毁灭性改造吧。其不利于大史诗产生的原因还有待于进一步思考。

盲乐人和盲诗人被官方召集在一起充当记诵之工具，其所记诵的具有国史性质的韵文之一是帝王世系，《周礼》中或称之为“诗世”，这大概也是匠人气重而艺术性差的准史诗一类的东西吧。前引《周礼·春官》“瞽矇掌……讽诵诗，世奠系”一句郑注：

讽诵诗，谓暗读之，不依咏也。故书（指古本《周礼》）奠或为帝。郑司农云：“讽诵诗，主诵诗以刺君过，故《国语》曰‘瞍赋矇诵’，谓诗也。”杜子春云：“帝读为定，其字为奠，书亦或为奠。世奠系，谓帝系，诸侯卿大夫世本之属是也。小史主次序先王之世，昭穆之系，述其德行。瞽矇主诵诗，并诵世系，以戒劝人君也。故《国语》曰‘教之世，而为之昭明德而废幽昏焉，以怵惧其动’。”玄谓讽诵诗，主谓瘢作柩谥时也。讽诵王治功之诗，以为谥。世之而定其系，谓书于世本也。虽不歌，犹鼓琴瑟以播其音，美之。[1]

[1] 孙诒让：《周礼正义》卷四十五，中华书局，第1865页。

这里所说的“帝系”“世本”等准史诗性的作品也许因靠记诵而传，与古诗三千一样只听到古人不断提起，却未有写定本流传下来。《大戴礼记》第六十三篇说到“帝系”，记黄帝至禹世系所出。《汉书·艺文志》记有“世本十五篇”，或许是同类作品著于竹板者，今不存。《史记索隐》引刘向曰：“世本，古史官明于古事者之所记也。录黄帝以来帝王诸侯及卿大夫系谥名号，凡十五篇。”大约在最初的史官记录这些古事之前，所谓世本只不过是靠盲诗人死记硬背下来的“诗世”，那时尚谈不上文字，更无“本”可言。从内容上看，把战国以前文献中从未言及的黄帝作为帝系的始祖，这也是后人伪托的神话历史，性质介乎纯神话性的赫西俄德《神谱》和半神话性的《苏美尔王表》之间，正像《旧约·创世记》中所开列的挪亚世系吧。清儒郑锷提出，“讽诵诗，世奠系”一句的断句应为“讽诵诗世，奠系”。孙诒让以为这种断法“亦足备一义”，并援引古书为“诗世”连言为词的用法寻找旁证，他说：

讽诵诗世，即后杜注所谓主诵诗并诵世系也。《大戴礼记·卫将军文子篇》云：“卫将军文子问于子贡曰：‘吾闻夫子之施教也，先以诗世。’”此诗世连文之证。《楚语》申叔时语，亦以“教之世”与“教之诗”并举，世谓若后世之史书，与《诗》二者皆讽诵之也。若然，下文“奠系”，即《小史》之“奠世系”。或以上言诗世，故下句省世字；亦以世系义同，不烦区别与？云“小史主次序先王之世，昭穆之系，述其德行”者，《小史》云“奠世系，辨昭穆”是也。述其德行，谓纪述于书，以授瞽矇，使讽诵之，故《国语·鲁语》云“工史书世”，韦注云：“工诵其德，史书其言。”彼工即谓乐工，明与史官为官联也。[1]

[1] 孙诒让：《周礼正义》卷四十五，中华书局，第1867页。

孙氏在此把“讽诵诗世”后的“奠系”看作是“奠世系”的省字，实不如当作“帝系”的借字为妥。郑注引杜子春语已揭明帝奠二字通用之例，再依照郑锷纠正后的标点法，“诗系”与“帝系”均作名词，并列为瞽矇“讽诵”的宾语对象，上下文义豁然贯通，可知诗世、帝系虽不如《诗三百》那样可歌唱，还是可以在琴瑟伴奏下朗朗上口地背诵的韵语。而且诗世以“诗”为名，以祖先世系为内容，可谓亦诗亦史，与《大雅》中叙先王业绩的六首“史诗”相去不会很远。这又是“诗言志”即“诗言记忆”说的很好佐证，同时也再次证明了乐工瞽瞍与史官同源于巫师祭司的假说。

顾颉刚先生曾针对《国语·晋语》中两次说到“瞽、史之纪”的情况推测说：

盖瞽有其箴赋，史有其册书，容有同述一事者，如《牧誓》之与《大明》《閟宫》之与《伯禽》然，故合而言之耳。

又此两种人同为侯、王近侍，多谈论机会，自有各出所知以相薰染之可能，其术亦甚易相通。故《太誓》，史也，而《孟子·滕文公下》录其语曰：“我武惟扬，侵于之疆，则取于残，杀伐用张，于汤有光”，《墨子·非命下》亦录其辞曰：“天有显德，其行甚章，为鉴不远，在彼殷王：谓人有命，谓敬不可行，谓祭无益，谓暴无伤。上帝不常，九有以亡”，其文皆若诗，若箴，岂复誓师之辞，盖史之所作而瞽之所歌也；不则瞽闻其事于史而演其义于歌者也。[1]

从瞽与史的职能交叉上着眼，还可进而理解为什么许多上古著作亦可在不同程度上显出诗的特点，而《诗》中的个别作品却又接近无韵之史。王

[1] 顾颉刚：《左丘失明》，《史林杂识》，中华书局1963年版，第224页。

力先生说：“《诗经》是有韵的。除《周颂》有几篇无韵诗以外，都是有韵诗。但是我们现在读起来，很多地方都不像是有韵，这是由于语音经过了长期的历史演变，今音不同于古音，我们拿现代的语音去读2000多年前的古诗，自然会有许多地方不能合辙了。”[1]王力所倡导的以古韵读古诗的方法，清代语音学家们已借以去考察非诗体的古书用韵之例了。如邓廷桢（嶰筠，1775—1846）《双砚斋笔记·古人用韵不必诗歌》条下云：“古人用韵文字，不必诗歌也。特不知古韵，乃读之不觉耳。如《曲礼》：‘俨若思，安定辞，安民哉。’思辞哉为韵。‘若夫坐如尸，立如斋’。尸斋为韵。‘冬温而夏清，昏定而晨省，在醜夷不争’。清省争为韵。‘听于无声，视于无形’。声形为韵。‘将适舍，求毋固’。舍固为韵。‘将上堂，声必扬’。堂扬为韵。……”[2]类似的用韵情形，邓氏一连举出百余例，足证《礼记》当初亦可讽诵，盖与瞽矇传统有一定关联。邓氏后来又写有《周官多韵语》《仪礼多韵语》和《诸子多有韵之文》三篇笔记[3]，特别强调《老子》用韵之密几不亚于诗。这使人想起老子遣词造句与《周易》相关的事实，[4]可进而推测此二书与巫史瞽矇传统关系密切。顾颉刚先生又论及瞽史不分现象说：“《楚辞》之《天问》，《荀子》之《成相》，《大、小雅》及《三颂》纪事之篇章，诗也，而皆史也，非瞽取于史而作诗，则史袭瞽之声调、句法而为之者也。观于《洪范》之‘无偏、无党’，《墨子·兼爱下》引之作《周诗》，《小雅》之‘如临深渊’，《吕览·慎大》引之作《周书》，则史与瞽之所为辄被人视同一体，不细加分别可知也。”[5]顾氏的这一见解与邓廷桢的微观用韵分析可收相互阐发之效，使我们对于瞽矇传诵的对象从单纯之诗扩展到一切有

[1] 王力：《诗经韵读》，《王力文集》第六卷，山东教育出版社1986年版，第3页。
[2] 邓廷桢：《双砚斋笔记》卷一，冯惠民点校本，中华书局1987年版，第20—21页。
[3] 邓廷桢：《双砚斋笔记》，卷一，卷三。
[4] 参看杜而未：《老子的月神宗教》第5编第2章，台湾学生书局1984年版，第132—138页。
[5] 顾颉刚：《左丘失明》，《史林杂识》，中华书局，第224—225页。

韵之文体。

通过以上的论述，我们对于诗与史的同源异流关系似可得出如下新的看法：第一，诗史同源的根本原因，若从赋诗者或记事者的主体方面去看，应当落实到瞽矇这一类盲目的原始神职人员身上。换句话说，最初的仪式唱诵者由盲乐师担任，他们既是诗的传人，又是史的传人。他们之所以身兼此二任，主要由于卓越的听觉感受和记忆能力。因为在前文字阶段，信息传递和记述主要依靠口和耳。第二，史的观念从诗的母胎中孕育而出，最终获得独立发展，这一演变的契机乃是文字的普遍应用。也只有当诉诸视觉的文字符号取代了原来的听觉语音符号而成为“记忆”的新载体时，史官才会在盲乐师团体之外获得职务上的自立。古书中之所以常见“瞽史”连言之例，一方面表明了二者的发生学关联，另一方面也无声地暗示出了瞽在先史在后的发生学顺序。

四、鼓乐与诗舞
——从《那》看商代声教之盛

《有瞽》所描绘的祭祖仪式上的用乐程序并不完全是周代人的新创，因为商周两代在礼乐制度风俗方面既有区别又有联系。在殷商时期，作为属国的周人不可能不接受高度发达的商代音乐文化的渗透和影响。姚际恒在《有瞽》诗后评语中写道：“此诗微类《商颂·那》篇，固知古人为文亦有蓝本也。”[1]这是把《商颂》看作商代之诗，认为周人作《有瞽》效法了《那》一诗。尽管《商颂》实际出自春秋时期的宋国，但宋人作为商之遗民，自然会较多地保存先周时代的礼乐风俗制度。[2]作为祭商汤的乐歌，《那》虽未必是周人祭祖歌《有瞽》之蓝本，但其中所追述的商代礼乐演奏情况，毕竟有其真

[1] 姚际恒：《诗经通论》卷十七，顾颉刚标点本，中华书局 1958 年版，第 339 页。
[2] 参看叶舒宪：《中国神话哲学》，中国社会科学出版社 1992 年版，第 282—283 页。

实可信的一面。兹引录《那》及杨公骥先生的白话译文如下：

猗与那与，	阿啊哪啊！
置我鞉鼓。	立起我们的鞉鼓。
奏鼓简简，	敲起鼓来声简简，
衎我烈祖。	娱乐我们显烈的先祖。
汤孙奏假，	成汤子孙祭祖求福，
绥我思成。	赐我顺利而功成。
鞉鼓渊渊，	鞉鼓声填填，
嘒嘒管声；	嘒嘒吹管声；
既和且平，	音乐既谐调又和平，
依我磬声；	依着我的击磬声；
于赫汤孙，	显赫啊，成汤子孙，
穆穆厥声。	唱出庄严的歌声。
镛鼓有斁，	敲钟击鼓声铿锵，
万舞有奕。	跳起万舞真雄壮。
我有嘉客，	我有嘉客助祭享，
亦不夷怿！	岂不也在乐洋洋！
自古在昔，	自古时，在从前，
先民有作：	先人有遗训：
温恭朝夕，	终日温恭敬上天，
执事有恪。	祭祀祖神要诚恳。

顾予烝尝，　　　神灵下顾我们的祭飨，

汤孙之将。　　　成汤子孙献上祭觞。[1]

这首诗毛、韩皆以为是祀成汤之乐词。魏源、王先谦等皆认为宋国人追祭祖先而作。杨公骥从诗的内容着眼，指出祭礼开始以歌舞娱祖先神：敲鞉鼓、击磬、吹管、扣钟，商族子弟唱歌跳舞，最后才献上祭品牺牲，这和《礼记》所言商人先奏乐后出迎牲的说法吻合，"这里反映了商族的礼俗和祭祀情形"[2]。笔者以为，假如我们暂且避开《那》是商诗还是宋诗的无休止争执，从它所表现的以乐声为主要手段的祭祀礼仪特征着眼，自不难看出它与《有瞽》所描述的周代礼乐之间的一脉相承关系，进而为推考瞽矇乐师制的先周渊源找到合理的依据。

人类学家指出，在发达文化出现前，人类交际和信息传播主要有两大原则：听觉方法和视觉方法。利普斯写道：

最简单的交际媒介当然是语言，传递消息的其他听觉方法是由语言发展出来的。与听觉方法相对照的是传播消息的视觉方法，它的发展导致了文字的发明。我们今天所用的无线电和报纸，尽管方法十分完善，仍然要通过耳和目起作用。这是传达消息的两项原则。这两项原则从很早时期即服务于同样的目的。我们发现，原始通讯中听觉方法（语言和声音）多由领域狭小的社会所采用，而视觉方法主要发现于占有广大空间的部落之中。[3]

就宗教仪式上的信息传递来看，商代以歌舞为主的表演方式实际上结合

[1] 杨公骥：《中国文学》第 1 分册，吉林人民出版社 1957 年版，第 106、107 页。
[2] 杨公骥：《中国文学》第 1 分册，吉林人民出版社 1957 年版，第 106、107 页。
[3]［德］利普斯（Julius E.Lips）：《事物的起源》，汪宁生译，四川民族出版社 1982 年版，第 218 页。

了听觉（乐与歌）与视觉（舞容）两种原则，而当时已经获得应用的发达的视觉符号——文字却没有在祭仪上发挥作用。《有瞽》和《那》中都突出表现了传达声音符号的乐器鼓的作用，这也是人类最早使用的非语言交际工具。根据“小师掌教鼓、鼗，眡瞭、瞽矇掌播鼓”[1]的说法，可知盲乐人是击鼓与教鼓的专职行家。他们敏锐的听力足以使轻重缓急变化多端的鼓点构成一种特殊语言。有报告说，在西非、南美、新几内亚的原始农业社会，鼓构成一种文化特征：“由于鼓槌大小和鼓手所用力量之不同，可以发出高低不同的声音，结果便有可能发展出无穷无尽的密码系统。”[2]部落首领所掌握的大鼓往往成为权力的象征，按规定设置在村头或中心广场上，有如一个地方“电报局”，“所有重要消息都从那里传播给全体居民”[3]。作为神圣权力象征的铜鼓至今在中国南方少数民族文化中仍有突出表现，而世界上最早的文明城邦之一——苏美尔的乌鲁克城也是以圣鼓著称于世的。史诗《吉尔伽美什》中写到城邦领袖利用鼓声作为语言而凌驾于全民之上、行使初夜权的情形：

拥有广场的乌鲁克王吉尔伽美什，
为娶亲他设了鼓，随心所欲；
连那些已婚的妇女，
他也要染指。
他是第一个，
丈夫却居其次。[4]

[1] 王先谦：《诗三家义集疏》卷二十八，引胡承珙语，中华书局1987年版，第1097页。
[2] 利普斯：《事物的起源》，汪宁生译，第221、223页。
[3] 利普斯：《事物的起源》，汪宁生译，第221、223页。
[4]《吉尔伽美什》，赵乐甡译，辽宁人民出版社1981年版，第30—31、第16—17页。

史诗中还有两次提到统治者的鼓的作用：

他的鼓，能使伙伴奋臂而起。[1]

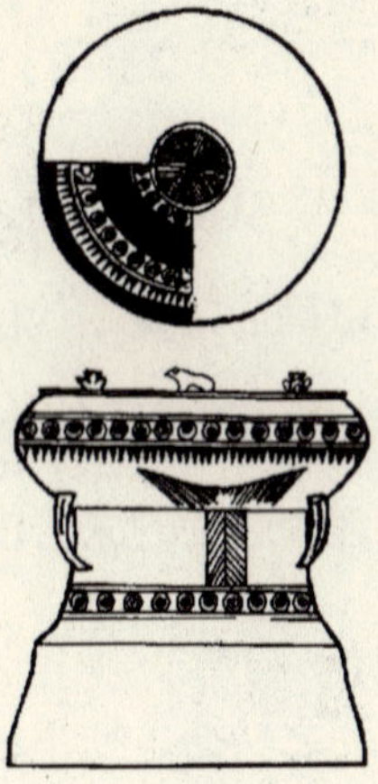

图 13　云南晋宁出土铜鼓

苏美尔城邦是在典型农业文化基础上建立起来的人类最早的文明城邦，已发明了楔形文字书写系统，但依然沿用原始的听觉通信方式。这正如利普斯所推断：直到今天，许多文明社会乡村所用的通信方法仍和原始民族类似。当村镇传呼员摇铃把村民们召集在一起去听市议会的公告或宣布召开下次会议时，所用的方法正与新几内亚、非洲、南美的土著居民通信系统相同。[2] 我国社会学家费孝通也说过，“在乡土社会里不用文字绝不能说‘愚’的表现”，他对用“文盲”这样的贬词来称呼不识字的人也持保留态度，希望人们多注意无文字社会中特殊的交际渠道：“在乡土社会中，不但文字是多余的，连语言都并不是传达情意的唯一象征体系。”[3] 研究日本民间文学传承的柳田国南先生谈起日本八丈岛女艺人时也提到了两种传播渠道的不平衡现象，以及盲人对此所起的重要作用：

再以《保元物语》为例，只要是考虑过此种文艺的起源的人就谁也不会否认，从一开始就有默着背诵、嘴上说着、手舞足蹈着的类型和将文字记载的东西用眼睛看着读念给大家听的两种不同类型。不言而喻，前者多且属主

[1]《吉尔伽美什》，赵乐甡译，辽宁人民出版社 1981 年版，第 30—31、第 16—17 页。
[2] 利普斯：《事物的起源》，汪宁生译，四川民族出版社 1982 年版，第 219 页。
[3] 费孝通：《文字下乡》，《乡土中国》，三联书店 1985 年版，第 8—14 页。

要。据说，《平家物语》是为盲人而写作的，朗朗上口，从耳可以接受是其特点，至于游方的女子，大约也多属文盲吧。从绘图册上的风俗画可以看出，将谱台、书架等摆在身前的连一例也没有。即便是女说书家在书桌上放了一本“书”，也是仅作为道具，如果她不靠提词就讲不下，便根本无法登台。这一“暗诵”的技能，没有传到冲绳，只有八丈岛局部地区有些传来的痕迹。[1]

从柳氏所描述的“暗诵”者如何借助于手舞足蹈的表演方式来说书，可以确信这是古代仪式性歌诗传统的余绪和回响，从而理解声音为何比书面文字更能占据民间传承的主导位置。回过头来再读《有瞽》和《那》或许能有理解之后的深层感觉吧。

方玉润曾针对《那》诗提出过一个有心的问题：“然诗虽祀汤，而不言汤之功德，独举鞉鼓管磬庸鼓之声与《万舞》之奕者，则又何故？”[2] 对这一问题的解答势必把我们的注意从单纯的交际手段问题引向宗教学与音乐学的交叉领域，去揭示作为人神之间特殊交际“语言”的音乐及乐器问题。在《符号：语言与艺术》一书中，笔者曾针对格罗塞关于音乐起源于非功利的审美目的的理论提出反驳，论证了音乐与乐器皆产生于现实交际需要的观点，并侧重说明了音乐神赐说中的宗教蕴含：希腊神话把乐器的最先发明权赋予了众神的使者赫尔墨斯（Hermes）是值得注意的。这位掌管神灵之间和生死两界之间通信交际的使者同时也是字母、数字、乐器等文化因子的创始者。与希腊神话相似的是，各民族神话都把音乐发明权归于远古之神或圣人。中国古代有“伏羲氏作瑟，造《驾辩》之曲（《楚辞·大招》王逸注）的记载，有夏禹之子启从天神处带回九辨九歌（《山海经·大荒西经》）的说法，也有黄帝命伶伦定乐律，造成十二律管的传说(《吕氏春秋·仲夏记·古乐篇》)。

[1] 柳田国南：《传说论》，连湘译，中国民间文艺出版社 1985 年版，第 110 页。
[2] 方玉润：《诗经原始》卷十八，中华书局 1986 年版，第 644 页。

这些都表明音乐能够沟通圣俗二界并维系神人关系的特殊“语言”功能。[1]《诗经》中敬神祭祖的仪式歌词之所以反复强调乐器的设置和奏乐的程序，无疑同当时实用性的宗教音乐观有内在联系，同盲乐师制的宗教根源也有联系。且看方玉润对问题的答复：《那》“全诗辞意与周之《有瞽》备举诸乐以成文者，亦复相类。第彼以作乐合祖，‘永观厥成’，是乐之终；此以声音诏神，冀其来享，是乐之始。而又曰：‘绥我思成’者，是求神虽以声为先，而格神仍以思作主耳。”这里谈及了“声”与“思”在同超自然界相交通过程中的连带关系及作用。对于信仰“祭如在”的古人来说，此种因“声”而“思”神的方式是盲乐师制宗教起源的很好说明。陈际泰说：

商人尊鬼而尚声。声者，所以诏告于天地之间。声召风，风召气，气召神。惧其杂而集焉，则有汤孙之思矣。思者，气之精者也。鬼神非其类也，不至；心有精气而借声以召之，神无不格矣。[2]

这段分析从信仰基础方面揭示了音声何以能够沟通人神的原因，同本书导言所论最早的宗教活动形式法术舞蹈相联系起来看，乐、舞与诗的三位一体关系似可作为法术活动的史前遗留物。当法术信仰被神灵信仰逐渐取代的时候，本来用于投射主体意愿、干预自然界的乐舞活动及相关咒词便开始为沟通人神关系服务，并因此而衍化出新的祝颂祈祷仪礼形式。在从法术到宗教的这种转化过程中，音乐的作用在三位一体关系中显得更为突出和重要，而乐器作为唯一可以物化的礼仪用具之一，也成了宗教权力的象征。这种情况在中国音乐考古学的晚近重要发现中得到了实物的证明：从河南安阳出土的新石器时代古磬到近年来陆续发现的巨型编钟，均可显示乐器在古代作为

[1] 俞建章、叶舒宪：《符号：语言与艺术》，上海人民出版社 1988 年版，第 110—111 页。
[2] 转引自方玉润：《诗经原始》卷十八，中华书局 1984 年版，第 645 页。

宗教礼器的神圣价值。《商颂》诸篇以专写礼仪用乐的《那》为首篇，确如方氏所言，“音声之道，岂不微哉？”

从乐舞与诗的不可分割的发生学联系出发，便能更好地理解瞽矇掌乐又掌诗这一现象的宗教根源。关于诗歌、音乐与舞蹈三者的原始统一性，历来为中外学者所首肯。英国人类学家安德鲁·兰所著《民歌》开篇写道：“民歌（Ballad）这个字是从古法文 balier（跳舞）一字变出来的，原意是歌舞队对于合节拍的运动所唱的歌。”[1] 这一语源学上的证据已经表明最初的诗歌是同乐舞密不可分的。清代学者阮元通过对《诗经》中最古的部分“颂”的语源学考释，得出了与西方类似的结论：“颂”即容也，“三颂各章皆是舞容，故称为‘颂’。”[2] 原始文化方面的报告也不约而同地说明，歌与舞向来是融而难分的统一体。“没有音乐伴奏的舞蹈，在原始部落间很少见，也和在文明民族中一样。‘他们从来没有歌而不舞的时候，也可以反转来说从来没有舞而不歌的’，挨楞季希对于菩托库人曾经说，‘所以他们可以用同一的字样来称呼这两者’。爱斯基摩人常用唱歌和打鼓来伴舞，而且音乐还在表演中占着这样重要的地位，使得他们不叫那跳舞的建筑为舞场，而叫为歌厅（quaggi）。明科彼人的舞蹈节，也一样的可以当作音乐节。他们的准备工作主要是在练习舞蹈时用的独唱和合唱。澳洲男人们跳‘科罗薄利’（Corroborry）舞时由本族的女人们组织乐队；布须曼人跳舞时运动和着旁观者打鼓和唱歌的拍子。”[3] 从这些实例中可见鼓作为歌舞伴奏的主要乐器，应用得多么普遍。这也让人联想到《诗经》本身显示的乐舞迹象。

《诗经》中共有 22 首诗 41 次直接写到“鼓”，其中 160 首风诗提到“鼓”的仅有 5 首；而 145 首雅诗颂诗却有 17 首写了“鼓”。这似乎暗示了雅颂比

---

[1] 安德鲁·兰（Andrew Lang）：《民歌》（*Ballad*），家斌译文，见《歌谣》周刊第 18 号，北京大学歌谣研究会，1923 年。

[2] 阮元：《释颂》，《揅经室一集》卷一，见《四部备要》。

[3] 格罗塞：《艺术的起源》，蔡慕晖译，商务印书馆 1984 年版，第 214 页。

风而言，同乐舞有着更加密切的联系。在写到“鼓”的诸篇之中，一个常见的语词模式是鼓钟连言，如：

钟鼓既设（《小雅·宾之初筵》）。

鼓钟于宫（《小雅·白华》）。

钟鼓既戒（《小雅·楚茨》）。

鼓钟将将（《小雅·鼓钟》）。

鼓钟喈喈（同上）。

鼓钟钦钦（《小雅·鼓钟》）。

鼓钟伐鼛（同上）。

钟鼓乐之（《周南·关雎》）。

子有钟鼓（《唐风·山有枢》）。

美国西雅图华盛顿大学的王靖献博士著有《钟与鼓，诗经作为一种口述传统的套语诗》[1]一书，从《诗经》中提到的各种乐器入手，指出早期中国诗歌不是书面上欣赏的，而是在乐队伴奏中演唱的，其中最常用的两种乐器乃是钟和鼓。说唱形式表明《诗经》最初传承于人们的口耳之间，后来经歌手和乐师们的加工精炼，到孔子时代基本定型。作者希望，他的研究能给读者一个动态的用听觉来感受的诗歌形式。王靖献的研究导师、美国加州大学的陈世骧更注重钟和鼓这两种打击乐器在《诗经》中的反映，强调打击乐的运用在

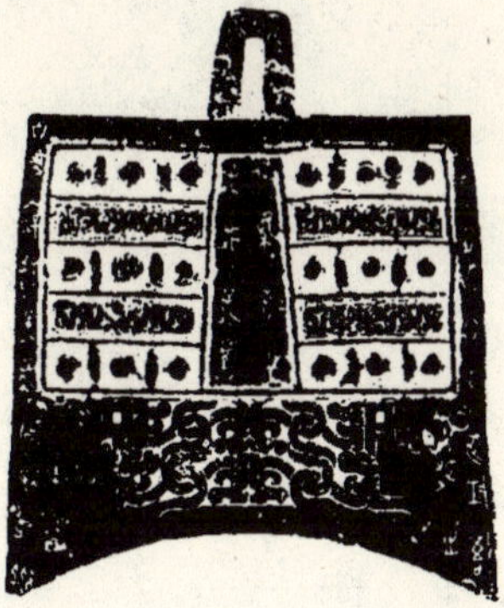

图 14　六合程桥 1 号望墓编钟铭文拓片

[1]*The Bell and the Drum: Shih ching as Formulaic Poetry in an Oral Tradition*, University of California Press, 1974.

于突出节拍、节奏感，这乃是舞蹈的乐感基础。因而《诗经》不仅是歌唱的，也是舞蹈的。陈氏写道："诗中提到现实生活里的舞踊活动是一回事，诗法源于舞踊节奏而内容却可与现实生活的舞踊无关又是一回事。我们相信《诗经》里 的作品继承了更古老更原始的舞踊精神。"[1] 他还举出《墨子·公孟篇》中有关"诵诗三百，弦诗三百，歌诗三百，舞诗三百"的说法作为旁证，认为："传统的学者认为墨家此语颇带讥诮之情，显然对孔门文学观并不同情，此或许是夸张之说。无论如何，'舞诗三百'等上下文指出一个事实：当时人提到'诗'的时候，诵咏、音乐、舞蹈皆与诗有关，由此我们可以追溯诗的原始意义，探讨构成《诗经》一体的共同基础，把注意的重点放在纪元前六世纪以前发展方向的研究。"[2] 对于王、陈二氏的这种研究，香港中文大学的周英雄先生曾给予"文学考古"之称，并认为这代表着一个有效的新领域。[3]

借助于此种"文学考古"的观点，笔者拟进而说明瞽矇在乐舞诗三位一体现象中的核心主体作用。这类盲人乐诗对音乐与诗歌的特殊贡献，因有《周礼》官制的明文记载而无可怀疑，唯一尚待证实的是这些"几声之上下"的瞽人是否同样具备舞师的资格和舞蹈的能力。

前文已论及瞽与史同源出于巫，而巫与舞二字同源互训的事实已为学者们所公认。[4] 由宗教学的眼光去看，巫师跳舞与瞽人奏乐兴歌同样是交通人神的必要符号手段。王逸《楚辞章句·九歌序》云："昔楚南郢之邑，沅湘之间，其俗信鬼而好祀。其祀必作歌鼓舞以乐诸神。"就符号形式上的差异来说，巫舞以身体的动作和手势、面部表情等为活动的无声符号，而音乐歌

[1] 陈世骧：《原兴：兼论中国文学特质》（*The Shih-Ching: Its Generic Significance in Chinese Literary History and Poetics*），"中央研究院"《历史语言研究所集刊》第 39 页，台北，1969 年。王靖献译文，见《中国现代文学批评选集》，联经出版公司 1976 年版，第 9—48 页。

[2]《中国现代文学批评选集》，第 15 页。

[3] 周英雄：《赋比兴的语言结构》，《结构主义与中国文学》，台湾东大图书公司 1983 年版，第 142 页。

[4] 参看章太炎：《文始》，浙江图书馆影印手稿本，第 19 页。陈梦家：《商代的神话与巫术》，《燕京学报》第 20 卷，1936 年。

唱则以声音为符号，这二者的组合自然会产生最充分的效果。现代汉语中“鼓舞”一词从其合成要素上看，不正是亦鼓亦舞的意思吗？当代民俗研究者在实地观察后发现：“巫舞的手势就是在举行祈祷祭祀礼仪时作为人与神、神与鬼、鬼与人相互沟通的媒介，传达信息的外在符号，表达思想感情和意图的图像标记。”[1] 周策纵先生通过对古文字材料的再检讨，提出巫字本义与玉相关，乃是持玉（作为伴奏乐器）而舞的意思。后代礼书中所言“舞筮”“无筭”盖均源于舞玉。[2] 周氏还从巫的活动与乐诗乐舞的职业联系出发，破译了“巫彭”与“巫相”名称的奥秘。他指出“彭”与“相”两个字均似乎取义于击鼓而舞：

《说文》壴部：“彭，鼓声也。”甲骨文彭字壴象鼓形，三撇或作五撇，表示声音。字在卜辞中除作国名外，也是祭名，当是伐鼓之祭，并是贞人之名，已在武丁时代，不必为同一人，但可能是继承巫彭的传统而命名。巫祝常用鼓，见于许多记载。《周礼·春官·大祝》说，“凡大禋祀”则“令钟鼓”。《地官·鼓人》项下说：“以灵鼓鼓社祭。”灵鼓可能即巫鼓。上引《楚茨》诗中说的“鼓钟送尸”，又如《夏统传》中描写女巫“撞钟击鼓”，都可证巫祝多用鼓。巫相的名称和巫鼓很相类，相的本义，当是一种用手拍的小鼓或用木击的节鼓。[3]

由巫与鼓的亲密关系到瞽与鼓的同样关系似不难推知瞽矇之人当初的宗教神职身份必然要求他们兼备乐舞才能。除了这种理论上的推论，当然还需举出实际的情况。我们知道，瞽人作为打击乐的专家圣手，其技艺本身便同

[1] 周冰、曾岚：《试析楚巫舞手势》，《舞蹈艺术》1984 年第 2 辑。
[2] 周策纵：《古巫医与“六诗”考——中国浪漫文学探源》，台湾联经出版公司 1986 年版，第 78—79 页。
[3] 周策纵：《古巫医与“六诗”考——中国浪漫文学探源》，台湾联经出版公司 1986 年版，第 181—182 页。

巫师舞蹈活动有一脉相承关系。在部落社会或初民宗教中，击鼓的专家不是外人，正是巫者本人。如满族萨满师的跳神仪式：

萨满头戴神帽，身系腰铃，手击皮鼓（即太平鼓），摇身摆腰，跳舞击鼓。铃声鼓声，一时俱起。[1]

又如彝族巫师的图腾祖先祭礼活动：

他们在祭祖时，要请彝巫来主持祭礼，男巫吹葫芦笙，女巫则手击羊皮鼓，随着节拍起舞。[2]

从这两例中可知，最初的神职乐师也就是舞师，在《那》中描述的“奏鼓简简”的乐人当然也应是“万舞有奕”的表演者之一。《周礼·春官》中的大司乐之职，实际上也是兼掌音乐舞蹈的：“以乐语教国子，兴、道、讽、诵、言、语。以乐舞教国子，舞《云门》《大卷》《大咸》《大磬》《大夏》《大蒦》《大武》。以六律六同五声八音六舞大合乐。以致鬼神，以和邦国，以谐万民……”尽管在这部理想化的官制设计书中巫祝与乐师已经有了不同的职业分工，但从乐师掌乐舞“以致鬼神”这样的说法中依然可以看出巫乐未分时的原始职能。至于盲乐师与舞的关系，可从同书同篇乐师教舞一段中如下两句看出：

凡国之小事用乐者，令奏钟鼓。凡乐成，则告备。诏来瞽皋舞。及徹，

[1] 姚元之：《竹叶亭杂记》，转引自孙景深：《中国舞蹈史·先秦部分》，文化艺术出版社 1983 年版，第 20 页。
[2] 孙景深：《中国舞蹈史·先秦部分》，第 22 页。

帅学士而歌徹。令相。[1]

由于后人难以理解盲人舞蹈的现象，所以有注释家认为这里“来瞽”之“瞽”字是“鼓”的借字。郑司农云：“瞽当为‘鼓’，皋当为‘告’，呼击鼓者，又告当舞者持鼓与舞俱来也。”这一种说法显然牵强附会，因为通假字之用常见以简代繁，而简单的鼓字却写成瞽，大有画蛇添足的味道。其实这里的瞽应该是人，即盲乐师。郑玄说“诏来瞽”意思是“诏视瞭扶瞽者来入也”，比先郑略胜一筹。这样，教国子舞蹈的主人便无疑为瞽矇之人了，否则，下文中为什么会有“令相”之说呢？疏引《尔雅·释诂》并释云：

“相，道也”。瞽盲无目，行虑有失误蹶跌，故使明目者相道之而行。[2]

这就充分证明了盲乐师不仅审音律典乐器，而且也是击鼓跳舞的专家和施教者。诗、乐、舞的三合一关系似可完全落实到这些有生理缺陷的人身上了。对于后人的理性理解力，这似乎总是一个难解的谜。

为了彻底打消人们对盲人舞蹈能力的怀疑，还是让我们先看一下人类学家玛格丽特·米德从萨摩亚原始村落发回的权威性调查报告吧。在萨摩亚，音乐舞蹈竟同《周礼》中规定的一样，是对青年人教育的主要形式，而残疾人在这方面却显得卓尔不群。“对跳舞的过分重视并没有造成对有生理缺陷的儿童的歧视。相反，任何缺陷在舞蹈中都可以成为一种标新立异的资本，也可以通过舞蹈来矫正缺陷，以此获得某种补偿。……易帕，即一位患了白化病的小姑娘，舞却跳得轻松自如，酣畅之极，赢得人们阵阵喝彩；而癫狂的拉斯得了狂想症，认为自己是本村的大酋长，如果谁用对大酋长的虔诚口

[1] 孙诒让：《周礼正义》卷四十四，中华书局，第1809—1810页。
[2] 孙诒让：《周礼正义》卷四十四，中华书局，第1809—1810页。

吻和他说话，能使他兴奋得难以自已，舞跳得更加疯狂。有一个村里的大酋长的弟弟是个哑巴，他跳舞时一面迅速旋转，一面发出聋哑人特有的颚音做伴奏；另外一个 14 岁的智力发育不全的小男孩一面跳舞，他的兄弟们一面朝他抛树枝，象征着牡鹿的角被树枝缠住了，这使他兴奋异常，狂舞乱蹈，但却颇富节奏。在整个塔乌岛上最精通舞蹈的早熟的姑娘也竟然是个盲女。由此看来，在萨摩亚人那里，每一缺陷，每一生理障碍在人格的普遍与特殊的塑造中都起到了一定的作用。”[1] 米德的这一发现至少具有两重意义。从“最精于舞蹈”者为盲人这一事实，可反证中国上古瞽矇乐师掌舞教舞的可能性。它还暗示出这样一个道理，即生理缺陷者在其人格发展中必然会本能地寻求补偿，从而强化了他们在各种技艺性活动中的突出能力。而早期巫术与信仰的实践往往选择此类具有特殊人格者担任神职领袖，这也是上古官制中规定大批盲人职位的发生学原因吧。对于这个问题，还将在后文中专节探讨，并希望从瞽人传艺的古制中寻觅“迷狂”说的由来。

五、声教的跨文化通观

我国云南彝族民间流传的毕摩教经典也有视觉和听觉两大传播途径。就其内容上看，毕摩经主要由毕摩口传的宗教诗歌为基础，其中汲取了咒辞、祭歌、仪式歌及习俗歌等，而反映情爱和劳动生活的世俗诗歌则被排斥在外。[2] 从形式和传播媒介上看，毕摩经可分为两种：

一种是口头的，一种是文字的。毕摩也分为两种：口传毕摩和字传毕摩。

[1] 米德（Margarete Mead）：《萨摩亚人的成年——为西方文明所作的原始人类的青年心理研究》，周晓红、李姚军译，浙江人民出版社 1988 年版，第 96—97 页。

[2] 唐楚臣：《毕摩与民间文学》，《民间文学论坛》1990 年第 2 期，第 83、81 页。

楚雄市的过口乡李万有毕摩在楚雄彝区威信很高，熟悉各种毕摩经典，但却不懂彝文。在楚雄彝州第一次毕摩座谈会上，他一人一口气唱诵了五天的经，录了13盘磁带，仅录了他所掌握的众多经典中的一部：《丧葬祭礼经》。[1]

这位毕摩虽不是生理意义上的盲人，却是尚立在文明门槛之外的“文盲”，但他能用唱诵的方式传播数以万言的经典，这同瞽矇传授古诗的途径是完全一致的。从这一例“活化石”证据中可以推知，在文明初始之际，文字尚由极个别的卜人贞人掌握，而且除占卜外尚未广泛应用于记述经典和诗歌文献，那时的诗歌作者和传授者们绝大多数不是盲人便是文盲，其听觉器官之敏锐发达绝非习惯于视觉信息接收的后代人所可比肩，甚至会超出现代人的想象。孔子所希望的以诗、礼、乐三方面的教养而达成的人格培育形式，在远古时期原本是由瞽盲统合为一体的教育。理由在于，古时诗乐不分、礼乐亦不分，故诗礼乐三者原为一个统一体，它是由非文字的综合性符号形式——语音符号（诗歌）、音乐符号（乐）和身体动作符号（舞→礼）——表现出来的宗教活动和教育方式（汉字“教”兼有宗教和教育的双重语义），它在信息传递方面对听觉的倚重使得盲人充任了这最初的祭师兼教师的圣职。《礼记·郊特牲》：

有虞氏之祭也，尚用气、血、腥、爓，祭用气也。殷人尚声，臭味未成，涤荡其声，乐三阕，然后出迎牲。声音之号，所以诏告于天地之间也。[2]

这段记载表明，在华夏文明的第一个朝代，礼仪活动的突出特点是“尚声”，也就是对听觉信息的传递方式的侧重。在这里，人工发出的“声音之号”

[1] 唐楚臣：《毕摩与民间文学》，《民间文学论坛》1990年第2期，第83、81页。
[2] 阮元编：《十三经注疏》，中华书局，第1457页。

同“乐”同样派上了用场。正是在这种以口耳相传为传承方式的宗教行为之中，确立了盲人教师以声为教的至高地位。《礼记·文王世子》讲到国家级教育体制，有“礼在瞽宗，书在上庠”之说。郑注：“瞽宗，殷学名。上庠，虞学名。”又《礼记·明堂位》在排比三代官学之名称时说：

米廪，有虞氏之庠也。序，夏后氏之序也。瞽宗，殷学也。頖宫，周学也。

郑注：“瞽宗，乐师瞽矇之所宗也。古者有道德者使教焉，死则以为乐祖，于此祭之。”[1]郑氏这一段注文依据的是《周礼·春官·大司乐》中的说法：“大司乐掌成均之法，以治建国之学政，而合国之子弟焉。凡有道有德者，使教焉，死则以为乐祖，祭于瞽宗。”注云：“道，多才艺者。德，能躬行者。若舜命夔典乐教胄子是也。死则以为乐之祖，神而祭之。郑司农云：‘瞽，乐人，乐人所共宗也。或曰：祭于瞽宗，祭于庙中。’”[2]从这些追述中不难看出，我国最初的国家教育体制是以盲乐师为中心的非文字传授的诗歌礼乐之教，而这种充分利用听觉系统而施教的盲者，不仅是宗教知识的传授者，而且本身亦是以音声为手段沟通神人、调节宇宙秩序与社会秩序的圣者。他们生前是神的代言人，死后则被进一步神化，获得“瞽宗”或“神瞽”之称。这种名称至少在殷商时代便又成了宗庙和学校的代称。到了1600多年以后的西汉时期编定的《周礼》一书中，依然写着让300多位盲人同时充任乐师之职的条文，这不能不说是始自史前部落社会的瞽矇文化在中华文明中所留下的深刻印记，同时也可视为原始的听觉教化方式对文字产生以后的视觉教育方式的一种渗透和持久挑战。

时至今日，在华夏民族周边地区的少数民族文化中，口耳相传的宗教教

[1] 阮元编：《十三经注疏》，中华书局，第1491页。
[2] 孙诒让：《周礼正义》，王文锦、陈玉霞点校本，中华书局1987年版，第1720页。

育体制依然存在，这就给远古瞽矇文化的重构和研究提供了活的参证物。

虎死留有皮，
牛死留有角。
公传父，
父传我。
人讲人听，
人听人依。[1]

这是广西三江侗族民间传承的有韵款词《十三款坪款》中的一段，它表明了“人讲人听”式的前文字阶段的文化传播方式是如何在祖孙世代的承继之中获得长久的生命力的事实。

在与东北亚地区远古萨满教文化有直接渊源关系的满族萨满教传承方式中，培训萨满主要有三个方面：传讲（本族历史、家法等）、传唱和传技艺（神鼓、腰铃等祭器演奏法）。其中与上古诗教方式最为相近的要算传唱，其宗教教育的性质在以下描述中是一目了然的：

传唱　祭祀整个过程中包括几个祭式，每式都包含神辞颂唱，有的唱得多，有的唱得少。这些神歌均为满语。新学者已多不会满语，不领其意，常常老萨满教一句，大家唱一句，学者全凭死记硬背。[2]

这种传唱式教育后代的方法自然会使人想到中国传统童蒙读物的教学成规，那也是让不解其意的儿童用死记硬背的口耳功夫先从声音上加以整体把

[1] 邓敏文、吴浩：《侗族款词传承情况和社会影响的考察》，《民间文学论坛》1986 年第 5 期，第 61 页。
[2] 富育光、孟慧英：《满族萨满教研究》，北京大学出版社 1991 年版，第 105 页。

握，这种独具特色的传唱式教育其实亦不妨看作瞽矇文化的隔代遗传物。相对来说，用文字记载在书册上的有韵经文同活在传承者口耳间的经文在规范化程度上并无质的差别。来自彝族民间的报告说："六代世传毕摩郭富开熟悉各种经典。他的毕摩知识来自世代口传。云南彝区流传古彝文的地区少，没有古彝文的地区多，一部分毕摩靠文字师传获得毕摩知识，相当数量的毕摩却是靠口头家传或师传获得毕摩知识的。口头毕摩的经典正是毕摩一代又一代对民间祭词搜集、整理、初步规范的结果。"[1] 也许会有人怀疑，口耳相传的经文在传播中未免会因记忆上的失误或演唱中的口误而走样，以至于变得面目全非。这种对听觉记忆准确性的疑虑是不无理由的，因为即使是用文字记录下来的东西，也向来会因传抄笔误而发生分歧变异。经历了秦火之后残存下来的齐鲁韩毛四家诗，便是这种情形的很好说明。尽管如此，口头文字毕竟有其相对的稳定性，不至于因记忆上的欠缺而改变性质。美国哈佛大学斯拉夫文学和比较文学教授阿尔伯特·洛德为了考察民间歌手所演唱的叙事诗在音乐和文本方面可能发生的变异，曾多次到南斯拉夫做实地调查。他对一位名叫苏莱基姆·福蒂克的歌手在1934年所唱的史诗同1950年所唱的同一史诗进行了笔录和逐段比较：

1934年	1950年
萨尔坦·沙利基马尼起得早，	一天早晨，天亮得早，天亮了，
在他白色的城堡里，他起得早。	太阳升起来了，
他召集他的帕夏和大臣们，	萨尔坦·沙利基马尼起得早。
黄昏时，他的帕夏和大臣们来到，	在斯塔姆博尔，那座白色的城堡里，他召集他的帕夏和大臣们，

[1] 唐楚臣：《毕摩与民间文学》，《民间文学论坛》1990年第2期，第81页。

当他的帕夏和大臣们来到时， 他将他的帕夏和大臣们集合起来，

萨尔坦最后对他们讲话。 他集合他们，然后他对他们讲话。

然后又将这一比较的结果同1934年演唱时所记下的两篇异文进行比较：

1934年A	1934年B
一天早晨，天亮得早，	萨尔坦·沙利基马尼起得早，
萨尔坦·沙利基马尼起得早。	在他的白色的城堡里，他起得早。
他召集他的帕夏和大臣们，	然后他召集他的帕夏和大臣们，
帕夏和大臣们来了，	当他的帕夏和大臣们来到时，
来到萨尔坦的白色的城堡里，	他们站在萨尔坦面前议事，
但是，萨尔坦说了一些什么呢？	现在，萨尔坦讲话。

结果发现“十五年的间隔并不比十分钟的间隔有更大的差异”，“除了意料之中的主题扩充或收缩以外，在其他细节方面几乎没有变化。”[1]洛德的这项研究无异于为瞽矇文化声教传授的可信性和持久稳定性提供了现代实证方面的旁证，尽管他的个案对象福蒂克并非盲人。

诚然，承认口耳渠道在传播学上的有效性并不意味着对它的百分之百的信赖。民间口传文学与书面文学的根本差别之一就在于口传作品的相对开放性和可变性。苏联民间文艺学者开也夫曾对口头创作的可变性与稳定性之间的微妙关系做过如下说明：“一方面，演唱者尊重过去的传统（‘不掉歌里一个字’），力求精确地复述记熟的原文；但另一方面，作为艺术家，他又

[1] 洛德（Albert B.Lord）：《南斯拉夫民间史诗》（*Yugoslav Epic Folk Poetry*），阿兰·邓迪斯（Alan Dundes）编：《民俗研究》（*The Study of Folklore*），伦敦，1965年，第265—268页。

感到有权去做一些改动，因为他理解到故事、勇士歌、歌曲是属于别人的，同样也是属于他自己的。除此以外，不要忘记，口头作品是靠记忆来保存和传播的，而人的记忆不可能把故事、勇士歌或歌曲的所有词句都原封不动地保存下来。因此，必然要发生各种遗漏、补充以及其他无意中改动的情形。”[1]若再进一步区分的话，可以说口传歌诗的稳定程度尚可划为两种情形：一种是宗教性经文韵词或仪式歌词的诵唱，这种场合决定了唱者必然尽可能精确地复述原词，做到“不掉歌里一个字”；另一种是民间世俗场合的娱乐性演唱，它自然允许更多的即兴发挥，让歌手适当地运用他本人的想象和再创造能力。对于列为国家官方乐师的周代瞽矇们来说，奏乐诵诗都是为宗教、政治和外交活动服务的礼仪性行为，因而这些场合所要求于他们的，显然是更加准确的记忆精度，而不是即兴再造的诗才。

此外，口传诗歌的准确程度似乎还与诗歌本身的性质和篇幅有必然的关系。就此而言，对周代传诗的瞽矇与现代民间艺人之间的比较还应考虑到：口头诗歌取决于古今语言差异的繁简程度有很大不同。由于古汉语的高度简练和质朴，我们今天所能看到的商周作品相对来说都是短小精悍的[2]，《诗经》中最长的作品如《鲁颂·閟宫》亦不过500字，一般长度约在十余行数十字到数十行百余字之间，每行字数以四字为主。这样的篇幅和形式对于口耳相传唱者来说，其易习易记的程度与其他民族那些成千上万行的史诗巨构相比，不知要超过多少倍。而且《诗经》作品的内容性质也决定了它不同于以叙事和插话为主要结构方式的大史诗，这就使歌词和篇章能够在相当程度上保持稳定性。雅颂部分中有许多作品本为祝祷之词，其约定俗成的语言形式早由宗教实践所铸就，绝非歌者个人可随意改变。洛德指出：“法术咒辞（有韵

[1]A·开也夫：《俄罗斯人民口头创作》，连树声译，中国民间文艺研究会研究部，1964年，第18页。

[2]刘师培说：“三代文词，句简而语文。《书》言‘辞尚体要’，《礼》言‘辞无支叶’，贵简之证也。曾（子）戒鄙词，尚文之证也。夫简近子质，文近于繁，而古代之文，独句简而语文者，其故何与？盖竹帛烦重，学术授受，咸凭口耳，非语文句简，则记忆良难。”《论文杂记》一三。

咒辞当属于口头诗歌的范畴——原注）为达到法术效力，常常必然要求精确不误地加以表达。不过应该注意的是，需要背诵出来的只是某些头韵和谐音（alliterations or assonances）而已，并不是词汇和短语。当无文字的民族告诉我们一篇歌词必须逐字记诵的时候，我们可从他们的演示中得知，所谓‘逐字’其实指的是再现原作的基本语音特征，因为他们的字词概念与我们根本不同。”[1]洛德对无文字民族的口头诗歌传述特征的这种看法，对于不可能接触文字的中国古代瞽矇是同样适用的。也只有从盲乐师记诵需要的角度才能更好地理解《诗经》在语音方面异常突出的特征。[2]

在说明了瞽矇传诗的记忆质量之后，还应探讨的问题是这些盲艺人的记忆容量。因为在瞽矇文化衰落已久的后代，人们已不易理解盲乐师“声教”的宗教和社会原因了，对他们究竟能记住多少诗作的怀疑也时常在学者脑中发生。清代学者朱彝尊在反驳孔子删诗说时便公开表示了这种怀疑，他写道：

……又（孔）子所雅言，一则曰“《诗》三百”，再则曰“诵《诗》三百”，未必定属删后之言。况多至三千，乐师矇叟，安能遍为讽诵，窃疑当日掌之王朝，班之侯服者，亦止于三百余篇而已。……

然则诗何以逸也？曰：一则秦火之后，竹帛无存，而口诵者偶遗忘之。一则作者章句长短不齐，而为章句之学者，必比而齐之，于句之重出者去之故也。一则乐师矇叟止记其音节而亡其辞，窦公之于乐，惟记《周官大司乐》一篇，而其余不知，制氏则仅记其铿锵鼓舞，而不能言其义，此乐章之缺独多也。[3]

[1] 洛德（Albert B.Lord）：《口头诗歌》（*Oral Poetry*），普雷明格（A.Preminger）编：《普林斯顿诗与诗学百科全书》，普林斯顿大学出版社 1974 年版，第 591 页。

[2] 参看顾颉刚：《论〈诗经〉所录全为乐歌》，原载北京大学研究所国学门《周刊》第 10—12 期，1925 年；收入《古史辨》第三册。

[3] 朱彝尊：《诗论》一，转引自张西堂《诗经六论》，商务印书馆 1957 年版，第 87—88 页。

由于现存的《诗经》中只有305篇诗，人们对瞽矇当初所传之诗的数量也就无从知晓了。司马迁说孔子删《诗》，前有古诗三千，人们对这个数字多持保留态度，朱氏便以“乐师矇叟安能遍为讽诵”为理由之一，否认这个数目的可信性。后来赵翼又对《左传》《国语》二书中引诗的情况做了统计，并同现存本《诗经》加以对照，发现所引诗句中不见《诗经》者仅占总数的二十分之一，从而推论古诗三千篇之说不足凭信。[1]鉴于《左传》《国语》的作者左丘明与孔子处于同一时代，可大致确定当时所传古诗与今本《诗经》在内容和数量上是比较接近的。也就是说，在孔子可能删诗（姑且作为一种假说）之前，已经有了为当时人所熟悉的《诗》的传本，其收诗数量已不限于今传本，不过也不会多出许多。但问题的关键似在于，用文字著录于竹帛的诗是否就是瞽矇们和乐咏唱讽诵的古诗的全部或大部分呢？如果没有确凿的理由对此加以肯定的话，那么对于古诗三千的说法还是应该认真加以考虑的。正如《乐经》随着瞽矇文化的跌落而失传并不能作为它根本不曾存在的证据一样。

文明时代对于文字记载的迷信和崇拜已使后人很难领悟因声为教的原始真相了。伴随着视觉信息取代听觉信息的传播媒介的革命性变化，“眼见为实，耳听为虚”的偏见被普遍奉为真理。掌握读写技能的人日益增多，原来同听觉相联系的“文”的概念[2]终于被引申、转移到视觉方面，并且被视觉完全垄断了。“文”的视觉化转移的直接结果，便是它同视觉感知的物理条件——光明——的语义组合，“文明”一词就这样从诞生的时候起便把与视觉的缺失相联系的盲的现象作为自己的对立面，用意指黑暗和不开化的字汇如矇、蒙、瞑、冥来为其命名。这些字汇的神话联想是阴间地狱、睡梦和死后的未

[1] 赵翼：《陔余丛考》，见《欧北全集》。

[2]《礼记·乐记》：“声成文谓之音。”《毛诗序》亦有此说。《乐记》又云：“乐者，心之动也；声者，乐之象也；文采节奏，声之饰也。”可见“文采”本亦可用于音声。

知世界。[1]趋生恶死的人们在追求光明的同时也盲目地膜拜视觉上的“文”。殊不知，他们在为文字的永久性记录作用而自豪的同时，他们的听觉敏锐度和记忆能量也在日益按照“用进废退”的进化原理在退化和萎缩。尽管凭感觉和经验，他们还能知道瞽盲在听觉能力上有优越于常人之处，但是他们毕竟对“瞎子念经”的精确性有了疑虑，更不由自主地要以己度人，以其大大退化了的听觉记忆力为尺度，对瞽盲传诗乐的广度和能量发出这样或那样的猜疑，朱彝尊便是很有代表性的一例。而赵翼仅据非常有限的两部史书的引诗统计，就附和朱说，否认古诗三千之说，无异于间接地抹杀了瞽矇以声音符号传诗的潜在可能性。

六、听觉记忆广度与“古诗三千”说

一个以口述耳听为唯一记忆手段的民间艺人，究竟能记住多少诗歌呢？来自俄罗斯北方民间的报告说：

> 说唱人多半是六十至七十和更大年龄的“老成”的人，其中最优秀的，具有惊人的记忆力，并且熟悉上万的勇士歌诗作。[2]

需要补充的是，这里所说的唱诗人已非职业歌手，他们是农民、伐木工、裁缝匠、皮鞋匠等，传唱诗歌只是他们的晚年业余活动。如果换上职业的瞽矇，上万首的数量必然还会大大增加，这可真是一个惊人的数字。我国古代礼书上只说明了选择教师的条件是“有道有德”，但是为什么又专用瞽盲为师呢？难道瞎子就意味着有道有德吗？很显然，超凡的听觉记忆力才是“声教”教

[1] 参看叶舒宪：《中国神话哲学》第二章第二节，中国社会科学出版社 1992 年版。
[2]A・开也夫：《俄罗斯人民口头创作》，连树声译，中国民间文艺研究会研究部，1964 年，第 199 页。

师必备的第一条件。司马迁的古诗三千之说恐怕还是一个较为保守的数字。

周代以前只有甲骨金石而无竹简帛书，所以一场殷周革命几乎使中国史前史和第一文明时代的诗歌“全军覆没”。《诗经》中号称是“商颂”的仪式歌词仅有五首，且历来被怀疑是出于春秋时宋国乐师之手。到了左丘明和孔子的时代，贵族文人们所能引用的诗作，几无例外均为周代以来的“新作”。仅就这些周以后的新诗而言，其数量恐怕也不局限在千首之下，只是其中大多数诗作只存活在瞽矇们的口耳和大脑之间，没有幸运地被著于竹简木册吧。稍微侥幸一些的个别篇章，又碰上先秦两汉有心人的引用，于是便作为“逸诗”留传下来，成为推考瞽矇文化盛况的有益佐证。明末的学者焦竑早在赵翼之前做过一次更为广泛的统计，从《左传》《国语》《周礼》《尸子》《孔子家语》《尚书大传》《穆天子传》《汲冢周书》《史记》《礼记》《大戴礼》《汉书》等多种古籍中发掘出逸诗篇名共 52 种，这个数目相当于今传本《诗经》篇目的六分之一。焦竑还同时统计了先秦至汉 10 多种古书中所引用的无篇名逸诗共 42 种，据此发表评论，认为这些诗皆属于孔子所删剩下的那两千多首古诗。他所列举的逸诗原文及出处如下：

《战国策》引《诗》云：“行百里，半于九十”，又“树德莫若滋，除害莫若尽”，又“木实繁者披其枝，披其枝者伤其心”，又“大武远宅不涉”，又“服乱以勇，治乱以智，立传以行，教少以学”；《墨子》引《诗》曰“必择所堪，必谨所堪”[1]；《晏子春秋》引《诗》曰“乐矣君子，直言是务”；《吕氏春秋》引《诗》曰“将欲毁之，必重累之。将欲踣之，必高举之”，又“君君子，则正以行其德，君贱人，则宽以尽其力”，又“维则定国”，又“无过乱门”；《说苑》引《诗》曰“緜緜之葛，在于旷野。良工得之，以为絺纻。良工不得，枯死于野”，又“皇皇上帝，其

[1] 王念孙云：“堪当读为湛，湛与渐渍之渐同。”见《读书杂志》卷九。

命不忒。天之报人，必报有德”；《史记》引《诗》曰“得人者兴，失人者崩”；《集韵》引《诗》曰“佞人如蠸”；《列子》引《诗》曰“良工之子，必先为箕。良冶之子，必先为裘”，似不类《三百篇》语气；《左氏》引“翘翘车乘，招我以弓。岂不欲往，畏有友朋”，又“周道挺挺，我心扃扃，讲事不定，集人未定”，又“俟河之清，人寿几何？兆云询多，职竞作罗”，又“礼义不愆，何恤于人言”，又“淑慎尔止，无载尔伪”，又“我之怀矣，自诒伊慼”，又“我无所监，夏后及商。用乱之故，民卒流亡”，又“虽有丝麻，无弃菅蒯；虽有姬姜，无弃蕉萃。凡百君子，莫不代匮”；《国语》云“天之所支，不可坏也。其所坏，亦不可支也”；《荀子》引“如霜雪之将将，如日月之光明。为之则存，不为之则亡”，又“国有大命，不可以告人，妨其躬身”，又“墨以为朗，狐狸而苍”，又“凤凰秋秋，其翼若干，其声若箫。有凤有凰，乐帝之心”，又“长夜漫兮，永思骞兮，太古之不慢兮，礼义之不愆兮，何恤人之言兮”，又“涓涓流水，不雍不塞。毂既破碎，乃大其辐。事以败矣，乃重太息”；《戴记》引“昔吾有先正，其言明且清。国家以宁，都邑以成，庶民以生，谁能秉国成？不自为正，卒劳百姓”，又“曾孙侯氏，四正具举。大夫君子，凡以庶士。小大莫处，御于君所。以燕以射，则燕则誉”，“弓既平张，四侯具良，决拾有良，既顺乃让。乃揖乃让，乃跻其堂，乃节其行，既顺乃张”，又“相彼盍旦，尚犹患之”；《大戴礼》引“鱼在在藻，厥志在饵”；《庄子》引“青青之麦，生于陵陂”；《尚书大传》引“舟张辟雍，鸧鸧相从，八风回回，凤凰喈喈”；《管子》引“浩浩者水，育育者鱼。未有室家，而安召我居”；《列女传》引“浩浩白水，儵儵之鱼。君来召我，我将安居？国家未定，从我焉如”；《汉书》载“骊驹在门，仆夫具存。骊驹在路，仆夫整驾”，又“四牡翼翼，以征不服”，又“九变复贯，知言之选”。凡此数十处，其音响与《三百篇》何异。《史》称“古者诗三千余篇，至孔子去其重，取可施于礼义三百五篇，皆弦歌之，以求合《韶》《武》《雅》《颂》之音”。则当时删取之余，不为不多，如此类是已。[1]焦氏所列举的诗句中，或有后人伪托者，或有非真逸诗者，[2]不过他并未能够把散见在古书中的逸诗都找出来。如《墨子》中引《诗》凡十种，其有四种均不见载于今本《诗经》，[3]而焦氏在此只列出了其中的一种，其遗漏之多，盖可知矣。若仅就焦氏举出篇名的逸诗和列出的有句无名之逸诗而言，合计达90多首，这毕竟还算是一个相当可观的数目，因为它已接近现存《诗经》篇数的三分之一了。再从现存《诗经》所收作品的时空覆盖面来看，不论孔子删诗说多么靠不住，但毕竟可推知当时流行的诗作绝不仅限于十五邦国。邵康节说：“仲尼删诗十去其九：诸侯千有余国，风取十五；西周十有二王，雅取其六，盖善恶明著存焉耳。”欧阳修也认为古诗三千之说并非夸张，他说：

今书传所载逸诗，何可数也。以郑康成《诗谱图》推之，有更十君取一篇者，又有二十余君而取一篇者，由是言之，何啻三千？[4]

看来这里关于逸诗篇数的争论不可能获得一致的看法，书缺有间，若无新的考古发现作佐证，这种相持不下的局面还会延续下去吧。在此种情况下，合理的推测似乎只有借助于“礼失求诸野”的旁证了。

20世纪80年代以来，一个有统一组织的、大规模的搜集整理华夏周边少数民族史诗的工作全面展开。由中国社会科学院少数民族文学研究所主持的这项“抢救”工程，主要针对流传在西藏、青海、新疆、内蒙古、甘肃、云南、四川、广西、贵州和东北等省区的三大民族史诗——藏族的《格萨尔

[1] 焦竑：《焦氏笔乘》续集卷四，“逸诗”条，上海古籍出版社1986年版，第295—297页。
[2] 参看魏源《诗古微》关于“逸诗不尽为逸”的意见。
[3] 罗根泽：《由〈墨子〉引经推测儒墨两家与经书之关系》，收入《古史辨》第四册。
[4] 据吕祖谦：《吕氏家塾读书记》引，见《四部丛刊续编》。

王传》、蒙古族的《江格尔》和柯尔克孜族的《玛纳斯》。抢救工程的重点在于民间抄本的搜罗汇集和民间艺人的口头讲唱的录音整理。相对而言，后一方面的工作取得了令人惊异的效果。现代录音技术的应用对于文明人重新认识前文字阶段沿袭下来的“声教”制以及与之相应的艺人听说记忆能量，起到了革命性的作用：

例如，西藏于1984年10月向全区公布了一个《〈格萨尔王传〉录音抢救试行办法》，它的要点就是根据“择缺、择优”原则，对艺人演唱、录音、文字记录、整理等规定了具体付酬的办法。经过一年的试行，证明效果很好。他们在1984年之前，共录了磁带800多盘，其中500多盘是扎巴老人1979年被请到拉萨后录制。而在1985年一年内，他们共录制了9名艺人演唱的口头资料42部，计129盘磁带；已抄录成文字的有86万字；已整理的有120万字。[1]

据综合统计，截至1985年年底，对民间艺人演唱的《格萨尔王传》的录音已达2200盘磁带。每盘磁带抄录成文字约1万字，删除重叠部分之后，一部长达数百万言的世界第一长诗就这样由瞽矇文化所开创的“声教”传统保留到了21世纪的今天，这不能不说是“有音无字”的歌诗传统借助于现代录音技术所创制的一桩奇迹。如果说古希腊盲诗人荷马传唱的《伊利亚特》《奥德修纪》和印度诗人蚁垤传唱的《摩诃婆罗多》及《罗摩衍那》早已因文字记录而“僵死”，变成固定的古典遗产，那么，《格萨尔王传》《江格尔》和《玛纳斯》至今却依然“活”在民间艺人的口耳之间，因而也是处在增删修饰和不断再创造中的生命体。同瞽矇传诗制在生理上或文化上的特征相对

[1] 王克勤：《三年来〈格萨尔〉工作概述》，《民族文学研究》1986年第3期。

应，民间歌手们或为双目失明的盲者，或为目不识丁的文盲，这种对视觉文字符号的盲视保证了他们听觉记忆上的超常能量。英国学者包顿在《蒙古盲艺人的全套故事》一文中，着重分析了蒙古瞽盲艺人楚鲁图木·陶格陶勒演唱的史诗故事的笔录本。这是一位年仅24岁的蒙古西北部库苏古尔省孤儿，后来进了乌兰巴托的国家收容所。他先天失明，依靠出众的听觉记忆，从民间艺人那里听会了故事，便能复述出来。包顿在研究中发现了一个对于了解瞽矇艺术具有重要启发性的事实："这就是他（指瞽盲陶格陶勒——引者注）先天瞽盲，并不了解颜色的性质，但在他的故事里，存在着诉诸视觉的描述；因为他认识到了自己的缺陷，承认色彩在美学中占有重要的位置。事实上，人们从故事里找不到任何证据，表明说书人的瞽盲；在描写语汇上，它们与视力健全的艺人所讲述的是如此相似！这本身倒是一件有趣的事实，但也使人考虑到新情况之下的更加一般的问题。"[1] 包顿所揭示的这种情况有助于说明，为什么由瞽矇们传唱下来的《诗经》作品中有丰富的色彩描绘以及大量使用的光明与黑暗的对比意象。所有这些诉诸视觉美感的因素原来也是在盲诗人的"内视"和想象力之中的。

七、"声教"与中国文学传统

瞽矇文化特有的施教方式对于中国文学的发生乃至中国文化的发展都产生了潜在的，然而又是不可估量的制约作用。这一点，迄今为止尚未得到应有的重视和系统的研究。在这里，笔者仅就以下几个方面略加申说。

其一，号称中国第一部诗歌总集的《诗经》，关于它的编订成书，历史

[1]［英］C·R·包顿：《蒙古盲艺人的全套故事》，周发祥译，《民族文学译丛》第1集，中国社会科学院少数民族文学研究所，1983年，第415页。

上争论不休，问题的焦点在于“孔子删诗”说的确实与否[1]。自从司马迁在《史记》中讲到孔子亲自删定《诗》三百，后之儒者深信不疑。唐宋以下，虽有疑者，但皆不足以推翻成论。直到清代方玉润、崔述等学者多方辨正，删诗说才从根本上被动摇。不过，时至今日，争论并未了结，仍有不少人笃信司马迁之“实录”不诬。其实，若避开孔子删诗的无休止之争，重新审视古文献中的记载，那就不难发现，与诗关系最密切的人不是儒家圣人，而是那些没有留下姓名的盲人乐师——瞽矇们。

除了上引《国语·周语》中有关“公卿至于列士献诗，瞽献曲，史献书，师箴，瞍赋，矇诵”一段记载之外，还可以举出下列种种说法以资参证。《国语·晋语》引范文子语：“吾闻古之王者政德既成，又听于民。于是乎使工诵谏于朝，在列者献诗……”这里的“工”便是乐工、瞽矇。又《楚语》引卫武公所言在朝者“诵志而纳之以训导我”一段后说：

……倚几有诵训之谏，居寝有亵御之箴，临事有瞽史之导，宴居有师工之诵，史不失书，矇不失诵，以训御之。

《左传·襄十四年》也说：“自王以下，各有父兄子弟以补察其政：史为书，瞽为诗，工诵箴谏，大夫规诲，士传言，庶人谤。”《汉书·贾谊传》说：“瞽史诵诗，工诵箴谏。”贾谊《新书·保傅》：“天子有过，史必书之……于是有进膳之旌，有诽谤之木，有敢谏之鼓，瞽史诵诗，工诵箴谏……”凡此诸说都染有诗歌的政治实用色彩，但其所反映的盲人诗谏制却无疑来自瞽盲传诗的远古传统。

其二，瞽矇不只是诗与乐的直接的传承者，而且也是中国文学的早期奠

[1] 参看张西堂：《诗经六论》第四章，商务印书馆 1957 年版；夏传才：《诗经研究史概要》第二章第二节，中州书画社 1982 年版。

基者。由于口耳相传的听觉记忆方式必然反作用于诗歌的语音形式，形成上古诗体用语简朴而音律繁复的突出特征。诸如双声、叠韵、重言等见于《诗经》的音声特色，无一不与盲诗人高度发达的听觉美感相对应，同时也为后世文学修辞技巧在语音方面的讲究开辟了道路。

其三，瞽矇作为“声教”（语出《尚书·禹贡》）的创始人，以有韵的或合乐的歌诗传播礼乐教化，自殷之瞽宗至汉之乐府，1000多年间不绝如缕，这对于中国成为世界上诗歌最为普及且持久流行的诗国，[1]实在是功不可没。换句话说，中国文学从一开始就侧重在抒情文学的大发展方面，而叙事性的散体文学则相对晚熟，小说戏剧直至唐宋以后方见繁荣，这似乎在某种程度上与官方倡导的盲人诗教有直接的因果关联。刘师培先生曾论及前文字阶段的韵语文学对于中国文学体裁发生和衍化的早期作用，分析十分精到，兹引述如下：

上古之时，先有语言，后有文字。有声音，然后有点画；有谣谚，然后有诗歌。谣谚二体，皆为韵语。“谣”训“徒歌”，歌者永言之谓也。“谚”训“传言”，言者直言之谓也。盖古人作诗，循天籁之自然，有音无字，故起源亦甚古。观《列子》所载，有尧时谣，孟子之告齐王，首引夏谚，而《韩非子·六反篇》或引古谚，或引先圣谚，足徵谣谚之作先于诗歌。厥后诗歌继兴，始著文字于竹帛。然当此之时，歌谣而外，复有史篇，大抵皆为韵语。言志者为诗，记事者为史篇。史篇起源，始于仓圣。周官之制，太史之职，掌谕书名。而宣王之世，复有史籀作《史篇》，书虽失传，然以李斯《仓颉篇》、史游《急就篇》例之，大抵韵语偶文，便于记诵，举民生日用之字，悉列其中，盖史篇即古代之字典也。又孔子之论学诗也，亦曰“多识于鸟兽

[1] 参看 J.L.Bishop，G.W.Baxter：*Chinese Poetry*（《中国诗歌》），A.Preminger ed；*Princeton Encyclopedia of Poetry and Poetics*（《普林斯顿诗与诗学百科全书》），Princeton University Press，1974，P.117.

草木之名”，是诗歌亦不啻古人之文典也。盖古代之时，教曰“声教”，故记诵之学大行，而中国词章之体，亦从此而生。诗篇以降，有屈、宋楚词，为词赋家之鼻祖。[1]

近世学者借镜西方的民俗学方法，把眼光从有文字记载的文学转向了无文字记载的民间口传文学，搜集、整理、研究歌谣形成一时之盛况。人们从民谣中发现了诗歌的雏形和前身，因而反过来以风谣为起点去重新考察文学发展史，顾颉刚先生著有《从〈诗经〉中整理出歌谣的意见》一文，[2] 刘师培、郭绍虞等人则认为从谣谚到诗歌是中国文学发生期的规律过程[3]。刘氏在此所提出的中国词章之体源出于“声教”的观点，堪称别具慧眼。关于“有音无字”之谣谚为诗之原型的见解是吸收了民俗学歌谣研究的成果。不足之处在于忽略了执行“声教”的主体——瞽盲诗人乐师们对于“有音无字”诗歌传统的作用，以及他们开启延续3000多年的中国式“记诵之学”的历史功绩。由于这一忽略，刘氏机械地把谣与诗的界限划定为口传与字传，认为继谣谚而兴的诗歌“始著文字于竹帛”，这就难免误解了《诗经》原为盲瞽所传无字歌诗的性质。事实上，在文字出现后很久，中国诗歌依然如故地坚守着“矇诵瞍赋”这样的听觉记忆传授方式，这时的诗歌，或为一章，或为多章叠咏，其形式上的每一单位（章）其实都是一个相对独立的记诵单元或记忆组块。就每一记忆单元来说，最重要的并不是字词的意义方面，而是易于口诵耳记的语音规则形式方面。此种牺牲内容而迁就声音形式的特点对于从古到今的乐歌来说都是一致的，它对中国文学中韵文（诗、赋、骈文、词、曲，等等）

---

[1] 刘师培：《论文杂记》，见《中国中古文学史 · 论文杂记》，人民文学出版社1959年版，第110—111页。

[2] 原载《歌谣周刊》第39页，1923年；后收入《古史辨》第三册。

[3] 郭绍虞《中国文学演化概述》一文推阐刘氏之论说：“文字未兴以前，风谣即为初民的文学。文字既定以后，诗歌又足赅一切创造的文学。人文演进遂由诗教以衍为各种的文体。此章实斋所以谓后世之文体备于战国，而战国之文多出于诗教。”《照隅室语言文字论集》，上海古籍出版社1985年版，第13—14页。

形式的异常繁盛的现象应当是一个潜在的发生因素。

在原始社会中，重声音而轻内容的诗歌传统已经形成了。格罗塞写道：每首原始的诗，既是诗的作品，又是音乐的作品。“对于诗的作者，诗歌的词句虽则有它自身的意义，然而对于其他的人们，在很多的地方，都以为辞句不过是曲调的荷负者而已。事实上，我们通常也是不惜牺牲诗歌的意义来成全诗歌的形式。埃尔说：‘许多澳洲人，不能解释他自己家乡所唱的许多歌谣的意义。而且我们相信他们所做的解释，也是非常不完全的，因为他们对于歌的节拍和音段比歌的意义还看得重要些。’还有一位著作家说：‘在一切科罗薄利舞的歌曲中，为了要变更和维持节奏，他们甚至将词句重复转变到毫无意义。’”面对一大堆类似的材料，格罗塞不得不承认这样一种结论：“最低级文明的抒情诗，其主要的性质是音乐，诗的意义只不过占次要地位而已。”[1] 中国文明虽无论如何不能算作“低级文明”，但所受“声教”传统的浸染之故，诗歌的音乐美始终是诗人们追求的目标。清人沈德潜说得很有代表性：

诗以声为用者也。其微妙在抑扬抗坠之间，读者静气按节，密咏恬吟，觉前人声中难写，声外别传之妙，一齐俱出。[2]

与诗以声为要相对应的是，在中国文学的非韵文性作品中也自始至终地追求着某种音乐性的美，体现在“文以气为主”的经典性表述中。其实文之“气”并不虚无缥缈，就在散文作品的音节韵律之中。刘大櫆把文章之能事分为三步骤：一、字句，文之最粗处也。二、音节，文之稍粗处也。三、神气，文之最精处也。他认为“音节者神气之迹也”，“神气不可见，于音节见之”；

[1] 格罗塞：《艺术的起源》，蔡慕晖译，商务印书馆 1984 年版，第 188—189 页。
[2] 沈德潜：《说诗晬语》。

又说“音节高则神气必高，音节下则神气必下”[1]，可见文之神气就寄寓在文章的音声节奏效果之中。桐城派古文家重在诵读方面，“即因为要从声律以窥神气的缘故”[2]。有人把这种对“文气”的追求视作一种“内容的律声”[3]，的确把握住了问题的实质。就此而言，声教的影响所及，不仅直接作用于诗歌韵文的声音美之追求，而且也间接作用于散体文章的声音美之追求，使汉语文学突出的音乐效果代代相传于骚人墨客的吟咏诵读之中。

其四，瞽矇声教所传之诗本来是有声无文字的，因此必不同于汉儒为之作注的有文字写本之诗。二者之间一个可以想见的基本差异便是：从追求记忆组块单元的音声效果，转向对文字意义的训诂解说。道理似很简单，没有视觉能力的人绝无文字癖及“望文生义”之通病，训诂解诗的活动只有在声教之诗被文教之诗取而代之的时候才可能展开。这场意义深远的施教方式上的大变革并没有发生在文明之初始，却发生在上古到中古的过渡时期，这就给中国汉字的训诂传统注入了深厚不移的声教因素。从某种意义上说，训诂学史上的“声训”与“形训”之争，在某种意义上可以看作是瞽盲听觉文化与后起的视觉文字教化在语言学史上持久不息的继续较量、相互作用与相互融合。

现代训诂学家黄侃认为：“古人制字，义本于声，即声是义，声音训诂，同出一原，文字孳生，声从其类，故今曰文字声音训诂，古曰字读，读即兼孕声音、训诂二事，盖声音即训诂也。详考吾国文字，多以声相训，其不以声音相训者，百分之中不及五六。故凡以声音相训者为真正之训诂，反是即非真正之训诂。”[4]这是典型的扬声训而抑形训的说法，偏激之中自有精警

[1] 刘大櫆：《论文偶记》，范先渊校点本，人民文学出版社1962年版，第5—6页。
[2] 郭绍虞：《论中国文学中的音节问题》，见叶圣陶编：《开明书店二十周年纪念文集》，中华书局1985年版，第56—57页。
[3] 郭绍虞：《论中国文学中的音节问题》，见叶圣陶编：《开明书店二十周年纪念文集》，中华书局1985年版，第56—57页。
[4] 黄侃：《训诂述略》，潘重规记，《制言》第7期。

之见。声训之例，肇端于声教全盛之时，如王先谦《释名疏证补序》所言：

流求佴贰，例启周公，乾健坤顺，说畅于孔子。仁者人也，谊者宜也，偏旁依声以起训；刑者侀也，侀者成也，展转积声以求通。此声教之大凡也。侵寻乎汉世，间见于纬书，韩婴解《诗》，班固辑论，率用斯体，宏阐经术，许郑高张之伦，弥广厥恉，逮刘成国之《释名》出，以声为书，遂为经说之归墟，实亦儒门之奥键已。[1]

这一段话从源流上概括出了声训自先秦至汉的发展大势。即使在有声无字之《诗》被有声有字的写本《诗》取代之际，声教的因声求义方法仍然是汉代注疏家们常用的训诂法。如《小雅·常棣》："兄弟阋于墙，外御其务。"毛传："御，禁也。务，侮也。"这是把"御"看成"禁"的通假字，把"务"看成"侮"的通假字。《小雅·裳裳者华》毛传："裳裳，犹堂堂也。"这是说明"裳裳"二字为"堂堂"的转语。又如《豳风·七月》"八月断壶"毛传："壶，瓠也。"这说明现存《诗经》文字本用同音的"壶"字代替了有声无字之《诗》中原来意指"瓠"的词音。这样看来，文字本《诗经》用了大量同音假借字和声转字来记录原来口传的《诗经》，而毛、郑诸家的传笺工程中有相当一部分工作在于依照声训法恢复原诗的本相，这不能不说是声教对文教的大渗透。

如果从《诗》之声训转向训诂学中蔚为大观的声训传统，不难看出这种因声求义法与对音声具有高度敏感和分辨力的瞽盲之间必然具有某种被后人遗忘了的联系。因为对无法接受视觉信息的盲者来说，语词的意义只能从发者上去推求。把握住这种潜在的联系，不仅可以有助于说明为什么上古文献

[1] 王先谦：《释名疏证补序》，上海古籍出版社 1989 年版，第 1002 页。

的记录中普遍存在着同音假借的用字现象，而且还可从用字法上推造字法，对占汉字总数百分之九十的形声字的产生做进一步的认识。

宋代王子韶等学者从古汉语音同义通的现象受到启示，提出从声符求字义的所谓“右文说”，确认形声字的声符都有意义作用，标志着文字训诂研究的指导原则从字形转到了字音。戴侗《六书故·六书通释》对此高度评价：“夫文字之用莫博于谐声，莫变乎假借。因文以求义而不知因声以求义，吾未其能尽文字之情也。”这也不妨视为远古声教原则在后世文字学中再度获得新生的例子。其余波至今仍在荡漾之中。现代训诂理论家沈兼士先生于 20 世纪 30 年代撰写的长篇专论《右文说在训诂学上之沿革及其推阐》更可看作是声教与声训传统的现代复兴。沈氏析论声训与右文的关系说：

文字为语言之符，语言不能无变化，斯文字不能无训诂。语言之变化约有二端：（一）由语根生出分化语；（二）因时间或空间的变动发生之转语。二者多依双声叠韵为其变化之轨迹，故训诂之道亦应以音为枢纽，此训诂家之所以重声训也。其例盖有三：

《易·序卦》：“蒙者，蒙也；比者，比也。”此以本字释本字者也。

《易·说卦》：“乾，健也；坤，顺也。”此以音近字释之者也。

《易·彖传》：“咸，感也”；“夬，决也”；“兑，说也”。此以声母与形声字互释者也。

三者形式虽各不同，其为以音为枢纽之训诂法则一也。[1]

李方桂先生对于这篇论文的评价是，不为许慎的因形取义法所累，拿字作音符看，由此入手来求音义间的关系，这是先生的卓见。李方桂还由此引

[1] 沈兼士：《右文说在训诂学上之沿革及其推阐》，“中央研究院”《庆祝蔡元培先生六十五岁纪念论文集》，1933 年。

发出探讨前文字阶段汉语发展规律，重构周秦音系等课题。这已是超越文教上溯声教的大胆尝试了。李氏指出："中国文字最古也不过有五六千年的历史，而中国语言要比文字古远得多。从文字上的研究我们可以得到古时语言的大概，但是要想知道文字未发生以前的语言如何引申演变成文字中的语言，以及语根上的各种研究，我们就非抛开字形，而用语音作根据不可。"[1]这种带有重构已失传的声教语言性质的现代工程，可以说是由清儒揭开序幕的。

作为声教范本的《诗经》在这方面成了音韵学大师们上推古韵规则的不二法典。如孔广森的《诗声类》和江有诰的《诗经韵读》，都是利用文字本《诗经》摸索诗教用韵规律的佳作。钱大昕为段玉裁《六书音韵表》所作序文中说："三代以前，无所谓声韵之书，然诗三百篇具在，参以经传子骚，类而列之，引而伸之，古音可偻指而分也。"[2]《诗经》到了这时，可以说已挣脱儒家政治化、伦理化的诗教樊篱，成为重构声教语言的科学尝试之对象了。伴随着这一倾向，《诗经》与声教的特殊关系和意义已不是文学史所能范围的了，它已成为重构上古语言文化史的前沿课题。[3]1980年问世的王力先生著的《诗经韵读》一书即讨论了古韵分29部的情况，谐声、声调、通韵和合韵、古音拟测等多方面的问题。

八、"内视"通神之谜
——乐、卜、医的原始关联

文明人对于"明"的向往和膜拜是对瞽矇文化的最大打击。视觉上对光明的依赖性促使人类在发展其新的认知模式时也导致了原有听觉官能的逐渐

[1] 李方桂：《致沈兼士书》，见《沈兼士学术论文集》，中华书局1986年版，第176页。
[2] 段玉裁：《六书音韵表》，中华书局1983年版，第1页。
[3] 参看刘师培：《原字音篇》，高本汉：《汉语词类》，王力：《上古韵母系统研究》《同源字论》等。

退化。于是，原来只有瞎者才能充当的宗教导师的圣职被“明王”们篡夺而去。而瞽盲之人从此开始随着神权的衰微而沦落，先是为王者们所利用，在宫中当乐师，服务于君主政治和官方教育。后来又因官学失守而再度跌落，散布于民间，成为街头巷尾的盲艺人或算命先生。除此之外，还有一个适合于盲人的职业，那便是医生，尤其是以触觉能力为主要治疗手段的按摩医生。说唱艺人、算命先生和按摩医生，是文明社会为失落了神威的瞽矇们所准备的最佳去处。谁知在此种看似自然而然的职业分工现象的背后，原来还潜藏着真正解开瞽矇文化心理发生之谜的有益线索。

从心理功能方面着眼，双目失明的人由于这一重大的生理缺陷而发生心理改变，这是不言而喻的。经验观察一再明确地告诉人们，盲人被剥夺视觉思维的结果之一是听觉高度发达，结果之二是记忆力的强化。这种现象已由现代心理学家概括为“补偿假说”。根据此一假说，某一种感官通道的缺陷将对另外的感觉通道的知觉发展产生重要影响。

> 一个耳聋的人必须依靠其他知觉系统，特别是视觉和触觉通道，以提供尽可能多的环境中的信息。在其他这些知觉系统中发展的较高感受性、辨别力或其他能力，可能对因耳聋而丧失的听觉信息在某种程度上做出补偿。
>
> 对学到的补偿能力的一个典范例证是来自对盲人而不是对聋人的研究。盲人（和经过适当训练的明眼人）形成一种特殊的听觉回声定位能力，他们能利用自己的脚步声和其他声源的回声觉查和避开附近的障碍。这种能力在有限的程度上对视觉的丧失做出了补偿。[1]

“补偿假说”在理论上的成立似乎为瞽盲掌乐教诗的职业选择提供了现

[1] 阿蒙（C.H.Ammons）等:《面部视觉: 盲人的障碍感知》（*Facial Vision*），《美国心理学杂志》1953年第66卷，第519—553页。

代证明。自古以来就形成了这样一种偏见，即有视觉缺陷的人只适合于做更倚重听觉的工作。吟诗唱歌便是这类工作的典型形式。荷马作为最著名的盲诗人，他的存在便是最好的证明吧！他为什么会当诗人呢？“一部分也许由于我们对原始时代有某些模糊的记忆，那时身强力壮的人都当战士；跛脚而强健的人充当铁匠和武器制造者；至于盲人呢？没有别的本事，只有充当歌手”[1]。就这样，荷马的名字也成了盲人的代称：

据传说，荷马是个盲人，因此他才叫作荷马，Homēros 在伊阿尼亚土语里意思就是“盲人”。[2]

人们很容易从荷马本人所唱的作品中找到有关的内证：《奥德修纪》中不只一次提到盲诗人唱诗的情形。维柯指出：“荷马自己曾称在贵人筵席上歌唱的诗人们为盲人，例如在阿尔岂弩斯招待攸里赛斯的筵席上歌唱的（奥・8・64）以及在求婚者欢宴中歌唱的（奥・1・153ff）都是盲人。”[3]类似于此的例证还可以在世界各地找到。除了前面已经提到的蒙古盲艺人楚鲁图木，还可举出日本的御前盲女说唱团[4]、中国古代的师旷（详后）、古希腊的塔密里斯（Thamyris）[5]，等等。大凡涉及这些盲人的职业诗人身份，最常见的解释总是带有补偿说色彩的记忆力超群说。荷马史诗的汉译者杨宪益先生针对荷马为盲人的说法评论道：

古代传说荷马是个盲目的乐师，这倒是颇为可能的。古代的专业乐师往往

[1] 吉尔伯特・墨雷（Gilbert Murray）：《古希腊文学史》，孙席珍等译，上海译文出版社 1988 年版，第 8 页。
[2] 维柯：《新科学》朱光潜译，人民文学出版社 1987 年版，第 440 页。
[3] 维柯：《新科学》朱光潜译，人民文学出版社 1987 年版，第 440 页。
[4] 参看柳田南国：《传说论》，连湘译，中国民间文艺出版社 1985 年版，第 56 页。
[5] 参看《伊利亚特》卷二；《希腊道里志》。

是盲目的；我国古代记载里的乐师是这样，在民间也有很多盲目的说唱艺人；这是因为盲目的人不能选择其他职业，所以只好依靠记忆歌唱词曲来维持生活。[1]

闻一多先生则针对中国古代盲官制说道：

诗必记诵，瞎子的记忆力尤发达，故古代为人君诵诗的专官曰矇，曰瞍，曰瞽。[2]

维柯的见解与此完全一致，他认为：

盲人们一般有惊人的持久的记忆力，这是人类本性的一种特征。[3]

在这些众口一词的说法中，盲人与诗歌的关系只剩了生理和心理条件上的关系，更为深层的宗教上的原因反而被遮蔽、被忽略了。事实上，盲人只能当乐师或诗人的说法恰恰可以反过来表述：只有盲人才具备当乐师或诗人的条件。这一具有深刻宗教蕴含的命题并不是哪个哲人或学者发明出来的，而是古老的神话一再向人们讲述的一条不成文的法则。

在古希腊，能够当众演唱诗歌的能力被看作是神明的赐予，并非每个人都能企及的。如荷马史诗中的盲歌手谛摩多科（Demodocus，又译“得摩多科斯”），称作“神乐师”’（divine minstrel），“因为神赐予他的歌唱技艺是独绝天下的”[4]。这位神便是著名的缪斯女神（Muse），有时又化身为

[1] 杨宪益：《奥德修纪》中译本序，人民文学出版社 1979 年版，第 9 页。
[2] 闻一多：《歌与诗》，《闻一多全集》第 1 卷，三联书店 1982 年版，第 192 页。
[3] 维柯：《新科学》，朱光潜译，人民文学出版社 1987 年版，第 440 页。
[4] 布彻尔和安德鲁·兰译：《荷马全集》（*The Complete Works of Homer*），纽约现代图书馆 1940 年版，第 109 页。

三女神，在赫西俄德作品中又化为九位。她主管音乐与诗歌，西文中music或 musik（音乐）一词便由缪斯之名派生而来。作为一种必要的交换条件，谛摩多科只有在失去视觉能力之后才能得到女神的特别赐予。荷马讲道：

……那是缪斯女神最宠爱的人，她使他幸运又不幸，他的视力被女神剥夺，但有幸获得甜美的歌喉。[1]

这个意味深长的细节说明了什么呢？缪斯女神为什么如此残忍，要让充当神乐师者双目失明？看来这里已经暗示了那条不成文的神话法则：只有盲人才成为神赐灵感的受惠者。

音乐和诗歌都是诉诸听觉的艺术，这也许是缪斯女神痛恨人类视觉的本质因素吧。有位明目的色雷斯歌手塔密里斯（Thamyris）自己找上门来要与缪斯女神比赛琴技和歌唱。结果，惨败的塔密里斯被女神刺瞎双眼，毁坏了竖琴。据说最后还下了地狱[2]。与谛摩多科相比，两位诗人都被女神夺去了双眼，不过受神宠爱的谛摩多科得到神赐的口耳绝技作为失明的补偿，而胆敢与神抗争的塔密里斯却抱着他残破的竖琴，永远失去了歌唱的权利。这一对比使我们已经得出的那条不成文法则又得到附加的说明：伟大诗人不仅要向缪斯献上双眼，而且也要献上忠诚。

常言说，诗来自灵感。灵者，神也；灵感者，神感也。没有神的感召，谛摩多科难以启齿。因为缪斯便是灵感，难怪后世西方诗人总要照神话的惯例向女神乞求灵感。

灵感即神感不仅是诗的必要前提，也是占卜术和医术的必要前提。古希腊神话中最著名的卜师忒瑞西阿斯也是一位盲人，他先后出现在俄狄浦斯神

[1]《荷马全集》，第110页。

[2] 参看 M.H. 鲍特文尼克等编：《神话辞典》，黄鸿森、温乃铮译，商务印书馆1985年版，第280页。

话、宙斯神话、索福克勒斯悲剧《安提戈涅》、欧里庇得斯悲剧《酒神的伴侣》、卡利玛科斯的《赞歌》和鲍萨尼阿斯、品达的诗歌中。现代派诗人T·S·艾略特的《荒原》又重新塑造了这位盲预言家的形象。从神话中可以得知，这位先知的预卜术同盲诗人们的诗艺一样，也是作为剥夺视知觉惩罚后的补偿，从天神那里获致的。关于忒瑞西阿斯致盲的原因有三种说法，一说是赫拉弄瞎了他的眼睛，因为他在一次争论中偏袒了宙斯；一说是因为他向世人泄露了众神的秘密；一说是因为他偷看了他母亲卡里克罗——雅典娜的随从——在圣泉中沐浴，雅典娜让他瞎眼。宙斯（一说雅典娜）为了弥补他的损失，赋予他预卜未来的才能，并许诺他享有七代人生命的长寿。[1]忒瑞西阿斯的预卜能力表现在以下几个故事中：他向被父母遗弃的俄狄浦斯透露了他的身世；在七将攻忒拜时预言国王克瑞翁可因献祭儿子而获得胜利；他对来到冥国的俄底修斯预言死因；他预言赫拉克勒斯将干出大功业；他卜出彭透斯的死期将近；等等。

这些故事中最富有哲理意味的要算索福克勒斯在《俄狄浦斯王》一剧中描绘的戏剧冲突，剧作家通过这场冲突充分揭示了盲目与盲心的辩证法，对于理解瞽矇的心理构成和认知能力极富启发性。剧本开场部分结束后就是俄狄浦斯与忒瑞西阿斯之间的斗争。忒拜公民要求找出杀害前王的凶手以解除大瘟疫，俄狄浦斯王悬赏缉凶，并召请先知道出真情。当一个孩子领着盲先知忒瑞西阿斯上场时，歌队长唱道：

可是能指认出罪犯的人来了。看啊，他们把神似的先知请来了，尘世间只有他一个人才知道真情。[2]

[1] 参看阿波罗多洛（Apolodorus）：《韵文编年史》（*Bibliotheca*）3.6.7；格兰特（M.Grant）：《希腊和罗马神话》（*Myths of the Greeks and Romans*），良师丛书，纽约，1962年。

[2] 索福克勒斯：《俄狄浦斯王》，罗念生译，人民文学出版社，以下引文同此书。

接下来是俄狄浦斯开口了：

啊，忒瑞西阿斯，天地间一切事情，能说的和不能说的，你全知道。虽然你看不见……不管是用鸟声还是别的预言术，你千万不能隐藏预兆，而要拯救你自己，拯救城邦——拯救我，拯救我们所有的人——清除死者的污损。我们全靠你了。

由于预言家早用“内视”功夫看到了凶手就是俄狄浦斯自己，所以他在国王的百般劝导下只有回避问题。被惹怒的国王改变策略，用激将法指控预言家是凶手，忒瑞西阿斯忍无可忍，同他展开了舌战乃至对骂，最终说明了真相，使对手不寒而栗：

我告诉你吧：你大声威胁地一直去追查的、杀死拉伊俄斯的凶手就在这里。人家以为他是外地来的人，将来会证明他是忒拜的本地人，这是会使他痛苦的。从前是明眼人，将来是瞎子；过去是富翁，将来是乞丐，靠着拐杖，探着路走向外邦去。

这后两句话是预言俄狄浦斯自刺双眼和自我流放的可怕命运，它在使对手震惊的同时也震撼着每一个观众的心。俄狄浦斯靠人本身的智慧猜破了斯芬克斯谜语，当上了万人之上的国君。然而人智毕竟是有限的，它无法洞见一切隐秘。一个盲人，靠了神赐的认知天赋，心眼独开地看到凡人无法看到的东西。明眼而盲心的国王在逼迫盲眼而明心的卜师道出隐情之后，自己也落到了心眼皆盲的悲惨境地。这似乎足以说明：人智与神智判然有别，卜师先知们是代神立言者。正像“神乐师”用弹唱的方式代神传言一样，卜师们用鸟语、占卜和各种征兆的方式向世人传达神意。

除了诗歌音乐和占卜预言外，医术在古代也被认为来自神赐。鉴于巫医混而不分的远古情形，医师的特殊神力来自巫师法术似可不证自明。在希腊神话中，有一位身兼预言术与医术于一身的人，名叫墨兰波斯（Melampus），是阿哥斯王比阿斯（Bias）的兄弟，著名卜师与医师。他不仅能未卜先知，还能听懂所有人和动物的语言，比忒瑞西阿斯的通鸟语更胜一筹。据传墨兰波斯本来同常人一样，并无异能。他有一次救了两条巨蛇，它们用舌头舔了他的耳朵后，他就能听懂鸟兽语言，有了先知先觉的奇才。他以神妙的巫医术治愈了忒萨利亚国王伊菲克勒斯（Iphiclus）的阳痿和提任斯国王普洛托斯三位女儿的疯病。当代神话学家列维－斯特劳斯根据他的后一事迹称之为最早的精神分析学家。更多的学者则更强调盲乐师、占师、医师诸神话中的萨满教因素。

考德威尔认为，墨兰波斯与巨蛇的关系影射着萨满师的启蒙仪式：“在西伯利亚萨满教实践中，对启蒙式最为重要的是被启蒙者的半人半兽的祖先精灵，这些精灵住在氏族之树上，那便是该氏族的世界树或宇宙中轴。祖灵的化身形象是一对动物，被叫作‘兽母’。启蒙仪式的构成便是被启人与兽母之间的不断认同，先是被启人变形为兽母，然后是兽母再化为萨满。……墨兰波斯神话中的两条蛇代表着化身的祖灵，蛇所居处的老橡树则正是世界树的象征。蛇用舔耳的办法赋予墨兰波斯神力，表明祖灵已实现对受启人的认同，后者获得超人异能也标志着一位新的萨满的诞生。”[1] 从宗教根源上理解神话的实质，可以让人们更容易把握诗艺、占术和医术神赐说的由来，因为这三方面的异能原本统一在萨满或巫师身上。如果把巫师视为一种神话

[1] 考德威尔（Richard Caldwell）：《希腊神话中的占卜术心理学》（*The Psychology of Mantic Art in Greek Mythology*），见《20世纪思想与文学中的古典神话》（*Classical Mythology in 20th Century Thought and Literature*），得克萨斯技术大学出版社1980年版，第52—53页。

人格的原型，那么，后世出现的盲乐人、盲预言家和巫医等神话人物只不过是原型本有多方面神力的分化投射而已。按照这种系统发生的视角，《周礼》中分别排列的瞽矇、大司乐、巫祝、医师、舞师等职官，不也可以看作是史前巫师多种异能的分化和遗留么？《诗》《书》《易》《礼》四部古经，虽有祝颂、记言记事、占卜、仪式规范这四种内容上的差别，但究其本源，仍可视为巫师一职的派生产物。仅以占卜之书《易》和祝颂歌词之衍生物《诗》而言，二者的同源关系不仅体现在《易》中有“谣占”的成分，而且体现在唱诗的盲乐人与占卜师同出于巫职的事实上。

瞽矇一类以音乐歌诗沟通人神的中介者，其原本的神职性质与以占象、预兆沟通人神的卜师并没有质的差别。且看维柯在 280 年前的见解：“天帝约夫是在诗里自然产生的一种神圣的人物性格或想象的共相，一切古代异教民族把一切涉及占卜预兆的事情都归原到约夫这种想象的共相，所以这些民族生下来都就具有诗性。他们就叫神学诗人，懂得天帝在预兆中所表达的天神语言，他们是在‘猜测’（divine），称他们为占卜者（diviner）是名副其实的。他们的这门学问就叫作缪斯（Muse）即女诗神，荷马对这门学问所下的定义是‘对善与恶的知识’，也就是占卜。……能解释预兆和神谕中的天神奥义的古希腊诗人们就叫作：mystae（通奥义者），贺拉斯显出博学，曾把 mystae 这个词译作‘诸天神的传译者’（《论诗艺》，391）。每一个异教民族都有精通这门学问的西比尔（sybils，女巫）。神谕就是异教世界的最古老的制度。”[1] 这段论述可谓诗与占卜同源于巫的最早论证，其最重要的发现乃是诗人与先知（预言家、卜师）的相互认同关系，作为“诸神的传译者”，他们本无区别。维柯的这一洞见已被现代宗教史学家们进一步证实。至于诗人和先知为何均有盲人设教的传统，现代精神分析学也做出了空前的

[1] 维柯：《新科学》，朱光潜译，人民文学出版社 1987 年版，第 166 页。

解释：失明是阉割的象征，瞽矇与阉人相等。

俄狄浦斯无意中犯下乱伦之罪，他用自刺双眼来惩罚自己，这正是一种变相的阉割。[1]中国古代对犯有性罪过的男子施以宫刑，这其实具有跨文化的普遍性。俄狄浦斯的性犯罪虽未招致毁伤性器的惩罚，但毁伤双眼也是希腊神话中替代阉割的常见惩罚。忒瑞西阿斯窥见生母沐浴的故事不过是俄狄浦斯式母子乱伦的较委婉的表现形式，其所受惩罚——失去视力，却同俄狄浦斯毫无二致。由此看来，忒瑞西阿斯能成为唯一洞见俄狄浦斯乱伦之罪的人，绝非偶然。他自己已经因为变相的乱伦而失去了视觉世界，这一目盲的补偿是他获得了“心明”，俄狄浦斯由明目之人到盲人的命运转变只是盲先知命运的又一次重演。

宗教史学家们还发现，萨满巫师的承袭有一个突出特征，即不用普通的正常人，而用生理上或心理上异常的人，这一奇特现象为从根源上解开瞽矇与诗的心理联系提供了宝贵的线索，同时也暗示了东方灵感说与西方迷狂说的发生学会通。

九、“盲视”与“洞见”
——庄子“甘瞑”哲学发微

马林诺夫斯基在《文化论》一书第十七章讨论巫术问题时曾引用许培和莫斯的话说：巫术仪式中的要素之一是法师本身。“巫术的超自然性在这里表现于法师的反常性格。残废，半癫，驼背，白痴，双生，神经衰弱，同性恋爱，性欲反常等人物，常是因为他们性格的不健全而获得法师的资格。”[2]

---

[1] 考德威尔（R.Caldwell）：《俄狄浦斯之盲》（*The Blindness of Oedipus*），《国际精神分析评论》1974年第1期，第207—218页。

[2] 马林诺夫斯基（Malinovsky）：《文化论》，费孝通等译，中国民间文艺出版社1987年版，第62—63页。

这一段话很容易让人联想到前文中已引用过的马格丽特·米德在《萨摩亚人的成年》中讲述的情形：各种有生理、心理缺陷者如何在仪式舞蹈中显示出特殊才能。当我们把目光转向中国北方少数民族中尚存的远古萨满教遗制时，就会发现十分相似的情形。萨满的素质在于同祖灵、神明相通的“灵”。通“灵”者主要出自异常人格：“有的是自幼就精神异常，说异常的话语，吃常人不吃的东西，做异常的事；有的是突发性神经错乱症，胡言乱语……”[1]还有报告说：“从巫的承袭来看，一般说来，具有下述特征的人都有可能承袭萨满或巫师的职务，即患过重病幸而痊愈的人，包括言行异常的精神病、癫痫病患者；身体或智力不健全、有生理缺陷或畸形体质的人；神经特别敏感而富于幻觉，并能言善道的人。”[2]根据这些优选条件，盲人自然符合“有生理缺陷”一条，并且还在“神经特别敏感而富于幻觉，且能言善道”方面占有明显优势，看来作为乐人和诗人的瞽矇源出自作为萨满、巫师的瞽矇，本是顺理成章的事吧。

那么，为什么盲人或其他有缺陷者，尤其是精神异常者易于成为萨满、巫师的合适人选呢？我想从“圣”与“俗”的不同心理世界方面做一推测。神职领袖作为与圣界神明相交往的人间代表，自然要在生理心理诸方面与俗界俗人俗事有所差别，而不能是从外表到内心都与正常百姓无异处的凡夫俗子。而患过大病的人身心状态有所改变，有生理缺陷者天生具备区别于正常人的外在特征，精神病患者在内心世界上完全超然于尘世之外，这些人作为萨满、巫师的候选人也就理所当然了。英文有一个词叫 Charisma（亦作 Charism），它兼有两个相关的意义：

1. 一种神赐的特别才能，如预言、治病等。

[1] 乌丙安：《神秘的萨满世界》，三联书店上海分店 1989 年版，第 201 页。
[2] 秋浦主编：《萨满教研究》，上海人民出版社 1985 年版，第 141 页。

2. 一种能引起大众狂热拥护而无法形容的领袖气质。[1]

这两种意义之间的因果关系正可借以说明为何异常人格者能优先充任宗教领袖。人类学家道格拉斯·巴恩斯所著《神赐异能与宗教领袖——历史的分析》一文中写道："具有神赐异能的领袖人物常常同超验的或内在的神明界保持着亲密的关系。这种同在日常的和常规的现实世界之外的存在或力量的相联系的能力，使领袖能够以直接的方式领悟宗教的象征体系。"[2]他还说到宗教领袖的另一个可能条件是要与主流社会相隔绝（cut off from the mainstream of society），实际上处在一种众人皆醉我独醒的超越境界。无怪乎癫狂者和幻想偏执者能够荣任萨满，他们的狂与疯其实正是一种不同于流俗的"醒"。这种在心理上与俗世完全划清界限的人正是历来的宗教——不论是自然宗教还是人为宗教，多神教还是一神教——职业所需要、所渴求的献身者。后世的禁欲苦修也好，沐浴斋戒也好，隐遁山林也好，无非是原始宗教领袖与世隔绝术的继承与发扬。所不同的是，萨满、巫师们是由于自然的病理原因导致超越世俗的精神状态，而后代修道者则以人为的"修"的功夫去培养和追求这种状态。佛教所说的"六根清净""四大皆空"，其实也都在于突出此种超然于世俗社会生活之上的虚幻乐境。

值得注意的一个技术细节是，修道者无论是用静坐法、念经法、冥想法还是面壁法，都要在修炼的过程中坚持关闭视觉听觉等感官通道，用这种人为地切断与俗世感觉联系的手法来确保"反求诸心"的内省功夫的效力。于是有了道家所谓"塞其兑，闭其门"的塞闭战略，"收视反听"的内向型意志与意念训练方法，有了佛家所谓禅定、渐悟和顿悟说，等等。一言以蔽之，

[1] 梁实秋主编：《远东英汉大典》，台湾远东图书公司 1977 年版，第 346 页。

[2] 巴恩斯（Douglas F.Barnes）：《神赐异能与宗教领袖——历史的分析》（*Charisma and Religious Leadership: An Historical Analysis*），见《法术、巫与宗教：超自然物的人类学研究》（*Magic, Witchcraft, and Religion*），雷曼（Arthur C.Lehmann）编，梅菲尔德出版公司 1985 年版，第 95 页。

宗教修行的共同心理目标是取法萨满、巫师那种摆脱了任何世俗牵挂烦累的“醒”的状态。说它是通神状态也好，入幻状态也好，迷狂状态也好，其实质还是一样的。

追求“通神”状态的内求功夫要以切断与俗世的外界联系为条件，这种外闭内通的心理过程可以表述为“盲于目而明于心”，以同明目而盲心的俗人庸众相区别。于是乎，天生的视觉缺失者——盲人便不期而然地具备了“明心”即通神的生理心理条件。当代美国解构主义理论家保尔·德曼的著作标题《盲视与洞见》[1]非常精辟地体现了盲于目而明于心的辩证道理，而中国俗语中的“闭目养神”一说也在无意识中透露了视感官的闭锁与通神状态之间的条件因果关联。现代的超心理学（Parapsy-chology）试图用“内觉”（endocept）[2]、“联觉”或“超觉”（即超普通感觉之外的感觉，paranormal）这样一些新范畴来界定和阐释神秘的通神状态，这充分表明人类理性要求认识和理解这些异己现象的当代尝试已经同过去那种单纯否认和指斥的偏激做法划开了界限。不过事实上，对超心理现象的正面认识并非现代人的首创，古人在这方面已积累了相当的经验，只是未曾用概念语言和心理学理论加以表述而已。

老子说：“俗人昭昭，我独昏昏。俗人察察，我独闷闷。众人皆有以，而我独顽且鄙。”[3]昭昭者，明也，昏昏、闷闷者，视觉关闭之效也。老子用这种众人皆明我独盲的比喻刻画出超然出世脱俗的圣人心态，可谓开辟了超感觉心理认识的先河。庄子对这种比喻心领神会，继而提出了“昭昭生于冥冥”[4]的看法，还说体道之人“视之无形，听之无声。于人之论者，谓之

[1] 保尔·德曼（Paul De Man）：《盲视与洞见》（*Blindness and Insight*），牛津大学出版社 1971 年版。
[2] 阿瑞提（S.Arieti）：《创造的秘密》第 4 章，钱岗南译，辽宁人民出版社 1987 年版。
[3]《老子》第二十章，见《诸子集成》。
[4]《庄子·知北游》，见《诸子集成》。

冥冥”[1]。冥指昏暗不明的状态。冥通瞑，专指视觉关闭后的心理状态。《说文·目部》云：“瞑，翕目也。”冥又与“玄”义通，《庄子》除了标举“玄圣”“玄德”“玄同”境界外，还将玄与冥连言，说出“始于玄冥，反乎大通”[2]的至理名言，译释为白话，不正是“始于视觉上的不见，达到内心上的洞见”吗？庄子又用“甘瞑”这个特造的新词来比喻此种目盲心明的至圣境界。《庄子·列御寇》云：

彼至人者，归精神乎无始，而甘冥乎无何有之乡。

疏云：“无何有之乡，道境也。至德之人，动而常寂，虽复兼济道物，而神凝无始，故能和光混俗而恒寝道乡也。”释文：“甘冥，亦作瞑，又音眠。”[3]《淮南子·俶真训》云：“圣人之所以骇天下者，真人未尝过焉……至德之世，甘瞑于溷涧之域，而徒倚于汗漫之宇。”全用庄子语义，又《览冥篇》云“故通于太和者惛若纯醉而甘卧以游其中”，杨树达谓甘卧即甘瞑[4]。玄冥、甘瞑与甘卧，若同道家的心斋、坐忘等概念联系起来看，似可构拟出一种盲于视而明于心的认识论模式。[5]套用西方哲学的语汇，可称之为“洞见”。伽达默尔指出：

洞见（Einsicht）的意义远多于对这一情况或那一情况的认识。洞见经常包含从某种欺骗和蒙蔽我们的东西的返回（zur ü ckkommen）。就此而言，洞见总是包含某种自我认识的要素，并且表现了我们在真正意义上称之为经

[1]《庄子·知北游》，见《诸子集成》。

[2]《庄子·秋水》。

[3]《庄子集释》杂篇，见《诸子集成》。

[4] 杨树达：《淮南子证闻》，上海古籍出版社 1985 年版，第 27 页。

[5] 参看廖炳惠：《洞见与不见——晚近文评对庄子的新读法》，《解构批评论集》，台湾东大图书公司 1985 年版，第 53—140 页。

验的东西的某种必然方面。[1]

如果把外视的终止（即盲目）看成是内视（即洞见）的条件，那么宗教上的“开悟”也自然是多年瞑目修炼的合乎逻辑的结果。就此而言，宗教上的“悟”与哲学上的“洞见”都是从蒙蔽（即心盲）中获得的精神解脱，可谓殊途而同归。俄狄浦斯明眼之时并不能知晓自己杀父娶母的真相，可谓蒙蔽甚矣。他用自瞎的惩罚来结束外视，象征着达到洞见的条件终于成熟了。同样道理，当缪斯让谛摩多科双目失明时，当雅典娜让忒瑞西阿斯丧失视力时，其实是让他们在不自知中获致了洞见的条件。神话中所说的二神分别赐给他们诗思和预卜之能力，这其实并非二人失明后得到的补偿，而是关闭视觉通道与俗世隔绝的必然结果——通神入幻。如果说希腊神话在表达这一深刻哲理时显得过于隐晦难懂的话，那么一则中国的瞽盲神话将使目盲心明的主题思想大白于天下。那便是关于上古著名盲乐师瞽旷如何致盲的故事。东晋王子年编《拾遗记》卷三云：

师旷者，或出于晋灵之世，以主乐官。妙辩音律，撰兵书万篇。时人莫知其原裔，出没难详也。

晋平公之时，以阴阳之学显于当世。燻目为瞽人，以绝塞众虑，专心于星算音律之中。考钟吕以定四时，无毫厘之异。《春秋》不记师旷出何帝之时。旷知命欲终，乃述《宝符》百卷，至战国纷争，其书灭绝矣。

把师旷故事同希腊神话相对比，确可收到相互阐发之效。师旷又称瞽

[1] 伽达默尔（Hans-Georg Gadamer）：《真理与方法》，洪汉鼎译，上海人民出版社 1992 年版，第 457—458 页。

旷（见《庄子·胠箧》），且自称“盲臣”或“瞑臣”，[1]无疑是位双目失明的人，同谛摩多科和忒瑞西阿斯具有同样的生理缺陷。他以精通诗乐和预卜吉凶著称于世，这又似乎兼备了希腊神话中两类盲人的异能。关于师旷的耳聪心细有许多传说，《左传》中常为人引用的“史为书，瞽为诗，工诵箴谏”一段议论便出自他口；他为太子晋算命的故事充分显示了预言先知的本领，[2]《淮南子·齐俗训》说“师旷先知祸福，言不遗策”，是对他占卜能力的直接夸赞。《后汉书·方术传序》：“箕子之术，师旷之书。”注：“《师旷占》，灾异之书也。今书《七志》有《师旷》六篇。”《隋书·经籍志》有《师旷书》三卷，在五行家岁占诸书中。又占梦书中云：“梁有《师旷占》五卷。”尽管这些著述无一幸存，但从书名可知师旷作为占卜大师的身份如何同传自萨满巫师的方术之学一脉相承。关于他在音律歌诗方面的禀赋，《左传》中有他“骤歌北风”的故事，《国语·晋语八》有他对晋平公说乐的高论，《吕氏春秋·长见篇》有他“欲善调钟，以为后世之知音者”的传说，《韩非子·十过》有他“援琴而鼓”，讥亡国之音的佳话，凡此种种，不一而足。就连希腊盲先知通鸟语的特异功能也可在师旷传说中找到对应之处。《左传·襄公十八年》云：

> 丙寅，晦，齐师夜遁。师旷告晋侯曰：“之声乐，齐师其遁。”邢伯告中行伯曰：“有班马之声，齐师其遁。”叔向告晋侯曰：“城上有乌，齐师其遁。”十一月丁卯，朔，入平阴，遂纵齐师。

梁孙柔之《瑞应图》云：

---

[1]《逸周书》第六十四《太子晋解》篇。

[2] 参看《艺文类聚》卷十六引《春秋外传》；应劭《风俗通义·正失》等。

师旷鼓琴，通于神明。玉羊、白鹊翾翔，坠投。[1]

又云：

师旷鼓琴，有玄鹤二双而下，衔明珠舞于庭。一鹤失珠，觅得而走，师旷掩口而笑。[2]

上引前一则传说表现师旷从鸟声中听出敌军动向的敏锐听力，虽有神异色彩，毕竟还是史传文字。王伯祥《春秋左传读本》分析说："师旷瞽，听觉神，闻乌鸟之声和乐，知得空营可以栖止，故断为齐师遁去也。"这一解释点破了所谓鸟语神话的实质。后二则记载更近于神话，它们表现师旷用音乐语言同禽兽相交际的情形，这就意味着盲乐师不仅能接受鸟兽语中的信息，而且能使鸟兽理解他的琴声，"通于神明"之誉，盖当之无愧。

在有关师旷的种种奇特传说中，也许最富于哲理意味的还是他"熏目以为瞽"的空前壮举，俄狄浦斯的自盲之举是一种对乱伦罪过的自我惩罚，而师旷却是出于"绝塞众虑"的动机弄瞎双眼的，这种"绝塞众虑"的内在欲求实际上正是告别俗世的大彻大悟的表现，此后的"专心于星算音律之中"无异于向"圣"界的自觉靠拢，因为所谓"星算音律"是标准的神灵语言和宗教征兆，是每一个萨满都必须兼备的占卜和音乐两方面的异能。师旷用"熏目"的绝对化方式一劳永逸地完成了老庄等道家圣人宣扬的"塞闭"和"甘瞑"的长期修炼工夫，达到精神上的脱胎换骨和心理上的弃俗入圣。相对希腊神话中的盲诗人和盲预言师来说，师旷的弃明入暗、告别五光十色的视觉世界

[1]《北堂书抄》卷一百九乐部九引。

[2]《渊鉴类函》卷三百六十四珍宝部《珠》三引。

是一种有意识、有目的的自觉行动，因而他也是靠自觉的努力而充当神灵代言人的。西方现代“狂人”哲学家斯宾格勒的下述一段话也许有助于领会师旷自盲的“狂”举：

“意识”一词，颇为含混；它包括了“生命存有”，也包括了“觉醒意识”。生命存有，具有脉动和异向；觉醒意识，则是张力和广延。植物的生存之中，不具有“觉醒意识”这一要素。

对动物而言，与眼睛相对立的一极，就是“光线”（light）。生命的图像，是透过光线世界，而扑摄入眼睛之中的。在人的觉醒意识之中，没有任何事物，能扰及眼睛的“支配地位”（lordship）。但一种不可见的上帝的概念，是人类超越性的最高表达，故而能超乎光线世界的界限之外。而在艺术之中，则只有音乐的方法，不必借助于光线世界，故而能使我们脱离光线的统治。[1]

既然人类百分之九十的信息均来自视觉，既然双眼已成了我们臣服于光的统治的奴役性工具，于是乎，永久性地关闭作为俗世信息来源的眼睛也就成了超凡脱俗的一种有效手段，开启心灵之眼的解放条件。在“肉眼凡胎”这一句中国古语中其实已经暗示出了对视觉有限性的深切认识。师旷的弃明投暗就这样以极端的反常态度为我们揭示了瞽盲制传统背后深隐着的哲学和心理根源。

让我用庄子的一句话来为本节做结吧：

庸讵知吾所谓知之非不知耶？庸讵知吾所谓不知之非知邪？[2]

---

[1] 斯宾格勒（Oswald Spengler）：《西方的没落》，陈晓林译，黑龙江教育出版社1988年版，第325页。
[2]《庄子·齐物论》，见《诸子集成》。

十、盲、瞑、梦
——迷狂与妙悟的心理学汇通

中国古代关于视觉丧失的“盲”概念同关于闭目幻想的“瞑”概念、闭目入睡的“眠”和“梦”等概念，彼此之间都有语音上的通转关系和语义上的交叉重合关系。对这些概念之间微妙关系的考察将把我们直接引向与诗的创作密切相关的艺术灵感问题，从根源上解释中国的神思、妙悟之说与古希腊的迷狂说的由来。

王力先生的《同源字典》在“明母（m）”条下收录了一系列有声转关系的字：

mu 冒：mong 蒙（冡）幪霿（幽东旁对转）

miuəng 夢瞢：məng 懜（懵）（蒸部叠韵）

myeng 冥：myeng 瞑（耕部同音）

mong 蒙：mong 濛朦矇（东部同音）

meang 盲：mong 矇（阳东旁转）

mô 眊：mu 瞀贸（宵幽旁转）

王力认为，“这些字都和蒙冒的意思有关。天蒙冒则为雾，为梦，为冥；目蒙冒则为盲，为眊，为瞀，为矇。故诸字同源。”[1] 如果略作补充的话，或许还可以说这些字的造字表象当初大都与视觉感受有关。换句话说，所有这些同源的字汇都起因于视觉被蒙蔽遮盖之后的那种昏暗不明的感觉。

[1] 王力：《同源字典》，商务印书馆1987年版，第245页。

《说文》训冒为“蒙而前”，就有遮蔽的意思。《诗·邶风·日月》“下土是冒”句毛传：“冒，复也。”《汉书·翟方进传》“善恶相冒”句注：“冒，复蔽也。”所谓“帽”指用来遮蔽头的东西。被遮蔽的对象总是昏暗无光，所以被训为冒的“蒙”字被用来指天气或智力上的不明：蒙昧。又被用来指地底下的阴暗鬼域：蒙谷。[1]蒙谷可称幽都、冥间或冥府，皆取义于视觉上的遮蔽感受。再用表示眼睛的“目”旁来组成新字，就有了意指闭眼的“瞑”和意指瞎眼的“矇”与“盲”。还有指眼昏花的“眊”。《说文》训眊为目少精。《孟子·离娄上》：“胸中不正，则眸子眊焉。”注：“眊者，蒙蒙目不明之貌。”另外两个从目会意的“瞢”与“夢”也均指视觉上的蒙昽状态。《说文》训瞢为目不明，又训夢为不明。二字音义相同。《小雅·正月》：“视天夢夢。”疏：“夢夢者，言王政昏乱之意也。”为夢字加上表示寝息的偏旁，又有了表示睡梦的“寢”字，后来两个意思都用一个夢字来表示了。

《广雅·释言》：“寢，想也。”王念孙疏证：“寢，经传通作夢。”《列子·周穆王篇》云：“神遇为梦。”[2]

由“神遇为梦”的古老信仰到诗歌、音乐和占卜技艺的“神授”说和灵感论，其间贯穿着一条清晰可辨的发生线索。暂时性的视觉闭锁体验如有意识的“冥想”和无意识的“梦”都会产生“通神”的效果，可以想见，耽迷于此种神秘体验的异常敏感之人就像使用麻醉药成瘾的嗜毒者一样，出于“但愿长醉不愿醒”的动机，将暂时性的视觉关闭人为延长成永久性的视觉关闭，一部分非先天性的瞽盲乐师、歌手和占卜师就这样从生理、心理条件上与凡俗世界的芸芸众生们划开了界限。瞽盲传统在脱离了史前法术信仰和实践进入文明社会之后，向纯粹的艺人、说书人和算命先生的方向衍化，但其通神和迷狂的宗教效应却依然不绝如缕地保持下来，为后世的文艺理论家们提出神思、

[1] 参看叶舒宪：《中国神话哲学》，中国社会科学出版社 1992 年版，第 23 页。
[2] 王念孙：《广雅疏证》卷五下，上海古籍出版社 1989 年版，第 503 页。

妙悟、迷狂、灵感诸般学理提供了现实原型。

西方流行的迷狂说的理论奠基人向来公推古希腊哲学家柏拉图。然而更确切的说法应该是苏格拉底。从迷狂理论的原始出处《伊安篇》中可以看出，苏格拉底是在尝试解释自诩为全希腊最出色的诵诗人伊安的传诗经验时提出这一理论的。伊安自己感到困惑的问题是，为什么谈到其他诗人时自己无动于衷，而一讲到荷马就会神思泉涌，口若悬河呢？苏格拉底认为，传诵诗歌的本领不是一种技艺，而是一种靠神力驱使的灵感。诗神就像一块能发出强大吸力的磁石，先把灵感传给诗人，磁力又从诗人的作品传给其他人，形成一种磁力链的连锁反应。在这条磁力链上，诗的作者与传诵者同样要依赖神灵附体所带来的那种迷狂状态，才能出神入化地创作和讲唱诗歌。为了更有效地说明迷狂说的性质，苏格拉底先后运用了不少比喻和类比，其中有两个类比特别值得注意，因为它们暗示出了诗歌灵感的宗教心理根源。一个是诗的灵感状态与巫师舞蹈和仪式狂欢状态的类比：

> 科里班特的巫师们在舞蹈时，心理都受一种迷狂支配；抒情诗人们在做诗时也是如此。他们一旦受到音乐和韵节力量的支配，就感到酒神的狂欢，由于这种灵感的影响，他们正如酒神的女信徒们受酒神凭附，可以从河水中汲取乳蜜，这是她们在神志清醒时所不能做的事。[1]

按照这种说法，诗的灵感完全来自一种非理性的心理状态，对于倡导唯物主义的理论家们来说，这种学说自然是一无可取的。一位美学史家写道：这种反理性的文艺思想到了资本主义末期就与颓废主义结合在一起。康德的美不带概念的形式主义的学说对这种发展也起了推波助澜的作用。此后尼采

[1]《柏拉图文艺对话集》，朱光潜译，人民文学出版社 1959 年版，第 7 页。

的酒神精神说，柏格森的直觉说和艺术的催眠状态说，弗洛伊德的艺术起源于下意识说，克罗齐的直觉表现说以及萨特的存在主义，虽然出发点不同，推理的方式也不同，但是在反理性一点上，都和柏拉图是一鼻孔出气的。[1]其实，非理性并不等于反对理性，而在于说明艺术创作思维不同于其他理性作品的方式。假若从人类学的立场上去看，那么真正与柏拉图“一鼻孔出气的”竟是全世界各地的游吟歌手和民间艺人，除了赫赫有名的盲乐师荷马之外，还可以举出许许多多这方面的例子。希腊著名诗人品达宣称：诗神缪斯的作用就在于以语词和音乐确立创作的全部过程，诗人只不过是缪斯附体的媒介和代言人。[2]与荷马齐名的赫西俄德也表述过类似的歌诗通神观点。[3]稍晚些时的阿尔克曼曾以自夸的口吻否认神授说，但他承认自己的灵感仍然由别人的歌声所引发，这也符合苏格拉底所说的连锁式迷狂感应：

缪斯声高亢，塞壬声悠扬，
我不需要她们感召，
听见你们这群少女的歌声
就给了我足够的灵感。[4]

印度古代大诗人迦梨陀娑以微贱出身同一位公主结婚，公主极以为耻。迦梨陀娑向迦梨女神乞求智慧与灵感，遂成为名诗人。人们称他为迦梨陀娑，意思是迦梨女神的代言者。[5]印度大史诗《罗摩衍那》的作者蚁垤在作品中被称为“最初的诗人”，他的诗艺从何而来呢？相传他在创作前静坐冥想以

[1] 朱光潜：《西方美学史》上卷，人民文学出版社 1979 年版，第 59—60 页。
[2] 佩特罗·普西（Pietro Pucci）：《缪斯的语言》（*The Language of Muses*），见《20 世纪思想与文学中的古典神话》，得克萨斯技术大学出版社 1980 年版，第 163 页。
[3] 佩特罗·普西：《赫西俄德与诗的语言》，第 8—16 页；参看前引书第 163 页。
[4] 阿尔克曼（Alcmam）：《无题》，水建馥译，《古希腊抒情诗选》，人民文学出版社 1988 年版，第 70 页。
[5] 参看季羡林：《沙恭达罗》译本序，人民文学出版社 1980 年版。

期神赐，竟然一坐数年，知觉全无，以致蚁垤爬满了全身，因而得名。[1]这一传说实际上表现了印度教典型的冥想修行方式对传统迷狂说的改造。我国西藏巴青盲歌手布周演唱《格萨尔》史诗时要举行固定的仪式：先在桌上烧香，桌前挂起格萨尔的画像，桌上摆起王妃姝牡的石雕像及传说中大王用过的弓、箭、矛、斧等武器。然后艺人闭目端坐，进入“神情恍惚”状态，等所谓“格萨尔附体”和“通神”以后，便滔滔不绝地说唱起史诗来。[2]较早在四川和青海搜集《格萨尔》的法国女学者亚历山大·达维德尔尼也曾报道她亲眼所见的“仲肯”（说唱艺人）演唱情形：

逗觉·辛巴坐在一张白纸前面，好像中了催眠术似的，他以无穷无尽的激情朗诵和演唱，我的弟子和我匆忙地把诗歌记录下来。这样天天听，一共听了六个多星期。[3]

这种类似迷狂的演唱使她感到一种无法解释的“迷惑”。另一部柯尔克孜族史诗《玛纳斯》的演唱者亦坚信“神授”说。如苏联大歌手铁尼拜克就讲过他如何在梦境中学会史诗，醒来后唱了七天七夜，一下子成为游吟诗人。演唱阿昌族创世史诗《遮帕麻与遮米麻》的著名歌手赵安贤认为，他是在病中由神教会唱这部史诗的。藏族姑娘玉梅也是在生了一场大病后，从昏迷状态中获得神启，突然唱起《格萨尔》来。在此之前，她虽然也常听到此诗，但却并未演唱过。[4]诸如此类的现代考察报道并非出于杜撰，其所反映的“神授”问题大致可分为三种情形：盲人在天然的视觉丧失状态中达到迷狂，获得诗的灵感；明眼人通过闭目冥想进入迷狂，获得灵感；明眼人在无意识的

[1] 季羡林：《〈罗摩衍那〉初探》第2章，外国文学出版社1979年版。
[2] 徐国琼：《试论〈格萨尔〉“仲肯”的“博仲”》，《民间文学论坛》1986年第1期。
[3] 达维德尔尼：《岭格萨尔王超人的一生》，转引自徐国琼前引文。
[4] 参看陶阳：《史诗〈玛纳斯〉歌手“神授”之谜》，《民间文学论坛》1986年第1期。

梦境或昏迷中获得神启灵感。这三种情形与古汉语中的三个通转概念——盲、冥（瞑）、夢——刚好分别对应，这就为灵感发生研究找到了共同的规律性因素，也为诗歌与萨满迷幻术之间的联系提供了旁证。

在中国古代，通过视觉剥夺的方法达到通神的效果，大致也有以上三种途径。瞽矇传诗典乐的传说正与“盲”的概念相符，自不待证明，唯值得一谈的是另外两种暂时性的视觉关闭法：冥与夢。

冥的通神法或可借用“闭目养神”一说作通俗的注脚，其实质仍在于模拟盲者的视觉关闭状态，使意志和心智集中到自己的内心世界中来，宗教修行性的沉思冥想正是此种通神术的自然发展。沉思冥想又叫沉思默想。这个“默”字与“冥”字相关又相通，其中介环节似乎还是指视觉遮蔽效果的“冒”字。王力《同源字典》把“冒”与“墨”视为“幽职旁对转”的字，而“墨”通“默”则不证自明。《左传·昭公十四年》：“贪以败官为墨。”朱骏声说，墨假借为冒。王力也同意“贪墨”与“贪冒”实一词也。[1] 弄清默字与盲冒蒙等概念的相通之处，可知这个意指黑暗不明状态的词原可用于视觉感受，并非专用于听觉方面，如“默默无闻”这样的说法。扬子《法言》中有“瞽旷能默”说：

或问：“圣人之作事，不能昭若日月乎？何后世之訔訔也！”曰：“瞽旷能默，瞽旷不能齐不齐之耳；狄牙能喊，狄牙不能齐不齐之口。”

汪荣宝疏云：瞽旷即师旷，默谓口不言而心通。《解嘲》云：“知玄知默，守道之极。”[2]“默”用于耳口之间，谓“口不言而心通”，若用于眼睛，则可谓“目不见而心通”，是为“目默”。刘熙《逸雅》云：“目默也，默

[1] 王力：《同源字典》，第 248 页。
[2] 汪荣宝：《法言义疏》八，见《新编诸子集成》，中华书局 1987 年版，第 158 页。

而内识也。”[1]内识恰与“心通”对等，“守道”则是“通神”的哲学化表述。无可怀疑的是，此种以“内识”为目的的“目默”功夫乃是取法于盲人的“目不见而心通”，用人为的瞑目修炼以求达到萨满巫师的出神入化状态。

用萝为手段的通神也是古已有之。所谓梦占吉凶与梦中神授诗或乐的记述古书中十分常见。据《史记·赵世家》所述，有一次赵简子身染重病，连续昏迷五天，不省人事。醒来后自述其梦说，他于迷幻中上了天，“与百神游于钧天，广乐九奏万舞，不类三代之乐，其声动人心”。由此观之，《商颂·那》篇所言及的祭祀乐舞“万舞”原本也是神授自天的。赵简子的“其声动人心”之说也表明了“神乐”与俗世流传的“三代之乐”存在着感召力上的程度差别。

灵感源于神灵启示，而盲、瞑、梦则是通神所必需的准备状态，三者共同的特点是视觉关闭所带来的“内视”和洞见。所谓灵感指的正是此种内心“联觉”或“通觉”开悟后的洞见光明状态，诗歌音乐则是转达此一状态的有效听觉符号。著名的中古东方歌手卢斯达维里在其史诗《虎皮武士》中对诗歌优于日常语言的特征作过如下描述：

诗歌是一种认识，它使人有高尚的情操，
奇妙的语言娱悦视听，令人心地善良美好，
只要不是聋子，琅琅的诗章谁都欣赏，
一般言语松散，诗句则精练而有力量。

千里驰骋不怯力，才配称为马中的良骥，
球球命中不失脚，方显出球场的绝技。
诗句奔放韵多彩，才算是光荣的歌手，

[1] 陈元龙：《格致镜原》卷十一“目”条下引，见《四库全书》。

他发现语言贫乏，自己就会勒住马头。[1]

诗歌正因为具有“精练有力”和“奔放韵多彩”的特点才被区别于日常话语，被视为神赐的话语形式，诗歌创作自然也就成了冥中通神的神秘行为。似乎并不是诗人歌手凭自己的主观努力唱出歌诗，而是神灵操纵着他们的口舌，使之成为自己的传声工具：

词曲在我的口中涌现，
又流畅地源源吐露，
词语刚在舌尖上形成，
便从牙齿间脱口而出。[2]

古代芬兰史诗《卡勒瓦拉》开篇时的歌手自述，异常生动地说明了这种神灵附体后不自觉地创作状态。现代分析心理学的创始人荣格也对此心理状态与书面写作做过描述：“这类作品能动地强迫着作者，他的手不由自主，笔下写出的东西使他瞠目结舌。这种作品自成一体，不容作者添枝加叶，凡作者所不愿意要的东西都抛回给他。正当他的清醒意识在这些现象面前惊诧之时，一些他从未想过要写的思想和形象却有如万斛源泉一般不择地而出了。……他只能服从于显然是外来的冲动，受它引导，感到这作品比他本人伟大，投身于一种不属于他的，不为他所驾驭的力量。在这里，艺术家与创作过程并没有融合为一；他明白他是作品的附庸，或置身于作品之外；仿佛他是一个局外人，或者仿佛为异己的法术力量所操纵的人。”[3] 与传统的神

[1] 卢斯达维里：《虎皮武士》，汤毓强译，外国文学出版社 1984 年版，第 3 页。

[2]《卡勒瓦拉》，侍桁译，上海译文出版社 1985 年版，第 2 页。

[3] 荣格：《论分析心理学与诗的关系》，朱国屏、叶舒宪译，见《神话—原型批评》，陕西师范大学出版社 1987 年版，第 91 页。

授说不同，荣格并不从超自然力方面寻求这种灵感状态的解释，而是诉诸人类自身历史所积淀而成的“集体无意识”及其原型。在他看来，创作中的灵感虽不是神灵的赐予，但也不是诗人自己努力的产物，而是对古老原型的无意识“激活”，是神话情境的突发性再现。这时的诗人总感到有特别的情感强度，就好像心中以前从未发过声响的琴弦被拨动，或者有如我们心底从未觉察到的力量顿然勃发，主体会体验到一种异常的释放感，正所谓“词曲在口中涌出”。诗人正因为触发了原型的力量，才得以发出比他自己的声音强烈得多的声音，那是1000个人的声音，始自千万年以前的集体声音，可以使唱者听者都忘乎所以，心醉神迷。[1]荣格以为这既是创作灵感的奥秘，也是艺术品感染力的奥秘。他的这种灵感说把神授观念解释为人类自身心理现象的幻化，从而排除了一切超自然的原因，这无疑是一大革新。但他强调的只是原型在诗人身上激活的突发性，忽略了由盲、瞑、梦所表现出的闭目沉思的内心修炼功夫，这无异于又给神授说留下了余地。

印度大史诗《罗摩衍那》为我们提供了理解“神授”与“冥想”之间关系的双重参证。诗中虽然叙述了梵天神授意诗人歌唱罗摩事迹的过程[2]，但也同时表现了诗人自己的修行功夫。这位“最初的诗人”不仅本身就是一位宗教“苦行”者，而且他的诗作也完全是以“瞑”的方式坚持长期修炼的结晶。诗中说他安居在宗教圣地净修林之中，称他为“这位收视返听的牟尼”[3]，这显然符合宗教领袖从心理上与俗世隔绝的前提条件。诗中还说他“深深地进入了禅定”[4]，大梵天的降临正是这次“禅定”的结果。什么是“禅定”呢？美国哈佛大学的心理学家凡尼尔·科尔曼在对比分析了印度教、佛教、犹太教、基督教、苏菲教、藏传佛教等12种修行方式后得出结论说，禅定、瑜伽、

[1] 参看《神话—原型批评》，第100—101页。
[2] 蚁垤：《罗摩衍那》童年篇，季羡林译，人民文学出版社1980年版，第21—23、19、21页。
[3] 蚁垤：《罗摩衍那》童年篇，季羡林译，人民文学出版社1980年版，第21—23、19、21页。
[4] 蚁垤：《罗摩衍那》童年篇，季羡林译，人民文学出版社1980年版，第21—23、19、21页。

止观等不同的术语均可通译为现代心理学术语“沉思瞑想”（meditaion），特指经过修行而达到一种超验的精神空间，“天国”“彼岸”或“净土”等说法只不过是这同一精神空间的地理学隐喻。[1]可见所有宗教虽门派各异、口号纷繁，在精神追求的目标实质上却是惊人相似的。如果剔除那些经过神秘主义渲染而产生的纷乱外观，我们可以从修行实践中找到一种人类不断超越自身的时空局限、寻求大彻大悟的“宇宙意识”的宝贵主体经验。

研究表明，瞑想体验中所达到的“出神”状态实际上相当于主体意志力量所实现的愿望幻境，沉思者可以在闭关视觉的情形中实现内视，看到自己所相信的东西。[2]这种“视其所信”（Seeing what you believe）的心理技术完全是直观体验性的，因而也是不可言传的，它之所以受到神秘渲染，原因就在于此。中国古代诗论中有“学诗如参禅”之说，实际上已注意到宗教的瞑想技术与艺术创作心理之间的相似与关联。用心理学家关于“视其所信”的观点至少可以部分地解释“迷狂”与“神授”的底蕴。由于最初的职业诗人歌手们大都是服务于宗教礼仪的神职专家，他们的创作迷狂与宗教心理经验自然是一回事，如《罗摩衍那》所揭示的那样。

法国汉学家石泰安（又译“斯坦因”）在其以实地调查为基础而撰写的一部藏学名著《藏族格萨尔王传与演唱艺人研究》中指出，史诗的演唱艺人实际处于史诗与戏剧之间的中介地位，他们既是口齿伶俐的说唱者，也是现身说法的演员。他们要模仿诗中主人公的性格气质，而且他们自信就是英雄主人公的化身，连服饰也与主人公跑江湖时的穿着一模一样。在这里，我们不是看到“视其所信”的绝好例子吗？可惜石泰安仍因循着超自然的观点来解说他所观测到的现象：

---

[1] 科尔曼（Daniel Coleman）：《瞑想体验面面观》（*The Varieties of the Meditative Experience*），艾维英顿出版公司 1977 年版，第 XXV 页。

[2] 参看《瞑想体验面面观》第 17 章，第 112—114 页。

很清楚，演唱艺人的本质是纯粹属于宗教性质的，他处于鬼神附身的状态中。在这样的状态中，他直接化身为史诗中的英雄或别的人物，而以他的嘴来讲话，或者他在一定时间内表演出英雄人物的伟业……这是一个通神者，一个神灵赖以“下降”到他身上的演唱“工具”。他学习这些歌曲不用口讲笔授。他通常是神选或神授的一个普通牧人，在他的“天国”的旅程中为英雄所选定，或是由于一次没有任何预示的幻觉所指使的。[1]

在了解到瞑思与“通神”的关系之后，我们也许不会再被这里的“鬼神附身”说所迷惑了吧。“天国”之旅也罢，无预示的幻觉也罢，不都暗示着艺人曾经历的旨在追求超验性精神空间的瞑想经验么？而艺人化身为英雄主人公的信念，不也正是他做到“视如所信”之奇迹的心理前提吗？

行文至此，似可对瞽盲传诗制做出新的解释了。如一位盲预言家所说，我虽然看不见凡人所能看见的东西，我却能看见凡人所看不见的东西。后世的宗教修行者们试图借助于瞑和梦的形式去达到这种凡人所无的内视力，其实质乃是对盲的心理体验的人为模仿。因为只有尽可能摆脱尘俗的视觉世界的濡染和干扰，内视的天国、彼岸、净土才有可能向你招手。这种境界来自于长期的视觉关闭性心理经验，而天生的盲人则无师自通地拥有走向这种境界的优先权，这正是瞽矇们在心理构成上最接近“迷狂”和“通神”状态的原因，也是他们早自史前萨满教文化便已充当神灵代言人的原因。

让我引用盲先知忒瑞西阿斯对俄狄浦斯国王的一段答话为本节作结：

既然你咒骂我是瞎子，那我就告诉，你眼睛虽明亮，却看不到你自己的

[1] [法] 石泰安：《藏族格萨尔王传与演唱艺人研究》结论，巴黎，1959年。中文节译见《民族文学译丛》第1集，中国社会科学院少数民族文学研究所，1983年，第73页。

灾难，不知道你住在什么地方，与谁住在一起。

十一、萨满变性
——瞽矇与寺人的同一性

瞽矇是先天的或后天的丧失视力的人，寺人是后天丧失生殖力的男人，除了二者皆可归类为伤残人即生理缺陷者外，似乎没有更多的同一性可言。然而现代精神分析学把失明释为一种象征性的阉割，这就等于从象征意义上揭示出盲人与阉人的同一性关系。这层关系对于考察中国诗歌发生问题具有重要启迪，那就是在本来似风马牛不相及的尹寺作诗制与瞽盲传诗制之间架起了相互沟通的桥梁。归根结底，瞽盲与寺人的此种认同关系仍源出于残疾人充任萨满巫师的承袭制度。

当代学者已经注意到，充当萨满候选人者除了生理心理方面的异常和缺陷外，还可以是性别上的异常者，如前引马林诺夫斯基所言“同性恋、性欲反常等人物”。寺人作为抹杀了两性差别的中性人，当然也是适合的人选。另外，巫师常由女性来充当，这也是较为原始的普遍情况。马林诺夫斯基提到：“巫术亦常是妇女的特权，尤其是那些特殊状态中的妇女，如丑婆，处女，孕妇等，所举行的巫术效力更大。”[1]考德威尔在分析希腊盲预言师的神话时对巫师为女性的现象做了另外的解释。他认为，关于忒瑞西阿斯致盲的三种传说都象征性地体现着某种性禁忌的内容。一种说法把他的失明看作是泄露了神的秘密后招致的惩戒，这个秘密在精神分析学家的眼中正是有关双亲的性活动秘密，也是每一个儿童成长中都怀有的好奇心的主要对象。从成人角度说，这些有关性的知识不能让孩子知道，所以是“被禁忌的知识”

[1] 马林诺夫斯基：《文化论》，费孝通等译，中国民间文艺出版社 1987 年版，第 63 页。

（forbidden knowledge）[1]。儿童不仅要冲破这一禁忌，而且出于本能的俄狄浦斯欲望，还要试图从旁观者变为加入者，介入到双亲之间的性关系中去。希腊地狱中受罚的四个著名罪犯都是因为有类似的破禁越轨行为才遭到惩戒的：泰忒斯（Tityus）和伊克西翁（Ixion）试图染指宙斯的情妃列托（Leto）和妻子赫拉；坦塔罗斯（Tantalus）和西绪弗斯则分别偷看宙斯做爱和泄露了宙斯与女儿的私情。根据阿波罗多洛《韵文编年史》中的另一段插话，忒瑞西阿斯所泄的密乃是他的妻子与宙斯的性关系。

第二种说法是他偷看了母亲裸体洗浴的场景，这一情节所象征表达的乱伦行为已如前述。

第三种说法中包含着两个表面上各自独立、实质上彼此相关的事件：一个是忒瑞西阿斯收养两条蛇之事，精神分析将此二蛇释为双亲的动物化身，事件本身仍是婴儿乱伦幻相的象征。接下来有一个情节是他变成女人，这同前两种说法中他变成瞎子一样，都表达违禁后的惩罚。而且既然盲目本为阉割的象征，先知性别由男变女无疑也是阉割的象征。另一个事件是先知在宙斯与赫拉的争执中偏向前者，因而遭后者惩罚变盲。考德威尔认为此事与先知的变性情节密切相关，因为由男变女乃是获致某些性方面知识的必要前提。宙斯与赫拉的争执其实也是关于性的：究竟哪种性别的人在性活动中获得更大的快感，男人还是女人？忒瑞西阿斯评判的结果是女人快感更大。他若不是曾预先变为女人，无论如何也不会有这种权衡比较的经验，也就无法回答这一兼及两性体验的难题。尽管赫拉对此答案极为不满，对先知进行了残酷报复——象征性阉割即夺去双眼，但在此之前，先知已经经历了一次象征性阉割而变了性，否则也就不会有这一评判了。这一事件似乎在于说明，改变性别乃是获得某种新知的必要条件。萨满、巫师之所以常由女性担任，

[1] 考德威尔：《希腊神话中的占卜术心理学》，《20 世纪思想与文学中的古典神话》，第 47 页。

谜底也在这里。以占卜、预言为能事的先知本来就以萨满为其前身，古希腊神话中先知的变性与西伯利亚原始萨满教制度之间的相似性很能说明一种普遍现象。

萨满教心理学研究者查尔斯·杜塞报告说，卡姆卡达（Kam-chadal）原始人甚至没有男性萨满，在所有的西伯利亚部落中，萨满常由女性担任。而且，不论是男是女，萨满所穿法衣都是女装，头发都梳理成女式，按照女性的习惯特征而动作。再有一点值得关注的是，如果一个男性要成为萨满，必须经历性别改变，成为所谓的"柔男"（soft manbeing）或"女性化的"（womanlike）。他们不仅在装束打扮上完全女性化，而且连步态、身姿和声音也毫无男子气了。变成女人的男性不能再同男性结婚，人们确信他们已有了女性生殖器。[1]惊人相似的情况在中国北方萨满教文化中亦有披露。蔡家琪先生指出："巫以女性为多，神灵中女性的也不少。即使是男子充任巫职，也往往要男扮女装、男作女态、男言女声。这并非偶然，说明巫师和萨满的出现和母系氏族社会有密切的联系。"[2]这里所述变性现象表明希腊、西伯利亚与中国的共同性，但用母系社会来解释似论证不足，不然的话，中国历史上源远流长的宦寺传统岂不也成了母系制的遗产？在我看来，阉割能使雄性动物驯化，使男人女性化，但并不能真正制造出女人，"柔男"也好，"恭人"也好，其象征实质不在于性别的逆转，而在于两性差异的抹杀消解，亦即达到中性化的"中人"。盲人与中人的同一性关系在中国表现为寺人作诗与瞽矇教诗的暗合对应，在希腊则由先知忒瑞西阿斯先变性后盲目这两种象征性的阉割统一起来。其间的奥义密旨还有待进一步探讨和发掘。

[1] 杜塞（Charles Ducey）：《萨满的生活史与创造心理：人种精神分析透视》（*The Life History and Creative Psychopathology: Ethnopsychoanalytic Perspective*），见《社会的精神分析研究》，美国耶鲁大学出版社 1976 年版，第 183—184 页。

[2] 秋浦主编：《萨满教研究》第 7 章，上海人民出版社 1985 年版，第 141 页。

THE FIFTH PART

第五章

摹声·重言·婴儿语

——汉语的诗歌功能与中国诗的发生

伐木丁丁

鸟鸣嘤嘤。

——《小雅·伐木》

当语词被构建出一种音乐韵律时，它们便创生了最基本的诗歌形式。

——鲍勒《原始歌谣》

一、《关雎》首句的训诂问题

关关雎鸠，在河之洲。
窈窕淑女，君子好逑。

这是人们熟知的《诗》三百篇中第一首《周南·关雎》的第一节。一部历时2000多年的中国诗史就是以这四句诗揭开序幕的。围绕着对此诗的解说，形成了争论不休的两大诗论传统，其千年后的余响甚至可以在明代剧作家汤显祖《牡丹亭》中引发出典型的戏剧冲突。不过，在本章中我主要关心的是《关雎》一诗头两个字的训诂背后所潜存的有关诗歌发生学的问题，并由此而透视《诗经》语言的一种原发特征及其文化价值。

图15 东汉画像石上的《关雎求鱼图》

《诗经》以《关雎》一篇开头也许只是历史偶然作用的结果。[1]不过这首诗确实在许多重要方面足以充当305篇的典型代表：无论是它那可做二重解释的主题、四字句章法、比兴的运用，还是重言、叠韵的修辞格式、一唱三叹的歌咏韵律，等等。就在《关雎》所

[1] 按照《诗小序》的看法，《关雎》之所以为首篇是由于风教方面的典范作用："后妃之德也，风之始也，所以风天下而正夫妇也。"现代学者已无人相信毛序之说，刘大白《白屋说诗》甚至斥之为"一派白日见鬼的梦话"。清儒严虞惇《读诗质疑》卷一有一段议论可以作为对毛序"梦话"的解说与发明，兹引录如下："《汉书·匡衡》曰：妃匹之际，生民之始，万福之原。婚姻之礼正，然后品物遂而天命全。孔子论诗以《关雎》为始，言太上者民之父母，后夫人之行，不侔乎天地则无以奉神灵之统而理万物之宜。故《诗》曰：窈窕淑女，君子好逑。言能致其贞淑，不贰其操，情欲之感无介乎？容仪宴私之意，不形乎动静夫？然后可以配至尊而为宗庙主。以纲纪之首，王教之端，自上世以来，三代废兴未有不由此者也。"见《四库全书》经部八十一。

以得名的首句“关关雎鸠”四字中，亦不难找到关乎诗之本质的语言特征。

“关关”，毛传解为“和声也”，鲁诗说也认为是“音声和也”，郑笺同此。这种解说实际上已给一个简单摹声词附加上了莫须有的“和”的价值，其目的在于为道德化说教张本。毛传接着说：

雎鸠，王雎也，鸟挚而有别。水中可居者曰洲。后妃乐君子之德，无不和谐，又不淫其色，慎固幽深，若关雎之有别焉，然后可以风化天下。夫妇有别则父子亲，父子亲则君臣敬，君臣敬则朝廷正，朝廷正则王化成。

毛先生就这样驰骋其自我中心的思维，居然从水鸟的关关鸣叫声中引发出一套“朝廷正则王化成”的治国大道理来，一首民间情歌的起兴也就被抬举成道德寓言的引子了。与这种伦理政治定向的思维模式相对应，单纯的拟声词“关关”也被解释出各种复杂的寓意。朱熹《诗集传》：“关关，雌雄相应之和声也。”不知这种“雌雄相应”的意思是怎样从“关关”的拟声叠字中挖掘出来的。朱氏接着说：“雎鸠，水鸟……生有定偶而不相乱，偶常并游而不相狎，故毛传以为挚而有别，《列女传》以为人未尝见其乘居而匹处者，盖其性然也。”[1]古代注释家们就是如此彼此推波助澜，锺事增华，把一只求偶而鸣的水鸟看成是贞节烈女的榜样了。清儒王先谦又搜罗各种训诂旁证，对“关关”一词做了无以复加的阐发：“《史记·佞幸传索引》：‘关，通也。’《尚书大传》‘虽禽兽之声，犹悉关于律’，注：‘关，犹入也。’案，‘入’亦‘通’也。《太玄·玄测都序》注：‘关，交也。’‘交’训‘通’，亦训‘交’。鸟之情意通，则鸣声往复相交，故曰‘关’。重言之曰‘关关’，谓鸟声之两相和悦也。《玉篇》：‘关关，和

[1] 朱熹：《诗集传》卷一。

鸣也，或为喧。’《广韵》：‘喧，二鸟和鸣。’《说文》无‘喧’字，此后起之义。……《文选》张衡《东京赋》：‘雎鸠丽黄，关关嘤嘤。’《归田赋》：‘王雎鼓翼，鸧鹒哀鸣。交颈颉颃，关关嘤嘤。’‘交颈’‘关关’承王雎言，‘颉颃’‘嘤嘤’承鸧鹒言。和鸣在无人之区，有别于众见之地也。”[1]这一大段解说可谓用功勤矣。不过由于未能跳出毛传设下的道德老套，说来说去还是在为旧说补充证据，力图在摹声词背后找出深隐之义。

现代学者在抛掉了儒家诗教的道德有色镜之后，不再从“后妃之德”的附会方面去看待《关雎》，一般都承认这是一首单相思的恋歌。其作者自然也就不是毛传所说的后妃或朱熹所说的宫人，而应是一位男性吧。崔述《读风偶识》提出：“细玩此篇，乃君子自求良配，而他人代写其哀乐之情耳。”[2]按照这种男子咏叹其爱慕之情的说法，《诗》中用来起兴的关雎究竟是什么鸟类，也就成了问题。唐孔颖达正义云：“雎鸠，王雎也。《释鸟》文郭璞曰：雕类也。今江东呼之为鹗，好在江边、沚中，亦食鱼。陆机疏云：雎鸠大小如鸱，深目，目上露骨，幽州人谓之鹫；而扬雄、许慎皆曰：白鹰似鹰，尾上白。”[3]准此，雎鸠乃是一种凶狠的鹰鹫类猛禽了。刘勰《文心雕龙·比兴篇》云：“关雎有别，后妃方德，德贵其别，不嫌于鸷鸟。”这简直让人想起上古神话中所描述的“猛兽食颛民，鸷鸟攫老弱”[4]的可怕景象，不禁产生出由衷的怀疑：难道诗人竟会用让人望而生畏的凶禽来比喻君子与淑女之间美妙的恋情吗？余冠英《诗经选》虽赞同“这诗写男恋女之情”，但对首句的注释却不做轻易判断，显然是考虑到了鸷鸟与淑女君子之间的不协调性：“雎鸠，未详何鸟。旧说或以为鹫类，或以为水鸟

[1] 王先谦：《诗三家义集疏》卷一，中华书局 1987 年版，第 8—9 页。
[2] 崔述：《读风偶识》卷一，《崔东壁遗书》，上海古籍出版社 1983 年版。
[3] 孔颖达：《毛诗正义》卷一，见《十三经注疏》，上海古籍出版社 1979 年版，第 273 页。
[4]《淮南子·览冥训》，见《诸子集成》。

类。近人疑为鸠类。”[1]闻一多《诗经通义》倡导从图腾的观点去考察《诗经》中的鸟类起兴，他对于雎鸠的解说也是别开生面的：“自来说雎鸠者，咸以为鹰鹫鹏鹗之类，此盖因《左传·昭十七年》‘雎鸠氏司马也’而误。不知《诗》之雎鸠，与《左传》之雎鸠，名虽同物而实则异指。旧传鹰与鸠转相嬗化（见《月令》《王制》《吕览》《夏小正》），《左传》五鸠之雎鸠司马，爽鸠司寇，皆神话中与鹰相化之鸠。《诗》之雎鸠，以兴女子，乃真生物界之鸠。学者不察，混为一谈，过矣。”[2]这一看法虽较新颖，但似乎还缺乏足以服人的力量。与此相对的一说把雎鸠视为捕食鱼类的鱼鹰，用来比喻求女的男子：

一说：以雎鸠求鱼象征男子求女。明代高启题《芦雁图》的故事可征。《篷轩杂记》云：“高季迪年十八未娶，妇翁周建仲出《芦雁图》命题，季迪赋曰：‘西风吹折荻花枝，好鸟飞来羽翮垂，沙阔水寒鱼不见，满身风露立多时。’翁曰：‘是将求室也。’择吉日以女妻焉。[3]

袁梅先生注《关雎》首句引此一说十分有趣，但他对关雎的释义仍用邵晋涵、王先谦等人的“鱼鹰”说，使鱼鹰与芦雁两相矛盾了。好在又有学者从现实经验出发提出了雎鸠即大雁说，这倒是与高启题《芦雁图》的传说寓意正相吻合了。更值得注意的是，大雁说的提出是以对“关关”象声词的模拟对象的重新思考入手的，两千年来的训诂家们只顾从“关关”背后挖掘微言大义，却忽略了这象声词所代表的声音特征：

---

[1] 余冠英：《诗经选》，人民文学出版社 1979 年版，第 4 页。
[2] 闻一多：《诗经通义·周南》，《闻一多全集》第 2 卷，三联书店 1982 年版，第 106—107 页。
[3] 引自袁梅：《诗经译注》，齐鲁书社 1980 年版，第 77 页。

“关关”之声，显然是扁嘴如鸭的鸣叫，今则写作“嘎嘎”或“呱呱”雕类的猛禽，就没有这种鸣声了，而是“溜溜”如笛，声锐似哨，林鸟闻声，悚然而栗，寂然不动。[1]

除此之外，大雁还是禽鸟类中“情挚”的典型：母雁失去公雁，或公雁失去母雁，再不会去另寻新偶。这种“之死矢靡他”的特性自然使人想起“挚而有别”的雎鸠为何受到古人的青睐。雁之作为两性之间稳固关系的象征，就这样自古及今保留在传说和民间风俗中。在浙东，据说订婚时要依照古时传承下来的风习，男方需送一对雁做彩礼。由于雁缺，以后就改用鹅代替了。这也是雁的特有象征性的另一旁证吧。[2] 参照高启题《芦雁图》的明代故事，似可从几方面推测出雎鸠的真实身份不是鸷鸟或鱼鹰，而是同样以鱼为食的大雁。

这一桩公案之所以历时2000年而无法了结，看来同古人对摹声词在诗中的地位和作用认识不足有关。考虑到古代诗歌与诗学相对发展不平衡的状况，这种忽略也是有情可原的。近代以来随着修辞学的发展，对《诗经》语言艺术的关注和研究也取得了前所未有的进展。所不足的是，限于专业分工的职业眼光，尚未能从思维、符号、文化与诗歌起源的宏观角度去探讨《诗经》修辞的问题，倒是在微观的词类词性、句式语法等方面积累了相当的数据资料。朱广祁先生的《〈诗经〉双音词论稿》在这方面颇有贡献。该书分为上下篇，上篇对《诗经》中的重言、衬字双音结构和联绵字做了系统归纳，并试图描述出重言分化发展的过程和规律。朱先生指出，《诗经》中的重言从词性上看应该都看作是形容词。但重言与一般的形容词不同，它不像“大、小、

[1] 骆宾基：《〈诗经·关雎〉首章新解》，原载《百花洲》1981年第1、2期，收入《诗经新解与古史新论》，山西人民出版社1985年版，第37页。

[2]《诗经新解与古史新论》，第42页。

长、短、速、迟”等词一样，直接说明事物的性质或状态，而只是以重叠的音节来朦胧地烘托出事物的态貌。《诗经》中的重言也不像现代汉语中的“多多”“红红”之类，是单音形容词的重叠。这种形容词的重叠用法虽然渊源于重言，但其出现远在《诗经》时代之后。现代汉语中的“绿油油”“黄澄澄”这样的形式，才更为接近于重言的形式。“油油”“澄澄”之类同重言一样，都不能确切说明被形容事物的性质。[1]然而，关于《诗经》重言的起源及其原始形式，这本书并没有提供答案。在涉及雎鸠鸣声“关关”的解释时，朱先生有其独特的看法：

《诗经》中凡以重言表现动物的鸣叫声，除《小雅·出车》“仓庚喈喈”一句外，句中都说出“鸣”字。“仓庚喈喈”一句由于“仓庚”是联绵字，在四字句中不能再加入“鸣”字，所以可看作特例。而“雎鸠”与“仓庚”不同，是可以单说一个字的。另一方面，重言用以形容动物，凡句中不出现“鸣”字的，都不是摹声。因此，有理由怀疑“关关”不是摹声词。《诗经》中重言和联绵字的互相转化现象并不少见，“关关”疑即“间关”之转。[2]

在傣族的原始歌谣中尚存少数反映狩猎采集生活的作品，其中同样表现了初民模仿动物鸣叫的象声手法。如《摘果歌》：

叫一声人们快上树，
只见大人和孩子，
只见老人和妇女，
你争我赶拥上来。

[1] 朱广祁：《〈诗经〉双音词论稿》，河南人民出版社 1985 年版，第 46、32 页。
[2] 朱广祁：《〈诗经〉双音词论稿》，河南人民出版社 1985 年版，第 46、32 页。

爬直树，

爬弯树，

摘的摘，

摇的摇，

捡捡拾，

哭的哭，

笑的笑，

像雀鸟嬉闹，

像猴子打架，

叽叽，哇哇。[1]

二、咒语与摹声的效力

马林诺夫斯基在研究咒语的表现模式时，发现有三项与法术信仰相关的标准成分。其中第一项是声音的效力，指咒语对自然界声音的模仿，如风吼、雷鸣、海啸，各种动物的呼号之类。这些声音本是模仿自然现象而发出的语音符号，行咒术者相信只要发出这些声音符号便能唤起相应的自然现象；或者这些声音符号用来表现与某种欲望相联系的情绪状态，而这欲望正是要借咒祝的法力手段来加以实现的。[2] 马林诺夫斯基的这一见解对于认识咒祝之词中许多莫名其妙的无意义措辞方式极有帮助，进而还可以由此探讨上古诗歌语言特征的形成。

按照“诗言志”古训的传统解说，诗歌创作的根本动力在于诗人要求表达主体自身的思想情感之需要。可是在《诗经》这一“言志”的活标本中，

[1] 岩温扁、岩林译：《傣族古歌谣》，中国民间文艺出版社 1981 年版，第 15 页。
[2] 马林诺夫斯基：《巫术科学宗教与神话》，李安宅译本，中国民间文艺出版社 1986 年版，第 56 页。

我们却看到了大量为了模拟自然界的各种声音现象而特创的表现方式——象声词。其中直接模拟鸟类鸣声的如：

关关雎鸠。（《周南·关雎》）

黄鸟于飞……其鸣喈喈。（《周南·葛覃》。毛传："喈喈，和声之远闻也。"）

仓庚喈喈，采蘩祁祁。（《小雅·出车》。集传："喈喈，声之和也。"）

雝雝鸣雁，旭日始旦。（《邶风·匏有苦叶》。毛传："雝雝，雁声和也。"）

伐木丁丁，鸟鸣嘤嘤。（《小雅·伐木》。郑笺："嘤嘤，两鸟声也。"）

交交黄鸟，止于棘。（《秦风·黄鸟》。俞樾《群经平议》卷九："诗人言鸟，如'关关雎鸠'……以声言者为多，交交亦当以声言。"）

风雨潇潇，鸡鸣胶胶。（《郑风·风雨》。毛传："胶胶，犹喈喈也。"三家诗有作"嘐嘐"者，胶胶乃假借字。）

鸿雁于飞，哀鸣嗸嗸。（《小雅·鸿雁》。《经典释文》："嗸，本又作嗷，五刀反，声也。"）

有模拟虫类或兽类叫声的如：

喓喓草虫，趯趯阜螽。（《召南·草虫》。毛传："喓喓，声也。"）

呦呦鹿鸣，食野之苹。（《小雅·鹿鸣》）

有模拟鸟兽动作声音的如：

肃肃鸨羽，集于苞栩。（《唐风·鸨羽》。毛传："肃肃，鸨羽声也。"）

虫飞薨薨，甘与子同梦。（《齐风·鸡鸣》）

螽斯羽，薨薨兮。（《周南·螽斯》。集传：“薨薨，群飞声。”）

卢令令，其人美且仁。[《齐风·卢令》。毛传：“令令，（犬）缨环声。”]

雄雉于飞，泄泄其羽。（《邶风·雄雉》）

有模拟风雨雷电江河水声等的如：

习习谷风，维风及雨。（《小雅·谷风》。旧注训习习为和调貌，闻一多《诗经通义》：“习习亦本大风之声。”）

南山烈烈，飘风发发。（《小雅·蓼莪》。毛传：“发发，疾貌。”）

南山律律，飘风弗弗。（《小雅·蓼莪》）

河水洋洋，北流活活。（《卫风·硕人》。《说文》：“活，水流声。”）

曀曀其阴，虺虺其雷。（《邶风·终风》。毛传：“暴若震雷之声虺虺然。”）

风雨潇潇，鸡鸣胶胶。（《郑风·风雨》。集传：“潇潇，风雨之声。”）

至于模拟人的活动的种种象声词，更是多不胜举。如形容车声的有：

有车邻邻。（《秦风·车邻》）

大车槛槛。（《王风·大车》。毛传：“槛槛，车行声也。”）

大车啍啍。（《王风·大车》）

檀车幝幝。（《小雅·杕杜》）

戎车啴啴。（《小雅·采芑》）

八鸾玱玱。（同上）

和鸾雝雝。（《小雅·蓼萧》）

和铃央央。（《周颂·载见》）

鸾声将将。（《小雅·庭燎》）
鸾声哕哕。（同上）
鸾声嘒嘒。（《小雅·采菽》）
八鸾锵锵。（《大雅·烝民》）
八鸾鸧鸧。（《商颂·烈祖》）

形容钟鼓之声的例子有：

伐鼓渊渊。（《小雅·采芑》。毛传："渊渊，鼓声也。"）
鼓咽咽，醉言舞。（《鲁颂·有駜》。毛传："咽咽，鼓节也。"）
钟鼓喤喤。（《周颂·执竞》）
鼓钟将将。（《小雅·鼓钟》）
鼓钟喈喈。（同上）
鼓钟钦钦。（同上）
奏鼓简简。（《商颂·那》）

以上是同马林诺夫斯基概括咒词的声音效力时所述前一种情况（模仿自然现象的声音）相对应的《诗经》象声词实例，至于马氏言及的第二种情况——表现与某种欲望相关的情绪状态的声音符号，在《诗经》中同样十分常见。诗人们在试图用有限的语词表达出内心情绪状态方面似乎已经到了无以复加的地步。据我粗略统计，《诗经》仅用于形容"忧心"或类似情绪的"重言"就有20种之多：

我心惨惨。（《大雅·抑》）
忧心怲怲。（《小雅·頍弁》）

忧心奕奕。（同上）

忧心殷殷。（《小雅·正月》）

忧心惸惸。（同上）

忧心愈愈。（同上）

忧心京京。（同上）

忧心烈烈。（《小雅·采薇》）

劳心慱慱兮。（《桧风·素冠》）

中心悁悁。（《陈风·泽陂》）

心焉忉忉。（《陈风·防有鹊巢》）

心焉惕惕。（同上）

忧心钦钦。（《秦风·晨风》）

劳心怛怛。（《齐风·甫田》）

中心摇摇。（《王风·黍離》）

中心养养。（《邶风·二子乘舟》）

我心悠悠（《邶风·泉水》）

忧心悄悄。（《邶风·柏舟》）

忧心惙惙。（《召南·草虫》）

忧心忡忡。（同上）[1]

为什么会出现这样普遍的“重言”表达情绪的状况呢？一般认为是诗人修辞上的需要使然。朱广祁先生说：“重言在《诗经》中的作用，一是摹声，一是拟写事物的态貌。摹声也是为了拟写态貌，所以重言的绝大部分可

[1]《尔雅·释训》认为“殷殷、惸惸、忉忉、慱慱、钦钦、京京、忡忡、惙惙、怲怲、奕奕”共10种叠字都是一个意思：“忧也。”

以归入形容词。”[1]重言又称叠字，自从清代学者王筠作《毛诗重言》以来，人们对《诗经》中的重言叠字现象表现了很高的兴趣。语法学家们发现，叠字在使用中除了充当形容词和象声词以外，也间或充当名词和动词，如言言、语语、处处、信信、宿宿等。用作动词的叠字都只是不及物的，没有及物的叠字动词。[2]而用做形容词性谓语和名词修饰语的叠字则最为常见。黄振民先生据此概括出一种称为“叠字法”的修辞格：

当行文时，凡将同一之字，重复使用之修辞法，曰叠字法。《诗经》作者亦常使用此法。一般言之，《诗经》作者使用此法，就其应用而言，多系就事物之声音及其状态二者加以摹写。兹即别为摹声、摹状二类……[3]

最早从修辞技巧角度讨论《诗经》叠字现象的《文心雕龙·物色》曾用“属采附声”来概括此类现象，刘勰举出的例子有“灼灼状桃花之鲜；依依尽杨柳之貌，杲杲为日出之容，瀌瀌拟雨雪之状，喈喈逐黄鸟之声，喓喓学草虫之韵。”钱锺书先生补充说，像《卢令》之“卢令令”，《大车》之“大车槛槛”，《伐木》之“伐木丁丁”，《鹿鸣》之“呦呦鹿鸣”，《车攻》之“萧萧马鸣”，《伐檀》之“坎坎伐檀兮”，都是刘勰所说“属采附声”之例。“虽然，象物之声（echoism），厥事殊易。稚婴学语，呼狗‘汪汪’，呼鸡‘喔喔’，呼蛙‘阁阁’，呼汽车‘都都’，莫非‘逐声’‘学韵’，无异乎《诗》之‘鸟鸣嘤嘤’‘有车邻邻’，而与‘依依’‘灼灼’之‘巧言切状’者，不可同年而语。刘氏混同而言，思之未慎尔。象物之声，而即若传物之意，达意正亦拟声，声意相宣（the sound an echo to the sense），斯始

[1] 朱广祁：《诗经双音词论稿》，河南人民出版社 1985 年版，第 7 页。
[2] 丁声树：《诗卷耳芣苢采采说》，见《北京大学四十周年纪念论文集》。
[3] 黄振民编著：《诗经研究》，台北正中书局 1982 年版，第 447 页。

难能见巧”[1]。钱先生在此指出了《文心雕龙》讨论《诗经》叠字时的一个疏忽，即把摹声和摹状两种修辞法未加区别地混同为一了。更为可观的是，钱先生用婴儿学语的生动实例来说明了一个道理：摹声是人类语言能力之中较易达到的，似乎是一种本能技术，而摹状则相对有一定难度，绝非婴儿所能达到。这无异于为我们从发生学考察叠字措辞模式的产生和演进提供了宝贵的启发。早在 20 世纪 20 年代，董彦堂先生就曾提出过研究婴孩发音对于语言发生理论的有益启示，他的这一倡议同皮亚杰从儿童语言与思维入手探讨人类认识发生规律几乎同时。

三、重言之始：婴儿语的启迪

董氏写道：原始人类的语言，一定是非常简单的，能发的音，也一定不像现在的复杂。倘若从牙牙学语的婴孩的发音中寻求由简到繁的过程，集合较多的材料，从中归纳出条理来，或者可以窥见原始人类语言进化难易先后的程序[2]。可惜的是，董先生的这倡议在当时并未引起语言学界的普遍重视，他本人也未能在这个方向上深入探索下去。现在，借助于钱锺书先生所举婴儿摹声语之例，我们可以推测摹声是语言发生过程中最初的一种现象，由此而决定了叠字（叠音）在早期语言中的重要地位，这正是雅各布逊所提出的自然语言本身就具有诗的功能这一卓见的有效佐证。

雅各布逊在 1941 年用德文发表的《儿童语言、失语症和语音普遍现象》一书[3]可以说实现了董作宾先生 20 世纪 20 年代提出的设想。书中第一章的基本宗旨同董氏不谋而合，作者引述了语言学家卡尔·布赫（Karl

[1] 钱锺书：《管锥编》第 1 册，中华书局 1979 年版，第 116 页。

[2] 董作宾：《研究婴孩发音的提议》，《歌谣》周刊第 50 号，北京大学歌谣研究会，1924 年。

[3]Romav Jakobson：*Kindersprache，Aphasie und allgemeine Lautgesetze*，A.R.Keiler 英译本：*Child Language，Aphasia and Phonological Universals*，1972.

Bühler）的话来说明为什么要研究儿童语言："儿童提供了使我们能够考察语言在其发生期的状态的唯一机会。"[1] 作者接着指出，儿童习得语言的过程和世界语言的历史发展之间确实存在某种必然的对应现象，因而必须研究语言系统的结构规律，还应对儿童的语言习得进行结构分析。这种分析表明，语言——尤其是语音——的习得存在着固定的顺序。[2] 婴儿初学说话时就能发出许多音，但这些音与意义没有联系，不构成音位对立的系统，其出现次序也无规律性可言。进入语言阶段时才真正开始掌握与特定的意义相联系的音位系统。雅各布逊发现：儿童学会音位的次序时有一个突出的特点，即摹声起着重要的作用。幼儿正是在模拟自然声响中学会许多语音的，如用 r 模拟马达声，用 s 模拟哨声。这种拟声能力成为学习语音系统的起点。[3]

在该书第二章"语音系统的分层"中，雅各布逊指出了一条普遍性的原则：任何民族中的儿童在掌握语言的语音时，其音位习得的先后顺序都是相同的。最先学会的是宽元音，如 a，同时学会紧接宽元音的辅音。就音位对立系统而言，婴儿先掌握的是鼻辅音同口腔塞音的对立，如 mama—papa（妈妈—爸爸），接着是唇音和齿音的对立，如 papa—tata（爸爸—再见），mama— nana（妈妈—奶奶、保姆）。这两组对立是世界一切语言中最基本的发音因素。[4] 从雅各布逊用以描述语言习得过程的婴儿发音实例中不难看出，叠音如 papa、mama、tata、nana、nini 等是人类个体最早的语言特征。这样，从摹声到叠音，我们看到的正是潜伏在自然语言之初的"诗的功能"[5]。由此可知，《诗经》中大量出现的摹声词和叠字，原来并不像后人所想象的那样出于古代诗人的修辞匠心，而是上古诗歌以外的散体文献中亦可看到作

[1] 雅各布逊《儿童语言、失语症和语音普遍现象》，第 13、20、26、47—48 页。

[2] 雅各布逊《儿童语言、失语症和语音普遍现象》，第 13、20、26、47—48 页。

[3] 雅各布逊《儿童语言、失语症和语音普遍现象》，第 13、20、26、47—48 页。

[4] 雅各布逊《儿童语言、失语症和语音普遍现象》，第 13、20、26、47—48 页。

[5] 参看雅各布逊：《语言学与诗学》（*Linguistics and Poetics*），见西比欧克（T.A.Sebeok）编：《语言风格》，纽约，1960 年，第 350—377 页。

为惯用模式而出现的叠字表达法，这就可以从旁证明叠字并非出于诗人修辞艺术的独有安排，而是语言本有的诗歌功能的再现。让我们看看《周易》中的情况。仅就《周易》经文而言，重言叠字的使用相当普遍，总共有24次之多。除去其中重复使用的3例，仍有21种：

君子终日乾乾。（《乾卦·九三》）

履道坦坦。幽人贞吉。（《履卦·九二》）

履虎尾，愬愬。终吉。（《履卦·九四》）

翩翩，不富以其邻，不戒以孚。（《泰卦·六四》）

谦谦，君子。（《谦卦·初六》）

虎视眈眈，其欲逐逐。（《颐卦·六四》）

憧憧往来，朋从尔思。（《咸卦·九四》）

家人嗃嗃。悔，厉，吉。妇子嘻嘻。终吝。（《家人卦·九三》）

王臣蹇蹇，匪躬之故。（《蹇卦·六二》）

君子夬夬独行，遇雨若濡。（《夬卦·九三》）

来徐徐。困于金车。（《困卦·九四》）

改邑不改井，无丧无得，往来井井。（《井卦》）

震来虩虩，笑言哑哑。（《震卦》）

震苏苏。（《震卦·六三》）

震索索，视矍矍。（《震卦·上六》）

鸿渐于磐。饮食衎衎。（《渐卦·六二》）

旅琐琐，斯其所，取灾。（《旅卦·初六》）

这些叠字用例大部分是《诗经》中所未见的，但其语法功用却与《诗经》中大致相同。如“乾乾”，闻一多认为当读作“悁悁”。与《诗经·泽陂》“中心悁悁”用法相通。毛传：“悁悁，犹悒悒也。”悒悒与悁悁、乾乾都是形容忧愁的样子。《周易正义》训“乾乾”为“健健”，非也。[1]又如“坦坦”，《正义》云：“平易之貌。”“愬愬”，《正义》云：“危惧也”。《释文》引《子夏传》曰：“恐惧貌。”又“憧憧”即童童，《广雅·释言》：“童童，盛也。”王肃谓“往来不绝貌”。近人有另外一种解释说：所谓“憧憧往来”是形容思虑不定之忧，如同《诗·关雎》“求之不得，辗转反侧”。[2]可见《易经》爻辞中的叠字同《诗经》中的类似，在做形容词使用时往往引起后人的多种解说。这说明叠字作为较原始的汉语中本有的诗歌功能，在诗的时代逝去以后已经很难为后人所把握了。各种不同解说只不过是各种可能的猜测，其准确性都是较难求证的。不过在一点之上大家都保持一致，即认为叠字是描摹事物性态状貌的。需要特别注意的是，叠字在最初的诗人和作者那里也许并没有固定的特别意义，其形式上的价值和音韵效果也许更为重要。

四、“诗是人类的母语”与“语言的诗歌功能”

叠字的运用往往同诗人即兴发挥时的特有情感状态密切相关，就像歌中常用的感叹词那样。离开了这种特定的语言环境，叠字是难以做出定义式的解释的。

《左传·隐公元年》所叙著名的郑伯克段于鄢的故事中，姜氏与郑伯“黄泉相见”时曾各自即兴赋诗。公入而赋：

大隧之中，其乐也融融。

[1] 闻一多：《周易义证类纂》，《闻一多全集》第2卷，三联书店1982年版，第58页。
[2] 黄寿祺，张善文：《周易译注》，上海古籍出版社1989年版，第262页。

姜出而赋：

大隧之外，其乐也泄泄。

疏云：“《周易正义》曰赋诗，谓自作诗也。中融外泄，各自为韵。盖所赋之诗有此词，传略而言之也。融融，和乐；泄泄，舒散。皆是乐之状，以意言之耳。”[1] 姜氏母子即兴哼诗，便都有重言脱口而出，这乃是汉语本有的诗歌功能的自然表现。事实上，比摹声更多见的摹状用叠字，如爰爰、绥绥、騑騑、骙骙、跃跃、趯趯、跻跻、甫甫、唯唯、翯翯、萋萋、夭夭、翘翘、芃芃、青青、緜緜、湑湑、依依、丸丸、灼灼、蓁蓁、莫莫、苍苍、皇皇、楚楚、䍿䍿、蓼蓼、淒淒、滌滌、洋洋、噎噎、悠悠、汎汎、浼浼、涣涣、煌煌、崔崔、芒芒、浮浮、霏霏、瀼瀼、赳赳、甾甾、振振、敖敖、肃肃、皇皇、赫赫、罠罠、儦儦、掺掺、闲闲、蹶蹶、惙惙、惴惴、惨惨、悸悸、怲怲、懵懵、哀哀、懆懆、温温、勉勉、穆穆、戚戚、蔼蔼、怛怛、悄悄、旆旆、粲粲、青青、旁旁、黄黄、央央、楚楚，等等，均可视为语言诗歌功能的自然扩展和自然延伸的产物。在这里，可以进一层理解“诗是人类之母语”这一深刻命题中蕴含的发生学意义。

对于其语言特征已经脱离了原始的诗化倾向而走向抽象道路的后代人来说，《诗经》中的叠字原有的情感因素已经变得隐晦难解了，这正像与幼儿较为疏远的成人对于孩童语言感到难以理解一样，反映了抽象思维对语言原有的诗歌功能的忽略和遗忘。《诗经》注疏家们往往针对一种叠字做出各种各样的解释，这也只能是勉为其难地去猜测那个早已逝去的诗的时代的语音

[1]《春秋左传正义》卷二，阮元《十三经注疏》，中华书局，第 1716—1717 页。

符号吧。不过，有一点可以肯定的是，尽管对重言的解释难以达成一致意见，但是大家都承认在重言之后潜在着某种事物的状貌。因此，把重言解释为某某貌，就成了简便易行的训诂通例。

汉代的字书《尔雅》卷三名为“释训”，其中收罗了“明明”“斤斤”“条条”“序序”“穆穆”“肃肃”等重言叠字共100多种，分别加以解释。这实际上表明了抽象思维对于诗化语言的一种非诗化的处理方式，同时也证实了《诗经》所代表的早期诗化语言对于汉语发展所产生的深远意义。郝懿行《尔雅·释训》疏云：

训者，《释诂》云：道也。道谓言说之诂，与言皆道也。不同者，《诗关雎诂训传》正义云：“训者，道也，道物之貌以告人也。”故《尔雅·序篇》云：“释诂释言，通古今之字，古与今异言也。释训言形貌也。”然则《释训》云者，多形容写貌之词，故重文叠字累载于篇。“子子孙孙”以下，则又略释《诗》义，谐于古音。[1]

一方面承认“古与今异言”，另一方面还要以今释古，这难免形成一个难以调和的矛盾。确认了重文叠字的原有的作用在于“言形貌”，却未能从语言发生的诗歌功能上去说明其所以然，这种就叠字而论叠字的偏向至今仍在语言学界存在。至于从单纯的修辞学角度去考察《诗经》重言现象，正如钱锺书先生对刘勰的批评那样，是无法在摹声与摹状二者之间看出发生过程的逻辑顺序的。

不过，从婴儿发音的拟声和叠音词入手推论人类种族的语言的早期特点也并不是万无一失的。在进行这种类比思考时至少应考虑到如下基本区别：

[1] 郝懿行：《尔雅义疏》上三。

儿童的语言是在成人语言的引导之下“习得”的，而原始的自然语言却是自发地形成的。因此，原始语言的特征除了受到发音条件上的制约，同时还受到原始宗教活动的制约。马林诺夫斯基所说的法术咒祝活动要求用模拟自然界声音的方法来强化某种声音效力，这也许正当看作是重言叠字的历史发生强化因素之一。人类早期语言的法术用法——咒词，就这样促进和催生着语言的诗歌功能的生命力。在流传至今的彝族《作斋献牲经》中，叠字的作用似乎依然清晰可见：

白色神九名
白者骑白马
披白衣荷白弓
降自白云中
白崖上经过
若至白崖间
雄鸡献山神
撞击断断烂
断者节节弯
绿索节节弯
经过红崖间
来至祖台前
单者单单倒
祖筒单单倒
重者重重折
翠石重重折
双者双双断

缚丝双双断

悠者悠悠失

此间祖灵妣灵悠悠失[1]

祝咒文学最大限度地强化和扩展了人类早期语言中的摹声和叠音能力，为诗歌脱离宗教功利而独立向艺术化方向发展准备了条件。大卫·马森在《诗中的声音》一文中写道：“语音的重叠模式似乎是人类的一种本能。这种叠音自发地出现在各种场合：婴儿学语、某些自然语言、情感强烈的时候、咒词、谚语、誓言、祷告、甚至是广告之中。现存原始部落的歌曲也显示出某种重叠的结构：叠句、叠词、叠音，不过这些特征已经风格化了。”[2]

苏联史前文化研究家柯斯文在谈到歌唱的起源时也把语音的重复现象作为关注的中心。他认为：“说到歌唱，那末，它最初只不过是有节奏的语言，其最简单的形式是吟诵调。在实际上，节奏是原始歌唱中的基本因素，因此，最原始的歌唱中的歌词常常仅是同一呼声或同一言辞的重复。原始时期的声乐也就只有这种由节奏和吟诵调组合起来的最简单的形式。旋律是远在这以后才发生的。”[3] 以上两位学者所说的语音、言辞的重叠，作为考察诗与音乐双重起源的原始条件，可以说是一个根本的动力因素。

语音的重叠既然是人类发音器官得自生物遗传的自然本能的表露，那么最初的叠音也当然就是无意义或无确切意义的。人类学者在原始民族中至今仍可听到的一些无意义的“声歌”[4] 当与此有关。一旦人类把叠音能力用于模仿大自然的声音，也就是摹声词出现的时候，意义才与叠音有了一定的附

[1] 马学良：《倮文作斋经译注》，见《“中央研究院”历史语言研究所集刊》第 14 本，1947 年。

[2] 大卫·马森（David I.Masson）：《诗中的声音》（*Sound in Poetry*），《普林斯顿诗与诗学百科全书》（*Princeton Encyclopedia of Poetry and Poetics*），普林斯顿大学出版社 1974 年增订版，第 784 页。

[3]［苏］柯斯文（M.O.Косвен）：《原始文化史纲》，张锡彤译，人民出版社 1955 年版，第 190—191 页。

[4] 参看鲍勒：《原始歌谣》，第 57 页。

着关系。语言的诗歌功能所结出的第一硕果便是所谓“音画”吧。凯塞尔写道:“声音在所谓‘声音的图画’方面变得非常明显。在这个名词之下我们理解那些语言的构成，它们的声音重现外界事物特定的声音：如像‘嗡嗡’‘飒飒’，日耳曼语言在声音图画的词汇方面比罗马语言丰富得多：如像下面安纳特·封·特洛斯特－希尔斯霍夫的一首诗中的一部分就可能给罗马语言的翻译带来不可克服的困难：

动荡的杜松悄悄耳语，
芦苇萧萧，杂草吁嘘，
蝙蝠围绕着一群猎犬飞翔。
猎犬气喘吁吁，仰吠汪汪……
鼓起肿胀的脖子追逐蝙蝠，
像冬天的落叶飒飒飘扬。
我们听见它们的颚骨轧轧爆响，
当它们向空中狂吠露出牙床……
什么冲破了猎区的丛林！
参差的疾行使大地咚咚有声；
啊！原来是咆哮的牛犀！公牛先行，
后面跟随着一只来回飞奔的牧犬
吠叫狺狺。
它们沉重地践踏着田野前行，
最后它们站住了哞哞不停，
用玻璃似的眼睛打量丛林。
然后垂下脑袋，在它们齿下的

麝香草中发出嚓嚓的微声……[1]

在凯塞尔看来，声音图画模仿外界事物的能力非常有限。一种语言中的摹声词只有在该文化范围内才易于领会。从摹声到摹状，是语音重叠构词的一大发展，语言的诗歌功能也由此而突破了单纯模仿自然的局限，跃进到一个新的起点之上。《诗经》中摹状的重言叠字远远多于摹声词，表明当时的语言已完成了这一跃进，朝着更高的“诗化”方向发展，那就是双声和叠韵了。

五、从重言到双声、叠韵
——语言史与诗史的同步跃进

从婴儿语言发生方面获得的启示帮助我们认识到，《诗经》重言叠字的现象其实正是人类语言的诗歌功能在汉民族语言文化中的自发表现形式。更确切地讲，是汉语特有的诗歌功能（显然较世界其他民族语言的诗歌功能更为突出）借上古第一部诗歌总集得到的一次大展示与大繁荣。摹声作为人类最早的言语能力之表现，不仅在汉语中直接催生了“重言”模式，而且又间接地孕育了足以显示汉语诗歌潜能的另外两种模式——双声与叠韵。这三种模式的交互作用和错综组合，为汉语创作中的韵语——韵文形式奠定了音乐美的基础。[2]

我们说摹声间接孕育了双声叠韵的构词模式，因为这两种模式都可视为重言构词模式的变体产物：叠韵指两个字的韵母相同，这完全可以看成单音字部分重叠（即韵母重叠）的结果；双声指两个字声母相同，同样也可视为单音字部分重叠（声母重叠）的结果。二者的重叠构词规则与重言的完全重

[1] 沃尔夫冈·凯塞尔（Wolfgang Kayser）：《语言的艺术作品》，陈铨译，上海文艺出版社 1984 年版，第 123 页。

[2] 朱光潜先生说：“音律的最大价值自然在它的音乐性，音乐自身是一种产生浓厚美感的艺术。”《诗论》，三联书店 1984 年版，第 121 页。

叠既有区别，又是一脉相承的。语音的部分重叠较之单纯的重言，就发生学次序说显然又进了一步，它使语言的诗歌功能更为充分和完善，能够在语音的错综组合之中显示规律变化的音乐性，构成韵律的基础和条件。或许可以说，重言加上双声、叠韵，已经基本具备了生成汉语诗歌的韵律前提。上古汉语从单音词向复音词发展的第一阶段——语音造词阶段，本身即可视为汉语诗歌借语言诗歌功能的大发展而成熟、定型的第一繁荣期。

我在此强调汉语史与中国诗歌史的同步进程，旨在说明语言诗歌功能这一原理对于研究古汉语的发生学规律和研究中国韵语文学起源过程的双重重要性，因为这两个过程其实只不过是一个过程的两个侧面，由于学科分类和术业专攻的缘故，这一个过程在研究者眼中成了彼此游离的两个过程。雅各布逊氏的“语言诗歌功能”概念有助于我们重新沟通这两个方面。

王力先生说：诗歌起源之早，是出于一般人想象之外的。有些人以为先有散文，后有韵文。这是最靠不住的说法。韵文以韵语为基础，而韵语的产生远在文字的产生之前，这是毫无疑义的。韵语在上古时代的发达情况，远非后代所能企及。所谓韵语，除了诗歌之外，还包括格言、俗谚，及一切有韵的文章。古人的理论著述，也有全部使用韵语的，如《老子》。有部分用韵语的，如《荀子》《庄子》《列子》《文子》《吕氏春秋》《淮南子》《法言》等。文告和卜易铭刻等，也掺杂着韵语，例如《尚书》《易经》，和周代的金石文字。许多“嘉言”，是凭借着有韵而留传下来的，如《孟子·滕文公上》所引放勳（尧）的话：

劳之，来之，
匡之，直之，
辅之，翼之，
使自得之；

又从而振德之。

王力指出：这里所引尧的话并不是平常的白话，而是有韵的。“来”“直”“翼”“得”“德”五个字在上古音中是押韵的。这种有韵的话语形式，直到汉以后还为人所模仿。如兵书《三略》《六韬》，医书《灵枢》《素问》，都有大部分的韵语，明显效法先秦的风格而作，于此可见韵语在上古是怎样的占优势了。[1] 假若我们不怀疑《孟子》所引尧的话真是四五千年以前的汉语标本，那么对于王力先生的韵语分析至少还可作两点补充说明：其一，当时的言语形式明显地呈现为类似诗的韵语（这倒是应验了维柯、雪莱等人关于初民言语即是诗的见解[2]），不仅由于词句间的押韵，还可看到语音部分重叠所造成的双声效果（如“劳”与“来”）。其二，当时的言语构成是以单音词为主的，也就是说，语言的诗歌潜能尚未得到充分的发挥和展开。所以，尽管可以把这种古拙的言语形态归入韵语范围，但它毕竟还不是成熟形态的诗。

把尧时的韵语标本同《诗经》时代已成熟定型的诗歌标本加以对照，可以清楚地看到汉语的诗歌功能如何由“潜”而“显”的过程，从中窥见上古汉语的大变革和中国汉诗的首次大繁荣的共同动因，从而在发生学意义上领会华夏诗国文化的形成及其同民族语言特性之间的奥妙关系。

汉语发展史上最早、也是最重大的一个变化便是汉语词汇从单音词为主过渡到双音词为主，这一大变革的深远影响一直延续到现代汉语。有学者统计了先秦汉语中的双音词，发现至少有600多个双音词（如“经营”“辗转”“迟迟”“参差”等）至今仍是活在人们口头的。[3] 至于由单音词过渡到双音词

[1] 王力：《汉语诗律学》，上海教育出版社1979年版，第3页。
[2] 参看本书第六章题辞。
[3] 参看程湘清：《先秦双音词研究》，见《先秦汉语研究》，山东教育出版社1992年版，第45—55页。

的过程及规则，学者们也已做出了较充分的研究。如果把双音词的构成分为联绵词和复合词两类，那么可以说联绵词是双音词中较早出现的结构模式，而合成词则是继联绵词之后而出现的双音词结构模式。朱广祁先生说：

要从造词法发展的角度看待联绵字与复合词的不同。联绵字出现在前，是语音造词法的产物，即通过语音的关联变化产生的双音词。复合词出现在后，是语法造词法的产物，即由两个单音词词义通过各种语法关系组合起来产生的双音词。由语音造词到语法造词，是汉语词汇史上的一个跃进。[1]

这里所说的作为汉语单音词向双音词发展演进[2]之契机和关键的“语音造词法”，正可视为汉语诗歌功能的发生学效应的体现。换言之，联绵词的大量生成可以看成是汉语诗歌潜能的对象化和现实化。程湘清先生对汉语复音词化的过程进行了较为细致的划分和论证，他把该过程分为五个阶段，其中有三个阶段在先秦，皆属于双音词的结构形式。这就是：①语音造词阶段；②语音造词向语法造词的过渡阶段；③语法造词阶段。

值得关注的是，在双音词生成的第一阶段——语音造词阶段，双音词的结构模式不外乎两种：完全重叠词即“重言”，和部分重叠词即双声、叠韵。前者是利用单音词重复而构成的双音词，后者是利用近似音节的单音词重复而构成的双音词。如前所述，重言和双声、叠韵是汉语音乐性的基石，诗歌得以成为诗歌的韵律基因。唯其如此，程先生论述语音造词阶段时所举出的全部语言素材竟无一例外全部取自《诗经》。仅此一个事实就可大致确定语言史与文学史如何借助于汉语的诗歌功能之发展而获得同步的飞跃。下面便

[1] 朱广祁：《〈诗经〉双音词论稿》，河南人民出版社 1985 年版，第 99 页。

[2] 对殷商时代甲骨文中词汇的统计表明，单音词是甲骨词汇的主要形式，双音词虽已萌生，但数量有限，用途亦不广。参看王绍新：《甲骨刻辞时代的词汇》，《先秦语言研究》，山东教育出版社 1992 年版，第 11 页。

是程先生举出的说明语音造词两种模式的实例。

（一）完全重叠词（重言）

王显先生在《诗经中跟重言作用相当的“有字式”“其字式”“斯字式”和“思字式”》一文中统计《诗经》中此类双音词共出现678次，未计单个数。马真先生在《先秦复字词初探》中指出共有346个，但未计总次数。周法高先生计为359个，680次左右。夏传才先生从篇数和次数着眼，统计结果如下表[1]：

	国风	小雅	大雅	颂	合计
篇数	92	58	26	22	198
次数	218	231	125	73	647

程湘清先生再度统计的结果，完全重叠式双音词的个数和次数均有所增加，分别为360个689次。这一数字在汉语史上已足以构成空前绝后的一大奇观了。关于重言在《诗经》中用做摹声、状物的情形，上文中已做了说明。

（二）部分重叠词

又区分为声纽重叠即双声、韵部重叠即叠韵和双声兼叠韵三种。从词类上看，以形容词为主，也有些用做名词、动词。

1. 双声

（1）形容词：

①参差荇菜，左右流之。（《周南·关雎》）

②燕婉之求，籧篨不鲜。（《邶风·新台》）

③黾勉同心，不宜有怒。（《邶风·谷风》）

④蔽芾甘棠，勿翦勿伐。（《召南·甘棠》）

（2）动词：

[1] 夏传才：《诗经语言艺术》，语文出版社1985年版，第24页。

①爱而不见，搔首踟蹰。（《邶风·静女》）

②邂逅相遇，适我愿兮。（《郑风·野有蔓草》）

③凡民有丧，匍匐救之。（《邶风·谷风》）

④予手拮据。（《豳风·鸱鸮》）

（3）名词：

①蟋蟀在堂，岁聿在莫。（《唐风·蟋蟀》）

②领如蝤蛴。（《卫风·硕人》）

③鸳鸯于飞，毕之罗之。（《小雅·鸳鸯》）

④蒹葭苍苍，白露为霜。（《秦风·蒹葭》）

2. 叠韵

（1）形容词：

①舒夭绍兮，劳心惨兮。（《陈风·月出》）

②岂弟君子，来游来歌，以矢其音。（《大雅·卷阿》）

③尔公尔侯，逸豫无期。（《小雅·白驹》）

④陟彼崔嵬，我马虺隤。（《周南·卷耳》）

（2）动词：

①绸缪束薪，三星在天。（《唐风·绸缪》）

②子仲之子，婆娑其下。（《陈风·东门之枌》）

③衡门之下，可以栖迟。（《陈风·衡门》）

④退食自公，委蛇委蛇。（《召南·羔羊》）

（3）名词：

①赠之以芍药。（《郑风·溱洧》）

②蜉蝣之羽，衣裳楚楚。（《曹风·蜉蝣》）

③螟蛉有子，蜾蠃负之。（《小雅·小宛》）

④陟彼崔嵬，我马虺隤。（《周南·卷耳》）

3. 双声兼叠韵，但并不同音

①二之日栗烈。（《豳风·七月》）“栗烈”为形容词。

②优哉游哉，辗转反侧。（《周南·关雎》）“辗转”为动词。

③伊威在室，蠨蛸在户。（《豳风·东山》）“伊威”“蠨蛸”为名词。

《诗经》中利用重言和双声、叠韵所构成的上述双音词尚处在汉语双音化的初始阶段，因而它们的意义尚未固定，具有多变性。同一个意义可用不同的重叠词来表达，如“其叶湑湑”“其叶蓬蓬”“其叶蓁蓁”“维叶莫莫”等。同一个重叠词也可表示不同的意义。[1]

以上从语言史的角度看待《诗经》在汉语词汇双音化进程中的奠基性作用，已经明确了双声叠韵在此一进程中的承上启下之功效。假若换一种眼光，从文学史的角度去看同一问题，也许能够找到两种角度之间汇通的可能性吧。

郭绍虞先生《中国诗歌中之双声叠韵》一文或可视为从汉语的诗歌功能出发（虽然他没有使用这一概念）讨论中国诗歌特征的最早尝试。他在文中指出：双声叠韵是汉语单音词孳乳衍化最重要而又最方便的法门，又是使文学语言具有天籁般的声音效果的奥妙之一。

更何况语言方面，尽管有复音的会语，而文字方面总是一字一音，保存它纯粹的单音字。文字既是单音，则与任何同位同韵之字都可发出双声叠韵的关系，所以诗歌韵律中使用双声叠韵的现象，不必取其义之相同或相近，也不必顾其义之相对或相反，同时也更不必限于双声叠韵的连语。[2]

郭氏据此区分出语言中之双声叠韵与文字上之双声叠韵，前者往往二音一义，是与意义有关的；后者不必全用连语，因而与意义无关。前者是自然的连缀；后者是人为的配合。按照这一划分，中国诗歌中的双声叠韵被归纳

[1] 程湘清：《先秦双音词研究》，见《先秦汉语研究》，第82—85页。

[2] 郭绍虞：《中国诗歌中之双声叠韵》，《照隅室语言文字论集》，上海古籍出版社1985年版，第32、33页。

为两类：一类是偶式，出于人为；一类是非偶式，出于自然。[1]不言而喻，所谓人为的、文字的、偶式的双声叠韵，从发生顺序上看，当是自然的、语言的、非偶式的双声叠韵发展后的派生物。其间的演进可解释为语言诗歌功能的自发性作用启发了人们对它的自觉利用。关于双声叠韵如何自发地作用并揭开诗歌史的序幕，刘师培先生做过独到的推测：

上古之时，未有诗歌，先有谣谚。然谣谚之音，多循天籁之自然。其所以能谐音律者，一由句各叶韵，二由语句之简多用叠韵双声之字。凡有两字同母，是为双声；两字同韵，谓之叠韵。上古歌谣，已有此体。昔尧时《击壤歌》曰："日出而作，日入而息。""日出""日入"，皆叠韵也。虞廷之赓歌曰"股肱""丛脞"，此双声也。舜时之歌曰："祝融西方发其英。""祝融"二字，亦双声也。"诗三百篇"，大抵指物抒情之作，一字不能尽，则叠字以形容之，如雎鸠之"关关"，葛覃之"萋萋"是也。或用叠韵，则山之"崔嵬"，马之"虺隤"是也。或用双声，如"蝃蝀在东"，"鸳鸯在梁"是也。双声叠韵，大抵皆口中状物之词，及用之于诗，则口舌相调，声律有不期其然而然者。故两汉、魏、晋之诗，多沿此例；特斯时韵学未兴，未立"双声""叠韵"之名耳。[2]

刘师培的上述推测很有说服力，只是他把双声叠韵与诗的起源完全看成语言"不期然而然"的产物，未能注意重言对于双声叠韵的催生作用。当我们从重言的变体即语音部分重叠来理解双声叠韵时，问题就变得明朗了，语言的诗歌功能的发生学程序及诗韵的由来等相关方面也都易于把握了。

中国诗的音节问题，学者们历来分为声与韵两个方面来说。声的方面——四声的讲究固然重要，但这是相对较晚的产物，又是受翻译佛经影响的结果，

[1] 郭绍虞：《中国诗歌中之双声叠韵》，《照隅室语言文字论集》，上海古籍出版社 1985 年版，第 32、33 页。
[2] 刘师培：《论文杂记》二三，见舒芜校点《中国中古文学史·论文杂记》，人民文学出版社 1959 年版，第 139 页。

始于六朝末期。[1] 韵的方面，如朱光潜所述，大致有两种："一种是句内韵，一种是句尾韵。它们实在都是叠韵，不过在中文习惯里，句内相邻两字成韵才叫'叠韵'，诸句尾字成韵则叫作'押韵'。"[2] 意识到句中的韵和句尾的押韵在实质上皆为叠韵，汉语诗之韵律的根源也就找到了大半。另外的一半也是更深的根源当追溯至人类的婴儿语形式——重言。

至于重言如何催生出双声叠韵的问题，《诗经》本身就是最好的潜在答案。有幸的是，当代语言史研究者们已经充分注意到这一潜在答案，并逐步使之由隐到显了："重言和联绵字的产生有无先后之分，哪一种产生更早些呢？由单音词到双音词，同音节的重叠比较自然和轻易。从这一点来看，重言应该出现在先。从另一方面观察，重言基本上都是形容词，也可以说明一些问题。语言从原始状态向繁复周密的发展，一个迫切的要求就是形容词的增加，这就可以作为说明重言产生较早的理由之一。联绵字中不仅有形容词，而且有名词和动词；但比较起来，形容词数量最多，而联绵字中的名词和动词，又大多是由表示态貌的意义演变而来的。这种现象使我们有理由认为，联绵字是由重言演变而来。《诗经》中的联绵字，有许多是可以看出它跟重言的关系的。"[3] 用语言史的这种新认识去补充文学史家的已有看法，刘师培、朱光潜等人的推测将扩展为更为充实和严谨的汉语诗歌发生论吧。

六、重言的永久回声
——内化到"成人语"中的"婴儿语"

以上从语言的诗歌功能的展开这一角度，重新讨论了汉语诗歌的发生历

[1] 参看钱大昕：《四声始于齐梁》，《十驾斋养新录》卷五，商务印书馆 1937 年版，第 90—91 页。
[2] 朱光潜：《诗论》，三联书店 1984 年版，第 187 页。
[3] 朱广祁：《〈诗经〉双音词论稿》，第 144 页。

程，关注的中心问题是语言发生的自发过程如何作用于诗歌文学的发生。下面将调换一下角度，看一看《诗经》这一部汉语诗歌成熟形式的最早范本如何反作用于语言本身，在汉语史上留下其永不磨灭的印痕和回声的。

《诗经》语言运用方面的重言叠字现象对后世产生了非常可观的影响。就口头语言而言，汉语复音词常常就是单音词重叠后构成的。有人把这类复音词叫作“复性重言式”词儿。如“丁丁当当”源出于象声词“丁当”，其中每个单音各重复一次连续说出，就有了“丁丁”加“当当”构成的新词。殷孟伦先生指出：

> 在汉语里，无古无今，类似这种形式的复音词的融合和发展的现象，是非常普遍的，而且在数量上也可以说是够多的。例如“时刻”这个称名的词儿发展为“时时刻刻”，“玩耍”这个状事的词儿发展为“玩玩耍耍”，“大小”这个状物的词儿发展为“大大小小”，都和“丁当”之发展为“丁丁当当”的情况一样。就是“凄惨”这个双声融合式的词儿发展为“凄凄惨惨”，“趔趄”这个复性融合式的词儿发展为“趔趔趄趄”，以及同义融合式的“接连”这个词儿发展为“接接连连”，反义融合式的“好歹”这个词儿发展为“好好歹歹”，等等，也是出口即是，可以说得上是充类至尽。[1]

重言成为构词法的一个常用方式，而且能够达到自然天成，“出口即是”的自如境界，这固然并非《诗经》作者们的首倡，但也不能说与《诗经》所代表的上古口语惯例没有渊源关系。换言之，《诗经》中大量运用的摹声词和重言叠字大大强化了这种口语模式的生命力和“能产性”，使之在后世语言发展中代代相沿，蔚为大观。除了上述的由 AB 发展为 AABB 的构词方式

[1] 殷孟伦：《关于汉语复音词构词形式二三例试解》，《子云乡人类稿》，齐鲁书社 1985 年版，第 287 页。

外，还有由 AB 发展为 ABAB，由 AB 发展为 ABB 或 AAB 的另外三种构词模式，其运用之灵活自如，变化之巧妙繁多，都是汉语所特有的。其中由 AB 到 ABB 的发展，似乎始源于诗骚，如《诗经》中的叠字“緜緜”到了《楚辞》中发展为“縹绵绵”，类似的造词法还有“芳菲菲”“莽芒芒”，等等，形成一种前一后二式的三音的复音构词法，越到后来，发展越迅速，甚至通过在市民文学如小说词曲中的大量运用，竟成为“近代汉语词汇发展史上特别鲜明的标志之一”。仅以元曲中常见的 ABB 复音词为例，就有以下几十种之多：

活生生，死搭搭，醉醺醺，怒吽吽，虚飘飘，实辟辟，漫悠悠，短促促，热汤汤，冷湫湫，红东东，黑窣窣，黄晃晃，绿油油，白洒洒，灰普普，圆衮衮，长梭梭，硬梆梆，软太太，密拶拶，细濛濛，颤巍巍，高耸耸，混董董，闹哄哄，文诌诌，粗刺刺，香渍渍，花簇簇。……[1]

而活在现代人口语中的此类词例就更不胜枚举了。由《红楼梦》中诗句“忽喇喇似大厦倾，昏惨惨似灯将灭”等例来看，这种形式的构词好像没有什么条件限制，确实是顺口说出来的。这充分说明《诗经》所奠定的这种重言模式已经完全渗透到了汉语口语之中。

不仅是口语，书面语中的“重言”构词法也十分多见。最能体现《诗经》直接影响的有趣例子就出现在注解《诗经》的《毛传》之中。如清代学者钱大昕所揭示的，《毛传》和《郑笺》解《诗》有一种通例，即“以重言释一言”。钱氏举出的例证是：

《诗》“亦汎其流”，传云：“汎汎，流貌。”“有洸有溃”，传云：“洸

[1] 参看《子云乡人类稿》，第 287—288 页。

洸，武也，溃溃，怒也。”笺云：“洸洸然溃溃然无温润之色。“硕人其欣”，笺云：“长丽俊好，欣欣然。”“咥其笑矣”，传笺皆云：“咥咥然笑。”“垂带悸兮”，传笺皆云：“悸悸然有节度。”“条其歗矣”，传云：“条条然歗。”“零露漙兮”，传云：“漙漙然盛多。”“子之丰兮”，笺云：“面貌丰丰然。”“零露湑兮”，传云：“湑湑然萧上貌。”“噂沓背憎”，传云：“噂犹噂噂然，沓犹沓沓然。”“有扁斯石”，传云：“扁扁，乘石貌。”“匪风发兮，匪车偈兮”，传云：“发发飘风，非有道之风。偈偈疾驱，非有道之车。”“匪车嘌兮”，传云：“嘌嘌无节度也。”[1]

此种由汉代注经家们使用的“以重言释一言”的注解模式，其实也就是以“复性重言式”构词法所造出的多音词去解释《诗》中原有的单音词，或者说是将《诗》中某些单音词看做复音重言词的缩略形式。在把“噂沓”注解为“噂噂”“沓沓”的做法中，不是清楚地显示了由AB发展为AABB的逻辑线索么？由《诗经》到汉儒的注经，可视为重言叠字表现法内化为汉语造词规律的重要发展时期，其意义就好比婴儿语的表达模式通过自然而然地重复和扩展，内化到成人言语习惯之中。

研究汉语史的学者们无不高度重视《诗经》所提供的语言资料，尤其是其中突出表现的重言和双声叠韵的语言现象。我们已经明确了双声叠韵脱胎于重言的规则，那么双声叠韵在后来的汉语发展中的作用也就不妨视为重言的间接反响了。在这方面，清代以来的学人已多有所涉及。如邓廷桢便指出，“古双声叠韵之字，随物名之，随事用之。泥于其形则岨峿不安，通乎其声则明辩以晰”[2]。这种要求从语音而不是字形去考察双声叠韵的见解无疑是正确的。邓氏举例说：

[1] 钱大昕：《十驾斋养新录》卷一，商务印书馆1937年版，第17页。
[2] 邓廷桢：《双砚斋笔记》，卷三，中华书局1987年版，第228—229页。

如，果蓏，草木之实也，叠韵也，以名二物也。以名一物则为果蠃。其于虫也为果蠃。鼎董，草也，双声也。其于木也为朾橦，其于地也为町疃。薢茩，草也，双声也。其于人也为邂逅。

沧浪，水也，叠韵也，又为狼汤，亦为莨菪，亦为浪荡。其于草也为藏莨，其于竹也为苍筤，其于器也为枪唐，其于气也为沧凉，其于人也为仓兄，稍变则为抢攘，为伧囊，为恇攘。[1]

类似的现象，邓氏举出了几十种，足以显示双声叠韵如何通过语音的屈伸变化派生出大量的双音词。此外，钱大昕从同样的道理入手，追索上古人名和草木虫鱼之名的由来，亦有独到之处。[2]其《音韵问答》则从宏观上描述说：

四声昉于六朝，不可言古人不知叠韵；字母出于唐季，不可言古人不识双声。自《三百篇》启双声之秘，而司马长卿，杨子云益畅其旨。于是孙叔然制为反切，双声叠韵之理遂大显于斯世。

这一评价突出了《诗经》使双声叠韵从自发趋向自觉的重要启发作用，无异于点出了语言的诗歌功能大发展的契机所在。现代学者胡以鲁干脆更进一筹，提出“国语缘双声叠韵而发起”的惊人之论，可谓将“诗乃人类母语”的比喻说法阐释为一种系统理论了。胡氏所著《国语学草创》一书中说：

语意之引申，非尽如抽稻剥茧，逐渐而起也；有相对相反而引申者矣。

[1] 邓廷桢：《双砚斋笔记》，卷三，中华书局 1987 年版，第 228—229 页。
[2] 参看《十驾斋养新录》卷五，“双声叠韵”条。

此在吾国语大抵以双声叠韵为之。双声即同韵异音语……如对于天而言地，对于阴而言阳，对于古而言今，对于生而言死，对疾言徐，对精言粗，对加言减，对燥言湿，对夫言妇，对公言姑，对规言矩，对褒言贬，对上言下，对山言水等是也。

叠韵者，双声之逆；同音异韵……如对旦言晚，对老言幼，对好言丑，对聪言聋，对受言授，对祥言殃，对出言纳，对起言止，对寒言暖，对晨言昏，对新言陈，皆叠韵也。……就吾辈想象之所及，双声叠韵，吾国语发起之一程序也。[1]

胡氏此论虽术语不严格，但意思还是明确的，他所遵从的“相对相反”的语义演变这一思路，倒是与结构主义者的“二元对立”原则有不谋而合之处。双声叠韵对于理解汉语之奥妙，于胡氏之论中可窥一端矣。

[1] 胡以鲁：《国语学草创》，引见王力：《汉语音韵学》，《王力文集》第4卷，山东教育出版社1986年版，第54—55页。

THE SIXTH PART

第六章

诗可以兴

——神话思维与诗国文化

不学诗，无以言。

——孔子《论语》

在社会幼稚时代，每个作家必然是一个诗人，因为在当时，语言本身就是诗。

——雪莱《为诗辩护》

歌与思，皆是构诗的枝干；它们诞生于在，又入达在的真理。

——海德格尔《诗人哲学家》

中国古代诗学关于诗歌功能的最早也最有系统的见解出自儒家思想的奠基人孔子。《论语·阳货》所提出的“兴、观、群、怨”说是中国诗学和美学史上具有开创性和经典性的艺术作用论。孔子所列举的诗歌的四种功用对于后世文艺思想的发展都有重要和深远的影响，尤其是“诗可以兴”的理论命题始终占据着传统诗论的中心地位。[1]然而，对孔子这一命题的理解和解释却两千多年来未能定论，至今在国内外学者之间仍然存在着不同看法。

本章从跨文化角度透析孔子“诗可以兴”的诗学命题，发掘其中蕴含的人类学意义。笔者首先评述古今中外学者对“兴”的研究，指出作为引譬连类的“兴”不只是修辞技巧，而且也是一种类比联想的思维推理方式，它充分体现着先秦理性的“诗性智慧”形态。再通过纵向的发生学考察，确认“兴”源于史前人类的神话思维，又从横向比较中表明，希腊的逻辑理性在否定神话的同时否定了诗的思维方式，斥之为非理性，而以孔子为代表的中国理性传统却只拒绝神话的超自然内容，自觉继承了神话思维的形式，倡导“不学诗，无以言”。由此而产生的正统诗教，一方面上承史前盲诗人的宗教政治体制（瞽宗），从神话的法规作用中引出诗证、谣占、歌谏等引诗用诗的稽古传统，奠定了儒家理性的基本致思方向；另一方面也使中国诗歌的发展超越了文学艺术的界域，催生出赋诗言志、以诗取士、诗哲合一的诗国文化。本章最后提出的中国诗性智慧对人类未来发展的可能贡献问题，以期引起进一步思考。

一、兴的研究：从孔子到当代

孔子的文学观和美学观集中表现在他对“诗”的见解上。相传作为六经

[1]如周英雄先生所著《赋比兴的语言结构》一文中说：“兴的应用可以说是研究中国诗词的核心问题，因为“托物言志”不仅和修辞有直接的关系，更间接牵涉到诗人处理物我的基本人生观。研究中国诗词，若能以兴为枢纽，进而循历史的一轴，追踪此一修辞与文学观之演化，则或能将中国诗词的精义，作更精确的界定。”见《结构主义与中国文学》，台湾东大图书公司1983年版，第122页。

之一的《诗经》是经过孔子挑选和整理后编为定本的。尽管孔子删诗说的真伪至今尚未有定论，但孔子与《诗经》的特殊关系却是无可置疑的。《论语》一书中“诗”的概念共出现了14次，其中大部分是特指周代诗歌的选本《诗经》的。这样，孔子“诗可以兴”的命题同作为“诗六义”（《周礼·春官·大司乐》又称“六诗”）之一的“兴”概念之间的对应关系也就不言自明了。可以说，真正透彻地理解“兴”这个中国诗学的核心概念所特有的文化蕴含将是从整体上把握中国文学特色的一个有效基点。以下的讨论将从古今学者对“兴”的训释和阐发入手，尝试作一文化人类学的观照。

《论语·阳货》中记述孔子论诗一节是：

子曰：“小子何莫学夫诗？诗，可以兴，可以观，可以群，可以怨。迩之事父，远之事君；多识于鸟兽草木之名。

这里所用“兴”一词本义为“起”“发动”，引申为“兴盛”。这些意义在《诗经》中都有用例。如《小雅·小明》“念彼共人，兴言出宿。”郑笺：“兴，起也。夜卧起宿于外。”《大雅·绵》“百堵皆兴”，毛传：“兴，起也。”《秦风·无衣》：“王于兴师，修我戈矛。”《大雅·大明》：“矢于牧野，维予侯兴。”毛传：“兴，起也。”《小雅·天保》：“天保定尔，以莫不兴。”郑笺：“兴，盛也。无不盛者，使万物皆盛，草木畅茂，禽兽硕大。”“兴”字在日常语言中的这些意义一直保留到今天，现代汉语中的“兴起”“振兴”“兴旺”等合成词便是明证。《论语》一书中“兴”字共九见，其中有七次用于上述意义，如《泰伯》中的“则民兴于仁”，《子路》篇的“礼乐不兴”和“一言而可以兴邦”，《卫灵公》篇的“从者病，莫能兴”，《尧曰》篇的“兴灭国，继绝世”等皆是。值得注意的是，日常语言中常用的“兴”概念一旦用来指称诗的功用，就多少具有了诗学术语的性质，《论语》

中除了上引《阳货》篇“诗可以兴”一例外，《泰伯》篇中还有类似的用例。孔子说：

兴于诗，立于礼，成于乐。

包咸注云：“兴，起也。言修身当先学诗。礼者，所以立身。乐所以成性。”这种注释按照“兴”字的本义来解释“兴于诗”，似乎并未突出潜在的术语性质。不过，由于孔子论诗两次使用了“兴”的概念，这就使它从日常语汇中超升出来，奠定了后人以“兴”论诗解诗的悠久传统。战国后期成书的《周礼》把“兴”列为官方诗歌教学的纲领，与风、赋、比、雅、颂并称“六诗”，从而正式确定了作为专门术语的“兴”。汉代的儒者毛亨为《诗经》作传，特别注意用这一术语来区分出诗艺修辞的一种专用模式。毛传在 305首诗中注明“兴也”的有116首，占《诗经》总篇数的38%。《毛诗序》中还沿用《周礼》“六诗”说，改称为“诗六义”，但在解诗实际中只标明“兴”体而不及其他“五义”，这就使源于孔子的以“兴”论诗的做法发展为儒家诗教的正统规范。后儒还从毛诗反推孔子，认为《论语》中以“兴”言诗时已暗含了“赋”与“比”。刘宝楠《论语正义》云：“赋比之义，皆包于兴。故夫子止言兴。《毛诗传》言兴百十有六，而不及赋比，亦此意也。”可见，自孔子至毛诗，“兴”的术语因其重要性超过其他术语而被奉为中国诗学的核心范畴。后代学者根据这一核心范畴而新创的诸多术语如“感兴”（《文镜秘府论》）、“兴象”（殷璠《河岳英灵集序》）、兴寄（同上文）、兴会（《颜氏家训·文章》）、伫兴（宋大樽《茗香诗论》）、兴味（蔡襄《漳州白莲僧宗要见遗纸扇诗》）、兴致（严羽《沧浪诗话》）、兴托（钟嵘《诗品》）等，都反过来说明了“兴”在古代文学理论和美学上的中心地位。陈世骧先生的《原兴——兼论中国文学特质》[1]一文的标题似也表明了“兴”范畴在当代文论家心目中的至上位置。

那么,这个代表着中国文学特质的“兴”,究竟有什么样的意义和价值呢?为什么可以“兴”的诗被孔子奉为儒家人格修养的起点呢?对此，自古及今的中国学者都沿着一脉相承的思路不断加以阐释，评价则始终是高度肯定的。

孔安国注《论语·阳货》时将“兴”解说为“引譬连类”，这可以说是具有权威性的精确解释，可惜后人对引譬连类的理解大致局限在修辞技巧方面，未能从中挖掘潜隐的文化蕴含。《周礼》郑注引郑司农（众）云：“兴者，托事于物。”这正是“兴托”“兴寄”概念的发端。孔颖达《毛诗正义》解郑司农语云：“‘兴者，托事于物’，则兴者，起也。取譬引类，起发己心，《诗》文诸举草木鸟兽以见意者，皆兴辞也。”这一段论述综合了孔安国的“取譬连类”说和郑众的“托事于物”说，并照应了《论语》论诗可“多识于鸟兽草木之名”的看法。朱熹注《阳货篇》“兴”概念时所说的“感发志意”似也脱胎于孔氏的“起发己心”一语。

现代学者对“兴”的研究取得了很大进展，提出了许多有益见解。如顾颉刚从歌谣起兴角度去解释，以为“兴”的意义只在于协韵起头，与意义无关。[2]钟敬文、朱自清等则对顾说提出了批评或补充，指出借物起兴有两种情况，一种是与诗意不相关的“纯兴诗”，另一种是“兴而带有比意的诗”[3]。钱穆先生从孔子仁学角度论兴，强调了诗歌对于修身养性的作用：

[1] 英文题为 *The Shih-Ching: Its Generic Significance in Chinese Literary History and Poetics*，见台湾中央研究院《史语所集刊》第 39 本，1969 年。中译者王靖献，收入《陈世骧文存》，台北志文出版社 1972 年版。又见叶维廉主编《中国现代文学批评选集》，台北联经出版公司 1976 年版，第 9—48 页。

[2] 顾颉刚：《起兴》，见《歌谣周刊》第 94 号，1925 年。又《论兴诗》，见《史林杂识》初编，中华书局 1963 年版，第 257—261 页。附和这一观点的还有何定生：《关于诗的起兴》，见中山大学语言历史学研究所《周刊》第 9 集，第 97 期，1929 年。收入《古史辨》第三册。

[3] 钟敬文：《谈谈兴诗》；朱自清：《关于兴诗的意见》，均收入《古史辨》第三册。

诗尚比兴，多就眼前事物，比类而相通，感发而兴起。故学于诗，对天地间鸟兽草木之名能多熟识，此小言之也。若大言之，则俯仰之间，万物一体，鸢飞鱼跃，道无不在……孔子教人多识于鸟兽草木之名者，乃所以广大其心，导达其仁，诗教本于性情，不徒务于多识也。[1]

黄振民着眼于兴与比的异同，对顾颉刚的说法做了进一步引申，确认兴为“篇首之比”，并区分出“无意之兴”作为“有意之兴”的源头。[2]钱锺书更结合古今儿歌中的实例，认定古人李仲蒙“触物起情谓之兴”的说法最切近歌诗之理。[3]日本汉学家青木正儿以《关雎》篇为例，认为“像这样先举比喻然后叙说真意之法，叫作兴”[4]。这同黄振民视“兴”为“篇首之比”的观点大致相同。松本雅明则用“气氛象征”来解说“兴”，他在《关于诗经诸篇形成的研究》二、三章“兴的研究”中写道：“兴本来不外乎是在主文之前的气氛象征。它是由即兴、韵律、联想等引出主文的，不是繁杂的道理，而是直观性的、即兴性的、并且不外乎朴素自然的表现法。”[5]松本氏的这一见解已触及与“兴”之起源有密切关系的气氛问题，但未能再深入一步探本求根，而是停留在诗歌“表现法”的层面上了。

李泽厚先生也接受了民歌研究者所提出的无意义起兴观，并试图从情感客观化方面加以论证：

……文艺创作为什么要比兴？……在我看来，这里正好是上述使情感客观化、对象化的问题。“山歌好唱口难开”“山歌好唱起头难”，为什么“起

[1] 钱穆：《论语新解》，巴蜀书社。
[2] 黄振民：《诗经研究》，台湾正中书局 1982 年版，第 186 页。
[3] 钱锺书：《管锥编》第一册，中华书局 1979 年版，第 62—65 页。
[4] 青木正儿：《中国文学概说》，隋树森译，重庆出版社 1982 年版，第 64 页。
[5] 松本雅明：《关于诗经诸篇形成的研究》，东洋文库，昭和三十三年，第 944 页。

头难”“口难开”呢？主观发泄感情并不难，难就难在使它具有能感染别人的客观有效性。……所以，要表达情感反而要把情感停顿一下，酝酿一下，来寻找客观形象把它传达出来。这就是“托物兴词”，也就是“比兴”。无论是《诗经》或近代民歌中，开头几句经常可以是毫不相干的形象描绘，道理就在这里。[1]

李泽厚在倡导审美心理的历史积淀说方面是有所开拓和建树的，不过他对“比兴”的上述解释未免有些简单化。所谓“情感停顿”说似乎并未触及作为思维模式的比兴之本质，即使对作为诗歌修辞技巧的比兴来说，这样的解释也还是不够充分的。

按照李氏“历史积淀”说研究兴的起源，并且写出了十余万言专题著作的是赵沛霖先生。他的《兴的源起——历史积淀与诗歌艺术》一书或许是古往今来讨论此一问题的篇幅最多的著述之一，被收入李氏所主编的“美学丛书”之中。该著在美学方面似无多少新建树，但对过去研究比兴问题的狭隘眼界有相当的冲击力。作者继承了闻一多等人从原始宗教和图腾崇拜出发解释兴象起源的研究成果，在更大的规模上对鸟类兴象、鱼类兴象、树木兴象和虚拟动物兴象做了归纳考察，提出兴是“宗教观念内容向艺术形式的积淀”之说，[2] 在本课题研究史上有一定贡献。只是由于囿于积淀说，思路和眼界未能进一步拓展开来。

对现代学者从儿歌、山歌和民谣等民间歌诗的研究出发，重新解说古典诗作中“兴”的问题的尝试，迄今尚未有全面而中肯的评价。不过，这种从活的诗歌的现存状况入手反推古代先民的已死的诗歌法则的做法本身，倒有些类似人类学中的功能主义一派，如马林诺夫斯基倡导的研究原始民族现存

[1] 李泽厚：《美学论集》，上海文艺出版社，第566页。
[2] 赵沛霖：《兴的源起——历史积淀与诗歌艺术》，中国社会科学出版社1987年版。

的口传神话，从而确认古典文献中的神话所无法告诉我们的神话的社会功能。就民歌起兴问题而言，由此得出的规律性认识究竟在多大程度上可以适用于《诗经》中的“兴”法，也许还是一个悬而未决的问题。周英雄先生便认为，“民国以来，虽然民歌的蒐集与整理、研究都可以说鼎盛一时，而兴的诗法也屡被论及，然一般都认为兴是就近取物，提供韵脚，以供下行继起之用。这种论点近乎机械论，无法囊括兴法错综复杂的语法与语义结构。”[1] 这一见解在同一篇文章中还有进一步的说明，即关于兴“无所取义”的问题。顾颉刚曾举出一首民歌论证兴的功用仅限于起韵：

阳山头上竹叶青，

新做媳妇像观音。

这两句的“青”与“音”协韵，除了这一音声上的联系，兴句与应句之间毫无意义上的关联。兴在此起到了一种缓冲作用，免得一张口就触及人际间的问题，显得突兀。针对这种论点，周先生争辩说，“兴无所取义，只限于某一程度。事实上，凡是好的诗歌，韵脚或多或少都蕴含有语义的价值。就以‘青’‘音’相押而论，我们大可把‘竹叶青’与‘像观音’视为对等的单位：观音身居紫竹林，与阳山的竹林似乎是不谋而合；可是相反的，观音身心闲适，普度世人，与新媳妇初至夫家那种临渊履薄的心情，恰成一强烈的对比”[2] 对于这种协韵之兴的创作过程，周先生也做了一种推测：歌者因见阳山而起兴，顺口诌出人间的悲欢离合。论者身为局外人，不知其中的关联，因此误以为兴无所取义。但对当地居民来说，兴句与应句的关系虽然不是绝对的因果关系，但在他们尚未发声成歌之前浑然不分的心态中，兴应

[1] 周英雄：《赋比兴的语言结构》，见《结构主义与中国文学》，台湾东大图书公司1983年版，第122、146页。
[2] 周英雄：《赋比兴的语言结构》，见《结构主义与中国文学》，台湾东大图书公司1983年版，第122、146页。

两句是紧贴的，是不可分割的。从修辞的观点来看，凡是以因代果、以果代因、以地易人、以大喻小、以小见大等的换喻行为，前后两项都是相互衔接的，也是相互取代的。周氏在另一篇英文专论中将这种前后联系称为“神话的和文化的联系”（mythical-cultural connections），并认为具有相同文化背景的读者很容易从单纯的语言上的联系移向这种神话与文化的层面。[1]日本学者白川静也是从这一层面上求得突破，根据《礼记》中“降兴上下之神”，把“兴”解为以酒灌祭地灵的宗教礼仪活动：

我想对历来在《诗经》修辞学上称为“兴”的发想法加以民俗学的解释。我认为，具有预祝、预占等意义的事实和行为，由于作为发想加以表观，因而把被认为具有这种机能的修辞法称为兴是合适的。这不仅是修辞上的问题，而是更深地植根于古代人的自然观、原始宗教观之上；可以说一切民俗之源流均在这种发想形式之中。[2]

白川静的这种视野对于局限于文献训诂圈子的传统思路无疑具有启发意义。当代旅居海外的一些华裔学者也都尝试从宗教、民俗等角度重新解说“兴”的本义。曾任教于加州大学的陈世骧教授针对甲骨文“兴”字中残留的原始表象，把这个概念解释为“初民合群举物旋游时所发出的声音”。他说，商承祚《殷契佚存考释》和郭沫若《卜辞通纂考释》对兴字的解说可以互相发明和补充，作为探索《诗经》之诗作由来的有效途径。“商氏指出，群众举物发声，但我们以为这不仅因为所举之物沉重。郭氏强调的‘旋转’现象，教我们设想到群众不仅平举一物，尚能旋游，此即‘舞蹈’。

[1]Ying-hsiung Chou（周英雄）：The Linguistic and Mythical Structure of Hsing As a Combinational Model，in *Chinese-Western Comparative Literature：Theory and Strategy*，P.65.

[2] 白川静：《兴的研究》，昭和三十七年油印本；《中国古代民俗》，何乃英译，陕西人民美术出版社 1988 年版，第 49 页。

举物旋游者所发之声表示他们的欢快情绪，实则合力劳作者最不乏邪许之声。”[1] 陈氏为旁证这一推测，举出西方学者对欧洲歌谣起源研究中类似的语源学分析。如察恩伯爵士（Sir Edmund K. Chambers）以为，“歌谣”（carol）在西文字源中有两种含义可以互相补充。在希腊拉丁语源里 chorus 有“圆舞”之义；corrolla 一词则表示小冠冕小花环之类的东西，舞者环绕这冠冕花环而跳动，且其形状也暗示这种环回的舞踊。[2] 这种情形同代表旋转舞踊的“兴”似乎很接近，陈氏据此认为，诗歌起源于原始的群体活动，源自人们情感配合的“上举”的冲动。群体舞踊中总会有一人脱颖而出，成为领唱人，把“呼声”引向有节奏感的章句歌唱，此即古代诗歌里的“兴”。从原始步入文明，诗的咏唱进入肃穆的宫廷和宗庙，成为仪式的构成要素。直至毛公传诗的时代，对兴的原始记忆和尊崇依然存在，兴遂成为中国诗学理论的基石。[3]

与陈氏的这种见解较为接近的还有任教于威斯康辛大学的周策纵教授。他在《古巫医与六诗考——中国浪漫文学探原》一书中专章考论“兴”的由来，认为殷商甲骨文中的“兴”都是祭仪名称，与祈求或欢庆生产丰饶的宗教活动有关。[4] 从角度和方法上看，周氏与白川静、陈世骧等人较为近似，但从具体结论上看则有所不同。他认为甲骨文“兴”字像四只手拿着一个盘子。盘与槃、般相通。般既有盘旋之义，又是乐舞之名，《周颂》中便有诗篇名《般》，即指那种持盘而旋舞的情况。“兴”所指代的祭仪，便可能是一种歌乐舞合一的活动，或持盘而舞，或围绕盛物的承盘而乐舞，

[1] 陈世骧：《原兴：兼论中国文学的特质》，《中国现代文学批评选集》，台北联经出版公司 1976 年版，第 21 页。

[2] 察恩伯：《中世纪英语文学》（*English Literature at the Middle Ages*），牛津大学出版社 1974 年版，第 66—68 页。

[3] 陈世骧前引文，《中国现代文学批评选集》，第 24—25 页。

[4] 周策纵（Chow Tse-tsung）：《古巫医与六诗考》（*Ancient Chinese Wu shamanistic Medicine and Poetry：A Study of the Origin of China's Romantic Literature*），台北联经出版公司 1986 年版，第 217、216、223—225、228 页。

或是敲着盘而歌舞。[1] 较广义地看，不必都要用承盘，大凡执持或陈列某种器物以做展览的乐舞礼仪，都可认为有类似“兴”的性质。《诗经》颂诗有以一字为题的七篇，周氏以为都表现陈器物而乐歌的特征：《酌》《般》《赉》《恒》四诗题目已显示表演时是持勺、盘、贝、方板而舞。《武》应指持干戈而舞；《雝》诗言“於荐广牡，相予肆祀”，《潜》诗言“潜有多鱼”和“以享以祀”，均表明陈荐实物于祭祀的意思。早期的“兴”即是陈器物而歌舞，相伴的颂赞祝诔之词当然会从这些实物说起，此种习惯自易演变成“即物起兴”的作诗法。甚至也可先说些不相干的事物来引起主题。汉代注家所谓“兴者托事于物”，正说明了诗歌起兴与陈物而赞诔的关系。[2] 周策纵的这一解释不仅以较充足的证据显示了兴的祭仪根源，而且也附带说明了歌诗、民谣因物起兴的表现模式的发生过程，可以说是当代对兴的研究的最引人注目的新成果。

此外，周英雄先生借助于结构主义的诗学理论构架来考察赋、比、兴的语言结构，先后著有《赋比兴的语言结构：兼论早期乐府以鸟起兴之象征意义》和《兴作为组合模式：语言与神话结构》（原文为英文：*The Linguistic and Mythological Structure of Hsing as a Combinational Model*）两篇专论。他在文中按照语言构成的两大模式——横组合关系与纵聚合关系来判断比与兴，把比解释为出自纵聚合关系的隐喻，把兴解释为出于横组合关系的换喻。他写到赋比兴的区别时有如下一段：

赋仅就日常语言加以浓缩与放大；比、兴则牵涉到意义的转移，也就是

[1] 周策纵（Chow Tse-tsung）：《古巫医与六诗考》（*Ancient Chinese Wu shamanistic Medicine and Poetry：A Study of the Origin of China's Romantic Literature*），台北联经出版公司1986年版，第217、216、223—225、228页。

[2] 周策纵（Chow Tse-tsung）：《古巫医与六诗考》（*Ancient Chinese Wu shamanistic Medicine and Poetry：A Study of the Origin of China's Romantic Literature*），台北联经出版公司1986年版，第217、216、223—225、228页。

言非所指；至于比、兴的区分，比是明指一物，实言他物，是语义的选择与替代，属于一种“类似的联想”；兴循另一方向，言此物以引起彼物，是语义的合并与连接，属于一种“接近的联想”。[1]

这样的划分突出了比兴在语言构成方面的特点，但同把“兴”视为隐喻的流行看法有很大出入，这似乎涉及中西文中“隐喻”与“换喻”两个修辞术语的不等质性。不过，按照西方文论中结构主义诗学的术语意义来解析中国古文论的范畴，这种沟通和规范化的尝试毕竟是可取的。在下文中我将尝试从比较文化角度探讨孔子诗教的人类学含义。

二、引譬连类与神话思维传统

在《符号：语言与艺术》一书中，我曾经从历史发生的动态考察中说明比兴的起源，认为这是人类神话思维的类比方式发展到文明社会时期的自然遗留物。比兴用于诗歌创作，最初并非出于修辞学上的动机，而是由比兴所代表的诗的思维方式所决定的，这种引譬连类的思维方式正是神话思维的产物，是神话时代随着理性的崛起而告终结以后所传承下来的一种类比联想的宝贵遗产。[2] 从文化比较的意义上看，每一种文明的建立和生长都伴随着思维方式上的变革和逻辑理性的成熟，但由于在不同的文明中这种变革在方向上和程度上有所差异，所以由此铸塑形成了不同民族文化特有的思维习惯和理性传统。在古希腊，逻辑理性的成熟伴随着神话的衰落和贬值。早期的哲学家们在怀疑和指责神话的非理性特质时，同时也对诗人发起了攻击。像荷

[1] 周英雄：《赋比兴的语言结构——兼论早期乐府以鸟起兴的象征意义》，见《结构主义与中国文学》，台湾东大图书公司 1983 年版，第 142—143 页。

[2] 俞建章、叶舒宪：《符号：语言与艺术》，上海人民出版社 1988 年版，第 154—158 页。

马这样横跨神话与诗两大领域的远古传说中的诗人，竟一时间成为哲人们争相批评和责备的靶子。柏拉图著名的《理想国》卷十竟以“诗人的罪状”作为副标题，这就很有代表性地说明了当时诗（神话）与哲学之争的引人注目的局面。

有迹象表明，在这场对西方文化史的发展具有划时代意义的历史性争端的初始阶段，占有数量上优势的诗人们并未被少数的智者——哲人所击败；相反，他们倒是给那些以理性代言人自居的先知先觉者戴上了种种滑稽的帽子，如柏拉图所列举的：

> 哲学和诗的官司已打得很久了。像“恶犬吠主”，“蠢人队伍里昂首称霸”，“一批把自己抬得比宙斯还高的圣贤”，“思想刁巧的人们毕竟是些穷乞丐”，以及许多类似的谩骂都可以证明这场老官司的存在。[1]

从这许多希腊诗人讥嘲哲学家的流行语的背后，我们可以推想最早的哲人们是处在怎样一种鹤立鸡群、孤掌难鸣的孤苦境地。神话传统所遗给文明初期的巨大惰性力绝非几个先知先觉的哲人所能抗衡。而诗的思维和表达方式也在相当长的时期里在意识形态中占据着统治地位。柯克教授指出：神话传统在青铜时代后期和红铜时代的古希腊确立了自身的牢固地位，又经过荷马和赫西俄德二人的进一步强化，当时不可能有人超越这种传统。如果说公元前 7 至公元前 5 世纪的人们依旧用神话的方式表达自己，那并非因为他们的现实情感与这种方式相吻合，而是因为他们尚不能同其无所不在性（omnipresence）相抗争。传统因素的延续制约了新的表达方式的发展，例如散文体。令人难以置信的还有，自阿尔基洛科斯至品达，希腊诗人们和

[1] 柏拉图：《理想国》，见《柏拉图文艺对话集》，人民文学出版社 1959 年版，第 81—82 页。

剧作家们大量运用神话素材，只是由于无法从这些传统素材中超脱出来，他们的创作想象依然深深地沉浸在往昔的神话世界之中。[1]然而，以公元前4世纪的柏拉图为标志，诗与哲学之争的局面发生了根本性的逆转：诗人们为神话而辩护的声音日趋衰减，哲人们为逻辑理性和道德理性而争取地位的要求成为思想史发展的必然之势。传统的以神话史诗为内容的教育方式开始解体，如朱光潜先生在《理想国》卷二卷三的中译题解中说：柏拉图把文学看作音乐的一部分，因为文学在古代及原始社会中主要是诗歌，和音乐本分不开。希腊儿童和青年人的教育内容主要是《荷马史诗》，教育方式主要是演唱或口述。柏拉图对当时流行的这种文学教育极不满意，在本篇对话中他对荷马的严厉批评是具有革命性的。[2]

哲学的逻辑理性思维方式最终压倒并取代神话诗的思维方式，这的确是一场具有革命性的思想史的大变革。尽管每一个文明大都或迟或早地、以这样或那样的方式经历了类似的变革，但其具体过程以及变革的激烈程度却有很大差别。这些差别充分体现了每一文明的社会历史条件的特异性，因而也是造成后世思想文化差异的重要契机之一。著名的法国古典学家维尔南德在一项中国、希腊思想史的比较研究报告中指出："与古代中国相比较而言，在古希腊，社会发展与思想的进化具有一种更加激烈的和辩证的特点。对立、冲突和矛盾扮演着更为重要的角色。与新变革相对应，思维朝向一种不变的和同一的层面发展，而推理的模式则旨在激进地排除任何矛盾的命题。"[3]这种激进的思想变革的直接结果是，哲学与科学成为超越一切之上的思想结晶，神话被当作理性和道德的对立面而加以否定，承袭神话思维方式的诗人

[1] 柯克（G.S.Kirk）：《神话：在古典文化和其他文化中的意义与功能》（*Myth：Its Meaning and Function in Ancient and Other Cultures*），剑桥大学出版社1971年版，第249页。

[2] 朱光潜：《柏拉图文艺对话集》，第60页。

[3] 维尔南特（Jean-Pierre Vernant）：《古希腊的神话与社会》（*Myth and Society in Ancient Greece*），洛伊德（J.Lloyd）英译本，收获出版公司1980年版，第90页。

们也不再占据往昔的神圣地位，而屈居于作为时代精英的哲人们之下了。诗歌也因此而贬值为一种妨碍理性和逻辑的异己之物，除了尚存一些修辞学价值外，连同神话一起为爱智者们所不齿。

尽管对于这样一种思想史革命的评价在当代西方哲学中引发了根本性的争议，以海德格尔为代表的现象学派重新标举诗的大旗，并把柏拉图以后的哲学发展视为理性异化的历史，但是这场革命奠定了西方文明的逻辑理性思维传统这一事实却是毋庸置疑的。以此为参照背景，反观中国先秦思想史上的同样进程，将会提供一些有益的启示。

在有“中国的柏拉图”之称的孔子那里，我们确实可以看到与柏拉图十分近似的那种以政治、伦理为本位的理性精神。尤其是对待神话、宗教一类超自然现象的强烈怀疑和批判态度，孔子同样为儒家思想的发展奠定了“不语怪力乱神”的理性信条。然而，具有重大文化价值的差异在于，孔子并没有像柏拉图那样把诗同神话并列为一体，作为理性的对立面。恰恰相反，孔子一方面拒绝神话，如把“黄帝四面”的神话意象加以纯然理性化的解释，[1]另一方面却极度推崇神话时代的精神产物——音乐与诗歌，把它们看作是人格教育的根本和基础。这种对诗的截然相反的理性态度绝不是个人爱好和趣味的问题，它恰恰暗示了孔子所代表的儒家理性不同于希腊的逻辑理性的特异之处。从这一意义上看，孔子关于“诗可以兴”的理论命题的价值和意义就不是单纯的文学或修辞学范围内所能理解的，它实际上成了一个人类学即比较文化的课题。

孔子在拒斥神话的同时推崇诗歌，这无异于拒绝接受神话的非理性内容而接受了神话思维的非逻辑形式，而这种神话思维的非逻辑形式对于奠定中国哲学思维的传统、塑造中国特殊的理性人格形态均有不可估量的潜

[1] 参看叶舒宪：《中国神话哲学》第六章《黄帝四面》，中国社会科学出版社 1992 年版。

在作用。就此而言，孔子在拒斥“怪力乱神”之类非理性的思维内容的同时，却倡导以诗的比兴为代表的非逻辑的思维方式，这正是由神话到哲学的思想史变革在中国文化中特有的渐变过程的表现，不同于古希腊的激进的哲学革命。

与此相应，以《易》之“象”和《诗》之“比兴”所揭示于人的中国式哲理从一开始就具有了“诗性智慧”的特点，因而也始终未能向纯形而上的（西方意义上的）方向去构建逻辑的理论体系。诗与哲学之争也从来没有像在希腊那样构成思想史上的重要课题。由于诗歌在孔子的推崇之下已经确立了它在正统意识形态中牢不可破的地位，周代的三百篇诗经孔子编定后又被尊奉为神圣经典，列入“五经”之内，所以后世也不会发生像西方思想史上不绝如缕的“为诗辩护”之类的翻案壮举。从《周礼》中规定的大师教六诗的官方教学法则到后代统治者以诗赋取士的科举考试制度，使我们这个名副其实的“诗国”自古以来一直崇诗如崇哲。可以称得上为哲人的历代学者没有不会作诗的，但要找出在逻辑理性方面足以同亚里士多德三段论相匹的个人建树，也许并不容易。这一切，实已由孔子“诗可以兴”的命题预示出来了。

“兴”的思维方式既然是以“引譬连类”为特质的，它的渊源显然在于神话思维的类比联想。神话类比有别于科学的类比逻辑的主要之点有二：

第一，神话思维的类比只能在现象事物的表面上进行，或者说仅仅是一种外在特征的类比。只要两种事物之间在某一个别方面具有相似性（如求鱼的关雎与求淑女的君子），便可将它们同化为同类现象，这样所类推出的往往不是客观性的知识，而是主观性的附会的“虚假的”知识。科学思维中的类比必须依据能在一定程度上反映事物本质属性的相似特征，还要依据被比现象中相似属性的数量，力求得出客观的认识。

第二，科学思维中的类比尽管考虑到对象相似特征的质的方面和量的方面，所得结论仍是或然性的，有待于进一步验证。神话思维的类比却是自我中心性的，它毫无例外地要把类比结果固定化、绝对化，无须提供实际的证明。[1]

一旦引譬连类的联想方式从诗歌创作本身扩展开来，形成某种非逻辑性的认知推理方式，“兴”就不仅仅是一种诗歌技巧，同时也成了一种时髦的论说和证明方式了。“兴”的这种扩展和推广，最明确地表现在先秦时代的引诗用诗方面。在这种为我所用的引诗推理的普遍现象之中，可以清楚地看到先秦理性所具有的神话思维特征是怎样有别于古希腊的逻辑理性，也是理解孔子“诗可以兴”命题的最佳场合。法国学者唐纳德·霍尔兹曼依据孔安国“引譬连类”说来理解“兴”，将它译为“隐喻性暗指”（metaphorical allusions），并认为《论语》一书中引诗说理的实例本身就是这种隐喻性暗指的应用。如果仅仅把“兴”理解为作诗之法，那就无法洞悉孔子的类比推理其实正是兴的实际运用。

例如：孔子说“绘事后素”时，实际上是把诗用作“兴”即隐喻性暗指，所说之物与所指之物其实并不同类。这种在当时外交礼节上屡见不鲜的暗指及其解说其实就是“兴”。难道孔子在展开他的推理时会忽视对《诗》的这种用法吗？况且，“兴”这个词指涉诗歌并且具有“类比”（analogy）或“暗指”（allusion）的相关意义，是来源很古的。在我看来，无视这个词的特有意义，把它译为“激发人的情感”（Waley）或“启发心志”（Legge），将是危险的。[2]

霍尔兹曼对“兴”的这种看法已经超出了修辞和诗法的窠臼，把人们的注意引向孔子的类比推理方式。《论语·学而》篇中有一个常被人引用的以《诗》推理的例子：

[1] 俞建章、叶舒宪：《符号：语言与艺术》，上海人民出版社 1988 年版，第 129—130 页。

[2] 霍尔兹曼（Donald Holzman）：《孔子与古代中国的文学批评》（*Confucius and Ancient Chinese Literary Criticism*），见瑞克特（A.A.Rickett）编《中国的文学批评法：从孔子到梁启超》（*Chinese Approaches to Literature*），普林斯顿大学出版社 1978 年版，第 36 页。

子贡曰："贫而无谄，富而无骄，何如？"子曰："可也；未若贫而乐，富而好礼者也。"子贡曰："诗云：'如切如磋，如琢如磨'，其斯之谓与？"子曰："赐也始可与言《诗》已矣，告诸往而知来者。"

子贡在此引用了《卫风·淇澳》中的诗句，切磋与琢磨原本是加工玉器的方式，《诗经》中引申来形容君子学道修身的功夫。毛传云："道其学而成也，听其规谏以自修，如玉石之见琢磨也。"鲁齐说曰："如切如磋，道学也；如琢如磨，自修也。"[1]可见用治玉器的方式来比拟君子修养工夫，这已经构成了一种类比。到了子贡那里，又从类比中引出新的类比，附会到孔子说的"贫而乐，富而好礼"上面去了，这可真是引譬连类的叠床架屋式应用了。孔安国曰："子贡知引《诗》以成孔子义，善取类，故然之。往，告之以贫而乐道；来，答以切磋琢磨。"[2]子贡之所以能举一反三，靠的正是"善取类"的本领。不过他的这种类比由诗之比兴直接发展而来，显然仍停留在神话思维层面，与注重事物本质的科学类比相距甚远。正是这种"善取类"的联想受到孔子高度赞赏，由此也可看出他的"兴于诗"或"诗可以兴"的真正所指了。中国式的"诗性智慧"就是这样在神话时代结束以后成为理性的主要形式的。顾颉刚先生《诗经在春秋战国间的地位》一文指出，子贡子夏不过会用类推的方法，用诗句做近似的推测，孔子已不胜其称赞，似乎他最喜欢这样用诗。用一个题目来概括这种用诗法，就是"触类旁通"。春秋时人的赋诗已经会得触类旁通了，经过孔子的提倡，后来的儒家更加精于此道。如《中庸》中说：

《诗》云："潜虽伏矣，亦孔之昭。"故君子内省不疚，无恶于志。君

[1] 王先谦：《诗三家义集疏》卷三下，中华书局 1987 年版，第 267 页。
[2] 刘宝楠：《论语正义》卷一引，见《诸子集成》。

子之所不可及者，其唯人之所不见乎！

这里所引《小雅·正月》的上下文是：“鱼在于沼，亦匪克乐。潜虽伏矣，亦孔之炤。忧心惨惨，念国之为虐！”这是一片愁苦之声，意思是说：像鱼潜伏水底，也会给敌人看清楚，没法逃遁，甚言受不了国家的苛政。《中庸》却断章取义，类推出“莫见乎隐，莫显乎微”的哲学意味。这种用诗说理似比春秋时人深了一层，但走的仍是春秋时人的原路。[1] 记载春秋时历史的《左传》与《国语》二书之中即可找到大量的断章引诗之例。《左传·襄公二十八年》：

癸臣之子，有宠，妻之。庆舍之士谓卢蒲癸曰：“男女辨姓，子不辟宗何也？”卢蒲癸曰：“宗不余辟，余独焉辟之？赋诗断章，余取所求焉，恶识宗？”

由此可知春秋时赋诗断章，目的是“取所求”，而所赋之诗也是作为类比依据而存在的。《国语·鲁语》中也有师亥关于“诗所以合意，歌所以咏诗”的见解，正可与《左传》的断章取义说相互发明，足证“引譬连类”在先秦时期已不仅是作诗之法，同时也发展成为理性思维的流行模式。难怪孔子要对儿子孔鲤语重心长地教导说：“不学诗，无以言。”原来不从诗歌学习引譬连类的联想方式，就不能具备在正式场合中论说发言的权利。“善取类”成为当时衡量个人理性教养程度的基本尺度，这同柏拉图视诗为非理性的观点形成鲜明的对比。

霍尔兹曼说：“《诗经》在孔子教育学生的过程中，肯定占据十分重要的位置。但是，他主张研读《诗经》的原因，却有点令人惊讶：‘无以言’，

[1] 顾颉刚：《诗经在春秋战国间的地位》，见《古史辨》第三册，上海古籍出版社 1982 年版，第 347 页。

听起来好像是主张从古诗中拣一些装点门面的话来修饰点缀日常语言。然而事实也许并非如此。在古代外交场合中，《诗经》被用作重要的交际工具。外交家们引用适当的诗句，虽然脱离了上下文并附以主观附会的解释（就像我们从孔子及其弟子们那里所看到的那样），仍然可以谨慎而不失礼节地表达自己的立场观点。如果不能引用合适的套语，国与国之间就会有大祸降临。孔子在此一方面向人们表明了他对《诗经》的高度重视，另一方面也表明他的重诗还是纯然为了实用，是超出文学之外的。”[1]需要强调的是，孔子不是把《诗》当作艺术品来看待的，而是当作类比思维的符号典范，希望人们能够从中学到主观联想式的推理方式和表达方式。由此看来，“诗可以兴”的命题绝不只是什么文学批评的命题，它表明了孔子作为中国的诗性智慧的理论奠基者，对于“诗·语言·思想”这一本体论关系的深刻洞见，对于类比联想的思维方式的特别推崇。

自先秦至两汉，引譬连类作为认识方法和推理方法已在知识分子中广泛流行，其应用也不限于引诗赋诗方面。《韩非子·难言》篇为申诉难言之苦，列举了各种各样的论说方式将会招致的责难，其中的一种便是：

多言繁称，连类比物，则见以为虚而无用。[2]

这也许是中国思想家中较早地把“连类比物”法确定为一种发言论说的独特方式的例证。尽管它在好挑剔的人眼中难免有“虚而无用”之嫌，但毕竟还是普遍应用在士人们的辩说和写作中。韩非子本人在同书同篇中就大量使用此种“连类比物”法去说明道理，如他为了说明“以至智说至圣，未必至而见受”，便一口气类举出一大串事例来：

[1] 霍尔兹曼：《孔子与古代中国的文学批评》，见瑞克特编《中国的文学批评法：从孔子到梁启超》，第34页。
[2] 王先慎：《韩非子集解》卷一，见《诸子集成》。

故文王说纣，而纣囚之。翼侯炙，比干剖心。梅伯醢，夷吾束缚。而曹羁奔陈，伯里子道乞。傅说转鬻，孙子膑脚于魏。吴起收泣于岸门，痛西河之为秦，卒枝解于楚。公叔痤言国器，反为悖。公孙鞅奔秦，关龙逄斩。苌宏分胣，尹子穽于棘。司马子期死而浮于江，田明辜射，宓子贱西门豹不斗而死人手。董安于死而陈于市，宰予不免于田常，范雎折胁于魏。[1]

此种说理方式，就其思维展开的特点而言，其实非常近于诗歌的发生联想，甚至连此种排偶的句式也更像诗赋一类韵文的写法，这已是晚期诸子的共同特点了。

汉代淮南王刘安主撰《淮南子》时，类比认知方法已经更加明确地被规定为全书各篇的构思和写作规则。这部前所未有的百科全书式著作，“上考之天，下揆之地，中通诸理”，把宇宙和人生的万事万相统合为一个有机体，其所依赖的逻辑中枢就是类比。《淮南子·要略》明言：

已知大略而不知譬喻，则无以推明事。[2]

这句话完全可以用作孔子“不学诗，无以言”之说的注脚，它把诗歌构成的思维机制譬喻解说为认识事物的不二法则，尤其值得我们注意。同篇中列述全书每篇题旨时又多次使用了类似的语词，用来反复强调此种作为认知和推理工具的思维机制，如：

《览冥》者……乃始揽物引类，览取挢掇，浸想宵类，物之可以喻意象

[1] 王先慎：《韩非子集解》卷一，见《诸子集成》。
[2] 刘文典：《淮南鸿烈集解》卷二十一，见《新编诸子集成》，中华书局 1989 年版，第 707 页。

形者，乃以穿通窘滞，决渎壅塞，引人之意，系之无极，乃以明物类之感，同气之应，阴阳之合，形埒之朕，所以令人远观博见者也。[1]

在这里，“揽物引类”和“喻意象形”均被视为让人得以“远观博见”的启蒙手法和打开思路的妙诀。再如：

《缪称》者……假象取耦，以相譬喻，断短为节，以应小具，所以曲说攻论，应感而不匮者也。[2]

此种“曲说攻论”式的说理方式虽然也曾出现在柏拉图的哲学寓言之中，但毕竟未能与“直说”式的抽象思辨推理相抗衡，因而在西方思想中仅只作为辅助性的论说技巧而存在，只有在保留神话思维传统最多的中国思想中才始终处于主流地位，历数千载而不衰。《淮南·要略》又云：

《诠言》者，所以譬类人事之指，解喻治乱之体也。[3]

《说林》者……假譬取象，异类殊形，以领理人之意，解堕结细，说捍搏困，而以明事埒事者也。

刘氏集解曰：“埒，兆朕也。王念孙云：堕亦解也。《广雅》：‘堕，脱也。’《论衡·道虚篇》曰：‘龟之解甲，蛇之脱皮，鹿之堕角。’是堕与解、脱同义，《易林·噬嗑》之《小畜》曰：‘关柝开启，衿带解堕’是也。细当为纽，字之误也。纽亦结也。”

[1] 刘文典：《淮南鸿烈集解》卷二十一，见《新编诸子集成》，中华书局 1989 年版，第 702、703 页。
[2] 刘文典：《淮南鸿烈集解》卷二十一，见《新编诸子集成》，中华书局 1989 年版，第 702、703 页。
[3] 刘文典：《淮南鸿烈集解》卷二十一，见《新编诸子集成》，中华书局 1989 年版，第 702、703 页。

据此可知，《淮南子》的作者所醉心的“假譬取象”推理法与神话思维中的变形类比完全是一脉相承的。如笔者在另外的著述中所说：原始神话中的变形动物构成了道家循环生命观的原型。如《庄子·寓言》中提到的“蜩甲”“蛇蜕”，显然是以蝉的脱壳和蛇的蜕皮现象为生命循环变形之象征的。后来的神仙家们以为人类若能像蝉、蛇或鹿角一类生物那样脱皮去壳、弃旧更新，便也能获得返老还童的再生能力。《淮南子·精神训》就把神仙不死的奥秘揭示为“抱素守精，蝉蜕蛇解，游于太清”。仲长统《见志诗》二首之一也明确把尸解仙化作为自己所欲言之“志”：“飞鸟遗迹，蝉蜕亡壳。腾蛇弃鳞，神龙丧角。至人能变，达士拔俗。”[1] 道家的这种借变化形态而达到仙化不死的信念既然是取自于对各种蜕皮脱壳换角动物的类比归纳，在实质上也就同原始部落社会中各种讲述蛇、蜥蜴一类变形动物获得不死的神话有了直接承袭关系。神话思维的“假象取耦”派生出诗歌比兴的同时，也催生出“假譬取象”式的论说推理方式，这一点对于理解中国哲学的发生与特性可谓至关重要。如果说在古希腊，由荷马派生出赫拉克利特、品达和希罗多德，意味着哲学与诗歌、历史的最终分化并预示了各自的不同思维发展趋向，[2] 那么在中国，这三者却是相对统一在“引譬连类”的共同思维模式之中的。对于中国哲人来说，“言天地四时而不引譬援类，则不知精微”[3] 的道理同“不学诗，无以言”的信条一样，是永不过时的。

三、诗证、谣占与谚判的稽古取向

从“兴”的类比作用着眼，我们已经看出中国先秦理性思维的某种特异

[1] 参看叶舒宪：《英雄与太阳》第七章第四节《加入循环：道家的不死信仰》，上海社会科学院出版社 1991 年版。
[2] 库克（Albert Cook）：《神话与语言》，印第安纳大学出版社 1980 年版，第 260 页。
[3] 刘文典：《淮南鸿烈集解》，第 706 页。

之处，意识到引诗用诗的时代偏好实质上并非修辞技巧问题，而是思维传统问题。古代流传下来的诗歌之所以被广泛引用，在当时与其说是附庸风雅，不如说是为类比推理寻找令人信服的根据。换言之，诗是被当作一种具有伦理或法律的规范效用的“公理”而被称引的，引诗者的动机不过是为了说明自己观点的合理性或论证自己要求的正当性。在这种情形下的引诗连类的做法，同原始社会中引用神话作为法典的普遍倾向实在是一脉相承的。它们都有一种取法于古昔时代的保守立场和一种效仿祖先智慧的“稽古”式思想偏向。对此，从人类学的立场出发也许能得到透彻的宏观观照。

研究东方民族思维特征的日本学者中村元精辟地指出：中国人的思维方法中有一种偏重依恋过去事实的倾向。中国人重视先例而不强调抽象原则，他们善于从过去的惯例和周期发生的事实中建立一套基准法则，即以先例作为先决模式。换言之，古人昔日经验的成果在中国人的心理上唤起一种确实感，而由抽象思维中得出的逻辑规范却没有这种心理作用。因此可以说，中国人的基本心理是力图在先例中发现统领生活的法则，而中国式的学问也就是熟知已逝岁月中诸多先例。[1]人类学家马林诺夫斯基在原始部落社会中所发现的神话的法典（charter）作用，实已为中国乃至一切国度中的崇古思维找到了最初源头。原始人视古代传下来的神话为神圣的法典，它不仅为现存社会结构提供了权威的证明，也为社会生活中的一切言行提供了祖先的范本。因此最高的智慧不外乎熟知神话，并能在特定的场合引述神话。[2]宗教史学家艾利亚德也指出，在原始社会中，重述神话的做法本身就是“回归初始”（return to origin）的努力，因为只有神话中讲述的神灵和祖先的所作所为才具有神圣性，为后人永远效法之源。神话总是同“起源”有关，它讲述事

[1] 中村元：《东方民族的思维方法》，林太、马小鹤译，浙江人民出版社 1989 年版，第 126—127 页。

[2] 马林诺夫斯基（Malinovsky）：《原始心理中的神话》（*Myth in Primitive Psychology*），伦敦，1936 年，第 24—26 页。

物的由来，或某种行为、制度、劳作方式的产生，通过这种溯源为人类所有的重要行为提供范式。认识神话，就是认识事物的根源，从而得以掌握和控制它们。这种知识不是“外在的”或“抽象的”知识，而是从仪式中体验的知识。[1]神话的讲述往往有特定的场合，如新年礼或成年仪式；讲述者绝非凡夫俗子，而总是祭司巫师一类神职人员，他们才是当时社会中善用类比联想的典范，因而也是知识和教育权力的占有者。随着由原始到文明的社会演进过程，神话的法典作用逐渐转移到神话的遗留形式——诗歌，而原来以神话为核心的知识和教育体系也向诗的方向转化。据美国学者理查德·考德威尔的研究报告，古希腊社会中的盲诗人传统与原始社会中的巫医传统一脉相承，作为神话诗之传授者的盲人既是能占卜的先知和巫师，又是能治病的医生。他们的先天生理缺陷——双目失明，正是他们独自占有神圣知识（the forbidden knowledge）传授权的前提条件，因为正是与现实世界的视觉隔绝保证了盲诗人能够生活在神话诗的超验世界之中，体验到与神灵交往的迷狂状态。[2]无独有偶，在古代中国也存在同样的盲诗人传统。《左传·襄公十四年》就有“史为书，瞽为诗，工诵箴谏”的说法；《国语·周语》更提到了一系列职掌诗歌音乐的盲官名称：

故天子听政，使公卿至于列士献诗，瞽献曲，史献书，师箴，瞍赋，矇诵……瞽史教诲，耆艾修之，而后王斟酌焉，是以事行而不悖。

这里所说的作为国王智囊人物的瞽、瞍、矇，其实都是双目失明者。闻

[1] 艾利亚德（M.Eliade）：《神话与现实》（*Myth and Reality*），特拉斯克（W.R.Trask）英译本，哈波出版公司1963年版，第34、18页。

[2] 考德威尔（Richard Caldwell）：《希腊神话中的占卜术心理学》（*The Psychology of Mantic Art in Greek Mythology*），见埃考克（W.M.Aycock）编《20世纪思想和文学中的古典神话》（*Classical Mythology in 20th Century Thought and Literature*），德克萨斯技术大学出版社1980年版，第45—65页。

一多先生说，瞎子记忆超人，故古代为人君诵诗者为矇为瞽。[1] 参照人类学关于史前社会盲诗人传统的跨文化观照，闻一多的这种解释毕竟过于浅显了些。他没有看到盲人先知作为神圣知识传授人的深远宗教背景。至于古代训诂家对于《周礼·春官·大司乐》所说的祭祀已死教师于“瞽宗”的种种解说，就更只能在字面意义中兜圈子了。其实，这些与盲诗人传统密切相关的字和词只有从文化比较的角度才能得到透彻理解。上古统治者之所以让这些盲人充当诗乐知识的传授官职，完全是因袭自史前传承下来的宗教知识传统，而盲乐官以诗乐参政的智囊作用也无非是原始的盲先知和巫师们直接主宰社会意识形态这一现象在文明社会中的遗留形式。以柏拉图攻击盲诗人荷马为标志，史前流传下来的以诗为教的知识传授制度在古希腊遭到了全面解体的命运，而逻辑理性则在神话诗的废墟上建立起自身的独尊地位。相形之下，盲诗人传统在中国文明中却伴随着神话思维方式的延续和扩展而得到发扬光大，与“兴于诗，立于礼，成于乐”的儒家信念相适应，盲目的瞽、瞍、矇等有生理缺陷的人依然有幸进入官方统治集团。所谓“祭于瞽宗”的制度更表明史前的盲诗人教育体制如何在文明国家获得进一步的神化。

从神话的法典功能和盲诗人传诗制度可以看出，春秋时人的赋诗言志、献诗陈志和教诗明志，都体现出神话时代之后替代神话而行使法典作用的诗歌的重要价值。在古代诗句中所蕴含着的祖先时代的经验已经成为后代引诗者所信奉不移的人生准则和处世公理。事实上，取代神话而行使古昔智慧之法典功用的不只是诗歌，也还包括民谣、俗谚、成语和故事等。后人利用这些具有无须求证的公理性质的往古遗产，也同利用诗一样，能够收到举一反三、引譬连类的逻辑效果，大大加强“言志”的说服力。如《左传·隐公元年》祭仲谏郑伯一段：

[1] 闻一多：《歌与诗》，《闻一多全集》第1卷，三联书店1982年版，第192页。

姜氏何厌之有？不如早为之所，无使滋蔓。蔓，难图也。蔓草犹不可除，况君之宠弟乎？

谏者用关于蔓草的谚语来类比推及“君之宠弟”，说明防止滋蔓的重要性，这种比喻说理的逻辑同取法于诗的做法显然别无二致。

再如《周易》之中的“谣占”，即引用民谣进行占卜的类比推理。《明夷卦》云：

初九，“明夷于飞，垂其翼。君子于行，三日不食”。有攸往，主人有言。

爻辞前四句是一首民谣，它同《诗经》中许多以鸟起兴的诗一样，头两句用明夷（水鸟）起兴，由明夷要淘干水才有鱼吃这一现象类比君子在旅途中找食不易，三天没吃的状况。谣占的主旨在于说明行旅之难。所引的民谣同上例中《左传》所引俗谚一样，都是作为推论的依据和类比的出发点，因而行使着类似神话与诗的法典作用。如果按照希腊哲学家亚里士多德所规定的形式逻辑原则，由谣占、诗证、歌谏等方式而展开的类比推理都不能算是科学的类比，其主观性和随机性使这些自我中心的联想结果无法得到逻辑的或事实的验证。雅各·热奈特曾提出是语言方面的障碍阻滞了哲学和逻辑思维在中国的发展进程。乃至到了大一统的秦王朝建立之际，非理性的类比观念仍然构成统治思想的基础：皇帝本人的才与德能给整个世界带来秩序。[1]然而，值得深思的问题似乎应该是：语言因素究竟在多大程度上能够制约中国文化的构成，使之选择了谣占和诗证的类比联想方式，而没有选择严格的

[1] 热奈特（Jacques Gernet）：《中国的社会史与思想进化：从公元前6世纪到公元前2世纪》，见维尔南特：《古希腊的神话与社会》，洛伊德英译本，收获者出版社 1980 年版，第 77 页。

逻辑思维呢？

人类学家们在非洲尼日利亚东南部的阿朗人（Anans）社会中看到，同诗在中国古代的情形相似，谚语在这里几乎完全主宰了人们的理性思维。谚语的数量之大，使用频率之高，使它足以凌驾于歌谣、故事和谜语之上，成为口头艺术中最重要的一种。谚语既用作法典，用来检验习俗化的行为；又用作教育，培养青少年人的智慧；还用于推理、论说、娱乐等方面。相邻的伊博人给阿朗人的命名，其含义是："在任何情况下均能机智且完整地表达思想。"[1]看来这一善用谚语的民族文化可以作为"诗性智慧"的另一种表现了。尤其值得注意的是，以谚语为依据的推理竟能在当地的传统法庭判决中起到决定性的作用。

在一个偷窃罪的案例中，原告深思熟虑地提出了针对被告以前行为的谚语："如果一只狗从树簇中采到了棕榈果，它就不会怕豪猪。"棕榈树中尖刺很多，狗若能从中采得棕榈果，就一定不会怕豪猪的刺了。这一谚语用来类比被告是个惯偷，许多听众认为判决只是一个手续。谁知被告说出一句论证他无罪的谚语："一只孤身的鹧鸪飞过灌木丛，不会留下路。"鹧鸪紧靠地面行走，离开后会留下踩倒的草。他用这谚语将自己比作一只孤鸟，没有同情者支持，要求法庭不要受众人感情的影响，原谅他过去的行为。[2]由此不难看出，尼日利亚谚语的理性作用正好同诗歌在中国先秦时代一样。"被告误用谚语有助于对他的定罪"[3]，这也同误用诗证会招来国家的危难完全相似。

看来，不论是谚语还是诗歌，乃至寓言和故事等，作为理性思维的一种

[1] 梅辛杰（John.C.Messenger）：《谚语在尼日利亚人判案中的作用》，《西南人类学杂志》第15卷，1959年，第64—73页。

[2] 梅辛杰（John.C.Messenger）：《谚语在尼日利亚人判案中的作用》，《西南人类学杂志》第15卷，1959年，第64—73页。

[3] 梅辛杰（John.C.Messenger）：《谚语在尼日利亚人判案中的作用》，《西南人类学杂志》第15卷，1959年，第64—73页。

初级形式，都是神话类比联想的派生物，因而有别于以形式逻辑为准则的抽象理性思维。至于选择诗还是其他形式作为全民族性的论证推理工具，则完全是文化因素所注定的。中国式的“兴于诗”和尼日利亚的“兴于谚语”，乃至印度的“兴于寓言”、阿拉伯的“兴于故事”，就其人类学意义上看，其实都是殊途同归的。简言之，都是稽古式思维定式的派生物。

霍尔兹曼从一个西方研究者的立场出发，对中国的书本至上式稽古偏好给予了如下评价：

可以有把握地说，世上没有哪一个文明比中国更具有书卷气息[1]，也没有哪一个文明更加尊崇其古代典籍，惯于从传统的乃至现代的文学书本中寻章摘句，为其日常事务寻求指南。[2]

这一尖刻的说法已把中国知识传统中的泥古不化和本本主义列入“世界之最”了。需要说明的是，霍尔兹曼认为中国人的寻章摘句总是限于（within）传统的乃至现代的文学，这里的“文学” （literature）一词当作广义理解，即文献或书本，而不仅仅指文学艺术作品。然而，如果我们追索一下中国人寻章摘句传统的早期历史，不难发现这样一个事实，文学作品，尤其是诗歌，正是古人最喜欢摘引的具有智慧指南性质的东西。

历史上流传下来的最早的文献中都明显表现出引诗用诗的特别偏好，《尚书》和《周易》可以说开了这个头，到了《左传》和《国语》便一发而不可收，借诗言志成为普遍的时代风气。“考古人赋诗，据从《左传》《国语》所获资料，自僖公二十三年至定公四年（公元前637—前505年）约百年间，共

[1] 书卷气原文为 bookish，又可译为嗜书的、迂腐的、咬文嚼字的、本本主义的。

[2] 霍尔兹曼：《孔子与古代中国的文学批评》，瑞克特编：《中国的文学批评法：从孔子到梁启超》，普林斯顿大学出版社 1987 年版，第 21 页。

赋诗六十七篇次，用诗五十八篇。计颂一，大雅六，小雅二十六，风二十五篇。计往来交际之国，共有鲁、晋、郑、宋、齐、秦、楚、卫、曹、株十国”[1]。这种引用古诗并将其当作古代圣贤理性范本的倾向在战国时期达到了极端境地，如韩非子所说“时称《诗》《书》，道法往古，则见以为诵”[2]。

四、诗性智慧之根与诗国文化

以上对“诗可以兴”的命题的跨文化观照，已经把我们的目光从传统的诗学和修辞学领域引向了比较文化的理论范围。这种视野上的拓展对于从中国思想传统中的“诗性智慧”入手去把握我们这个诗国文化的某些构成特征，显然是有益而无害的。下文将再从仪式性的迷狂或醉境着眼，追索“兴”之远源，描述出由仪式之“兴”到“诗之兴”再到“引譬连类”之“兴”的某些演进轨迹，借助于某些西方哲学家对“类比”“隐喻”的阐释去观照诗国文化特有的理性思维机制。

尼采描述西方艺术的源头时曾以酒神狄奥尼索斯的精神为至高境界，他把酒神精神的实质解释为某种欣喜若狂的“醉境”：

或者由于所有原始人群和民族的颂诗里都说到的那种麻醉饮料的威力，或者在春日熠熠照临万物欣欣向荣的季节，酒神的激情就苏醒了，随着这激情的高涨，主观逐渐化入浑然忘我之境。[3]

从尼采这段描述中可以看出两种通向“醉境”的途径，一种是借酒兴唱

[1] 黄振民编著：《诗经研究》，台湾正中书局 1982 年版，第 294—295 页。
[2]《韩非子·难言》，见《诸子集成》。
[3] 尼采：《悲剧的诞生》，周国平译，三联书店 1986 年版，第 5 页。

颂歌之时，另一种是春季的自然生命感发。这后一种途径正如孔子所乐于称道的审美人生风范：暮春者，春服即成，冠者五六人，童子六七人，浴乎沂，风乎舞雩，咏而归。[1]

这的确是一种文明人类特有的精神享受方式，不过却绝不是追溯诗歌之源的合适场合。理由很简单，原始诗歌的发生动因并不在审美和艺术方面，而在功利性的宗教实用目的之中。这样看来，尼采描述的第一种通向“醉境”的途径倒更具有原始性和可信性。不过，原始人在日常生活中既饮酒又作歌的机会恐怕远远不如文明社会中诗人那样多，那样随便，或许只有在举行宗教仪式的场合才最可能达到此种亦酒亦颂的迷狂之境吧。在这类场合所吟唱之歌诗，若作为诗之起源的标本来看的话，倒是最接近颂神念祖的祝咒之词的。在古汉语的词汇中尚保留着一些因祝咒而进入迷狂醉境的语源学材料。如“惝怳”之“怳”便从兄（咒）会意，这个词指的是“在其祈祷中，有变成心醉神迷的状态”。心醉神迷又是忘我的状态。谓之“兑”。有用于喜“悦”之意，又有用于“脱”。脱，虚脱也。“兑”字是在“兄”之上加“八”形的记号，这是表示神气的仿佛出现貌。[2]我们姑且信从这类细致入微的解释，把对诗歌乐舞之“兴”的根源追溯于仪式性醉狂。

图 16　周铜器“日天甗”铭纹：裸人在烈日下狂舞

祝祷仪式之所以能够引发“醉境”，这同仪式上使用酒不无关系。从商周青铜礼器中大量酒器之存在即可推知当时礼仪活动中用酒之盛况。其实，就连“祝”这个字本身在甲骨文中也显示了同酒的关联。罗振玉便认为，祝字有写作[illegible]形者：

[1]《论语·先进》，见《诸子集成》。

[2] 白川静：《中国古代文化》，加地伸行、范月娇译，台湾文津出版社 1983 年版，第 139—140 页。

从𥘅者，殆从T从⁞⁞，像灌酒于神前，非示有𥘅形也。[1]

祝祷仪式上既有“灌酒于神前”的行为，也有参加仪式者共同享用祭酒的需要，这倒是符合亦酒亦诗的醉狂创作状态了。《吴越春秋》记载：越王勾践五年，与范蠡入臣于吴，群臣送之浙江之上，临水祖道，大夫前为祝，词中便有“臣请薄脯，酒行二觞”的说法，可知祝祷行为以酒相伴在上古是常事。后世演为模式化的“祝酒歌”或“祝酒诗”，更将即兴吟唱的灵感同饮酒行为牢固地联结为一体了。

陈世骧先生引证欧洲中世纪的圆环舞现象来解释“兴”的歌舞原型，已如前论。他抓住“兴”这个字所含有的“上举”之意，描绘出一幅原始歌舞的即兴呼喊之狂热状态，进而推测说：民歌的原始因素就在于“群体”活动的精神。“在形式方面，所有的兴都带着袭自古代的音乐辞藻和‘上举欢舞’所特有的自然节奏，这两种因素的结合构成‘兴’的本质。兴是即时流露的，甚至包括筋肉和想象两方面的感觉。注意诗中频仍的叠字和拟声句，我们似乎听得见一首带有‘兴’在诗中散布的主调，而且我们似乎被整个包容了进去”[2]。陈氏所拟想的这种“被包容了进去”的“兴”的原始境界，同尼采描述的那种“浑然忘我”的醉境实有相通之处。不过，作为上举之舞的“兴”如何过渡到一种诗歌表达模式，陈氏文中并未做出完满的回答。而周策纵先生的研究恰好补足了这一方面。周氏把“兴”的原型视为某种陈器物而歌舞的仪式，进而说明了“托事于物”即为兴的观点是有根据的，并且直接逼问“兴”与“喻”的内在关联：

[1] 罗振玉：《增订殷虚书契考释》卷中，见李孝定编《甲骨文字集释》，第 83 页。

[2] 陈世骧：《原兴：兼论中国文学特质》，王靖献译，《中国现代文学批评选集》，台北联经出版公司 1976 年版，第 30 页。

郑玄注说"以善物喻善事"为"兴"，可见"兴"也用"喻"来解释。其实有时兴即是喻。《论衡·物势篇》谈到以陶冶者不故为器喻天地不故生人时说："兴喻人皆引人事。"即用此义。喻、谕、歈相同，本字为俞。《说文·舟部》："俞，空中木为舟也。"俞与般和兴相似，或用空木，或有方版或帆之物。……

大概早期俞与兴这类歌舞多有用因物起兴的歌词者，后世的民歌还往往如此，故喻与兴乃成为此种诗歌制作的专门名词，即"六诗"之一；更后则只注重这种因物起兴的作诗方式，便成了"六义"之一的"兴"。[1]

由陈事物而歌舞之"兴"到作诗法之"兴"，原有的仪式性狂热与激情的成分逐渐被过滤掉，这就给"兴"的进一步理性化发展提供了条件。再从作诗法之"兴"到"引譬连类"的语言与思维模式之"兴"，神话与幻想的因素也就消失殆尽，诗法不再仅仅是诗法，同时兼具了论说和推理的功用，"兴"就这样发展为一种颇具文化特色的诗性智慧形式了。

当然，诗性智慧并不只是中国文化中所独有的东西。不过，它在中国文化中发展得最充分、最普遍，这倒也是事实。就一般情形而言，每一种文化在经历由原始到文明的转变之时，都或多或少地、以这样或那样的方式承袭着神话思维时代的遗产。下面列举的南美查文宗教艺术与俄罗斯民间歌谣二例，便分别从不同角度说明了这种情形。

人类学家研究南美秘鲁的史前文化时发现，著名的印加文化来源于一个更为古老的史前文化，根据该文化遗存的特征，考古学称之为"查文宗教"（Chavin cult），其载体不是语言文字，而是大量的具有类比象征作用的宗

[1] 周策纵：《古巫医与六诗考》，台北联经出版事业公司 1986 年版，第 229、231 页。

教艺术品。理查德·伯吉尔指出：

像一切宗教那样，查文宗教也面对着这样一种悖论：试图描绘不可描绘的东西，激发一种不属于这个物质世界的体验。所有的宗教艺术都完全建立在类比和隐喻的基础上，这构成了查文艺术家的风格尺度。他们将视觉象征编织为一个网络，其复杂程度使现代观众感到无法理解。[1]

在俄罗斯民间创作的短歌之中，类比联想的机制也同样发挥着显著作用。任意的类比发展到机械运作的极端地步，乃至损害了诗意的艺术传达。俄罗斯的短歌通常划分为爱情短歌和政治短歌，类比在前一类中最为常见，短歌的结构本身往往以象征类比形式为基础。例如“肯定的类比”：

在新地上没有一根草秆，——
一定是马踏毁了。
在谈话中没有了情人，——
显然是出嫁了。[2]

在这首歌词中，类比体现在四个不同层面上：结构上的、形象上的、句法上的和音调上的。当类比完全建立在象征的对应关系上时，短歌就会变得较为晦涩，难以直接读解了。如：

我曾经沿着小花园来回漫步，

[1] 伯吉尔（Richard B.Burger）：《查文世界的多样与统一》（*Unity and Heterogeneity Within the Chavin Horizon*），基廷（R.W.Keatinge）编《史前秘鲁》（*Peruvian Prehistory*），剑桥大学出版社 1988 年版，第 130 页。

[2] A·开也夫：《俄罗斯人民口头创作》，连树声译，中国民间文艺研究会研究部，1964 年，第 263、264 页。

那里有一条冰雪融化的道路。
您好，新的爱情，
再见，旧爱陈情。

我从大门出来，
草儿都呈现着绿色。
没有亲爱的朋友，
谁也不可怜我。[1]

在第一节短歌里，融解的雪（“融化的道路”）象征不巩固的爱情；在第二节里，呈现绿色的草儿象征着爱情的宝贵，同没有爱情的境况形成对照。这两首诗中的起兴同时也同所咏之词形成反比，虽较为曲折，毕竟还是可以理解的。还有许多短歌建立在两部分的偶然联系上面，也就是一种为了类比而类比，似乎是传统类比法反过来控制了诗人的构思，所产生的作品难免显得机械生硬：

星星从天空落下，
在地上消失啦。
牧师追求情人，
他的老婆破口大骂。[2]

研究神学话语特征的美国学者弗里德里希·费里指出，在神学话语中也可以看到广泛运用的类比逻辑。他所著《语言、逻辑与神》一书第6章标题

[1]A·开也夫：《俄罗斯人民口头创作》，连树声译，中国民间文艺研究会研究部，1964年，第263、264页。
[2]A·开也夫：《俄罗斯人民口头创作》，第264页。

便是“类比逻辑”（The Logic of Analogy），其中写道：西方的神学传统历来注意同时避免两种倾向，即神人同形论和不可知论。上帝既是无限的和超验的存在，就不能用拟人的话语去谈论上帝，但又要通过话语确认上帝的真实存在，这就碰到一种两难困境。[1]唯一的突破困境的中间道路在于运用类比逻辑去组织话语。

如奥斯丁·法瑞尔所说，“类比是两事物之间的一种关系，它能够把事物归入到‘相似的’的种类之中”。类比赖以成立的这种相似性可以归纳为某种抽象特征的同时呈现。如果将这一定义用于有关神的谈论，那么类比逻辑的前定条件便是承认神与凡人之间至少存在一种共有的抽象品性。[2]

费里接着对神学话语中类比逻辑的种类做了如下区分：属性的类比（analogy of attribution）和比例的类比（analogy of proportionality）。属性的类比法则在于：一个出自世俗语境中的词可以在体现权威性的教义和信条的神学话语中得到运用，其前提是把这个词的属性看成是神的独一无二的活动中派生出的。比例的类比法则与此不同：一个出自日常语言的词只有按照一神论系统的基本公理所限定的方式能够用于“上帝”时，才可以借为神学的语汇。[3]费里认为，只有把握住这两条类比法则，才能够真正理解神学话语的特殊语法意义。

神话和诗的类比联想都专注于事物之间的相似性，这种似乎非科学的兴趣在逻辑理性占统治地位的思想史中一直受到排斥或轻视。只有修辞学

[1] 弗里德里希·费里（Frederick Ferre）：《语言、逻辑与神》（*Language, Logic, and God*），芝加哥大学出版社 1987 年版，第 67 页。

[2] 弗里德里希·费里（Frederick Ferre）：《语言、逻辑与神》（Language, Logic, and God），芝加哥大学出版社 1987 年版，第 69、76—77 页。

[3] 弗里德里希·费里（Frederick Ferre）：《语言、逻辑与神》（*Language, Logic, and God*），芝加哥大学出版社 1987 年版，第 69、76—77 页。

家或涉及修辞术的哲学家才会考虑这种构成比喻之基础的相似类比。不过在利科看来，修辞学和文学批评的这种考虑完全误解了相似性的作用。“在诗歌话语中，隐喻已被还原为象喻。对于许多文学批评家，尤其是古希腊、罗马时代的人来说，研究一位作家的隐喻，就是研究说明他观念的象喻的术语”[1]。换言之，隐喻只被当作一种表达方式或写作技巧，而没有被看成是思维、认知方式。所谓象喻，指的是用来图解抽象观念的具体形象。但是并非所有的诗人都先有抽象观念，然后再诉诸象喻表达的，他们的思维本来就具有引譬连类的特点，使用比喻是由这种思维方式所预先决定的，而不是外在附加的表达技巧。利科说：“假如隐喻并不包含在包复着一个象喻的观念中，假如它确实包含在两种不可比的观念之间的减少的冲突中，那么，我们必须寻求的相似性的游戏，就在于这种转换的减少，这种和睦的状态中。跟隐喻陈述有关的东西，就是使一种‘家族关系’（Kinship）出现，其中，日常的观念根本没有领悟到它们相互的适应性。这里，隐喻以一种很接近吉尔伯特·赖尔（Gilbert Ryle）所称之为‘范畴—错误’的方式在发挥着作用。它是一种故意做出的错误。它包含在不相调和的、同化着的事物中。但是，正是靠这种故意做出的错误，隐喻才揭示了一种意义关系。……当诗人说‘时间是个乞丐’时，他就教我们懂得了‘看作像……’，教我们懂得了把时间看作、或者看作像一个乞丐。迄今还是很遥远的两个范畴种类突然一下变得接近了。使得遥远的东西接近，这就是相似性的作用。在这种意义上，当亚里士多德说‘造一个好的隐喻就是领悟相似性’[2]时，他是正确的。但是，这种洞察同时是一种建构：好的隐喻就是建立相似性，

[1] 利科（Paul Ricoeur）：《隐喻过程》，严平译，见刘小枫主编《20 世纪西方宗教哲学文选》，上海三联书店 1991 年版，第 1056 页。

[2] 语出亚里士多德《诗学》第 22 章，罗念生译文为：“要想出一个好的隐喻字，须能看出事物的相似之点。”译注：“意即须能于不大相似的事物中看出它们的相似之点。”人民文学出版社 1962 年版，第 81 页。

而非纯粹显示相似性的那些东西。”[1]

借助于西哲的这些分析，我们可以更加确定：比喻、象征和类比联想都可归入一种以建立事物间相似联系的特殊认知方式，当这种认知方式不是作为纯抽象的思辨理性之辅助和补充，而是作为全民性的普遍的思维特征时，诗国文化的独异之处也就必然地由此而生成了。就此而言，孔子关于“不学诗，无以言”的信条和《淮南子》关于“不知譬喻，则无以推明事”的理论命题，都只有在以“诗性智慧”为理性认识的主要方式的诗国文化中才得以成立。不论是孔子，还是《淮南子》一书的作者们，都不是为了号召人们去争当诗人才说出上述见解的，他们只不过是以诗国文化特有的价值观的代言人身份道出了该文化的普遍观念而已。对于一个完全否定神话思维，把“诗性智慧”贬低为非理性的文化传统来说，所能代表该文化普遍价值观的命题自然会与此相反，如布莱克所引述的那样：

要人们注意一个哲学家的隐喻，就是小看了这位哲学家。[2]

除此之外，或可再加上黑格尔的更具权威性的命题：

谁把思想掩蔽在象征中，谁就没有思想。[3]

在如此鲜明的对照之中，中国诗文化的特点和弱点将变得更为清晰可辨和易于理解。若从根本上讲，两种文化的思维特质之终极差异似应归结到有象和抽象的差异。比喻、象征和类比联想都是以象为其能指和载体的，尽管

[1] 利科：《隐喻过程》，见《20世纪西方宗教哲学文选》，第1056页。
[2] 马克斯·布莱克（Max Black）：《隐喻》（*Metaphor*），中译文见《当代美国资产阶级哲学》第3辑，商务印书馆。
[3] 黑格尔：《哲学史讲演录》第1卷，贺麟等译，商务印书馆1959年版，第87页。

进一步的细分还可以像威尔赖特那样从中区别出“隐喻的想象”和“原型的想象”——前者指具象与具象相结合产生新义，后者指具象与抽象意义相结合表达固定的义，[1]但就总体而言都以具象的存在为前提条件，因而不会走向舍象取义的纯理念方向。根据此一关键性的差异，诗文化与思辨文化的大致划分即可成立，借用施莱尔马赫的话说：

思辨和诗尽管都使用语言，但两者的倾向是对立的：前者企图使语言靠近数学定理，后者却靠近形象。[2]

《周易·系辞上》说的“天垂象，见吉凶，圣人象之”的思路，同诗性智慧的譬喻推理、假譬取象在实质上是一致的。李宗桂先生说，中国传统思维方式中的类比、比喻、象征等思维形式，从本质上看属于同一形态。比喻是类比的表现形式，象征即是隐喻，是一种特殊的比喻。三者都建立在经验的、具象的基础上，都是主体借助一定的物象或原理，以阐明特定的情感意志的一种方法。它们的基本功能在于通过由此及彼的类别联系和意象涵摄，沟通人与人、人与物、人与社会，达到协同效应。它们都是通过具体的形而下的器，阐释主体对形而上的“道”的向往[3]。只是在具体运用中，它们又各有其特点和功用。有象的类比思维在诗国文化中的泛化，势必带来深远的影响。它一方面促进了本民族对言外之象和言外之意的特殊敏感与体悟能力，培育出一种艺术和审美倾向的民族心态，催生出书法、泼墨山水等一整套非模仿性的艺术符号体系。“与此相应，中国传统美学和艺术批评也不像西方那样以理论思维和逻辑体系的形式出现，而是以感发式和评点式为其主流。其特

[1] 参看威尔赖特（P.Wheelwright）：《隐喻和现实》（*Metaphor and Reality*），印第安纳大学出版社1962年版。
[2] 转引自克罗齐：《作为表现的科学和一般语言学的美学的历史》，王天清译，中国社会科学出版社，第162页。
[3] 李宗桂：《比喻、象征及对形而上的向往》，见张岱年等著：《中国思维偏向》，中国社会科学出版社1991年版，第100页。

征在于不完全依赖语言符号去解释和转换艺术符号中的信息含量，而是通过‘不涉理路，不落言筌’的直觉把握来完成艺术与主体之间的信息沟通”[1]。凡此种种都使诗国文化在某种程度上趋近于一种审美文化。另一方面，有象思维也大大妨碍了抽象理论的系统建构，不利于发展思辨哲学和自然科学，使中国科学长期以来停留在经验描述的而不是理论体系的层次上。除此之外，诗思与类比的滥用还成为迷信产生的温床、陈规陋习的避难所。直到今日，中国民众还照样信奉诸如倒贴福字、求育吃枣（喻早生贵子）、忌分食梨（喻分离）、冬至吃饺子不会冻掉耳朵等建立在形象或语音类比之上的联想推理。这表明引譬连类的模式已经漫无边界地弥漫到整个语言符号领域，这无论如何只能看做是诗性智慧的负面产品了。

当人们对你说大年初一吃年糕将意味着你会年年高升的时候，当江湖郎中对你说吃肝补肝、吃猪脑会变聪明之类的至理名言时，你是否会想到，当年孔子有关“兴于诗、立于礼、成于乐”的人格理想，如何在培育诗性智慧和审美心态的同时，也派生出“诗性愚昧”和偏见，并使之世代相传，成为科学思想的对立面。

诗国文化的特点和弱点就是这样难解难分。

五、作为问题的结语和展望

人类学教会我们如何向非理性的材料索取理性的信息，人类学的哲学意义就在于此。它引导我们去发掘理性得以成为理性的非理性之根，探寻形而上学得以成为形而上学的基础。[2] 海德格尔，这位在精神旨趣上秉承了古希腊盲诗人传统的 20 世纪的先知性哲人，也许最能代表西方思想史上对理性

[1] 叶舒宪：《言意之间——从语言观看中西文化》，《陕西师范大学学报》1992 年第 3 期。
[2] 参看叶舒宪：《探索非理性的世界》，四川人民出版社 1988 年版，第 4—6 页。

异化的反拨和质询。笛卡儿曾把哲学比作一棵树，它的根是形而上学，它的干是物理学，在树干上长出的枝杈则是全部其他科学。海德格尔对此追问道：

哲学之树的根在什么土地里找到它的立脚之地？这根和整个树从什么基础中取得滋养的液汁与力量？树的起负荷作用与滋养作用的根混合了深藏在土地与基础中的什么元素？形而上学在什么地方栖息与发动？从形而上学的基础来看，什么是形而上学？总之，形而上学根本是什么？[1]

按照海德格尔在此发问的逻辑，从基础和源头上探求事物就是从本质上探求事物，这正应验了启蒙时代以来一句金言："懂得了起源就懂得了本质。"

从人类学立场上对"诗可以兴"的命题做跨文化（原始与文明、中国与外国）考察，不仅使我们看到了中国传统思维特质的渊源及其形成过程，认识到作为类比联想符号典范的古诗在从原始向文明的理性转变进程中异常重要的承上启下作用，深入理解儒家诗教对于培养中国式推理和论说能力的文化范式作用，而且还将从一个侧面启发人们思考与诗性智慧和诗文化相关的一系列问题：在古代文学史上为什么是诗始终占据着中心地位？为什么叙事性作品直到佛教影响之下才较晚地发达起来？为什么在后起的小说等体裁之中还会出现与西方小说迥然不同的"引诗为证"的情形？从文化互补的意义上看，引譬连类的诗性智慧与西方的逻辑理性之间有没有沟通和整合的可能？既然现代西方哲学家已经重新看待自柏拉图以来的形而上思维方式所造成的理性异化，既然海德格尔已在《诗·语言·思想》中重新确认了诗对于人类认知、思想和语言的本体论地位，那么源远流长的中国诗文化将对人类思维的未来发展提供怎样的启示呢？

[1] 海德格尔：《回到形而上学的基础》（《什么是形而上学》1949 年第五版导言），梁志学译，《哲学译丛》1964 年第 2 期。

带着人性的未来发展和艺术的生态意义问题，重新看待孔子的诗学观，也许还有更多被忽略的东西等待着后人去开掘。日本美学家今道有信说：

孔子认为，人的精神在学术处于定义界限之内，是不能充分进行活动的。因而他说“兴于诗”。这是在说，语言艺术的象征力量超过了学术界限，巧妙地暗示出不可做出定义的精神状态，把人的精神引导到超越学术的价值上。[1]

如果我们还记得“兴于诗”的原初境界本是一种仪式性歌乐舞浑然为一的、全身心沉醉其中的体验境界，那么孔子有关“兴于诗”的说法同当代存在哲学家们为反抗抽象理性异化而倡导的“我舞故我在”的时代命题之间，不也就获得了某种超越时空的共识与沟通吗？

[1] 今道有信：《关于美》，鲍显阳等译，黑龙江人民出版社 1983 年版，第 50 页。

THE SEVENTH PART

第七章

颂的本相

——人头祭俗、谷灵信仰与农功典礼

颁，大头也。《诗》曰：

“有颁其首。”

——许慎《说文解字》

《颂》者，美盛德之形容，

以其成功告于神明者也。

——毛公《诗大序》

在阿斯马特文化中，人们通过割下敌人的头颅寻求力量，认为这样做能把储藏在敌人头颅中的性能量传递给胜利者和他们的孩子。

——H · R · 海斯《危险的性》

一、释《颂》十说概观

对《诗经》中的"风雅颂"及后来的"诗六义"的确切含义，古往今来的学者们已有多种多样的解释，争论似乎还将进行下去。本章拟对"颂"的本来面目做一些较大胆的探索，并试图从文化方面对"颂"的由来做出理论说明。在着手挖掘"颂"的本相之前，我还是略回顾一下以往对这个问题的阐释史，以期从中找到某些可贵的线索，作为创立新的理论解说之起点。

关于《诗经》中的《颂》这一类作品的概括性说明，《毛诗序》中的说法无疑是最权威的一种，其流行也最广："颂者，美盛德之形容，以其成功告于神明者也。"后人的解说大都顺承《诗序》的意思而展开，概括起来看，大约有以下几种阐释方向。

1. 颂为颂赞、赞美。《毛序》既以"美盛德"释"颂"，后人又根据《风》《雅》中皆有"刺"诗而《颂》中独无的事实，把这类作品确认为纯粹颂赞和美誉一类。郑玄注《周礼》时说："颂之言诵也，容也，诵今之德广以美之。"王充《论衡·须颂篇》发挥此义最为突出，他说：

古之帝王建鸿德者，须鸿笔之臣，褒颂记载，鸿德乃彰，万世乃闻。……然则孔子鸿笔之人也；自卫返鲁，然后乐正，《雅》《颂》各得其所也。鸿笔之奋，盖斯时也。[1]

王充把《颂》的实质定为歌颂和弘扬，这还不无道理；他把颂美的对象完全限于"古之帝王"，这就背离了《颂》诗"告于神明"的本旨。至如说

[1]《论衡·须颂篇》，见《诸子集成》。

什么“天下太平颂声作”，《周颂》《鲁颂》《商颂》皆“诗人所以嘉上也”，就更加显得离谱，透露出些许御用文人的实用主义味道了。现今的文学史家众口一词地指责《颂》诗为统治阶级“歌功颂德”，在某种意义上都可说上了王充的当。

2. 颂为宗庙祭歌。一般认为这种观点的代表人物是朱熹，其《诗集传》卷十九明言“颂者，宗庙之乐歌”。其实蔡邕《独断》中已有此说：“宗庙所歌诗之别名三十一章，皆天下之礼乐也。”[1]天子之礼乐，也就是周朝国家官方宗教祭祀活动的意思。只有深入发掘出这种祭祀活动的原始起源，《颂》的由来之谜才可迎刃而解吧。这，正是后文中要致力的方向。

3. 颂为舞容。“颂”字与“容”字相通，《毛诗序》又标出“形容”一词来释“颂”，这就无形中设定了一种阐释思路，后人多沿此思路而发挥。郑玄《诗谱》云：“颂之言容，天子之德，光被四表，格于上下……此之谓容。”《管子·牧民篇》首章名“国颂”，注云：“颂，容也，谓陈为国之形容。”《释名·释言语》亦云：“颂，容也。叙说其成功之形容也。”毕沅注：“古容貌之容亦作颂。”[2]“颂”既然与“容”相通，“容”究竟与诗何干呢？这一点过去都未说清楚，清儒阮元确认“容”指舞容而言，算是别开生面的见解了。阮元《释颂》云：

《诗》分风雅颂，颂之训美盛德者，余义也。颂为训为形容者，本义也。且颂字即容字也。容、养、羕一声之转……今世俗所传之样子……从颂、容、羕转变而来。所谓《商颂》《周颂》《鲁颂》者，若曰商之样子。周之样子，鲁之样子而已。何以三颂有样，而风雅无样也？风雅但弦歌笙间，宾主及歌者皆不必因此而为舞容；唯三颂各章皆是舞容，故称为颂，若元以后戏曲，

[1] 参看王先谦：《诗三家义集疏》卷二十四，中华书局 1987 年版，第 999 页。
[2] 王先谦：《释名疏证补》卷四。

歌者舞者与乐器全动作也。[1]

阮元把颂解为舞蹈动作，对后人影响较大。不过似可补充的一点是，《颂》之舞容本为宗庙祭典上的仪式性表演，与其说《周颂》为周之样子，不如说它就是周之祭礼（诗乐舞三位一体）。

4. 颂为舞乐剧本。此说倡导者为梁启超，他自称是受阮元《释颂》启发而略加发挥。其《释四诗名义》中《释颂》一节说：颂本指“容貌威仪”。三颂之诗名为颂，“依我看，南、雅皆唯歌，颂则以歌而兼舞。《乐记》说：‘舞，动其容也。’舞之所重在‘颂貌威仪’，这一类诗举其所重者以为专名，所以叫作颂。”文末结论又说：“总而论之，风是民谣，南、雅是乐府歌词，颂是跳舞乐或剧本。”[2]

5. 颂为声调。这是王国维《说周颂》一文针对“舞容”说之偏而提出的。他指出：“风雅颂之别，当于声求之。《颂》之所以异于《风》《雅》者，虽不可得而知，今就其著者言之，则《颂》之声较《风》《雅》为缓也。何以证之？曰，《风》《雅》有韵，而《颂》多无韵也。凡乐诗之所以用韵者，以同部之音，间时而作，足以娱人耳也。……然则《风》《雅》所以有韵者，其声促也。《颂》之所以多无韵者，其声缓，而失韵之用，故不用韵，此一证也。其所以不分章者亦然……此二证也。《颂》如《青庙》之篇，不过八句，不独视《鹿鸣》《文王》，长短迥殊，即比《关雎》《鹊巢》，亦复简短。此亦当由声缓之故。三证也。……《肆夏》一诗，不过八句，而自始奏以至乐阕，所容礼文之繁如此，则声缓可知。此四证也。然则《颂》之所以异于《风》《雅》者，在声而不在容。”[3] 此种从声的方面追索古诗分类的见解可上溯

[1] 阮元：《揅经室集》卷一，见《四部丛刊》。
[2] 梁启超：《释四诗名义》，见郑振铎编：《中国文学研究》上册（《小说月报》号外），上海书店影印本。
[3] 王国维：《说周颂》，《观堂集林》卷二艺林二，中华书局 1959 年版，第 111—113 页。

至郑樵《通志》，唯王氏给以理论说明。

6. 颂为乐器名。《仪礼》《周礼》均有“颂磬”。清代学者杨名时《诗经劄记》引文贞公语云：

> 庸即颂也。颂钟颂磬与歌声应，直言“颂”，重人声也。据此则《虞书》“笙镛”“镛”字亦与“颂”通。[1] 间歌时堂上击玉磬为人声节奏，疑西阶即击颂钟颂磬应之。颂钟颂磬不俟合乐始击，唯升歌三终时。……[2]

乐器说在晚近学者中亦有反响。张西堂先生以为王国维能从音声方面看问题，解答了问题的一半，另一半须从乐器方面求解。他写道：“《颂》的得名，应当也如《南》《雅》一样，是由于乐器。这个乐器应当是‘镛’，就是所谓大钟，宗教仪式是用钟的，在古代的跳舞也有用钟的。”[3] 张西堂似乎未见到杨名时之论，不过他的论证显然比杨氏更显周全一些：除了颂镛二字通假之外，他还举出了《颂》诗和古乐舞方面的旁证，其结论似乎是对阮、王二说的综合：“《颂》之异于《风》《雅》，《颂》之所以得名，是由于庸鼓之‘庸’无疑。《颂》是舞蹈的诗，但阮元的样子说没有追溯他的命名的根由；《颂》的声调是缓的，但王国维的说法也忘了从乐器方面着想。我们一从乐器着想，更可以证成阮王两家之说。”[4] 可见张氏所发挥的乐器说实有综合舞容、声调、器乐三说的意思。其强调乐舞诗用于宗教祭礼，可惜未能深究祭礼之本相。

7. 颂为乐器与声调之名。此说似为前二说之会通。顾颉刚先生认为，

[1] 杨氏自注：“颂音容，与容同，又音诵，《仪礼》：‘西阶之西颂磬。’注：‘形容成功曰颂。西为阴中，万物之所成。是以西方钟磬谓之颂。’”

[2] 杨明时：《诗经劄记》，第 26—27 页，《四库全书·经部》八一。

[3] 张西堂：《诗经六论》，商务印书馆 1957 年版，第 113、115 页。

[4] 张西堂：《诗经六论》，商务印书馆 1957 年版，第 113、115 页。

过去的《诗经》学家专重义理而蔑弃声音，异于孔子之弦歌设教，遂使本来简单明了之事实化为纠缠不清的难题。《左传》有颂琴，《仪礼》有颂磬，皆《颂》诗专用伴奏乐器，《雅》和《风》亦当有专用乐器及乐调，“可见《风》《雅》《颂》之别实即乐器与声调之别，绝不关涉义理。犹之今日，胡琴普遍流行，而其种类有别，其歌曲亦有别，自二胡出者为江苏小曲，自马头琴出者为蒙古歌词，自京胡出者为京调戏剧，自梆胡出者为秦腔戏剧，其曲、其剧皆可编为专书，而其铿锵鼓舞则必非书本所得显现”[1]。顾氏过于关注声乐方面，此说未免有以今释古之嫌。

8. 颂为威仪或仪式性表演。1978 年在陕西出土的西周铜器《痶钟》铭文中有“武王则令周公舍宇，以五十颂处”的字样。裘锡圭先生根据同窖出土的痶所作的簋铭和钟铭中皆有“司威仪”“叙厥威仪”字句推论说，古代所谓威仪就是礼容。在《史记》《汉书》及注中都表明威仪和颂是一回事。《礼记·中庸》说“礼仪三百，威仪三千”。可知铭文“以五十颂处”就是掌握五十种威仪的意思，很可能只是西周时代威仪的一部分。[2] 此说依据地下出土之“二重证据”，把阮元的“舞容”说推展为“礼容”说，这就更贴近颂作为祭祀礼仪之真相了。陈世辉先生进而指出：颂的用途广泛，形式多样。归纳起来不外是周朝天子举行各种典礼时所进行的艺术表演：“这有带伴奏的引吭高歌，也有粗犷的化妆舞蹈，等等。另外，从《周颂》来看，这种东西大致以十个算一组，称为一什。根据这些材料，我们认为五十颂就是五十个节目，或五组节目。”[3]

9. 颂为祝颂。日本学者白川静在《说文新义》中说到金文中“颂”字的取象：

[1] 顾颉刚：《风·雅·颂之别》，《史林杂识·初编》，中华书局 1963 年版，第 247—253 页。
[2] 裘锡圭：《史墙盘铭解释》，《文物》1978 年第 3 期。
[3] 陈世辉：《墙盘铭文解说》，《考古》1980 年第 5 期。

盖其初形也，字示于公廷祭祀祝告之意象。……又哀诉于祖灵曰讼。《说文》训讼为争也。又一作一曰歌讼，而颂与歌讼之义相近。段注曰："讼颂古今字，古作讼，后人假颂皃字为之。"盖以其声而言者。然讼又示其祝祷之皃者，颂也。《颂》诗正如王国维所言，配合庙祭之仪节而奏者也。分其声容而言，则为讼、颂。然讼有哀诉之意，颂有称颂之意，因其仪礼之目的而不同者也。[1]

在《中国古代民俗》中白氏再次谈到"颂"的问题，举出日本《万叶集》中的祝颂歌作为旁证，指出"称周的宗庙歌为'周颂'，是'颂'的正确用法。这里可能是把这个字用于祝颂之意"[2]。诚然，祝颂说与宗庙祭歌说显然不矛盾，只是在用途方面更为具体而已。陈子展先生也有类似看法，即视《颂》为"史巫尸祝之词，歌舞之曲"[3]。验之于《周颂》，此说与《诗经》早期作品发生之关系，我在第二章已论及。

"颂"的本义与"祝颂"活动密切相关，这一点还可以从文化比较的方面得到旁证。如我国云南傣族诗歌的起源就被追溯到祝颂活动之中。祜巴勐写道："'祝福祷告词'（或'颂歌'），它不仅是傣歌的一种独特类型，而且是傣歌的祖宗，被人们原样地继承和保存下来，作为它独特的形式，存在于人类社会之中。值得敬佩的是这种颂歌的抵抗力很强，它不被'甘哈童勐'和近代的叙事长诗所并吞。在历史上它曾经是洪水泛滥中的一股河流，然而它始终是独立的，保持着它那原始的、古老的歌调。"[4]对于《诗经》中具有"祖型"性的《颂》，亦可作如是观。《雅》诗中也有些用于祭仪的祝颂之词或

[1] 白川静：《说文新义》卷九上，林洁明译，见《金文诂林补》第5册，第2848页。
[2] 白川静：《中国古代民俗》，何乃英译，陕西人民美术出版社1988年版，第87页。
[3] 陈子展：《诗经直解》卷二十六，复旦大学出版社1983年版，第1065页。
[4] 祜巴勐（傣族）：《论傣族诗歌》，岩温扁译，中国民间文艺出版社1981年版，第53页。

史巫尸祝之词，当是稍晚的“颂”。《风》诗中有些作品亦稍晚于《周颂》，未必在《雅》诗之后。王靖献先生借鉴西方古典诗歌研究中的“套语理论”分析《诗经》的篇章结构，提出“颂→风→雅”的发展程序，似有待于进一步的研究论证。[1]

10. 颂为持瓮之舞。周策纵先生在1986年出版的新著中提出此说。他认为颂训容之“容”，本不指容貌，而应按《说文》古训，指“盛”，即容纳。颂与容皆从“公”，公字义为平分，当指古代容器、量器——瓮。这种容器在仪式演出中演变为乐器，击此瓮器而歌舞，这便是“颂”。[2] 周策纵举出的文献证据之一是：

《吕氏春秋·大乐篇》说：“音乐之所由来者远矣，生于度量，本于太一。”这里所谓音乐生于度量……过去很少受人注意。这段话接下去又说：“务乐有术，必由平出，平出于公，公出于道，故唯得道之人，其可与言乐乎。”这儿所说的公，固然只意味着抽象的公平，但若拿来暗示“颂”诗起源于公(瓮)器的歌舞，也倒有点不期而巧合了。[3]

这一看法新颖独特，发前人所未发。但笔者以为尚未窥破“颂”之本相，倒是论证中的一些分论点很有参考价值，如解容为容器、容纳之义，“盛德”为生殖力，尤其是上引《吕览》“公出于道”的命题，实为揭破颂仪之谜的契机所在。

综观以上十说，所强调的方面不一，各有歧见。但是若统合到祭仪歌舞表演这个原始统一体上来，则各说可互为补充。进一层的问题似乎是：《颂》

[1] 参看王靖献：《钟与鼓》，加州大学出版社1974年版，第35—36页。
[2] 周策纵：《古巫医与六诗考》，台北联经出版公司1986年版，第265—268、274页。
[3] 周策纵：《古巫医与六诗考》，台北联经出版公司1986年版，第265—268、274页。

所由产生的祭典究竟是什么性质的，它的来龙去脉及文化蕴含又是怎样的？

今存《周颂》31篇，其中26篇为祭祀先王先祖之作，5篇（《臣工》《噫嘻》《丰年》《载芟》《良耜》）为祈报社稷、祷祝丰收之作。现代学者视之为两类，即宗庙祭祖诗与农事诗。从文学题材着眼，这种划分无可厚非。但从宗教史着眼，颂祖神与颂农功原本是同一种祭典的不同方面，本章将从“颂”字的字形解析入手，跳出传统训诂的牛角尖，深入挖掘此种农功祭典的根源及相关的观念和信仰，期望在破解“颂”的同时，对周人先祖“稷”及中国思想中的“道”均做出人类学的通观阐释。

二、“公”概念的祭典起源

“颂”字所从之“公”在汉语中可作为标志性别的符号，如“公母”之“公”与雄雌、牝牡相对而言。用于人时则为尊称、敬称，专指男性长者。扬雄《方言》六云：“凡尊老，周晋秦陇谓之公，或谓之翁。”《汉书·田叔传》：“学黄老术于乐钜公。”颜师古注：“公者，老人之称也。”又《眭宏传》：“从嬴公以受《春秋》。”注：“公是长老之号耳。”长老谓之公，故父亦谓之公。《战国策·魏策》云：“陈轸将行，其子陈应止其公之行。”父亲可称为公，[1]为民之父的国君也可称公。《汉书·郊祀志》云：“天子为天下父，谓之钜公，亦称天公。”《后汉书·南匈奴传》云：“弃蔑天公。”李贤注：“天公谓天子也。”后人又称夫之父、夫之兄等男性长辈为公，如今仍有“公婆”“外公”之公，是其例也。

认识到“公”为男性符号，对于理解“颂”的典礼本相至关重要。因为“页”即头颅在神话信仰中是阳性生命力、生殖力的储存库，“公”与“页”相对应，

[1]《广雅·释亲》：“公，父也。”《列子·黄帝》：“家公执席。”家公谓家父也。

实际上暗示着阳物与头脑的认同关系。

其实，“公”之所以为男性标志，就因为这个字本身喻示着阳物的意思。“公”和“雄”这两个字中都潜伏着一个共同的阳物符号：厶。可惜这个符号的原始蕴含在文明进展中被人们逐渐淡忘了，在此有必要略加说明以恢复其隐义。在第九章“斧与媒”中将阐释上古男性之美称如“父”“甫”等皆与阳物之隐喻“斧斤”有关，这些性别美称的起因皆以性器为根源。这里讨论的“雄”“公”“牡”亦不例外。公既训“父”，且与“雄”均以“厶”会意，古之“帝”的概念，其字又作“帝”（见《字汇补》），自然也是阳物崇拜的活化石了。

《说文》：“厶，姦衺也。韩非曰：仓颉造字，自营为厶。”段注：“公私字，本如此。今字私行，而厶废矣。私者禾名也。”据此较含混的注解，“厶”与性事（姦）有关，后来被“隐私”的“私”字所取代，其实这两个意思都是从“厶”已丧失的本义——阳物或阴囊——中引申出来的。正像阳与阴这一对相反的概念能够在阳具（又称阴具）上获得统一共存一样，“公”与“私”的概念也是如此。《玉篇》训“厶”为“甲”，盖取其阳的一面，甲作为十干之首，本为太阳神标志，亦即宇宙间阳性力量之总根源。[1]“厶”又通“私”，后指阴私、隐私，盖取其“阴”的一面之义，如文明人通常把生殖部位视为“私处”，需谨慎小心地遮蔽之，使之处于永远不见天日的“阴”的状态；唯其如此，属男性生殖部位的阳物才又被称为“阴茎”“阴囊”。这种表面上对立的观念实已蕴含在指代阴囊的符号“厶”之中了。《中文大辞典》第五册引《偏旁考》云：

厶为姦厶，故篡字从之。若厷、強等字，本从古文肱作厶。[2]

[1] 参看叶舒宪：《中国神话哲学》，中国社会科学出版社 1992 年版，第 278 页。
[2] 中文大辞典编委会：《中文大辞典》第 5 册，中国文化研究所，第 360 页。

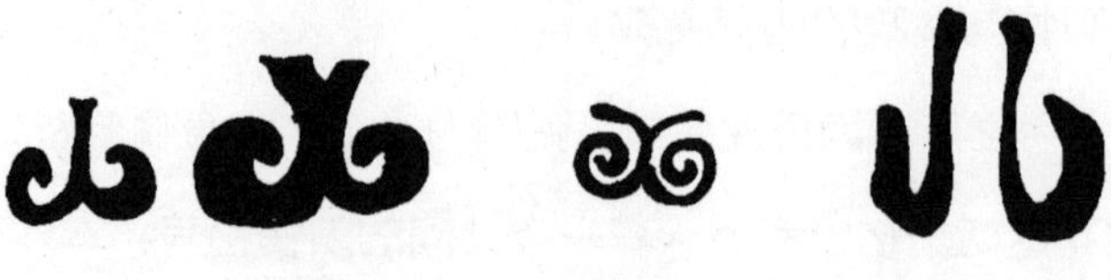

1 2 3 4

1—4 中国大司空村类型彩陶上的抽象男根纹

图 17 “厶”的原型：中国史前彩陶上的男根纹

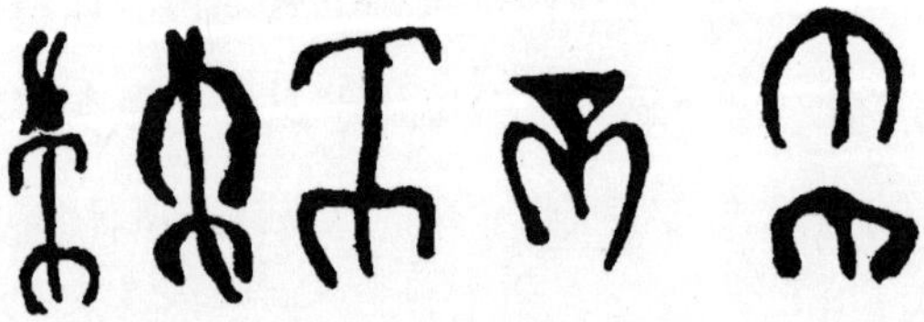

图 18 西班牙史前岩画中男人造型的抽象发展

正因为“厶”为阳物符号，所以表示阳性或阳性力量的“雄”“強”“帝”（帝）等才以此为会意基础。另一个专指去除阳物之术即阉割的汉字“去”亦是如此，这个字的原始表象非常明确地刻画了阳物离开身体而掉下来的情形[1]：

（《甲》七六四）

（《甲》二三八七）

（《甲》三〇七三）

（《乙》三〇二九）

（《前》一・四七・一）

（《前》六・三七・三）

（《佚》二一七）

《说文》：“厺，人相违也。从大厶声。”段注：“违，离也，人离，

[1] 参看《甲骨文编》，中华书局 1965 年版，第 230 页。

故从大，大者，人也。”更确切地解释应为：阳物与人体分离也。“厶”绝不仅表声，从甲骨文中字形中可以看得分明，正是落地的阳物。因此，“去”字本义指“去势”也，由此一原始人常见的表象中才引申出后来较抽象的“离”[1]、“移”[2]、“落”[3]等意义。

“厶”这一神秘符号的破解为揭示“公”与“私”这对重要概念的来源提供了线索。简单地说，“公”的概念源于有关神圣阳物的国家祭典，该祭典的作用在于将神圣阳物所代表的繁殖生育力传播到所有国土之中，让全体民众分而享之。这正可说明为什么《说文》训“公”为“平分”，而《释名》训“公”为“广”，《广韵》则训为“共”。这些训看似有别的意义其实皆取义于同一种国家典礼，这种礼仪的象征作用就是神圣阳力的全国性“广布”、全民“共”享或“平分”。它甚至不仅是中国文化中的独有产物，而是大多数农耕民族都要定期举行的重大农耕礼仪，只是其表现方式因各文化不同而略有差异而已。

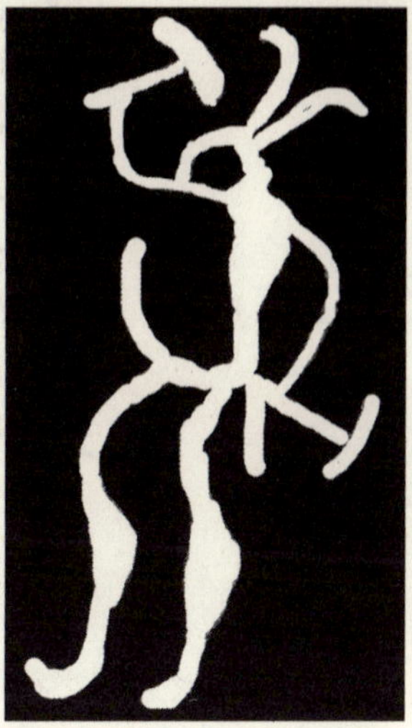

图 19　北欧青铜时代岩刻画，显示一位阳具舞人，带着牛角头饰和尾饰

在古埃及，农神奥西里斯的崇拜仪式便以该神被阉的阳物为中心而展开。神话说奥西里斯死后尸体被分解为碎块遍埋于全国各地，[4]这一情节正代表着他的生命力被“平分”后由全国的土地所“共”享。后来其妻伊西丝到各地收回他的碎尸，但却找不到他的阳物，只好用一人造阳物代替。这一情节解释了古埃及盛行的阳物大巡行典礼的由来，而这

[1]《战国策・齐策》：“不能相去。”注：“去，离也。”《吕氏春秋・遇合》：“昼夜随之而弗能去。”注：“去，离也。”

[2]《吕氏春秋・功名》：“见利之聚，无之去。”注：“去，移也。”

[3]《素问・上古天真论》：“八八则齿发去。”注：“去，落也。”

[4] 肖特尔（A.W.Shorter）：《埃及神》（*The Egyptian Gods*），伦敦，1937 年，第 37 页。

一国家典礼的目的仍然是把阳性生殖力扩展传播开去。卡纳博士写道：

男性生殖器，在埃及受到最高最大的崇敬。从希罗多德记述的“男根巡行仪仗”看来，便可以知道。据他记载，他们不单单抬着一具大阳具，他们更把大阳具安装在一具小的人体形象上，可以用绳拉着，在巡行仪仗里行走。3月25日是他们的大日子。此日万人空巷，举行庆贺奥西里斯的大巡游，周行各城镇；玻卢泰克说，他们在巡游时，抬着太阳神奥西里斯的神像，神像身上安装着三具阳物。[1]

图20 阳物崇拜舞蹈图
（17世纪瑞典民歌《好小子罗宾》一书插图）

从这国家大典举行时“万巷皆空”和“周行各城镇”的情形，已足以悟出“公”这概念的由来了。自从韩非子说仓颉造字时以“背私为公”，这种望文生训的看法流行至今，《说文解字》因袭说，“公”所从之“八”犹背也。但在甲金文中，“公”字写作“𠔁”或“𠔁”“𠔁”，似会意表示阳物生命力之“平分”。《礼记·礼运》说到古代大同理想时所用“天下为公”一语，

[1] 卡纳（Harry Catner）：《性崇拜》（*The Worship of Sex*），参考方智弘译本，台湾国际文化事业有限公司1985年版，第46页。译名有改动。

最确切地暗示着普天之下的土地总和可谓“公”。由“厶”即阳物所代表的生命力遍布天下，正是以“平分”为训的“公”字的由来吧。朱骏声云：“公，或说分其厶以予人为公。”[1] 间接道出了公祭的真谛。

类似的“公”祭典礼活动并不仅限于埃及，而是世界性的。魏勒将古希腊的酒神节、罗马的巴克斯节，还有花神节、埃留西斯神秘会、纪念得墨忒尔的谷神节、纪念潘神的牧神节等均归入此类，称为“生殖器崇拜节”[2]。至于以“灵根”为代表的主管生殖力传播之神的信仰也同样具有普遍性，卡纳举出的有“古代的匹里亚帕斯，希腊的狄奥尼索斯、赫拉克勒斯，印度的悉法，罗马的丘比特，闪族人的巴力，以及亚歇尔和马哈迪发，等等”[3]。除了这些拟人神而外，还有不少地区把某种动物视为生殖神灵，如牡牛、山羊等。在有些地方还有将人或雄性动物之性器、睾丸弄碎后分撒于土地之中的促生产活动。与抬着象征性的阳物巡游各地的国家大典相比，这显然就较为原始了。比此更残忍的礼俗是用活人做人牺、分尸肉以洒大地的农耕礼仪。如孟加拉的达罗毗荼人部落，在定期的节日或非常的场合下都向大地女神献祭人牺。“部落和部落的分支定期祭祀，通常要使各家的主人为他们的田地至少每年得到一块肉”[4]。这种平分尸肉，共享其阳性生殖力的礼俗，不正好说明了“公”祭的典型意义吗？上述祭俗与埃及的奥西里斯神话似有共同的分尸母题，又同样体现了阳性生殖力崇拜与农业生产的关系。祭仪的全过程十分复杂：先于祭祀前十天或十二天将人牺长发剃去，全体部落成员都来看祭礼。头一天向被绑在木柱上的人牺致敬，人群围绕着他歌舞祈祷，通宵达旦至第二天中午。然后涂油，带着人牺列队走遍全村，挨家挨户让人们在

[1] 朱骏声：《说文通训定声》，武汉古籍书店影印本，1983 年，第 45 页以下。
[2] 魏勒：《性崇拜》第 19 章，史频译，中国文联出版公司 1988 年版。
[3] 卡纳：《性崇拜》，方智弘译，第 42 页。
[4] 弗雷泽：《金枝》，徐育新等译，中国民间文艺出版社 1987 年版，第 628 页。

他头上拔下头发。[1] 后用鸦片将他麻醉处死，众人争相割肉，直至尸体变为碎块。“从人牺身上割下来的肉立即被各村来的代表带回村去。为了保证尽快送回本村，往往采取驿站似的多人接力传递办法，直送到五六十英里之外。送肉的人到来后便把肉放在全村公共集会的地方，由祭司和各家家长前来领肉。祭司把牺肉分成两份，一份奉献大地女神，他背过身，眼不看，把肉放进地上一个洞内埋起来，众人各在上面添一小撮土……然后便按在场人家每户一份将剩下另一份人牺的肉切碎分给各户。各户家长将分得的肉片用树叶包卷起来埋在他最好的田地里”[2]。人牺被切割后剩下的头颅、骨骼和肠子等于次日早和一双全羊一起焚化，然后将灰洒在地里，还将一部分骨灰和成浆子抹在房屋和谷仓上，或混在新收的谷物里。[3] 以上所述人祭礼仪似乎非常鲜明地体现了“公祭”特有的“共享”与“平分”的意义。

献祭最初用活人为牺牲，这种情形在古希腊神话和宗教，在希伯来的《旧约圣经》中都留下了明确的痕迹。由人祭所体现的“共同分享”神圣生命力的宗教体验以变化的形式一直保留到所有的后代宗教典礼活动中。人类学家罗伯逊·史密斯对希伯来宗教（犹太教）早期献牺仪式的分析，可从另一侧面帮助理解“公”概念的祭典根源。他指出，在牺牲背后所潜藏着的主导性观念并非以礼物取悦于神灵，而在于一种“公共的活动”（an act of communion）。在这种活动之中，神与他的崇拜者们通过共同分享被献牺牲的血与肉而达成一个统一体。[4] 罗伯逊-史密斯的这种见解揭示了祭祀礼仪作为一种社会群体活动所特有的宗教内聚力，“共同分享”的献牺模式正可说明“公”的观念如何借助此种内聚的心理效应而从祭典中发生。汉语中除了

[1] 男性的头发在神话中象征阳性力之例甚多，典型的故事见于《旧约》中的力士参孙故事，可参看叶舒宪：《英雄与太阳》，上海社会科学院出版社 1991 年版，第 176 页。

[2] 弗雷泽：《金枝》，中译本，第 629—630、631 页。

[3] 弗雷泽：《金枝》，中译本，第 629—630、631 页。

[4] 参看莫里斯（Brian Morris）：《宗教的人类学研究》（*Anthropological Studies of Religion*），剑桥大学出版社 1987 年版，第 210 页。

表示“分其厶以予人”这样一种共享活动的“公”概念之外，还有一个与“公”密切相关的同义词“社”。“社”既可与“公”组成合成词“公社”，表达某种利益共享的人类团体；又可与“会”组成合成词“社会”，[1]意指人类个体组合为一个整体的方式。正如“公”的概念源于宗教祭祀活动，“社”的概念也是如此。对此前人多有所论。如兑之先生《述社》所指出：

先民资地之利以遂其生。所至之处，必求其地之神而祀之。……土地之权属于一姓，故建国左宗庙而右社稷。及其后也，礼文繁备，他祀非士庶所获与，唯社为遍及人群。于是社为人民结合之所，为饮食宴乐之资。则宗教性渐移入政治性，又渐移入社会性矣。汉氏以来，社为人民活动最有力之表现。始为社交团体，继为文艺结合，为乡里自卫组织，为自治机关。而其宗教性之本身则演变为土地神，为城隍神。斯亦三千年人民生活演化中一大案也。[2]

兑之所说的这种由宗教祭祀而到政治共同体及社会共同体（恰对应西文之 communion）的发展过程，不仅适用于“社”概念，而且也适用于“公”概念。至于“社”作为原初祭典活动的本来面目，则有凌纯声先生的两篇专论《中国古代社之源流》和《卜辞中社之研究》结合考古学与民族学等方面的材料做出较详细的说明。其关于社之源流的宏观结论是：

社之源流，在时间方面，起自新石器时代的初期，直延续到现代；空间方面，源于西亚的两河流域，东流经中亚而东亚，南下至东南亚，东渡太平洋，远抵中南美洲而及北美。这一社的文化，地理分布之广，时间延续之长，

[1] 俞正燮说：“祭社会饮，谓之社会，同社者同会也。”《癸巳存稿》卷八，商务印书馆 1958 年版，第 243 页。
[2] 兑之：《述社》，《东方杂志》第 28 卷，第 5 期。

真正可说是源远流长了！[1]

笔者虽不敢苟同此种“社”文化的空间传播之说，而毋宁把各文明中类似的祭地礼俗视为农耕文化的必然产物；但凌氏对社起源于新石器时代初期的说法却是大致可信的。需要补充的是，在新石器时代的农业文化诞生之前，处于狩猎采集状态中的原始人也一定有其公共的祭祀活动，那当是在“社”概念出现以前的“公”概念的原型吧。处在旧石器时代中期的尼安德特人已经用圆石块垒成圆圈状的公共祭坛，并将熊的巨大头骨放置在祭坛中央。[2]这或许是人类学家迄今发现的最早的“公”的活动之迹象。其所暗示的信仰和观念将在后文中进一步揭示。

中国上古文献中已看不到关于人祭人牺方面的完整记载，只有若干传说透露着此类信息。[3]《诗经》的《颂》直接来自公祭典礼，后起的《雅》也多少保留了祭典的描述。如《大雅·凫鹥》一首便是以祭礼中的“公尸”为主题的：

图 21　生命树神崇拜图（古埃及第 18 王朝石碑）

[1] 凌纯声：《中国古代社之源流》，“中央研究院”《民族学研究所集刊》第 17 期，1964 年。

[2] 参看约翰·费弗（J.E.Feiffer）：《人的出现》（*The Emergence of Man*），斯菲尔图书公司 1973 年版，第 169 页。

[3] 参看郑振铎：《汤祷篇》，古典文学出版社 1957 年版。

凫鹥在泾，
公尸来燕来宁。
尔酒既清，
尔殽既馨。
公尸燕饮，
福禄来成。

凫鹥在沙，
公尸来燕来宜。
尔酒既多，
尔殽既嘉。
公尸燕饮，
福禄来为。

凫鹥在渚，
公尸来燕来处。
尔酒卽湑，
尔殽伊脯。
公尸燕饮，
福禄来下。

凫鹥在潨，
公尸来燕来宗。
既燕于宗，

福禄攸降。
公尸燕饮，
福禄来崇。

凫鹥在亹，
公尸来止熏熏。
旨酒欣欣，
燔炙芬芬。
公尸燕饮，
无有后艰。

毛序：“大平之君子，能持盈守成，神祇祖考安乐之也。”首章郑笺云：“泾，水名也。水鸟而居水中，犹人为公尸之在宗庙也，故以喻焉。祭祀既毕，明日又设礼而与尸燕。成王之时，尸来燕也，其心安，不以己实臣之故自嫌。言此者，美成王事尸之礼备。‘尔’者，女成王也。女酒殽清美，以与公尸燕乐饮酒之故，祖考以福禄来成女。”不论这里说的“成王事尸”确否，本诗与周天子举行的国家级祭典有关，则无可疑。当时天子或诸侯之祭典程序为，第一日正祭，第二日绎祭，燕饮公尸。郑笺所云“祭祀祭毕，明日而又设礼而与尸燕”是也。《尔雅》：“绎，又祭也。周曰绎，商曰肜，夏曰復胙。”可见宾公尸之礼由来甚远。周天子所祭之公尸已经是高度文明化的产物了：用同姓或异姓的卿大夫扮演神（祖）的化身人，代表神意接受燕饮祭享并传达神意赐福保佑行祭者。据唐杜佑《通典》所考：

自周以前，天地宗庙社稷一切祭享，凡皆立尸。秦汉以降，中华则无矣。

或有事古者，犹言祭尸礼重，亦可习之。斯岂非甚滞执者乎？[1]

清代礼学家秦蕙田也认为尸祭制源于远古，后代失传了。他说："古人祭必立尸，其不立者三事：曰荐，如荐新、荐寝庙、无田则荐，是也。曰厌，如殇祭之阴厌、阳厌是也。曰奠，如丧奠、朔奠、释奠是也。后世祭不立尸，强名曰祭，实为荐、为厌、为奠而已。"[2]这一见解十分透辟地说明了"祭"与"尸"在宗教发生史上的原初依存关系，对于进一步挖掘祭典本相大有帮助。概言之，文明社会中的国家"公"祭源自史前农耕祭典，"公尸"在《诗经》的时代虽为代神享用祭品之活人，在更原始的时期当为代替死而复生之谷神在祭典上被杀的"人牺"。周代"公尸"由卿大夫充任，《毛传》和《尔雅》均以"君"释"公"，而在最初，"尸"是由"君"本人充当的，即人类学上所讲的为了部落共同福利而自为人牺的"圣王"或"祭司王"。[3]这种原始的"公祭"与文明的宴饮"公尸"之礼之间的渊源关系，不用远求，就潜藏在"尸"和"公"这两个汉字的原始表象之中。关于"公"如何起源于圣阳物之神力被"平分"和共享的祭典，前文已有论述。而"尸"的本义指死者之躯，也是不言自明的。古代训诂学家在训释"公尸"之"尸"时提出了三种意见：《礼记·郊特牲》注中涉及了两种："尸，神象也"和"尸，陈也"。《尔雅·释诂》和《士虞礼》郑注则云："尸，主也。"许慎《说文》取第二种解释并做了说明：

尸，陈也，象卧之形。

段玉裁则试图疏通许、郑二说："祭祀之尸，本象神而陈之，而祭者因主

[1] 杜佑：《通典》卷四十八。
[2] 秦蕙田：《五礼通考》卷六二，第3页，《四库全书·经部》一三一。
[3] 参看弗雷泽：《金枝》第24章；叶舒宪：《探索非理性的世界》第4章第1节，四川人民出版社1988年版。

之，二义实相因而生也。故许但言陈。至于在床曰屍，其字从尸从死，别为一字。而经籍多借‘尸’为之。”[1]又据《周礼·春官·大司乐》中“尸出入则令奏《肆夏》”句陆德明《释文》作“屍”，并云“本亦作尸”[2]，可知二字同源异流：像神之尸与人死后横陈之尸皆取象于原始公祭上的人牺表象。如日本学者池田末利所说，尸——屍——神象——主——陈，皆为一系列意义相关联的训诂，彼此间本无根本的矛盾。尤其是神尸之尸与死者尸体之尸同字的现象，换用宗教学的语汇去描述，便成了祖先崇拜与死者崇拜相互重合之证，这的确是意味深长的。[3]

既然在对“尸”的一系列训诂中潜伏着宗教祭礼发生发展的进化线索，以此为参照去论述“公”祭典礼的源流，或许是可信的吧。如前所说，圣王、神尸、人牺三者本为一体，这是原始农耕祭典的一个世界性原型。三者统一于一身的信仰根源是：圣王作为植物神或谷物神的替身，象征性地演出农作物生命的年周期的循环运动，借此确保和促进大自然生殖力的更新与旺盛，求得生产的丰收与社会的繁荣。按照弗雷泽等人类学家的研究，这种仪式性地杀死圣王的礼俗在西亚地区形成农业宗教的基本节庆，从中又派生出作为基督教思想核心的“死而复活”主题；同类礼仪在古希腊催生出“替罪羊”主题，构成希腊戏剧发生的宗教基础。[4]同样的宗教主题在古代中国的农业文明中未能向悲剧艺术过渡，却留下了以“死而复生”为中心的农神稷的神话及相关祭典，后者正是《颂》诗的发生基础。[5]阮元等释“颂”为“舞容”，

---

[1] 段玉裁：《说文解字注》第八篇上，第70页。

[2] 陆德明：《经典释文》卷八《周礼音义上》。

[3] 池田末利：《立尸考——其宗教意义与原初形态》，《中国古代宗教史研究》，日本东海大学出版会，昭和五十六年，第623—644页。

[4] 参看赫丽生（J.E.Harrison）：《古代的艺术与仪式》（*Ancient Art an Ritua*），佐佐木理日译本，筑摩书房，1964年，第3—20、101—141页。

[5] 关于“死而复生”主题的祭典根源，卡西尔概括说：“神与人的统一成为祈祷和献祭的目的……这种关系体现为一个主题，它能从最原始的神话观念和礼俗演化为现代宗教的基本形式。”“通过神的苦难和死亡，通过神表现为必死的有限物质存在，物质存在也就被提升到神的水平从而避免了死亡。所有重要的神秘祭礼都围绕着这种由神的死亡所带来的原始的神秘，演示着解脱与再生的主题。”《象征形式哲学》（*The Philosophy of Symbolic Form*）第2卷，曼海姆英译本，1955年，第230页。

而郭绍虞等以《颂》为“剧诗”，皆暗示出《颂》与仪式上的象征性表演密切相关。问题在于，为什么同样一种公祭表演，在西方催生出悲剧这一重要形式，而在中国却只派生出一些歌功颂德的祭礼歌诗呢?

这一问题的答案不能从文学史角度去寻求，大概只有宗教史的角度最有助于做出合理解释吧。关于农神谷神稷的神话将在后文中专门探讨，这里仅就公祭典礼的发生及源流演变再做进一层的说明。

三、《肆夏》：从人牺到公尸
——《颂》之源流与悲剧主题的消解

艾利亚德在其宗教史巨著《比较宗教学模式》中指出，世界各地的所有农耕文化中都可看到围绕着农作物的播种和收获而展开的全民性祭典活动，其实质都是相通的，或者说是相同的：象征性地重演创世神话。因为创造神当初以自身的仪式性肢解赋予包括农作物在内的世界万物以生命，后代的仪式性献牲（不论是人牺还是动物）典礼也自然要模拟创世神的牺牲，被杀死并切割为碎片的人牺总是被认同为神话中的牺牲者。[1]他的头发、精液、性器、肉块和骨灰被传播分撒到全部落的土地上，象征着神的生命力将在新的时间中重演新的一轮“创世”。这种“新的时间”的观念完全取决于农作物的周期性生命循环过程，因而其开端总被确定为在收获季节与播种季节交替的时候，这正是农耕文化中各种各样大同小异的“新年”观念的起源。[2]古汉语中“年”的概念本指“谷熟”，甲骨文中的“卜年”和“有年”皆专指农作物的收获而言，可为艾利亚德氏的宗教形态学模式理论提供重要的旁证。同

[1] 艾利亚德（M.Eliade）：《比较宗教学模式》（*Patterns in Comparative Religion*），伦敦，希德与沃德出版公司 1958 年版，第 345—346、349 页。

[2] 艾利亚德（M.Eliade）：《比较宗教学模式》（*Patterns in Comparative Religion*），伦敦，希德与沃德出版公司 1958 年版，第 345—346、349 页。

理，艾利亚德的跨文化模式也将对解析上古礼制起源的错综问题提供最具说服力的理论参照。

按照这种普遍性的农业宗教原理，祭祀典礼可以说是一种“模式化的戏剧”（the pattern drama），每一个人牺或动物牺牲均由此而产生，其宗教目的都在于促进和增加农作物的收成。[1] 翻开《诗经》中的《颂》诗部分，不难看到祝祷丰年、歌颂收成的主题占有显赫的地位。

《周颂·思文》是周朝祭其先祖后稷配天的乐歌，其中赞美了稷赐谷物以养育周族的圣迹。

思文后稷，
克配彼天。
立我烝民，
莫匪尔极，
贻我来牟。
帝命率育，
无此疆尔界，
陈常于时夏。

后三句的意思是说天帝授命将后稷创立的农耕生产方式推广到整个中国。类似的颂农主题更多地表现为欢呼丰收。如《臣工》云：

如何新畬，
于皇来牟，

[1] 艾利亚德：《比较宗教学模式》，第 346 页。有关祭祀的哲学分析，参看卡西尔（E.Cassirer）《象征形式哲学》第 2 卷，曼海姆英译本，耶鲁大学出版社 1955 年版，第 219 页以下。

将受厥明。

明昭上帝，

迄用康年。

《噫嘻》赞美成王“率时农夫，播厥百谷”，实际上指的仍是农耕礼仪一类的活动。《丰年》则言简意明地表达丰收之愿望：

丰年多黍多稌，

亦有高廪，

万亿及秭。

其他如《载芟》中的“载获济济，有实其积，万亿及秭”；《良耜》中的“获之挃挃，积之栗栗。其崇如墉，其比如栉。以开百室，百室盈止”；《恒》中的“绥万邦，屡丰年”；《鲁颂·有駜》中的“自今以始，岁其有。君子有谷，诒孙子。于胥乐兮”；《閟宫》中的“有稷有黍，有稻有秬”；《商颂·烈祖》中的“自天降康，丰年穰穰”；又如《雅》诗中的《楚茨》《信南山》《大田》

图22 丰产女神刻瑞斯的浮雕像（希腊化时期）

《甫田》等皆有颂农功赞丰收的内容。据此将《颂》诗的产生追溯到农业宗教共有的“模式化戏剧”，从祭典活动的变迁来考察它为什么未能发展为悲剧的原因，也许是一条可行的路径。

西方的文学理论家们对悲剧这一体裁的经典性定义是：“悲剧是对牺牲的模仿。”[1]这里所言“牺牲”无疑是指人牺。关于农业祭典上如何用活人做牺牲的情形，除了上节所举孟加拉的例子外，还可以列举出众多的同类现象。弗雷泽在《金枝》中就罗列了遍布欧亚大陆的大量例证，艾利亚德则根据新的认识在他的著作中又专辟一节，题为“阿兹忒克和孔德人中的人祭”。他指出，过去有学者认为这种大同小异的农业典礼是从一个主要的发源地——如埃及、叙利亚或美索不达米亚——传播到世界各地的，这种推测很可能是正确的。在许多民族中还保留着这种农业典礼的最残酷的原始场面。[2]尽管我们对此种一源的传播论可以持保留态度，但仍可确认杀人祭谷是所有农业典礼活动的原始本相这一结论的可信性。

中国文明的早熟理性使此种野蛮礼俗几乎湮没无闻，在现存文献典籍中很少有这方面的直接记载。不过甲骨卜辞的发现使人们惊讶地看到，至少在文明初始的商代，以活人做牺牲用于祭祀是非常普遍的现象。吴其昌先生最早肯定了这一发现，并据此推断人祭之制是从殷商时代的游牧生活方式中产生的。他说：“盖殷代尚在游牧时期，尚未发明农田，故不需多人，以供耕种。”[3]然而，也有不少学者对商代人祭制持怀疑态度，认为这种原始祭俗不可能与相当发达的文明并存。20世纪70年代在安阳武官村北发掘出的殷王室公祭场所使这个问题一下子明朗化了。该祭祀场与王陵东区相邻，仅密集排列的250个祭祀坑中总计弃置人骨约有2000具，他们显然都不是作为陪葬人殉而

[1] 弗莱（N.Frye）：《批评的解剖》，普林斯顿大学出版社1957年版，第214页。

[2] 艾利亚德：《比较宗教学模式》，第342页。

[3] 吴其昌：《殷代人祭考》，《清华周刊》，第37卷，第9、10期，1932年。

是作为人牺被杀的，这就为商代人祭制的官方存在提供了确证。[1] 也为从发生学上追溯“公”祭与“公尸”制的由来问题预示了方向。

研究表明，殷商时期虽有较发达的畜牧业生产，但农业也已经达到很高的发展水平。于省吾先生著《商代的谷类作物》，考证卜辞中提到的农作物主要有黍、稷、豆、麦、秜（自生稻）五种。[2] 近来的一些研究者又在此基础上考出了近十种作物，因而否定了商代为游牧社会的旧说：

农业生产是殷代社会生产的基础部门，是整个社会经济生活的主体。殷代的农业生产力已经在过去的基础上有了很大的提高。

经过祖先的长期培育与选择，殷代农业的主要作物种类已基本稳定，与后世的种类基本相同。我国古代传统的农作物“五谷”，在殷代均已种植，可以说，殷代已经奠定了我国古代农作物品种的基本布局。[3]

据此可推知，认为人祭出于游牧社会的观点是不能成立的。恰恰相反，农业文化与杀人祭祀的关系倒是殷商史研究所提出的新课题了。既然当时的农业生产已远远超过了原始阶段，而杀人祭典也发展为国家级的官方重礼，那么认为人祭源于商代之说也就难以成立了。新的看法是，与农耕文化相伴随的杀人祭祀活动当始自史前期的部落社会。

从史前社会的杀人祭礼，经过殷商社会的国家公祭，发展到周代官方的公尸之祭，以活人为牺牲的情形终告结束，而以活人象征死而复生之谷神的祭典模式却因袭下来，作为人祭的较为文明化的替代形式——公尸之制的由来已不言自明了。《周礼·春官·大司乐》云：

[1] 中国科学院考古研究所安阳队等：《安阳殷墟奴隶祭祀坑的发掘》，《考古》1977 年第 1 期。
[2] 于省吾：《商代的谷类作物》，东北人民大学《人文科学学报》1957 年第 1 期。
[3] 温少峰、袁庭栋：《殷墟卜辞研究——科学技术篇》，四川省社会科学院出版社 1983 年版，第 166 页。

凡乐事，大祭祀宿县，遂以展之，王出入则令奏《王夏》，尸出入则令奏《肆夏》，牲出入则令奏《昭夏》。

这一段记述对于了解国家祭典之演变分化及其与《颂》诗发生的关联都极有帮助。其中提到的祭祀礼仪用乐章皆以“夏”为名，似乎暗示着这礼乐制度源自先商时代，抑或是夏王朝之遗制。孙诒让《周礼正义》云：

《御览·乐部》引《尚书大传》说舜乐云：“始奏《肆夏》，纳以《孝成》。”郑注云：“始谓尸入时也，纳谓荐献时也。《肆夏》《孝成》皆乐章名。”彼“始”即此尸入，亦奏《肆夏》，则周沿虞夏法与？[1]

果真虞舜时代已有尸祭之制的话，从情理上推考当较商代官方祭典更为原始，其用人牺殆无可疑。这样看来，舜时奏《肆夏》之乐以迎之“尸”不会像周人之“公尸”那样幸运，只管享用燕饮祭品吧？他也许正像大多数农业文化中被“平分”的人牺，已经面临着充当神之替身去演示死而复生戏剧的残酷命运。稍加细致地考察，可使上述推测得到进一步证实。

首先是“尸”字的语义演变所提供的线索。我们已经知道后代注释家对周代尸祭之“尸”做的三种解释——主、象神和陈——皆为后起之义，“尸”本当作“屍”，从“死”会意，故“尸”与“屍”皆与“死”通训。游国恩先生解说《天问》时已指出：

“死”者，古通作“屍”与“尸”；《吕氏春秋·离谓篇》：“郑之富人有溺者，

[1] 孙诒让：《周礼正义》卷四十三，中华书局 1987 年版，第 1780 页。

人得其死者。”又云：“得死者患之。”《意林》引“死”作“尸”。又《期贤篇》：“扶伤舆死。”“死”亦通作“尸”。《史记·秦本纪》：“晋楚流死河二万人。”死亦屍也。《汉书·广川惠王越传》……颜师古注并云：“死谓尸也。”《史记·鲁世家》：“齐告鲁生致管仲。施伯曰，不如杀其屍与之。”索隐云：“‘屍’亦作‘死’字。”皆其证。“死分竟地”者，谓其屍分散遍地也。[1]

除此之外，姜亮夫先生和萧兵先生也先后引经据典论证过“死”“屍”“尸”通用的现象，[2]例证之多，兼及甲金文中的用法，可以成为定论。参照《天问》中已有“尸分竟地”之祭俗的记载，可上推虞夏时代之“尸”必为人牺，也就是人类学上所说的“the dying god”（将死之神）的活替身，其所面临的命运不仅是必死，而且是为全部落“公享”和“平分”式的“屍分竟地”。只有到了作为人牺的“公屍”不再被杀的高文明时代，才有必要用“尸”字取代原来的“屍”字，也就是从这个概念中抽掉“死”的内容，化作纯粹象征性的“神主”符号。

论证“公尸”源于人牺祭俗的另一个证据是与尸之出入典礼相伴随的乐名《肆夏》。“夏”得名于夏朝，表明此乐由来尚矣。后人以“夏”与“雅”通，故又训“正”，指乐之正声或国家官方乐调，以区别于各地民间乐调。更值得解析的倒是作为“夏”之定语的“肆”。

“肆”之本义为杀人后暴尸。《说文》训为“极陈也”，“极”指处以极刑即杀死，“陈”为陈尸之陈，意思与“尸”之训“陈”大致吻合。《韵会》把这个意思说得明朗化了：“肆，既刑陈尸曰肆。”《周礼·秋官·掌戮》正在这一意义上使用“肆”的：“凡杀人者，踣诸市，肆之三日。”《论语·宪

[1] 游国恩：《天问纂义》，中华书局 1982 年版，第 212 页。

[2] 参看姜亮夫：《屈原赋校注》，人民文学出版社 1957 年版，第 311—312 页。萧兵：《楚辞新探》，天津古籍出版社 1988 年版，第 632—633 页。

问》："吾力犹能肆诸市朝。"皇疏："肆者，杀而陈尸也。"《礼记·月令》："仲春之月，命有司，省囹圄，去桎梏，毋肆掠。"注："肆谓死刑暴尸也。"正义："肆谓死刑而暴尸者，肆，陈也。谓陈尸而暴之。"由于暴尸是杀戮后的产物，所以"肆"又可用于指代杀人。《广雅·释诂》："肆，杀也。"《大戴礼·夏小正》："狸子肇肆，其或曰肆杀也。"钱大昕《说文答问》说杀字曰："杀不成字，当从古文作。本古文肆字。《尚书》肆类于上帝，古文作，从二，与通。肆与杀声相转，故《论语》《檀弓》皆有肆诸市朝之文。殺从殳声，古文又作，即借肆为杀耳。"以上材料足以说明，"肆"原来是一个充满血腥气息的概念，周朝祭典上用以"肆"为题的乐章迎"尸"，显然是有其内在联系的。而《肆夏》果真为虞夏时乐名的话，很可能是伴随着宰杀人牺而分尸的祭礼主程序而演奏的"杀人献牲"之歌曲吧。

"肆"在史书中又可作为祭名而出现。如《史记·周纪》有"自弃其先祖肆祀不答"的说法，"肆"与祭祀之"祀"连言，盖非偶然。[1]集解云："肆，祭名。"可以推想，肆祭之礼的本相当与杀牲献祭有关。《周礼·春官·大宗伯》讲到大宗伯所掌管的国家祭礼，有"以血祭祭社祭……以肆献祼享先王，以馈食享先王"的仪节规定。注云："肆者，进所解牲体，谓荐孰时也。"贾疏云："荐孰当朝践后爓祭时，故《礼运》云腥其俎，孰其殽。郑云孰其殽，谓体解而爓之。是其馈献献以盎斋之节，故云荐孰时。但体解之时，必肆解以为二十一体，故云肆也。"由此看来，肆祭的本相在于"肆解"这一特殊的献祭方式，也就是杀牺而分尸。这不是同人类学家所描述的那种"尸分竟地"的原始农业祭典大致吻合了吗？

所不同之处是，由于文明进化的程度差异，"肆解"的对象可以是人牺，也可以由动物来代替。《周礼》中描述的当然是后者。而对动物的"肆解"

[1]《虞书》有"肆类于上帝，禋于六宗"之说，类从米从页，亦为祭名，可知此种祭典由来尚矣。

方式也会随着时代的推移而有所改进，这也就出现了礼书上纠缠不清的“荐腥”与“荐孰（熟）”之间的问题。孙诒让对此做了如下辨析：

惟《礼经》有豚解，又有体解，二者不同。《士虞记》“豚解”注云：“豚解，解前后胫脊胁而已。孰乃体解，升于鼎也。”凡豚解者为七体，体解者为二十一体，解肆虽同，体数则异。庙享二解兼有，但荐腥则豚解，荐孰则体解。《小子》注以羊肆为豚解。《典瑞》“祼圭以肆先王”，注云：“谓肆解牲体以祭，因以为名。”……此经（指《周礼·大宗伯》）肆献祼为祭祀之隆礼，文次先后，盖无定例，此肆亦当为豚解体解之通名，不必专属体解也。任启运谓肆为荐血腥，与荐孰对文；黄以周亦据《郊特牲》记用牲有六节，毛血腥肆爓腍，谓腥肆为一类，经凡云肆者，皆专属荐腥。义亦得通。[1]

从“腥肆”与“爓腍”相对而言的意义上可明显区分出动物牺牲的进化阶段。由“荐腥”到“荐孰”的演进是继物牲取代人牺的进步之后，宗教祭典的又一大变革。陈梦家先生曾精辟地区分巫术性用牲与祭祀用牲的差别，指出巫术性用牲有祓禳的意义，重视鲜血的巫术力量；祭祀用牲旨在供享，重在牲肉方面。[2]这一区分似有助于理解从“荐腥”到“荐孰”的演进。按照人类学和宗教史的通则，法术（巫术）先于宗教。肆割牲尸为多片以分撒各地的原始祭俗，正反映着法术信仰所主宰的祭祀方式。这时当然无须对牲肉做烹饪加工。宗教取代法术之后，祭祀的目的转向了享神（祖），“荐孰”的祭法自然占了上风。至于“荐腥”时肆解牲体为七，亦非偶然之数。如我在另外著作中所论证的，“七”作为神秘数字和模式数字，象征着时空极限，因而具有“无限多”的宇宙意义。[3]

[1] 孙诒让：《周礼正义》卷三十三，中华书局 1987 年版，第 1334—1335 页。
[2] 陈梦家：《商代的神话与巫术》，《燕京学报》第 20 期，第 573 页。
[3] 参看叶舒宪：《中国神话哲学》第七章，中国社会科学出版社 1992 年版。

把牺牲肆解为七的模式化做法正可意味着牲体所象征的神圣生命力将扩展播散到全部土地，这恰恰符合“公”祭本有的“平分”式法术意义。后来的“荐孰”把肆尸的数目从七扩大到二十一，只不过是以三倍的夸张重复原有的圣“七”而已。从实用上考虑，牲体切割得越细小，当然也会更加便于放置到鼎中去烹煮，以及盛在祭器中让神祖们享用的。

以上对“肆”的透析帮助我们整理出中国古代祭礼的完整发生线索，用图示法来表示如下：

人牺（肆解与法术性的播撒尸肉）→动物牺牲（荐腥，牲尸解为七）→动物牺牲(荐孰,牲尸解为二十一)→植物祭品(黍稷等农作物)→植物祭品(蔬果等)→烧香磕头

如《孟子·梁惠王》中所见“以羊易牛”现象所昭示的，献牲的发展趋向是伴随着文明的进展而成反比的，即越到后来越吝惜祭品。最初是“杀人不异犬与鸡”的极蛮野阶段，在殷商时期衍化为人牺与物牲并用，到周代基本上用物牺取代了人牺，同时又增加了纯象征性的“公尸”，并且依然因袭着原始的“肆解”祭规，以及伴随着假“人牺”即公尸的出现而奏杀伐之乐《肆夏》的礼俗。从原型的意义上说，周代祭典上的肆牲和公尸二者都是人牺的置换，前者替代人牺去面对死亡与分尸的厄运，后者则承袭着人牺本有的“象神”法力，他不必再去充当活祭品，反倒代替神在祭典上享用祭品了。

从上述祭礼进化史的背景出发，再去读《诗经》中有关祭祀典礼的作品，就能够查其源而知其流，不为所惑了。如《周颂·雝》：

有来雝雝，

至止肃肃。

相维辟公，
天子穆穆。
于荐广牡，
相予肆祀。

又如《大雅·既醉》：

昭明有融，
高朗令终。
令终有俶，
公尸嘉告。[1]

其告维何？
笾豆静嘉。
朋友攸摄，
摄以威仪。

又如《小雅·信南山》之三章：

疆场翼翼，
黍稷彧彧。
曾孙之穑，
以为酒食。

[1] 有关公尸与祭主间的戏剧性对白之内容，参看徐中舒：《金文嘏辞释例》，《历史语言研究所集刊》第六本一分，1936 年。

畀我尸宾，

寿考万年。

又如《小雅·楚茨》之二章、五章：

济济跄跄，

絜尔牛羊。

以往烝尝，

或剥或亨，

或肆或将。

祝祭于祊。

祀事孔明，

先祖是皇，

神保（即公尸）是飨。

孝孙有庆，

报以介福，

万寿无疆。

……

礼仪既备，

钟鼓既戒。

孝孙徂位，

工祝致告。

神具醉止，

皇尸（亦公尸）载起。

钟鼓送尸，

神保聿归。

诸宰君妇，

废徹不迟。

诸父兄弟，

备言燕私。

又如《召南·采蘋》末章：

于以奠之，

宗室牖下。

谁其尸之？

有齐季女。

从周初国家祭典上的“公尸”威仪，发展到春秋时代由“季女”充当的宗室之尸，尸离其原初所模仿的人牺越来越远，完全成了形式化的东西。成语所云“素餐尸位”充分表明尸在人们心目中的地位衰落，难怪秦汉以降的官方祭典中不再保留公尸之制了。倒是一些边远地区仍可看到此种继人牺制而兴的祭尸礼俗。杜佑记述说：“周隋蛮夷传，巴梁间，为尸以祭。今彬道州人祭祀，迎同姓伴神以享。则立尸之遗法，乃本夷狄风俗，至周末改耳。”[1]杜氏此论把汉族国家的立尸制看成仿效“夷狄风俗”的结果，这显然是不解祭礼进化规程所导致的误解，似不足为怪。

[1] 杜佑：《通典》卷四八，又见其《理道要诀》。

倘若我们承认悲剧是对（人）牺牲的模仿，悲剧性的情感始于杀人以祭的仪式活动，那么在中国祭礼进化史上“公尸”取代人牺的这场大变革显然已将产生悲剧的土壤消解掉了。这也许是宗教史的考察对文学史问题的一种解答吧。其实，虞舜时代的人祭乐歌《肆夏》本是具有潜在的悲剧因素的，从“颂”出自“公”祭典礼这一线索看，《肆夏》当为《颂》诗的原型。清代学者推测“周沿虞夏法”的看法是很有道理的，值得做深入研究。《周礼·春官·钟师》说到以钟鼓奏《九夏》，《肆夏》次于《王夏》位列第二。注引杜子春云：

《肆夏》，诗也。《春秋传》曰：“穆叔如晋，晋侯享之，金奏《肆夏》三，不拜；工歌《文王》之三，又不拜；歌《鹿鸣》之三，三拜，曰：‘《三夏》，天子所以享元侯也，使臣不敢与闻。’”《肆夏》与《文王》《鹿鸣》俱称三，谓之三章也。以此知《肆夏》诗也。[1]

又郑玄云：“以《文王》《鹿鸣》言之，则《九夏》皆诗篇名，颂之族类也。此歌之大者，载在乐章，乐崩亦从而亡，是以颂不能具。”《肆夏》的失传是以《周颂》的出现为补偿的。尽管周人已废除夏商时代的人牺制，但最初的公尸祭典依然承袭着那种源远流长的国家大典所特有的肃穆悲壮的气氛，这从前引《雝》诗中说的“至止肃肃”和“天子穆穆”，及《既醉》所言“摄以威仪”等情形中可看得分明。然而，随着尸祭日益沦于形式化，那种庄严肃穆的情感色调也就逐渐淡化，最后变成一种喜庆性的祷祝求福了。由《肆夏》到《颂》再到《雅》的发展正显示了这种“悲”的原初情感如何伴随着人牺的废止和“尸”的沦落而趋于消亡的。

“美盛德之形容”的喧嚣之声，就这样悄然取代了人祭之悲歌。

[1] 孙诒让：《周礼正义》卷四十六，中华书局 1987 年版，第 1886 页。

四、稷的原型（上）
——从谷神神话看农耕文化的意识形态

死而复生的植物神信仰及与之相应的人牺祭典在华夏文明中置换为尸祭制度，从而消解了悲剧发生的土壤。但同希伯来文化中置换出的“死而复活”主题一样，华夏民族也自古信仰一位类似耶稣基督的神，那便是农神兼谷神的稷，又称后稷。差异之处在于，基督已经从农耕文化特有的谷神信仰中抽象升华出来，脱离了具体的农功祭典背景，成为基督教观念上的死而复活主题的化身；而中国人对稷的崇拜则完全未脱离较原始的谷物之神的表象，这甚至直接体现在代表这位死而复生之神的汉字符号“稷”的构形之中。

在《中国神话哲学》一书中，笔者曾依照原型理论的四季模式系统，讨论世界性的春季神话与仪式，指出与维纳斯 / 阿都尼斯、易士塔 / 塔木兹类似的地母神植物神对偶模式在中国信仰中照样存在：

> 中国上古神话中没有像阿都尼斯神话那样完整的有关死而复活神的故事。但是，与男性植物神阿都尼斯和女性生殖神、地母神相对应的中国神还是不难找到的，那就是稷神和社神。[1]

《诗经》中的《生民》作为周族“史诗”，叙述了周人先妣姜嫄如何因上帝之灵而感孕生下后稷，为人们带来了农业生产的事迹。到了《鲁颂·閟宫》，仍然称后稷为“皇祖”，并配祭天帝；姜嫄则被列为天帝的配偶：

[1] 叶舒宪：《中国神话哲学》，第 62 页。

赫赫姜嫄，
其德不回。
上帝是依，
无灾无害，
弥月不迟，
是生后稷，
降之百福。
黍稷重穋，
稙稺菽麦。
奄有下国，
俾民稼穑，
有稷有黍，
有稻有秬。
奄有下土，
缵禹之绪。

以上是《闷宫》第一章之词，上帝、姜嫄与后稷的关系构成一种天父、地母和儿子的三角关系，闻一多、陈梦家等已经确认出商之简狄、周之姜嫄等先妣均为生育女神即地母神的化身。这就为破解天帝（太阳神）、地母（太阴神）和谷神后稷的三角关系打开了缺口。上古宗教祭祀不是让稷与他的天父相配，便是让他与地母（社）相配，原因就在于他们之间的神圣血缘关系吧。[1]《闷宫》三章述说鲁公受命设祭的情形：

[1]《山海经·大荒西经》说“帝俊生后稷”，明确了这层父子关系。

皇皇后帝，

皇祖后稷。

享以骍牺，

是享是宜。

降福既多，

周公皇祖，

亦其福女。

诗句中所说乃是后稷与其天父相配享祀的状况。郑笺：“皇皇后帝，谓天也。成王以周公功大，命鲁郊祭天亦配之以君祖后稷，其牲用赤牛纯色，与天子同也。”[1]此种配天祭稷的模式实始自《周颂》。《周颂》清庙之什中的《思文》，前文已引出，其首句“思文后稷，克配彼天”，便明文规定了这个农业民族以男性谷神配祭男性天神的礼制。清儒金鹗指出：“配字，古与妃通。《尔雅》：妃，合也，匹也，对也。《释名》：配，辈也。然则配享之人，必相对相匹而后可。……至于以人神配享天地，盖以天地人参为三才，圣人与天地合其德，故可以配之也。”[2]农神兼谷神后稷能够和至上天帝相匹对而受祭享，这表明了农业宗教的信仰对象如何被组合到更为古老的原有神谱中，并占据了重要地位，成为整个宗教意识形态的关注中心。《国语》云：“周文公之为《颂》曰：‘思文后稷，克配彼天。’”是知《思文》一诗出自周公之手，配天之制盖亦始自周初。[3]郑玄作笺时引出一段神话，说明农神后稷为何有此殊荣：

---

[1] 姚际恒云：“皇皇后帝，皇祖后稷，享以骍牺。”此祈谷之郊（祭）也，非冬至之郊也。祈谷之郊，诸侯皆得行之。见《诗经通论》卷十八，中华书局1958年版，第360页。

[2] 金鹗：《求古录礼说》卷七，第6—7页。见《四库全书·经部礼类》。

[3] 参看高亨：《周颂考释》，《中华文史论丛》，第四辑；杨向奎：《论“以祖配天”》，《责善》半月刊第1卷第10期；池田末利：《配天考》，《中国古代宗教史研究》，东海大学出版会，昭和五十六年。

周公思先祖有文德者后稷之功能配天。昔尧遭洪水，黎民阻饥，后稷播殖百谷，烝民乃粒，万邦作乂，天下之人无不于女时得其中者。

这里的后稷同《大雅·生民》等篇中歌颂的一样，是“播殖百谷”，发明农作物栽培技术的农神或文化英雄。周人把这样一位农神或文化英雄奉为始祖，像崇祀老天爷一样崇祀他，这反倒遮盖了他的真实身份——死而复生的植物神。

图 23　希腊瓶画上的谷物女神佩尔塞福涅

透露后稷与“死而复生”主题之关系的重要线索出自《淮南子·地形训》：“后稷垄在建木西，其人死复苏，其半鱼在其间。”这句话很不好解，刘文典先生释为：“南方人死复生，或化为鱼，在都广建木间。”[1]仍显得含混不明。“南方人”为何等人，为什么会“死复生”呢？如果仅把后稷当作发明农业耕作技术的周族始祖，“死复生”的主题就无法解释。假若从“稷”这个字本身所暗示的线索入手，把他理解为谷物的人格化，则“死复生”之谜可顿然冰释矣，因为那正是一切植物神的基本特征。《淮南子》所言“后稷垄”，垄乃冢之义，指谷神埋葬之处，该地与“死复生”的联系实可上溯至先秦旧籍《山海经·海内经》中一段更富神话色彩的描述：

西南黑水之间，有都广之野，后稷葬焉。爰有膏菽、膏稻、膏黍、膏稷，百谷自生，冬夏播琴。鸾鸟自歌，凤鸟自舞，灵寿实华，草木所聚。爰有百兽，相群爰处。此草也，冬夏不死。

透过渲染夸张的神话表象，不难在“后稷葬焉”和“百谷自生”之间窥到

[1] 刘文典：《淮南鸿烈集解》卷四，中华书局 1989 年版，第 150 页。

一种因果关联。只需按照神话逻辑把后稷还原为非人格化的谷物、谷种或谷灵，那么在埋下谷种谷灵之地出现“百谷自生”的情况就非但不足为奇，反而是自然而然的了。由此看来，“后稷播百谷”的母题源出于“稷降以百谷”（《大荒西经》）的母题，而“稷降百谷”的母题当以“稷生百谷”或“稷为谷灵”的初始观念为原型。作为周族始祖和文化英雄的后稷原来不过是谷灵信仰的历史化，只有从这一意义上去理解，“社稷”之匹配才能得到发生学的说明。

稷既可以“配天”，与其父相匹而受祭，又可以配社，与其母相匹而受祭。相形之下，由于谷物与大地母亲的依存关系更为明白浅显，所以“社稷”的并列比“帝稷”的组合更为原始，也更加流行并且深入人心。社稷作为合成词成为这个以农耕立国的封建国家的象征或代称，绝非偶然，它实际上乃是原始的农业神话观念——谷神与地母为配偶——到了文明国家中的一种政治化和抽象化的产物。

《老子》第七十八章引圣人云：“受国之垢，是谓社稷主；受国之不祥，是谓天下王。”笔者曾把这段话视为人类学家所说的作为罪羊而被杀为人牺的“祭司王”在道家思想中的反映。[1]这里可以补充的是，所谓“受国之垢”的“社稷主”，正是在国家官方农业大祭典上充任神主（即神尸）的君王。《礼记·祭义》云：“建国之神位，右社稷而左宗庙。”是社稷与宗庙并重，奉为国家宗教与政治统治之中心的明证。法国汉学家格拉奈指出，上古人关于“宗庙”与“社稷”的观念导源于同一种信念，即农民们对于他们所赖以生存的土地的神圣化观念——圣地[2]。而“祖国”这样一种观念也是由“圣地”观念所融合的自然崇拜与祖先崇拜之中引发出来的。凌纯声也从民族学方面的旁证入手，指出宗庙与社稷最初是混为一体的东西，农业社会的政教中心

[1] 参看萧兵、叶舒宪：《老子的文化解读》，湖北人民出版社 1994 年版。

[2] 格拉奈（Granet）：《中国宗教》，津田逸夫日译本《支那人の宗教》，东京河出书房，昭和十八年，第 17 页以下。

地——社坛，乃是祀神祭祖的同一所在。[1] 从这种自然崇拜与祖先崇拜在官方祭典中趋于融合的现象着眼，也许更易于理解为什么谷物之神稷被周人奉为自己族类的祖先。陈全方先生依据农业考古方面的材料推测说：

大量的考古发掘资料证明，我国的农业生产有着悠久的历史。在宝鸡的斗鸡台和西安半坡村新石器时代遗址中，就发现有谷子粒（稷），这说明黄河流域自古适于农耕，早就是生产“稷”的好地方。这也是周人种稷并用“稷”称他们始祖的原因所在。[2]

作为补充，还可以说黄土高原的地理条件限制了原始农作物的种类单一性：在未有国家组织灌溉农业之前，稷即小米乃是最能适应干旱的黄土区域的作物。因此，与其说是周人选中“稷”为其产食经济之源，不如说是黄土地选择了以稷为主要农作物的华夏文明。

了解到稷对于中华农业文明发生的重大意义，再去考察这个文明的意识形态中的“社稷”一类核心范畴，我确信将会获得一种透视般的效果。而对“稷”的底蕴的理性透视又将反馈过来，成为破解“颂”之本相的解码关键。

五、稷的原型（下）
——从谷神神话看农耕文化的意识形态

中国上古神话的历史化是中外学者一致确认的现象。[3] 其结果使许多远

[1] 凌纯声：《台湾土著族的宗庙与社稷》，台湾“中央研究院”《民族学研究集刊》第 6 期，1958 年。

[2] 陈全方：《周原与周文化》，上海人民出版社 1988 年版，第 70 页。

[3] 参看顾颉刚主编：《古史辨》第七册；杰克·波德（Derk Bodde）：《中国古代神话》（*Myths of Ancient China*）；布兰克等编：《中国文明论集》（*Essays On Chinese Civilization*），普林斯顿大学出版社 1981 年版，第 45—81 页。

古自然神转化为人祖或帝王。周族始祖稷便应作如是观。从语源上看，稷作为五谷之神的身份是较明显的。古礼书中的说法也都大同小异地指明了这一点。《周礼·地官·大司徒》：“设其社稷之壝。”注：“社稷，土、谷之神。”《孝经》：“社者土地之主，土地广博，不可遍敬，故封五土以为社。稷者五谷之长，谷众多不可遍敬，故立祭而祭之。”《白虎通义》：“王者所以有社稷何？为天下救福报功。人非土不立，非谷不食。土地广博，不可遍敬也；五谷众多，不可一一而祭也。故封土立社，示有土尊。稷，五谷之长，故封稷而祭之也。”除了这种最流行的谷神说，还有一种解释把稷说成是山林原隰之神，见于《礼记·郊特性》孔疏引郑康成说，又见于《朱子语类》。这种解释同把阿都尼斯视为植物神的看法恰恰暗合。其实，谷物不也是人为耕种的植物代表么？可见，谷神说与山林原隰之神说并不是对立的，而是种与属之间的差别，实质上仍是相通的。古人祭地母神的同时又祭植物神，其间的关联是什么呢？兑之先生《述社》做了明确回答：

土之所生，五谷为大，故祀谷神为稷以配之。[1]

可知稷神是作为社神的匹配而得到祭祀的，正像他曾配天而受祭一样。这是否可以作为社与稷之间配偶关系的暗示呢？谷物也好，植物也好，都是大地母亲所生养的生命形态，而使地母受孕的契机又正是谷种或植物种子。于是乎，植物神谷神被联想为地母神之丈夫或配偶、情人。这种神话式的类比曾经普遍发生在初期的农耕社会之中，这正是爱神及其情人植物神的配偶神话模式得以产生的思维基础。如人类学家爱德华兹所指出：

[1] 兑之：《述社》，《东方杂志》第28卷第5期。

在古代，人与土地密切相关。土壤的生殖力似乎与人类的生殖力相联系着。因此出现了这样的信念：如果人把精子撒在土地上，那一定会有东西生长出来。这种信念在阿萨姆（Assam，印度东北地区的一个邦——引者注）和其他东方的区域都很流行。几个世纪前的旅游者们在那些国家看到，男人和男孩们站在田地里，向着新耕过的土壤撒下精子。[1]

在弗雷泽用模拟巫术的理论解释了人类两性关系与植物生长间的神话关联之后，这类看似荒诞的现象终于恢复了其原有的宗教尊严。“中美洲的帕帕尔人在地里播下种子的前四天，丈夫一律同妻子分居，目的是要保证在下种的前夜，他们能够充分地纵情恣欲。甚至有人被指定在第一批种子下土的时刻同时进行性行为。祭司责令人们在这种时刻同他们的妻子行房事，实际上是作为宗教义务来完成的。如果没有做到，播种即为非法”[2]。惯常被社会视作个人隐私而不得见天日的性行为，只因出于宗教义务方面的动机，便顿时具有了“公”的性质，成为社会动员全民的力量对大自然施加影响的一种法术方式。在人类学家眼中，此类风俗的唯一合理的解释便是，原始农人们把人类生育繁衍的原理和过程同植物世界的生长现象混而为一种共有的宇宙性法则了，他们坚信人类的“传种”活动必能对农作物的下种产生积极的法术作用。无怪乎巴比伦神话中的植物神阿都尼斯和他的配偶易士塔双双下冥府之后，世界上会出现如此愁惨暗淡的情景：

河边的绿草垂头枯萎了，娇嫩的鲜花憔悴零落了，柔和的鸟声昏沉韵绝了。牛驴牲畜不再互相依偎，雌雄的花朵不肯互相亲吻；人类男女的恋慕心

[1] 艾伦·爱德华兹（A.Edwards）：《莲花中的宝石：东方性文化历史概观》（*The Jewel in the Lotus：A Historical Survey of the Sexual Culture of the East*），伦敦，1965 年，第 48 页。

[2] 弗雷泽：《金枝》，徐育新等译，中国民间文艺出版社 1987 年版，第 207 页。

情完全熄灭，他们都是互相憎嫌，不肯接近。[1]

这个神话情节生动地说明了同类相生相感的法术世界观：所有的生命体都是同源同种的，它们彼此之间相互作用。与这种神话观相对应的是，原始农人对于农作物“种子”的认识也是具有强烈的法术色彩的，他们相信选择和维护作物种子的重要意义并不亚于选择婚姻的对象。列维-斯特劳斯曾就危地马拉印第安人的文化发表如下意见：“这一地区极其害怕农业交换：一株移植的秧苗可能会带走该植物的精灵，结果它从原产地消失了。于是人们可以交换女人，却拒绝交换种子。美拉尼西亚的情况也是这样。新几内亚东南边的多布岛的居民，被分为几个叫作素素（Susu）的母系血族。丈夫和妻子必然分属不同的素素，各自带来自己的甘薯种，分种在不同的园子里，从不混在一起。一个没有自己种子的人是倒霉的：一个女人没有种子也结不成婚，就会降格为渔婆、贼或乞丐。”[2] 在原始人看来，任何成功的种植都要依靠法术力量的实施，否则种子是不会生长的。因此，播种和收割从来都不是单纯的生产劳动行为，它们首先都是受信仰支配的仪式性行为。谷物和甘薯等作物在信仰者心目中都是拟人化的生命，它们像人一样生孩子并繁衍后代以至于无穷。

同类的信仰直到最近还可以在法国看到：中世纪时“对于糟蹋和损害麦子的女巫可判处死刑；对于默念圣诗《麦穗行》来弄空别人庄稼地以充实自己麦仓的女巫也可判处死刑”。不久前在佩里谷得的库伯雅克有一种巫术咒语，人们相信可用它来增产萝卜：“愿邻人的萝卜小如小米种，愿亲戚的萝

[1] 参看丰华瞻编译《世界神话传说选》，外国文学出版社1982年版，第46—47页；胡克（S.H.Hooke）：《中东神话学》（*Middle Eastern Mythology*），企鹅丛书1963年版，第39—41页。

[2] 列维-斯特劳斯：《野性的思维》，李幼蒸译，商务印书馆1987年版，第125—126页。

卜小如麦粒，愿我们自己的萝卜大如牛头！”[1]

从法术的意义上看，有些人类学家干脆将原始民族的农业视为人与自然界之间宗教关系的一种表现形式（agriculture is an expression of man’s religious relatedness to the universe）[2]。对于把宗教活动同日常活动相区别对待的现代人来说，他们的宗教观只是那个把每周的六天等同于世俗生活、把第七天看成宗教生活的文化传统之反映。而对于原始农民们来说，宗教却是与日常生活的细枝末节密不可分的，一年之中的所有定期活动与临时活动都被纳入完整的礼仪祭典系统之中。沃纳等学者针对玛雅人的农业生活写道：

玛雅印第安人的农业绝不仅仅是生产食物。那也是崇奉神明的一种方式。一个农人在撒种前要在田地中设坛祈祷。他一定不能在谷地里大声地讲话，因为那是某种形式的圣庙。耕种是神与人之间协作进行的事件，只有全然获得神的欢心和默许，超自然力量才会发挥作用，使大自然向人贡献出丰盛的物产。作为交换，人必须虔敬地举行传统的祭典，向神明贡上珍贵的祭品。[3]

这段描述使人想到《旧约》中规定的头生家畜必献于神的条文，以及《诗经·七月》中“言私其豵，献豜于公”的说法，并终于悟出“公”并非指奴隶主，而是公祭谷神的全民性祭典。

事实上，汉语中的“种子”这种说法本身就起源于把植物的繁殖认同为

[1] 列维-斯特劳斯：《野性的思维》第126页。

[2] 多罗西·李（Dorothy Lee）：《人类学中的宗教观》（*Religious Perspectives in Anthropology*），莱曼（A.C.Lehmann）等编：《法术、巫师与宗教——超自然现象的人类学研究》（*Magic, Witchcraft, and Religion*），美国曼菲尔德出版公司1985年版，第27页。

[3] 沃纳（Lloyd Warner）与雷德菲尔德（R.Redfield）语，转引自《法术、巫师与宗教——超自然现象的人类学研究》，第27—28页。

人类的生殖的神话类比。我们把植物的生命延续叫作“播种”或“撒种”，把人类个体生命的延续叫作“传宗接代”，这种措辞已表明了二者之间的类比关系。如果再对“稷”字作一番语源的和字形的分解剖析，对这一问题的理解将会更加深入。

“稷”字从禾从畟，前者代表人工种植的作物，这个偏旁在造字中的作用是标明意义的类别和范围；后者代表种子或阳性生殖力，这一层隐义很少被人们识破。进一层的分解不难看出，畟是两个部分组成的：田与夋，二者都是最小的意义单位。如果把这位于上部的“田”当作是表示田地或田野，那就误会了，其实它同“男”字或“鬼”（鬼）字的上半部一致，在古文中写作一个特大的头颅的形象。对此，外籍的古文字专家白川静先生已经有所暗示：

> “稷”的古字形大概就是“畟”吧！《说文》谓因农耕时其足进入土中而一步步向前进行之意，故合“田”与“人”前进之形。但是，纵有合“田”与“土”为“里”的字形构造法，字的上部很明显的像神头之形，在其下添加了向左右垂开的手足之形，其全体可作表示稷神像之形。[1]

白川静在此说对了一半，畟字上部像神头，但下边的“夋”并非垂开手足之人，而是阳性生殖力的符号。至于许慎把“畟”字解说为农耕时在田土中行进，更是失之愈远了。

另一位日本学者池田末利，在研究汉字“鬼”的由来时发现，像神头的“田”不仅用于稷和男等字，而且在一批与“鬼”的观念相关的字形中均可看到，如“畢”“醜”“異”“畏”等，这些字的取象皆源于“鬼”的原字——“皃”，上半部分的“田”形正出于“鬼大头”的传统观念，代表

[1] 白川静：《中国古代文化》（中译本），台湾文津出版社 1983 年版，第 82—83 页。

异于常人的大头颅或大骷髅。[1]池田末利的这一发现主要得之于甲骨文、金文所提供的原初造字表象，因而是有相当说服力的。借助于这种关于“鬼大头”造型的阐释，稷、畯等字所从之“田”亦为大头神头之象的推测，也就从造字规则方面得到了有力旁证。至于甲骨文中表示田地的“田”，初形为、、、、等多种，逐渐规范化和简化之后才写作“田”形。[2]而用于“男”“鬼”“峻”等字的“田”，则始终如一，没有大的变形。

与“稷”或“畟”字具有意义上的联系的一个重要字是“俊”或“朘”。前者是至高男性主神帝俊（见《山海经》等）的本名，后者则专指男性生殖器。由此不难悟出“夋”这个造字结构素所蕴含的男性（阳性）生殖力的意义。

《老子》第五十五章云：婴儿“未知牝牡之合而朘作，精之至也”。马王堆帛书《老子》作“未知牝牡之会而朘怒”。这里的“朘作”或“朘怒”均指阳具勃起。房中著作《玄女经》中说“玉茎不怒”即是旁证。

《正字通》：“男子‘势’曰‘阴’。”《唐韵》说峻或朘都是“赤子阴”。闻一多先生指出，“朘”与“脽”相通，原字只写作“隹”，就是短尾之鸟的总称。“俗正呼男阴为鸟也。《老子》以为赤子阴，则犹俗谓小儿阴曰鸡儿，曰麻雀”[3]。民俗方面的旁证可以为“脽”“朘”相通提供极为古老的背景。按照传统的食补养生理论，食用鸟类可以达到壮阳强精的效果。早在马王堆出土帛书《十问》中就有一篇题为《大成之起死食鸟精之道》，假托黄帝时养生大师名叫大成的，讲述一番以“食鸟精”治疗阳痿（起死）的诀窍，其信念之基础乃是以类相感的法术原理：“如果要多次与女子交合，就接着再增加飞鸟为食，如春天的雀卵等。还提倡食用那打鸣的公鸡，公鸡有精子（睾

[1] 池田末利：《中国祖神崇拜的原初形态——“鬼”的本义》，见《中国古代宗教史研究》，东海大学出版会，昭和五十六年，第155—198页。

[2] 参看中国科学院考古研究所编：《甲骨文编》卷一三，中华书局1965年版，第522页。

[3] 闻一多：《古典新义》，《闻一多全集》第2卷，第600页。

丸），果真能服食这些，性功能就会恢复它的生机”[1]。读到这些 2000 多年前的壮阳秘方，自然会使人想到古印度性学圣典《爱经》（*Kama Sutra*）第七卷中所开列的催欲偏方，其中照例有“麻雀卵”和“鸢”等鸟类生命。[2]而古希腊象征性欲的阿弗洛狄忒女神自己也有个形影不离的象征物——鸟或鸽子。所有这些现象似乎已经足以表明，鸟与夋作为阳性生命力的象征物，起源极古，又具有相当普遍的意义。可以确定的是，中国上古宗教中的男性至上天神帝俊，其实就是这种以鸟（夋）为象征的阳性生殖力的人格化表现，这从“俊”字从“亻”从“夋”的字形上已可一目了然。

《山海经·大荒西经》云：“帝俊生后稷。”古神话之所以把后稷说成是帝俊的儿子，其实正是由于体现于农作物方面（禾）的阳性生殖力本属于宇宙间阳性生殖力的本源和总代表——作为太阳神或天神的上帝。[3]关于他们之间的父子关系问题，前文涉及“配天”之祭规时已有所论。这里让我们先回到“畟”字本身，看看这个古义早已失传的字上下两部分之间的关联。

既然这个字的下半部分“夋”作为阳物的隐喻意义已经明了，那么它与上半部分“田”所代表的大头有什么联系呢?

原来大头与阳物之间的关系是换喻的关系。换句话说，是互为象征的关系。这种头与阳具之间的换喻关系甚至可以追溯到旧石器时代的信仰，而其流传之广，早已渗透到文化的无意识底层了。[4]举例而言，在民间故事的流传过程中，同一个故事情节会产生出一些不同的异文，而这种生成变异所遵循的逻辑规则往往就是无意识的象征类比。美国民俗学家阿兰·丹迪斯指出，民间故事中的头颅与阳具、砍头与阉割便是互为象征的关系。在关于牧兔人

[1] 马王堆帛书《十问》，宋书功语译，见《古代中国房室养生集要》，中国医药科技出版社 1991 年版，第 20 页。
[2] 瓦茨雅雅那（Vatsyayana）：《爱经》，英译本，伯克利丛书，1966 年，第 214 页。
[3] 参看叶舒宪：《英雄与太阳》，上海社会科学院出版社 1991 年版，第 212 页。
[4] 参看巴尔（W.La Barre）：《脑髓：一种关于性的石器时代的迷信》（*Muelos: A Stone Age Superstition About Sexuality*），哥伦比亚大学出版社 1984 年版。

的故事的不同异文中，国王惩罚主人公有两种方式：砍下头或削掉阳具。“情节的进展在任何异文中都是完全同步的，这就说明砍下英雄的头被认为和削掉他的阳具是并无二致的”[1]。民间故事中这种头与阳具的象征性认同关系在中国的文人创作中亦不乏其例。如李渔小说《十二楼》中的《萃雅楼》一篇第三回“权贵失便宜弃头颅而换卵，阉人图报复遗尿溺以酬涎”，仅从标题上已可看出此中消息了。所谓头颅换卵，指的是男主人公被权贵严世蕃施以宫刑，后砍下严头作为报复一事。

所谓“尿溺酬涎”，说的是主人公用仇人之头骨制成溺器，以报当初被鸡奸之仇。这又与阿兰·丹迪斯所说的吐痰与射精之间的象征类同大致对应。李渔在篇末为主人公拟诗一首，有意点明了无意识的象征对应关系：

汝割我卵，我去汝头；
以上易下，死有余羞。
汝戏我臀，我溺汝口；
以净易秽，死多遗臭。
奉劝世间人，莫施刻毒心；
刻毒后来终有报，八两机谋换一斤。[2]

以上举例虽然在时代上看略嫌晚近，但这一象征类比的根源却是由来已久的。简言之，那就是头脑为精髓的储备之源的原始信仰。古人认为构成人类生命的本质要素是“精”，“精”的产生与阳具即朘的作用有关，所以马王堆出土竹简古书《十问》又称之为“朘精”。

[1] 阿兰·丹迪斯（Alan Dundes）：《相关主题的象征类同：分析民间故事的一种方法》，中译文载《民间文艺季刊》1989年第2期。

[2] 李渔：《十二楼》，人民文学出版社1986年版，第124页。

王子巧父问于彭祖曰："人气何是为精虖（乎）？"彭祖（答）曰："人气莫如竣（朘）精。竣（朘）气宛闭，百脈生疾；竣（朘）气不成，不能繁生，故寿尽在竣（朘）。……实下闭精，气不屚（漏）泄。心制死生，孰为不败？慎守勿失，长生累世。累世安乐长寿，长寿生于蓄积。坡（彼）生之多，尚（上）察于天，下播于地，能者必神，故能刑（形）解。[1]

这一段以积蓄朘精为手段的养生秘法实已开启了后世房中理论之先河。其中特别强调了阳具产生气与精的道理，并认为"闭精少泄"将导致长寿和通神的效果。只是尚未明确由"朘"所生之精气究竟在何处"蓄积"。这一点正是房中"还精补脑"说给予明确答案的：精气沿体内脊柱上行，直至头顶。于是，人的脑袋就被确信是储藏生命和生殖能量的宝库了。这也正是阳具与头颅象征认同的信仰基础。[2]《灵枢·经脉篇》说："人始生，先成精，精成而脑髓生，骨为干，脉为营，筋为刚，肉为墙，皮肤坚而毛发长。"[3]说明了精与脑的因果关系及其对生命起源和发育的关键作用。在中国文化传统中流行至今的所谓"还精补脑"观念便由此而生发出来了。

《玉房指要》说："还精补脑之道，交接，精大动欲出者，急以左手中央二指却抑阴囊后大孔前，性事抑之，长吐气，并喙齿数十过，勿闭气也，便施其精，精亦不得出，但从玉茎复回，上入于脑也。"唐代名医孙思邈《千金要方·房中补益》也讲到了类似的原理，把"意在补脑以遣疾"看作是"房

[1] 周一谋主编：《马王堆古医书考注》，天津科学技术出版社 1990 年版，第 381—382 页。

[2] 传统中医理论还认为肾是生精藏精的器官，但肾与脑也是相通相关的。"肾藏精，生髓，脑为髓海，肾与脑相通，共主人体生理活动，也包括精的生理活动"。见王琦主编：《中医男科学》，天津科学技术出版社 1988 年版，第 10 页。

[3] 关于毛发生长与植物生长之间的类比关系，关于头发与阴毛之间的象征对应关系，参看霍尔佩克（C.R.Hallpike）《原始思维的基础》（*The Foudations of Primitive Thought*）第 4 章第 3 节，牛津大学出版社 1979 年版。

中之微旨”也。

了解到精、髓、脑三者在中国文化中的认同关系，可以说是理解中国性文化的一个重要前提。借助于人类学方面提供的视野和材料，可以看出这是一个极为古老而又普遍的迷信观念。汉学家高罗佩曾指出，中国的“还精”说与印度密教，特别是瑜伽术中的贡荼利尼极为相似。[1]但他却将这种相似归结为中国房术对印度佛教影响的产物。[2]在我看来，这其实是同一种原始迷信观念在不同文化中遗存的结果，未必是文化传播或交流的产物。理由在于，古印度人从一开始就持有关于头脑是精液储存处的类似信念，而这却是高罗佩未能详察的一个重要线索。印度神话研究方面的专家奥弗拉赫蒂写道：

> 头颅和阳具的等同并不仅仅是弗洛伊德的观察（虽然这些观察是富有启示性的）的结果，而且也来自印度的文献。这些文献中说精液被提升和储存在头部。不仅如此，我们还将看到，尸体配偶的神话也提供了实例，表明了关于性的复活的观念。按照这一观念，阉割和斩首同样意味着神话中的性活动的终结。[3]

由于大量的精气不断在头骨中积聚，所以人的寿命也随着生命力的增多而延长，乃至达到房中著述所说的“长生纍世”和“能者通神”的境界。这可真是一种一厢情愿的长寿理想，奇怪的是古人对此竟坚信不移。《太平御览》卷三六三引《春秋元命苞》说：“头者神所居，上员象天气之府也。”看来积精通神的关键部位还是头，头顶的圆形也被看成对天的模仿，以便使人的

[1] 高罗佩（R.V.Van Gulik）：《中国古代房内考》，荷兰莱顿，1974年英文版，第200页。

[2] 高罗佩：《印度和中国的房中秘术》，收入《中国古代房内考》，附录一。

[3] 奥弗拉赫蒂（W.D.O’Flaherty）：《印度神婚中力的均衡及变化》，载《女人、双性同体及其他神话动物》，芝加哥大学出版社1980年版，第84页。

生命力同宇宙的生命力——天气贯通一体。于是，中国古人构拟出了种种有关头与脑的神话。

《黄帝内经·素问》云：

头者，精明之主也。

《说文解字》云：

首，头也。頶、硕、颙、颁、䫜，大头也。颗，小头也。

《释名》云：

头，独也，处体高而独尊也。

首，始也。

《云笈七籤》云：

头上神三人，东王父也。

又云：

脑，神名觉元子，字道都，形长一寸一分，色正白。又脑户神三人，泥丸君也。[1]

[1] 引自陈元龙：《格致镜原》卷十一，见《四库全书》。

俗语云“大头有保”“大头有福”，这些说法中保存着极为古老的神话信仰的遗音。《诗经》中屡见颂美“硕人”之词，其实“硕人”最初之义似非指身长体伟，而专指“大头”人也。《说文》训“硕”为“头大也”，是其本义。金文中用为人名的情形总与“父”连称，可知专指男性之中的头大者，如“叔硕父”之名。[1]谷物之穗粒以“颗”为量词，这个字的右半边正是“人头”的会意，因为人头的计量也是以“颗”为单位的。农人最欢喜谷粒的硕壮饱满，农业神话也相应地推出象征长寿与吉祥的大头人。神农炎帝被形容为“龙首”或“牛首”，[2]盖取其大义。王充《论衡·商虫篇》亦称后稷为“神农”，其头之大已无须证明，字形便是最佳说明。围绕着后稷之头，后来也派生出种种传闻。如王符《潜夫论》有“后稷披颐”之说；《元命苞》亦云：“稷岐颐自求，是谓好农，盖象角亢，载土食谷。”注云：“面皮有土象，颐面为下部，下部为地，巧于利也。”[3]这些后出的说法无非是以谷种为主题的稷神神话演变而成的。[4]至于《淮南子·汜论训》说“后稷作稼穑，死而为稷”，好像是陷入了谷神生命循环的论证怪圈。

农业神话确信谷物之灵就住在谷物之“头”中，相应地也将人之头脑视为“神府”。于是乎，头颅越饱满也就越能表现“精”“神”即生命力之充实饱满，难怪中国传统人物画中那些仙人或老寿星们都长着奇大无比的脑袋，尤其是他们的前额，总是被超量储藏的精气挤压得膨胀凸出，好像发育成畸形的巨额怪物。

再看看印度神话中的相关现象，我们可以确信找到了透视大头寿星们脑内存储物实质的 X 光射线。《大林间奥义书》第六分第四婆罗门书第四至五

[1] 参看林洁明说，《金文诂林》卷九，第 5463 页。
[2] 参看《玉函山房辑佚书》辑《诗纬含神雾》；《史记·补三皇本纪》。
[3]《路史·后纪九上》罗苹注。
[4]《尚书·吕刑》云：“稷降播种，农殖嘉谷。”

节[1]教导男人将溢出的精液放置到两胸之间或眉心处，这两个部位被看作是传导精液上达头顶的枢纽区域。而眉心之上的前额则是精液上行的最高元府。这种观念的极致表现为印度神话人物额头正中的红点或第三只生命之眼，那正是无比强大的生命力的象征。[2]后代中国神魔小说中那能够射出电光杀人的三只眼形象，只不过是对印度神话原型的拙劣模仿而已。

值得注意的是，作为生命力之源的精液储藏于头部的观念不只是东方民族才有的，我们在古希腊可以看到大致相同的情形。希腊神话中的普塞克（Psyche）象征生命的本质或人的灵魂。在《荷马史诗》中，普塞克总是住在人头之中。“头部在古代希腊事实上被看成是人体唯一珍贵或神圣的部分，具有与整个的人相等的意义，相当于普塞克或生命原则。头部是生命或生命的位置，是普塞克的居所，精液和普塞克并存于头部。因此，点头具有神圣的意义，发誓和诅咒可以指头部为见证”[3]。其实，汉字中的“天”字，古文写作，像大头人形，也是这种头部神圣观念的产物。《说文》训天为巅，也就是人的头顶——人体唯一通天通神灵的最神圣部位。所谓“天灵盖”的说法也可为这种信念提供旁证。汉字“天”的古文字形本身就表明了“巅”即头部“具有与整个人相等的意义”。艾利亚德在《灵魂、光及种子》这篇专论中写道：

克罗多那（Crotona）和阿克米翁（Alcmaeon）认为，斯多噶的理论是种子在脑中的逻辑结果。这也就是认为种子与灵魂（Psyche）同居于一个器官中。如奥尼安所指出的，对柏拉图来说灵魂便是种子（Sperma）（见《对话录》73c），“或者干脆说是在种子之中，这种子包裹在头盖骨和脊椎骨中……它

[1] 不幸的是，这两节在中译本中被删节了，参看《五十奥义书》，第665页。
[2] 奥弗拉赫蒂：《性体液在吠陀及吠陀以后的印度》，载《女人、双性同体及其他神话动物》，第45—46页。
[3] 奥尼安（R.B.Onians）：《欧洲思想的起源》，剑桥，1954年，第95—122页。

通过生殖器进行呼吸……种子本身就是呼吸或具有呼吸，而生殖活动本身就是这样的呼吸。这对亚里士多德是很明白的事。[1]

关于人的种（精）子与灵魂相互关联的思想在中国传统中同样流行。《汉武内传》中的真元之母便曾告诫汉武帝说：“淫则使精漏而魂疲，是故精竭而魂消。”中国的通俗小说中一再写到因纵欲而“魂消”亡身的例子，可谓是这一观念的派生情节模式。像《如意君传》和《金瓶梅》之类性小说所描写的男主人公“髓竭而亡”的命运，完全可以用古希腊的相关理论来阐释：“不论精液是来自整个肌体，或源于灵与肉融成一体的地方，还是来自于漫长的体内食物加工处理过程，排泄精液的性行为都令生命付出了昂贵的代价。”[2]所有这些出自各个不同国家、民族的跨文化材料，似乎都指向一种人类共有的观念与思想，那便是基于原始信仰的有关头颅与阳物、脑髓与精液相互认同并且成为灵魂——生命之住所或载体的迷信。

美国学者拉·巴尔于20世纪80年代中发表的研究报告对上述迷信做了人类学的考察，指出它在世界上大多数文化中的各种表现，并将其根源上溯至旧石器时代人类的骨骸崇拜（the bone cult）。在距今10万年前的欧洲尼安德特人和稍晚的亚洲猿人遗址中，都发现有头骨崇拜的迹象。当时的猎人们不仅把猎物如熊的巨大头骸安放在石祭坛上，还有收集和陈列人头骸的风习。巴尔推论说：“如果骨骸是生命的构架，那么一定是储于骨中的像精液一般的骨髓被认作是精液的源头了。由于头骨之中储存的髓状物最多最充分（即脑髓），因而也被认作是生命力或精液的主要所在。意识和生命具有同样一种物质载体（脑髓），因而也来源于同一位置。”[3]

---

[1] 艾利亚德：《神秘主义、巫术与文化风尚》，芝加哥大学出版社1976年版，第110页。
[2] 福柯：《性欲史》第2卷《快感的享用》，赫尔雷英译本，海盗出版公司1986年版，第132—133页。
[3] 巴尔：《脑髓：一种关于性的石器时代的迷信》，哥伦比亚大学出版社1984年版，第3页。

这种极为原始的迷信万年不变地留传下来，经过新石器时代的农业社会，又与谷物生命的神话观念相结合，成为文明社会意识形态中根深蒂固的成分。像雅典娜女神从宙斯的头脑中生出来这样的神话，典型地反映着史前迷信的巨大影响力和能产性。甚至在文艺复兴时期的大师达·芬奇的一幅草图中，精液与大脑相通的观念依然清晰可见[1]：一条管道从男性生殖器经过脊柱直达头顶。熟悉中医理论的人看到此图自然会想到房中术的“还精补脑”说，从而将此种神秘的性学理论的发明权交还给旧石器时代的祖先——是山顶洞人，还是北京猿人？

为了破解稷神的信仰内蕴及其拟人类比的发生基础，我们似乎绕得稍远了一些。不过，也只有在上述背景材料的佐证下，畟字的结构之谜才能得到有效的解释。现在看来，田与夋的组合逻辑不用旁求，就在于头脑与朘精的内在联系上。代表大头的“田”既符合谷穗高高在上有如人头的空间位置，又可通过脑髓与种子的互喻关系，表明谷穗颗粒作为谷种谷灵的生命再造功能。而下部的“夋”既代表产生和传导精气使之上达谷穗的“茎”，同时又作为“玉茎”的隐喻，与古老的朘精观念相吻合。这样，“畟”作为阳性生命力的符号，再加上标明类属偏旁“禾”，一个象征谷灵即谷神的“稷”字就这样被神话思维创制出来了。这个男性的植物之神从诞生之日起，就与他赖以生长的地母神有着不解之缘，他们二者的配偶作用关系，正是使稷神像塔穆斯、阿都尼斯一样获致死而复生的永久生命力之源。

代表基督教的死而复活观念的耶稣曾宣称：

> 我是复活，我是生命，信我的人，虽然死了，也必复活。[2]

[1] 见《脑髓：一种关于性的石器时代的迷信》卷首。

[2]《圣经·新约·约翰福音》，第 11 章，第 25 节。

中国的谷神稷虽然没有留下任何有关生命复活的教义，但这个概念本身却已在不言之中昭示了生命在死而复活的循环中达到永恒的奥秘。类似的农业宗教的神话观出自耶稣之口时，人们很容易识别这位救世主本人也像稷一样，是以农作物的生与死之循环过程为其原型表象的。《约翰福音》又记耶稣的教训说：

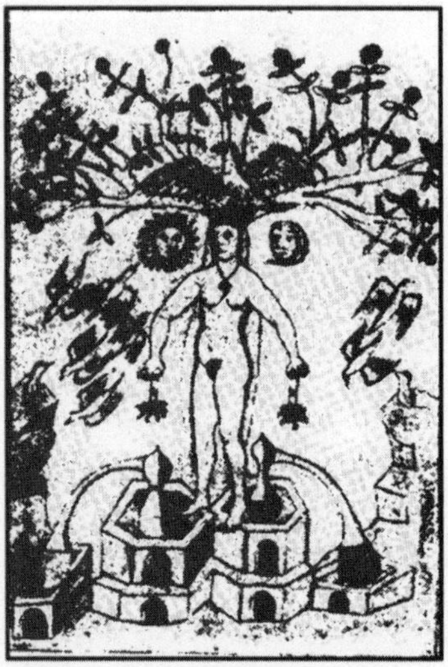

图 24 表达复生主题的炼丹之树（16 世纪瑞士的一幅草图）

我实实在在地告诉你们，一粒麦子如果不落在地里死了，仍是一粒；若是死了，就会结出许多麦子来。爱惜这世上的生命，必会失去生命；恨恶自己在这世上的生命，才能保存生命，直到永生。[1]

透彻领会了基督的这一教训，再回过来重读中国古书上关于后稷葬处“百谷自生”“凤鸟自舞”和“其人死复苏”的种种怪异说法，也许就会见惯而不怪了。不仅如此，有可能还会对农耕神话经验在人类意识形态中留下的永久反响肃然起敬。

六、“畯”的破解：身首分离神话观

与稷神信仰密切相关的汉字不仅仅是“畟”，同时还有一个同样神秘而未得确解的“畯”。由于我们对“畟”已有了较透彻的字形字义解析，再转

[1]《圣经·新约·约翰福音》，第 12 章，第 24—25 节。

而求解“畯”之本义就容易多了。因为在某种意义上可以将“畯”视为“畟”的异体表现：差别仅在于大头（田）搬了家换了位，又在掉头处附加上了阳性符号“厶”而已。

“畯”字的传统解释是田官或农夫。这同“畟”被误解作在田中行进一样，是对字形所蕴含的神话原型完全不能理解后的理性化产物。白川静说，畯的本义应为农神，这就为破解“畯”的奥义迈进了一步。

以田畯为管理员的解释或许是因在《诗经·豳风·七月》有“田畯至喜”一句的缘故。此句虽可释作“农业管理员亲临现场检查而感到喜悦满足”之意，但“喜”字应读作“饎”，意谓“田神来享农耕开始的祭品”，故田畯并非管理员，而是田神这个东西。[1]

其实这里的田神就是谷神，畯也就是畟或稷。白川静虽然摆脱了畯字解诂的窠臼，但又把夋说为耜之拟人化，未免偏离了本义。说到稷神的起源，文献中所见的材料只承认周弃为周期的稷神，商代以上不甚了了。我想若不仅仅拘泥于文献材料的话，稷神的原型表象可以一直上溯到连云港将军崖岩画中所见的“大头禾人”吧。在那些原始的谷神造型中，我们不仅可以看到头颅高耸，顶天立地的“稷”，甚至还分明看到了大头旁落、身首异处的“畯”[2]。

20 世纪 80 年代初发表的关于连云港将军崖岩画的图片中最引人注目的是突出表现大头人与禾苗主题的 A_3 画面[3]：

[1] 白川静：《中国古代文化》（中译本），第 82—83 页。

[2] “畯”字在甲骨文中的写法已经定型，即代表头的“田”在左侧，右侧为一跪状之人，或无头，或头部呈谷穗断残之形。参看中国科学院考古研究所编：《甲骨文编》卷一三·九，中华书局 1965 年版，第 523 页。

[3]《文物》1981 年第 7 期。

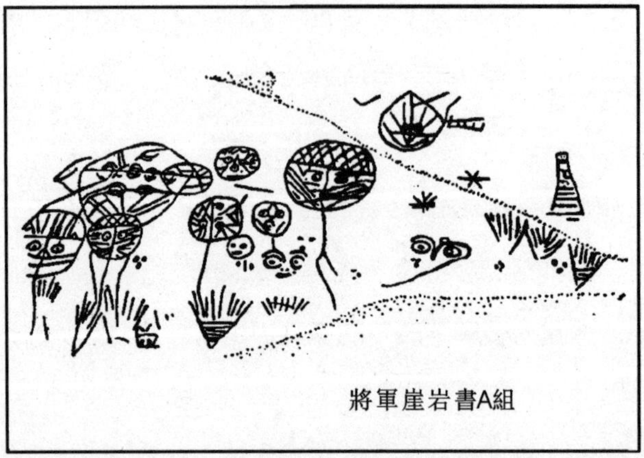

图 25 江苏连云港将军崖岩画“大头禾人”图

俞伟超先生认为这里的大头人是农神象征，他分析说：“西边一组的头像下普遍刻以禾苗和谷穗，似又暗示出这种头象同某种农作物的联系。这岂不很像是某种农神的象征物吗？”[1] 俞先生还把这些祭农神的岩画所在地称为“东夷社祀遗迹”，这对于追索社与稷作为配偶神的原始关系是不无启示的。画面中那些长着特大头颅的禾人形象不正是稷的原型吗？许慎在《说文》中举出的稷字右半边的古写法作[illegible]，其实也正是这样一种大头人的直观表象。不同处在于岩画中的大头人刻画出了面部特征，尤其是头顶前额部位用 X 光透视法表现了头骨内藏的生命物质的胀满状态，那恰是种子——谷灵的所在；而古文字为了简略起见，略去了大头人的面部描绘，只用一个十字符号标明头内蕴藏的生命种子。萧兵先生认为，岩画中的大头人形象是“太阳人”的象征。他写道：“‘稷’字最初未见得就从‘田’，那‘十’字纹样可能表示此神头面以‘割痕’为饰；将军崖岩画的‘大头人’面部、头部都有复杂的‘割纹’，拉拉碴碴的胡须可能是在模拟禾穗，跟西方古代描绘农神、谷神的办法暗合。那也可能是一种面具。前面说，‘禾中人’可能是冠日的东

[1] 俞传超：《连云港将军崖东夷社祀遗迹与孔望山东汉佛教摩崖造像》，江苏省《文博通讯》第 24 期，南京博物院，1980 年。

图 26　植物女神与大头日盘
（公元前 6 世纪埃及青铜器）

方太阳氏族的代表性成员，这跟他的庄稼神身份毫不抵触，因为他正可以兼为东方太阳族的稷神、自然神。而太阳神也往往被祀为农业神。台湾同胞阿美族太阳神（taidalu）正是司谷物之神，在他们的祖庙柱上也刻有太阳的图形。”[1] 这一推断大致不错，其神话思维的依据似乎是，太阳神（天神）和谷神作为宇宙阳性生殖力的两种代表，均能使地母受孕和生产，因而二者均可作为大地母亲的男性配偶。标志太阳神的十字符号之所以出现在大头禾人的头部，并且照例出现在稷与畯二字的大头表象之中，都不是偶然的现象。

《性神话》一书的作者罗科曾把十字符号作为性崇拜的普遍象征，称之为“阳性十字”（the Masculine Cross），其生殖与再生的意义在各大文明初期均有所表现，自埃及到印度、希伯来至中国，可见是国际通用的。[2]

图 27　阿兹忒克文化中的地母神考特丽科像

关于将军崖岩画的解释中还有另外一个被忽略的问题：学者们虽然倾向于把将军崖岩画中的大头人视为农神、谷神，但似乎均未说明为什么画面上有的大头人身首完整，有的却身首异处呢？ A_3 画面右上方有一大头人横卧形象，中央上方又有一颗大头脱离了身体，似乎是被斩首后的形象。从谷灵的生命再生产过程着眼，这一现象就不难理解了。

[1] 萧兵：《连云港将军崖岩画的民俗神话学研究》，《黑马——中国民俗神话学文集》，台湾时报文化企业有限公司 1991 年版，第 258 页。

[2] 罗科（Sha Rocco）：《性神话》（*Sex Mythology*），伦敦，1898 年，第 5—10 页。

农耕神话把谷物生命类比为人的生命，成熟的谷穗高高在上，自然被认为是谷物之大头，穗落后谷粒化为种子重新繁衍，这正是大头谷灵一年一度断首再生的必要过程。谷种神奇的繁殖再生能力，也许正是神话思维关注的一个焦点，以此为准才类推到人头上，认为那也是储备种子（精子）、再造生命的起点。我想由此不难找到世界各文化中普遍出现的头脑换喻生殖器的神话依据。人类将从农耕经验中观察和总结出的谷物生命循环规则反过来用在人类自己身上，于是有了后人难以理解的断头祭典和断头神话，派生出象刑天和夏耕之尸这样的无头形象，甚至在文字体系中也相应地出现了两种谷神表象，那就是前面提到的身首完整的“稷”和断头之后的“畯”。现在看来，将军崖岩画中的两类大头人——身首完好的和身首异处的，正分别对应着“稷”和“畯”，反映着同质的谷灵在生命循环的不同程序中的形态。

用纯理性的眼光去看而不得其解的身首异处的神话观念，若从神话生命观——以农耕作物之死为新生开始——出发，则显得合情合理了。南美阿兹忒克农业文化中的地母神考特丽科（Coatlicue）的造像很能说明问题[1]。

神话学家洛瑞在引用了这位母神造像后做了如下说明：她自己的面孔便是一大骷髅，这一形象强调着只有死亡才使生命的延续成为可能。[2] 我们在这可怖的女神像面前似乎又一次听到了耶稣基督关于麦种之死即复生的伟大教训。

既然麦子的“头”以及其他谷类作物的“头”只有同其枝干分家后才能开始复生的旅程，谷类种植者们受此启发而构想出的人头离体的观念，当然也是以死的形式来表达的生命延续和更新了。即使在此种农业神话观随着文明和理性的进展而变得朦胧暗淡的后代，身首异处所表达的生命原型依然会

[1] 见纽曼（E.Neumann）：《原母神：一个原型的分析》，曼海姆英译本，普林斯顿大学出版社 1955 年版。

[2] 洛瑞（S.P.Lowry）：《熟知的神秘：神话中的真理》（*Familiar Mysteries: The Truth in Myth*），牛津大学出版社 1982 年版，第 220 页。

置换出农业文化中的种种变体故事和母题。《晋书》载吴戍将邓喜故事便是一例："邓喜杀猪祠神，治毕悬之，忽见一人头往食肉。喜引弓射中之，咋咋作声，绕屋三日，近赤祥也。"离体之人头可以有生命，离头之躯体也同样可独自存活。段成式《酉阳杂俎》中有这样的奇闻：

吴大帝孙权伐闽婆，献一美姬。每梳洗则不令人见。大帝伺其临妆，密遣人窥。见姬置头于膝上，用手梳发。因惊询之，即以头属颈如故。自言飞头国人也。[1]

从割谷穗的农业神话观到飞头国的传说，虽表面上差异甚巨，但其信仰根源却是一致的。正因为这样，飞头故事中涉及阳物母题也就不足为奇了。晋时干宝《搜神记》中便有此例：

秦时，南方有落头民，其头能飞。其种人部有祭祀，号曰"虫落"，故因取名焉。吴时，将军朱恒得一婢，每夜卧后，头辄飞去，或从狗宝，或从天窗中出入，以耳为翼。将晓复还。数数如此，傍人怪之。夜中照视，唯有身无头。其体微冷，气息裁属。乃蒙之以被。至晓头还，礙被，不得安，两三度堕地，噫咤甚愁，体气甚急，状若将死。乃去被，头复起，傅颈。有顷和平。恒以为大怪，畏不敢畜，乃放遣之。既而详之，乃知天性也。[2]

这则故事生动地说明，人类把自己的生命投射到谷物，幻化出谷头离体的神话观；神话观又反馈过来——把谷物天性类比到人身上，于是有了飞头人的"天性"，这倒是应验了人谷交感的信念。故事中人头飞离时"或从狗宝"

[1] 段成式：《酉阳杂俎》。
[2] 干宝：《搜神记》卷十二，人民文学出版社 1985 年版，第 151—152 页。

这一细节亦不容忽视，它暗示的正是那头与阳物间的换喻关系。在了解到巴布亚土著入社仪式中男孩把割下的头颅放在下体触及睾丸的场面以后，飞头从狗宝的母题也就不被误认为是可有可无的闲笔了。

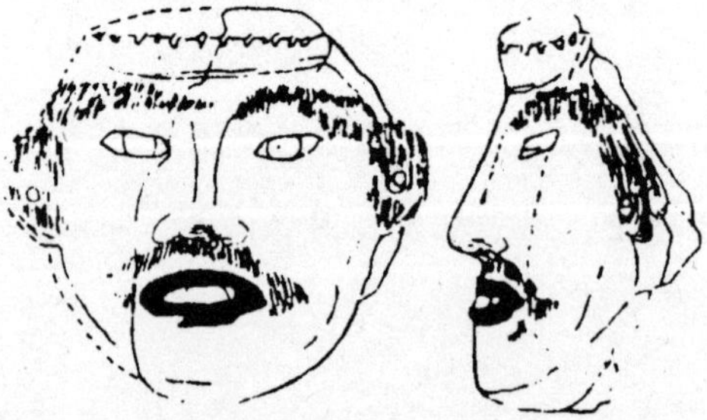

图28　陕西宝鸡北首岭新石器遗址出土陶塑人头像

身首分离的农业神话观在中国上古置换出的最著名的作品也许要算刑天故事。故事主人公又叫形天或形夭。这一形象一直被奉为一位断头后仍坚持反抗斗争的英雄。《山海经·海外西经》所记形天事迹是：

形天与帝至此争神，帝断其首，葬之常羊之山。乃以乳为目，以脐为口，操干戚以舞。

这个记载到了《淮南子·地形训》中只简化成了一句话：

西方有形残之尸。

高诱注引出的传说与《山海经》所记略有出入："形残之尸，于是以两乳为目，腹脐为口，操干戚以舞。天神断其手后，天帝断其首也。"两种记载都突出了形天被帝斩断首级的残酷情节，以及无头的躯体操干戚以舞的顽强景象。难怪自从陶渊明在《读山海经》诗中赞赏这位无头英雄"猛志固长在”，历代文人大都随声附和。然而，如果不是用后人过于政治化的眼光，而是用神话思维的眼光去看的话，我们自然不必过于拘泥关于形天“与帝争神”的表层叙述，却能透过这种政治化的表层叙述窥见谷神断首的原始农耕礼仪真相。

弗雷泽曾把西亚和希腊哀悼阿都尼斯的礼仪活动解释为谷神祭，他说：“有理由认为在早先时代中阿都尼斯有时显现为一个活人，他扮演因暴力而死的神的角色。进一步说，有证据表明在地中海东部的农业民族中，谷物精灵，不论人们叫他什么名字，总是年复一年地由被杀死在田地中的人类牺牲者来代表的。果真如此的话，很可能向谷物精灵的赎罪同对死者的崇拜在一定程度上融合了。因为这些牺牲者的灵魂被想象为能在他们的血所浇灌的土地上重获生命，并在谷物收割之际去死第二次。”[1]这种以活人充当谷神并在田地中杀头的野蛮祭俗在世界各地的农耕文化中分布甚广，并不限于一时一地。它的发生显然基于如下神话类比：谷物之头（穗）与人头一样，是种子所在、繁殖之源。因此，有些地方是以最先割下的谷穗充当谷神，加以祭祀的。古埃及人在开镰收割之际要集体哀哭，他们认为谷灵就住在头一把割下的谷子里。马来半岛人和爪哇人把头一把稻谷视为稻米的魂魄，称之为稻米新娘新郎。俄罗斯有些地方把头一把谷子和最后一把谷子敬若神明，放在室中圣像旁边最尊贵之处，然后再将其中一些谷粒拌在来年的种子里。

图 29　陕西南郑县龙岗寺新石器时期人面陶壶

可怕的是，一旦类比原理发生作用，头一把

[1] 弗雷泽：《阿都尼斯的神话与仪式》，中译文见叶舒宪《神话—原型批评》，陕西师范大学出版社 1987 年版，第 65—66 页。

收割的谷子便要用被割下的人头和尸体去代替了。人的生命力和作物的生命力就这样被看成是交互感应、相互作用的。人类学家收集到的各地“杀死谷精”的做法虽然千差万别，但潜伏在这种仪式行为背后的神话信仰却是基本一致的。弗里吉亚地方流传一首题为《里提尔西斯》的悼谷灵之歌，关于歌中主人公还有相应的神话传说：里提尔西斯是弗里吉亚王米达斯的私生子。他是割谷能手，也是割头专家。他要是碰上偶然走进谷田的陌生人，便给他吃饱喝足，然后引到米安德河旁的谷田里，强迫陌生人和他一起割谷。最后他总把陌生人包在谷捆中，用镰刀砍掉头颅，将无头之尸包好带走。但是后来大英雄赫拉克勒斯来了，和里提尔西斯一起收割，也照样用镰刀割掉了里提尔西斯的头，把无头尸体扔进河里。[1]

与刑天断首的神话相比，这个传说突出表现了割头与割谷之间的对应关系，更明确地显示了断头神话同割头以祭的农耕礼仪之间的渊源关系。这个传说的另一个后起异本把主人公说成是同他人竞赛割谷的竞争者，输给他的人均受他鞭打，但有一次碰到一个更强的对手，结果自己被杀了。这个异本中增加的竞争母题自然使人想到形天与帝争位的情节，由此可以推知《山海经》所记形天神话并非原本，而是被加以政治化改造增饰的后起故事。形天的原始身份当为与农耕祭祀密切相关的谷神或谷物精灵。与里提尔西斯被杀的传说一样，形天神话也是以割谷神之头的农耕礼仪为其原型的。其实，即使没有和天帝竞争的事件发生，形天也还是必然要断头的，这是由他的身份所决定的，正像谷穗必然要被割掉那样。这种必然性甚至早已由他的名字暗示出来了。形天又称形夭[2]，取其“形体夭残”之义；又称刑天[3]，而“刑”与“形”二字自古通用，[4]“刑”字本身就有断头之义。《说文》：“刑，刭也。”段注：“刑

[1] 参看弗雷泽：《金枝》（中译本），中国民间文艺出版社 1987 年版，第 616 页。
[2] 段成式：《酉阳杂俎》；《太平御览》卷三七一、五七四。
[3] 鲁迅：《古小说钩沉》引《玄中记》。
[4] 见《荀子·强国》“刑范正”句注。

者，到颈也，横绝之也，此字本义少用。俗字乃用刑为荆罚、典荆、仪荆字。”说得再通俗些，刑字本义就是从脖颈处横切割头。这可真是刑天谷神与生俱来的宿命！

需要附带说明的是，由于割头与阉割之间的象征互换关系，被阉的宫人也可以称作“刑者”[1]。如《淮南子・说林训》：“刑者多寿，心无累也。”注云：“刑者，宫人也，无情欲之累，精神不耗，故多寿也。”看来，“精神不耗”的阉人同“还精补脑”的正常人都同样可以安享长寿之福，这可真是殊途同归，各尽所能了。

形天神话与农耕祭祀的另一个相关之点是由断头英雄葬身之处暗示出来的。所谓“常羊之山”，按照《宋书・符瑞志》所说，正是炎帝神农的降生之处。而《路史・后纪三》更把邢天（形天）说成神农的下属之神了：

（神农）乃命邢天作《扶犁》之乐，制《丰年》之咏，以荐釐来，是曰《下谋》。

袁珂先生根据以上两点线索，断定“刑天神话必与炎帝神话有相当联系”[2]。不过在确定这种联系的性质时，袁先生未能从炎帝与农耕文化的相关性着眼，却推测刑天是为败于黄帝的炎帝去报仇的英勇斗士。现在我们结合杀谷神为祭的农耕礼仪，似可恢复形天作为断头谷神的本来面目。而《山海经・大荒西经》所记另一位断头英雄的事迹亦可作如是观：

有人无首，操戈盾立，名曰夏耕之尸。

[1]《左传》中的寺人自称为“刑臣”之例，参看本书第三章第五节。
[2] 袁珂：《古神话选释》，人民文学出版社 1979 年版，第 145 页。

正像形天作《扶犁》之乐那样，夏耕的名字也透露了他与农耕的内在联系。如果有人要问为什么这些与农事相关的神灵都被割去了头颅，那么还是最好从猎头祭谷的现实礼俗中去寻找答案。

七、颂仪原始：猎头与祭首

“頌”字从“公”从“頁”会意，这二字均很重要，对于全面破解“颂”的本义，可以说缺一不可。关于“公”概念的宗教发生，已如前论，现在再来看“頁”字。许慎《说文》释“颂”为“皃”，已非其本义，但他释此“頁”字却非常宝贵地保留了字形表象的原始意义：

图30　陕西扶风出土新石器陶塑人头像

> 頁，头也。从百从儿，古文䭫首如此。凡頁之属皆从頁，百者䭫首字也。[1]

䭫首即稽首，俗称磕头是也。许氏认为“頁”字像人磕头之状，不很精确，但训“頁”为“头”则完全符合这个字的造字取象。我们可以说“凡页之属”的字都与人头有关，是大致不错的。清代说文学家段玉裁和朱骏声皆据许慎“䭫首”说解释该字字形，似乎是以讹传讹。甲金文大量出世后改变了这种情形。林义光说：“古䭫首字彝器屡见，皆作首，不作頁，頁偏旁所用，亦以头为义。”[2]

[1]《说文解字》九上頁部；朱骏声《说文通训定声》孚部第六云：“按此古文百字，从人象形，古凡作䭫首之首作此頁也。段氏订頁为䭫字，大误。”

[2] 林义光：《文源》，转引自周法高主编《金文诂林》卷九，香港中文大学出版社1975年版，第5455页。

林洁明和李孝定等人则认为頁与首完全是同一字的异写法，皆以人头为造字表象：

古文頁、百、首当为一字。頁像头及身，百但像头，首像头及其上发，小异耳。[1]

牢牢把握住“颂”与人头之间的会意关联，对此类以人头为祭的现象也就不难考究了。沈兼士先生早已从语源方面确认：“祭”字本来就是杀的意思[2]，杀人祭其首，当然是顺理成章的了。

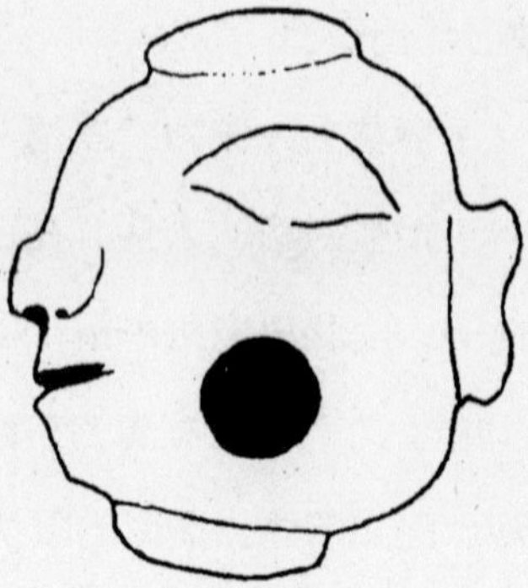

图 31 陕西神木县龙山文化出土玉雕人头像

日本汉学家高田忠周对“容为颂之假借”做了进一步说明，认为“颂”是“容”之本字，颂之借为容，实际上当为“額”字之省文。[3]此说不无道理。《集韵》：“颂，籀作額。”籀文額字省作容，失去了象征人头的“頁”，又加上毛公以下多用“形容”释“颂”，遂使颂仪本相湮没不闻。其实“額”字造字取象十分明确，表示人头作为“盛德”之容器也！《说文》七下宀部说得明白：“容，盛也。”盛字既有旺盛、盛大之义，又有盛器、容纳之义。祭坛之上的祭头，不论形式为骷髅还是斯头，其象征意义均为谷灵——阳性生殖力之储容器，盖无可怀疑。从这一角度重新看待《毛诗序》对“颂”的解释——美盛德之形容，将会有不同以往的发现。在这方面，主张颂为持瓮舞的周策纵先生已说对了一半：“原来这‘盛德’之德，固然可以解作道德或德性，但其较早的意义，似乎更具体。德字所从之直……可能

[1] 李孝定：《甲骨文字集释》卷九，第 2837 页。
[2] 沈兼士：《帑、殺、祭古语同原考》，《沈兼士学术论文集》，中华书局 1986 年版，第 212—225 页。
[3] 高田忠周：《古籀篇》卷四十五，转引自《金文诂林》卷九，第 5458 页。

像种子的发芽，所以古时这字既有徽循之意，而更常有生殖潜力的含义，从植、殖、值诸字还可见到一些端倪。德字早期即表示这种繁殖的潜能，《韩非子·解老篇》：‘德也者，人所以建生也。’可能还保存这初义。”[1]按照这一理解，美盛德之形容，被解作“赞美丰盛的所得或收获的舞容器”，这就是所谓“颂”。[2]在此，只需进一步把作为生殖力之容器的“瓮”还原为“头”，颂之本相也就大白于天下了。

事实上，作为“盛德”即阳性生殖力之容器的，绝非什么瓮，而正是与谷头相互为喻的人头。在民俗和神话中，以人头为容器的母题可以说是世界性的。由此出发去理解“颂”与“容”或“額”的通假现象，将使训诂家们纠缠了几千年未搞清的东西顿时现回原形。中医理论中以脑为精髓之储器的观点已如前述，类似的以头为“神所居”之府的观点，我们也已屡见不鲜。[3]印度神话干脆把头说成生命力 Sakti 的容器，并认为人所吃的食物转化为精后存储于头部。这自然使人想到中国食谱中的“馒头”，相传其起源正是作为人头的替代物。[4]与印度人同源的古伊朗人也信仰生命的本源力量为阳性，名叫“斯瓦列纳”，这种生殖液可以通过仪式性地饮用豪摩酒（相当于《吠陀》之苏摩汁）而为个人所获得。而其总源头却藏在神主的头中，从前额喷出时会发出耀眼的光辉。[5]从这种生殖力与光的对应现象入手，再看郑玄对“颂”的说明，才不会舍本逐末吧：“颂之言容，天子之德，光被四表，格于上下，无不复焘，无不持载，此之谓容，于是和乐兴焉，颂声乃作。”

由于去古太远，书缺有间，“颂”作为祭首大典的实况早已淹没不闻。只有借助人类学的视野才可充分证明人头作为生殖力容器的信念。让我从云

[1] 周策纵：《古巫医与六诗考》，台北联经出版公司 1986 年版，第 273、274 页。
[2] 周策纵：《古巫医与六诗考》，台北联经出版公司 1986 年版，第 273、274 页。
[3] 参看艾利亚德《宗教思想史》（*A History of Religious Ideas*）第1卷，芝加哥大学出版社 1978 年版，第 34 页。
[4] 参看（清）沈自南：《艺林汇考·饮食篇》卷三，中华书局 1988 年版。
[5] 参看叶舒宪：《〈阿维斯塔〉中的光明崇拜意象群》，《东方丛刊》1992 年第 1 辑。

南佤族开始作一跨文化的巡礼吧。直到 20 世纪 40 年代，在西盟县和沧源县部分佤族地区依然可以看到以猎头血祭为中心的农耕礼仪。

每年春耕播种时节，佤族各部落要举行以猎头、接头、祭头和送头为主要程式的祭谷神活动。被充当谷神替身的活人总是属于敌对的部落，因而猎头祭谷同血族复仇联系在一起。

猎到的人头先放于专设在木鼓房下的人头桩上，由头人代表大家对猎到的人头祈求，求其保佑村寨安全和庄稼丰收。然后在人头上放些火灰，让火灰同人头血融合后落到地上，每家分一点，等播种时同谷种一同撒到地里。[1]

在这种分享神头之血的可怕祭俗中分明可以看到“公祭”的本来面目，就连人头与谷种之间的生命力感应关系也还是清晰可见。凌纯声先生作为较早对祭头习俗进行实地考察的人类学家，对祭礼做过更为详细的描述：

人头在木鼓上祭供三日；祭期已过，巫师用竹竿一根，长约两公尺，一端劈破成数条，撑开如一罩，作头骨架子，将人头嵌置其中，外以稻草包扎之，插植在鼓亭之旁。人头在头骨架上，日晒雨淋，经若干时日，逐渐腐烂而有血水下滴于地。时至旱谷苗长尺余，巫师挖取头骨架下泥土，分成若干小块，分送寨中每家一块，各家收到血土再和以泥土，洒在自家旱谷地内，据说一经洒上血土，谷苗即欣欣向荣。[2]

把以上两种记述略加对照，不难看出其大同小异之处。共同之处是，祭头典礼都是以促进谷物生产为直接目的，这种风俗本身与佤族人耕种谷物的

[1] 宋恩常：《佤族原始宗教窥探》，《中国少数民族宗教初编》，云南人民出版社 1985 年版，第 184 页。
[2] 凌纯声：《云南卡瓦族与台湾高山族的猎首祭》，台湾大学《考古人类学刊》第 2 期，1953 年。

农业生产生活方式完全交融在一起了。所不同之处是，前一记载说取用祭头之血所浸染之灰土同谷种一起撒到田地里，显然其祭期是在播种时节。后一记载说用祭头之血浸染之土分送各家，时在“旱谷苗长尺余”之际，当与播种期相距数月。在这个次要的差异背后，祭头之血似乎都行使着一种具有法术力量的特殊肥料的作用。一颗人头中所滴出的血被大量的土混合后分给全寨各家各户，再由每家分别撒向自己的田地，这怎么会有惊人的肥力，保证各地的“谷苗欣欣向荣”呢？

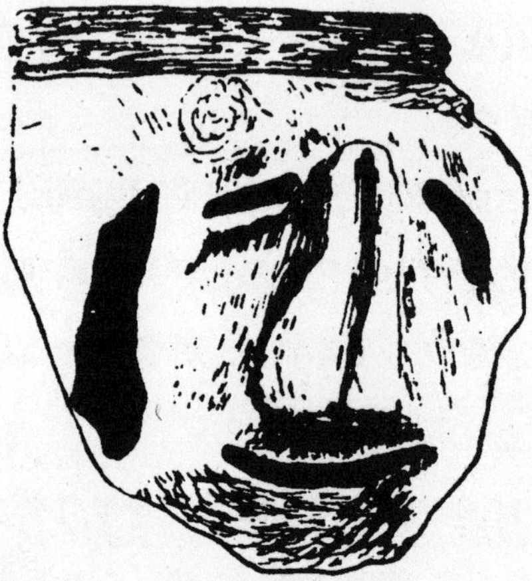

图 32　陕西扶风姜西村出土人面半浮雕陶片

对这种既野蛮又愚昧的猎头祭谷礼俗，今人确难解其奥。只有从人头与谷种之间阳性生殖力的神话联系出发，才能对此做出溯源求本的合理阐释吧。西盟佤族人对他们过去流行的猎头祭俗的解说是，因为某年谷种不出，所以割人头献给神灵木依吉，请他保佑丰收[1]。在这种略嫌转了弯的解说中，还分明保留着人头与谷种繁育之间的生命感应关系。说穿了，谷种能长出与否，除了地母特有的孕育力之外，主要取决于地母配偶——谷神的阳性

[1] 云南民族调查组：《云南西盟大马散佤族社会调查报告》，1956 年，第 133 页。

生殖力的强弱。谷种不出或生长不旺，显然会被归因于谷种生殖力过弱，不足以使地母正常受孕。在这种情况下借用储备阳性生殖力最丰富的人头来充当谷神之头，毫无疑问旨在促进和加强谷种的生殖力，这乃是作物丰收的基本保证。

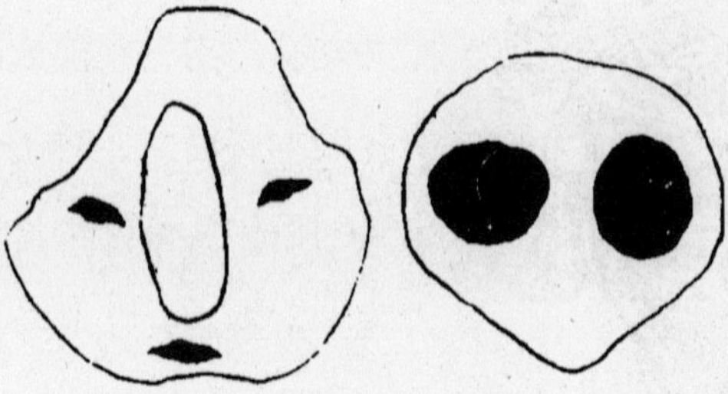

图 33　陕西华县柳子镇出土史前陶塑人头与鸟头

外域某些原始民族中与猎头祭俗相应的口传神话，可以为上述推测性阐释提供确凿的旁证。正像人类学大师马林诺夫斯基所论述的，现存原始民族的口传神话正是为既定的宗教制度和社会习俗提供解释和证明的活标本。下面就是南太平洋群岛中婆罗洲的萨剌瓦克人追溯他们猎头祭俗起源的一个神话：

古时候人们并不知道割头祭的存在。一只青蛙对人们说，你们真是愚蠢呀！你们征战杀伐，只知道用战败者的头发做装饰，却不知道人头的神效。如果你们砍下对方的头带回去，不仅能确保丰收，还会免去疾病和各种痛苦呢。看来你们是不会割头吧，让我来教你们。青蛙说罢便捉起一只小青蛙，把它的头割掉了。人们对这件事并不注意，只有一位长者反复思虑青蛙的话和示范。夜间他得一梦，梦见田野中的谷物长出了沉甸甸的谷穗，此外还看到一大堆别的食物。他把梦讲给人们听，劝人们作战胜利后，割些人头带回去。后来这些人果然战胜了敌人，那位长者割下三个人头放在他的篮子里，回家途中便出现了奇迹：他们行走的速度大大加快了；他们走过的田地里谷物眼看着长高，并且突然间长出谷穗。回村后受到热烈欢迎，连病弱者都立刻强健起来。人们把人头悬挂起来，在下燃起火焰，使头温暖。从此心中快乐，终于悟出青蛙话中的神圣教益。[1]

图 34 西藏骷髅头兽形面具

这个猎头起源的神话非常逼真地再现了原始信仰中人头与谷头（穗）之间的生命力交感作用，在很大程度上保留着人头崇拜的本来意义，对于破解中外古今各种猎头习俗和头骨崇拜提供了有益的启示。人类学家看到，在现今仍然流行猎头习俗的部落社会中，人们对人头的看法已经发生了很大变化，人头作为阳性生殖力之源的原初意义被另外一些较笼统含混的价值所遮蔽或代替。例如在上引神话的故乡婆罗洲，土著人“猎取人头的主要动机之一是在取悦女人，这是少有疑义的”。获取人头成了获得身价和声望的前提：“妇女们对于曾经取得人头的男子汉所感觉到的得意，不限于这些婆罗洲人；从前在托列斯海峡的西方部落当中，一个已经取得头盖的青年男子，将立刻会从一个合格的年轻妇女接受到一种结婚的提议。”[2] 又如在新几内亚，割头的动机或是作为战利品，或用于成年礼，或作为纯粹的装饰品，不一而足。相应的割头能手们甚至发展出一种类似于狩猎和屠宰的职业技巧，足以使稷畯形天夏耕之尸们不寒而栗。“喜好割人头之道者往往随身带着用于这一行径的专用器具。为了可靠的把人抓住，他们设计了一种抓钩，那是一根有尖钉头的长杆，一端带有一个套环。牺牲者逃跑时，追赶者就用套环套住他，猛地一拉，把他向后拉到长杆的尖钉上，尖钉便干净利索地从他的颈椎间刺

[1] 海顿（A.C.Haddon）：《南洋猎头民族考察记》，吕一舟译，商务印书馆 1937 年版，第 356—359 页。
[2]《南洋猎头民族考察记》，第 351—352 页。

了进去。为了把这个战利品带回去，他们还有用一种藤条做的另一个拎环，把藤条从这个战利品人头的嘴巴穿进去，从气管穿出来，然后就背在肩上。一回到村子里，通常就要把这人头摆出来展示，或许还套上用植物纤维做的假发，安上一对用白色种子做的假眼睛，或者由于搬移和干燥，这个人头脸部的皮肤起了皱，就要在头骨里换上干树皮纤维当填料，好使五官显得饱满些”[1]。类似的人头制作加工现象在我国亦有所反映。云南石寨山出土的一把人头纹斧，描画着一个向上瞋目张口的人头，支立于一座架之上。那头显然经过装饰，有两条长长的假发辫子垂落下来。[2]

结合云南佤族保留人头骨所用的人头桩，台湾高山族阿美人的用人头于收获祭等现象，似乎可以勾勒出一个自南中国经东南亚[3]至南洋群岛间的祭头文化带。从南洋乃至澳洲土著部分来源于史前亚洲蒙古人种这一事实出发，有理由将猎头古俗的主要发源地落实到中国内陆。做出这种推论的依据是，连云港将军崖岩画中的断头禾人和云南佤族的猎头祭谷虽然都明显地表现了人头与谷物播种之间的联系，但这两处毕竟只是华夏农耕文化的周边地区，那里的农耕礼俗及神话信仰必然与农耕起源的中原地区有着潜在的渊源传播关系。虽然伴随着文明的生长，原始的猎头祭俗在中原地区逐渐绝迹并湮没不闻，只能残存在较为偏远隔绝的少数民族地区乃至原始民族之中，但考古与民俗、神话与文字等方面都有材料表明，祭头礼俗同中原农耕文化有着不解之缘。除了前文对“稷”“畯”等汉字隐义的发掘和形天、夏耕之尸神话的重新阐释之外，在此还应求助于更具说服力的考古学与民俗学证据。

徐旭生先生在考察周代农神后稷教民稼穑的传说时，报告过一则宝贵的民俗资料：“直到现在，陕西渭水附近地方还供事一种农神，一间小屋里面，

[1] [美] 塞弗林（T.Severin）：《消亡中的原始人》，周水涛译，东方出版社 1989 年版，第 261 页。
[2] 云南省博物馆：《云南晋宁石寨山古遗址和墓葬》，《考古学报》1956 年第 1 期。
[3] 关于菲律宾群岛的猎头习俗，参看《金枝》第 47 章第 3 节。

塑一个高约四五尺的大脑袋，仅有头，无身躯，俗称它为‘大头爷’，也叫作‘后稷头’，想是一种古代的流传。”[1] 这一材料之所以宝贵，因为它以活化石的形式证明了黄河中游的黄土高原地区也曾流行过祭谷神大头的礼俗，这种人工制造的“后稷头”想必是对真人头的一种置换了的、较为文明的形式吧。如果再参照一下曾盛行猎头祭的云南佤族某些部落的“大头人”播种习俗，问题就会显得更加明白了。宋恩常先生报告说：

除了以部落为中心的猎头祭谷外，在农业生产方面，还有一些对佤族说来是不可缺少的祭祀活动。特别是在已废除猎头血祭的佤族地区，一般的农业祭祀尤为重要。例如沧源地区佤族为了获得丰收，很重视播种的宗教仪式。沧源县拉勐佤族每年播种，要按村社头人的大小顺序进行，先由“吉隆”（大头人）播种。播种所需的种子是在过年时，将一筒公谷放在寨心，举行过祭祀，然后拿到吉隆家分。[2]

这些被称作“吉隆”的大头人其实在扮演谷神的角色，虽然他们不再被割掉头颅，但由这些大头人主持的播种仪式和分种仪式，其目的不外是让大头中蕴藏的谷灵——阳性生殖力对谷种发生感应作用。在这里，陕西渭水流域农村中所祭的人造“后稷头”的实质及交感法术作用，都可以在比较中得到揭示。不仅如此，佤族的大头人播种仪式是在废除了猎头古俗之后的替代形式，由此还可推知，华夏农耕文化的发源地——黄土高原区现存的祭“后稷头”礼俗背后，似乎也曾存在以真人头充当谷灵载体的血祭之风。历史的尘埃早已将这种血腥的农耕祭典完全埋没了，但是当年那些被斩的人头骨化

[1] 徐旭生：《中国古史的传说时代》（增订本），文物出版社 1985 年版，第 44 页。

[2] 宋恩常：《佤族原始宗教窥探》，《中国少数民族宗教初探》，云南人民出版社 1985 年版，第 186 页。括号为原作者所加。

石却并未完全消逝，它们对考古学家默默无言地讲述着那早已被文明忘却的残酷故事。20 世纪 60 年代在江苏铜山县丘湾遗址发现了商代祭社故地，同时清理出的还有人骨 20 具，人头 2 个和狗架 12 具。头骨的面向和人架、狗架的分布都以“石社”为中心，显然是社祭中被作为人牲的享神祭品。[1] 面对这些为社神即地母去死的谷神替身们的白骨，使我们又想起了苏美尔神话中印南娜把她的配偶杜穆兹送下地狱的情形，以及那以骷髅预示再生之门的考特丽科女神。

中国殷商时代的农耕祭典上虽然保留着人牺和祭头的原始习俗，但从数量上看毕竟已是猎头古风在文明之中衰微以后的残留形态了。20 世纪以来的考古学家在美洲古文化遗址中发现的大量祭祀用人骨和人头，使我们多少可以窥见这种蒙昧时代的野蛮信仰全盛之际的某些信息。中美阿兹忒克地母神像以骷髅为其造型特征，看来绝非艺术上的问题。墨西哥的古神庙遗址中竟存储着 136000 个人头骨，普里斯考特（Prescott）据此估算出这个古代文化每年用人牺的总量当在 20000—40000 之间。这一惊人数字甚至在美国人类学界引起一场持久的争论。[2] 然而，人头数量之争并未妨碍学者们去探究美洲的祭头文化真相及其流变。摩瑟尔在《祭首礼在古代中美洲》一文中写道：

> 斩首，看来曾是早期墨西哥及中美洲广泛流行的风俗。各种证据表明它构成宗教礼仪生活、战争和个人成就方面的一个有机组成部分。[3]

这种陈述会立即在中国人脑海中激发出“似曾相识”之感，因为以割头

[1] 参看王宇信：《建国以来甲骨文研究》第四章第二节，中国社会科学出版社 1981 年版。

[2]参看哈耐尔（M.Harner）：《阿兹忒克牺牲制的生态基础》，《美国人种学家》1977年第4期；哈里斯（M.Harris）：《食人风与王者》（*Cannibals and kings*），纽约，1977年；奥茨（B.R.Ortiz）：《骷髅之数：评哈耐尔-哈里斯的阿兹忒克食人论》，《美国人类学家》第84卷第2期，1983年。

[3] 摩瑟尔（Christopher L.Moser）：《祭头礼在古代中美洲》（*Human Decapitation in Ancient Mesoamerica*），见《前哥伦比亚艺术与考古研究》第 12 号，华盛顿，1973 年，第 5 页。

方式邀功请赏对于现代人来说也是记忆犹新的。至于与祭首风习相关的另外一些派生现象则似乎也非古印第安人的独创。如仪式性剥人头皮（带发）并制为假面，以倒悬的骷髅为项链装饰等，[1] 这些反映在民俗和造型艺术中的奇异现象均可在农业文化的宗教世界背景下得到理性说明，尽管人骨崇拜的渊源可以一直上溯到旧石器时代的史前猎人。在美洲保存下来的印第安神话传说表明，斩首和祭头都与众多的“大地——生殖女神”（earth—fertility goddesses）信仰相联系。如摩瑟尔所看到的那样，“在农业、丰产、生育和仪式用头以及对男性农业生殖神（亦有女性神）的斩首活动之间，存在着一种深层次的观念化的联系”[2]。由此看来，古代美洲居民每年用数以万计的人头所奉献的仍是以地母为主的农业神，他们所祈求的也无非是农作物的丰产与人口的繁衍吧。

类似的活剧还可以在印度焦达讷格布尔高原的奥拉昂人那里看到。他们崇拜的丰产女神名叫安娜·库里。求得女神保佑的前提便是以活人献祭。每年四五月间是绑劫人牺的季节。在此期间陌生人如单独在这一带走动，就有可能被捉住充当谷神的替身，祭献于丰产女神。几内亚的马里莫人选用矮胖的人献祭，将他灌醉后在田中杀掉，称之为“种子”。与中国的“还精补脑”信仰相应的是：人牺的前额骨、前额骨上的肉和脑髓被一起烧掉，然后把灰撒向大地母亲，[3] 这显然是把脑髓当作精子了。在新几内亚的巴布亚部落中，头与生殖部位的关系明确地表现在仪式活动中。如在入会仪式上，男孩把割下的人头放在两腿之间，以使睾丸触及头颅。盾牌上的人像两腿之间也画有头颅。“在这种文化中，他们通过割下敌人的头颅寻求力量，他们认为这样

[1]《前哥伦比亚艺术与考古研究》，第12号，第23页。中国文献中早有类似记载。如《太平御览》卷七八〇记古代夷州民俗云：“……得人头，砍去脑，剥去面肉，留置骨，取犬毛染之，以作须眉发。编其齿以作口，出战临斗时用之如假面状，此是夷王所服。战得头，著头还，中庭建一大材，高十余丈，以所得头差次挂之，历年不下，彰示其功。”

[2] 摩瑟尔：《祭头礼在古代中美洲》，《前哥伦比亚艺术与考古研究》第12号，第32页。

[3] 弗雷泽：《金枝》（中译本），第626页。

故就能把储藏在敌人头颅中的性功能传递给胜利者和他们的孩子”[1]。巴布亚人的这种观念说明了前农耕文化中的猎头礼俗发生的原因，同时也间接说明了头颅与阳性生殖力的关系是农耕文化中谷灵信仰与地母崇拜相结合的思维基础，是滋生出地母与谷神婚配神话及猎头祭谷习俗的思想根源。

商代社祭遗址的人头及骨架表明，至少在华夏文明奠基的殷商时代，头颅与阳性生殖力的认同关系依然体现在割头祭地母的原始祭俗中。不仅如此，甲骨文字中也残存着能反映此类祭俗的活化石材料。研究商代人祭问题的罗琨先生发现，甲骨文“伐”字的本义便专指割头祭礼，他分析说：

> 在后世文献中如《广雅·释诂》释“伐，杀也。”甲骨文则是以戈断人头的会意字（见《前》7. 15. 4），还有一种写法省戈，作，在人的头、身之间加一横画，表示身首异处的人（见《南明》66，《后上》22、7）。所以伐字的本义专指断人头，作为动词表示杀人以祭，引申为动名词，指一种特定的牺牲——砍去头颅的人体，奉献这种牺牲的祭典则称为伐祭。这样在伐字之后没有牲畜作为受词是很可以理解的了。[2]

以上所讨论的这些猎头、祭首的仪式行为和神话传说足以表明，谷神（灵）与人头之间阳性生命力的对应和交感关系曾经是农耕文化原始宗教所关注的中心问题之一，它不仅以各种变相的民俗形式保留到文明社会之中，而且对后世农耕文明的意识形态也必然打上不可磨灭的印记。中国思想史上作为哲学本体论范畴的“道”，实际上也可以追溯于远古的祭首礼俗。换一种角度说，对于猎头、祭头的农耕信仰的阐释学研究实际上已经为“道”这个神秘范畴

[1] 海斯（H.R.Hays）：《危险的性——女性邪恶的神话》，孙爱华等译，上海人民出版社 1989 年版，第 78—79 页。

[2] 罗琨：《商代人祭及相关问题》，《甲骨探史录》，三联书店 1982 年版，第 120—121 页。

的破译找到了又一条重要线索。

究竟什么叫作“公出于道”？为什么《周颂》中既有祭祖先之诗，又有农功之诗？为什么颂到了后人心目中成为一种“威仪”，其庄严肃穆的情调又从何而来？所有这些疑问都将在下节中做出说明。

八、由“颂”而“道”
——中国宗教与哲学的同源分化

对“颂”这一农耕礼仪的溯源性研究使我们不期然地找到了农耕文化中最高哲学范畴“道”的原始造字表象。“颂”与“道”这两个概念的语源和字源指向可以说是相互重合的，前者作为祭首礼仪的名称而产生，在后来则成为周朝官方祝颂祭仪的乐舞专名；后者则是对祭首活动所体现的农业生命观的象征性概括和哲学抽象。

笔者在研究老子哲学的神话基础时曾依据宗教史家所归纳出的世界性的“永恒回归”神话主题去透析道家“反者道之动”命题的由来，把“道”的运动规则概括为周期性循环往复。[1]在《中国神话哲学》一书中也曾讨论“道”的原型问题，提出儒道两家不同的道概念源于两种表象：

其一是现实取向的来源，“道”的本义指日常经验中的道路，这是儒家思想中“道”的来源；其二是神话取向的来源，“道”指的是由太阳和水的运动所体现出的一般法则或原理——循环往复，这是道家哲学中“道”范畴的由来。[2]

现在，在考察了谷灵信仰及相关的祭头礼俗之后，可以进一步补充说，

[1] 参看叶舒宪：《老子哲学的人类学解读》，《陕西师大学报》1993年第2期。
[2] 叶舒宪：《中国神话哲学》，第141页。

无论是儒家以道路为原型的“道”，还是道家取法自然变化法则的“道”，都可以在祭头所蕴含的宗教观念中找到直接的原型表象：体现生命力运动和永存的人头或骷髅乃是“道”这个汉字的造字本义。

迄今发现的殷墟甲骨文中尚未找到“道”字，但金文中这个字已经不止一次地出现。在《貉子卣》上写作；在《𣪕鼎》上作，《散盘》上作。

刘心源说，道字皆从行从止，合行辵二字为偏旁。[1] 这正是现今道字从辶的原始形态。行止代表着运动和静止的统一，用行和止做偏旁来表示循环运动的周期性和反复性，确实是一种具体中的抽象。金文和古文中的道字中央部分为“首”，也就是以人眼为象征的人头形象。人头与行止组合在一字之中，造字者是颇费了一番苦心的。可惜自许慎以降，这个字的造字本义已经无人可解了。《说文》

，所行道也，从辵首。一达谓之道。[2]

现代金文学家大都以“导”训金文中的“道”字，且以为这两个字古时音义互通。日本学者高田忠周的看法较为独特，并且有重要参考价值：“阮氏（指阮元）以下诸家皆释为导，云石鼓文数导字皆读为道。此说非是。……首者，始也，本也，直也；道者本道也，故一达，直通也。首盖亦兼声。……要诱人入道，由道诱人，即导也，实道字转义。道导原同字，初有道无导，无疑矣。”[3] 导既然不是“道”的本义，那么许慎的“一达”和高田忠周的“直通”是否可以充当本义呢？看来离开了宗教礼俗的实际背景，“道”的本来面目是难以识破的。从已知谷神之头（谷种）同人头的对应交感信念出发，可以

[1] 刘心源：《奇觚》卷八二，转引自《金文诂林》卷二。
[2] 许慎：《说文解字》卷二下辵部。
[3] 高田忠周：《古籀篇》卷六十六，转引自《金文诂林》卷二。

把“道”看成是对祭头礼俗的直接概括，道字所从之“首”乃是所猎所祭之人头，或者说是作为神头之“尸”的人头；“道”字所从之“辵”意指“行止”，但绝非一般之行止，而是象征表达人头中的生命力的循环运动。这种生命力之所以被奉为宗教崇拜的对象和哲学展开的本源，正因为它通过死与复生之间的循环变易而获得永恒性。谷种（谷神之头或谷物之灵）进入大地母体后会自然生长出谷苗，这是农业宗教所关注所信奉的生命循环不止的至高哲理，也是“道”的范畴终于从“后稷头”的颂仪表象中抽象而出的神话观念基础。

为了更为直观地把握颂祭本相“道”的具体表象，让我们再借人类学的实地描述来观照一下外域的人头祭礼吧。“在新几内亚西端和澳大利亚北部之间的洛蒂、萨马他以及其他群岛，异教徒们把太阳看作男性的本源，地球作为女性的本源。在他们家里或在神圣的无花果树上到处都可以看见挂着（表示太阳的）这种灯。无花果树下有一块平坦的大石头，当作祭桌。在这些岛上过去和现在仍有人把敌人的脑袋放在这石头上。每年一次，在雨季开始的时候，太阳先生便降临在这棵神圣的无花果树上给大地授精。……这时候人们大量屠宰猪狗来祭奠。男男女女都一齐纵情狂欢，太阳和大地的神秘的交合就这样公开地在歌舞声中、在男男女女于树下真正进行的性交活动中戏剧性地体现出来。”[1]

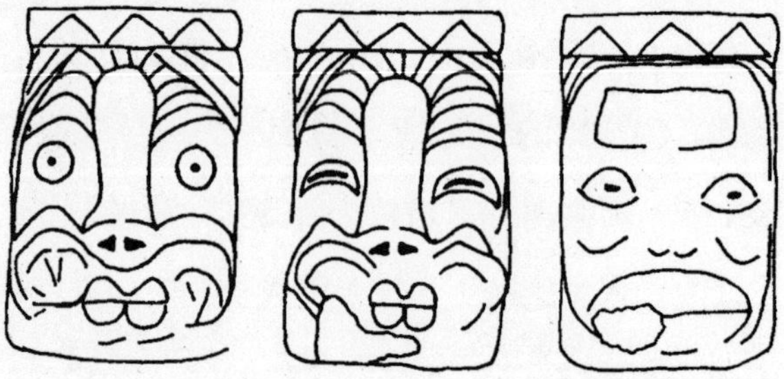

图 35　陕西西乡县何家湾新石器遗址出土骨雕线刻人面像

[1] 弗雷泽：《金枝》，徐育新等译，中国民间文艺出版社 1987 年版，第 207 页。

这里的祭头礼仪对于理解“道”与“颂”的内在关系极有帮助。它还生动地显示了“道”的两类原型表象如何统一在同一种祝颂典礼之中，即太阳运行之“道”与人头生命力循环之“道”的统一。祭桌上的人头实际上成为太阳给地母授精的中介物，因为它通过类比与谷物之头——谷种相互认同，对于播种行为施加了强烈的法术干预作用。又由于太阳的阳性力量只有同大地的阴性力量相结合才能催生出新的谷物生命，所以代表此种结合之中介的祭头被抽象为“道”时，也就自然地具有了统合阴阳两极的意义，所谓“一阴一阳之谓道”的命题正与此吻合。

确认“颂”与“道”两个概念的同源发生过程，对于探讨中国农业宗教与中国哲学思想的相关性和依存性具有启示作用。它有助于我们从更深广的农耕文化背景上对宗教史与哲学史上的相关问题做出新的理论整合。例如，关于中国古代宗教异常突出的祖先崇拜的起源问题，现代学者们已做了几十年的探究，主要观点可划为两类：性器崇拜说与死者崇拜说。性器崇拜说的坚持者有徐亮之、江家锦、周予同、郭沫若、高本汉、陈梦家、凌纯声等。如徐亮之《中国史前史话》根据中国新石器时代的巨石建筑形制——门希尔和多尔门，追溯哲学与宗教的起源，认为“门希尔实即男性生殖器的象征，多尔门实即女性生殖器的写照。性具崇拜，即是祖先崇拜；性具至上，即是祖先至上；即是石器时代的礼之本源；也是后来中国一系列的以男女关系为基点的《易》理的起源”[1]。法国汉学家格拉奈（又译葛兰言）和高本汉等则着眼于汉字中的“祖”“社”等之初形，认定其为性器崇拜的直接表象[2]。郭沫若《释祖妣》[3]和周予同《孝与生殖器崇拜》[4]，凌纯声（系格拉耐氏学生）

[1] 徐亮之：《中国史前史话》，香港，1954 年，第 281 页以下。
[2] 参看格拉奈：《中国宗教》，津田逸夫日译本，东京，昭和十八年。
[3]《郭沫若全集·考古编》第 1 卷，科学出版社 1982 年版。
[4]《周予同经学史论著选集》，上海人民出版社 1983 年版。

《中国祖庙的起源》[1]和《中国古代神主与阴阳性器崇拜》[2]等皆在这方面各有建树。看来这一观点已得到众多现代学者的赞同，几成定论。死者崇拜说实肇始于古代训诂家。如《释名·释宫室》："庙，貌也，先祖形貌所在也。"先祖为已死的祖先，宗庙即为祭拜这些死者而立。《白虎通义》亦云："王者所以立宗庙何？曰：生死殊路，敬鬼神而远之。缘生以事，死敬亡，若事存。故欲立宗庙而祭之，此孝子之心，所以追考寄养也。宗者，尊也；庙者，貌也；象祖先之尊貌也。所以有室何？所以象生之居也。"《太平御览》卷五三一引《孝经》说得更分明：

为之宗庙，以鬼享之。宗者尊也。庙者貌也。先祖之尊貌，所以居中宫何？以为人死精魂归乎天，形体不藏，存之即存，不存则亡，明先祖神死依人也。

死者崇拜亦起源于原始社会，弗雷泽等人类学家曾做过广泛的跨文化考察，证明它普遍发生在世界五大洲的各种文化中。[3]就中国文化而言，神的信仰相对薄弱，而死者崇拜及相关的鬼文化甚为发达。日本学者池田末利对此做了深入研究后，把祖先崇拜源于死者崇拜的旧说又向前推进了一层，提出骷髅—魌头崇拜为中国祖神崇拜原初形态的观点，十分引人注目。

魌头之"魌"又作"頬""倛""欺""娸"，王念孙认为此五字同义。《荀子·非相篇》有"仲尼之状，面如蒙倛"之说，注云倛为方相，也就是假面具。方相、假面一类皆取象于鬼头——用竹笼制成的魌头，池田氏以为这正是弥漫在古代礼制及民间风俗中的鬼崇拜的具象形式。更深入的考索表明，人工制造的这种鬼的偶像之所以命名为"頬"（其字同"颂"一样从"頁"，即

[1] 台湾"中央研究院"《民族学研究所集刊》1959年第7期。
[2]《民族学研究所集刊》1959年第8期。
[3] 弗雷泽：《不死的信仰与死者崇拜》（*Belief in Immortality and the Worship of the Dead*）第1卷，伦敦麦克米兰公司1913年版。

指祭用首级），正因为它是以骷髅这种天然的鬼的偶像为原型的。《风俗通义》引俗说云：

亡人魂气飞扬，故作魌头以存之。言头体魌魌然盛大也。或谓，魌头为触圹，殊方语也。[1]

这段话说明了魌头起源的观念原因是“存亡魂”。所谓“触圹”，池田氏以为即“髑腔”，也就是髑髅、头骸的意思。魌头存亡魂的民俗信仰当源自灵魂和生命力储于头骨之中的原始信仰，这正是“鬼”“畏”“異”等汉字造形取象于“田”即大头的观念基础。[2] 国内近来亦有学者从民族学材料出发探讨祖先崇拜始自骷髅神崇拜的问题，根据《契丹国志》等史料中讲的骷髅神协助人主治国的事迹，参证蒙古族、赫哲族等的类似民俗信仰，提出“东北亚信仰萨满教的少数民族，包括我国东北及苏联境内的少数民族，大多有过骷髅崇拜、骷髅神话和骷髅假面舞的文化过程。”[3] 假如把中国汉族祖先崇拜的骷髅形态同东北亚各族的骷髅神信仰乃至东南亚、南太平洋土著的猎头风俗、美洲印第安文化祭首仪典综合起来看，似可勾勒出一个起源于新石器时期的、建立在人头与谷穗间的交感法术信仰之上的泛太平洋、印度洋区祭首文化带。其地域之广几乎覆盖了多半个地球，其影响之深远，在几大文明国家的意识形态中均留下不可磨灭的印记。

从农耕文化的信仰基础上看，祖先崇拜特别盛行乃是谷灵与人头交感信念必然延伸的产物。“性器起源说”与“死者—骷髅头起源说”看似矛盾对立，从信仰的内核上透视，则是完全相通并且互为补充的。正像“颂”与“稷”

---

[1]《太平御览・礼仪部》引《风俗通义》。

[2] 池田末利：《中国祖神崇拜的原初形态——“鬼”的本义》，《中国古代宗教史研究》，东海大学出版会，昭和五十六年，第155—198页。

[3] 参看汪玢玲：《古代东北亚民族祖先崇拜的独特形式——骷髅神崇拜》，《民间文学论坛》1992年第2期。

等字的字形解析所昭示的那样：性器的符号（厶与夋）与大头的象征（頁与田）是统合在同一字体之中的，更确切地讲，是统合在同一种信念之中的。人类学家对这种信念的发生已做出具有世界性意义的概括：

骨骼是双亲中的雄性所生出的，它能法术般地重构出整个动物。头脑作为骨髓的主要储存库，乃是雄性种子（精）的源头。其供应量是有限的。头脑的生命力与体现于太阳、雨和雷电的宇宙生命力相通。火、光和电，与雄性种子（精）都是同一种阳性神秘力量的不同方面。人类、动物和土地的生育力可以通过猎取人头而得到强化。头脑与人骨是对不朽的精灵、永恒之神的最佳祭品。[1]

如果说脑髓与雄性生命力的联系是旧石器时代前农业社会的迷信产物[2]，那么到了农耕文化中，这种迷信又同植物的生命过程相结合，催生出祭首促丰产的农业宗教观。对此一宗教进化史的大变革，艾利亚德曾给予深切的评价。他写道：农业的发明对于人类历史的意义首先不在于人口的增长和充足的食物，而在于人本身从农业中获得的启示。人从谷物中所看到的东西，人在耕种收获谷物中所学到的东西，人从谷种入土后消失化形的经验观察中所理会出的道理，所有这一切给人类上了决定性的一课。是农业教给人有机生命的总原则；从这一启示中派生出关于女人与土地、性行为与播种的简单类比，也派生出那些至高无上的理性综合：生命之循环、死亡作为回归，等等。这些综合对于人类发展至关重要，它们只是在发明农业以后才有可能产生。[3]这里所说的作为生命循环总原则的死与再生主题，在中国哲学的“道”

[1] 拉·巴尔：《脑髓：一种关于性的石器时代的迷信》，哥伦比亚大学出版社 1984 年版，第 130 页。

[2] 参看霍尔佩克（C.R.Hallpike）：《原始思维的基础》（*The Foudations of Primitive Thought*），牛津大学出版社 1979 年版，第 155—156 页。

[3] 艾利亚德：《比较宗教学模式》，希德与沃德出版公司 1958 年版，第 360—361 页。

概念中得到了最简洁的体现。古代哲学家们把这个得之于有机生命界的农业观念推广到整个无机世界，于是植物生命之“道”同日月运行之“道”合二为一，成为宇宙的总根源和总原理。道家哲学又基于此而推演出一套以“返”和“归”为至高理想的循环历史观，从而完成了中国思想史上第一个天人合一、自然与历史合一的世界观体系。农业宗教对中国哲学的贡献于此可见一斑。

此种由“颂”而“道”的思想进化轨迹不仅清晰地体现在道家哲学中，儒家的“生生不息”精神亦可作如是观。如江家锦先生早已点明的：“有谓伏羲氏考出哲学的《易》理，认为男性器象征——为奇数，女性器象征——为偶数而画卦，奇偶之数在卦称曰爻，是阴阳二元，又称两仪，二元合一，‘负阴抱阳’基于‘太极’一元之气，为宇宙万有生成之理。”[1]不论儒家所尊奉的《易》之“道”，还是道家所膜拜的“回归”之“道”，最初都无疑是一种东西，即祭首之中蕴含的生命和生殖能量。当哲学史上对抽象后的“道”概念争论了2000多年之后，具有世界眼光的当代哲学家重新把“道”还原为一种“能”的时候[2]，我们似乎看到了思想发展的一个循环前进的过程，又听到了祭首大典盛行时代的生命能量的深沉之声。而“道”这字本身也随之复化出原型——祭坛上的神圣首级。

---

[1] 江家锦：《平埔族信仰杂记·性器崇拜与易理》，见《南瀛文献》第4卷，1957年。
[2] 参看金岳霖：《论道》第一章，“道是式一能”的有关论述，商务印书馆1987年版，第19页以下。

THE EIGHTH PART

第八章

风的世界

风，风也，教也，风以动之，教以化之。

——《毛诗序》

风，放也，牝牡相诱谓之风。

——《尚书·费誓》贾逵注

只有当语文学和神话学揭示出那些不自觉的和无意识的概念过程时，我们的认识论才能说是具有了真正的基础。

——卡西尔《语言与神话》引乌西诺语

一、引言：《风》诗的圣化与还原

在诗之“六义”之中，风、雅、颂为诗之体，而赋、比、兴为诗之用的说法一直较有代表性。对于风、雅、颂三者的解说，虽都有争议，但尤以风的问题争议最多，分歧最大。考其原因，很可能是对“风”这个概念本身所引发的多种多样的理解所造成的。换言之，“风”字本身的多义性和不确定性使人们对以“风”命名的这一类诗的看法产生极大的差异，乃至彼此对立，无法调和。这种情况与“颂”的分歧解释并不一样。如前章所论，各家对“颂”的看法虽不尽相同，但彼此间是可以沟通和互相补充的，人们都承认它出自祭祀礼仪这个大前提。而对于“风”，或认为是政治讽谏和道德教化之诗，或认为是民间男女情歌，形成截然不同的两种解释传统，各不相让，又各得其所。虽然近代以来由《毛诗序》所代表的前一种解释传统显得日趋衰微，信从者渐稀，但这种曾流行千年的观点得以产生的“所以然”问题，还是值得研究《诗经》与传统诗学的人探讨的、也可从文化方面给以解答。

在被奉为“经”的古代诗作中，《圣经·旧约》中的《雅歌》也历来有两种对立的解释传统。正统的基督教的解释是颂扬神人之间神圣爱心的作品，而无神论者则视之为男女求爱的民间情歌，甚至是渲染性感魅力的 erotic 文学的典型作品。不信的话请读一读《雅歌》中的这些名句：

高贵的淑女啊！
你的纤足在鞋子里，多么雍容华贵；
你圆润的腿像美玉，是巧夺天工的杰作。
你的肚脐像圆杯，满盛各式美酒；
你的腰像一堆麦粒，环绕着百合花；

你的乳房像一对孪生的羚羊；

你的脖子像一座象牙台；

……

我心爱的人儿，逗人喜欢的女郎，

你是多么美丽，多么可爱！

你的体态窈窕像棕树，

胸脯如同树上的果子。

我要攀上这枝棕树，

紧紧握住它的枝子。

但愿你的乳房像两串葡萄，

你的气息如苹果般清香。

你的吻像醇酒那样香甜，

直流入我口内，

直流到我唇齿间。[1]

即使同《诗经·国风》中最大胆的情歌相比，古代希伯来人宗教经典中所收入的这些诗作都毫不逊色，甚至在比喻的鲜明和人体美描述的具体等方面有过之而无不及。西方性文学的研究家蒙哥马利·海德博士指出：“对于虔诚的基督徒来说，要承认《圣经》不论从什么角度来看都是一部充满色情场面的书籍简直不可思议，即使读到那些字句，要从感情和观念上做公正判断，也是难而又难的。其实，《圣经》中的某些章节，如果拿来与今天为人们所不齿的不少色情作品相比，也毫不逊色。”[2] 与这种性文学的解释相对的，

[1]《旧约·雅歌》，第 7 章，第 1—4、6—9 节。

[2] 海德（H.M.Hyde）：《色情文学史》（*A History of Pornography*），刘明等中译本《西方性文学研究》，海南人民出版社 1988 年版，第 52 页。

是在西方思想史上影响大得多的神爱的解释。神学理论家们把基督徒的爱的目的确定为与上帝结合，这种结合有如婚姻关系，而非同一性的关系。所以在信仰者眼中的《雅歌》完全是表达神爱（agapé）的寓言诗，丝毫不带有尘俗的性爱（eros）色彩。诗中新郎新娘的结合自然被看作人神结合的表达方式。圣约翰在《精神的雅歌》中便有如下说法：

正像在自然的结婚中有两人一体之谓（《创世记》第 2 章 24 节），在上帝与灵魂的精神的结婚中……那与主联合的人是一种精神。所以，当星光或蜡烛光与阳光结合时，这光就不是星光和蜡烛光了，而是阳光本身，太阳在它自己的光中吸收了所有别的光。[1]

经过这样的阐释之后，性文学也就由俗而升华为“圣”咏了，正像《国风》中的“淫诗”被阐释为“后妃之德”一类道德教化的寓言之后，也照样被道学家理学家们视若神圣一样。看来，各民族早期的爱情诗所经历的“升华”过程及有幸进入“圣经”的方式也是大致相似的。

在理性精神昌明而宗教信仰发生危机的时代，“反升华”的批判眼光应运而流行起来。与此相应，学者们也试图透过熟知的神圣灵光，去发现“精神”背后的真实并使之“还原”。朱维之先生写道：《雅歌》从头到尾全是恋歌，没有一点宗教的思想和感觉[2]。这正代表着现代学人重读作为“经”的古诗时那种由圣返俗的“还原”战略。在《诗经》学的历史上，方玉润的《诗经原始》和崔东壁的《读风偶识》均可视为开“还原”派先河之作。

方氏的书名叫《原始》，就标明了他要“推原诗人始意”的动机。其自

[1] 圣约翰：《精神的雅歌》第 22 章，第 3 页，转引自欧文·辛格：《爱的性质》，第 1 卷，沈彬等译《超越的爱》，中国社会科学出版社 1992 年版，第 236 页。

[2] 朱维之：《雅歌与九歌——宗教文艺中的性爱错综》，《基督教丛刊》1947 年第 2 期，收入《文艺宗教论集》，青年协会书局 1951 年版，第 102 页以下。

序主张“不顾《序》，不顾《传》，亦不顾《论》（指姚际恒《诗经通论》），唯其是者从而非者正”[1]的读解原则，认为只要能不带先入之见、“循文按义”地考察诗歌原文，“则古人作诗大旨要亦不外乎是”。如对著名的《周南·汉广》一诗，《毛序》《朱传》皆围绕“文王之化”大做文章，实际是把“风”升华为“风化”与“风教”的儒家正统观念之有色眼镜硬套在作品之上的结果。方玉润则披沙拣金，断定这是一首“江干樵唱”。他说：

近世楚、粤、滇、黔间，樵子入山，多唱山讴，响应林谷。盖劳者善歌，所以忘劳耳。其词大抵男女相赠答，私心爱慕之情，有近乎淫者，亦有以礼自持者。文在雅俗之间，而音节则自然天籁也。当其佳处，往往入神，有学士大夫所不能及者。愚意此诗，亦必当时诗人歌以付樵。故首章先言乔木起兴，为采樵地。次即言刈楚，为题正面。三兼言刈蒌，乃采薪余事。中间带言游女，则不过借以抒怀，聊写幽思，自适其意云耳。[2]

且不论方氏对《汉广》一诗的解说是否真的切中“诗人始意”，至少他的还圣为俗的思路是非常可贵的。用现存的山区民间樵唱习俗来反证2000多年前传下来的古诗，这种尝试已完全冲破家法森严的注经传统局限，对后人启发极大。至于他说《汉广》的作者借写游女而“自适其意”，这就更加远离“风教”陈规，多少有点变相满足欲望的心理分析意味了。

从方玉润、崔述到闻一多，对《风》诗的还原解读伴随着世界眼光的获得而更上层楼，达到前所未有的新高度。闻一多在《风诗类钞》这部未完成的书稿的“序例提纲”中标明他所采用的解读方法是“社会学的”，即可将

[1] 方玉润：《诗经原始》自序，中华书局1986年版，第3页。
[2]《诗经原始》，第87页。

诗作“当社会史料文化史料读”[1]。在有关笺注原则的说明中，他又列出了“考古学、民俗学、语言学”三学科作为“缩短时间距离”的解说方略，试图借此方略“带读者到《诗经》的时代”[2]。这样一种自觉的全面还原意识和精心设计的解读方法使闻一多对《风》诗的认识大大超越前人，把清儒们尚不能彻底摆脱的“风教”有色镜一下子抛到九霄云外去了。一大批诗作在这里才真正恢复了所谓“诗人始意”。试看以下诸例：

《柏舟》闻注：“汎，漂流貌。柏舟，柏木刳成的舟。……仪、特，皆配偶也。（特似乎又含有男性配偶之意，因为雄兽曰特。）……诗中大意说：那河中汎舟的少年，我愿以此身许配给他，至死不变节，无奈他不相信我哟！”

《蜉蝣》闻注：“……忧字本训心动，诗中的忧往往指性的冲动所引起的一种烦躁不安的心理状态，与现在忧字的含义迥乎不同。处、息、说，都有住宿之意。这三句等于说‘来同我住宿吧！’这样坦直、粗率的态度，完全暴露了这等诗歌的原始性。”

《考槃》闻注：“两性间用对唱的方式互通款曲，是近代边区民族间还流行着的风俗。同样风俗之存在于《诗经》时代，则可由《陈风·东门之池》篇得到证明。‘晤言’‘晤歌’见于《东门之池》，也见于本篇，《东门之池》是情诗，本篇也是一样。”[3]

《汝坟》闻注：“朝饥是性的饥饿。鱼，象征廋语，此处喻男。”

《有杕之杜》闻注：“饮食是性交的象征廋语。首二句是唱歌人给对方的一个暗号，报道自己在什么地方，以下便说出正意思来。古人说牡曰棠，牝曰杜，果然如是。杜又是象征女子自己的暗话。”

《东门之枌》闻注：“男对女说‘我看你像一个花椒嘟噜一样，你定能

[1] 闻一多：《风诗类钞》，《闻一多全集》第 4 卷，三联书店 1982 年版，第 5、7 页。
[2] 闻一多：《风诗类钞》，《闻一多全集》第 4 卷，三联书店 1982 年版，第 5、7 页。
[3] 参看闻一多《诗经通义·柏舟》，《闻一多全集》第 2 卷，第 162 页。

给我一把花椒子'，意思是说你将来定能替我生许多子息。”[1]

从以上诸例解说中不难看出，闻一多用性的象征分析替代古人的道德寓意说，在破译《风》诗本旨方面别开生面。尽管当时就有人指责他过于偏重弗洛伊德的性象征理论，但是这种解释方式具有跨文化的普遍适应性，恰当地运用自然会使许多千年未解之隐显露出真相。我们不能说闻氏的所有解释都准确无误，不过可以确信他运用自如的这种三重证据法代表着经学革故鼎新的新方向，因而也将随着时代的推移而更显出其方法论上的意义。比如他在《说鱼》一文和《风诗类钞》及《诗经通义·汝坟》[2]中多次强调的一种象征模式——以食喻性，现今已得到人类学上的广泛证明。列维－斯特劳斯在考察南美洲印第安人一组关于食物起源的神话时发现，这些作品都不约而同地表现了性的母题。他写道：

如在世界各地那样，南美洲的（土著）语汇也为食与性两方面的密切联系提供了见证。图帕里人（Tupari）人表达性交的惯用语，按照其字面意义，乃是“吃女阴”“吃阳具”。满杜鲁库（Mundurucu）的说法也是如此。巴西南部地区的凯因刚方言中有一个兼指“交配”和“吃食”的动词，在某些语境中有必要在使用该动词时加上修饰状语“用性器官”，以避免意义上的含混不明。[3]如卡什波（Cashibo）神话所述，男人刚被造出来便立刻要东西吃。太阳神教他怎样种植玉米、香蕉树和其他可食用植物。接着那男人问自己的生殖器：“那么你想吃什么呢？”那阳具当即答道：“想吃女性生殖器。”[4]

[1] 闻一多：《风诗类钞》，《闻一多全集》第 4 卷，第 11、12、18、22、22—23、27 页。

[2] 参看《闻一多全集》第 2 卷，第 125—126 页。

[3] 亨利（J.Henry）：《丛林住民：巴西高地的凯因刚部落》，纽约，1941 年，第 146 页。

[4] 列维－斯特劳斯：《生食与熟食》（《神话学导论》第 1 卷），魏特曼英译本，美国八角书屋 1979 年版，第 269 页。

美洲印第安神话中的食色互喻现象表明这是一种源自史前社会的古老措辞方式，《诗经》中大量运用“饥”来表示性欲，用“食”来表示性交，这绝非诗人自创的修辞法，而当是因袭自古而然的措辞套式。[1]闻一多据此断言《诗经》作品的原始性，但与印第安人或其他原始民族的诗歌相比，《国风》情歌的性象征显然要文明和委婉得多了。不过若以原始性风俗为参照的话，《诗经》中的“风的世界”才能更为有效地获得还原性的读解。

像《郑风·野有蔓草》中的“邂逅相遇，与子偕臧”；《陈风·衡门》中的“泌之洋洋，可以乐（疗）饥”“岂其食鱼，必河之鲂？岂其取妻，必齐之姜”；《株林》中的“乘我乘驹，朝食于株”；《桧风·隰有苌楚》中的“夭之沃沃，乐子之无家”；《曹风·候人》中的“彼其之子，不遂其媾”和“婉兮娈兮，季女斯饥”；等等，用封建道德去看，不是被加以曲解式的升华转换，便是被怒斥为淫奔之诗。不是吗？一个女子，怎么敢公开在歌中唱出自己的性饥渴呢？这不是太有损于风化和风教了吗？然而，一旦读到人类学家关于原始性习俗的考察报告，上述这些问题也就不成其为问题了。马林诺夫斯基针对南太平洋岛民的风俗写道：

> 在特罗布里恩德的求爱中没有什么委婉可言，他们对完整的个人关系的追求也是如此，性占有是唯一的目的。带着满足性欲的公开企图，简单而直接地要求约会。[2]

正是在这种有别于“委婉”的“直接要求”的求爱背景中，发生于郑卫桑间和淇溱之滨的种种情爱欢歌才变得易于理解。至于《郑风·褰裳》中求

---

[1] 参看白川静：《中国古代民俗》，中译本，第127页；陈炳良：《说〈汝坟〉》，见《神话·礼仪·文学》，台北联经出版公司1985年版，第71—90页。

[2] 马林诺夫斯基：《野蛮人的性生活》，刘文远等译，团结出版社1989年版，第224页。

偶的主人公唱出“子惠思我，褰裳涉溱；子不我思，岂无他人”的激将之歌，朱熹释云：“淫女语其所私者曰：子惠然而思我，则将褰裳而涉溱以从子。子不我思，则岂无他人之可以，而必于子哉？”[1]陈子展先生以为“此似士代女言，玩弄女人之山歌”[2]。且不论此诗是“淫女”自道还是男士“玩弄女人”，当我们看到特罗布里恩德岛民的情形后，《诗经》中几乎成为套语的“岂无他人”之说也就不足为奇，更不会被扣上“淫奔”或“玩弄”之类的大帽子了：

如果邀请被接受，小伙子欲望的满足消除了心理上的浪漫色彩和要求得到神秘而不可即的东西的热望。如果他遭到拒绝，也没有产生个人悲剧的余地，因为他从小就习惯于在某些少女身上泄欲，而且他知道，另一次私通将肯定而迅速地医治好这类创伤。[3]

人类学的视界及由此而获致的第三重证据足以使《国风》乃至整部《诗经》从儒家诗教的政治和道德成见中解放出来，从而恢复其本来面目。自闻一多先生等现代学者的新解经学出现以来，这已成为一种不可逆转的趋势。尽管从严格意义说，“还原”工程还远远没有完成，或者说“把古代歌谣作为古代歌谣来理解的解释学尚未确立”[4]，但与教化说的形成和两千年发展史相比，还原学派在短时间的摧枯拉朽之功已不可没矣。

本章的宗旨并不在于十五《国风》的逐篇读解，而试图从理论上对“风”的概念以及由此而派生出的“风教”“风化”“风俗”“风谣”等概念群做发生学的还原，通过考察“风”在神话思维时代的原型及变异规律，梳理出

[1] 朱熹：《诗集传》卷四，上海古籍出版社 1980 年版，第 53 页。
[2] 陈子展：《诗经直解》卷七，复旦大学出版社 1983 年版，第 265 页。
[3] 马林诺夫斯基：《野蛮人的性生活》中译本，第 224 页。
[4] 白川静：《中国古代民俗》中译本，第 128 页。

这一概念群的发生根源和引申演变过程，从而对《诗经》之中的“风”及“雷”“云”“雨”“露”“虹”等相关意象群做出人类学意义上的通观破解。不仅如此，我还希望对作为风诗对立面的教化说和淫诗说的产生做出神话学的还原，从中揭示汉语文字“歧出分训”与“同时合训”（钱锺书语，详后）现象的发生根源和文化价值。为此，下一节中将遵照历史与逻辑统一的原则对“风”字的训诂史做概略性的阐述，从中窥测这个多义字本身所经历的圣化与还原的奇妙历程。

我们会看到，本节所描述的《风》诗读解的历史上所出现的戏剧性起落怎样以非常类似的方式重演在古文论的舞台之上。

二、“风教”源于“牝牡相诱”
——“分训”与“合训”的历史展开

钱锺书先生在《管锥编》中评释《毛诗正义·关雎》时特意点出“风之一名三训”的现象，并根据西方文论的三分法理论框架对“风”的三重含义做了如下说明：

……是故言其作用（purpose and function），“风”者，风谏也、风教也。言其本源（origin and provenance），“风”者，土风也、风谣也（《汉书·五行志》下之上：“夫天子省风以作乐”，应劭注：“‘风’，土地风俗也”），今语所谓地方民歌也。言其体制（mode of existence and medium of expression），“风”者，风咏也、风诵也，系乎喉舌唇吻（《论衡·明雩篇》：“‘风乎舞雩’；‘风’，歌也”；仲长统《乐志论》：“讽于舞雩之下”），今语所谓口头歌唱文学也；《汉书·艺文志》不云乎：“凡三百五篇，遭秦而全者，以其讽诵，不独在竹帛故也。”“风”之一字而于《诗》之渊源体用包举囊括，又并行分训之同时合训矣。[1]

这里所说的“并行分训”与“同时合训”是《管锥编》开篇时“论易之三名”所提出的。大意是指一字多义而各义之间并行不悖或相反相成的现象。如“易”字有三训：易简、变易与不易；“王”字有五训：皇、方、匡、黄、往。这些歧义之间彼此并不是互相排斥的，可以同时附着在同一字上。钱先生称此为“并行分训”。还有些字兼具相违相反之义，如“乱”兼训“治”，古人称此为“反训”，钱先生则称之为“背出或歧出分训”。他进而指出，“分训”是就其体而言，若就其用而言，则又出现“同时合训”或虚含数意的微妙情形：

心理事理，错综交纠：如冰炭相憎，胶漆相爱者，如珠玉辉映、笙磬和谐者，如鸡兔共笼、牛骥同槽者，盖无不有。赅众理而约为一字，并行或歧出之分训得以同时合训焉，使不悖者交协，相反者互成。[2]

按照钱先生揭示的这一训诂学原理，一字多义的现象正是汉字本身固有的特性，不但不足为怪，反而可以成为帮助人们辩证地认识事物的有效途径。“风”这一个概念的三种含义正分别对应着诗的渊源体用三方面，它既有高度的综合概括功效，又不至于以偏概全、以一义斥他义，这正是兼分训与合训于一身的“风”字的奥妙所在了。

如果再放宽一些视界，“风”字其实并不只是“一名三训”，而是十多训。《辞海》中在“风”字下就列出了 12 种义项。仅就与《诗经》相关的“风”而言，张西堂先生也曾开列出 12 种训释，其中竟有六种之多均出自《毛序》：

[1] 钱锺书：《管锥编》，第 1 册，中华书局 1979 年版，第 58—59、2 页。
[2] 钱锺书：《管锥编》，第 1 册，中华书局 1979 年版，第 58—59、2 页。

一、风风说　伪《毛序》：“风，风也。”下一字读如风动之风，不当如讽刺之讽。

二、风教说　伪《毛序》：“风，风也，教也，风以动之，教以化之。”

三、风动说　伪《毛序》：“风以动之。”

四、风化说　伪《毛序》：“风以动之，教以化之。”

五、风刺说　伪《毛序》：“上以风化下，下以风刺上，主文而谲谏，言之者无罪，而闻之者足戒，故曰风。”

六、风俗说　伪《毛序》：“是以一国之事系一人之本谓之风。”《汉书·五行志》下之上“天子省风以作乐”注引应劭曰：“风，土地风俗也。”

张西堂氏以为上述六说都是伪《毛序》望文生义解释出来的。作序者不得正解，因为风可以动人及物，因而联想起风动教化之说，又一变而为讽刺，而为风俗。[1]后人不满于此，又另创出多种新说。

七、风土说　郑樵《六经奥论》卷三说：“风土之音曰风。”又说：“风者出于风土，大概小夫贱隶妇人女子之言，其意虽远，其言则浅近重复，故谓之风。”

八、风者风雨之风　说见郑樵《诗辨妄》。

九、风者民俗歌谣之辞　见朱熹《诗集传》。

十、风讽说　梁启超《释四诗名义》：“风即讽字，但要训讽诵之讽，不是讽刺之讽。《周礼·大司乐》注，‘背文曰风’，然则背诵之词，实‘风’之本义。”

十一、风气说　章炳麟说：“风为空气之激荡，气自口出故曰风。当时之所谓风者只是口中所讴唱罢了！”

十二、风为声调说　顾颉刚《论〈诗经〉所录全为乐歌》说：据《大

[1] 张西堂：《诗经六论》，商务印书馆1957年版，第106页。

雅·崧高》“其风肆好”和《左传·成九年》“乐操土风”的说法，“风”字的意义似乎就是声调。所以风的一名，是把通名用成专名的。所谓国风，犹之乎说“土乐”。[1]

在以上十二说中，张西堂以为后一说“声调”较为圆满合理，因为它兼顾了《诗经》本身提供的内证。除了《崧高》形容吉甫之诗“其风肆好”外，《烝民》也说“吉甫作诵，穆如清风”，这里的“清风”不能依毛传朱注之释为“风化”，只能释为很清的声调。不过，若依“并行分训”和“同时合训”的辩证原则，以上十二说都未免偏于一端，有绝对化之嫌。其中的风教、风俗、风讽诸说则分别对应于钱锺书所点明的“一名三训”。即便从《诗经》“内证”方面看，“风”的语用意义也不限于单指声调。可以说以上十二说均未得“风”之本义。

好在有“并行分训”的开放性思路引导，我们还可以不拘泥于各种旧说成见，重新审视和容纳别的解说。与梁启超、章炳麟和顾颉刚的说法大约同时，陆侃如先生也提出了一种很独特的观点，姑且在此举出作为风一名的第十三种“分训”吧：

十三、牝牡相诱说　陆侃如提出“风”就是“牝牡相诱”的意思，这是他从不大为训诂学家和解经学家们注意的一条古注中发现的：

（尚书）《费誓》“马牛其风”及《左传》“风马牛不相及”的“风”字，普通都训作“放”字，《广雅》及《释名》亦然。惟服虔注：“牝牡相诱谓之风”一句颇可注意。“放”字本可训为“纵”（《吕览·审分》注），又可训为“荡”（《汉艺文志》注）。江南方言，男女野合，恐人撞见，倩人守卫，谓之“望风”，

[1]《诗经六论》，第107页，引用时有删节。

与情敌竞争，谓之“争风”，亦可助证。故“风”的起源大约是男女赠答之歌。[1]

陆氏此说来得有些突兀，尤其是他引方言以证古，把经书中的一体上溯到“牝牡相诱”的荒古真理，似难为一般正统学者所接受。张西堂罗列新旧说十余种，独不取此；钱锺书力倡“同时分训”，却也未及此，让人感到有点美中不足。新中国成立以来的各种专著、文学史之类也很少顾及陆侃如之说。倒是 20 世纪 30 年代的“歌谣”派文学研究者对此做出了反响。如朱光潜先生发表在《歌谣》周刊上的大作《性欲母题在原始诗歌中的位置》便大段引述了陆说，他虽不完全同意陆氏关于“风”诗命名的看法，但也强调“风”诗的内容大半为男女赠答之歌，并从人类学高度加以判断：“依达尔文说，诗歌的原始功用全在引诱异性。鸟兽的声音都以雄类的为最雄壮和谐，它们的羽毛颜色也以雄类的最为鲜明华丽。诗歌和羽毛都同样是‘性的特征’。在人类也是如此，所以诗歌大部分都是表现性欲的。《国风》大半是言情之作，已为世人公认。”[2] 把朱光潜的“性欲”说同陆氏“牝牡相诱”说对照，意思大致相同，用词上却更显“科学”化。不过，世人公认《国风》为男女言情之作，虽早自朱熹已开此先河，但“言情”与言“性欲”毕竟还是有相当差别的。把“风教”还原为里巷之“风谣”，已在经学史上引发了空前持久的大混战，若再进一步还原情诗为性诗，又不知会有怎样惊天动地的震撼效果。钱锺书先生把“风”字双关风谣与风教两义看作同“乱”训“治”一样的“背出分训”之例，[3] 已揭示出两义之间的对立关系。如再将风谣解作性欲之宣泄，岂不更显得同“风教”不共戴天了吗?

我们的造字祖先就是这样同后代子孙们开着玩笑。在朱熹之前大约 1000

[1] 陆侃如：《诗史》，转引自朱光潜。亦可参看陆侃如、冯阮君：《中国诗史》，上海大江书铺 1931 年版；作家出版社 1957 年再版，第 18—19 页。

[2] 朱光潜：《性欲母题在原始诗歌中的位置》，《歌谣》周刊第 2 卷第 26 期，1936 年。

[3] 钱锺书：《管锥编》，第 1 册，第 58 页。

多年的时间里，“风”主要理解为风教风化，是道德教育的样本；在朱熹之后大约800年时间里，风谣说日渐取代风教说，道德教化的样本一下子沦为“淫诗”，以致不少卫道者甚至埋怨起孔圣人的智力或人品，谓其“删诗不当存此淫诗”[1]。谁知到了西学传入的20世纪，训诂学史上围绕一字多义的“风”与“谣”再度展开辩论时，性欲还原说竟能持之有故，言之成理。继朱光潜之后，另一位以研究古文字著称的学者陈梦家也加入到牝牡说的行列中来，并且为该派提供了更加充实可靠的论据和论证。陈氏《“风”“谣”释名——附论国风为风谣》一文似乎远不如他后来的《殷墟卜辞综述》那样知名海内外，乃至今人作《诗经研究史》对他的贡献也不置一词。[2]不过在今日看来，陈氏此文对“风”的训释足以使这第十三种义项“后来居上”，成为理解风诗本源的一条重要线索。

《“风”“谣”释名》首先破解的是“谣”字。文中指出，《诗经》中有“我歌且谣”的说法，这个“谣”似为与“歌”相对的乐舞，《楚辞·九思》注以舞容训“要嫇”，《方言》以游、戏训“嫇”皆为佐证。谣、嫇通“游”，故《大雅·卷阿》“来游来歌”也就相当于“我歌且谣”了。《说文》训摇为动，训踊为跳。谣当为足蹈之歌舞，即“踏歌”。谣字初作䍃，从缶，《陈风·宛丘》说到击缶以节歌舞，又可证谣非徒歌。从作用上看，最初的谣是“男女相和相诱”，因为据《方言》等书，谣字引申为“淫”“诱”和“讹”。陈氏又从“游”“诱”同音去推考谣本是诱，即指男女间的互诱，所举第三重证据似十分有力：

现今未开化的民族，还是在中春之月，令男女于山野间对唱定情，也是

[1] 参看崔述：《读风偶识》卷三，顾颉刚编订本《崔东壁遗书》，上海古籍出版社1983年版，第557页。

[2] 参看夏传才：《诗经研究史概要》，书中介绍了自鲁迅至闻一多的现代《诗经》研究，未提及陆侃如、陈梦家的观点。

以歌唱舞蹈诱致对方。以歌唱舞蹈诱致对方，则其所唱必多不实，所以谣引申为“谣言”“讹言”。以言词相挑拨，见存的俗话叫“调戏”，戏也就是谣。[1]

其实，古人把“戏房”视为“坏娃的地方”，今人有责怪西方引进的歌厅舞会使社会上离婚率增高，均可视为陈氏解“谣”为乐舞为诱致的旁证吧。[2]

“谣”字本义被揭破，陈氏又据此去释“风”，认为“谣（繇）俗”就是“风俗”，“风”与“谣”并是一类。除了陆侃如所引用的服虔注“牝牡相诱谓之风”外，陈氏又从古注中拈出“风合”一语作为旁证：

《吕氏春秋·季春之月》“乃合累牛腾马，游牝于牧”，注云“累牛父牛也，腾马父马也，皆将群游从牝于牧之野风合之”。案风合即“马牛风”之风，“游”即诱，“牧”是“牡”的误字（二字形近音同），游牝于牡就是诱牝于牡以相风合。“风”为诱牝牡相合，与“谣”之为诱男女相合，完全一样，所以“风”与“谣”是一。[3]

这样疏通之后，不仅一字多义的现象可获得发生学的理解，而且对于追索风诗由来至关重要的一义多字现象也得到超越前人的理性透视。可惜的是，新中国成立以来的学术界深受苏联式庸俗社会学浸染，讲到诗歌起源问题成了劳动说的一统天下，各种高头讲章中充斥着鲁迅先生的吁乎邪乎之说，其他的观点大都相对沉寂。谈性色变的文化氛围更不会容忍陆、朱、陈诸位的性欲说存在了。倒是在海外学者中仍有坚持发挥此说者。周策纵先生便在讨

[1] 陈梦家：《“风”“谣”释名——附论国风为风谣》，《歌谣》周刊第 3 卷第 20 期，1937 年。

[2] 闻一多说：鸟兽为人诱致其异性之同类者，在象曰䌛，在鹿曰麀，在鸱鸺曰舊，要雉曰鹞，充类言之，则人之以异性相诱者，宜亦得此称，《广雅·释诂》一曰“媱，婬也”是也。见《古典新义·释䌛》，《闻一多全集》第 2 卷，第 551 页。

[3] 陈梦家：《“风”“谣”释名——附论国风为风谣》，《歌谣》周刊第 3 卷第 20 期，1937 年。

论《诗经》与巫医文化关联的新著中发展了牝牡相诱说。

周氏似乎未读到陆侃如和陈梦家的论著，却能从更开阔的视野上阐发同一问题。他先依据甲金文中“风”字形和“凡”字形的内在联系，确认二者同指“风标”，古书中又称为“相风鸟”或“伺风鸟”，与巫医的伺风、祈风工作有关。由于风与气是一而二、二而一的东西，所以与诗歌相关的风概念实与巫术世界观中生命之气的观念息息相通。“这种宇宙观、生理心理观，是古代中国音乐、诗歌、文学，甚至一切哲学思想的一个基本观念。就音乐诗歌而论，原来都是由气之鼓动而生。……《吕氏春秋·音律篇》就说得更明白些了：‘大圣至理之世，天地之气，合而生风，日至则月钟其风，以生十二律。’接着又说：‘天地之风气正，则十二律定矣。’……这些论音乐的说法，在古时实际上都包括诗歌而言。到了曹丕《典论·论文》时更特别以气论文，说是‘文以气为主’。而钟嵘《诗品》序继承这一传统理论来论诗，说得尤为扼要，他说：‘气之动物，物之感人，故摇荡性情，形诸舞咏。’”[1]周策纵在追溯了“风气”说与诗歌音乐观的历史联系后，转而讨论作为诗六义之一的“风”，在陆、陈等举出的训诂学证据外，又有所发明和引申：“风的意义，还不止于一般的风动、土风，而与性和生殖有关。试看《国风》中许多诗都以恋爱和婚姻为主题，就可以明白了。其实早期所谓‘风化’和‘风俗’诸词，原来也许就包含有这种意义。俗字从人从谷，前人本已有释为人欲之所趋的说法。‘风化’一词，原来似指性与生殖，后世所谓‘有伤风化’，也许还于无意中保留着‘风化’的初义。他如‘风月’‘风流’‘风情’等后起的词汇和含义，恐怕也不仅是无缘无故的妄增。风有性诱惑的意思，见于很早的记载，如《尚书·费誓》……又如《周易》姤卦象传说：‘天下有风，姤。’姤字古文版本一作遘，当即媾字，姤卦辞云：‘女壮，勿用取女。’

[1] 周策纵：《古巫医与六诗考》，台北联经出版公司1986年版，第206—207页。

本来就是为婚媾而卜。”[1] 与前人相对照，周氏从风气生命观入手释“风”，在性诱惑说之上又加上“生殖”说，可谓“百尺竿头，更进一步”，使“风”的第十三种“分训”衍化成蔚为大观的风诗起源理论。

随之而来的问题是，从“风之一名三义”扩展到“十三义”，究竟哪一义才是本义、原始义呢？假如说“牝牡相诱”才是“风”之本义，那么这种性与生殖的观念又是从何而来的呢？这两个相关的问题是从理论上根本解决风概念发生与《风》诗命名之谜的“所以然”问题。然而，文献学和训诂学方面的例证迄今为止已近乎搜罗无遗了，似不足以从根本上解决疑问。在这种情况下，调转另一种研究角度，求助于神话学和人类学的第三重视野，或许是跳出训诂学牛角尖，从更深层次上找出“所以然”答案的唯一可行的选择了。如比较神话学的奠基人麦克斯·缪勒所言，人类思维所从事的最原始的艺术活动——神话创造，“较之任何文学文献都更为古老”[2]。从这个“神话时代”（Mythological Age）着眼，“我们对语言的起源，语法的逐渐定型，以及语言和方言的不可避免的分化脱节，都能形成相当清晰的观念”[3]。既然如此，就让我们试着从神话学入手，对汉语中的“风”再做一次更为彻底的“还原”吧。

三、“风”的神话学还原（上）
——神风沦为蛊虫？

中国神话世界中与风相关的人物和母题不在少数，但大多已不是原生神话的远古产物了。如《楚辞·离骚》中提到的飞廉，王逸注为风伯，可知是

[1]《古巫医与六诗考》，第 209—210 页。
[2] 麦克斯·缪勒（Max Müller）：《比较神话学》，金泽译，上海文艺出版社 1989 年版，第 8、10 页。
[3] 麦克斯·缪勒（Max Müller）：《比较神话学》，金泽译，上海文艺出版社 1989 年版，第 8、10 页。

一个人格化的风神。关于他的故事，除了《山海经·大荒北经》提到的蚩尤伐黄帝时请风伯雨师“纵大风雨”一句外，再无其他更详的记载可考，所以也根本看不出这位风神同“风教”或“牝牡相诱”有什么牵连。至于《周礼》和《风俗通义》中出现的风师，已被附会为星象学中的箕星，更失去了人格化的具体形象。[1]中国古神话的过早散佚和历史化变形使风神的事迹和特性几乎湮没无闻了，倒是新发现的殷商甲骨卜辞中透露出更丰富的相关信息。

卜辞中的风神通常写作“凤”，其字形是飞鸟的象形，这说明古人对大气运动的神话认识出于这样一种类比：是神鸟在空中的飞行运动产生出了“风”。如陈梦家先生所考，风、凤、朋三字本皆相通。从“朋”的“鹏”字，一看就明白也是翅膀会扇出大风的巨鸟了。《庄子·逍遥游》开篇写到的大鹏，“怒而飞，抟扶摇而上者九万里”，说的正是凤鸟飞翔生风的意思。《左传》云：“六鹢退飞过宋都，风也。”[2]反映的是同样一种神话观念。后人构想出“风穴”，以为是产生风的出处，同样和大鸟飞动有明确的因果关系。清人王士祯写道：

桐城南三十里撩风山，山中有风穴。穴中有物如苍鹅，鼓翅则大风自穴中出，卷茅拔木，如海飓然。[3]

这个记载虽然晚出，但所表现的大鸟鼓翅成风的观念却可上溯到文明史以前，并在商代凤风混同的现象中得到有力证明。《说文》四释“凤”时特别引出神话叙述，说它出东方君子之国，莫（暮）宿风穴。这就再次透露了凤飞为风的原始信仰。《楚辞》中风神叫“飞簾”，亦可作如是观。

---

[1] 参看袁珂：《中国神话传说词典》，“风师”条、“箕伯”条等，上海辞书出版社 1985 年版，第 90、420 页。
[2]《艺文类聚》卷一天部上引。
[3] 王士祯：《皇华纪闻》卷一。

甲骨文中的风神不仅以凤鸟为象，而且还有方位上的划分，即按照东南西北四方位区分出四位不同名字的风神：

东方曰析，凤（风）曰劦。

南方曰夹，凤（风）曰完。

西方曰夷，凤（风）曰彝。

［北方曰］□，凤（风）曰役

（《掇二》一五八）

这种风神一分为四的现象一直延续到后代。《尔雅·释天》谓："南风谓之凯风，东风谓之谷风，北风谓之凉风，西风谓之泰风。"名称已有变化，四风分属四方的神话格局依然如故。卜辞中有不少卜风的记录，其中有大风、

1. 丹凤朝阳 2. 踆乌 3. 鸾鸟 4.鸷鸟 5. 鹄 6凰 7. 玄鸟 8. 朱雀 9孔鸟
图36 凤鸟家族示意图

大撖凤、小凤、殶等不同名目，陈梦家以为殶当指“大狂风”[1]，或许可以视为古书中常见的“飘风”之原型。飘字音变亦作“飚”（飆）。“狂”字从犬，飚从三犬会意表示狂暴。《广雅·释诂》：“怳，狂也。”可知“殶”确与狂犬之暴戾有类比关系。初民以为暴风之起必因凤鸟发狂所致，这种神话解释以活化石的形式保留在飚字字形中。[2]由此亦可证语源学与神话学的结合是我们考察概念发生过程的有效途径。按照乌西诺（Usener）氏的高见，神话学应成为哲学认识论的基石，因为它的性质是研究创造性思维的内在规则，“抑或说是关于宗教概念的诸形式的科学”[3]。

卜辞中祭风的记述也可从神话学去理解。祭风的常见动机是祈求凤鸟停止或减缓运动，以免由它造成的暴风给人间带来灾难。

丙辰卜：于土（社）宁凤？（《掇一》三四九）

癸禾，其宁凤于方？又（有）雨？（《人》一九九四）

甲戌贞：其宁凤？三羊、三犬、三豕？（《续》一·一五·三）

《说文》训宁为“定息”，宁凤当为止风。以上第二条记载暗示出凤（风）与雨的连带关系[4]，与第一条合观可知祭风神的所在为“社”与“方”。《诗经·小雅·甫田》说到与此一脉相承的祭俗：

以我齐明，
与我牺羊，
以社以方。

[1] 陈梦家：《殷墟卜辞综述》，科学出版社1956年版，第241页。
[2]《尔雅》：“扶摇谓之猋。”郭注：“暴风……从下而上曰扶摇。”
[3] 参看卡西尔：《语言与神话》，于晓等译，三联书店1988年版，第43页。
[4]《诗经》所言“习习谷风，以阴以雨”，正承袭着此种风雨相关的观念。

毛传："社，后土也；方，迎四方气于郊也。"此云"四方气"显然与四方风别无二致。卜辞中虽列举了四方风的名字，但在卜风的辞例中却只见到来自北方和西方的风，而没有自东、自南来的风。学者们推测"殷代安阳地区的大风主要是北风"[1]。可见神话的四方风观念与现实中的来风方向还

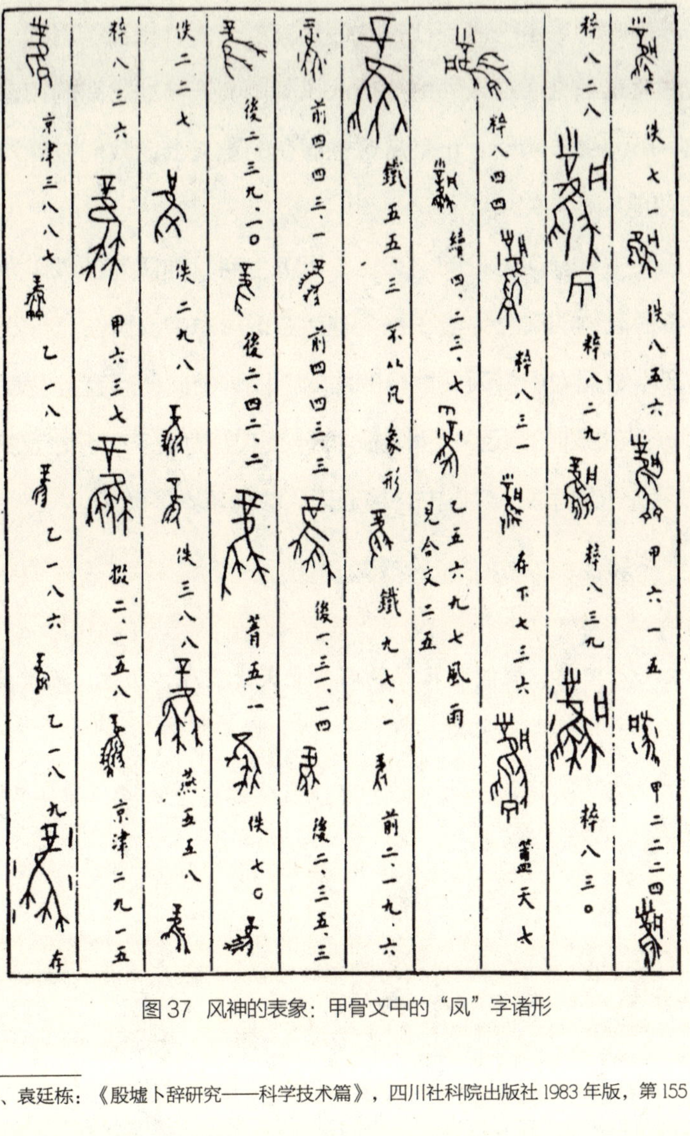

图 37 风神的表象：甲骨文中的"凤"字诸形

[1] 温少锋、袁廷栋：《殷墟卜辞研究——科学技术篇》，四川社科院出版社 1983 年版，第 155 页。

是有很大出入的。尽管如此，祭四方之风或气的礼俗却一直保持下来，并且进而衍化出四方之舞（《周礼·舞师》）[1]乃至八佾之舞。白川静解释说："八佾，天子所行之万舞也，是'节八音而行八风'[2]之舞，由舞乐而实现地上的秩序，四方风神的古代神话于此被视为调和天地秩序的礼乐。鸟形神的风神是在于分地上于八方，由礼乐而养成秩序，又使天下于自然定数、自然哲学里整齐有序的观念中当作八风而被概念化的。"[3]在此需要补充的是，神话思维中的宇宙秩序与社会秩序是交混一体，相互作用的。八佾之舞原初的法术背景当是通过人为地"行八风"调节天与地之间的和谐关系，促进和强化宇宙的生命能量。正是从这一潜在的意义上，我们方能找到风与性及生殖之间的神话关联。

除了后文中要专门讨论的"玄鸟（凤）生商"神话外，风作为天地之间生命能量传播载体的观念弥漫在整个神话意识形态中。旨在"行八风"的八佾舞，其实不妨视为诱合天父地母的法术手段，由此便可直接发现"牝牡相诱谓之风"这句古训的深远神话根源。为什么八佾为天子所行之万舞呢？《淮南子》透露了一点消息："人主之精通天，故诛暴则多飘风。"[4]《子华书》说得更明确些：

风涵太元之中精，故能动化百物而行乎天上。风，阴也，而其发为阳。[5]

把风同"精"认同为一体，作为宇宙间生命力之本源，是由来久远的神话观念。《礼记·郊特牲》：

[1] 参看池田末利：《四方百物考》，《中国古代宗教史研究》，东海大学出版会，昭和五十六年，第122—132页。
[2] 语出《左传·隐公五年》所记鲁公之臣下众仲。
[3] 白川静：《中国古代文化》，加地伸行、范月娇译，台北文津出版社1983年版，第219—220页。
[4] 张英、王士祯等：《渊鉴类函》卷六天部引。
[5] 张英、王士祯等：《渊鉴类函》卷六天部引。

天子大社必受霜露风雨以达天地之气也。

这里说的“达天地之气”即沟通天地，亦谓“合气”，也就是天父地母的交合的较文雅的表达。风与霜、露、雨同样被当作天地合气的媒介物。王充《论衡·自然》篇发挥天父地母神话的哲理说：“天覆于上，地偃于下；下气蒸上，上气降下，万物自生其中间矣。”这话中已将介于天地间的风气之生殖功能和盘托出了。再看《太平御览》卷九引《易通卦验》中的说法，“八风以时，则阴阳变化道成，万物得以育生”，我们对“风”的神话学本义似可做出初步结论了。或许有人说，古书上的这些说法只能看作是已“死”的神话，不足为据。那么，再让我们求助于第三重证据，看一下现存的“活”神话吧。

傅道彬先生依据中国少数民族的材料，提出了有关气的理论所特有的“性”的意义的问题，他写道：

在许多民族的民俗材料里，气都是一种世界构成的根本物质，并且都具有性的意义。纳西族东巴经有一部经典《动埃苏埃》认为，世界之初“上边先发出喃喃的声音，下边后发出嘘嘘的气息，声音和气息的结合，发生变化，出现了一个白蛋，白蛋发生变化，出现了‘精威五样’（木、火、水、土、铁），‘五样精威’出现了白、绿、红、黄、黑五股风，五股彩风起变化，出现了五个彩蛋来”[1]。很明显，这实际上是用男女性行为来隐喻世界的诞生，上边的喃喃声与下边的嘘嘘声，正是对男女性交状态的描绘。那么其中的气自然可以落实了，它实际上是精液的象征，这个世界的衍生模式刚好符合中

[1] 李国文：《纳西族古代哲学思想初探》，《东巴文化论集》，云南人民出版社。

国哲学关于气—阴阳—五行—万物的认知模式。[1]

傅先生还指出，纳西族神话又称气为“白露”，后者更显而易见地表达着原始民族对“精”的理解。纳西人《创世记》中描述人类起源的一段是：“居那若倮山上，产生了美妙的声音，居那若倮山下，产生了美好的白气；好声好气相混合，产生了三滴白露水，三滴露水又变化，变成一个大海。”在《崇搬图》中，关于人类的产生也有类似描述：“最初期间，上面高空有声音震荡着，下面地里有气体蒸酝着，声和气相互感应，化育为三滴白露。由白露化育，变成三个黄海。一滴露水落在海里，就生出‘恨时恨蕊’。”傅先生认为从上述神话中可以看出这样一组对应关系：

上边喃喃＋下边嘘嘘→白露（气）→恨时恨蕊

↓

男人＋女人→精液→人类

这是一个以气为本的生命创生的循环图。气、精、白露都是创造生命的基本元素。气的形象层次取义于生殖行为，气的概念是很晚才进入哲学层次的。[2]

从象征规则方面看，纳西族神话中的露水和精气的关系，不妨视作雨和风的关系的另一种形式。这些自然意象作为天父与地母交合的中介物，在神话思维中的功能是完全相通的。对此，后文还将从跨文化的通观中再做说明。鉴于天地合气则万物萌生的神话哲理，风（气）作为充塞天地之间的媒介物，虽然“只闻其声不见其形”，依然象征着诱合、媒合宇宙间的两大生

[1] 傅道彬：《中国生殖崇拜文化论》，湖北人民出版社 1990 年版，第 323 页。

[2]《中国生殖崇拜文化论》，第 324 页。

殖力——阳性的以天、太阳为代表，阴性的以地、月亮为代表——的神圣职能。这种和同天地阴阳的职能甚至也体现在风的声音所引发的神话联想上。丁惟汾写道：

阿，和也。风啸声谓之阿。阿字当作和。（古音读阿）《庄子·齐物论》：泠风则小和，飘风则大和。《尔雅·释乐》：徒吹谓之和。[1]

其实就连今语中的“和风”或“风和日丽”这样说法都可溯源到神话之风的和同作用上去。也只有充分领会了风在神话思维中的这种媒合职能，古语“马牛其风”和“风马牛不相及”之类措辞才变得明如白话了。“风诗”与“谣歌”一类的后起概念，之所以不约而同地蕴含着“诱牝牡相合”与“诱男女相合”（陈梦家语）的原始意义，也当然应从声的方面去理解。《庄子》讲得很明确：“风吹万物有声曰籁。”《乐动声仪》也说：“风者礼乐之使，万物之首。”[2] 据此不妨把诗和乐均看作是以天籁之风声为原型的“人籁”，其诱合媒合作用的由来也就不言自明了。不仅如此，古代诗歌和音乐美学所一再追求的天籁之音的境界以及“和”的理想，似也可从生殖功能的扬弃与升华上去理解。这样一看，《诗经》研究史上的“风为土俗之音”“风为声调乐调”一类主张的合理性和片面性都可得到溯源求本的新观照。看来不仅是学习作诗的人要信奉“功夫在诗外”的至理名言，研究诗之本源的人也得到“诗外”的神话世界中去下“功夫”的。

按照“天人合一”的神话宇宙观，处在天父与地母中间位置上的风（气）正是媒合天地、化育万有的伟大中介力量，同时也应是媒合人间男女及动物界雌雄牝牡两性、使之生殖繁衍的中介力量。旨在调动此种中介力量——不

[1] 丁惟汾：《俚语证古》卷一，齐鲁书社 1983 年版，第 2—3 页。
[2] 陈元龙：《格致镜原》卷三乾象类三；张英等：《渊鉴类函》卷六天部六引。

论是人为的舞八风还是节八音——的原始歌舞，之所以具有协调宇宙秩序的意义，成为象征“和”之功效的神圣之“礼”，道理就在于此。事实上，《周易·蛊卦》早已用另外的语汇把这种神话真理概括表述出来了，只不过至今人们还没有完全读懂它罢了。请看蛊卦《象》词：

蛊，刚上而柔下，巽而止蛊。蛊，元亨而天下治也。[1]

“蛊”之本义当与“风”相同，表示诱惑。《左传·僖公十五年》记卜徒父对晋侯问蛊卦时即说：“蛊之贞，风也。”[2]稍异之处在于，“风”可用于“牝牡相诱”，“蛊”似专指男女相诱惑。《象》以“蛊”类推到天父地母之相诱相合，所谓“刚上而柔下”乃是乾坤相合刚柔相济的委婉表达。其媒合的结果，达到“天下大治”，这不正说明代表宇宙秩序的“和”来自诱合之“合”么？由此还可推想，“凬”字后来与“凤”字不再通用，却与“虫”联合起来组成新字，恐怕在意义上同从虫的“蛊”不无关系吧。

从古人关于“礼”本始于天地，造端于夫妇的说法中，亦可体会出宇宙秩序和社会秩序的建立与维持都离不开诱合的中介力量。作为原初之“礼”而发展起来的官方乐舞歌诗活动，其中有一部分专用于人为地“诱合”或“蛊”，也完全是天经地义、无可厚非的事情。从舞的角度看，这类节目被称为“万”，从歌与乐的角度看，则被命名为《风》。只是随着文明的进展，“礼”日益发展为“礼教”，原本是天经地义的诱合性乐舞开始受到改造和升华，“风教”于是乎从《风》中提升抽象出来，并反过来攻击和曲解原初之“风”，“诱合”主题也因此由神圣沦为罪过。此种由“圣”而“俗”的沦落过程在万舞

[1] 黄寿祺等：《周易译注》，上海古籍出版社 1989 年版，第 160 页。
[2] 阮元：《十三经注疏》，中华书局 1980 年版，第 1806 页。

那里亦可看到。此种诱合性舞蹈当初为天子之礼，已如前述。《诗经·大雅·閟宫》写道的“万舞洋洋，孝孙有庆”，似还多少暗示着繁衍继嗣的原初意蕴。由洋洋万舞所激发出的“八风”也还能令人联想到作为神使化育万物的凤鸟。可是到了左丘明的时代，我们看到完全变了样的万舞。楚文王死后，其弟子元有心诱惑寡嫂，诱的方式就是到她住处前去“万舞洋洋”。据《左传·庄公二十八年》的说法：“楚令尹子元欲蛊文夫人，为馆于其宫侧而振万焉。”可知天子之圣礼至此已沦为男女偷情诱奸的手段了。左氏用“蛊”这个词来界定“振万”（即跳起万舞）的功用，诱惑主题尚在，而宇宙秩序之“和”的神圣性质却已荡然无存焉。神凤在这个转折时期不能再象征自然之风，由一个会意蛊虫的“風”字取而代之，继续表示已失去神圣性质的“诱合”之义，大概再合适不过了。

四、“风”的神话学还原（下）
——神之呼吸·风化·玄鸟生商

在甲骨文时代与天帝之使“凤”密切联系在一起的“风”概念（或者说是一种“前概念”），如何伴随着神话思维时代的衰微而改变其神话的价值色彩，并因此同善蛊的虫类联系到一起，上文做出了初步的描述与说明。但是对于全面把握这个概念的神话意蕴，似乎还远远不够。因为“在创造神话的那个时代，每个词，无论是名词，还是动词，都有其充分的原生功用，每个词都是笨重和复杂的，它们的内涵非常丰富，远远超出它们所说的东西”[1]。本节拟结合较为具体的神话观念及相应的“风化”型神话作品对“风”作进一步的还原理解。

[1] 麦克斯·缪勒：《比较神话学》，中译本，第 68 页。

如果说中国神话学所能提供的风神观念还不足以使我们发蒙解惑，洞悉“风”之本义的话，那么看看邻邦印度神话的情况也许大有帮助。在《梨俱吠陀》第10卷中一首题为《风》的诗作，为后人保留着雅利安民族所崇奉的风神的较完整描述：

风的车子的威力；
摧毁着，声声轰鸣；
傍着天空行，散布红色；
还沿着地面走，扬起灰尘。

她们[1]随风一同前进，
如同妇女们走向欢乐聚会。
天神和她们一起同车乘。
他是一切世界之君。

在空中道路上行走，
连一天也不停留。
水的朋友，首先降生者，守正道者，
他在何处降生？从何处来临？

众天神的呼吸，世间的胎孕，
这位天神任意游行。
只听得见他的声音，却不见形。

[1] 旧注说指一切随风倒的东西。

向我们向他呈献祭品。[1]

本诗中的风神可说是半观念化半人格化的。正如作为自然观象的风，他是有声而无形的。不过这并不妨碍人们了解他的功能和特性。这可以分述为以下八点：

第一，风神为一运动的表象，所谓在空中行走，一天也不停。这个表象可被幻想为一种“车子”，风声便是“车子”发出的运动声。

第二，风的车声又可类比为同样看不见却听得着的雷鸣，所谓“声声轰鸣”是也。这就使风与雷两种自然现象间产生了神话联系。

第三，风神的职能之一是在天上散布红色，这似乎是用来解释朝霞晚霞现象的神话推理。

第四，风神与红霞的关系之中暗含着另外两重关系：风与太阳；风与云。

第五，风神是“水的朋友”，暗示出风与雨的相关性，或者说是一种因果关系。

第六，风神的起源被追溯到“众天神的呼吸”，作为生命之本源，他因此被称为“首先降生者”和“一切世界之君”。这里同样反映着神话思维时代的风气生命观。

第七，风神与生命本源“呼吸”的认同确定了他的主要职能在于传播神圣的生命力之种，所谓“世间的胎孕”已明确道出神话观念中的风与生殖间的隐秘联系。

第八，风神既出自众天神之呼吸，他自己也被称作“这位天神”，甚至有“世界之君”的美誉，这都表明风神与天神之间本来存在着重合对应的关系。

对照起来，印度风神的诸般特征在中国神话观念中大致皆可找到。《礼

[1]《梨俱吠陀》第10卷，第168首。中译文取自金克木选译《印度古诗选》，湖南人民出版社1984年版，第42页。

记·孔子闲居》中“神气风霆”之说，便出自风与雷霆皆为天神之气息的信仰。《埤雅》说：“天地之气嘘而成云，噫而成风。”[1]这又把云和风的由来皆溯源于天地之呼吸了。此外还有《山海经·海外北经》所记钟山之神烛阴，有“吹为冬、呼为夏”和“息为风”的异能；《广博物志》卷九引《五运历年记》中的盘古之君，也是“嘘为风雨，吹为雷电”。这两位大神作为宇宙生命本源和主宰的身份由他们的此种异能已可见出一斑了。由风为神之气息的普遍信仰出发，再去考察风在原始神话中的基本职能——生育，自然就会顺理成章了。

风与天神的有机联系早在甲骨文时代便已有较明确的记述，如以下辞例：

贞：羽癸卯，帝其令凤（风）？（《合》一九五）
羽癸卯，帝不令凤（风）？夕雾。（《乙》二四五二）
于帝史（使）凤（风），二犬？（《遗》九三五）
贞：帝凤（风）？（《铁》二五七·二）
辛未卜：帝凤（风）？不用。雨。（《佚》二二七）

前三例中之“帝”均指天帝，为殷人信仰中之至高主神，万物之生命与灵魂的赐予者。凤（风）作为受命于帝者，或作为帝之使者，当然负责着为天帝传播生命力于万物的神圣使命。《庄子》所说的“生物之以息相吹也”的道理[2]，不也是把风吹之气息视为“生”的前提条件吗？从万物有灵的神话信仰角度看，生命与灵魂是不可分割的统一体。作为天帝之使者的风，也

[1]《渊鉴类函》卷六天部引。
[2] 参看叶舒宪：《中国神话哲学》第八章第二节《息壤原型发隐》。

就是神与万物之间的一位处在永恒运动中的灵魂的传递者或媒介者。[1] 白川静先生还以为，大自然中的“灵”便是最初的神。他写道：

当人类开始意识到“灵”的时候，首先显示灵威的就是自然界。自然界存在的全体，成为灵的体系而被体认。

大自然灵威的启示最显著的，莫过于天象了。飘过天际的云，拂动万物的风，或者山川之籁等等。[2]

正因为风自古以来就被看作表达神灵意志的天象，所以古代的类书都把“风”列在开卷首篇“天部”，位置紧接在日、月、星、云之后，又在雪、雨、雷、电之前。从宽泛的意义上看，所有这些天象的具体代表都是天意即神意的表征，因而有占卜预兆的意义。从细微差异上看，雨、雪、霜、露、雷、电等的运动是有条件限制的，不像风那样无处不在处处在，甚至干脆等同于空气和广大的空间。再有，就经验的直接观察而言，雨、雪等的运动方向是单向的，只能自下而下，不能自下而上。而风则不仅有四方八方之源，而且可以上下纵横，可以说是万向运动者了。由风来充当“天地之使”[3]，代表天地神明同万事万物发生联系，确实是再恰当不过的神话选择。所以，灵魂载体的圣职也就非风莫属、唯风可属了。前引《乐动声仪》把“风”说成“万物之首”，这和《梨俱吠陀》把风神奉为“首先降生者，守正道者”，都是遵循的同一种神话逻辑。概言之，风作为“万物之首”和生殖化育力之源的观念，乃是风与神灵的混同或风神与天神的混同的直接派生物。

由于风的存在和运动弥漫在天地之间，所以同样在天空中活动飞行的鸟

[1] 参看保尔·拉定（Paul Radin）：《作为哲学家的原始人》（*Primitive Man as Philosopher*），第 2 章《原始生命观》，多佛出版公司 1957 年版，第 11 页以下。

[2] 白川静：《甲骨文的世界》，温天河、蔡哲茂译，台北巨流图书公司 1977 年版，第 36 页。

[3]《渊鉴类函》卷六天部六引《河图》语。

类就与风结下了不解之缘，乃至成为无形之风的有形代表。甲骨文中风、凤同字的现象和民俗宗教中“鸟形灵”的信仰，皆可从风鸟混一的神话观念得到解释。

关于鸟形灵信仰的世界性意义，艾利亚德在其研究萨满招魂的大著中论列极详[1]；关于鸟形灵信仰在汉语文字中留下的深刻印记，白川静也有精到的分析。在此，我只想就“风化”神话的实质和“玄鸟生商”传说的底蕴再做些说明。

同“风教”概念一样，作为教化的“风化”概念也源出于生殖信仰，更确切地说应是一种单性生殖的神话信仰。《毛诗序》所说的“风以动之，教以化之”，完全是抽离了“风化”的生殖本义之后的比喻说法。“风化”的原始意义指的是以风为主体的“化生”。标准型的“风化”创世神话出自古芬兰人的《创世歌》，诗中讲到原始处女伊里马达尔在海中因风受孕，怀胎七百年后生下七个蛋，从中化出宇宙万物。[2]风在这里的作用酷似后世的“圣灵感孕”说中的“圣灵”，也是作为生殖力本源的。中国神话哲学的“元气剖判”创世说或可视为风化创世观的较抽象表达。[3]《老子》第二十一章所云“道之为物……其中有精”，第三十四章所云“大道氾兮，其可左右。万物恃之以生”，也均可与风化创世观相通。老子形容“道”之创生功能的“氾”字，其实正是与“风”通训的。刘熙《逸雅》云：

风，氾也。其气博氾而动物也。[4]

[1] 参看艾利亚德：《萨满教：古代迷魂之术》(*Shamanism: Archaic Techniques of Ectasy*)，特拉斯克英译本，普林斯顿大学出版社 1964 年版。

[2] 参看雅罗斯拉夫斯基：《圣经是怎样一部书》(中译本)，三联书店 1962 年版，第 45—47 页所引芬兰《创世歌》。

[3] 参看叶舒宪：《中国神话哲学》，中国社会科学出版社 1992 年版，第 129—130 页。

[4] 引自《格致镜原》卷三乾象类三。

中国神话中风化创世故事虽无完整的记述留传下来，但风化创生的观念却是根深蒂固，到处可见的。《庄子·天运》中便有典型的例子：

夫白鹢之相视，眸子不运而风化。虫雄鸣于上风，雌应于下风而风化。类自为雌雄，故风化。

庄子所言“风化”的三种形式皆为所谓“无性生殖”，也就是在没有两性交合的前提下怀孕生育，这同“圣灵感孕”的单性生殖实质是一样的。雌与雄之间并无肉体上的结合却能受孕生殖，风之媒介作用在这里显然至关重要。可知“牝牡相诱谓之风”的古训渊源有自，绝非无根之戏言。就连汉字“風”为何从“虫”的秘密，也当由此“风化”故事获得合理说明。《说文》训“風”曰：“風动虫生，故虫八日而化。从虫，凡声。”王充《论衡》亦有类似说法：

夫虫，风气所生。仓颉知之，故凡、虫为風字。取气于風。故八日而化。[1]

从神话信仰实质上看，“风化”即灵魂创生，“取气于风”也就是“取灵于风”。正像上帝用吹气的方式授予泥胎亚当以灵魂，完成单性生殖的奇迹一样，风之吹拂便能导致怀孕的观念还是以风为灵魂载体的观念为基础的。“风化”的真相就是以灵感生。古人相信虫类和某些鸟类都是按照这一方式繁衍后代的，“風”之从虫，也就不足为奇了。周策纵先生说：風字从虫而作，不知起于何时？甲骨文、金文皆不见，只见于汉代的石刻。唯《周礼·春官·大宗伯》中“风师雨师”的风字作“飌”，同时从虫与鸟，不知有何根据，也许是改从虫时过渡时代的字，或系某一地方特用的写法。[2]孙诒让在注释《周

[1] 王充：《论衡·商虫篇》，见《诸子集成》。

[2] 周策纵：《古巫医与六诗考》，台北联经出版公司1986年版，第210页。

礼》时亦曾对此“飌”字抱多闻阙疑的审慎态度，他引证了若干材料，却未下断语：

飌师者，《九经字样·虫部》云：“飌，古文風。”全经六篇，風雨字皆作風，惟風师字作飌。《说文》无此字，从雚，与六书例亦不合，所未详也。[1]

这个从虫从鸟的怪字用于风神之名称似非偶然。《周礼》的作者显然是为了有意区别作为一般自然现象的风，才使用此古字的。甲金文的现有记录中无此字，但却有该字的省文“萑”字。罗振玉说：“《说文解字》：‘雚，小爵也，从萑□□声。’卜辞或省□□借为鹳字。此字之形与许书训鸱属之萑字相似，然由其文辞观之则否矣。”[2] 杨树达则断定萑与雚实为一字之异写。雚为飌之省文。

卜辞以酒祀飌，殷先于周而有此祀矣。[3] 萑在卜辞中的用例颇多，除了作为人名地名外，常用为風字，叶玉森或释为“風主”[4]。前已述及，上古神话中风与鸟认同的情形极为普遍，卜辞中风、凤同字便是其例，这里以萑为风则又为一例。“隹”字作为短尾鸟之总名，是失去神话意味以后的事。在甲金文例中，“隹”（唯）总是用在叙述王者行为之前，如“唯，成王大禘”；“隹，王之八月”。白川静推测说，这可能是谈到神圣事物时，表示“欲言不敢”意思的发言。其神意的媒介物是鸟，即“隹”。[5] 又说，周王室祭祖灵的圣地取名“辟雍”，雍字本作雝，亦从隹。“隹”大约是聚集于这个圣地的鸟吧。它被认为是祖灵来临的标志。[6] 从风鸟混同的神话观看，或可

[1] 孙诒让：《周礼正义》卷三十三，中华书局 1987 年版，第 1299 页。
[2] 引自李孝定编：《甲骨文字集释》，第 4 卷，第 1297 页。
[3] 杨树达：《卜辞求义》，上海古籍出版社 1986 年版，第 36—37 页。
[4] 引自《甲骨文字集释》，第 4 卷，第 1298 页。
[5] 白川静：《中国古代民俗》，何乃英译，陕西人民美术出版社 1988 年版，第 24—25、30 页。
[6] 白川静：《中国古代民俗》，何乃英译，陕西人民美术出版社 1988 年版，第 24—25、30 页。

补充说，神鸟作为无形之风的具象代表，正是承担着传播圣灵的“风化”职能，因此才受到如此礼遇的吧。

从虫从凡的“風”字的产生，也可从同样的神话观念得到说明。按照科学的分类原则，昆虫与鸟是截然不同的两类事物。然而在神话思维中，“不同的物体，只要它们的功能意蕴相同，也就是说，只要它们在人类的活动与目的的秩序中占据相同或至少相似的位置，它们就往往具有同一个名称，归在同一个概念之下”[1]。例如科拉印第安人把虫属的蝴蝶归入鸟类，在今人看来也许是荒诞的。卡西尔却启发人们说：

设想一下：如果在“鸟”这个名称以及在这个语言概念中作为本质特征而受到强调的因素正是“飞”，那么，凭借这个因素以及它的媒介作用，蝴蝶的确是属于鸟类的。我们自己的诸语言也在不断地生产着这样一些分类法，它们与我们经验的、科学的种属概念相矛盾。例如，蝴蝶这个指称词在某些日耳曼语言中就被称作“蝴蝶鸟”。[2]

由此看来，汉字“風”之所以从虫会意，原来也是把虫视为飞鸟同类的观念的产物。虫与鸟的类比根据，一方面是二者均可受“风化”的生育规则支配；另一方面则是二者均能体现出像风那样的“飞”的本质特征。《大戴礼·曾子天圆》中便有“羽虫之精者曰凤”的定义，这不是把凤、风、虫的三位一体关系一语道破了吗。难怪后人还习惯把鸟称作“虫蚁”。《西游记》第三十二回：“这虫鹥不大不小的……红铜嘴，黑铁脚，刷刺的一翅飞下来。”更值得注意的是，与“风”字通训“诱惑”的“蛊”字，本义也指一种能飞的虫，那就是谷物中自生出来的虫。《论

[1] 卡西尔：《语言与神话》，于晓等译，三联书店1988年版，第66页。
[2] 卡西尔：《语言与神话》，于晓等译，三联书店1988年版，第112、113页。

衡·商虫》说："粟米饐热生蛊。"《左传·昭公元年》有更明确的说法："谷之飞亦为蛊。"[1]这种只见其从谷中飞出，却不见其两性交合的"蛊"，也正因为被神话思维看作"风化"和"感生"的典型，才会具有"风诱"的意义，引申出"蛊惑"一类概念的。

就这样，凤、风、鸟、虫等本来不相及的事物由"风化"神话观牵合在一起，并由造字祖先固定在汉字的结构之中。《周礼》中那个令训诂家们感到困惑难解的"鷉"字，不正像活化石一样保存着由鸟类和虫类的两种表象

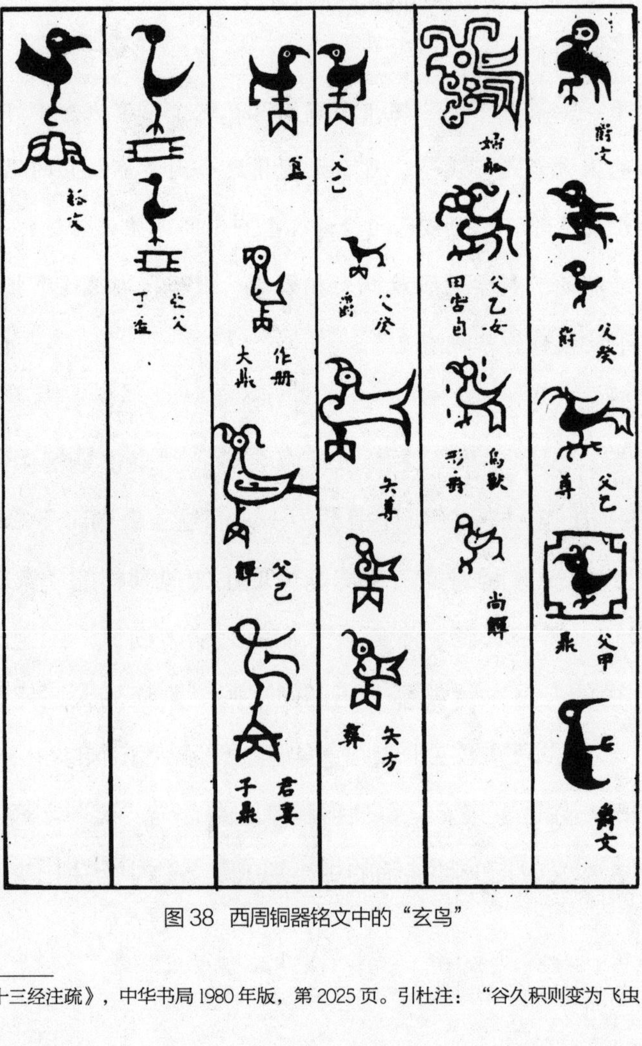

图38 西周铜器铭文中的"玄鸟"

[1] 阮元：《十三经注疏》，中华书局1980年版，第2025页。引杜注："谷久积则变为飞虫，名曰蛊。"

综合而成的风化之神的本相吗？这个意味深长的字再次向我们表明：“神话一再从语言中汲取新的生命和新的财富，如同语言也从神话中汲取生命和财富一样。”[1]

风神作为化感之主体，在商周两代意识形态中均留下了深刻印记。《商颂·玄鸟》所述“天命玄鸟，降而生商”的祖先传说是众所周知的，但对它的理解还未能令人满意。在这里，我想把玄鸟生商传说作为“风化”创生神话的置换变体，分几个层次作层层深化的读解，从中发掘“风”与生殖主题的潜在关联。

其一，玄鸟按照《离骚》“凤皇既受诒兮”的说法，也就是凤凰。而《礼记·月令》“仲春之月玄鸟至”句郑注又说是燕子。闻一多《龙凤》一文从殷商图腾的角度确认玄鸟即凤[2]，朱芳圃先生则以“玄”训黑符合燕子羽色为据，认为玄鸟即燕。其实从神话思维规则看，凤与燕作为空中飞鸟，皆可作为“风”之化身，所以二者并不矛盾。

其二，把有形之玄鸟还原为无形之风，“天命玄鸟”生商的叙述也就可读解为天帝命风神“化生”商人先祖。《史记·殷本纪》说殷之先妣简狄吞玄鸟卵而生契。这种单性生育的母题符合人类学上所说的“处女怀胎”型神话[3]。据列维－布留尔所考察的澳洲土著原始神话观，单性生育观曾先于两性生育观而普遍存在：部落中男祖先的后代皆为男性，女祖先的后代皆为女性。“这样一种信仰即女人有不同于男人的血缘祖系，对我们来说也许显得很奇怪，但是对于土著人的思维来说却是合乎逻辑的，因为他们相信是先在的灵导致生育”[4]。灵通过化形的方式完成授胎生育的任务，这和中国古书

[1] 阮元：《十三经注疏》，中华书局 1980 年版，第 2025 页。

[2] 闻一多：《龙凤》，《闻一多全集》，第 1 卷，三联书店 1982 年版。

[3] 参看利奇：（E.Leach）：《处女怀胎说》，日译本，见《作为神话的创世记》，东京纪伊国屋书店 1980 年版，第 170 页。

[4] 列维－布留尔（Levy-Bruhl）：《原始神话学》（*Primitive Mythology*），艾利奥特英译本，昆士兰大学出版社 1983 年版，第 38 页。

上说的“类自为雌雄故风化”，在实质上是相通的。凤这种鸟本来就没有雌雄之分，所以也是“自为雌雄”而生育的。《山海经》中说到带山有鸟，其状如凤，五采文，其名曰奇类，皆自牝牡。[1]可见玄鸟作为凤，其“生商”的方式本为“风化”无疑。至于燕，古名又叫鳦。朱芳圃为求证其本相，引述了下列文献：

《说文》：“肊，胸骨也。从肉，乙声。臆肊或从意。”

按鷾即鳦之别构。《说文》：“嫛，婗也。”《广雅·释亲》：“婗兒，娃子也。”按……人始生谓之婴儿，嫛婗即鷾鸸之转音。先民以玄鸟至之日，祀于高禖以请子，因谓子为玄鸟所生，故以其名名之。[2]

“子为玄鸟所生”的内核当为“子为风化之灵所生”，此种祈子习俗乃是单性生殖观的后代遗迹。这样生育出的婴儿之所以叫“婗”，恐怕同《庄子》中说的白鶂风化生子不无关系。白鶂，郭庆藩辑《庄子集释》引《三苍》云：“鸧鶃也。”又引司马云：“鸟子也。”又注云：

鶂鸟以眸子相视，虫以鸣声相应，俱不待合而便生子，故曰风化。[3]

可见玄鸟作为燕、鳦或鶃，同凤一样，也是标准的风化创生之主体。这样，玄鸟为凤或为燕的对立便在“风化”的原型意义上获得统一。若想窥见玄鸟神话的初义，最好参看如下一则较原始的外域神话：

---

[1] 转引自王先谦《庄子集解》卷四，见《诸子集成》。

[2] 朱芳圃：《中国古代神话与史实》，中州书画社 1982 年版，第 76—77 页，引文有删略。

[3] 郭庆藩：《庄子集释》，中华书局 1969 年版，第 532 页。

北美Menomini印第安人说，至上神名叫Häwätuk者，创造了第一个妇女，神变为一阵风，用风拥抱了这个妇女，她乃怀孕生了一子，此子在岛上长大，并看守此岛。[1]

其三，神之灵通过风而授孕生育的“风化”故事为什么会变成天命玄鸟授孕生育的殷商传说呢？既然我们对风和鸟皆为灵魂或精灵之载体的神话原理已有所了解，这个问题就可以解释为“风化”原型的置换变体。在此种置换中，风之动化百物的创生功用变成更加具体可感的鸟灵遗卵。类似的信仰和神话几乎遍布世界北半球。比较神话学家坎贝尔指出，西伯利亚早自石器时代开始就留下许多以鸟形为特色的宗教艺术品。如贝加尔湖地区旧石器时代狩猎文化遗址中就出土了用象牙雕刻的飞鹅和飞鸭形象。在南部法国的拉斯科洞穴壁画中，一位萨满身着鸟羽服装，另一位萨满的肩头落着一只鸟。直到今日，西伯利亚的萨满仍穿鸟服，他们中的许多人被认为是由鸟使他们母亲怀孕后生下的，因此这些萨满天生具有通神灵的异能。[2]坎贝尔还注意到，中国道教的不死“仙人”们也有“羽化登仙”的异能，大量的羽衣升天故事同德国的天鹅骑士洛亨格林（Lohengrin）的传说一样，都由同样的信念所派生。“难道我们不该再想一想那使圣母玛丽亚怀孕的鸽子，以及生育了特洛伊的海伦的那只天鹅？在许多地方都把灵魂画为鸟，鸟总是充当精魂的使者”[3]。经过这样一番宏观的巡礼，我们可以相信，简狄吞鸟卵生商的传说与圣母因鸽感圣灵的故事作为同一种“风化”观的不同变体，确实是不谋而合、异曲同工的。在玄鸟神话的又一个后代变体——朝鲜祖先传说“有气大如鸡

---

[1] 转引自杜而未：《庄子神话解释》，台湾大学《文史哲学报》第32期，1981年。

[2] 坎贝尔（J.Campbell）：《神之面具：原始神话学》（*The Masks of God: Primitive Mythology*），纽约，海盗出版公司1959年版，第257—258页。

[3] 坎贝尔（J.Campbell）：《神之面具：原始神话学》（*The Masks of God: Primitive Mythology*），纽约，海盗出版公司1959年版，第258页。

子”致孕的情节中，作为创生原型的风竟然又以气的形式再现出来，玄鸟卵也进而夸大为鸡子了。[1]

图39 陕西华县太平庄陶塑鸮鼎

图40 美洲印第安人的鸮神塑像

其四，风与气作为灵魂的媒介，在中国神话中又和代表阳性力量的天父或太阳有内在联系。其哲理化的引申便是气与精、灵与神的混同。《管子·内从篇》说：“精，气之极也。精也者，气之精也。凡人之生也，天出其精。”照此看来，玄鸟的作用不正是“天出其精”的具体化了么？由此又派生出人禀天之精气而生的信念，[2] 其对中国思想文化影响之深远，似乎绝不亚于圣灵感孕观念之于西方基督教文明。因为由这一观点自然可以引出传统气功理论的核心：对精气的意识性控制与调节可以使人获得超自然能量，从而达到“神”的境界。中医人体生理学所特别看重的“命门”，原来也与此息息相通。著名气功师吉良晨写道：

……元气（原气）包括元阴、元阳之气，就是真气。因为此气的来源是禀受于先天，是先天之精所化，故又名“原气”，但它要靠后天营养而不断滋生。在《难经·第三十六难》云：“命门者，诸神精之所舍，原气之所系也。”

[1] 参看三品彰英：《日鲜神话传说の研究》，东京柳原书店，昭和十八年，第269页以下。
[2] 叶舒宪：《英雄与太阳》，上海社科院出版社1991年版，第216—217页。

这说明命门是全身精气和神气所在的地方，也是“原气”联系的地方。很明确地提到“原气”与“命门”是密切联系在一起的。“命门”有生命门户的关键之意，是先天之气蕴藏所在，是人体生化的来源，生命的根本。张景岳云：“命门为原气之根，为水火之宅，五脏之阴气，非此不能滋，五脏之阳气，非此不能发。”“命门”之火体现肾阳（元阳）的功能；“命门”之水体现肾阴（元阴）的物质。所以说“命门”是“水火之宅”，“命门”之火（肾之元阳）包括现代医学的肾上腺皮质功能。[1]

这段论述可谓精到。由此可看出远古风化创生信仰与中国传统医学养生学之间一脉相承的渊源关系，为理解玄鸟神话的承上启下作用提供线索。

五、男性化的风、雷、日、月、雨
——《风诗》中天象象征及其神话根源

对汉语中“风”概念的神话学和发生学读解已使我们从传统训诂学的狭隘局限中挣脱出来，再度达到人类学意义上的通观认识。从哲学认识论的角度讲，卡西尔曾把这种通观视为解决思维和语言发生问题的唯一有效途径：

语词首先必须以神话的方式被设想为一种实体性的存在和力量，而后才能被理解为一种理想的工具，一种心智的求知原则，一种精神实在的建构与发展中的基本功能。[2]

在由概念到神话的还原过程中，我们从几则干巴巴的抽象定义出发，到

[1] 吉良晨：《中国气功萃义》，学苑出版社 1989 年版，第 21 页。
[2] 卡西尔：《语言与神话》，于晓等译，三联书店 1988 年版，第 83 页。着重号为引者所加。

达了一个无限宽广的、实体性的“风的世界”。在那里可以找到据说是产生于旧石器时代的鸟形灵的信仰和与母系社会相联系的单性生殖的“风化”观念。然而，由于世界上所有的文明社会（即有文字记载的社会）都是父权制的社会，单性生殖的“风化”观在这些父权文明中势必要受到这样或那样的改造。让风神认同于一位代表神灵世界男性权威的天神，或是让风神隶属于这样一位天神、太阳神，于是就有了带羽翅的太阳神或阳鸟、踆鸟一类的神话意象。风与光，以及雷、雨、露、云等其他天体现象皆被联系起来，具有了象征天父神或太阳神的阳性生殖力的功能。风也就随着这一潜在的变化过程而被区分为两种性别：阴阳之气与雌雄之风，如宋玉《风赋》所表现的那样。本节拟从性别分化的角度考察风及雷、电、雨、露等的神话意蕴，读解《风》诗中的此类意象。

凯尔特人（Celtic）的天神塔诺奈斯（Taranis）之名出自塞尔特语中的词根taran，意为雷鸣（参考爱尔兰语中的toram），波罗的海诸国的天神波库那斯（Perkunas）和斯拉夫民族的天神佩伦（Perun，参考波兰语中的piorun——雷鸣）都被奉为至上神，他们显身的主要形象便是风暴。而且，正像殷商卜辞中的风等同于凤鸟并作为帝之使者那样，这些印欧民族的天神们也同许多鸟类相关联，这些鸟类被认为是预报天气的信使。宗教史家赫丽生认为，当这些神灵出现在历史中的时候，他们已经“专门化”了，主要作为风暴之神，统治着季节并且主管降雨，这后一种职司使他们又成为繁殖之神（divinities of fertility）。[1]风神与天神之间的这种密切关联，风神转化为繁殖之神的信仰逻辑，对于理解由神话时代传承下来的“风”的世界很有参考价值，尤其是那种超越单一民族文化界限、从通观比较中获得的规律性认识。

[1] 赫丽生（J.E.Harrison）：《忒弥斯女神：希腊宗教的社会起源研究》（*Themis: A Study of the Social Origins of Greek Religion*），剑桥大学出版社 1927 年版，第 94 页。

宗教史学家艾利亚德在其《比较宗教学模式》一书中描述世界性的天神形态学时便专辟有“风神”一节。艾利亚德指出，风神的问题应当从天神的发展演化过程着眼去考察。天神的发展虽很复杂，但主要的线索不外乎两类：第一类天神，作为世界主宰、绝对的专制者（despot），是律法的守护神；第二类天神，创造主，是至上的男性存在，大地母神之配偶，雨露的赐予者。前一类的代表有中国的“天”，印度的伐楼那（Varuna）和伊朗的阿胡拉-马兹达（Ahura Mazda）。在他们身上都突出体现着专制天主的特性。第二类则突出体现繁殖神的特性，如分别作为雷神、风神或雨神者——宙斯、因陀罗、巴尔（Ba'al）、托耳（Thor）、朱庇特（Jupiter）等。这些天神虽然各自有其特殊的历史和构成要素，但是他们也有共同的特征，那就是作为雄性授精者（Fecundator）和风神的一面。空气之神显然是一般天神的“专门化”产物，但不管此种专门化多么极端，天神原有的根本性质依然不会消失。这样一来，我们不得不将所谓的风神列在名正言顺的天神之旁。[1]

作为例证，艾利亚德首先举出印度《吠陀》中的巴尔加鲁耶（Parjanya）[2]。他是风雨之神（the god of hurricanes），天神特尤斯（Dyaus）之子，有时同特尤斯混同一体。如在《阿达婆吠陀》第十二卷第一首诗中他被描述为地母神（Prthvi）之配偶的时候，便与天父的身份重合了。巴尔加鲁耶统治着众水和一切生命，降下甘雨，确保男人们的生殖力。当他释放出风的时候，整个世界都会颤动，动植物也因之而强化其繁殖力。[3] 与特尤斯相比，巴尔加鲁耶显得更加具体和生动，因而也更为成功地保持着他在印度万神殿中的地位。不过，他已不再是至上神，不能像特尤斯那样“全知”，也不像伐楼那那样有威势。他的专门化限制了他的能力范围。当新的祭仪系统需要创制

[1] 艾利亚德：《比较宗教学模式》，英译本，希德与沃德公司 1958 年版，第 82—83 页。
[2] 译名按照高楠顺次郎等著《印度哲学宗教史》，高观庐译，商务印书馆 1935 年版，第 84 页。
[3] 参见《梨俱吠陀》第 5 卷，第 83 首。

新神话的变更时期到来时，另一位风暴和繁殖神很容易就取代了他。

那便是在《吠陀》时代发生的巴尔加鲁耶让位于因陀罗的事件。后者跃居为众神之中最为引人注目的一位，《梨俱吠陀》中至少有250首颂诗赞美他。这位英勇无比的战神乃是宇宙的和生物的能量的活化身，他赋予种子以生命，使江河湖海流动，以雷电摧毁恶魔，并且能够叱咤风云。神话学家霍普金斯认为，因陀罗实质上是一位繁殖之神，他释放创造力量的极端方式为暴风雨，这些风和雨都应理解为生殖力的原型意象。[1]是他使土地、牲畜和女人们多产繁育；他出席的婚礼使新娘一胎怀上10个儿子。正像学者们发现的那样，在因陀罗所代表的阳性的生命能量与他所主管的自然现象风雨雷电之间存在着暗合对应的关系。换句话说，在那些产生出生殖力的事物之间，或者有同质的关系，或则为同源的关系。许多印欧语言的研究者都承认，梵语中表示雨的vrsti和表示阳性生育力的vrsan具有同一个词根vrs。[2]澳大利亚土著神话中的天神白阿密(Baiame)发出的声音——雷和降下的雨水使大地获得生机。[3]这些例子说明，风以及与风相联系的其他自然现象如雷、电、雨、云等都可以充当天父的阳性生殖力的象征物，或者作为这类生殖力的传播媒介、载体。把握住这种同质的或同源的关系，似乎等于掌握了破译众多神话现象的一种密码本，可以根据人类神话思维的普遍规律去揭示在某种单一文化中无法求解的难题，对一些为人们所熟知的却又未知其所以然的无意识问题作理性透视。

让我们先看一下《邶风·凯风》一首：

凯风自南，

[1] 霍普金斯(J.W.Hopkins)：《生殖之神因陀罗》(*Indra as God of Fertility*)，《美国东方学会学报》第36期。

[2] 奥弗拉赫蒂(W.D.O' Flaherty)：《性液体在吠陀和吠陀之后的印度》(*Sexual Fluids in Vedic and Post-Vedic India*)，《女人、双性同体及其他神话动物》，芝加哥大学出版社1980年版，第20页。

[3] 霍卫特(A.W.Howitt)：《澳洲东南部土著部落》(*The Native Tribes of South-East Australia*)，伦敦，1904年，第362页以下。

吹彼棘心。
棘心夭夭，
母氏劬劳。

凯风自南，
吹彼棘薪。
母氏圣善，
我无令人。

爰有寒泉，
在浚之下，
有子七人，
母氏劳苦，

睍睆黄鸟，
载其好音。
有子七人，
莫慰母心。

旧注说这一首诗是赞美儿子对母亲尽孝道的。闻一多说风喻男，棘喻女。大风吹棘，夭夭欲折，喻父不能善待母而使之忧劳。寒泉浸薪，使之湿腐，亦喻父之虐待母[1]。准此，诗人的主旨在于讽谏父亲和同情被虐待的母亲。问题在于，风的意象为何具有了性别价值，成为开篇起兴以喻男性的套语。

[1] 闻一多：《风诗类钞》，《闻一多全集》，第4卷，第73页。

再读《郑风·萚兮》一首，便可发现这种起兴套式确有固定的性别意义：

萚兮萚兮，
风其吹女（汝）。
叔兮伯兮，
倡予和女（汝）。

萚兮萚兮，
风其漂女（汝）。
叔兮伯兮，
倡予要女（汝）。

毛传郑笺皆认为本诗以风吹萚喻君臣唱和。郑云：“兴者，风喻号令也，喻君有政教，臣乃行之。”这是以风教说曲解《风》的典型例子。朱熹解此诗为“淫女之词”，毕竟间接弄明了风吹之兴意在于男倡女和。闻一多说：风喻男，萚喻女。歌者以声相会合即和。照此看来，本诗中的“风”完全符合“风谣”之本义即两性相诱。今日陕北民歌中仍有以“刮黄风”喻性爱的套语，可知其源远流长。日本音乐史家属啓成探讨音乐起源时写道：

用音乐的魅力表达爱情并使爱情获得圆满的故事，在东方或西方都屡见不鲜。从这一点上看，音乐被认为是呼唤异性的声音的说法可以成立。[1]

回顾陈梦家先生《“风”“谣”释名》对风谣的释义，可以说同音乐的

[1] 属啓成：《音乐史话》，陈文甲译，人民音乐出版社 1983 年版，第 6 页。

这种作用完全一致。[1]具体到《蘀兮》这首诗的起兴套式，“风”与其说是“相诱”，不如说是男诱女更为确切。这从男倡女和对应“风吹汝”的情形中亦可判明。《邶风·谷风》和《终风》二首以风起兴，同样喻示男性。《秦风·晨风》首章言“鴥彼晨风，郁彼北林。未见君子，忧心钦钦。如何如何，忘我实多”。如果我们还记得闻一多所点明的《诗经》中此类“忧”实指性饥渴心理，那么晨风吹林的兴意也就昭然若揭了。以上诸例似足以说明，在父权制文明的浸染改造之下，《诗经·国风》中作为兴象的“风”，在继承神话时代的“诱合”意蕴的同时已经相当男性化了。其根本原因在前述阳性生殖力的象征系统中已相当明了，无须赘述。

与风同样男性化的意象在《国风》中还有鸟类，如《邶风·雄雉》以“雄雉于飞，泄泄其羽”起兴，抒写女主人公的渴盼之情；《匏有苦叶》写“雉鸣求其牡”，又用“雝雝鸣雁，旭日始旦”兴喻“士如归妻”的希冀；《曹风·候人》中的“维鹈在梁，不濡其味。彼其之子，不遂其媾”；所有这鸟类意象，连同《召南·草虫》中的草虫，都还隐约保留着“风化”神话的那种性诱惑的意味。

雷和雨、云也是如此。《召南·殷其雷》之首章及译文如下：

殷其雷，	隆隆雷声响不断，
在南山之阳。	在那南山南。
何斯违斯，	为何刚来又离去，
莫敢或遑？	不敢稍闲息？
振振君子，	忠诚老实那好人，
归哉归哉！	回来回来我盼你！[2]

[1] 关于男女以唱和形式相诱的“嬥歌”习俗，可参看叶舒宪：《神话·仪式·风俗·文学——读〈古事记〉札记》，《广州师院学报》1985年第1期。

[2] 今语译文取自袁梅：《诗经译注》，齐鲁书社1980年版，第112页。

这里用作起兴的雷鸣同前引风、鸟等一样，皆为女性所渴慕之异性的象征。《终风》一首则兼用风、霾、云、雷四种意象形容一女性爱情幻想中的配偶形象。诗云：

终风且暴，
顾我则笑。
谑浪笑敖，
中心是悼。

终风且霾，
惠然肯来。
莫往莫来，
悠悠我思。

终风且曀，
不日有曀。
寤言不寐，
愿言则嚏。

曀曀其阴，
虺虺其雷。
寤言不寐，
愿言则怀。

毛传说此诗为庄姜自伤之词。《齐诗》以此为夫妇之词。朱熹发挥说："庄公为人狂荡暴疾，庄姜盖不忍斥言之，故但以终风且暴为比。言虽其狂暴如此，然亦有顾我而笑之时。但皆出于戏慢之意，而无爱敬之诚，则又使我不敢言而心独伤之耳。盖庄公暴慢无常，而庄姜正静自守，所以忤其意而不见答也。"[1]细读诗意，女主人公言："悼"言"不寐"，又言"思"与"怀"，分明是在倾诉自己因相思而产生的复杂心态。注家们仅据诗中"暴"字便断言男子之暴虐，纯属望文生义的联想。"暴"的神话联想同风一样，是阳性生命的表征，或指日晒[2]，或指疾雷，皆是天父阳刚之气的体现。女主人公以此意象起兴，要说的是对方追求和诱惑自己的那种难以抗拒的性吸引力，否则怎么会使她神魂颠倒，相思而不寐呢？关键是首章"中心是悼"中"悼"字的理解，并非悲伤之义，而是心动、心荡的传神描绘。《三国志·魏志·文帝纪》裴注引魏王令："心栗手悼，书不成字，辞不宣口。"这里的"悼"与诗所用完全一致。可知二三四章所云霾、曀、阴（云）、雷等也都同风与暴一样，是男性诱惑力之象征，与什么庄公"暴慢无常"毫不沾边。白川静说此诗中"风"是"不安的暗示"，又说"终风且暴，顾我则笑"是对动作粗暴、准备遗弃女方的男子的哀叹。[3]大误。袁梅说："这个女子对狂放不羁的丈夫又是气又是爱。相聚时，他的戏谑无礼使她烦恼；分离时，又想他想得愁绪牵肠。这首歌诉出了她这种矛盾心情。"这比古代的曲解进了一步，但仍未猜中"暴"与"悼"的隐义，且未跳出"夫妇之词"说的旧套。

《诗经》中用为男性象征的天象还有日月和雨露。[4]关于前者，闻一多先生有如下见解：

[1] 朱熹：《诗集传》卷二，上海古籍出版社 1980 年版，第 18 页。
[2]《尔雅·释天》云"日出而风为暴"；鲁诗说亦同此。
[3] 白川静：《中国古代民俗》，中译本，第 131 页。
[4] 关于霜与露在《国风》的象征意义，周策纵先生已有专论，见《古巫医与六诗考》第四章，于此不赘。

《国风》中凡妇人之诗而言日月者，皆以喻其夫。《日月篇》曰“日居月诸，照临下土，乃如之人兮，逝不古处”，此以日月为夫之象，最为著明。《韩诗外传》四曰“夫照临而有别，妻柔顺而听从”，夫言照临，即以日月为喻，义盖本乎此诗。本篇（指《柏舟》）曰“日居月诸，胡迭而微”，此以日月无光喻夫之恩宠不加于己也。《雄雉篇》曰“瞻彼日月，悠悠我思，道之云远，曷云能来”，正惟日月为夫之象，故瞻日月而联想及于彼远道之人。《东方之日篇》曰“东方之日兮，彼姝者子，在我室兮”，又曰“东方之月兮，彼姝者子，在我闼兮”，则以日月在望喻夫之来至。[1]

若不拘泥于“夫妇”成说，而从“男女”立论，上述见解还可获得“所以然”层次的说明。光及发光物作为阳性生殖力的象征，本具有世界性的普遍意义。我在探讨古波斯宗教圣诗《阿维斯塔》中光明崇拜意象群的论文中对此已有详述。[2]在此只想附带说明的一点是，月亮在中国思想中被类比为“太阴”和女性之象，之所以《诗经》中有以日月并举作为男性象征的情形，正是因袭着阴阳思想产生以前的光明崇拜古老传统，而不同于后起的以月为阴为女的二元分化模式。这种情况正如“云”原为天父情欲之象，到了《诗经》中却有“有女如云”的比喻一样，是神话思维编码系统在文明社会中讹变衍生的结果。这就要求我们在考虑象征这种人类共同语言的文化意蕴时，能够知源查流，区别对待。结构人类学家利奇曾主张从单一的文化背景出发界定象征的所指；美国哲学家威尔赖特则揭示出一大批具有跨文化性质的普遍象征——原型性象征（architypal symbol）[3]。原始思维研究家霍尔佩克认为，象征联想的普遍性来自人类与物质世界间的关系。但这并不意味着象征的物

[1] 闻一多：《诗经通义·柏舟》，《闻一多全集》，第 2 卷，第 163—164 页。
[2] 叶舒宪：《阿维斯塔中的光明崇拜意象群》，《东方丛刊》第 1 辑，广西师范大学出版社 1991 年版。
[3] 威尔赖特（P.Wheelwright）：《隐喻和现实》，中译本，见叶舒宪编《神话—原型批评》，第 216—232 页。

质联想将导致一种万能的解释。因为即使在某一个别的文化之中，同一个象征也会有不同的语境意义。[1] 这种求同存异的态度，可以作为解释象征的一个方法论原则。

综观本节的讨论，《国风》中以自然天象隐喻男性的情况已较显然，前人对此也做过一些“知其然”的说明，闻一多先生对此贡献最著。但“其所以然”的问题似未能提出和解答。近来有学者试图做这样的尝试，如说《郑风·风雨》以“风雨”之浓烈渲染男女性爱的强烈；《鄘风·蝃蝀》以“崇朝其雨”象征急于嫁人的女子之情欲；等等。这种把风雨释为女性象征的错误之处，似在于未能了解神话思维所提供的相对稳定的象征语言系统，从根源上把握象征联想定势的发生原因。至于说“女性的乳汁哺育子女犹如雨露滋养禾苗，所以云雨便成为生殖的象征物和性欲的隐语”[2]，就更显得缺乏根据了。云和雨的象征如何与风、雷、日光等一样，产生于男性天神的性爱神话，我将在下节中结合“淫诗”说的产生，再做总体性的说明。

六、《风雨》的误读与“淫诗”说的逻辑生成

“风”与“淫”之间的内在联系既是语言学的，又是神话学的。风字从凡，在甲文中凡亦借为风。神话中与风相关的人物也可用从凡的字来命名。“丹”便是由此而产生的一种隐喻着“风”的专名。如神话人物“丹朱”，实可理解为“风朱”；《山海经》中的“丹穴之山”在《说文》中又叫“风穴”，是凤凰暮宿之处。丹和朱皆有红色之义。参照《吠陀》风神有“散布红色”即主管红霞之事，“丹穴”与“丹朱”神话的生成原因似不难理解。唯此一丹朱又是以淫著称的神话人物，作为尧的儿子，在古书中没有留下什么好的

[1] 霍尔佩克：《原始思维的基础》，牛津大学出版 1979 年版，第 150 页。
[2] 刘振中：《谈〈诗经〉山水云雨的象征意义》，《东岳论丛》1989 年第 6 期。

印象。《尚书·益稷》中说丹朱“朋淫于家”。陈梦家先生分析说：

古文朋凤风一字，而淫又通谣，所以朋淫于家或者就是“风谣于家”，犹《墨子·非乐》引汤之官刑“恒舞于宫，是为巫风”，宫就是家，巫即舞，风就是风谣，所以伪《伊训》作“敢有恒舞于宫，酣歌于室，时为巫风。敢有殉于货色，恒于游畋，时谓淫风”[1]。

既然“风”本与“谣”同义，“谣”又通“游”及“淫”，那么“风”与“淫”也可作为同义词。“淫风”的说法就不免有同义反复、叠床架屋之嫌了。一些与“风”的概念密切相关的词汇，如指代音调的“声”，和指代歌词的“诗”，后来也都可用“淫”来修饰，所谓“郑声淫”和“淫诗”说也就在封建意识形态中先后被炮制出来，成为攻击指责作为“风”的民间诗歌乐舞活动的一顶令人望而生畏的大帽子。这种情况，正像源出于“牝牡相诱”之“风”的“风化”和“风教”，一旦升华为封建道德概念，就会反过来竭力反对和压迫“风谣”一样，其实是道德理性在清算和反对神话时代的幻想和“真理”。换一种说法，训诂学上作为共时性现象的“歧出分训”——“风”兼具“风谣”与“风教”两种背反之义，原来是语词概念在思想史上的历时性展开过程的结果。只因年代久远，时间的尘埃早已将语词概念的这种“自我异化”进程淹没遮蔽在一片混茫之中，留给后代训诂学家的就只是这些看似自相矛盾的一大堆“歧出”或“背出”的意义谜团了。法国当代思想家福柯所倡导的“知识考古学”（Archeology of Knowledge）方法，当是从历时性考察中揭示共时性意义谜团的一个有效途径。

麦克斯·缪勒从神话学着眼考察印欧语的词根，曾深有感触地道出他的

[1] 陈梦家：《“风”“谣”释名——附论国风为风谣》，《歌谣》周刊1937年第3卷第20期。

一个发现：

尽管后来的诗人会使某些虚构的传说增添美的魅力，但要回避下述事实是不可能的：大多数古代神话，无论就其自身内在的、还是其文字的意义而言，都是荒谬可笑的、非理性的，而且经常是和思维、宗教、道德的原则背道而驰的。[1]

这种“背道而驰”的现象，我们已经在“风”及“风化”神话的溯源性考察中看得较分明了，若再追索一下“淫”概念的神话起源，又将得到再一次生动说明。同时还将发现，“风”与“淫”作为同义词的一面原来是同源神话的产物，二者的隐喻之根都在于男性的天父之神的观念。

“风”与“淫”的神话学联系是以“雨”为中介的。“淫”字的语源线索指向“雨”这种自然现象。而“雨”和“风”在神话中又是孪生兄弟。《梨俱吠陀》第5卷第83首《雨云》第6章即祈祷风神摩录多赐下天雨。“风”在此种意义上可看成“雨”的动因。但从神话观念实质上看，风和雨（乃至雷、电、云、雾、露等）皆为天父动情后的产物，或被表现为天地交合的诱因或表征。上节已明确了作为天神阳性生殖力之象，风雨雷电等本来就有象征意义上的等值性或相关性。汉语中“云雨”这个合成词是性爱的专用隐喻，[2]而“风云”和“风雨”乃至“雷雨”“霜露”“虹霓”之类词也不免潜伏着类似的隐喻意义。从曹禺的《雷雨》剧名和诸如“露水夫妻”“遗孀’一类微妙的语言措辞中便可体会出若干消息。只不过这类语汇使用得不如“云雨”那样普及流行，较难识别罢了。《诗经·郑风》中有一首题为《风雨》的诗，

[1] 麦克斯·缪勒：《比较神话学》，中译本，第11页。

[2] 参看贝乌德利（M.Beurdeley）：《云雨：中国的爱之术》（*The Clauds and the Rain：the Art of Love in China*），安伯（D.Imber）英译本，哈德蒙德公司1969年版。

正因它用以为兴的“风雨”意象在汉儒心目中变得本义难明，才在《诗经》解说史上引发出一桩“背道而驰”性的公案。《风雨》全诗三章是：

风雨凄凄，
鸡鸣喈喈。
既见君子，
云胡不夷！

风雨潇潇，
鸡鸣胶胶。
既见君子，
云胡不瘳！

风雨如晦，
鸡鸣不已。
既见君子，
云胡不喜！

此诗以典型的叠咏章法对女主人公喜会佳偶一事做了一唱三叹式的表现。可毛序却含混其词地解释诗旨云：“思君子也。乱世，则思君子不改其度焉。”由于莫名其妙的“乱世”之说，本诗原有的性爱欢会之意便隐而不彰了。大概毛公是把“风雨凄凄”的起兴误作“乱世”之征，故《传》云：“兴也。风且雨凄凄然，鸡犹守时而鸣喈喈然。”郑笺引申说：“兴者，喻君子虽居乱世，不变改其节度。”经此曲解，鸡成了君子的象征。然而按照神话观念，风和雨绝无乱世之义，倒是天父阳性生殖力的发泄。鸡也有“阳鸟”

美称[1]，鸡鸣更是宇宙间阳性力带来的喜悦之征，如《春秋说题辞》云：

阳出鸡鸣，以类感也。日将出预喜于类，见而鸣也。[2]

可见鸡鸣与风雨是思春女子所盼望对象的双重起兴，二者之间并无矛盾反衬之意。“风雨凄凄”一句三家诗皆作“风雨湝湝”，《说文》《玉篇》等字书引诗亦同。《广韵》十四：“皆、湝，户皆切。风雨不止。”朱熹先生本着“今但信诗，不必信序”[3]的实事求是精神，独具慧眼地领悟了双重兴象的真谛，却又不得不从道学立场出发，在《诗序辨说》中对《风雨》做出“轻佻狎暱，非思贤之意”的判断。又在《诗集传》中照例把他所理解的这首性爱主题之作视为“郑声淫”的标本之一：

风雨晦冥，盖淫奔之时。君子，指所期之男子也。夷，平也。淫奔之女言当此之时见其所期之人而心悦也。[4]

朱熹的解说在后代引起不断的非难。姚际恒维护毛序旧说；方玉润虽驳毛传以为风雨喻乱世的误说，却又猜度诗旨为故友良朋聚会谈心，并指责朱熹说：“使真其淫，似不必待晦翁而始知其为淫矣。”[5]毛奇龄更旁征博引，试图用后代文人因循毛序的多种实例去驳斥朱说：“《辨命论》云：《诗·风雨》云：风雨如晦，鸡鸣不已。故善人为善，焉有息哉？《广弘明集上》云：梁简文于《幽縶中自序》云：梁正士兰陵萧纲，立身行己，终始如一。风雨如晦，

[1]《荆楚岁时记》注引《周易纬·通卦验》。
[2]《艺文类聚》卷九十一引。
[3] 朱熹：《朱子语类》卷八一。
[4] 朱熹：《诗集传》卷四。
[5] 方玉润：《诗经原始》卷五，中华书局 1986 年版，第 220 页。

鸡鸣不已。非欺暗室，岂况三光。数至于此，命也如何！”“自淫诗之说出，不特《春秋》事实皆无可按，即汉后史事其于经典有关合者，一概扫尽。如《南史·袁粲传》：‘粲初名愍孙，峻于仪范。废帝倮之，迫之使走。愍孙雅步如常。顾而言曰：风雨如晦，鸡鸣不已。’此《风雨》之诗，盖言君子有常，虽或处乱世而仍不改其度也。如此事实，载之可感，言之之可思。不谓淫诗说一行，而此等遂暗然。即造次不移、临难不夺之故事，俱一旦歇绝，无可据已。嗟乎痛哉！”[1] 王先谦也按照这种思路，又举出另外的“旁证”；《文选》陆机《演连珠》云：“贞乎期者，时累不能淫，是以迅风陵雨，不谬晨禽之察。”皆与此诗正意合。[2] 事实上，毛奇龄、王先谦引用的这些误解诗意的用例，只是符合《毛序》之说而已。它们充分说明汉儒的曲解如何取代了原诗人的本意，使一首性爱欢会之歌升华为“贞”之美德的寓言了，借用毛奇龄的感叹，这才真令人“嗟乎痛哉”！

保存神话初意的道教经典《太平经》说：

天若守贞，则雨不降。[3]

可知“贞”绝非天父之品质，降雨刮风皆为他性能量的流露，“淫”的概念最初正指此一方面而言。《老子》第二十三章云：“飘风不终朝，骤雨不终日，孰为此者？天地。”这似乎是说，风雨的产生在于天父地母的性结合。第三十二章便把这个意思一语点破：

天地相合，以降甘露。[4]

[1] 毛奇龄：《白鹭洲主客说诗》。
[2] 王先谦：《诗三家义集疏》卷五。
[3] 王明：《太平经合校》，中华书局 1960 年版，第 38 页。
[4] 朱谦之：《老子校释》，中华书局 1984 年版，第 130 页。

按照天人相感应的法术逻辑，人类男女的性爱活动可以有效地促发天父地母的性欲，使他们不至于“守贞”，从而达到呼风唤雨的效果。《春秋繁露·求雨》中还明明白白地记述着“令吏民夫妇皆偶处”的官方求雨妙策，美国汉学家杰克·波德在《汉代中国的性交感法术》一文中认为这正是以男女性活动去人为地诱导天地交配的原始求雨法术。[1]汉代尚风行的这种“性的交感法术”（Sexual sympathetic magic）以无可辩驳的说服力证明着“风雨潇潇”与性爱活动之间的象征对应关系，为《风雨》一诗的读解提供了活化石般的神话礼俗参照系。《左传·昭公十六年》记载着子游赋《风雨》，宣子以为昵燕好之词一事，似可作为先秦时人尚明诗旨的证据。

关于天父生殖力与风雨雷云等天象之间的神话类比，还是艾利亚德的跨文化模式考察最具有理论说服力：

天的超越性主要是通过风云雷雨的气候变换而表现出来的。天的“能力”只不过是一个无限的精子的大储库（an unlimited reservoir of seeds）。这一事实有时从日常语言中也可看出。如苏美尔语中的 me 意思是“男人、男性”，同时也意指着“天”。又如天象诸神（雷、风、雨）和生殖神（公牛）丧失其在天上的自主性和绝对权威……他们不再像原始的天神那样具有宇宙创造主的身份，而只是生理意义上的授精者和生育神。[2]

根据这些提示，我们不仅可以确凿地还原《风雨》诗的性爱主题，还会看出“淫”这个汉语概念的由来之谜。如果说从神话时代到《国风》时

[1] 波德（Derk Bodde）：《汉代中国的性交感法术》，见波德：《中国文明论集》（*Essays On Chinese Civilization*），普林斯顿大学出版社 1981 年版，第 373—380 页。

[2] 艾利亚德：《比较宗教学模式》，英译本，希德与沃德出版公司 1958 年版，第 92 页。

代，风雨作为天父之精的生殖崇拜色彩已日渐减弱，转化为两性之爱的象征，那么与此同时，“淫”的本义也就开始被遗忘，将转化为道德谴责之词了。美国神话学家奥弗拉赫蒂在研究《吠陀》中的性象征时发现梵语中指精液的词本身就是降雨的隐喻。她还指出：梵语中意指下雨的词根vrs派生出两个名词：vrsti指雨；vrsan指性欲旺盛的、淫荡的男子或公牛。[1]我在《云雨原型在中西文学中的际遇》一文中依据梵语中的这一现象，解析了汉语“淫”一词的意义演变，指出保留在《说文》所引异说“久雨为淫”一句之中的才是该字本义。又经过对《诗》《书》两经中“淫”字的出现频率统计和对比分析，证明“淫”字在《诗经·周颂·有客》中的唯一用例是褒义而非贬义，但在《尚书》的20次用例中已皆变为道德谴责之词了。[2]孔子和毛公先后继承了作为道德贬词的“淫”的用法，用来评价“郑声”和《国风》诸诗本事，遂开启了儒家诗学中的“淫诗”说的先河。到了宋代理学大盛之时，王柏和朱熹等终于将“淫诗”说推向极致，在毛公《诗序》中多次用“淫”这个字，但并非用来指责《诗经》，而是要把“刺淫”的道德主题硬加给作品。如序《匏有苦叶》云：“刺卫宣公也。公与夫人并为淫乱。”序《君子偕老》又云：“刺卫夫人也。夫人淫乱，失事君子之道。”朱东润先生指出，淫诗说完全是礼教道德对《诗》的诋毁。因为男女相悦，为诗以道其意，本为《诗经》时代寻常之事。“迨儒家之说兴，礼教之威日著，于是汉儒目男女悦慕之诗为刺淫诗，就诗之作用而为之转向。同时并没其作者之地位，而以诸诗归之于关怀美刺之外人。宋儒则目诸诗为淫诗，谓为淫者自作。淫之一字为恶意之批评，然而诗人之意，不如是也。大抵各时代有各时代之行为标准，自不得以后人之矩范，强古人以就我”[3]。这样一种用历史

[1] 奥弗拉赫蒂（W.D.O' Flaherty）：《性液体在吠陀和吠陀之后的印度》（*Sexual Fluids in Vedic and Post-Vedic India*），见《女人、双性同体和其他神话动物》，芝加哥大学出版社 1980 年版，第 20 页。

[2] 叶舒宪：《云雨原型在中西文学中的际遇》，《中国比较文学》1992 年第 1 期。

[3] 朱东润：《诗心论发凡》，《诗三百篇探故》，上海古籍出版社 1981 年版，第 111 页。

的眼光去看待《国风》“淫”与否问题的做法，其实也完全可以应用在对“淫”概念本身的语义网络的透析上，从而把被后代训诂家们几乎遗忘的本义按照神话学的启示加以还原。

正如“风”的本义随着时代推移而日渐湮没无闻，“淫”与天父神话相关的“久雨”本义也随着神话时代的终结而抽象化，脱离了天神射精即为雨[1]的原初表象，引申为一般意义上的“过量”“过度”“过当”“放纵”，从而成为与神话背道而驰的道德贬词，反过来常用于对性方面的“过”的指责了。诚如福柯分析希腊性道德起源时所指出的，“人们通常从男性的射精这一角度来看性行为”[2]，出于养生学的考虑而将“过度”视为危及生命的要素。这样，“性快感中的不道德总是同放纵、过多和过度联系在一起的，这种思想在《尼可马可伦理学》第三部中也可看到。亚里士多德解释说，对于人人具有的自然欲望而言，人们可能做出的唯一冒失行为实际上是量的问题：它们均与‘过多’有关。”[3]从降雨神话中“量”的问题——“久雨”抽象引申为性道德中“量”的标准，“淫”概念的成立最清楚地体现着训诂学上共时性的“歧出分训”是怎样由神话思维到道德理性的历时性过程所铸定的。用黑格尔的话说，逻辑的东西也就是历史的东西。

《左传·昭公元年》有一则极珍贵的材料，说明了从神话向道德理性过渡之际，“淫”和它的孪生兄弟“风”“雨”“蛊”等如何与“天”的神话和“过”的伦理尺度同时发生着联系。

晋侯求医于秦。秦伯使医和视之。曰：疾不可为也。是谓近女室。疾如

[1] 参看鲍威尔（Jaan Puhvel）：《比较神话学》（*Comparative Mythology*），约翰·霍普金斯大学出版社1987年版，第227页。

[2] 福柯（M.Foucault）：《性欲史》（*The History of Sexuality*）第2卷《快感的享用》，赫尔雷（R.Hurley）英译本，海盗出版公司1986年版，第136、45页。

[3] 福柯（M.Foucault）：《性欲史》（*The History of Sexuality*）第2卷《快感的享用》，赫尔雷（R.Hurley）英译本，海盗出版公司1986年版，第136、45页。

蛊，非鬼非食，惑以丧志。良臣将死。天命不祐。公曰：女不可近乎？对曰：节之。先王之乐所以节百事也。……君子之近琴瑟，以仪节也。非以慆心也。天有六气，降生五味，发为五色，徵为五声，淫生六疾。六气曰阴、阳、风、雨、晦、明也。分为四时，序为五节，过则为災。阴淫寒疾，阳淫热疾，风淫末疾，雨淫腹疾，晦淫惑疾，明淫心疾。女阳物而晦时，淫则生内热惑蛊之疾。今君不节不时，能无及此乎？[1]

在“天有六气”的半神话观念中引出“过则为灾”的伦理，“淫”似乎首先是应由“天”负一定责任的。更有趣的一点是，医和同古希腊思想家们一样，原来也是从男性养生学的立场来看待“近女室”所引出的“量”的问题，进而阐发出一大套“淫”与“节”的辩证法的。好在他的话中还保留着脱胎于天父神话的“风淫”“雨淫”“晦淫”“明淫”一类观念，使我们易于识别“过”的问题还是由神话思维的隐喻机制所预示出的。这就不难理解，一旦以“过”为内核的“淫”概念发展为道德尺度，为什么众多神话人物都不免被后人视为“淫湎”之徒，如丹朱、羲和、后羿乃至大禹，更不用说与“风化”神话相联系的蛊虫和“牝牡相诱”了！

总结上章和本章的讨论，我们发现汉语中“道”“德”“风”“淫”等概念具有神话发生学上的同源性。当后人用“道德”去反对“淫风”，用“风教”去误读“风谣”，或用“淫”去指责“云雨”“风雨”一类神话隐喻时，他们不会想到，这些“本是同根生”的“亲兄弟”，只因为了礼教而“相煎太急”呢。

[1] 阮元：《十三经注疏》，中华书局1980年版，第2025页。

THE NINTH PART

第九章

斧与媒

伐柯伐柯，匪斧不克。

娶妻如何？匪媒不得。

——《豳风·伐柯》

在克里特的克诺索斯宫壁画上可以看到一种礼节，童男持着器皿，童女拿着乐器；在游行队伍的中央是手持双面斧的祭司。壁画上还画着姑娘们在跳着祭祀舞蹈。

——兹拉特科夫斯卡雅《欧洲文化的起源》

一、斧的精神分析

《诗经》多篇中出现了“斧斤”的意象，古往今来未得到应有的注意。笔者从精神分析学提供的象征解释原则入手，拟对这个重要的并且具有跨文化的普遍意义的意象做较为深入的探讨，以期由此找到一把能够破解《诗经》性文化编码规则的钥匙。

以下的探讨仍将从汉字字源学分析开始，确信原始的造字表象本身就已提供了神话思维编码的某些宝贵线索。顺着这条线索继续考究，可以窥见远古“媒”人如何脱胎于圣王神禖制的一些衍化轨迹，由此可进而对《诗经》诸篇做出新的解释。

《伐柯》一诗用“斧”对于伐木的不可或缺之作用来起兴，对应“媒”对于婚娶的不可或缺作用。这究竟是为什么呢？

从造字形体的来源看，斧字从父从斤，显然要比父和斤二字晚出。斤在甲骨文中作：（《殷墟文字乙编》八〇二二）《说文》：“斤，斫木斧也，象形。”由于早自石器时代的生产工具中就已普遍出现了石斧，所以最早用来“斫木”的斤也一定是石制的，而不是金属制的。只是到了后来，才有了金属制的斤，所以又出现了“釿”字。又由于斤的用途逐渐扩大，斤的形态和种类日益增多，所以在属概念“斤”之上又产生了种概念“斧”，两个字的用法也有了明确的分工。《说文》王注云：“斤之刃横，斧之刃纵，其用与锄钁相似。”《说文》段注亦云：“凡用斫物者皆曰斧，斫木之斧则谓之斤。”可见，斧可以包括斤，斤却不能代替斧，它单指砍木用的斧。

那么，斧字为什么又要从“父”呢？

《说文》的答案是：“斧，所以斫也，从斤父声。”照此，斧是形声字。可我却以为，斧又不仅仅是形声字，造字者之所以给斤上加父，本义是突出一种特殊的含义。要了解这种含义，还得从甲文斤字的象征性字形说起。这个圆头形的锥体与其说像古老的石斧，不如说更像一个男性生殖器。瑞典考古学家安特生 20 世纪 20 年代在仰韶村发现的四个 5000 年前的陶制阳具，有两个为锥体，其形态与甲文斤字合若符契：

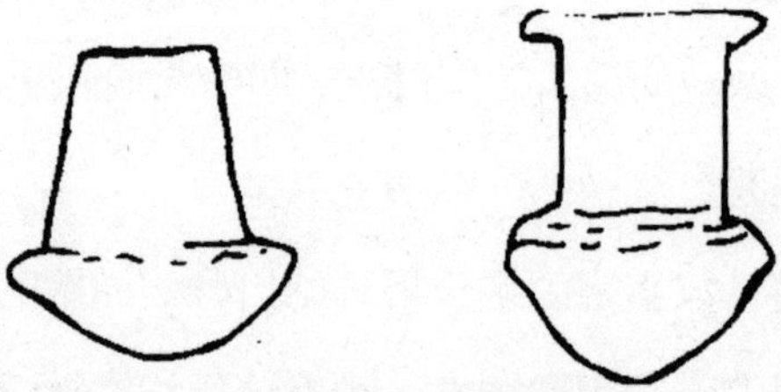

图 41　仰韶村出土锥体陶制阳具

另外两个为三角形，倒更像斧的侧视图：

图 42　仰韶村出土三角形陶制阳具

而在安阳出土的一个玉制阳具上，像斧之形的三角形与像阳具的锥形竟奇妙地统一为一体了：

在这些我们的祖先们所崇拜的神秘形象中，不是可以窥视到斧斤与阳具这两种完全不同类的事物在神话思维中的类比认同关系吗？从这种类比的关系出发，方可理解为什么甲骨文中像阳具之形的“祖”（即“且”，说见郭沫若《释祖妣》）字虽有各种不同的写法，但大体上不外两种类型：锥形和三角尖形。[1]

---

[1] 杨家骆：《中国古文字中之祖字》，转引自凌纯声：《中国古代神主与阴阳性器崇拜》，台湾“中央研究院”《民族学研究所集刊》1959 年第 8 期。

既然男性生殖器的象形“且”字与“祖”的崇拜有着内在联系，那么是否可以推论说，同为男性生殖器象形的“斤”字与“父”的崇拜也有着必然的联系呢？

当然，如果仅仅停留在字形的类似方面，是无法证实这种联系的，好在现代人类学方法已经足以使我们跃出单纯的文字考证，用人类神话思维的同构发生来阐释某些象征原型的语义生成了。

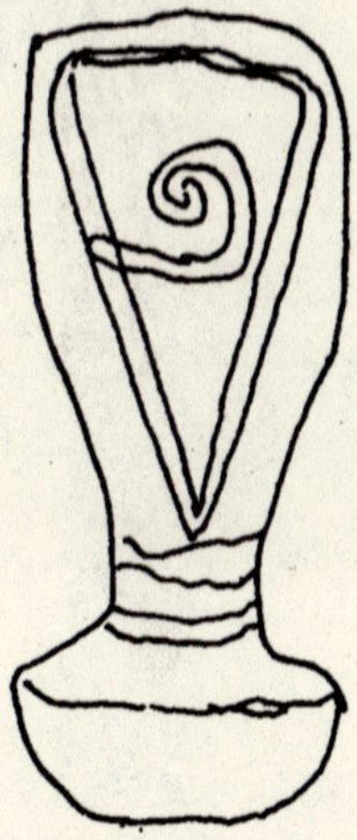
图 43 安阳出土玉制阳具

我们知道，“父”在上古是男性长辈的通称，又可与“祖”相通，表示始祖的意思。《老子》有云：“强梁者不得其死，吾将以为教父。”河上公注：“父，始也。”教父者，犹言教戒的开始。那么，斤上加父，是不是为了标明这种斧是具有某种“开始”或“初始”用途的斧子呢？从斧字可以训甫、甫又训始的事实中，可以看出以上推测是可信的。《释名·释用器》云：

斧，甫也。甫，始也。凡将制器，始用斧伐木，已乃制之也。

毕沅注引《士冠礼》郑注：“甫，今文作斧，斧甫字通。”[1] 甫、斧二字读音相同，义可互训，这一事实又有助理解为什么甫在上古时期曾是好男儿的美称。[2] 王国维《女字说》一文有云：“女子之字曰某母，犹男子之字曰某父。按《士冠礼》：“男子之字曰伯某甫，仲叔季唯其所当。注云：甫者，男子之美称。《说文》甫字注亦云：男子美称也。然经典男子之字多作

[1] 王先谦：《释名疏证补》卷七引，上海古籍出版社 1989 年版。

[2] 郝懿行：《尔雅义疏》云：“甫者，男子之美称，美大义近，故又为大。”又《诗经·大明》“维师尚父”句正义引刘向《别录》云：“师之，尚之，父之，故曰师尚父，亦男子之美号。”

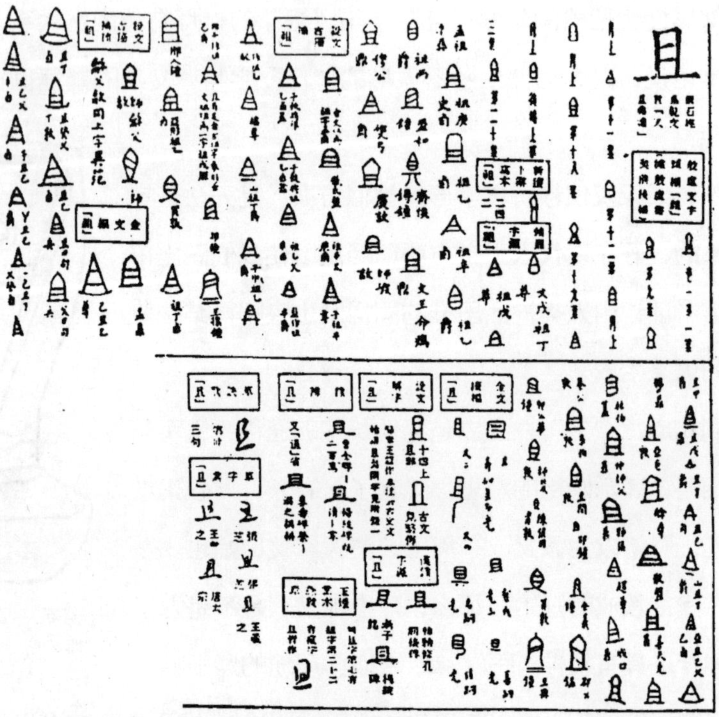

图 44　中国古文字中之祖字（采自杨家骆）

某父，彝器则皆作父，无作甫者。知父为本字也。男子字曰某父，女子字曰某母。盖男子之美称莫过于父，女子之美称莫过于母。男女既冠笄，有为父母之道，故以某父某母字之也。汉人以某甫之甫为且字。”[1] 我们已经知道“且”字本义为阳具[2]，现在看来，上古男子的各种美称如父、甫、斧、祖等都是万变不离其宗，植根于男性所独有的性器官的隐喻。这就为我们进一步求证斧的初始功能提供了启迪。

古汉字中还可以看到一个“斉”字，《康熙字典》认为是斧的讹字；与此相应还有一个“斦”字，《龙龛手鑑》说它音读为斯，但意义未详。这两

[1] 王国维：《女字说》，《观堂集林》卷三，中华书局 1959 年版，第 164—165 页。

[2] 参看郭沫若：《释祖妣》，《郭沫若全集·考古编》第一卷；李敖：《中国性研究》第 4 章“且且且且且”，台湾李敖出版社 1990 年版，第 15—20 页。

个字所从之开，本作“閞”，后写作“開”，其初义为开启、开通。《说文》：“開，张也，从門幵声。”《老子》第二十七章：“善闭，无关楗而不可開。”《韵汇》：“开，启也。”《荀子·儒效》：“教诲开导成王。”注：“开导，谓开通导达。”把意指开通的意符“开”同以阳物为隐喻的“父（斧）”合成一个会意字“斧”，似可传达“由父初开”这一层隐义吧。这个字之所以在后世废弃不用，大概由于它所意指的那种由男性首领所主持的少女初开礼早已被历史所遗忘的缘故。

人类学和精神分析学都有报告说，把性交象征性地类比为男为女“开口”“开门”，用钥匙“开锁”，实在屡见不鲜。[1]而男性阳物在民间传承，梦和幻想中的象征变体，更是多不胜举，然而最为常见的还是一种具有“开”之功能的利器，即有刃的工具形象。[2]按照弗洛伊德所开列的清单，这类工具可以是小刀、匕首、枪、矛、军刀等。看来，在他的“等”字之后我们必须首先加上“斧”了。可以推测，正因为斧同父有联系，所以斧比刀剑矛枪等刃器更接近原始的、类似初夜权的“开”的礼仪活动。

如前所述，父在上古不单指父亲，而泛指男性亲长。按照人类学的划分，父又可分为生物性的父亲和社会性的父亲，而“生物性的父亲和社会性的父亲不相符的事实在所谓初民社会中是常见的”[3]。作为补充，我们还可以说，这种不相符合的两种父亲的原始现象甚至在文明社会中也没有绝迹：生父与教父（或神父）的普遍存在正可视为上述原始“双父”制的现代遗迹。

正像现代的西方婚礼要由“神父”（教父、神甫）来主持一样，原始的婚配事宜也必须首先由社会性的父亲——氏族首领或酋长之类——来主持。

---

[1] 费孝通：《生育制度》，天津人民出版社 1981 年版，第 34 页。弗洛伊德：《梦的解析》，布里尔（A.A Brill）英译本，伦敦，1915 年，第 246 页。

[2] 弗洛伊德：《梦的解析》，布里尔（A.A Brill）英译本，伦敦，1915 年，第 246 页。弗洛伊德：《精神分析引论》，高觉敷译，商务印书馆 1984 年版，第 116 页。

[3] 费孝通：《生育制度》，天津人民出版社 1981 年版，第 32 页。

恰恰在这种由社会性的“父”所拥有的神圣特权中，我们终于找到了“父”与“斤”，“斤”与阳具的三位一体关系。

不言而喻，落实这种极原始的关系的现代语汇乃是所谓“初夜权”。很明显，这个词过于“现代化”了，以至于同原始现象有了距离，因为由酋长们对本部落少女所施行的“开”的“手术”并不一定是在夜晚进行的。更确切的说法实应为“初开权”。在较原始的信仰中，“初开权”还可以是由父神亲自掌握的，以下引述美国学者魏勒的一段话便明确指出了这一层意思：

古代腓尼基人把阴茎叫作“Asher”，意思是“垂直者、有力者、扩开者”。这后一术语提到了和一个处女初次性交时处女膜的破裂。菲洛谈到过一些腓尼基人的神，其中一个就叫作“扩开者”，相应于埃及人的神普塔。腓尼基人的“扩开者”意思是指一个人最先使一个处女受精，他挣破了处女膜，“打开了通向子宫的大门”，通向阴道的门户。……《圣经》把上帝耶和华说成是扩开者。《创世记》第30章：“上帝顾念拉结，应允了她，扩开了她的子宫。”[1]

至此，对斧字象征隐义的精神分析工作可以暂告一段落了。作为小结，我们可以说，斧与斧，是原始的男性社会首领所享有的对本部落所有处女的“初开权”的神圣象征。

二、斧与初开权的人类学旁证

谁要是把原始酋长的“初开权”理解为后世的“荒淫纵欲”，那就大错而特错了。“初开”与其说是一种享受特权，不如说是一种神圣的义务。不

[1] 魏勒（O.A.Wall）：《性崇拜》，史频译，中国文联出版公司1988年版，第108页。

论是否出于情愿，只要身为社会性的“父”，这种义务是推辞不掉的，就像酋长们身为一族之领袖，有义务为全部落的福利安危负责，甚至要在部落遭逢天灾之际以身为牺牲一样。为什么会有这种神圣义务呢？这一问题留待后文解决，这里先引述几则材料，以资为斧的“初开”象征意义做进一步的人类学证明。

《中文大辞典》第四册“初夜权”条的释义是：

古代社会中，庶民娶亲，酋长司祭之类，有于新婚第一夜与新妇性交之权，谓之初夜权。

这种解释虽不太错，但同这个词本身一样也多少“现代化”了。在初民社会中的“初开”是一种宗教性的礼仪，具体说便是女子的成年礼，其表现形式也绝不仅仅是酋长与新娘睡“第一夜”。女子的成年仪式，从功能上讲，就是要通过某种象征性的行为确定某一少女已经脱离了孩童时期，转变为成年女性——社会共同体的成员了，伴随这一转变的便首先是与异性发生性关系的权力。[1] 作为标志女子身份转变的仪式行为，有时是酋长之类的“父”以实际的性交行使“初开”义务，充当对处女进行性启蒙教育的“教父”，如：

复活节岛上的姑娘，首先从成年妇女那里听取口头指导，然后从年长的男性亲属那里接受体验。顽固维护女贞的姑娘倍受男人的歧视。[2]

在这种情况下，“初开”的工具非它，就是实际的“父”的阳具。但仪

[1] 克劳利（E.Crawley）：《神秘玫瑰：原始婚姻及相关的原始思想研究》（*The Mystic Rose*），伦敦，瓦茨公司 1932 年版，第 277 页。

[2] 约瑟夫·布雷多克：《婚床：世界婚俗》，王秋海等译，三联书店 1986 年版，第 17、13 页。

式行为有时也表现为象征性的，如非洲塞拉利昂的初民成年礼：

早在举行舞会之前，姑娘们就已遵循古老的仪典，来到“本杜树林”里，由长者割掉她们的阴蒂，并从长者那里学习跳舞和家务，以为结婚作准备。[1]

在这类象征性的“初开”礼中，所用的工具显然也是具有象征意义的利器——刀斧之类了。无论是象征性的“初开”，还是实际的“初开”，工具的拥有者和使用者都是“长者”或“年长的男性亲属”，这一事实可为“父”“斧”“阳具”的三位一体关系做出发生学的说明。换一种说法，行使初开义务的男性必须是“年长”者，无怪乎古人为了突出“斧”的特殊意义，要在象征阳具的“斤”字之上加一个“父”字呢。由此可知，《说文》说斧从父声，并不能解释斧从父的原因，只能说明斧从父的结果。

基于以上所述事实，我们还可以理解，为什么在初民社会所奉祀的男性祖先神象那里，总会看到突出表现的“父”之“阳物”，[2]为什么甲骨文中的“祖”要写成像阳具形的或像斧刃形的字。

斧作为父权的象征，在石器时代已露端倪，至文明国家建立以后，更一脉相承地发展为父权制社会和国家的权力象征。父权制国家把一国之父视为宇宙间阳性生命力在人间的总代表，称之为王或天子，称其居处之宫为“阳馆”“明堂”，[3]这都是突出其阳性威力的说法。而斧这一古老的象征符号照样被用于同类的目的。贾谊《新书·孽产子》云：“黼绣是古者天子之服也。”[4]黼绣指织有斧纹的丝衣。《仪礼·觐礼》云：“天子设斧依于户牖之间，

[1] 约瑟夫·布雷多克：《婚床：世界婚俗》，王秋海等译，三联书店1986年版，第17、13页。

[2] 参看汪宁生：《云南沧崖岩画的发现与研究》，文物出版社1985年版，图版一六；凌纯声：《台湾土著族的宗庙与社稷》，见中研院《民族学研究所集刊》1958年第6期。

[3] 参看叶舒宪：《中国神话哲学》第五章“天子明堂”，中国社会科学出版社1992年版。

[4] 贾谊：《新书》卷第三，见《二十二子》，上海古籍出版社1986年版，第739页。

左右几，天子衮冕负斧依。”斧依又叫斧扆、黼依。《周礼·春官·司几筵》云：

凡大朝觐、大飨射，凡封国，命诸侯，王位设黼依，依前南向设莞筵纷纯，加缫席画纯，加次席黼纯，左右玉几。

郑玄注：“斧谓之黼，其绣白黑彩，以绛帛为质。依，其制如屏风然。”孙诒让《周礼正义》云：“《画缋职》黼为绣采，郑《觐礼》注亦以斧依为采绣斧形。古书多云画斧，盖所闻之异。……依者屏风之名，唯其饰为斧形。贾（公彦）以斧为屏风之名，《书》及《诗·大雅·笃公刘》孔疏说并同，误也。”[1] 原来天子礼制所规定的“负斧依”，就是在王位背后设置一座画着大斧的屏风，作为天子权力与威严的象征性证明。《觐礼》注云：“依，有绣斧文，所以示威也。”《礼记·曲礼下》亦云：“天子当依而立。”可见这一制度在各种官方礼书中都得到一致的强调。只是斧的原始隐喻在这里已变得不那么明确了，而斧的图形一旦被抽象为斧纹，其本来的所指就更加被人们淡忘无遗了。

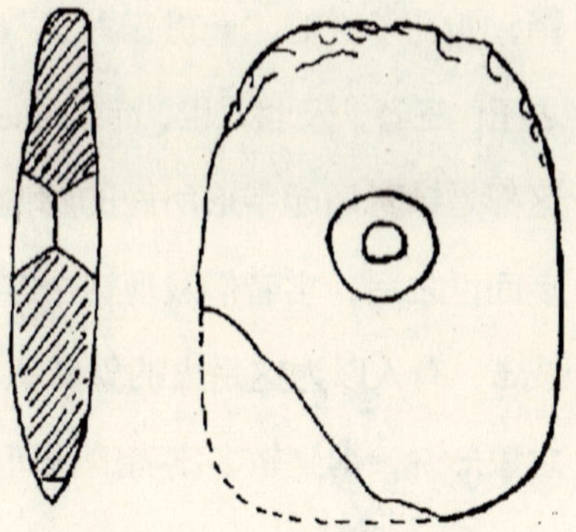

图 45 河南陕县出土仰韶文化石斧

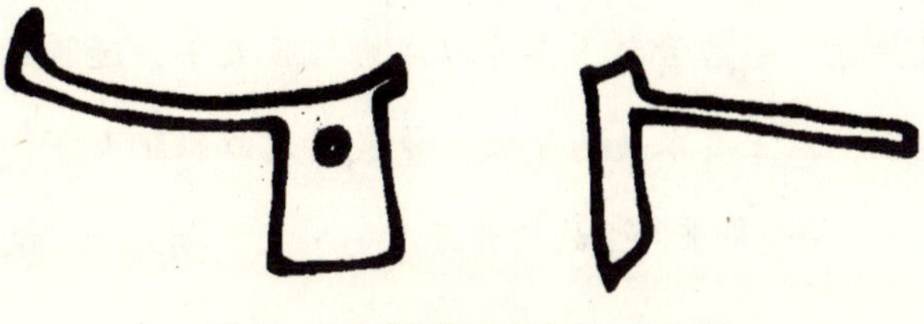

图 46 山东莒县新石器文化出土纹徽

[1] 孙诒让：《周礼正义》卷三十八，中华书局 1987 年版，第 1543—1545 页。

三、斧与王：性特权的承袭

其实，王者与斧的特殊关联不用远求，就埋藏在王字的造字表象之中。古文字学家对这个自古至今使用频率极高的汉字已经提出了多种多样的解释，如孔子说的“一贯三为王”；董仲舒说的：古之造文者三画而连其中谓之王；三者，天地人也，而参通之者人也；许慎说的“天下所归往也”；等等，这都是针对后起字形所做的解说，未免有望文生义之嫌。甲金文中大量的王字面世之后，学者们发现这个字的本来面目并不是一竖贯三横，而是写作或，有人以为这是火的象形[1]，有人以为是牡器的象形[2]，自吴其昌提出斧之象形说，得到较多学者的认可。吴氏写道：

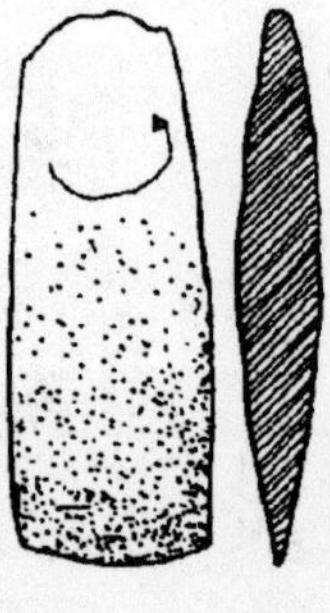

图 47　四川大溪新石器文化出土石斧

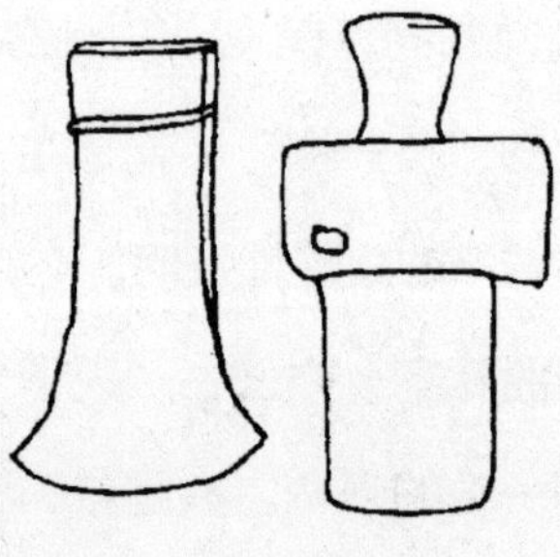

图 48　内蒙古赤峰夏家店文化出土铜斧

王字本义斧也……盖古之王者皆以威力征服天下，遂骄然自大，以为在诸侯之上而称王，以王之本义为斧故，斧武器用以征服天下，故引申之，凡征服天下者称王。斧形即王字，故绘斧于扆……故于朝天下、觐诸侯、封藩服、

[1] 吴大澂说是地中火喷出之形；马叙伦说是火向上烧之义；见李孝定：《甲骨文字集释》卷一，第 124 页。
[2] 郭沫若：《释祖妣》，《郭沫若全集·考古编》第 1 卷，科学出版社 1982 年版。

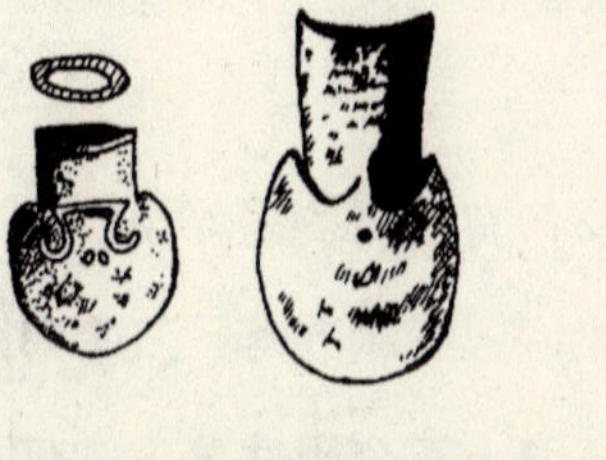

图49 云南石寨山文化出土空首斧钺

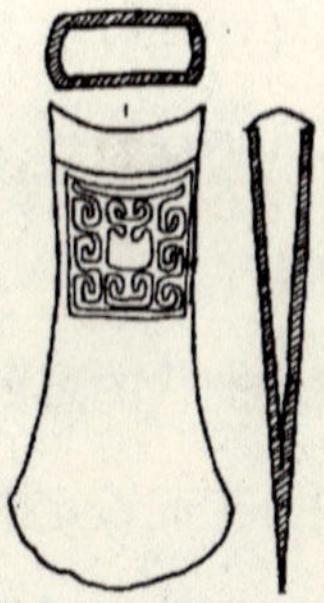

图50 广东清远青铜文化出土铜斧

会卿事之时仍设绘斧之扆以纪念。[1]

白川静进一步指出，王以斧为象征，不仅因为斧是兵器，而且也是重要礼器，王字古文常把下面一横写成向上卷曲状，此乃钺之象形，表现钺之刃部形状。殷墟出土之物中多有制作精美的斧钺，亦有美玉所制成的，可见并非实用兵器，而是象征权威的礼器。白川静还认为，从声音和意义上看，斧依与王字并无直接关系。但斧字本身却是父权的一种象征："父之初文乃象持斧身，有时亦作持钺之象（《师寰殷铭》）。作为王权之象征之钺，因乃礼器，故刃部不加磨砺，而保持器之安定，奠置于王位之前者也。以兵器为礼器，乃古代民族之间一般通行者。盖本来含有宗教性意义者，其后又加上象征征伐权、统治权等解释。赐斧钺之事成为意指授予专征之权。殷周革命时，武王挥黄钺、玄钺以斩纣王及其诸臣之故事，记于《逸周书·克殷·世俘》诸篇。不仅字形是奠置于王座之钺之形，王、钺之音亦相近，声义上似亦有关也。"[2]白氏未说明斧的原有宗教象征意义是什么，参照郭沫若解王字初文为牡器说，正可补足这一缺憾。从形状上看既像斧钺又像牡器，这似乎有些矛盾，但二者的类比关系正是建立在这种外在的相似特征之上。父权制社会取代母系氏

[1] 吴其昌：《金文名象疏证》；见周法高编：《金文诂林补》卷一，第203页。

[2] 白川静：《说文新义》卷一，第84—85页，林洁明译；见周法高编：《金文诂林补》卷一，第204—205页。

族而确立了男性统治权威，表现在意识形态的象征世界中，自然是牡器取代牝器而成为新的膜拜对象，而与男性劳动密切相关的斧也就成为与牡器互为隐喻的最佳物象了。

中国新石器时代的墓葬中常发现男女各有不同的陪葬物，显然是按照死者生前的性别分工而设定的。对于男性来说，石制的斧、刀等刃器和尖状器较为多见。“据柳湾马厂类型墓葬统计：五十三个男性墓主，有四十五个随葬斧、锛、凿，只有八个随葬纺轮；三十一个女性墓主有二十八个随葬纺轮，可见当时男耕女织的分工更为明显了”[1]。又如在长江流域的新石器时代遗址——南京北阴阳营145号墓中，出土的随葬品共25件，其中石斧一项就多达18件。[2] 这表明至少在当时，斧已经不单纯是一种生产工具，它在人们心目中具有了神圣的象征意义。对于这种曾经在史前人类的观念中占有极重要地位的象征意义，我们不可能在现存文献中找到直接答案，只能通过比较文化的考察做出合理的推测。

在克里特发现的希腊文明的前身——米诺斯王国遗址中，考古学家们照样看到大量作为宗教象征的精制斧头：“在许多宗教仪式中祭司或者普通的仪式参加者都带有双面斧。专为宗教仪式制的武器，其形状与战斗用的武器不同，是钝刃的，形式更为精致，有时用贵重的金属例如金、银铸成，并饰有美丽的图案。”[3] 值得同中国的情形相比较的一个重要之点是克里特宗教中礼器双面斧同牡牛崇拜的对应关系。苏联学者兹拉特科夫斯卡雅对这一问题做了如下描述：物质文化的遗迹使我们判断出克里特人的信仰。对牡牛的崇拜在宗教中起着不小作用。在克诺索斯宫的壁画上和浮雕上可以看到许多牡牛形象。“圣角”几乎是每一座神庙的必需品。牡牛在克里特宗教中还充

[1] 中国社会科学院考古研究所编：《新中国的考古发现和研究》，文物出版社1984年版，第114、142页。
[2] 中国社会科学院考古研究所编：《新中国的考古发现和研究》，文物出版社1984年版，第114、142页。
[3] 兹拉特科夫斯卡雅：《欧洲文化的起源》，陈筠、沈澂译，三联书店1984年版，第95—96、109—110页。

当神圣祭品。在一间祭祀室中发现了放置在祭台上面的带大角的牛头。这使人想起同样曾放在祭台上的大斧。大概古代克里特广泛流行的双面斧崇拜与牡牛祭仪有关。学者们认为，开始时以斧为供物，后来斧头发展为崇拜对象。描绘崇拜仪式的壁画中总有双面斧，由参加神圣行列的姑娘们拿着；在神庙的立柱上和陶器上也画有双面斧的标记（大概类似中国帝王斧依上的斧纹）。仪典用的黄金双面斧是在洞穴神堂内发现的，这种最珍贵的礼品也被放在坟墓里，[1]从克里特文明发展到古希腊文明，斧和牡牛的象征意义似乎有逐渐清晰化的倾向，表现在酒神狄奥尼索斯崇拜中，狄奥尼索斯被表现为公牛的形象，而仪式游行的人们同时抬着巨大的阳具模型，载歌载舞地前进。[2]在这里，牡牛与双面斧的对应关系已被牡牛和阳具所替换了。汉斯·利希特曾对这种崇拜仪式做出解释："如果狄奥尼索斯的器官最初只是对生殖神有效力的话，那么它后来逐渐成了具有更高意义的象征，尤其是与人们所期望的，通过迷狂而获得的与神力相结合的象征。这种神力被认为是深藏在人们心底的那种冲动，它有待于遍布希腊世界的狄奥尼索斯节日游行去激发。"[3]由此似可理解，为什么"阳物崇拜是古典时期希腊宗教的普遍特征"[4]。与民间宗教中阳物取代斧头成为直接膜拜对象的情形有所不同，官方的王权统治象征依然沿用古老的斧斤形象，这一点希腊国家与古代中国表现出极大的相似性。

希腊文化史学家格思里指出，一把斧头或一把座椅就能代表王权，这种意指关系是由何而来的呢？在充分反映了父权制社会组织特征的古希腊神谱中，似可找到解答的线索。代表诸神之首的男性权威宙斯，在某种意义上可

[1] 兹拉特科夫斯卡雅：《欧洲文化的起源》，陈筠、沈澂译，三联书店 1984 年版，第 95—96、109—110 页。(

[2] 范葛德（T.Vanggaard）：《阳物：一个男性世界的象征及其历史》（*Phallos: A Symbol and its History in the Msle World*），英译本由范葛德本人译自丹麦文，纽约国际大学出版社 1972 年版，附图 5。

[3] 汉斯·利希特（Hans Licht）：《古希腊的性生活》（*Sexual Life in Ancient Greere*），弗里斯（J.H.Freece），英译本，美洲虎丛书，伦敦，1986 年，第 117 页。

[4] 范葛德（T.Vanggaard）：《阳物：一个男性世界的象征及其历史》，纽约国际大学出版社 1972 年版，第 59 页。

以看作是史前爱琴文明中双面斧崇拜的一种拟人化形象。作为雷电之神，他一方面在奥林帕斯山上占据着王位宝座，另一方面又常挥动大斧砍开云天，给人间降下雷雨和闪电。[1] 从象征意义上看，宙斯的大斧仍是阳性生殖力的代表，他本人也是秉承史前酋长初夜权传统最突出的继承者，他追逐和占有了多不胜举的神女和人间女子，他所挥斧洒下的"黄金雨"也曾直接使达那厄怀孕生子。[2] 可见他用来挥洒雨水的圣物大斧正是阳物的化身，而所洒之雨则是精液的隐喻。这使我们想起中国《太平经》中的类似观念："天若守贞，则雨不降。"而伊朗古天神伐热那（Xvaranah）也在发情时降下精雨。[3]

从宙斯与斧及王权的政治神话转向中国古代神话，我们看到同样是男性权威的代表与斧钺有特殊关系。《事物纪原·舆服志》云：

黄帝置斧钺。《内传》曰：黄帝将伐蚩尤，玄女授帝金钺以主煞，此其始也。以铜为凤首衔刀。[4]

《逸雅》云：

斧，甫也。甫，始也。……钺，豁也，所向莫敢当，前豁然破散也。[5]

斧钺被追溯于民族始祖神黄帝，又同男子之美称"甫"通训，所突出表现的乃是斧钺的刑杀之威。自黄帝以降，传说中的历代王者无不以斧作为统治权威之象。《博古图》司马法："三代之斧在夏执玄钺，在商执白戚，在

---

[1] 格思里（W.K.C.Guthrie）：《希腊人及其神》，美国灯塔出版公司 1955 年版，第 33 页。

[2] 参看迈克尔·格兰特（M.Grant）：《希腊罗马神话》（*Myths of the Greeks and Romans*），纽约，1962 年，第 213 页。

[3] 鲍威尔（J.Puhvel）：《比较神话学》，霍普金斯大学出版社 1987 年版，227 页。

[4] 陈元龙：《格致镜原》卷四十二引，《四库全书·子部三三七》。

[5] 陈元龙：《格致镜原》卷四十二引，《四库全书·子部三三七》。

周杖黄钺。盖所用之色不同，而所以为斧则一也。”《辍耕录》：“劈正斧以水苍玉碾造，高二尺，有奇广半之偏地，文藻粲然，自殷时流传，大朝会则一人持之立于陛下，所以正人不正之意。”[1] 由以上传说材料看，三礼中一致规定的王者负斧依之制，原本并不是用画斧屏风，而是用金、玉等材料精制而成的斧钺本身。这一特殊的礼制之起源，如果不算新石器时代男性墓葬中之石斧，至少也可以追溯于当时的艺术作品中斧的意象。

1978 年 11 月，河南临汝新石器时代遗址中发现了一幅精美的彩陶画，考古工作者据画面内容命名为《鹳鱼石斧图》[2]。该遗址距今约 6000 年，属仰韶文化晚期，该图则成为中国绘画史上最早的作品之一。画面由两个部分组成，左侧是一只喙上衔鱼的鹳，右侧是一只立起的石斧。令人惊奇的是，石斧的画法采用了类似 X 光透视法，细致入微地表现了斧柄与石斧之间交叉结合的情形，有如当今的技术制图。然而对这幅奇特彩陶画的解释，一般都停留在表面意义上，认为反映了当时人的渔猎和垦殖生活。其实若从神话思维的原型符号着眼，衔鱼的鹳与斧柄穿入斧头这两组意象均可视为交合的隐喻意象，其影响之深广已遍布于古文化之中。古诗中一而再再而三地以“食鱼”影射交合的修辞模式，[3] 以及反复咏叹的斧与柯的微妙组合关系，都可以借来作为这幅史前象征图画的注脚。

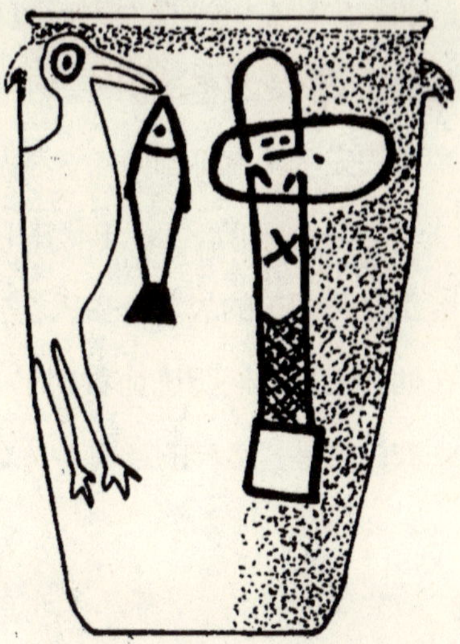

图 51　河南临汝出土新石器彩陶画《鹳鱼石斧图》

[1] 转引自《格致镜原》卷四十二。

[2] 见《中原文物》1981 年第 1 期，《临汝阎村新石器时代遗址调查》。

[3] 参看闻一多：《说鱼》，《闻一多全集》第 1 卷，三联书店 1982 年版。

那么，国君与斧的关系是否如《仪礼》注所说“以示威也”呢？笔者以为，斧即使确有表示威严的意思，也只能是后起的，其原始本义同行使“初开”职能的祭司酋长的性器有关。人类学家弗雷泽告诉我们，最初的国王都是些“祭师王”，也就是说，后世之帝王是从原始社会中的集政权与神权为一身的酋长、巫师、祭师们演化而来的[1]，因此，史前祭师王们所享有的义务与特权，在早期文明国家的君王那里仍可一脉相承。原来被视为社会性的教父的酋长，现在仍被视为国民之君父。斧的“初开”象征意义便是这种世代相传的“父”之义务的明证。下面所引述的人类现存第一部描述远古英雄帝王事迹的史诗《吉尔伽美什》将从旁证实以上的推测不误。

这部公元前2000年代的巴比伦史诗所记述的是公元前3000年代的苏美尔城邦国王的故事，主人公吉尔伽美什可以说是历史上最早的国王之一。在他那里，我们明确地看到了原始酋长们的“初开”义务，这种义务在史诗中被说成是“诸神的意旨”，具有法律的不容置疑的性质：

那汉子开口，
向恩启都述说委曲：
“人们在议事厅
定下了一条规矩：
拥有广场的乌鲁克的王，
为娶亲他设了鼓，随心所欲；
拥有广场的乌鲁克王吉尔伽美什，
为娶亲他设了鼓，随心所欲；
连那些已婚的妇女，

[1] 参看弗雷泽（J.G.Frazer）：《金枝》第1章，徐育新译，中国民间文艺出版社1987年版。

他也要染指，

他是第一个，

丈夫却居其次。

这样决定下来，是按诸神的意旨，

而对他这样授意，

是在切断脐带的同时。”[1]

面对白纸黑字，谁能说这位乌鲁克王不是在继承远古酋长的义务呢？唯其由来尚矣，所以才被神化、制度化，由城邦的议事厅集体讨论而定为“规矩”。这里所说的“为了娶亲”似不是指国王本人娶亲，而是为了城邦中一切到了结婚年龄的男女青年之婚事。每逢婚礼之际，国王以鼓为号，当众在广场行使“初开”手术，史诗中没有直接描述的这一场景，不妨借人类学的材料略作补足：

在夏威夷群岛，一个年轻姑娘在成为别人妻子之前，先要被送到头人那里，和他睡第一个晚上。在萨摩亚群岛，据说当众破除一个新娘的贞操是当地结婚仪式中的一项惯例。一般情况下由新郎亲手去干；有时则在举办婚礼宴会的叫“摩拉”的地方，由头人当着成百上千名默不作声的男女老少人的面来干。

当新娘被带进来后，伴随她的陪媪取尽她身上的遮掩物，慢慢搀着瑟瑟颤抖的新娘在沉默的人群面前走过。然后，姑娘两腿盘开，坐在广场中央铺在地上的一块雪白的毯子上。这时头人走近她，也盘开双腿，面对面地紧挨着她坐下。然后两个女媪从新娘身后分别用手撑住她的腰，这时头人把左手

[1]《吉尔伽美什》，赵乐甡译，辽宁人民出版社1981年版，第30—31页。

搭在姑娘的右肩上，用右手的食指和中指捅破她的处女膜。如果头人举起右臂，怀着焦急心情观望的人们便确信这个姑娘是贞节的，随之四处爆发出一片欢呼声，人们都为她感到无上的光荣。[1]

古代西亚文明国家和现代原始岛民部落中所共同存在的这种在广场上公开举行的“初开”礼，使我们不禁想到了中国上古的公开性“春台”礼。《老子》说：“众人熙熙，如享太牢，如登春台。”众人皆拥挤着登上春台干什么呢？老子语焉未详，不过可以推测是要观看什么吧？究竟看什么呢？这还得从“登春台”和“享太牢”的关系来追索。《礼记·月令》：“中春之月，是月也，玄鸟至，至之日以太牢祠于高禖……”可知春日用太牢祭社神高禖，春台当为社坛所在。《墨子·明鬼》：“燕之有祖，当齐之社稷，宋之桑林，楚之云梦也，此男女之所属而观也。”陈梦家对这一段的解释是：

属者合也，谓男女交合也，观疑是馆。云梦是楚之高禖，故社亦高禖也。[2]

图 52　新疆塔城巴尔达湖岩刻中的性交礼俗，影射着某种由戴兽面的巫师所主持的“破瓜”礼？

陈氏只说对了一半，属为男女行春礼之交合，而观却不是什么馆，正是与属联用的动词，观看也，这正是春台上“众人熙熙”的最佳注脚。关于这种公开性的男女交合“春台”礼仪中的“初开”的内容，已

[1] 布雷多克：《婚床》，第 164 页。
[2] 陈梦家：《高禖郊社祖庙通考》，《清华学报》第 12 卷第 3 期。

不得详知了，但从《诗经》中“女曰观乎”之类诗句中，仍可推想当时的“初开”礼大概已进化到由新郎本人进行了。

至于施行这种礼仪性手术的工具，又是什么呢？查看《吉尔伽美什》史诗，我们竟又遇见了那久违的斧。原来史诗在叙说主人公的“初开”义务之前，还讲了一段主人公象征性地获得这种义务的梦（在古人心目中，梦总是有预兆性的），梦中景象是：

> 在拥有广场的乌鲁克的大街上，
> 那儿有斧头一柄，
> 人群将它团团围拢。
> 原来那斧头是什么东西的变形。
> 我心里喜不自禁，
> 像个女人，对它一见钟情。
> 我朝着它弯腰挤进去，
> 把它取在手中，
> 在我的身边放平。[1]

这神秘的梦中的斧头究竟该是“什么东西”的“变形”呢？无论是按弗洛伊德的释梦法来分析，还是用人类学的旁证来推测，这斧都只能是具有某种神性的阳物，而女人之所以会“对它一见钟情”，也就无须费辞了。这神性阳物的获得与主人公的“初开”义务之间的因果联系，足以从神话思维的共同逻辑方面对我们译解中国《诗经》中的性文化密码提供可资借鉴的依据。

[1]《吉尔伽美什》，中译本，第26页。

四、媒的本义：从《伐柯》到《氓》

将以上讨论作为文化背景，回过头来再读《伐柯》，我们的理解将有一个深化。现在我们可以有把握地断定：诗中先咏的彼物与后咏的此物之间，绝不是风马牛不相及的纯粹起兴，而是具有象征等值意义的相关隐语：

斧 ═══ 媒

伐柯 ═══ 性爱

把诗意译解为现代语言就是：没有经过由社会性的教父（即“媒”之原始所指）所主持的“初开”礼，青年男女是不得擅自结合的。这样看来，我们在上文中对斧的隐义的追索，实际上也就是对媒的原始起源的追索了。最早的媒人不是以三寸不烂之舌为能事的媒婆，而是拥有以斧为象征的神性阳物，因而能行使“初开”义务的男性酋长或祭司王。吉尔伽美什名字之义为“火与斧的人”[1]，而在乌鲁克王表中他又被称作“高僧”[2]，可知正符合神媒之条件。按照这种原始意义去理解《诗经》中凡三见的“媒”字，我们还可以对《氓》这首著名的诗做出新的阐释。

氓之蚩蚩，
抱布贸丝。
匪来贸丝，
来即我谋。
送子涉淇，
至于顿丘。

[1]［捷克］克罗兹尼：《西亚细亚、克里特和印度上古史》，谢德风等译，三联书店1958年版，第72、81页。
[2]［捷克］克罗兹尼：《西亚细亚、克里特和印度上古史》，谢德风等译，三联书店1958年版，第72、81页。

匪我愆期，
子无良媒。
将子无怒，
秋以为期。

以上是《氓》的第一章。过去的解释按照“媒”的后起意义，这一段似乎明白如话，无可深究。但假如我们用“媒”的原始隐义来解释的话，这段诗的意思大有可发掘之处。从女主人公推延至“秋以为期”可判断诗中事发生在春季。[1]而这个季节正是男女相择结为情侣甚至可以“奔者不禁”的时节。氓这时带着礼物来“谋”女主人公是完全合法的，但只因女方尚未行成年初开礼，所以即使二人到了可以公开发生性爱关系的特殊地点——淇水之畔的顿丘，女方仍然要求“愆期”，其拒绝的理由也同《伐柯》一样，临时找不到可行初开礼的神“媒”。女方因将道理讲明，是你未给我找到“良媒”，所以你也别怪我古板，用不着生我的气，让我们等到秋天的机会吧。

这里要附带说明的是“至于顿丘”和“秋以为期”两句所暗示的时空背景。魏源说：“淇水，顿丘，皆卫未渡河故都之地。”所谓丘，一般指隆起的高台，亦即《说文》所说的“虚”。这种高台位于水畔者很可能就是春台礼的施行地。孙作云早已指出，《诗经》中的《汝坟》《桑中》等都是“春天祓禊于水滨，男女欢聚的诗”[2]。值得注意的是《桑中》中的男女欢聚之处与《竹竿》中的男女相思之处皆与“淇水”有关。又《荆楚岁时记》注引《南岳记》云：

其山西曲水坛，水从石上行。士女临河坛，三月三日所逍遥处。

[1]《诗经·鲁颂·閟宫》“春秋匪解”句郑注：“春秋，犹言四时也。”
[2] 孙作云：《诗经恋歌发微》，《文学遗产》增刊第5辑，收入《诗经与周代社会研究》，中华书局1979年版。

这里的水边之坛也正是三月三日祓禊之际男女交欢之地。“逍遥”实为隐语。依此旁证，送氓行至淇水边顿丘的女主人公很有可能是面对着春合礼的盛况而拒绝氓之求婚的。在这一似乎不近情理的拒绝之中，其实也还隐含着对求婚者健康的考虑。人类学研究表明，初民们普遍相信处女膜之血是污秽的和危险的，之所以要由具有神性的祭司王来行使“初开”礼，正是为了新郎的安全起见，使他避免被处女之血所伤害。至于“扩开者”本人则由于自身的神性可以战胜那污血中的邪恶精灵。克劳利写道：

人工地破坏处女膜是一个流行极广的风俗，其意义在于驱除女性身上首要的最有害的部分。[1]

与此相关的另外一种信仰是，女阴中本来是长有牙齿的，初开礼的功效在于预先破除此种“牙齿阴户”（Vagina dentata）对新婚男性所可能具有的威胁，使其阳物免遭伤害。[2] 唯其如此，这类“破瓜”礼俗上常常使用尖状锐器，斧斤之喻的由来盖亦与此有关。从这种原始的禁忌观念去理解“良媒”的重要性，也许会对《氓》诗中的女主人公肃然起敬吧。

氓因无“良媒”而被将求婚之期推至秋天，正因为春与秋二季乃习俗上的婚配季节。《伪家语·本命解》王肃注：“秋季霜降，嫁娶者始于此。诗曰‘将子无怒，秋以为期’也。”张衡《定情赋》中亦有“秋为期兮”之句，皆可说明秋季是一年之中举行婚礼的又一个特定季节。《荀子·大略篇》更明言：“霜降逆女，冰泮杀止。”闻一多释《匏有苦叶》诗中“迨冰未泮”句时也

[1] 克劳利：《神秘玫瑰：原始婚姻及相关的原始思想研究》，瓦茨公司 1932 年版，第 162 页。

[2] 参看魏格尔（M.Weigle）：《蜘蛛与织女：女性与神话》（*Spiders and Spinster: Women and Mythology*），新墨西哥大学出版社 1982 年版，第 52、98、123—125 页。相关的中国神话可参看珞巴族的《斯金金巴巴娜达明和金尼麦包》，见谷德明编《中国少数民族神话》，中国民间文艺出版社 1987 年版，第 253 页以下。笔者甚至怀疑《诗经·墓门》中所言“墓门有棘，斧以斯之”亦隐喻此类活动。

附带说明了古人以春、秋二季为婚期的情形：

初民根据其感应巫术原理，以为行夫妇之事，可以助五谷之蕃育，故嫁娶必于二月农事作始之时行之。……次之，则初秋亦为一部分谷类下种之时，故嫁娶之事，抑或在秋日。[1]

周策纵则从《诗经》中常见的“霜”“露”意象的考察入手，确认二者均与婚期密切相关。[2] 按照婚配必以神禖为先决条件的古制，祭司王或酋长们为部落中的新郎新娘们施行成年礼即婚礼的春秋二季，当是这些神禖代理人最为活跃的时刻。新郎为娶妻不得不事先拜托好一位德高望重的行媒者，届时为新娘做初开手术。《氓》中的男主人公在春天错过了机会，没有托好良媒，女主人公劝他“秋以为期”，想来也是理所当然的了。

与“媒”发音相同的“梅”字在《诗经》中亦可因其谐音关系而暗指“媒”的作用。《召南·摽有梅》一首可以为例。毛传训“摽”为“落”，郑笺由此发挥诗旨说：“梅实尚余七未落，喻始衰也，谓女二十春盛而不嫁，至夏始衰。”闻一多先生纠正说，摽，古抛字也。掷物而弃之谓之摽，掷物以击人亦谓之摽，掷物以予人仍谓之摽。《诗》曰“摽有梅”，谓有梅以抛予人也。本篇为女求士之诗，抛梅之举类同于《卫风·木瓜篇》中主人公以抛木瓜表达情意，反映着上古的“摽梅求士之俗”[3]。这种解释自然会使人想起后世戏曲小说中常见的“抛球择婿”之母题，可知其源远流长，为中华婚配习俗中之一大端。至于梅的象征意义，闻一多分析说：

[1] 闻一多：《诗经通义》，《闻一多全集》第 2 卷，三联书店 1982 年版。
[2] 周策纵：《古巫医与六诗考》第 4 章《古代的婚期与霜露》，台北联经出版公司 1986 年版。
[3] 闻一多：《诗经通义》，《闻一多全集》第 2 卷，三联书店 1982 年版，第 142—143 页。

求士以梅为介，故某楳二形又孳乳为媒字，因之梅（楳）之函义，又为媒合二姓之果。要之，女之求士，以梅为贽，其渊源甚古，其函义甚多。本篇传笺并谓梅盛极则落，喻女色盛将衰，皮相之论也。[1]

此种分析抓住了“梅”“媒”之间的隐喻[2]关联，对于突破旧注之成见，重新把握诗旨提供了有益线索。不过，闻氏以为“媒”之古俗源自摽梅求士的择偶风习，似乎并无坚实证据。恰恰相反，笔者以为抛梅之俗或抛木瓜之俗倒是远古圣禖制度的派生物。之所以选用梅果作为择偶之象征物，正因为它与“媒”谐音，能够喻示凭媒而嫁娶的结果。之所以选用木瓜，或许由于它同样喻示着神禖（媒）的主要职能——主持破瓜礼吧？[3]文明社会的发展虽然使此类古老的婚俗逐渐湮没无闻了，但从某些具有象征性的事物和婚仪细节上仍可窥见一点蛛丝马迹。下文中要讨论的《诗经》中“析薪”母题将会透露出同样的神禖制之信息。

五、卜辞媒神“析”与《诗经》“析薪”母题

斧的隐喻底蕴的破解不仅有助于《诗经》性文化的理解，而且还帮我们进而去解析甲骨卜辞中的“东方之神曰析”之谜。

如众所知，卜辞中有四方之名和四方凤神的系统排列和记述，古文字学家们对这四方之名已有种种不同推测，大家公认的一点是，四方之凤实同于四方之风，而四方之名乃是神名：

[1] 闻一多：《诗经通义》，《闻一多全集》第 2 卷，三联书店 1982 年版，第 142—143 页。

[2] 新近出土的《诗经》最早写本之一，阜阳汉简《诗经》中，“梅”作“某”，毛诗借为“梅”，韩诗作“楳”。参看胡平生等：《阜阳汉简诗经研究》，上海古籍出版社 1988 年版，第 144 页。

[3]《红楼梦》用“红粉佳人未破瓜”来形容待嫁女子是有其广泛的民俗根据的。广西平果县乐尧区的壮族婚俗中，有新娘哭嫁的细节，如果新娘哭不出，要由其父当众用利刀砍破一个南瓜，用此种“破瓜”表演象征性地表达新娘哭嫁。参看吴存浩：《中国婚俗》，山东人民出版社 1986 年版，第 82—83 页。

东方曰析，凤（风）曰劦。

南方曰夹，凤曰㐬。

西方曰夷，凤曰彝。

北方曰□，凤曰𠭰（《掇二》一五八）

这里所云“东方曰析”意思是说，东方主宰神的名字叫“析’，他手下的风神（凤）名叫劦。卜辞中的东方神名至少在另外两种上古文献中有所表现，一是《山海经·大荒东经》中所说的“东方曰折，来风曰俊，处东极以出入风”；另一是《尚书·尧典》中所说的：

乃命羲仲：宅嵎夷，曰阳谷，寅宾出日，平秩东作；日中，星鸟，以殷仲春，厥民析，鸟兽孳尾。[1]

从这两种记载看，“析”或“折”既是东方神名，与仲春季节对应，又是人类的一种季节性活动，所谓“厥民析”是也。搞清了这种活动的实质，“析”名之由来也就真相大白了。好在《尧典》在述说了人类在仲春的“析”的活动后，又交代了鸟兽的相应活动——“孳尾”，也就是交尾、交合[2]一类的活动，可知“析”当指人类的婚配或交合活动。

从造字的会意基础看，“析”字从木从斤，喻示的是用斧斤砍伐树木的行动，斧斤作为男性阳物的象征已如前文所确认，树木作为女性之象由“析”的活动本身亦不难推知，正如后来的《诗经》总要以“析薪”或“伐木”来为男女婚配嫁娶起兴所表明的那样。

[1] 据顾颉刚点校，见《中华文史论丛》1979年第二辑，第41页。

[2] 参看沈兼士：《积微居小学金石论丛》序：“今俗尚谓人之构精为属，谓兽之孳尾为连。”中华书局1983年版。

《说文》云："析，破木也。一曰折也。从木从斤。"可知析与折二字是相通的，卜辞云"东方曰析"与《山海经》云"东方曰折"，在实质上仍是统一在同一原型表象之中的。张日昇说：破木为析，断草为折，并有分义。《广雅》："析，折分也。"杨树达引《史记·司马相如传》曰："析珪而爵。"索隐引如淳云："析，中分也。"[1]在这个由析字所代表的"中分"表象中，初民们按照"引譬连类"式的神话类比，自然联想到神媒充当"扩开者"的职司，于是就有了作为阳性力量之象征的媒神信仰。又由此幻化派生出种种异名同实的东方神或春神，并且季节性地举行全民盛大祭礼活动。

胡厚宣先生《甲骨文四方风名考证》一文[2]中引"中央研究院"第13次发掘殷墟所得龟甲之一片云：

贞帝于东方曰析，风曰劦。

帝通禘，指对帝神的最高级祭典，这是东方析神兼具"帝"之神格的旁证。又引《金璋所藏甲骨卜辞》第四七二片云：

于东方析，三牛，三羊，吉三。

杨树达先生据此认为："帝为禘祭，世所习知，又其卯东方析也，以三牛三羊吉三，假令殷人不以诸名为神，焉得有禘祭与卯牲之事哉！"[3]可见"析"之神格甚为崇高，其祭典亦相当隆重。至于析神究竟是何神，且为什么以析为名，杨先生分析说："余谓折字从斤断艸，析字从斤破木，甲文艸木不分，

[1] 周法高主编：《金文诂林》卷六，香港中文大学，第3781页。
[2] 见胡厚宣：《甲骨学商史论丛初集》第2册。
[3] 杨树达：《甲骨文中之四方风名与神名》，《积微居甲文说》卷下，上海古籍出版社1986年版，第79、79—80页。

二字大可附合。然甲骨为古代实物，未经讹变。而《尧典》原本甲文，文作‘厥民析’，则当以析字为正。《山海经》作折者，乃缘析折形近，传写致误，非原本如是也。《说文》析训破木，而通训则为分，为解。东方曰析者，此殆谓草木甲坼之事也。……《尧典》言平秩东作，日中星鸟以殷仲春，盖东为春方，春为草木甲坼之时，故殷人名其神曰析也。”[1]此解自圆，似可备一说。但我以为并未窥破析神真相乃媒神也。上古俗语传说有“斧斤以时入山林”的季节规定性，这正同婚娶的季节规定性不谋而合。[2]媒字为后起会意兼形声字，其本字当为“某”，过去许多人把某字初义解为“酸果”，即俗称“梅子”者，这种看法因袭许慎《说文》，现在看来不大确切，因为它埋没了“某”字本有的神圣意蕴。日本的汉字研究家高田忠周指出，某字原用为谋，此古字省文通例也。亦当假借用为媒为禖。《说文》：“禖，祭也，从示某声。《礼记·月令》‘玄鸟至之日，以太牢祠于高禖’。”注：“变媒为禖，神之也。”[3]作为祭礼之名的禖，其时间为玄鸟至之日，即仲春日也；其牺牲为太牢，即牛羊猪，这些都与卜辞中祭东神析的规则完全吻合，于此可证析神作为春神，也就是男性的高禖神，或称高媒、皋媒、郊媒，其实一也。[4]

禖神之所以名“析”，倒不是象征草木春日始坼，而是象征着代表神意行使“初开权”的交合礼仪活动。这种用斧析木的原型表象，同高禖礼上的“授弓矢”[5]行为、圣婚神话中以棍子插贝壳的表象[6]，或以凸填凹的表象[7]，等等，表达的都是同一意思，借用古印度圣诗《吠陀》的说法，就是“丈夫

---

[1] 杨树达：《甲骨文中之四方风名与神名》，《积微居甲文说》卷下，上海古籍出版社 1986 年版，第 79、79—80 页。

[2] 参看［法］格拉耐：《中国古代的祭礼与歌谣》第 2 编第 3 章“季节主义”，张铭远译，上海文艺出版社 1989 年版。

[3] 高田忠周：《古籀篇》卷九，转引自《金文诂林》卷六，第 3697 页。

[4] 参看陈梦家：《高禖郊社祖庙通考》，《清华学报》第 12 卷第 3 期。

[5] 参看叶舒宪：《英雄与太阳》，上海社科院出版社 1991 年版，第 103—105 页。

[6] 参看王孝廉：《中国神话诸相》下编第 1 章引白族神话，第 540 页。

[7] 参看［日］安万侣：《古事记》，《日本古典文学全集》1，东京小学馆，昭和六十年，第 53 页。

进妻身"[1]。由于充当神禖者总是祭司酋长一类与神保持着交往关系的首领人物，因而也就是"父""祖"（且）"斧"的活化身，是神圣阳物与权力的象征，他的仪式性"初开"活动，也就是"斧析木"的直接表演。难怪斧这样一种常见工具能在后世民俗中兼具皇权与媒人的双重寓意，如美国汉学家爱伯哈德所述：

斧（Axe）是象征皇帝权力的十二仪仗之一。同时……斧也是农村中媒人的象征。[2]

这里说斧的双重象征性均由来久远，二者之间的联系似乎只有从男性神禖的功能上求得解释。从原始的"媒"到后代的"媒"，行使破瓜礼的古风已不复存在，唯非媒不得成婚的古制依然沿袭下来，如《礼记·曲礼》所说："男女非有行媒不相知名"，以及"男女无媒不交"，等等。就连"婚姻"这个名称也还多少反映着未经神媒破瓜不得嫁的古俗。《释名》："婚，昏时成礼也。姻，女因媒也。"

了解到男性神媒同是具有春神和阳力之神的身份，与"析"的表象相关的另外一些异名同实的现象也就易于解释了。先看与高禖相关的高辛氏。《礼记·月令》郑注云："高辛氏之出，玄鸟遗卵，娀简吞之而生契，后王以为媒官嘉祥而立其祠焉。"于此可见高辛氏与媒官本有关系。《世本·帝系篇》叙其事最详：

喾，黄帝之曾孙。

---

[1] 金克木译文，引自《比较文化论集》，三联书店 1984 年版，第 97 页。

[2] 爱伯哈德（W.Eberhard）：《中国象征词典》，陈建宪译，中文版名《中国文化象征词典》，湖南文艺出版社 1990 年版，第 10 页。

帝喾年十五岁，佐颛顼有功，封为诸侯，邑于高辛。

帝喾卜其四妃之子，皆有天下。上妃有邰氏之女，曰姜嫄，而生后稷；次妃有娀氏之女，曰简狄，而生契；次妃陈锋氏之女，曰庆都，生帝尧；下妃諏訾氏之女，曰常仪，生挚。

这一记载把夏商周三代的先妣神都说成是高辛氏之配偶，闻一多先生已论定商之简狄和周之姜嫄皆兼为女性高禖神，[1] 反过来可推知高辛氏实为男性禖神之祖也。《大戴礼·五帝德》说他“春夏乘龙，秋冬乘马，黄黼黻衣，执中而获天下，日月所照；风雨所至，莫不从顺”[2]，俨然是一位权倾神州的圣王，所谓“黄黼黻衣”如前所论即是斧纹装饰，用以象征阳性力和统治权者。至于其行媒者之职的迹象，可从《离骚》中主人公“求女”过程中的一段叙述里看出究竟：

望瑶台之偃蹇兮，
见有娀之佚女。
吾令鸩为媒兮，
鸩告余以不好。
雄鸠之鸣逝兮，
余犹恶其佻巧。
心犹豫而狐疑兮，
欲自适而不可。
凤凰既受诒兮，

[1] 闻一多：《高唐神女传说之分析》，《闻一多全集》第1卷，三联书店1982年版。
[2] 转引自袁珂、周明编：《中国神话资料萃编》，四川社科院出版社1985年版，第146页。

恐高辛之先我。[1]

作为男性媒神的高辛因其“初开权”而必然近水楼台先得月，屈原笔下求女者本想避开高辛氏，而让鸩去替代他充当媒职，却未能如愿，在“欲自适而不可”的困境中“犹豫而狐疑”，其所担心的大概正是有娀佚女之贞操被高辛媒者先行夺去吧？

其实，高辛氏与“析”神的认同关系不用远求，从“辛”字本身也可获得其中消息。“辛”与“析”音近义通，而且“辛”字甲文作状，正是斧斤析木的素描图。朱芳圃先生谓“辛即薪之初文”；何新先生则据《说文》“薪，荛声”之说，把高辛氏认同为炎帝和帝尧。[2] 析薪与伐木皆以斧为之，这些古帝王其实都是斧和阳性力的化身、代表。徐旭生先生说：高阳与高辛的“高”或同出一源，是郊字原文。《礼记》所言高禖，《诗·大雅·生民》郑笺、孔疏皆引作郊禖，即是证明。[3] 郭沫若先生更进一步把商代神祖夒、喾和传说中的舜、帝俊都归结为一体了：

神话中之最高人物迄于夒，夒即帝喾，亦即帝舜，亦即帝俊。帝俊在《山海经》中即天帝，卜辞之夒亦当如是。旧说视帝喾帝舜为二，且均视为人王，乃周末学者之误。[4]

其实，从祭司王必须代表神禖充当人间男女之“媒”这一义务上看，夒、喾、俊、尧、舜等既可是神名，又可是人王的现象也就不矛盾了。需要补充说明的是，卜辞说与东方析神对应的风神叫劦或叴，《山海经》则说东方来风叫俊，

[1] 对这一段的解释多不胜举，参看游国恩：《离骚纂义》，中华书局 1982 年版，第 321—332 页。
[2] 何新：《诸神的起源》，三联书店 1986 年版，第 157 页。
[3] 徐旭生：《中国古史的传说时代》，文物出版社 1985 年版，第 89 页。
[4] 郭沫若：《卜辞通纂》，《郭沫若全集·考古编》第 2 卷，科学出版社 1982 年版，第 362 页。

这不正同帝俊重合了吗？从象征背面去理会，这种重合说明俊本身就是阳性力的一种符号。笔者在《帝王与太阳》一文[1]中对俊、夔、喾等神名与太阳神的相互认同关系已做过较详细说明，这里暂不赘述。进一步的讨论，可参看本书第七章有关稷、俊之关系的一节。

析与曦、羲等字发音相同。何新先生据此认为甲文中的东方神析也就是古神话中的太昊伏羲。[2]从古汉语字词运用中较普遍的“同音假借”规则看，这一推测是可以成立的。值得进一步推究的是“伏羲”一名与“析”的性象征蕴含之间有没有相应的关联，如果找到这种隐义层的关联，那么“析”“羲”声同通假的逻辑线索就和盘托出了。闻一多先生曾在一篇跋文[3]中谈到他对“伏羲”一名的看法，对于揭示“析”与“羲”的隐义对应极有帮助。

伏羲之伏一作密，羲一作戏，当以密戏二字为正，后世所谓秘戏图，是其义也。（惟密当训合，非隐秘之谓。）因思《离骚》曰“溘吾游此春宫兮，折琼枝以继佩，及荣华之未落兮，相下女之可诒”，《御览》一七三引《纪年》“穆王所居郑宫春宫”，春宫之语，及今犹存。[4]

闻氏在此用古今互证、雅俗互证的方法确认出“伏羲”乃是交合之隐语，这就从旁为“析”神的身份做出了间接说明。可知喾、夔、俊、尧、舜、羲等皆为远古之春神、性神、媒神之分身。

了解到东方之神即媒神、春神、性爱之神的真相，便不难从以斧析木这一媒神之名所由产生的原型表象，去推阐《诗经》中十分常见的、作为性爱之隐喻的“析薪”和“伐木”母题的由来了。

[1]《晋阳学刊》1988 年第 4 期。
[2] 何新：《诸神的起源》，第 226 页。
[3] 闻一多为陈梦家《高禖郊社祖庙通考》所作的跋，见《清华学报》第 12 卷第 3 期，第 465—470 页。
[4]《清华学报》第 12 卷第 3 期，第 469 页。

陈炳良先生已明确指出：“伐其条枝”、“伐其条肆”、斩伐树枝，在《诗经》里是代表男女婚姻的象征。如《小雅·小弁》：“伐木掎矣，析薪扡也。”《豳风·七月》：“取彼斧斨，以伐远扬。”《鄘风·定之方中》：“爰伐琴瑟。”《郑风·将仲子》的“无折我树杞”和《齐风·南山》中的“析薪如之何？匪斧不克”等，都是作为婚配之事的象征而出现的。[1] 至于《汝坟》中的第一章如何借伐枝母题来预示性饥渴，表达“我要找寻配偶”的意思，即使仅从字面意义上，也可看出个大概了：

遵彼汝坟，
伐其条枚。
未见君子，
惄如调饥。

这也真算是另一种意义上的“饥者歌其食”了吧。“伐其条枚”的说法同《小雅·车舝》中的“析其柞薪”可谓异曲同工，都是表达求偶之饥渴的惯用语。该诗首章明言“思娈季女逝兮”，二、三章续写求硕女之美妙梦想，到了第四章就把梦境兑现了，而作为中介前提的母题正是“析薪”：

陟彼高冈，
析其柞薪；
析其柞薪，
其叶湑兮。
鲜我觏尔，

[1] 陈炳良：《说〈汝坟〉》，《神话·礼仪·文学》，台湾联经出版公司 1985 年版，第 74—76 页。

我心写兮。

如果说这里的“觏尔”意思还有些含混的话，再看到第五章所云“觏尔新昏（婚），以慰我心”，就立刻明白了。在这种曲终奏雅以达愿望的宣泄写法之中，“析薪”母题与性爱隐义之间的如影随形、唇齿依存之关系，已经昭然若现，毋须再去探查求证了。

由“析薪”母题再推而广之，《诗经》中屡见不鲜的“错薪”（《汉广》）、“束薪”（《王风·扬之水》《绸缪》）、“获薪”（《小雅·大东》）和“束楚”（《郑风·扬之水》）等派生母题的意义和用途也就可不言自明了。如不少学者已指出的那样，“束薪”也是上古婚俗中常见的象征性行为模式。不过它同“析薪”模式一样，很早就丧失了隐喻本义，变成一种代代相沿的空壳式活动，就好比丧失了所指的能指，只是按照传统的巨大惯性力而继续在文化中延伸一样。如果要想确认“析薪”一类象征符号失却其所指的大致时间，那么可以说至少在《尚书·尧典》成立的时代便有此种本义失落的迹象了。《尧典》叙说尧派司政官四人前往四极去确定统治秩序，“经文中记述其事的‘析’‘因’‘夷’等动词，原都是见于卜辞及《山海经》里的方神之名。可能《尧典》的作者已经不晓得‘析’‘因’‘夷’等就是上古神名，因而全数将之动词化，作为表示四季中所施之政”[1]。而由四方风（凤）所行使的“神使”职能，到了《诗经·商颂·玄鸟》的时代，也已经化形为遗卵给人间先妣的“天命玄鸟”。“风”这一自然力原有的性的意蕴至此也同“析”神一样变得含混难辨、隐而不彰了。礼教文化的最终定型则使原始性文化连同其原有的隐喻、象征都迅速地消解变形，成为对后人的智力提出挑战的一些千古密码，等待着有朝一日重见光明。

---

[1] 白川静：《甲骨文的世界》，温天河，蔡哲茂译，台湾巨流图书公司 1971 年版，第 45 页。

六、阉人之歌：《破斧》的秘密

斧作为一个整体，象征着行使开辟功能的阳物；从更为细微的构成关系上看，斧又是由两个主要部分结合而成的一种阴阳匹合的象征物。对于把斧斤当作纯粹的劳动工具而使用的后人来说，这种象征联想早已从意识层面中淡化消逝了；但对于生活在神话思维的类比象征世界中的初民来说，这种联想是自然而然的，它得之于直观的视觉印象，无须经过任何逻辑证明：斧的制作自石器时代的原始石斧就已形成特定的制作传统，即用斧柄和斧头两部分组合而成。组合的方式通常是以在斧头上打孔后插入斧柄。这一种孔与柄的结合自然会类比为男女性器的结合方式，于是斧除了从整体功能上象征男性性器外，它本身又是男女交合的类比形象。这种双重的象征类比为《伐柯》一诗提出了天然的构思基础：

伐柯伐柯，其则不远。

用斧头伐木以造斧柄，所需的斧柄形状和规格就在伐者手中的斧上，所以才有“其则不远”之说，所谓“执柯以伐柯”[1]是也。这种用斧和斧柄之间的微妙关系来比喻说理的语言现象在上古文献中似乎很流行，这表明它的起源甚早，且已弥漫在民族集体意识之中了。如《周书·史记篇》有一则比喻是“斧小不胜柯者亡”。这里所说的柯应为伐柯之柯，而非执柯之柯。所伐之斧柄太大，而斧孔甚小，两不相合。“是明以斧喻朝廷之君相。柯喻通国之人民。故下文云：昔有郐君啬俭，减爵损禄……禁罚不

---

[1]《礼记·中庸》引《伐柯》诗后评语。

行，重民伐之，郐君以亡。则斧小不胜柯之象也”[1]。这是斧与柄之喻在政治方面的应用。

与《伐柯》诗并列在一起的《破斧》诗，其实也是按照同样的类比构思而创作的。只是其象征隐义更为隐晦一些罢了。

既破我斧，
又缺我斨。
周公东征，
四国是皇。
哀我人斯，
亦孔之将。

既破我斧，
又缺我锜。
周公东征，
四国是吪。
哀我人斯，
亦孔之嘉。

既破我斧，
又缺我銶。
周公东征，
四周是遒。

[1] 于鬯：《香草校书》卷十，中华书局 1984 年版，第 202—203 页。

哀我人斯，

亦孔之休。

这首诗是《诗经》中叠咏型作品的典型篇章，全诗分为三章，但每章虽在形式上独立，在意义上却是不变的。三章之间的差异仅仅体现在个别字词的替换上，其余语句皆雷同。这种一唱三叹型的叠咏章法在《诗经》中有44首，如《樛木》《芣苡》《甘棠》《羔羊》《桑中》《木瓜》《黄鸟》《伐檀》等名篇皆是如此。这类诗有一个解释上的共同便利，三章换用个别字词所咏叹的对象只是单一不变的。这样看来，《破斧》三章首二句分别用“斨”“锜”“銶”三种物象呼应“斧”之破，这三种物象在象征作用上其实意指着同样的内容。可惜的是，前代训诂家总是专注于这些词语的字面意义，这样就只能看到三种物象之间差异的一面，产生出兵器说与农具说的无休止争论。[1]毛传和郑笺虽皆以兴法解诗（郑以为破斧喻破毁周公，缺斨喻损伤成王），却泥于以诗证史的思维定式，未能自圆其说。胡承珙批评郑笺说：“二章言缺锜，三章言缺銶，何以喻周公者不变，而喻成王者屡变乎？”[2]可见胡氏已经意识到本诗喻义变与不变的问题。但他释“銶”为“臿类，盖起土之器”，倾向于农具说，今人因袭此论，译“又缺我銶”句为“又缺损了我们的铧锹”。[3]与此相应，“锜”则被解为与臿相类似的三齿锄头。陈乔枞云：

郭璞《方言》注：“锜，三脚釜也”。釜之有足者名锜，铧之有齿者亦名锜，然则锜之为物盖如臿而有三齿，与茉之有两刃者相似，故《韩诗》以为“茉属”，而《说文》以“钽鉚”为训也。今世所用锄，犹有三齿，五齿者，盖

[1] 参看黄焯：《毛诗郑笺平议》，上海古籍出版社1985年版，第151页。
[2] 胡承珙：《毛诗后笺》，见《皇清经解续编》。
[3] 陈子展：《诗经直解》卷十五，复旦大学出版社1983年版，第499页。

即是物。[1]

陈子展先生据此发展出农具说，认为按照《管子》等书的记载，可证上古以农具为兵器，耕战并重，兵农不分。“毛、郑以此等器物为比兴之义，大为迂谬。此实赋义，谓以农具为兵器”[2]。晚近解诗者多尊朱传以赋义说《破斧》，而毛、郑的比兴说几被废弃。清儒严虞惇《读诗质疑》也说：“毛以斧斨喻礼义，郑以斧斨喻周公成王，比拟失伦，皆不取。”[3] 看来后人心目中比喻是有“伦类”标准的，“失伦”的责难使人们更加专注于字面意义，殊不知神话思维与诗的象征都要把本来不属于同一伦类的事物比附为一体。袁梅《诗经译注》未取兵农合一说，仍然坚持兵器说的解释方向：“这是一首非战诗……士兵幸得生还者，扛着破损的武器，想想自己经受的艰险，又感到死里逃生的幸运，便唱出了这首歌。”[4] 与这一解说相应，锜与銶分别被释为“矛属，齐刃如凿”“一种用于穿刺的兵器”。[5]

总括前人的观点，对锜、銶二物的解说计有凿、斧、矛、锄、锹、锯、凿柄、钻木工具、穿刺兵器等近十种之多，真可谓众说纷纭，莫衷一是。

从字面意义上解释，已经形成了人言言殊的“无达诂”现象。且不论《破斧》的背景和主题，诗人直接咏叹反复的是“我斧”“我斨”“我锜”“我銶”的毁伤，这一点是一目了然的。从情理上看，诗人反复哀咏的对象竟是些农具或兵器，这似乎有些让人摸不着头脑。对于历来就有以人为本的优良传统、产生过“伤人乎，不问马”之类佳话的古代中国人来说，作诗表达对兵器的损坏的哀伤之情，未免难以说通。若从象征意义上看，当为一些被毁

[1] 陈乔枞：《韩诗遗说考》，转引自王先谦《诗三家义集疏》卷十三。
[2] 陈子展：《诗经直解》卷十五，复旦大学出版社 1983 年版，第 500—501 页。
[3] 严虞惇：《读诗质疑》卷十五，《四库全书》经部八一。
[4] 袁梅：《诗经译注》，齐鲁书社 1980 年版，第 399 页。
[5] 袁梅：《诗经译注》，齐鲁书社 1980 年版，第 399 页。

伤了身体的男性对人们的表白。他们用“破斧”“缺铱”之类象征措辞表达的是被统治者施以宫刑的残酷现实。这种说法乍听起来令人咋舌，是否有失穿凿了呢？如果了解到割去阳物的做法在上古社会中甚为流行的实情，那么《破斧》诗的这种宫人哀伤才能找到合适的现实背景。考我国刑法的发生，有“自残酷而趋宽仁”的发展趋向，越是远古时期，则越显得残忍。最初的刑罚方式都是对人的肉体的毁伤乃至消灭，[1]而宫刑也在极早的时期中便已盛行。《尚书·舜典》言及五种刑罚中有“扑作教刑”一类，据刑法史家们解释便是宫刑：

“扑”字不是击扑的扑，而是椺（墕、副）字的另一写法，读如劈。椺和䙚音近，椺借为䙚。䙚就是袚，袚是上古人类用以遮羞的围裙。因此，䙚、袚都具有遮蔽的意思。教和窖同音，教借为窖。窖即地窖，是为避免受风设的。腤刑执行后即养伤于地窖中，窖遂成为宫的别名。因此，“扑作教刑”，实是“䙚为窖刑”，亦即“䙚为宫刑”，即慎到所讲的“鞸当宫刑”。[2]

这段推论虽有些曲折，但《尚书·吕刑》所列五刑中已确有宫刑一目，据此推知这种酷刑始自史前期还是可信的。“宫刑是虞舜时代皋陶作刑书时，以肉刑作为基本刑罚方法之一。最初称为恭，恭和腤音近，恭是腤的借字。腤刑就是男子割势的刑罚。夏代因之。《洪范》有恶的规定，恶是滹的借字。滹和腐音近，滹是腐的借字。因此，恶是男性去势，也就是腐刑。夏代还采用了女性椓阴的刑，即《洪范》所规定的‘弱’刑。弱和椓音近，弱是椓的借字。椓是槌击，即用棍棒捶击女性胸腹，使胃肠下坠，压迫子宫，

[1] 吕思勉说：古人恒言，刑者不可复属。所谓刑者，必戕贼人之肢体者也。见《中国制度史》第17章《刑法》。上海教育出版社1985年版。

[2] 李光灿主编、宁汉林著：《中国刑法通史》第2分册，辽宁大学出版社1988年版，第59页。

坠入阴道，阻碍交接。由此可见，男性去势，女性幽闭，各称各异，但是从总的方面来讲，都是适用于男女不以义交的犯罪。周代也有宫刑，但无女性适用椓刑的记载。”[1]宫刑又称“椓”或“斀”。《说文·攴部》云：

斀，去阴之刑也。从攴，蜀声。

又引《周书》曰“刖劓斀黥”。杨树达先生认为，“古形声字皆有义，斀字从攴攴，故训去。其云阴者，以从蜀声，蜀假为属故也”[2]。《诗经·大雅·召旻》：“天降罪罟，蟊贼内讧。昏椓靡共，溃溃回遹。”郑笺：“昏、椓，皆奄人也。”孔疏：“此椓毁其阴，即割势是也。”这首诗是西周时仍盛行宫刑的确凿证明。从古汉语中扑、椓、窖、腤、宫、斀、椓等一系列用于指男子去势之刑的用词上看，这种刑罚的普及程度是可想而知的。否则不会有这么多同义词。相传周穆王时一次被施以宫刑者即多达 500 余人，秦始皇也曾大量使用宫刑刑徒修宫造陵。《破斧》诗中所哀叹的“破我斧”“缺我銶”，正是“毁我阴”“去我势”的隐喻表达。全诗的意思是，我们这些刑余之人虽被毁伤了身体的性别器官，但是仍然要被征召去为周公东征服役。可怜我们这些刑徒，这恐怕是我们最好的出路了吧。

周策纵先生倡导从象征性上去读《诗经》，但他在《破斧新诂》一文[3]中却未能贯彻这一读法去揭示“锜”与“銶”的背后意蕴。倒有一位清末小学家于鬯对于《破斧》诗中“锜”“銶”二物的训诂学解说为我们的象征性阐释奠定了坚实基础。于氏指出，“又缺我锜”的“锜”字当读为伐柯之柯。锜谐奇声，柯谐可声。锜字或作奇，则诗亦有作奇之本。奇亦谐可声，同声

[1]《中国刑法通史》第 2 分册，第 336 页。
[2] 杨树达：《积微居小学金石论丛》，中华书局 1983 年版，第 32 页。
[3] 见《新社学报》第 2 期，新加坡，1968 年。

之字得假借。柯为斧柄，锜亦为斧柄。毛传云："凿属曰锜。"下章"又缺我銶"句毛传："木属曰銶。"胡承珙《后笺》说木属曰銶，云器之以木为者多矣，要不得云木属。木属二字殊不成语。其辩甚锐。但以木为茉之借，则不如陈奂《传疏》以属为欘字，引《考工车人记》郑注及《说文》木部欘斤柄之说为善。盖凡言属，皆借物以名其物也。今不曰銶木属，而曰木属曰銶。玩其倒释之法，则銶固为木属之定名。属字必当读为欘。凿属即凿欘，犹木属即木欘，皆斧柄之谓也。二者的差别在于，鋻穿两头通穿而以柄纳之者为凿欘，《说文》金部释凿为穿木可证；有其鋻一头不通穿，只在一头以柄纳之者为木欘，今之独头斧是也。独头者正谓一头纳柄，而一头不凿穿也。[1]

于氏在此用音韵和语义两方面证据说明锜和銶都是斧柄，这同全诗一唱三叹，变文谐韵的总体结构完全吻合，所引陈奂"属当为欘"的论断尤为精当，可视为揭示象征层面的一个切入点。古人为什么把斧柄称为"欘"呢？原来这又是一个会意兼形声字。属字很有讲究，杨树达先生《释属》推考其本义甚为精详，他写道：

《说文》八篇下尾部云："属，连也。从尾，蜀声。"按尾部诸文，屈训无尾，屟训人小便，皆关尾义。属训为连，义泛不切，殆非制字之朔义也。考《广雅·释亲》及《玉篇》《广韵》皆有豚字，《广雅》训臀，《玉篇》训尻，《广韵》训尾下竅。窃疑属盖豚之初文，豚为属之或作也。知者，《说文》二篇上口部云："噣，喙也。从口，蜀声。"喙下云："口也。"然则蜀声有口竅之义，说一也。《说文》三篇下攴部云："斀，去阴之刑也。从攴，蜀声。"引《周书》曰："刖劓斀黥。"斀今《书·吕刑》作椓。古形声字声皆有义，斀字从攴，故训去。其云阴者，以从蜀声，蜀假为属故也。说二也。《国

[1] 于鬯：《香草校书》卷十三，中华书局1984年版，第267—268页。

语·楚语》曰："日月会于龙豵。"……又豕属古音同，其孳乳字古多通假，豵之为尾，盖受之属。说三也。《淮南子·精神篇》云："蠲营指天。"高注云："燭，阴华也，营，其竅也。"按阴华盖阴茎之误。知字又假为燭。说四也。《蜀志》十二《周群传》云："先主与刘璋会涪。时张裕为章从事，侍坐。其人饶鬚，先主嘲之曰：'昔吾居涿县，特多毛姓，东西南北皆诸毛也。涿令称曰：诸毛绕涿居乎？'……"按涿与斀豵属同音，故先主与张裕以此互相嘲谑。知汉魏之际，属为阴竅，乃通俗常言也。[1]

经过多方求证后，杨先生建议把《广韵》中的豚字之训移至《说文》属字下："属，尾下竅也。从尾，蜀声。"这样于形声义三者皆觉吻合。[2] 从以上训释材料中可知，蜀属等同音字古时皆可指代性器官，正是从牝牡相合的意义上才引出"属训连"的说法。沈兼士先生对此亦有高见，他批评《释属》一文说："属训为连，卷中《释属》篇谓义泛不切。案《文始》侯部：'涿孳乳为属，连也，字从尾，谓孳尾也。'今俗尚谓人之构精为属，兽之孳尾为连。盖涿以体言，属以用言，详略互见，不求备也。"[3] 这就说明了，涿侧重指性器官本身，属侧重指性器官的交合作用。在这里不是正可以找到斧头与斧柄二者结合的命名由来吗？原来毛传所言"凿属曰锜"和"木属曰銶"，用的均是属字古义，而锜銶二物的象征阳物之义也正是喻示在属字古义之中的。古人把男女性器的交合类比到斧头与斧柄的结合方式上，在此种类比联想的基础上才产生出以"属"字为声旁和义符的"欘"字，这倒是小学功底深厚的于鬯未能窥破的。《墨子·明鬼篇》云：

[1] 杨树达：《释属》，《积微居小学金石论丛》，中华书局 1983 年版，第 32 页。
[2] 丁惟汾《俚语证古》谓竅古音读鸟，阳具之谓也。齐鲁书社 1983 年版，第 54 页。
[3] 沈兼士：《积微居小学金石论丛序》，第 6 页；又见《沈兼士学术论文集》，中华书局 1986 年版，第 339—340 页。引文标点从后者。

燕之有祖，当齐之有社稷，宋之有桑林，楚之有云梦也。此男女之所属而观也。

孙诒让正义引《周礼》郑注云：“属犹合也，聚也。”[1]陈梦家先生进一步解释说：“属者合也，谓男女交合也。”[2]这一看法为《说文》训属为连提供了所以然的证明。其实，屬字的造字结构本身就已显示了上半为尾，下半为蜀的原始表象，尾为交尾之器官[3]，在此代表阴门；蜀为阳物已如杨树达所论，牝牡连合为字，属的造字取象不是昭然若揭了么？按照类比联想的换喻逻辑，人体下处的部位相当于动物的尾部，用尾或尾字所从之尸作为偏旁去会意造字，所造之字常与阴私部位的功用相关，如屎、尿、屙、⿸尸易（《玉篇》：“⿸尸易，交⿸尸易也。”）、⿸尸眔、⿸尸奚、⿸尸酋（《字邓》：“⿸尸酋，女阴名。”）、屁、㞗、⿸尸黍（《字汇》：“⿸尸黍，女阴名。”），等等。方言俗语中表示阳物的词也常常用尸旁造会意字。《中文大辞典》尸部所列字中就有以下五例：

㞗，男子之阴部也。《字汇》：“男阴异名。”[4]

屌，男子之阴部。《字汇》：“屌，男子阴。”《正字通》：“屌，此为方俗语，史传皆曰势。”[5]

⿸尸夋，赤子之阴部。与朘同。《集韵》：“⿸尸夋，赤子阴。或从尸从血。”[6]

⿸尸粦，阴部。《字汇》：“⿸尸粦，闽人谓阴也”。[7]

[1] 孙诒让：《墨子闲诂》卷八，见《诸子集成》。
[2] 陈梦家：《高禖即社说》，《清华学报》第 12 卷第 3 期，1936 年，第 460 页。
[3]《尚书·尧典》“鸟兽孳尾”句孔安国传曰：“交接曰尾。”
[4] 中文大辞典编纂委员会编：《中文大辞典》第 10 册，台湾中国文化学院出版部 1968 年版，第 368、367 页。
[5] 中文大辞典编纂委员会编：《中文大辞典》第 10 册，台湾中国文化学院出版部 1968 年版，第 368、367 页。
[6] 中文大辞典编纂委员会编：《中文大辞典》第 10 册，台湾中国文化学院出版部 1968 年版，第 372，384，391 页。
[7] 中文大辞典编纂委员会编：《中文大辞典》第 10 册，台湾中国文化学院出版部 1968 年版，第 372，384，391 页。

屪，男子之阴部也。《字汇》：“屪，男阴名。[1]

所有这些较后起的俗字都反过来证明从尾蜀会意的属字之本义为牝牡之合，这就为锜与銶二者作为斧柄与斧头的接合提供了隐喻基础。而以上五例中的第一例“尿”字与“銶”字发音相同，据声训规则已可确认銶字与男根的潜在意义关联。至今陕西的关中方言中仍呼男根为“尿”，其流行的程度和在村俗口语中使用的频率足以使外来人吃惊。这自然使人想到明清小说中用“毬”假借“尿”的语言现象，溯其根源，当出自秦方言。《破斧》诗出自豳风，而豳地正处在关中西部，诗中的“又缺我銶”对于当地民众的听觉来说，同损坏男根完全同义。

在绕了以上训诂学的大圈子之后，回到《破斧》诗本身，我们或许可以说，同《伐柯》的双重隐喻一样，这首诗也是以斧的象征意义和斧柄的象征意义为其构思基础的。全诗反复运用这两种意象交错表达着同样的意思：一批受腐刑惩罚的男子像正常男丁一样被召入周公东征四国的军队之中，他们感时伤身，发出了“哀我人思，亦孔之将”的肺腑之叹。

这些被阉割的男子究竟是何等身份的人，现已无从详考了。不过从《诗经》本身的内证来看，不外乎两种人。一种是在性方面或政治方面的犯罪者；另一种是宫中的奄人。《大雅·瞻卬》中提到女人和宦者干政的危害性时，有这样的诗句：

乱匪降自天，
生自妇人。
匪教匪诲，

[1] 中文大辞典编纂委员会编：《中文大辞典》第10册，台湾中国文化学院出版部1968年版，第372，384，391页。

时维妇寺。

毛传训“寺”为“近”；朱熹则指明寺指奄人：“上文但言妇人之祸，末句兼以奄人为言，盖二者常相倚而为姦，不可不并以为戒也。欧阳公常言宦者之祸甚于女宠，其言尤为深切。有国家者可不戒哉？”[1] 荷兰汉学家曾据《瞻卬》一诗做出推论，以为公元前8世纪周幽王时已盛行宦官制度（参看本书第三章）。不论这种推测正确与否，至少有一点是可以肯定的，商周时期已经流行阉奴制。作为刑余之人的阉奴与作为净身祭司的寺人（宦者）在起源上有所区别，但在后代则打破了原始的“圣与俗”界限，受了宫刑的罪人亦可充当宦寺者。《破斧》一诗的作者当属这一类型。

值得补充说明的是，以“破斧”为象征，隐喻身体的毁伤，这种表现模式在上古文化中的例证并非仅限于《诗经》。相传中国四方音乐的起源分别与远古的四次作歌事件有关。其中作为东方音乐之始的一首歌就叫作《破斧之歌》。据《吕氏春秋·音初篇》所述：

夏后氏孔甲，田于东阳萯山。天大风晦盲，孔甲迷惑，入于民室。主人方乳。或曰：“后来见，良日也，之子是必大吉。”或曰：“不胜也，之子是必有殃。”后乃取其子以归，曰：“以为余子，谁敢殃之？”子长成人，幕动，坼橑，斧斫斩（《太平御览》“斩”作“破”）其足。遂为守门者。孔甲曰：“呜呼！有疾，命矣夫。”乃作为《破斧之歌》，实始为东音。[2]

孔甲是夏朝开国君王禹的十四世传人，传说把他确认为“始为东音”者，当然不可信。他所作的《破斧之歌》从题目上看竟与《诗经》中的《破

[1] 朱熹：《诗集传》卷十八。

[2]《吕氏春秋》卷六，见《诸子集成》。

斧》诗完全吻合，而其所歌咏的内容并非斧斤本身的破损，而是他收养的义子的身体的毁伤。如果按照精神分析学的原则，男性身体各部位的毁伤均可隐喻阉割，如断指、瞎眼等，[1]那么孔甲之子被飞来的斧子砍断了脚的细节亦可解作被阉割的象征性表述。[2]古代用被阉的男性作为宫中的守门者，似乎确实由来久远。从古汉语中专指守门阉人的“阍”字便是明证。《春秋穀梁传·襄公二十九年》：“阍，门者也，寺人也。”《礼记·内则》：“深宫固门，阍寺守之。”注云：“阍，掌守中门之禁也；寺，掌内人之禁令也。”《周礼·天官》中亦列有阍人之职司。其实就连“阉”字本身也从门会意，与阍字本为同义词。《说文》：

阉，门竖也，宫中奄，昏闭门者，从门奄声。

《说文》又释阍曰：

阍，常以昏闭门隶也，从门、昏，昏亦声。

段玉裁注云：“《周礼·阍人》：王宫每门四人……注云：阍人，司晨昏以启闭者。刑人墨者使守门。”朱骏声《说文通训定声》认为：“宦者皆谓之奄，司阍则谓之阍。”可见后人用阉人泛指一切被阉的男人，用阍特指守门的阉人。孔甲所收养的义子因身体残损而被安排为守门人，可以说是阍人之始了。孔甲为之所歌的七字歌词与其说是哀伤他的脚被砍瘸，不如说是慨叹他命中注定要成为阍寺之人，从而难免断子绝孙。

[1] 参看考德威尔（Richard Caldwell）：《俄狄浦斯之盲》（*The Blindness of Oedipus*），《国际精神分析评论》1974 年第 1 期，第 207—208 页。

[2] 中国神话中的阳鸟三足乌便是以第三只足象征阳物，印度神话中足与阳物亦互为隐喻。参看奥弗拉赫蒂：《女性、双性同体与其他神话动物》，芝加哥大学出版社 1980 年版，第 141、316 页。

以瘸腿隐喻男性性力的丧失，在古希腊神话中亦有显例。相传爱神阿弗洛狄忒的原配丈夫赫淮斯托斯就是位奇丑的跛子。爱神没有为他生下后代，[1]却同战神阿瑞斯私通生下五子，同神使赫尔墨斯私通生下阴阳人赫尔玛弗洛狄忒（Hermaphroditus），这些事实均表明患不育症的不是爱神，而是跛子丈夫赫淮斯托斯。这位著名的煅冶之神的跛足正意味着他实际上是位准阉人。唯其如此，阿弗洛狄忒才会近乎变态地肆意追逐婚外之恋，在神与人之间发展了那么多的情人。

如果从原型批评的宏观视野上看，以瘸腿象征性无能在西方文学中甚至形成了不成文的规则。D·H·劳伦斯和海明威都明显地沿用了这一古老的母题，表达战争对男性的身心伤害。爱神与跛子相匹配的不平衡模式再度出现在《查太莱夫人的情人》中时，作者干脆明确告诉人们：这位失去双腿的丈夫同时也是完全丧失了男性功能的名义上的丈夫。这样，作为妻子的查太莱夫人也同阿弗洛狄忒一样可以另觅情人而同时得到读者的谅解。劳伦斯在借用古老的原型表现他的阳物崇拜观念[2]时，对身体致残的男主人公表露出一种莫名的厌恶之情。读者们受作品倾向性的制约，也没有人会对那位坐在轮椅上妒火中烧的名义丈夫产生怜惜之情，更不用说为他作一首《破斧》之歌，寄寓“哀我人斯”的难言之隐了。

---

[1] 罗伯特·格雷福斯（R.Graves）：《希腊神话》（*The Greek Myth*）卷1，鹈鹕丛书，1960年，第86—88页。

[2] 参看巴尔伯特（Balbert）著《劳伦斯和阳物想象力》（*D.H.Lawrence and the Phallic Imagination*），麦克米兰公司1988年版。

APPENDIX

附录

海内外学者有关叶舒宪学术研究评论文摘

文学人类学是文学与人类学的交叉学科。它以运用人类学的视野、方法和成果于文学领域的研究、批评为其显著特色。在我国，文学人类学滥觞于20世纪二三十年代。其代表人物有茅盾、闻一多等人。

……1987年以后，文学人类学批评获得了较大的发展势头…… 一些以文学人类学为研究课题或批评方法的作者写出专著或系列论文。如叶舒宪的专著《探索非理性的世界》《中国神话哲学》《英雄与太阳》及论文《水：生命的象征》《原型数字“七”之谜》……季红真的《神话的衰落与复兴——读〈探索非理性的世界〉有感》，对神话原型批评加以评述，并表现出浓厚的兴趣……

叶舒宪在《英雄与太阳》一书的“引言：文学的人类学研究”中认为，中国文学人类学研究自二三十年代闻一多、郑振铎发端，它的特点是运用人类学的视野和方法，打通原始与文明之间的隔膜，对文学作跨文化的比较分析。笔者在《人类学与文学》中提出文学人类学的一个中心原则：“就是对文学持一种远古与现代相联系、中外民族相比较的宏观研究态度。”继而又在《文学人类学批评的兴起及原则》中又主张这一批评方法的三条原则：第一，原始与现代相联系、中外各民族相比较的宏观文学视野和研究态度；第二，共时性方法与历时性方法并重；第三，文化方法、心理方法与文学本体方法的融合。这些观点，可以看作为建立文学人类学批评理论的初步尝试。它们强调对文学的研究应在时间与空间两个向度上做人类学意义的拓展。

叶舒宪的《水：生命的象征》从岳飞出生的传说谈起，分析了中国的弃儿型故事，并将它与世界上不同民族的同类故事如耶稣、摩西（以色列）、俄狄浦斯（古希腊）、罗慕洛（古罗马）、莎贡达罗（古印度）等整合比较，归结出“水”作为反复出现的原型意象普遍象征生命本源的意义内蕴。他的另一篇论文《原型数字“七”之谜》选择世界文学中的原型数字“七”为对象，阐释它在不同文化中平行发生的普遍规律，并着重就中国文化中的“七”

展开跨文化的比较考察，同样显示了文学人类学批评方法的时空特征。

方克强：《新时期文学人类学批评述评》

（《上海文论》1992 年第 1 期）

神话—原型理论最早的奠基人，是英国人类学家弗雷泽，他通过发掘神话与初民的巫术宗教仪式之间的关系，开启了文学的人类学研究。这既是角度也是方法。因此，神话—原型理论被人们称之为文学人类学也绝非偶然。这种研究角度与方法，自然在艺术的起源与本质等一系列重要问题上，都别开生面。但更为重要的是她在远古与现代之间，架起了一座桥梁。使文学在远古的巫术、宗教等精神信仰的仪式活动参照下，还原为人与宇宙自然的基本关系。这意味着建立起了一个文学研究的新坐标；在这样宏大而简括的背景中，使许多古老的文化典籍与文学作品原生的语义获得了实在的阐释。譬如弗莱等学者对《圣经》中神话故事的民俗学研究。又如叶舒宪在其著作“原型批评的理论体系”一章中，以四首极少引人注意，用于祭祀仪式的汉代郊庙歌辞为例，参照神话—原型理论的人类学观点，综合运用各种方法，发现了歌辞所隐喻的多层语义：包括由太阳的循环运行所派生出来的四季更替的叙述程式，还包括四时辰、四方法、四颜色、四神灵……的循环变易。并把这种“时空认同”的叙事程式，归纳为中国文学的原型，进一步溯本求源至《尚书·尧典》，而最终确定了中国文学原型模式的时空坐标。最直接启发作者做此构想的则是弗莱在《批评的解剖》一书中，以自然生命的四季循环为框架，所归纳的各种神话原型与叙事样式之间的程序关系。

由此可见，这个理论学派力图打破种族与文化的疆域，希望在人与自然的基本关系中，确立文学的原型框架。虽然由于文明起源与社会类型的差异，人类数千年的进化过程是在彼此隔绝中以不同的方式完成的，但人与宇宙自然的基本关系，决定各民族自始至终都在某些相同规律的制约中延续发展。

譬如，想象的发生大致都遵循某种自然生命的循环过程，才能在远古神话的基本主题和故事结构中留有永恒的印记。在这个学派的工作假设中，所谓共同的人性也就不仅仅限于食、性这样一些基本的种系繁衍的生命活动，还包括在这种活动中对时空的感知方式等形而上的内容。

民族性并没有因此而消解在这个巨大的宏观背景中，而是体现为不同的感知方式。正如弗莱在自然生命的四季循环中发现的"原生的衰亡形象"与"超绝的复治"形象，在欧洲文学中是以不同的文学样式（悲剧与喜剧）表现为具体的叙述程序的；而叶舒宪在汉代郊庙歌辞中所发现的时空认同原理，则体现在同一种文学样式之中。两相比较自然有了分解的与有机的形式区别。

季红真：《神话的衰落与复兴——读〈探索非理性的世界〉有感》

（《文学评论》1989年第4期）

自1986年以来，文艺评论的领域中由加拿大批评家诺斯洛普·弗莱所倡导的"原型批评"开始波及（中国的）神话研究方面。这种"原型批评"的理论基础是荣格的深层心理学的"原型"论同弗雷泽的人类学。叶舒宪（陕西师范大学中文系教员）《英雄与太阳——〈吉尔伽美什史诗〉的原型结构与象征思维》（《论坛》1986年第1期）、宋建林《用神话的眼光看文学：略谈神话—原型批评》（《论坛》1987年第2期）等便是这方面的例子。叶舒宪从《吉尔伽美什史诗》中分析出"英雄—太阳"的原型，揭示了以英雄的经历为叙述对象的故事表层结构背后的深层结构——太阳的运行规则。

如果把这种观点归属到对神话与自然现象作象征解释的自然神话学派中的太阳神话论，也许其创新意味并不突出，但将原型论与弗莱的批评方法试用于作品的结构分析，并且加以倡导，这在中国还是令人耳目一新的吧。

[日]铃木健之：《近年中国神话研究的新动向——以个例研究为中心》

（早稻田大学《中国文学研究》第13期，1987年，东京，第122页）

叶舒宪《英雄与太阳——〈吉尔伽美什〉的原型结构与象征思维》是一篇好文章，作者把荣格的原型说与弗莱的原型批评运用于剖析《吉尔伽美什》这样的具体作品，说清楚了一部作品除了能够比较容易看清楚的表层叙述层次之外，还有比较隐蔽的、不易看清的深层象征层次，并对二者的关系做了能自圆其说的论述。这样，就把目前我国神话、史诗界对新方法的探索仅停留在口头上说说的状况，大为推进了。……通过他的论述，使我们在方法论的认识上，打开了一扇窗子，也进了一步。

《民间文学论坛》编者的话

（《民间文学论坛》1986 年第 1 期，第 33 页）

方法论热就是这样兴起的。当时的主潮是强调对文学做宏观的、比较的、系统的整体研究。在这样的背景下，具有宏观、系统、比较研究优势，并被西方列为当代文学研究四大方法之一或五种模式之一的神话原型批评，被引进国内，从而启发、推动了文学人类学批评的形成与发展。……

在这方面有突出成绩的当推叶舒宪。他在 1988 年推出了有关的三本书：《神话—原型批评》是一本选编的译文集，分基本理论和批评实践上下两编；《探索非理性的世界》系统介绍了原型批评的理论与方法，并对其特点和局限做出了较客观的评价；《符号：语言与艺术》系与俞建章合著，论及神话思维、原型符号与原始艺术的关系。西方神话原型批评强调从神话、宗教、仪式、梦幻和文学之中，寻证出一套普遍的原初性的原型意象、象征、主旨和性格类型、叙述模式，发掘积淀在其中的种族以至于人类的集体潜意识和深层心理特征，这种注重综合与宏观的研究方法无疑是非常诱人的。它不仅使人观照到文化史和心态史的发展轨迹，而且令人更深地领悟到作为整体的人类和作为系统的文学内在的连续性和同一性。因此，它为新时期文学人类学批评所重视、借鉴和吸收是理所当然的。

方克强：《新时期文学人类学批评述评》

（《上海文论》1992 年第 1 期）

上古神话的发掘与重构并不是自今日始，对已经散佚的远古神话的再发现，从来都是神话学的重要课题之一。但是，以往的一些重构工作不能得到学界普遍承认，究其原因，在于传统的重构仅仅停留在故事表层语汇的连缀上，而未能深入到故事的深层语法当中，开掘出神话思维的本质逻辑……基于人类学立场的跨文化比较研究与原型解读就不同了，这在一定程度上不仅恢复了羿史诗外形的完整性，同时也找到了其内在的统一性，使重构的结果具有科学的说服力，于是，一部湮埋了近 3000 年的我国上古英雄史诗就重新出现在我们案前。不仅仅如此，作者还以神话的发掘与比较研究为出发点，进而寻问形成不同文化范式的动力，并直逼人性的底蕴及神性本源。于是，在作者的引导下，踩踏着英雄的足迹，我们真的经历了一场灵魂的冒险。……

谁说对于神话的实证研究，不会导致一种诗思和对于人类超越意识的追问呢？

吕微：为叶舒宪《英雄与太阳——中国上古史诗的原型重构》所作的序

（上海社会科学院出版社，1991 年，第 1—2 页）

自从孔子立下“不语怪力乱神”的戒条，神话在中国历史上始终难登大雅之堂。现代以来的神话学家们考证和重新整理神话遗产已取得相当的成绩。然而在哲学和思想史领域，神话并未得到应有的重视。叶舒宪同志新著《中国神话哲学》在神话与哲学两大学科之间开辟出新的研究领域，提出了中国哲学思维的神话基础等新课题。作者有意识地打破传统学科间的壁垒，把神话视为哲学史前史的宝贵材料，这就保证了本书选题角度的独特和内容的新颖，使之同以往的单纯神话研究明显不同。

中国神话向来以零散而无体系给研究者造成困难。弥补这一缺陷，过去的办法主要是尽可能广博地汇集材料进行排比连缀，再适当地辅之以推测乃至想象。本书则采用了文化人类学的原型模式构拟法，尝试从神话思维的普遍规则出发重构上古神话的系统。……作者把这种具有深层解释功能的原型模式称为“神话哲学的元语言”，在开篇的几章中集中构拟出神话宇宙模式的垂直和水平两大系统、神鬼人分野的三分世界结构及其动物象征系统、四季与四方相等值的神话礼仪系统。可见对“元语言”的探求也就是对神话生成转换规则的探求。为此，作者借鉴了列维－斯特劳斯、卡西尔、弗莱、乔姆斯基等西方学者的方法及术语，并成功地运用于中国神话，使我国的神话研究向系统化的方向迈进了可喜的一步。

……尤其值得注意的是，作者在沟通中西的尝试中并不仅仅是用外国的同类例证说明中国的问题，而是试图进行双向交流的“对接”，以收相互阐发之效。……《中国神话哲学》在追求一种现代化和国际化的国学研究新路子。这一点，参看作者的另一著作《英雄与太阳——中国上古史诗的原型重构》，就会看得更为分明。此种实现与国际学术相沟通和对话的努力，使本书的意义并不限于它的课题本身，对于传统考据学的更新亦提供了有益的启示。

霍云：《神话与哲学之间——评叶舒宪〈中国神话哲学〉》

（《光明日报》1992 年 10 月 29 日）

中国第一位性学专家是被称为“性博士”的张竞生。……中国大陆禁止弗洛伊德的著作也长达 30 年之久，直到 20 世纪 80 年代初终于开禁。从此，在这个世界上性最活跃的国度里，“性”开始成为一个可以合法研究和公开讨论的课题。

张竞生的现代传人之一是任教于西安的一所师范大学的叶舒宪。这位 30 多岁的学者专精中国古典文学与神话。叶先生写出了一些涉及性爱主题的学术论文，其中的一篇是《色与美：〈金瓶梅〉性主题的复调变奏》。此外他还考证了中国人曾否崇拜爱神的问题，这也是很难得的成就。

Linda Jaivin：《性在中国》

（美国《华尔街日报》1991 年 1 月 10 日）

新见一部《中国神话哲学》，便是诞学中值得注意的一种。神话哲学，犹言诞话真理，得先有一种屈原似的“遂古之初，谁传道之”的将信将疑的态度，读起来才觉得有趣味。……

书分三编。上编“易有太极”，中篇“黄帝四面”，下篇“九州方圆”。这篇章布局构思得巧，颇得老子“道生一，一生二，二生三”的真味。然而从总体思维方式上看，却又把西方结构主义、原型模式的理论运用得烂熟。著者说此书“可以说是西学中用的一个实例”，当不是自诩之辞。著者以大量的神话、民俗为据，论证了一个文化发生学的真理：文化，其实是人类为自然和自身创造一个有序的价值世界的过程，它是在自然的内化和人性的外化这两个方向上进行的。神话，则是人类创造、参与、把握有序世界的第一次努力。这中间，空间的有序化、时间的有序化，总而言之，对自然的有序化思维的依次发生，可说是人类意识形成的一块基石。——康德把时空定为意识的先验范畴不是毫无道理的。——《中国神话哲学》的突出特点，就是在自然的内化的方向上，以时空意识的有序发生史为脉络，破译、重新阐释和构建了中国神话的深层结构，发现了其中的普遍性的文化轨迹。

“易有太极”探讨了神话学的元语言即语言的结构生成与对自然的有序化思维的内在联系。由于著者把整体性视为原始思维——语言的基本法则，所以突破了以往神话溯源中分梳过细却支离曼衍的局限，将东西南北四个系统的神话复归于一个深层结构整体，出人意料地解释了中国文化儒道两大传统既对立又互补的整体结构因，把“道先儒后”的历时性解释转换成道北儒南的共时性解释，真是有趣得紧。小的发明更是层出不穷。

仇丹：《本始之茫，诞者传焉》

（《读书》1992年第10期）

为了匡正中国传统的语言学只把文字当作文字来研究（即只迷恋于对文字的形、音、义做微观考证和索引）而忽视它与思维方式的宏观联系的积习，《中国神话哲学》一书有意识地打破了语言学与思维科学的界限，使传统的微观考证服务于宏观的理论建构，这部分地加强了本书的实证基础，反过来，又用思维科学的普遍模式洞见文字的微观研究，遂使一些令传统考据学聚讼纷纭的古文字难题得以冰释，这无异于为传统的“小学”展示了一个光明的前景。事实上，为了发掘萌芽状态下的或发生学意义上的哲学宇宙观蕴含，作者不仅做了上述两方面的“打通”（钱锺书语），而且还对上古神话、礼仪、风俗、文字（甲骨文和金文）、建筑乃至考古文物等做了立体的、综合的透视，从而真正成为一种沟通文、史、哲三大领域的跨学科研究。

户晓辉：《神话研究的方法论变革》

（《人文杂志》1993年第2期）

叶舒宪手里主要的武器和工具是“原型—模式”的归纳与推导。所谓“原型—模式”就是从具体的神话材料、神话思维及其繁复的意象生成、转换系统之中抽绎出哲学性的、具有全人类性质的范型或公式，以求得世界文化及其象征、价值观念和意义的会通和整体的理性把握。这，既是一种神话的人类学研究，又是一种“原哲学”的探索——后者，在中国大陆恐怕还是第一次。……既把握住人类原始思维的一般规律，又肯定了各民族神话的特征。这种带有创造性和重构性的运用就不仅是理论和方法的引进，而且含着“发展”的意味。

萧兵：《读中国神话哲学》

（《文艺研究》1993 年第 1 期）

在科研方面，叶舒宪能不断开拓新的研究领域。近年来，他在评介、引进、吸收 20 世纪西方人文科学的理论方法的基础上，努力刷新中国传统治学方法的格局，为中国文学和文化的研究开辟新角度。他主编的《20 世纪国外文艺学译丛》旨在系统译介 20 世纪以来有重大影响和学术保留价值的西方文艺学理论批评著作。该书出版后，在国内引起很大反响。其中第一册《神话—原型批评》现已成为国内文学、文化研究中被学者们广为引用的著作。在译介引进的基础上，他还注重方法论方面的研究，他的早期著作《探索非理性的世界》《符号：语言与艺术》等，力图将文化人类学、原型批评和符号学方法移植于中国学术土壤之中，从理论上提出了新的建树。他的近期著述如《中国上古英雄史诗发掘报告》《中国神话哲学》等，则注重中西学术在应用研究中的融合与会通。前者综合应用原型模式和结构主义方法，重新发掘出失传 2000 多年的中国上古史诗的构架；后者突破文史哲学科界限，构拟出中国神话宇宙观的模型，提出了中国哲学思维及范畴的神话起源问题，具有重要开创意义。此外，他的《人日之谜：中国上古创世神话发掘》《原始思维发生学研究导论》等论文，均体现了他所开创的“模式重构法”有上古文化研究中的价值和意义，形成了自己的研究道路，受到国内外学术界的重视，并给予很高评价。

《中国博士精英》编委会

（《中国博士精英》，中山大学出版社，

1991 年，第 39—40 页）